KB076963

곡두기행 幻影紀行

두 번째 이야기

글 지바겐

MM NOVEL

표지 RD **편집** 전미혜 **마케팅** 김정훈 **주간** 정다움

목차

제4장. 안녕 미호 (하)

오작교는 반원형의 다리로 곳곳에 까마귀와 까치의 전각이 새겨져 있다. 다리에 조각된 새 떼는 꼬리에 꼬리를 물고 서로의 날개에 기대어 힘차게 뻗었다. 옛이야기 속에서 견우와 직녀는 이 오작교를 통해 일 년에 한 번씩 만나 애틋한 사랑을 키웠다고 한다. 자량의 북쪽에 있는 다리는 그 전설이 가진 힘을 믿고 모여든 연인들로 진을 쳤다. 까치와 까마귀가 영원히 떨어져 있어야 할 연인 사이에 다리를 놔주었다는 기적을, 미호는 오랫동안 자신의 이야기처럼 믿어 왔는지도 모른다. 견우와 직녀처럼 애틋하게 재회하는 것까진 바라지 않았다. 어떻게 살고 있는지를 몰래 보는 것만으로도 충분했다. 한데 얼굴을 보자마자 심장이 먹먹해지면서 눈물샘이 터질 줄이야. 이럴 줄 알았으면 자량에 오기 전부터 오작교를 떠올리지도, 장영과의 재회를 소망하지도 말았을 것을.

"만두다, 만두."

청사가 미호의 부풀어 오른 눈두덩을 손으로 쿡 찌르며 놀렸다. 눈을 반밖에 뜨지 못하는 미호는 청사의 손가락을 깨물었다.

"괘씸한 놈. 너 지금 상처받은 여인을 놀리고 있어."

청사는 조그마한 잇자국이 남은 손가락을 만지작거렸다.

"그 장영이란 사내를 그렇게 많이 좋아했어?"

"이제야 그게 궁금한가 보다."

"해 뜰 때까지 통곡한 게 누군데 이래. 물어볼 틈이나 있었냐."

"없는 소릴 지어 하는구나! 내가 언제 그랬다고!"

"울고불고 질질 짠 게 생각나지 않다니. 나라면 민망해서 접싯물에 코 박아 죽고 싶을 거야."

"으으."

얼굴이 빨개져서 끙끙거리는 미호를 보고 청사는 히죽 웃었다. 미호의 표정에는 인간이 평생을 살며 배워야 할 감정이 한꺼번에 피어 있었다. 괴롭고 슬프고 씁쓸하면서도 묘하게 후련해하고 안심하며 좋아하는 것. 손바닥만 한 얼굴에 그만큼 다양한 감정을 띨 수 있는 것이 신기했지만 무엇보다 신기한 것은 미호의 감정을 읽어 내는 청사 자신이었다.

언제부터 미호가 느끼는 바에 신경을 쓰기 시작했던가. 머리를 굴려 봐도 건방진 팔미호를 염두에 두기 시작한 연유를 찾지 못했다. 청사에게 있어서 미호는 단순한 여우 요괴였다. 고도와 함께 다니는 것만 빼면 청사에게 조금도 특별할 것 없는 요괴 중 하나일 뿐이었다.

고도와 함께 다니는 요괴.

아무래도 그 단순한 사실 하나가 미호를 대하는 청사의 태도를 바꾼 듯하다. 고도를 의미 있게 대하다 보니 그 관심의 범위가 고도의 주변으로 넓어졌다. 언제부터 쫑알거리고 단순무식한 팔미호의 감정을 공감하며 신경 쓰게 된 것일까. 청사는 어제 늦은 저녁까지 함께 있던 고도를 떠올렸다. 평소에는 다른 이의 손이 닿지 않았을 은밀한 곳까지 매만졌다. 고도는 얼굴이 붉어져서 당황해하고 민망해했다. 그러한 접촉이 싫지 않다고 솔직하게 표현하나 익숙하게 대처할 줄을 몰랐다. 부끄러워서 눈을 마주치지 못하던 고도의 표정이 한밤중에 펑펑 우느라고 제대로 눈꺼풀을 들어 올리지 못하는 미호의 얼굴과 하나로 겹쳐졌다. 좋아한다는 감정이 상대방을 쉽게 변화시키는 극단적인 예를 훔쳐본 기분이었다.

청사는 딱딱하게 굳은 얼굴로 미호를 응시하더니 곧 입을 뗐다.

"죽여 줄까?"

청사의 한마디에 미호가 반밖에 떠지지 않는 눈을 흡떴다. 누굴 죽이느냐고 되물을 필요가 없었다. 청사가 이토록 진지하게 나서는 모습은 처음이었다. 그녀는 너무 놀라 딸꾹질까지 하고 말았다.

"무슨 그런 험한 말을 하고 있어."

"인간 남자 하나 죽이는 게 어때서. 너를 괴롭고 또 슬프게 만든 인간이다. 그자를 죽여서 통쾌할 수 있다면 얼마든지 내가 너를 거들어 줄 수 있어."

딸꾹질을 간신히 멈춘 미호는 이유를 모르겠다는 얼굴로 두 눈만 끔뻑였다.

"의리 때문이야?"

미호의 질문에 청사는 눈을 굴려 고민하더니만 단호하게 고개를 저었다.

"요괴 사이에 의리가 어디 있어? 사냥이나 짝짓기를 위한 동맹이라면 모를까."

"그런데 뭐하려고 네가 직접 나서서 인간을 죽여 준다는 거니. 너하고는 상관도 없는 일이잖아."

"그런 괘씸한 인간은 죽어도 괜찮아."

"너는 사람을 죽이는 걸 아무렇지 않게 생각하는구나."

"너처럼 청승맞지 않은 거지. 배신한 놈을 죽여 버리는 게 뭐가 잘못이라고."

"죽여서 후련해질 수 있었다면 진즉 그랬을 거야."

"뭐야? 죽여도 소용없다고 생각해서 내버려 둔 거였어?"

청사는 한심하다는 투로 미호를 타박했다. 하지만 미호는 청사가 던진 갖가지 질문을 지난날 동안 수없이 스스로에게 물었다. 대답을 구하기까진 오랜 시간이 필요했지만, 그 과정이 마냥 힘들지는 않았다. 장영을 떠올려서 괴로워할 때마다 고도와 소가 옆에 있어 줬다. 그 둘은 미호가 직접 답을 구할 수 있도록 알게 모르게 많은 배려를 해줬고, 끝내 미호가 자문에 대한 대답을 찾고 나서는 그 의견을 존중해 줬다. 오랜 시간을 찾아 헤맨 끝에 구한 답이었다. 인제 와서 장영을 다시 만났다고 생각이 흔들릴 만큼 그 대답의 뿌리가 얕지 않았다. 미호는 과거에 자신이 그랬던 것처럼 이해할 수 없는 얼굴로 쳐다보는 청사를 향해 입을 뗐다.

"넌 고도가 너를 이용한다거나 배신한다면 어떡할 거야?"

"그런 건 생각해 본 적도 없어. 그리고 이제 고도한테 악역을 가정하는 것도 그만하지 그래. 자꾸 들으니 화나잖아."

"일부러 나쁘게 말하는 건 아니다, 뭐. 현실적으로 생각하는 거지."

"그런 문제가 생기면 그때 가서 생각해 볼 거야. 지금은 벌어지지도 않은 일로 고도를 의심하고 섭섭해하고 싶지 않아."

"그렇게 말하니 더 이상 할 말 없네. 미안해. 고도를 그렇게 말하려 한 건 아니야."

"의도 정도는 나도 아니까 이해해 줄게."

"그냥…… 나도 그랬다는 걸 말하고 싶었어. 그이를 정말 요만큼도 의심한 적 없었고 의심할 생각조차 안 했어. 난 정말 그 사람을 믿었거든."

"그런 사람이 배신했으니 죽이면 후련할 거 아니냐."

"후련하지 않아. 고도가 그 사람이랑 똑같이 너를 배신해도, 네가 고도를 죽이지 못하는 것과 같을 거야."

"너 자꾸 장영이란 놈하고 고도를 같이 취급할래?"

"너한텐 다를지 몰라도 나한텐 똑같아. 너와 고도 사이를 이간질하려는 게 아니라 내가 느끼기에 둘이 비슷해서 말하는 거야."

청사는 뱃속에서부터 끓어오르는 불쾌감에 으르렁, 목구멍 너머를 울렸다. 제 목적을 위해서 사랑하는 여자를 배신한 장영과 요괴나 잡으러

다니는 도사를 자꾸만 동일 선상에 놓고 말하는 미호를 이해할 수가 없었다.

고도는 자신을 믿고 따르는 이를 배신할 인간이 아니다. 그렇게 감정이 꼬이는 상황 자체를 별로 좋아하지 않는다. 그런 감정 소모가 귀찮아서라도 누군가 자신을 따르게 되면 냉큼 도망갈 것이다. 상대가 끝까지 쫓아오면 바보 같은 농담을 흩뿌리면서 정나미마저 떨어트리려고 최선을 다할 사람이었다. 본성이 복잡한 감정놀음을 싫어할진대 누구를 배신하고 배신당하는 감정 소모를 할 리 없다. 하지만 미호는 자신의 이야기를 조금도 믿지 않는 청사에게 쐐기를 박았다.

"고도랑 함께 다니면서 깨달았어. 사랑을 저버린 사람에게 가장 큰 괴로움을 주는 건 말이야, 그 사람이 평생 죄책감에 사로잡혀서 끝없이 힘들어하게 만드는 거야."

그러니까 왜 자꾸 고도를 장영과 같은 취급을 하는 건데. 고도가 정인을 배신할 때 너와 같았다는 근거라도 있는 거야.

청사가 솔직하게 묻지 못하고 입술만 깨물자, 미호는 손바닥으로 얼굴을 벅벅 문질러 눈물 자국을 지웠다. 목소리는 덤덤하고 조금도 과장된 감정이 섞여 있지 않았다. 지난 힘든 기억을 떠올려도 덤덤할 만큼 과거와 현재의 자신을 분리한 것이다. 예고도 없이 장영을 만난 탓에 놀라서 울음을 터뜨렸지만, 다시금 그 질척한 감정에 사로잡혀서 밑으로 가라앉지는 않았다. 시원하게 울고 나서 감정을 추스른 후에는 평소의 미호로 돌아와 있었다. 쉽게 웃고 화낼 줄 아는 단순한 철부지 아씨. 다만 청사가 모르고 있던 과거의 미호를 알게 되자 마냥 어린아이로만 보였던 미호가 성숙한 처자로 느껴진다는 것이 달랐다. 그녀는 복수심에 사로잡히거나 슬픔에 빠지는 대신 당연하다는 듯이 자신이 할 일을 얘기했다.

"배신한 정인의 그림자에 사로잡혀서 누구도 떳떳하게 사랑하지 못하게 하는 거야. 평생 죄책감에 시달리게 하는 거지.”

그것이 고도를 통해서 얻은 답이란 것이냐.

청사는 물을 수 없었다. 그렇게 묻는 순간, 고도는 사랑하는 사람을 배신하고 죄책감에 빠져 누구에게도 진심을 열지 못한다는 것을 인정하는 꼴이었기 때문이다. 고도가 장영과 같았다는 말을 믿기 어려웠지만 미호에게 재차 물어도 그녀에게 돌아올 대답은 하나뿐임을 청사 스스로 확신할 수 있었다. 그래서 묻지 못했다.

“그러니 여기서 이왕 장영을 만난 이상, 조금은 골탕 먹여야겠어. 나한테 그럴 자격은 있지? 히히.”

너도 함께할래? 어린애 장난치듯 묻는 모습에 그녀의 속내가 조금은 감춰졌다. 어떤 식으로 장영에게 자신을 각인시킬지는 몰라도 청사는 그 일에 동참하고 싶지 않았다. 고개를 젓는 청사를 향해서 미호는 혀를 베에 내밀었다.

“장영을 죽여 주겠다는 말을 먼저 꺼내고서는, 허풍쟁이.”

까르륵 웃음을 터뜨린 미호가 치마를 털고 일어났다. 그녀가 몸을 빙글 돌리자 새하얀 다람쥐로 감쪽같이 둔갑했다. 햇빛을 받은 백색 털은 부풀어서 본래 몸집보다 크게 보였지만 털 한 올 한 올에 맺힌 빛의 아름다움이 그렇게 과장되지는 않았다. 신비로운 하얀색 빛을 뿌린 다람쥐는 청사의 옷을 타고 올라와 어깨에서 빙글빙글 돌더니 곧 다리를 빠르게 건너 토월산으로 사라졌다.

청사는 하얀 다람쥐의 모습이 사라지고도 한참이나 그 잔상을 눈으로 좇았다. 그러고는 고개를 들어 하늘을 올려다봤다. 해가 중천에 걸려 있다. 어제저녁에 나가서 사라진 고도는 한나절이 지날 때까지 아무런 소식도 없었다.

고도가 끌려 들어온 옥은 도성에서도 가장 구석에 자리 잡은 곳이다. 군사들은 낮 동안 전옥 앞을 지켰으나, 밤이 되니 순찰하는 인력만 남았다. 외진 옥 주변은 음산할 정도로 조용했다.

성긴 나뭇가지 사이로 밤바람이 몰아쳤다. 휘파람처럼 길게 이어지는 바람 소리가 옥을 둘러싼 돌담을 넘어 얇은 벽을 흔들었다. 삐걱삐걱, 나무판자로 덧댄 벽이 날카롭게 울어대는 소리가 옥 안에 울려 퍼지자, 거적 위에서 바른 자세로 앉아 눈을 감고 있던 고도는 천천히 눈꺼풀을 들어 올렸다. 고도는 눈동자를 굴려 옥창살 아랫부분을 바라봤다. 날갯짓 소리는커녕 기척조차 느껴지지 않았건만. 덩치가 작은 매 한 마리가 고도의 눈에 들어왔다.

전옥의 창살 앞에 앉은 초고리는 기이하게 빛나는 금색 눈으로 목에 칼을 찬 고도를 쳐다보고 있었다. 몸길이가 한 뼘 정도로 매 중에서도 크기가 작은 편이었다. 새는 곧 옥창살을 비집고 들어가 고도의 칼 위에 소리 없이 내려앉았다. 사람 손에 길들어지지 않은 산새가 죄인을 가두는 전옥까지 찾아오는 것은 특이한 일이다. 어쩌면 불가능하다고도 말할 수 있겠긴만, 고도는 동요하지 않고 초고리의 머리를 엄지손가락으로 쓰다듬어 주었다. 새의 기묘한 눈빛이 무표정한 고도의 얼굴을 한참이나 응시할 때였다.

끼익.

굳건히 닫혀 있던 문이 열리는 소리가 들렸다. 초고리는 재빨리 고도의 등 뒤로 숨었다. 새의 모습이 고도의 옷자락에 감춰지자 전옥의 큰 문이 닫히고 여러 사람의 발소리가 이어졌다. 자갈을 밟는 발걸음 소리가 고도가 머문 방 앞에서 멈췄다. 어둠 속에서 색깔을 구분할 수 없는 옷자락이 흔들리고 있었다. 그 뒤로 예닐곱 명의 기척마저 느껴지니, 앞선 사람이 무리의 우두머리라는 사실은 틀림없었다.

"진자리가 불편하진 않았는가."

고도는 그 익숙한 목소리에 픽 웃고 말았다. 창살을 사이에 두고 고도를 내려다보는 자는 장수적이었다. 얇은 두루마기 한 겹만을 걸친 고도와 달리 장수적은 두꺼운 솜옷을 걸치고 있었다. 그는 뒷짐을 지고 멀찍이서 고도를 구경하는 태도를 보였으나 번쩍이는 눈빛마저 숨기지 못했다. 세상을 꿰뚫어보는 그 날카로운 시선은 장수적이라는 고관이 가진 특징이었다. 사냥감을 발견한 매의 눈빛보다도 더 날카로운 빛이었다. 장수적은 아무런 대답도 없는 고도를 향해 창살 근처로 가까이 다가왔다. 창살을 사이에 두고 긴장감이 흘렀다. 침묵 속에서 기묘한 파장이 흐르던 것을 먼저 깨트린 사람은 고도였다.

"늦었다. 왕에게 보고하고 온다더니 꼬박 하루가 다 갔구나. 그래, 왕은 직접 나를 보러 오지 않았느냐."

대뜸 임금을 거론하는 고도를 향해 장수적이 인상을 찌푸렸다.

"자만이 하늘을 찌르는구나. 네깟 놈이 전하를 뵐 명목이 있다 보는가."

"내 얘기를 했는데도 왕이 안 왔다는 건가. 그럴 리가 없을 텐데. 아하, 네놈, 왕에게 내 얘기를 하지 않은 게로구나. 그러다 왕이 이 사실을 알게 되면 뒷감당은 어찌하려고 그러느냐."

덤덤한 말투는 인사를 하러 온 지인을 대하는 것과 다르지 않으니, 두 사람 사이를 막은 창살이 없었더라면 일과에 대해 농 섞인 이야기를 주고받아도 이상하지 않을 정도였다. 고도의 배짱에 장수적은 눈만 느리게 감았다 떴다. 매서운 눈에는 고도를 향한 호의가 보이지 않았다. 아무래도 편안하게 이야기를 주고받기는 그른 모양새였다.

"만사태평한 표정이로다. 옥에 갇혀서 이런 대접을 받을 줄 알았는가. 그렇다면 다시 나타난 그대를 내 이해할 수가 없군."

고도는 목에 채워진 칼을 툭툭 치며 대답했다.

"강문의 행방을 물으러 와서 이런 목줄까지 걸 줄은 몰랐지."

"불쾌하면 직접 풀어 보시게."

"원래 야생 매를 잡아서 사냥을 가르치는 게 더 즐거운 법이다. 내가 그대의 사냥놀이에 응해 주마. 이만한 새장이라면 뭐 그리 좁다고 불평하지 않아도 되고 말일세."

이 상황을 매사냥에 비유한 것도 모자라 전옥을 새장에 빗대는 배짱은 기인이라 할 만했다. 장수적을 뒤따라온 이들은 혀를 끌끌 차면서 고도의 못된 말장난에 불쾌감을 표시했다. 십수 개의 눈알이 어두운 창살 너머에서 고도를 향했지만 고도는 그 시선을 즐기는 양 조금도 주눅이 들거나 몸을 움츠리는 법이 없었다.

"그대는 변한 게 조금도 없어."

고도는 눈썹만 움직이면서 동감도 부정도 하지 않는 모호한 표정을 지었다. 장수적은 고도를 자세히 살폈다. 고도는 숨을 쉴 때마다 하얀 숨결을 뱉으며 찬 공기에 얼어붙은 기도를 느리게 움직이고 있었다. 얼굴빛도 추위에 질려 있었고 칼을 잡은 손끝은 파랗게 얼어 있었다. 하나 추위를 내색하는 구석은 없다. 얇은 판자벽 사이로 휘몰아치는 겨울바람을 대수롭지 않게 여기고 있다. 장수적은 눈살을 찌푸렸다.

"전하께 보고했다는데 왜 그대는 동요하지 않는 것이냐. 전하께서 지금이라도 이곳을 찾아올지 모르거늘, 겁나지 않는 게냐?"

고도는 고개를 갸웃했다. 그래서 뭐 어쩌란 말이냐는 표정을 보고 장수적의 목소리는 더욱 험악해졌다.

"이해할 수 없다. 그대는 우리도 무서워하지 않고 임금도 무서워하지 않는구나. 그대를 공포에 질리게 하는 것은 무엇인가."

"강문의 자취를 알려 준다면 얌전히 대답하겠다."

"강문만이 그대의 공포인가."

"저런, 착각이 참으로 크도다. 그는 공포의 대상이 아니다. 나와 소가 짊어진 죄업의 하나다."

소라는 대상이 달구지를 어깨에 얹고 논밭을 가로지르는 가축이 아님을 장수적은 일찍이 알고 있었다. 소라는 놈의 정체는 도깨비다. 품위라고는 찾아볼 수 없는 산적같이 투박하고 거친 도깨비. 그 도깨비는 과거에 단 한 번도 궐로 들어온 적이 없지만 여러 차례 선대왕과 함께 있는 고도를 만나 왔다. 그것을 모르는 장수적이 아니었다.

"그대는 과거에도 그러한 이유로 전하 옆에 머물렀다. 강문 보살이 어디 있는지 알기 위해서 세상 모든 소식이 모이는 궐에서 나가질 않았지."

"으음? 당시에는 내쫓지도 않았으면서 인제 와서 탓하느냐."

히죽 웃으며 장난스럽게 받아치는 고도를 보고도 장수적의 표정은 바뀌지 않았다. 너스레 떠는 고도의 행동에 조금도 대응하지 않으니 고도가 곧 무덤덤한 표정으로 돌아와 "재미없는 늙은이"라는 망발을 뱉게 하였다. 장수적을 뒤따라온 관료들이 격분했다. 장수적이 손을 들어 제지하지 않았다면 뒤따라온 병사 하나가 칼을 뽑았을지도 모를 일이었다.

"그래, 강문. 그 보살 하나 때문에 그대가 이런 치욕도 견디면서 얌전히 잡혀 있는 것이란 걸 잘 안다. 자네와 그 도깨비와 보살의 인연이 참으로 끈질기다. 그 인연에 우리를 엮은 것이 문제임을 스스로 알고 있느냐?"

고도는 여전히 한쪽으로 고개를 갸웃할 뿐, 아무런 대꾸도 하지 않았다. 그 유유자적한 태도에 장수적은 괘씸한 마음이 들어 한마디를 덧붙였다.

"아녀자들이나 마음을 두는 하찮은 불교 따위는 믿지 않는다. 그들의 가르침이 다 헛소리인지라 우매한 백성을 현혹하기 좋은 수단이라는 것만큼은 잘 알고 있지. 허나, 강문. 그자의 높은 이성과 신념만큼은 존중하고 있다. 그자가 만약 불가가 아닌 학문에 귀의했다면 지난날 나온 적 없는 위대한 성인이 되었으리라 장담하니 말이지."

어찌 성리학을 숭상하는 이가 불교 같은 사특한 것을 인정하는가. 고도는 누구보다 이성적인 장수적이 불가의 도승을 성인으로 칭송하는 태도에 놀라서 눈을 크게 뜰 수밖에 없었다. 그새 세상이 변했는가. 부처의 가르침이 오래전처럼 인정받는 시대가 된 것인가. 그럴 리가 없다는 것을 누구보다도 잘 아는 고도였다. 고도는 흥미롭게 눈을 빛냈다.

"무슨 꿍꿍이인가."

"꿍꿍이라니?"

"왜 갑자기 강문에 대해서 입에 발린 소리를 하느냐 묻고 있다."

"인정해야 할 것을 인정하는 것뿐이다. 강문은 부처의 가르침을 모두 이해한 자다. 부처가 될 수 있지만 여태 인간으로 남아 중생을 위한 고행을 걷고 있는 자. 그는 부처나 다름없다."

"하하하하하."

고도가 커다랗게 웃음을 터뜨렸다. 그 웃음소리가 어찌나 호탕한지, 목에 채워진 칼만 없었더라면 아랫배까지 움켜쥐고 거적 위를 데굴데굴 구를 듯이 보였다. 딱딱하게 굳어 버린 장수적을 향해서 고도는 웃음기 가득한 목소리로 물었다.

"그자가 부처라면, 부처는 살인도 용납되는 모양이다."

"헛소리를 하고 있구나."

"그 헛소리 타령은 내가 하고 싶다. 강문이 부처라고? 자신의 사원을 세울 수 있는 보살이 불가를 내버려 두고 민가로 내려온 것이 부처의 자비와 가르침을 알리기 위함이라고? 언제부터 살인행위에 그런 얼토당토않는 변명이 정당해졌느냐."

"네 강문에 대한 편협한 감정이 보기 딱하다. 강문이 살인을 했다는 네 주장은 세상이 비웃을 소리다. 만민이 알고 있다. 자네는 뒤숭숭한 술수나 부리는 하찮은 도사이고, 강문은 민심을 다스리는 부처의 현신이다."

"본디 진실보다 강한 것이 믿음이다. 그 믿음이 좋은 데 쓰이지 않으면 살인마저 두둔하는 행위가 되지. 지금 나는 살인이라는 악행이 부처의 자비로 두둔되는 기이한 현상을 보고 있구나."

"강문이 사람을 죽이는 모습을 본 적이라도 있는가. 어찌 그 보살을 살인자라고 못 박는 것이냐."

"목숨을 끊어야만 살인인가. 제 권력을 키우기 위해 백성을 이용하는 것도 살인이다."

"궤변이다."

"장수적. 너는 정말로 모자란 관리다. 관리라면 한결같이─ 중심에中 서 있는 사람人을 뜻하거늘, 너는 그 자질이 부족한 관리吏다. 너 같은 위치에 있는 자가 생각이 올곧지 않고 흔들려서 강문을 성인이라 외치니 나라가 이 모양 아니더냐."

장수적은 매섭게 치켜뜬 눈으로 고도를 노려봤다. 창살을 쥐고 있는 그의 손이 떨리고 있었다. 강렬한 분노에 휩싸였지만, 살아온 세월 속에서 감정을 다스리는 법을 배워 온 남자였다. 장수적은 들끓는 감정에 이성이 잡아먹히지 않도록 애를 썼다. 자신이 알고 있는 사실을 헛소리로 일축하며 조금도 제 뜻을 굽히지 않는 고도를 비난하기 위해 검보다 더욱 날카로운 말로 고도를 사정없이 짓밟았다.

"자네는 세상을 어지럽히는 자다. 요괴를 잡는답시고 온 세상을 헤집어 놓으면서 도깨비들의 왕을 종처럼 부려 그들의 위계질서를 어지럽혔다. 부처라고 여겨지는 강문을 죽이기 위해 여정을 하면서 만물의 이치를 난장판으로 만들었다. 인간들에게는 또 어떠했는가. 지엄한 국법을 흐트러뜨리고 백성을 덕으로 보살펴야 할 주상전하의 마음을 심란하게 하였다. 아니라고 부정할 수 있겠는가."

고도의 표정은 건조했다. 하지만 그 속에 숨은 감정만큼은 하늘에 그은 자오선처럼 명확했다. 장수적과 나누는 모든 이야기가 고도를 과거로 되돌려 놓고 있었다. 고도는 묻어 두고 있던 과거를 들춰 소소한 재밋거리로 삼는 장수적을 굳은 표정으로 물었다.

"내가 임금과 백성을 헛되이 현혹했다고 말할 셈이냐?"

"그럼 아니라고 할 것이냐!"

"하여튼 남 탓하는 건 세월이 변해도 똑같아."

"전하의 입장은 백번 이해할 수 있다. 날 때부터 군자의 가르침만 배우며 언제나 나라를 생각하도록 길든 불쌍한 인간에게는 그대처럼 자유분방하고 뭐든 마음대로 하는 인간이 특별해 보였을 거다. 그래서 관심을 보였을 테고 호의를 베풀었고 종국에는 마음을 열어 자네에게 의지하고 말았지. 선왕이 자네에게 어떤 마음을 품었는지 모르는 이가 없다. 모두가 알면서 모른 척한 것이다. 전하께서 스스로 나약해질 때마다 자네를 찾아서 마음을 정리할 수 있었다면, 그것이 좋은 게 아니고 무엇이겠는가."

"나의 왕은 그렇게 나약하지 않았다."

그 말에 장수적은 비웃었다.

"그래 강했다. 언제나 강했다. 역대 그 어떤 임금보다 현명해서 대신들에게 조금도 끌려오지 않는 훌륭한 군웅이었다. 그것이 모두 자네 때문이었지. 전하는 이 나라를 사랑하지 않았어. 자네를 사랑했을 뿐이다."

"아무리 노력해도 만백성을 돌볼 수 없는 것이 바로 나라라는 것이다. 평생을 나라를 위해 일하다 보면 지칠 수도 있고, 약해질 수도 있거늘, 그것을 내 탓으로만 돌리는 것은 옳지 않다."

"자네 탓이다. 자네는 전하께 지나치게 가까운 존재였다. 자네가 뒤도 돌아보지 않고 전하와 이 나라를 버렸을 때, 전하는 그 사실을 받아들이지 못하고 무너져 버렸을 만큼 너무도 가까운 존재였다."

"왕은 나를 사랑하지 않았다."

"그댄 전하의 마음을 거부하고 그를 죽음으로 몰았다."

"왕을 죽인 것은 너희이다. 왕을 배신한 것도 너희이고, 나라를 이 꼴로 만든 것도 모두 너희 탓이다. 현재의 왕을 꼭두각시처럼 부리는 것 역시 너희라는 사실을 스스로 잘 알지 않느냐. 그렇게도 내게 죄를 뒤집어씌우고 싶은 것이냐."

"전하께서 생업에 이룬 공이 죽어서 추존되지 못한 것은 자네의 이기적인 행동에 크게 낙담하여 국정을 소홀히 하셨기 때문이다. 그래도 자네는 전하에게 미친 네놈의 영향력을 부정하느냐."

장수적은 전에 없이 사나워진 고도의 두 눈빛을 마주했다. 결코 주변 상황에 동요하지 않던 도사가 왕의 이야기에 격정적인 반응을 애써 참는 기색이 완연했다. 그를 이렇게 내몬 선왕이라는 존재에 장수적은 이를 악물어 감정을 다스려야 했다.

선왕은 언제나 도사를 옆에 두고 살았다. 왕은 아무리 즐거운 일이 생겨도 기녀를 불러 잔치를 벌이는 대신, 고도라는 단 한 명의 관객만을 앞에 두고 금을 뜯었다. 커다란 공공사업을 할 때면 정치를 전혀 모르는 고도에게 제일 먼저 물었다. 고도가 시장으로 나간다 하면 왕 역시 남루한 선비 옷을 입고 몰래 저잣거리에 나가 길거리 음식들을 먹으며 술 취한 백성과 함께 어울리고는 했다. 고도와 함께 서책을 읽는 것을 가장 좋아했던 왕은 고도가 말도 없이 궐 밖으로 나가거나 아무 나무에 올라가 낮잠이라도 자면 안절부절못하며 버선발로 그를 찾아 나서기도 했다. 언제나 근엄한 모습으로 대신들을 대하다가도 고도를 보면 어린아이처럼 그를 품에 안았다.

귀찮아하면서도 모든 것을 받아 주는 것은 고도였다. 고도 때문에 혼인마저 미루고 모든 것을 퍼부어 주던 이는 왕이었다. 왕이 환갑을 넘어서까지 둘은 변함없었다. 그 우애는 변하지 않을 것이라 여겼었다. 적어도 둘의 마음은 조금도 변하지 않았다. 오 년 전에 고도가 그 난리를 부리지 않았다면 일이 이 지경으로 나빠지지는 않았을 것이다.

장수적은 한일자로 입을 굳게 다물어 과거의 일을 더는 들추지 않았다. 모든 것을 과거의 그 사건에 묻어 두기로 한 것처럼 고도와 이야기하기를 그만두었다.

"이제 더는 이 나라와 전하와 백성을 괴롭히지 마라. 자네의 역할은 과거에 끝났다."

창살을 움켜쥔 손가락이 떨어져 나가면서 장수적은 뒤로 몇 발자국 물러섰다. 장수적이 뒤편에 서 있는 이들을 향해 손을 내보였다. 관료들 뒤에 서 있던 군사가 재빨리 장수적의 근처로 다가왔다.

"이번의 젊은 주상 역시 제 아비를 따라 자네에게 마음을 줄까 걱정된다. 애초에 자네가 없었다면 이러한 걱정 따위 하지 않았을 텐데, 쓸데없는 곳에 신경을 두게 하지 않는가."

장수적은 군사에게서 부적이 달린 활을 건네받았다. 무당을 통해 만든 부적이었다. 장수적은 고도가 심장이 찔려도 죽지 않음을 잘 알고 있기에 활을 쏴서 머리통을 아예 날려 버릴 심산이었다. 그는 활시위를 팽팽하게 당겼다. 창살 사이로 화살촉이 정확하게 고도의 머리를 겨누었다. 이 정도 거리라면 제아무리 덜떨어지는 사수라도 활을 잘못 쏘는 일은 없다. 이마를 정확하게 겨냥한 화살촉을 보면서, 고도는 그리 물었다.

"장수적, 그대는 내가 미운가."

부적의 힘을 빌린 화살이 머리를 관통하면 어떤 꼴이 될 줄을 알면서도 고도의 목소리는 흔들리지 않았다. 장수적은 활시위를 최대한 뒤로 잡아당겼다.

"밉지 않다. 다만 세상에 필요 없다고 여길 뿐이지."

"자네는 날 보고 그리 말했지. 강문을 죽이기 위한 여정 중이라고. 하지만 만약 누군가를 죽이기 위해서가 아니라 스스로 죽기 위해서 길을 헤매고 있다면 그대는 어쩔 것인가."

장수적의 활시위가 잠시 잠깐 느슨해졌으나 그것은 다시금 더는 물러날 곳이 없을 만큼 뒤로 젖혀졌다.

"세상에 어떤 인간도 스스로 명을 끊으려 고된 길을 떠나진 않는다."

장수적이 고도의 말을 단정적으로 부정하자 고도가 웃었다. 그 웃음에는 어린아이 같은 천진난만함과 약간의 조소 그리고 서글픔이 복합적으로 뒤엉켜 한마디로 정의할 수 없는 감정이 섞여 있었다. 세상에서 가장 이해하기 어려운 미소일 것이다. 아니, 고도라는 인간 자체가 범인들은 이해할 수도 없고, 이해해서도 안 되는 존재였다.

장수적은 고도의 미소를 보자마자 시위에서 손을 놓았다. 활은 눈을 깜빡일 새 고도의 머리에 가 박혔다. 활에 붙어 있는 부적에서 화르륵 불이 났고 그것은 단숨에 화살촉이 박힌 고도의 머리를 불살라 버렸다. 고도의 머리카락에서 불티가 날리며 불길이 치솟았다. 살결이 일그러지고 녹아내리며 물이 뚝뚝 흘러내리자 머리에는 어느새 새까만 그을음이 지고 커다란 구멍이 뚫렸다. 고도는 앞으로 고꾸라졌다. 머리에 붙어 있던 불이 전신으로 옮겨가 타올랐다. 고도의 몸이 새까만 재로 변해 가는 모습을 보고 나서야 장수적의 뒤편에 있던 고관들에게서 긴장이 풀렸다. 그들은 멈추고 있던 숨을 들쑥날쑥 몰아쉬면서 가슴을 쓸어내렸다.

고도가 죽었다.

그들이 기억하던 신출귀몰하고 선왕의 단 하나뿐이었던 친우가 죽었다. 슬픔보다도 후련함이 더 큰 죽음이었다. 이제야 묵은 체증이 쑥 내려간 것 같다면서 한결 가벼운 표정을 짓던 이들이 잿더미가 된 고도의 시체 뒤에서 초고리 한 마리를 발견했다. 언제 어떻게 들어왔는지 알 수 없는 손바닥만 한 새는 황금색 눈을 가지고 있었다. 새까만 어둠 속에서도 신비롭게 빛나는 금빛의 두 눈이 관료들을 쳐다봤다. 금빛 눈을 가진 초고리라니, 관료들이 어리둥절해하는 사이에 장수적이 활을 고쳐 잡았다. 누가 말릴 새도 없이 시위를 당겨 활을 쐈다. 화살은 아슬아슬하게 새의 날개를 스쳐 땅에 박혔다.

"대감!"

깜짝 놀란 관료 하나가 말리려 하자 화살이 빗맞은 초고리가 옥창살을 빠져나가서 날개를 펼쳤다. 장수적을 뒤따르던 대신들은 머리 위를 푸드덕 나는 새의 사나움에 놀라 모두 자리에 주저앉았다. 장수적의 화살 끝이 그런 매의 움직임을 겨냥했다. 주변에서 말릴 새도 없이 두 번째 화살이 시위를 떠났고, 이번에는 푸드덕거리는 날개에 화살이 관통했다. 새는 공중에서 휘청거리며 낙엽처럼 아래로 떨어지는가 싶더니 곧 피를 흘리면서 옥을 벗어났다. 장수적은 격노한 얼굴로 활을 움켜쥐고는 아직도 현재 상황을 파악하지 못한 동료에게 꾸짖듯이 소리쳤다.

"당장 군을 풀어 저 새를 죽이라 하시오!"

"대감! 금색 눈을 가진 길조를 어찌 죽이려 한다는 말입니까!"

"저것이 길조요? 그대들은 언제부터 고도를 흉조가 아닌 길조로 생각했단 말이오?"

관료들이 창살 너머 불에 그슬린 시체를 바라봤다. 무당과 도사의 부적으로 만들어 낸 화염 속에서 고도는 형체도 알아볼 수 없는 고기조각이 되어 매캐한 누린내를 풍기고 있었다. 한데 불에 탄 손을 보니 그것은 인간의 손이 아닌지라. 궐에서 키우는 덩치 큰 진돗개의 앞발이었다. 언제 도술을 부려 감쪽같이 모든 사람을 속였는지 모르겠다. 놀란 관료들이 주춤거리는 사이에 장수적은 전옥을 벗어나서 외쳤다.

"조금 전에 동쪽으로 날아간 새를 죽여라! 왼쪽 날개에 상처를 입어 멀리 날아가지 못할 것이다!"

한밤중에 터진 명령에 군사들이 일사불란하게 동쪽을 향해 달렸다. 조그마한 새 한 마리가 토월산을 향해 비틀거리며 낮게 날아갔다.

전옥에서 빠져나온 초고리는 부리를 벌렸다. 벌린 부리 밖으로 숨을 헐떡헐떡 몰아쉬었다. 지친 새가 속도를 내지 못하는 사이 금부가 바싹 추격해 왔다. 여기저기서 팽팽한 활시위가 당겨지더니 날카로운 화살촉이 새의 몸뚱어리를 아슬아슬하게 비껴갔다.

새의 금빛 눈은 꽁지를 바싹 쫓고 있는 무리에 고정됐다. 본디 어둠 속에서 잠들어야 할 겨울 산이 환하게 깨어난 모습이다. 수천의 사람들이 손에 든 횃불 때문에 산길 곳곳은 하늘의 은하수라도 한 허리 끊어다 펼친 양 화려했다. 횃불을 들고 뛰어오는 이들의 발걸음 소리가 바로 지척에서 들렸다. 그 뒤로 말발굽 소리가 바싹 뒤쫓았다. 컹컹 짖어대는 개들의 소리는 더욱 가까워졌다. 새는 조금 더 높이 날아올라서 도망치던 방향을 바꿨다. 더 깊은 산속으로 숨는 대신 인가가 밀집한 도읍 중심부로 향했다.

지척까지 따라붙었던 기마병들 사이에서 동요가 퍼졌다.

"전하, 새가 마을로 향합니다!"

새는 '전하'라는 소리에 움찔하며 몸을 굳혔다. 도망갈 활로만 찾던 눈이 처음으로 수십 마리의 말들을 살폈다. 왕의 곤룡포나 군복은 보이지 않았다. 그의 친위대인 좌장수와 우장수만이 보일 뿐이다. 장수적이 왕에게는 기별을 넣지 않고 옥에 가둔 고도를 직접 처리하러 왔었는데, 그 일을 왕이 알게 된 것 같다. 어쩌다 알게 됐는지는 중요하지 않다. 차라리 상대가 장수적이었으면 나았을 것을, 임금이라면 자신을 추격하는 기동력부터가 달라지지 않는가. 하면 이 많은 군대는 금부라도 된다는 말이다. 왕이 직접 추격대를 지휘할 줄은 상상도 못했다.

새는 끝없이 펼쳐진 금부를 보더니 몇 번 망설이다가 산등성이를 미끄러지듯이 내려갔다. 다급한 새의 움직임을 본 군대도 동요하며 곧장 말머리를 돌려 새의 변경된 도주로를 따랐다. 한꺼번에 뭉쳤다 흩어지는 병사들의 소리와 말발굽 소리가 새의 뒤를 바싹 뒤쫓았다. 새는 다친 날개를 쉼 없이 저어 마을 위로 날아올랐다. 상처 난 날개를 위태롭게 퍼덕거리던 새는 창공을 가로지른 후 눈에 익은 양반집 지붕 위에 내려앉았다.

때마침 마당에 나와 있던 여인이 새의 날갯짓 소리에 고개를 들어 지붕 위를 쳐다봤다. 소향의 종년이다. 그녀는 곱게 물든 비단옷을 종종걸음으로 나르다 말고 깜짝 놀라 비명을 질렀다.

지붕 위에 내려앉은 새가 부풀어 올랐다. 호랑이 무늬의 깃털이 위로 솟구쳐 날리자 그 아래 검은 천이 펄럭였다. 사방으로 펼쳐 오른 검은 두루마기 밑으로 사람의 손과 발이 드러났다. 금색 새털 대신 검은 머리카락이 자리 잡은 머리통이 앞으로 고꾸라졌다. 사람의 형상은 중심을 잡지 못하더니만 그만 지붕 밑으로 굴러떨어졌다.

소향의 종년은 겁을 먹어 어찌할 바를 몰랐다. 지붕에서 사람이 불현듯 나타나 굴러떨어진 것도 기괴하나, 그 이전에 새 한 마리가 사람으로 변모한 과정을 선뜻 받아들이기 힘들었다. 그녀는 품에 들고 있던 비단으로 입을 틀어막고 간신히 비명을 삼킨 후에야 검은 형상으로 다가갔다. 두 다리가 후들후들 떨리고 어깨가 달달거렸다.

"이보오. 이보오."

발끝으로 톡톡 건드리니 남자가 팔을 떨면서 엎어져 있던 상체를 일으켰다. 종년은 사내의 얼굴을 확인하자마자 에구머니나 하며 뒤로 홀라당 넘어져 버렸다. 고개를 든 남자는 소향이 거두어 준 고도라는 도사였다. 그러나 자신이 봤던 고도와는 달라도 너무 달랐다. 도사의 눈이 신비로울 만큼 아름다운 금색을 띠고 있다. 아무리 좋게 봐도 인간의 눈이 아니다. 마치 요괴나 신령의 눈을 뽑아다 박은 것처럼 기이하기 짝이 없었다.

"소랑 미호. 청사는 어디 갔느냐."

가쁜 숨이 섞인 목소리가 몹시 지쳐 있었다. 남자의 금색 눈에 홀려 있던 종년은 퍼뜩 정신을 차렸다. 그녀는 아녀자의 몸으로 사내를 부축하지는 못하고 쩔쩔맸다.

"도, 도사님 아니신지유. 이게 뭔 일이랍니까?"

"내 일행의 행방을 물었다."

"신시 즈음 방을 닦으려고 들어가 보았습니다유. 일행분은 이미 자리를 비우셨지라. 급한 일인가유? 하면 아이들에게 찾아보라 이르겠으니…… 에그머니나, 도사님!"

고도는 자리에서 일어나 사랑방 문을 벌컥 열었다. 지난 저녁 청사와 함께 있던 방은 차게 식은 상태였다. 다른 사랑채로 옮겨 가 주인의 허락 없이 방문을 열어도 청사는 물론, 소와 미호의 그림자도 보이지 않았다. 고도의 다급해 보이는 행동에 졸졸 쫓아 붙던 여인은 걱정을 감추지 못했다. 어디선가 독한 냄새가 풍긴다 싶더니만 검은 두루마기에 가려져 있는 어깨에서 피가 흘러 팔뚝을 타고 흙바닥 위로 뚝뚝 떨어지고 있지 않은가. 몸도 성치 않은 상태에서 일행들을 바삐 찾으니 무언가 큰일이 났다는 것을 직감했다. 그녀는 피로 붉어진 고도의 손등을 쳐다보고는 조심스럽게 물었다.

"무슨 일이신지 쇤네에게 알려주시면 마님께 전해드리겠습니다."

고도는 여인을 향해 고개를 돌렸다. 금색 눈을 마주하자 저도 모르게 황급히 시선을 내려 버린 여인은 어딘가 경직되어 있었다. 이 눈에 어떠한 신성한 믿음이라도 부여하는 듯싶었다. 못에서 잠들어 있는 용을 만났다든가, 선녀 폭포에서 하늘에 사는 사람들이라도 직접 마주했다든가. 인간이 아닌 존재에게 뜻하지 않는 화를 입거나 복을 얻을까 하여 몸을 사리는 모습이었다. 고도는 여인의 새하얀 정수리만 한참 응시한 끝에 등을 돌렸다.

"안 된다. 무슨 일이 있어도 나를 봤다고 얘기하지 마라. 이 집 식구들이 말려든다."

"하, 하오나 도사님 몸도 성치 않으신데 어찌……."

쩔쩔매는 종년의 등 뒤로 두 사람분의 그림자가 어른거렸다. 집 모퉁이를 돌아서 길게 이어진 남녀 한 쌍의 그림자다. 발걸음 소리가 가까워지자 고도는 여인의 팔을 잡아당겼다. 여인이 놀라서 까무러치려는 것을 제압하고 황급히 손바닥으로 입을 막았다. 버둥거리는 여인을 붙잡아 사랑방 안으로 들어갔다. 모퉁이를 돌아선 두 남녀의 오순도순 목소리가 문지방 하나를 사이에 두고 흘러 들어왔다.

"어찌 이 야심한 시각에 나가신다는 것인가요. 저도 서방님을 따라가 겠습니다."

소향의 목소리가 아닌가?

고도는 이 집안 작은 마님이자, 자신과는 기연으로 얽힌 여인을 생각하며 눈살을 찌푸렸다. 제게 붙잡혀서 버둥거리는 종년의 입은 손바닥으로 세게 틀어막고 귀를 쫑긋 세웠다. 소향은 제 서방과 화기애애한 대화를 나누었다.

"부인. 어찌 아녀자가 장옷도 없이 외출하겠다는 거요. 걱정하지 말고 주무시오."

"장옷이야 챙겨 나오면 그만이지 않습니까. 글공부하지 않는 밤에도 서방님께선 밖을 나다니시는데 제가 두 발 뻗고 자겠습니까. 혹시 제게 숨기는 것이라도 있으신가요?"

고도의 손바닥에 입이 틀어막힌 종년이 제 작은 마님을 불렀다. 그러나 이름이 되어야 할 소리가 손바닥에 막혀 읍하는 신음으로만 들리니, 고도는 이렇게 발버둥치는 계집을 놔줄 생각이 없는 듯했다. 종년은 걱정과 분노가 뒤섞인 눈으로 고도를 바라봤다. 창호지를 은은하게 비추는 달빛에 고도의 눈이 달보다 더 아름다운 금색으로 빛나고 있었다. 그 눈은 창호지에 가려진 문밖을 응시했다. 소향과 장영 부부의 대화를 몰래 엿듣는 그 모습이 근심과 걱정으로 가득했다.

"하는 수 없구려. 그럼 오늘은 함께 가보겠소?"

"물론입니다!"

사랑방 창호지에 비친 그림자 둘이 대문 쪽으로 몸을 튼다. 긴 치맛자락을 움켜쥔 소향이 수줍은 몸짓으로 제 서방을 쫓아 사라졌다. 두 사람이 사라진 문밖은 철 지난 풀벌레 소리만 울렸다. 집안을 지키는 노비의 인기척도 들리지 않는 고요함이었다. 입이 틀어막힌 여인이 고도의 손등을 벅벅 긁으며 화를 냈다. 고도는 그제야 여인의 얼굴을 움켜쥐었던 손을 풀었다.

종년이 씩씩거리며 화를 내려 했지만, 고도는 한숨처럼 긴 숨을 내뱉고 자리에서 일어났다. 여인은 수심이 깊은 고도의 표정을 놓치지 않았다. 어찌하여 금실 좋은 부부의 화기애한 모습에 저리도 슬픈 표정을 짓는지 모를 일이었다. 고도의 묘한 분위기에 휩쓸려 화를 낼 기회를 놓치고 만 여인을 뒤로한 채, 고도는 사랑방 문을 열고 나가면서 그리 말했다.

"집주인에게 인사도 없이 떠나게 되어 유감이라 전해 주거라."

금색 눈동자가 허공에 잔상을 남기고 사라졌다.

사랑방에 오도카니 선 종년은 눈 깜짝할 새 사라진 고도의 빈자리를 보았다. 허상인가 진짜인가. 한밤중에 귀신에라도 홀린 것처럼 감쪽같이 사라진 고도의 도술에 혼백이 놀란 듯 꿈쩍도 못하는 여인이었다. 혈흔을 남긴 모랫바닥만이 유일하게 고도의 존재를 증명하고 있었다.

고도는 낮처럼 환한 야시장을 가로질렀다. 인파를 헤치고 나아가느라 몸이 부딪힌 나머지, 여기저기서 원성이 쏟아져 나왔다. 고도는 제대로 된 사과 한마디 건네지 못하고 사방을 두리번거렸다. 청사나 미호의 옷자락 하나 보이지 않는다. 매번 마을로 내려가 부엌을 엉망으로 만들던 말썽쟁이 소는 대체 어딜 갔는지, 그 기척을 느낄 수 없었다. 그들을 찾고자 자량을 샅샅이 뒤지기엔 꼬박 하룻밤이 지나도 부족한 시간일 터. 조그마한 시골 마을도 아니고 도읍 자량을 전부 들추어 찾는 일은 불가능하다.

고도는 초조해졌다. 언제 산을 타고 내려온 금부가 저잣거리 곳곳에서 나타날지 몰라 입 안이 바싹 말랐다. 어찌해야 할지 몰라 한참이나 고민하던 고도는 결국 걸음을 멈추었다. 차가운 삭풍 속에서도 턱 끝에 땀이 고여 흐를 만큼 한바탕 움직인 고도가 쓰고 있던 삿갓을 목 뒤로 넘겼다. 저잣거리 한가운데를 막아 선 고도를 보고 사람들이 힐끔 시선을 주는데도 움직이지 않았다.

고도는 사람들의 시선 따위 신경 쓰지 못할 정도로 정신을 집중했다. 초고리로 둔갑해 있을 때부터 금색으로 일렁거리던 눈이 하얗게 빛을 발했다. 고도를 쳐다보며 지나치던 사람이 밝게 빛나는 금안을 보더니 기겁했다. 비명소리는 옆 사람으로 옮겨지면서 순식간에 시장 바닥을 아수라장으로 만들었다.

"요, 요괴가 나타났다!"

사람들이 그 외침을 듣자 썰물이 빠지듯 한꺼번에 우르르 뒤로 물러났다. 사람들의 소란에 놀란 아이가 커다랗게 울음을 터뜨리며 분위기는 걷잡을 수 없이 혼란스러워졌다. 고도만이 침착함을 유지했다. 저를 보고 도망가는 사람들에게 시선을 줄 틈도 없이 도력을 사방으로 퍼뜨렸다. 도술로 만들어 낸 거대한 바람이 저잣거리를 돌아 산중턱까지 닿았다가 메아리처럼 되돌아왔다. 바람에 미호와 청사, 소의 기운이 섞여 있지 않는가를 면밀히 살폈다.

바람을 따라 기운을 추적하던 고도가 북쪽으로 고개를 돌렸다. 북쪽에서 날아온 바람에 고도가 찾는 것이 섞여 있었다. 고도는 북쪽으로 달렸다. 사람들이 관청에 신고하라는 겁에 질린 목소리를 뒤로한 채 거리를 가로질렀다.

고도가 향한 곳은 오작교였다. 봄이 되면 못 주변을 감싼 벚나무에 꽃이 흐드러지게 피어 꽃눈이 내리는 풍경으로 유명한 곳이다. 그러나 겨울이 되면 얼어붙은 못과 앙상한 나무만이 남아서 오작교 특유의 운치는 찾아볼 수 없으니, 다리를 찾아오는 이가 없는 황폐한 곳이다. 그 다리 위에 기대어 서서 장죽을 피어 올리는 남자의 모습은 단연 눈에 띄었다.

고도는 달리던 걸음을 멈추고 숨을 몰아쉬었다. 남자를 부르고 싶었지만 숨이 턱까지 차올라서 목소리가 나오지 않았다. 고도는 오작교를 건너다 말고 다리에 힘이 풀려 제자리에 주저앉고 말았다. 청사가 그 소리에 다리 밑만 내려다보던 시선을 돌렸다. 새까만 옷을 입은 사내가 어깨까지 들썩이며 힘들어하는 모습을 보고는 두 눈이 함지박만 하게 커졌다.

"고도?"

장죽을 내팽개친 청사가 고도에게 달려왔다. 고도는 다리 위에 납작 엎드린 채 숨만 몰아쉬었다. 청사는 고도의 팔을 붙잡아 몸을 일으키려다 고도에게서 앓는 소리가 터지자 깜짝 놀라 손을 뗐다. 청사의 손바닥에 끈적거리는 것이 묻어났다. 손을 확인해 보니 온통 시뻘건 피가 묻어났다.

청사의 얼굴이 대번에 굳어졌다. 고도의 허락도 구하지 않고 두루마기를 잡아당겼다. 몸을 감싼 천을 뒤로 넘기자 커다란 관통상을 입은 어깨가 드러났다. 겉으로는 화살에 찔린 평범한 상처처럼 보였지만, 고도의 놀라운 회복 능력을 알고 있는 청사는 그 심각성을 깨달았다. 상처가 쉽게 아물지 않고 흉측하게 벌어져 꾸역꾸역 피를 뽑아내고 있었다. 옷이 검어서 눈치 못 채고 있었건만, 두루마기 상체가 피에 흠뻑 젖어 있었다.

"어떻게 된 거야?"

청사의 목 너머가 울렸다. 송곳니를 드러내고 으르렁거리는 얼굴이 초조해 보였다. 청사는 관통된 상처를 손으로 감쌌다. 터진 살결 사이로 쉼 없이 흘러내리던 피가 청사의 요력을 따라 역행하기 시작했다. 상처 속에 피가 고인다. 흐르는 대신 붙잡혀 뭉친다. 구멍 난 피부와 근육을 붙일 순 없어도 피가 새나오지 않게끔 요령을 부린 것이다. 고도는 기이한 장면을 보고 저도 모르게 웃고 말았다.

"호오, 무척 신기한 재주구나. 지혈하는 데에 이렇게 큰 도움이 될 능력을 왜 그간 보여 주지 않았을꼬."

동시에 청사가 도끼눈을 뜨고 고도를 나무랐다.

"웃어? 넌 지금 이 꼴이 되고도 웃음이 나와?"

"하하하하."

청사의 질책에도 고도는 잔웃음을 흘리며 키득거렸다. 버럭 화를 내려던 청사는 입술을 오물거렸다. 이마 주변이 땀으로 얼룩지고 지독한 피 냄새를 풍기는 남자가 아이처럼 해맑게 웃었다. 평소 실없는 소리만 담던 입술도 부드러운 곡선을 이루며 두 볼을 당기니, 긴장감 없는 미소가 순진하게까지 보였다.

청사는 땀에 젖은 고도의 볼을 손으로 가만히 감쌌다. 고도는 그 손길을 따라 숙이고 있던 고개를 들었다. 청사의 예상대로 웃음기를 머금어 반짝거리는 조약돌 같던 눈동자가 청사를 향했다. 허공에서 시선이 마주쳤다. 지척에서 바라보는 고도의 얼굴에 그만 얼굴이 붉어지는 청사였다. 그러나 두 볼에 홍조를 띠고 시선을 돌리려던 청사가 멈칫하며 고도의 두 눈을 들여다보게 되니, 금안이 청사를 사로잡았다.

상서로운 빛이다. 인간이 가질 수 없는 빛을 인간이 두 눈에 박고 있다. 두 눈과 눈의 주인이 조화되지 못하고 이질적으로 서로 겉돌고 있어서 감탄사보다도 거부감이 먼저 일었다. 청사가 고도의 앞머리까지 넘기며 두 눈을 심각하게 바라봤다. 고도는 청사가 관심을 보이자 미소가 번져 있던 얼굴이 눈에 띄게 굳어갔다. 푸른 눈동자에 비친 제 모습을 보고 피하듯이 눈을 돌렸다. 조금 전의 편안함과 웃음기는 순식간에 자취를 감췄다. 부드럽게 풀어져 있던 어깨에 긴장이 서리고 목 주변이 꼿꼿해졌다.

"무슨 일인지 나중에 설명하마. 미호와 소 보았느냐."

눈에 얽힌 사연을 알려 주려 하지 않는다. 본디 자신의 이야기를 잘 하는 사람은 아니었어도, 이렇듯 부담스러워하고 경직된 반응을 보이는 것은 의외였다. 눈에 대한 부담감. 아니, 그보다는 열등감. 알듯 모를 듯 숨어버린 고도의 감정을 찾지 못해 청사는 머릿속이 복잡해졌다.

금안은 서해를 다스리는 용왕도 갖지 못하는 상서로운 눈이다. 만물을 제 소관으로 두고 있는 옥황상제와 그가 인정한 이들만이 가지는 눈으로 알려져 있다. 상제와 신선들만 갖는 눈을 어찌 인간인 고도가 가지고 있는가. 고도는 하늘에 사는 인간이었나. 천인이 하계에 내려올 수도 있는 건가. 청사는 묻고 싶은 욕구를 억눌렀다. 시선을 피하는 고도를 보건대, 묻는다고 순순히 대답해 줄 것 같지도 않았다.

"미호와 소의 행방을 못 찾겠다. 대롱아, 너는 아느냐."

"구미호는 산속으로 들어갔다. 도깨비는 나도 모르겠고."

"찾아야 하는데."

"급한 일이야?"

"으음. 아무래도."

"무슨 일인데."

"일단 도망치고 나서 얘기해 주마."

고도는 고개를 내빼 청사의 뒤편을 바라봤다. 어둠이 깔린 골목 곳곳이 어수선하다. 군데군데 소란 섞인 외침과 빠른 장단의 말소리도 들려 소란스럽게 들릴 정도였다. 사람들은 행여나 그 소란에 자신이 말려들까 싶어서 빠르게 걸음을 옮겨 집 안으로 피했다. 그들은 한 번씩 오작교에 앉아 있는 고도와 청사에게 시선을 줬지만 지레 놀라 겁먹은 표정으로 숨기 바빴다. 이상한 낌새를 알아챈 고도가 눈매를 가느다랗게 접었다. 그는 시간이 얼마 없음을 깨닫고는 바삐 몸을 일으켰다.

"사람들이 관청에 신고했다면 잡히는 것도 시간문제다. 한시바삐 도읍을 벗어나야 한다."

한참 동안 사람들의 행동을 관찰하던 청사가 고도를 올려다봤다.

"누구한테 쫓기고 있는 거야?"

"음흉한 노인네가 내 간을 빼먹으려고 달려들지 뭐냐."

"간이라니?"

"제가 모시는 용왕님이 아프다고 날 잡아 죽이려 든다. 집에 간을 놓고 왔다고 농이라도 하고 싶었는데, 글쎄 이놈은 별주부전 자라만큼 어수룩하지 않아서 말이야. 군사까지 풀 정도로 행동력이 좋구나."

"……무슨 소린지 모르겠는데, 아무튼 누가 널 죽이려고 한다는 거지?"

"글쎄."

"뭐가 또 글쎄야. 어깨가 이 꼴이 난 것도 그 때문이잖아."

"용왕님이 직접 행차할 줄은 나도, 그 늙은 자라도 몰랐지 뭐냐. 일이 조금 꼬여서 말이다. 용왕님이 토끼를 죽이려 할지는 겪어 보질 못해서, 원."

"그 용왕님이 이 나라 임금이렷다."

"우리 대롱이 눈치가 더 빨라졌어."

모퉁이 너머에서 창을 든 병사들이 모습을 드러냈다. 저잣거리를 한바탕 뒤집어 놓는 일사불란한 금부 탓에 거리 상인들은 겁을 먹고 저마다 집에 들어가 문을 잠갔다. 행동이 굼뜬 몇몇 아낙들을 밀치며 달려온 병사들은 오작교 위에 서 있는 고도를 발견하고 와르르 달려왔다. 잠깐 사이에 다리 양옆이 포위됐다. 못 주변을 빼곡히 채운 병사들이 화살까지 겨누자 심상치 않은 분위기를 감지한 청사가 고도의 손목을 잡아당겼다. 다리 양옆에서 병사들이 거리를 좁혀 왔다.

청사는 고도를 숨기듯 품에 안았다. 어느새 몰려든 병사들을 보고는 고도를 등 뒤로 돌려서 아무도 볼 수 없게끔 했다. 그러고는 다리 한가운데로 조금씩 이동했다. 다리 끝에서부터 병사들이 다가오고 있었다. 막무가내로 창을 휘두르며 다가오지는 않는데, 그 절제된 모습을 보아하니 그들은 누군가의 명령을 기다리는 것처럼 보였다. 죽일지, 생포할지 위에서 아직 명령이 떨어지지 않은 모양이었다. 청사는 이 많은 군사가 왕실 소속이란 얘길 듣자 지금의 상황이 이해되지 않았다.

"왕은 네 벗이라고 들었는데, 아니었나? 벗이 왜 널 잡으려는 게냐."

"나의 벗은 오래전에 죽었다. 그의 하나뿐인 아들이 친우의 뒤를 이었지."

"이런 경망한 경우를 봤나. 선친의 벗을 군대까지 풀어 잡으려 한다니. 그 어린놈에게 따끔하게 말해라. 무례한 행동이 도를 넘었다고 말이야."

"못 한다."

"왜? 천하의 고도가 그깟 말 하나 못 하는 게 말이 되나?"

"그 천하의 고도라는 작자가 유일하게 충성을 맹세한 주군이다."

"선왕에게 맹세한 게 아니었나?"

"그의 핏줄 모두에게 맹세했다. 그들을 영원히 모시기로."

청사는 고개를 돌려 등 뒤에 숨긴 고도를 바라봤다. 고도의 표정은 씁쓸했다. 충성을 맹세했다고 했나. 표정으로 보건대 군주를 향한 마음이 자의적인 것 같지 않다. 고도가 군신의 의리를 거들먹거리며 왕을 섬기는 부류가 아님을, 청사는 잘 알고 있다. 그럼에도 저를 구속하는 왕에 대해 어떠한 불만이나 모욕감도 받지 않고 있다. 금색 눈동자에 호전적인 의지는 담겨 있지 않았다. 청사의 시선을 무덤덤하게 마주할 뿐이다.

"어째서?"

요괴에게는 조금의 망설임도 없이 잔악무도한 도사. 인간과는 이렇다 할 인연도 맺지 못하는 주제에 그들에겐 결코 해를 끼치지 않는 이해할 수 없는 남자. 산 귀신처럼 구천을 떠돌며 요괴를 잡아들이는 인간이 어찌하여 옛 친우였다는 임금과 그의 아들을 이리도 순순하게 따르는 것인가. 벗도 아니다. 고작 그 벗의 아들일 뿐인데 한참이나 어린놈에게 쫓기면서도 대항할 의지가 없다는 걸 어떻게 받아들여야 하는지 모르겠다. 청사는 억눌린 목소리로 말했다.

"대체 왜?"

때마침 각을 맞춰 공격 준비를 하던 병사들 사이가 흐트러지기 시작했다. 멀리서 말발굽 소리가 땅을 울리자 고도를 내려다보던 청사가 소란스러운 군부 사이를 돌아봤다. 몇 마리 안 되는 말들이 오작교로 다가오자 금부가 길을 열어 준다. 기마병으로 보이는 무관들이었는데, 선봉에 선 이는 보통 병사와는 다른 무관복을 입고 있었다. 그의 뒤를 따르는 기마병들이 갑옷이나 갑주를 몸에 대고 있는 것과도 확연히 비교됐다.

초립을 쓴 선비 행세를 하지만, 그 얼굴빛과 꼿꼿이 세운 등허리를 보노라면 선비처럼 글공부만 꿰는 한량이 결코 아님을 본능적으로 알 수 있었다. 사내는 병졸들이 일제히 고개를 숙여 그를 맞이해도 말 위에서 내려오지 않았다. 초립을 장막 삼아 옅게 퍼지는 달빛 아래로 중년 남성의 얼굴이 드러났다. 주름이 옅게 진 얼굴엔 오랫동안 세상을 호령해 온 권위가 물들어 있었다. 실세를 손에 쥔 자 특유의 거만함과 오만함도 보였다.

호락호락하지 않은 인상이다. 웬만한 고관들보다 강인한 인상이다. 붕

당에 휘둘려 이리저리 끌려다니기보단, 끝까지 제 의지를 관철해서 문무 대신들과의 마찰을 기꺼이 받아들이는 부류로 보였다. 고위 문무 대신들보다 높은 지위에 있는 젊은 남자라면 하나밖에 없을 터. 저자가 인간들의 왕인 것이다. 본디 인간의 우두머리는 실제적인 힘이 없다. 정치 세력의 망석중이거늘, 이 임금은 그러한 세력과 정면으로 대치할 만한 능력과 배짱이 있는 듯싶었다.

청사는 사내가 풍기는 분위기를 가늠하면서 두 눈을 가느다랗게 떴다. 저자가 고도의 주군이자 벗의 아들이란 사실이 몹시 불쾌한 표정이었다.

"숨바꼭질은 즐거웠는가."

근엄한 목소리가 좌중을 압도했다. 청사는 고도의 분위기를 살폈다. 이 상황에서 벗어나야 할 방법을 모색해야 할지, 이대로 저 사내가 계속 말을 하도록 내버려 둬야 할지 고도를 보고 판단할 생각이었다. 고도는 시종일관 표정 없는 얼굴로 말 위의 사내를 바라보기만 했다. 사내가 어깨에 메고 있던 화살을 병졸에게 건넨 뒤에 말에서 내려올 때까지도 시선은 다른 곳을 향하지 않았다. 사내의 발걸음 소리가 다리 위를 울렸다. 고도와의 거리가 좁혀질수록 부동자세로 서 있던 군들도 하나둘 걸음을 떼어 포위망을 좁혔다.

"이 많은 병졸이 그대 하나를 쫓고자 궐을 나섰다. 보이는가."

사내가 친히 팔을 벌려 주변의 병사 숫자를 상기시켜 준다. 하지만 고도는 사내에게서 시선을 피하고는 흰 서리가 내린 연못 위를 응시했다. 얼음 속엔 거미줄처럼 언 자국이 남아 있었다. 사내의 얼굴을 잔상으로라도 기억하지 않으려는 듯, 고도는 얼음에서 시선을 떼지 않고 말했다.

"이 많은 군을 움직이려면 백성에게서 더 많은 세전을 걷어야 하지 않는지요. 왜 혈세를 낭비하는지, 원."

"쫓기는 상황에서도 입만 산 점은 변함이 없구나. 그대가 말하는 혈세가 누구 때문에 낭비되고 있는가?"

"그러게 누가 의금부 장수를 풀라고 했답니까."

"그대가 자랑에 돌아왔다는데 짐이 친히 군대와 함께 와봐야 하지 않겠나."

고도는 입을 다물었다. 고집스럽게 얼음을 내려다보고 있지만 손끝은 창백하게 질려 있었다. 초립을 쓴 사내는 그런 고도의 손끝을 응시하며 동요하는 심정을 꿰뚫었다. 태연하게 말하는 고도가 실은 얼마나 긴장하고 있는지를 한눈에 알 수 있었다.

"날 보아라, 고도."

고도의 어깨가 움츠러든다. 주먹을 쥐면서 불안한 모습을 보였다. 말을 타고 올 때도 얼핏 보기만 할 뿐, 눈 한 번 마주하지 않은 고도였다. 사내와 얼굴을 마주할 때도 그의 눈 대신 인중이나 턱 밑을 보며 부러 시선을 피했었다. 의도적으로 눈을 마주하지 않으려 한 사실을 들킨 것 같았다. 고도는 지금 가까워지는 사내의 발소리와 쿵쿵 울리는 심장의 소리 중 무엇이 더 큰가를 가늠이라도 하는 것 같았다. 눈이 마주치는 것조차 거부하는 고도에게 중후한 목소리가 다시금 명령을 내렸다.

"날 보라고 했다."

원하지 않는다고 도망칠 방법이 있는 것도 아니다. 고도는 결국 고집을 꺾었다. 반쯤 체념한 얼굴로 슬그머니 고개를 들었다. 얼음만을 내려다보노라고 눈꺼풀 속에 가려졌던 금안이 처음으로 사내를 똑바로 쳐다볼 때였다.

어둠이 고도의 두 눈앞을 가렸다. 급작스러운 일에 멈칫한 고도는 그대로 누군가의 품에 끌어당겨졌다. 고도의 시선이 왕과 섞이기 직전에 벌어진 일이었다. 고도는 눈앞을 가린 것을 붙잡았다. 청사의 손이다. 차가운 손바닥에 눈앞이 새까매진 고도가 뒷걸음질 쳤지만, 반걸음 물러서

기도 전에 청사가 허리를 꽉 잡아 더는 뒤로 갈 수가 없었다.

임금이 친히 누군가와 말을 하겠다는데 그 일을 방해한 청사를 신하들이 가만둘 리 없다. 좌장군이 칼을 뽑자 그 뒤에 있던 병사들이 저마다 칼을 꺼내어 청사에게 겨누었다. 하나, 그들 중 누구도 섣불리 달려들지 못했다. 이 세상 사람 같지 않은 새파란 눈이 짐승처럼 세로로 가느다랗게 찢어졌기 때문이다.

"불쾌하다, 인간들의 왕."

청사는 고도의 눈을 가린 손의 반대편 손을 들었다.

"정말 불쾌해."

다리 아래가 우르르 울린다. 발바닥 아래가 흔들리고 어디선가 거대한 목 울음소리가 웅웅거리듯 주변을 감쌌다. 임금을 위해 시선을 한껏 낮추고 있던 장수들이 심상치 않은 기운을 느끼고 고개를 들었다. 멀쩡한 벚나무가 좌우로 흔들렸다. 나무들의 뿌리가 단단하게 붙잡고 있어야 할 흙은 주변을 사정없이 굴러다녔다. 연못의 얼음은 가뭄 때 땅처럼 갈라지더니 조각난 얼음이 물속으로 가라앉거나 물줄기가 갈라진 얼음 사이로 모습을 드러냈다. 발아래가 흔들리고 고요한 못의 수면이 뒤집히는 기현상에 병사들의 얼굴은 겁에 질렸다.

쾅.

산등성이에 떨어진 거대한 벼락소리에 사람들이 까무러치듯이 놀랐다. 어두운 밤하늘은 어느새 몰린 구름 떼로 뿌옇게 흐려져 손바닥만 하던 보름달도 사라졌다. 우르릉 마른번개가 하늘을 가르자 군은 손에 쥔 창을 저마다 바닥에 떨어트렸다.

"저, 전하!"

장군들이 황급히 임금을 잡아 다리 밑으로 내려갔다. 동시에 청사가 손을 들었다. 청사의 손짓 한 번에 오작교 아래의 거대한 못이 파랑 맞은 물살처럼 거칠게 출렁였다. 못가에서 창과 화살을 겨누고 있던 병사들은 종아리까지 적시는 거센 물살에 당황했다. 임금을 둘러싼 군사들은 급히 그의 안전을 확보하면서 뒤로 물러섰다.

다리 밑의 물은 소용돌이치며 물기둥을 만들었다. 사방으로 솟구치는 거대한 물줄기에 사람들은 더는 똑바로 서 있을 수가 없었다. 몇몇이 들고 있던 무기를 떨어트렸다. 겁에 질려 뒤로 물러서거나 주저앉는 이도 심심치 않게 보였다. 눈이 가려져 무슨 일이 벌어지는지 모르는 고도가 무언가 이상한 낌새를 느끼고 청사의 손을 떼어 내려 했다.

"대롱이, 너, 뭐 하는 거야, 지금."

청사는 고도의 눈을 더 단단하게 가리고 품에 안았다.

"안 죽여. 걱정하지 마."

"손 치워라."

"괜찮아. 아무것도 보지 말고 내 품에 있어."

"대롱아."

"한 번쯤은 날 믿어도 된다. 너 혼자 감당하기 내켜 하지도 않으면서 고집부리지 말고."

말이 끝나기 무섭게 병사들 속에서 비명이 터졌다. 고도가 청사의 손을 치우려 하자 청사는 손에 더 큰 힘을 줬다. 비명을 지른 병사들은 청사와 고도를 감싼 형상을 보고 제정신을 차리지 못했다. 못의 물이 모조리 소용돌이치며 물기둥을 피어 올리더니만 그것들이 한데 뭉치고 응집하면서 물 비늘을 지닌 용으로 변한 것이다. 수룡은 날카로운 물 비늘을 털면서 청사와 고도 곁을 빙빙 돌았다. 용의 목 너머에서 울리는 위협적인 소리가 천지를 흔들었다.

병사들 대부분이 엉덩방아를 찧고 바닥에 자빠졌다. 청사의 기괴한 술수에 뒤로 물러선 임금과 그를 호위하는 장군 몇 명을 빼면 청사를 똑바로 마주 볼 수 있는 이가 없었다. 임금은 새하얗게 질린 얼굴로 청사를 노려봤다. 구름 한 점 없는 하늘에서 날벼락을 치고 물로 용의 형상을 만드는 남자. 입을 꽉 다물어 버린 임금의 서슬 퍼런 시선이 청사에게 박혀 움직이지 않았다. 청사 역시 매서운 눈으로 왕을 마주했다. 사태를 모르는 고도만이 청사의 손에서 벗어나기 위해 격렬하게 저항하고 있었다.

"그대는 누구인가."

임금의 목소리는 청사를 향했지만, 고도에게도 영향을 미쳤다. 청사를 밀어내리던 고도가 그 목소리에 반응해서 움직임을 멈췄다. 청사는 왕의 목소리 하나 들었다고 얌전해진 고도가 못마땅한 나머지 고도의 목 언저리에 입술을 가져갔다. 움찔, 눈이 가려져 촉각이 곤두선 고도의 반응이 평소보다 민감하다. 어쩌면 어제저녁에 사랑방에서 벌인 낯 뜨거운 행각이 떠올라서일지도 모른다. 사방은 어두웠고, 보이는 것은 미약한 달빛에 의지한 몸의 윤곽 정도였으니. 지난밤을 기억하듯 예민한 고도의 반응이 청사를 대담하게 바꿨다. 청사는 보란 듯이 고도의 살결에 입술을 묻고 임금을 노려봤다. 고도가 어깨를 움츠리면서 눈을 가린 손가락을 잡아 뜨려 했다. 임금은 고도와 청사를 도끼눈으로 노려봤다.

"내가 누구냐고?"

청사를 노려보는 임금의 시선에는 노여움이 섞여 있었다. 때와 시를 가려 장난을 걸라는 엄중한 경고다. 청사는 고도의 머리를 끌어당겨 제 가슴에 붙어 버렸다. 고도의 신비로운 금색 눈을 임금에게 보여 주고 싶지 않다. 자신만이 아는 비밀처럼 대하고 싶었다. 고도의 소중한 것을 누구와도 공유하고 싶지 않았다. 그것이 더더욱 저 시건방진 인간들의 왕이라면. 청사는 고도를 끌어안고 왕을 향해 말했다.

"당신도 붙잡지 못한 고도를 가진 남자다."

청사는 임금을 가차 없이 욕보였다. 이미 죽은 선왕과 고도가 어떤 사이였는지 몰라도, 친우의 아들이란 놈이 고도를 어떻게 보고 있는지는 확실하게 깨달은 청사였다. 백성과 나라를 가졌으면서 욕심만 많은 임금 같으니라고. 그는 고도를 원하고 있었다. 고도가 지닌 능력을 빼앗고도 싶고, 그 능력을 소유한 인간 자체를 가지고도 싶을 테고. 뭐든 취할 수 있었던 자신의 권위를 이용해 고도를 곁에 붙잡아 두려는 것이다.

청사는 제 주변을 감싸듯 돌고 있는 용에게 손가락을 까딱였다. 으르릉, 사람들 모두를 겁먹게 했던 용은 순한 강아지처럼 제 머리를 얌전히 내밀었다. 청사는 고도를 끌어당겨 용 위에 앉았다. 물컹거리는 운송 수단의 느낌에 고도가 본능적인 거부감을 표했다. 청사가 무슨 요술을 부렸는지 확인하려 할 때마다 청사는 머리통을 더욱 꽉 끌어안고 시선을 어디에도 주지 못하게 했다.

청사와 고도를 태운 용이 천천히 몸을 일으켰다. 주변의 공기를 압박하듯 일어난 형상은 허공을 부드럽게 휘감고는 토월산을 향했다. 엎드린 병사들의 위로 떠오르자 수룡의 몸에서 튀긴 물방울이 병사들의 등을 적셨다. 병사들은 머리를 조아린 채 유유히 날아간 용을 차마 똑바로 바라보지도 못하고 바들바들 떨었다. 가뭄 때도 마르지 않은 못이 처음으로 바닥을 드러냈다. 임금은 텅 비어 버린 못을 내려다보다 산 위로 날아가는 용으로 시선을 돌렸다. 그는 화를 눌러 담아 간신히 말했다.

"쫓아라."

옆에 있던 장군 하나가 깜짝 놀라 외쳤다.

"하, 하오나 저런 신기를 부릴 수 있는 자는—."

"그자가 무슨 상관인가. 감히 짐의 일을 훼방 놓은 놈이다. 죽이진 못해도 철저히 응징해야 한다. 쫓아라. 쫓아서 그자를 포박하고 고도를 당장 내 앞에 다시 데려와라."

망설이는 장군은 얼어붙은 병사들을 일으켜 산속으로 향한 용을 따라갔다. 그 형체가 몹시 크고 아름다워서 승천하는 것 같은 수룡의 모습을 놓치려야 놓칠 수 없었다. 겁에 질린 병사들이 간신히 정비를 다시 갖추고 산속으로 이동했다. 이동하는 무리의 행렬이 길게 이어진 끄트머리로 왕의 걸음이 닿았다. 임금은 움직이는 무리 속에서 유일하게 멈춰 있는 사내에게 다가갔다. 중년의 남성은 임금이 다가오자 그의 발을 내려다보며 고개를 숙였다. 임금의 중후한 목소리가 그의 머리 위에서 울렸다.

"장수적."

이름의 주인이 고개를 더 숙였다.

"예, 전하."

"그대는 어이하여 고도를 붙잡은 즉시 짐에게 보고하지 않았는가. 짐이 내시를 통해서 이 일을 알면 기분이 어떨지 생각해 보지 않았는가."

"……."

"그대의 죄는 반드시 추궁할 것이다."

왕은 좌장군이 고삐를 붙잡고 있던 백마 위에 올라탔다. 곧바로 말의 옆구리를 발로 차 토월산의 입구를 향했다. 장수적은 숙이고 있던 고개를 들어 왕이 달려 들어간 산의 초입을 응시했다. 조금만 시선을 올리면 토월산 중턱에서 낮게 날고 있는 용을 볼 수 있었다. 투명하게 빛나는 수룡은 앙상한 겨울 나뭇가지 사이를 파고들어 꼬리만 남겼다. 장수적은 물 비늘이 맺힌 나뭇가지를 황망한 눈으로 바라봤다. 산속에 안착한 수룡의 모습은 금세 시야에서 사라지고 더는 찾아볼 수 없었다.

청사가 만들어 낸 용은 토월산의 중턱에 닿자 물보라를 일으키며 사

라졌다. 오작교 아래의 못에 있던 물이 건조한 겨울 산 한쪽을 흠뻑 적셨다. 수룡의 모습이 완전히 사라지고 나서야 청사는 끌어안고 있던 고도의 머리를 놔줬다. 숨도 못 쉴 만큼 꽉 안겨 있던 고도는 청사의 팔이 풀리자마자 비틀거리다 젖은 땅에 주저앉고 말았다. 청사가 옆에 쪼르르 다가와 앉아 고도를 살폈다. 고도는 어지러운 머리를 흔들어 털고는 청사의 긴 머리를 확 잡아당겼다.

"아야!"

청사는 눈매를 매섭게 치켜떴다.

"갑자기 당기면 아프잖아!"

"그 고통으로 정신도 확 깨어나면 좋겠구나. 네 녀석 대체 무슨 생각인 거냐."

"내가 뭘!"

"내 앞을 보지 못하게 하고는 무슨 술수를 부린 게야."

"네가 나보고 도와달라고 했잖아. 그래서 도와준 거야."

"굉장히 수상쩍은 방법으로 말이지?"

"그런 상황에선 과격한 본보기가 최고니까 그랬지!"

"그 과격한 본보기가 뭔지 좀 들어 보자."

"넌 몰라도 돼. 기껏 도와줬더니 고맙다는 말은 못할망정 이렇게 으름장이나 놓을 거야?"

"네가 눈을 가릴 때마다 뿌리치지 않았다. 널 믿으니까 네가 원하는 대로 눈감아준 것이다. 그런 내게 끝까지 말하지 않겠단 말이냐. 우리의 신뢰를 네 쪽에서 먼저 깨트릴 셈이군."

"그 뜻이 아니야! 내가 요술을 부렸을 뿐이다. 네가 하도 나보고 뱀 요괴가 아니라고 뭐라 하니까 더 보여 주기 싫었던 거뿐이야."

"흠. 오히려 오해 살 짓을 자처했단 말이지."

"윽, 그러니까 내 말뜻은 그게 아니래도."

고도는 눈을 가느다랗게 뜨고 청사를 노려봤다. 계속해서 말을 돌린 청사는 뜨끔해서 고도의 눈치를 살폈다. 아무 말도 않고 저리 쳐다보니 청사의 심장이 벌렁거렸다. 죄를 지은 것도 아닌데 뭐가 이리 찔려서 시선을 피하게 되는지 모를 일이다. 곰곰이 생각해 보니 억울한 청사였다. 도와준 것이다. 고도가 영 제정신을 못 차리고 임금에게 휘둘리는 꼴이 보기 싫어서 그 왕에게 화풀이하듯 으름장을 놓아 본 것뿐이다. 그게 무어 대수라고 죄인 추궁하듯 고도의 쫙 찢어진 눈빛을 감당해야 하는 건지. 청사는 억울한 마음에 구시렁거렸다.

"쳇. 네게 고맙다는 인사 듣기 참으로 어렵네."

마냥 고마워하기엔 찜찜한 구석이 많지 않은가. 고도는 청사의 수작을 떠올리자 절로 미간이 찌푸려졌다. 갑자기 일렁이던 물소리와 무언가에 깜짝 놀라서 비명을 지르던 사람들. 건조한 겨울 공기에 어울리지 않는 축축함이 앞을 보지 못하던 고도 주변을 감싸고 있었다. 무언가 알 듯하면서도 알지 못하는 그 기묘한 느낌을 다시 생각할수록 불확실한 기분만 커졌다.

고도는 입술을 삐쭉 내밀고 툴툴거리는 청사를 가만 내려다봤다. 철없는 소녀처럼 보이는 청사를 한참이나 쳐다보더니 손을 뻗어 청사의 머리를 다시 잡아당겼다. 또다시 심술을 부리느냐며 찌릿, 화를 내려던 청사가 곧 이은 고도의 행동에 눈을 휘둥그레 떴다. 고도는 심술 맞게 머리끝을 잡아당기는 대신 뒤통수를 자신 쪽으로 끌고 왔다. 그러곤 청사의 동의도 없이 얼굴을 붙였다.

입술에 포근한 감각이 남았다. 고도는 입술을 아주 잠깐 붙였다가 떨어트렸다. 청사가 멍한 눈으로 그런 고도를 바라보다가 고도의 멱살을 잡아당겼다. 청사의 갑작스런 대응에 도리어 당황하여 주춤거리던 고도는 멱살이 끌어당겨져 강하게 입술이 부딪혔다. 아파서 입술을 벌린 사이에 기다란 혀가 잇몸을 훑고 입안으로 들어왔다. 고도는 눈가를 찌푸렸다. 숨을 쉬기도 버거울 정도로 밀어붙이는 청사를 감당하기 어려웠다.

청사의 뒤통수를 붙잡아 당겼다. 잡아먹힐 듯이 탐해지던 입술을 간신히 떼어낼 수 있었다. 고도는 거친 숨을 한꺼번에 몰아쉬었다. 청사의 젖은 입술에서 시선을 떼기 힘들다. 본래 먹을 것을 받아먹기 위해 발달했을 사람의 입이란 곳이거늘, 청사가 눈앞에 있으면 원래 기능을 잃고 같은 모양의 입술과 맞붙는 용도로만 쓰는 기분이었다. 고도는 감정을 조절 못 하는 청사가 매번 당혹스러웠다. 그런 청사를 앞에 두면 냉정함을 찾지 못하는 자신이 한심하기도 했다.

"네가 먼저 입술 묻댔으면서 이제 와서 빼는 게 어디 있어."

청사가 불만이 가득한 목소리를 낮게 울렸다. 다시 한 번 고도에게 입술을 가져가려고 고개를 쭉 내밀었다. 고도는 손으로 냉큼 청사의 얼굴을 밀어냈다.

"고맙다는 인사를 전한 것이다. 감히 내 성의를 왜곡하다니."

"왜 굳이 입을 맞춰서 고맙다는 걸 표현한 건데?"

"그건……."

고도가 대답을 못 하고 망설이는 모습을 보자 청사의 얼굴에 피어 있던 불만기도 자연스레 사그라졌다. 고도는 왜 이렇게 귀여운 걸까. 누가 볼까 겁이 난다. 다들 반해서 고도의 말랑거리는 볼을 잡고 흔들지나 않을지. 청사는 고도의 볼에 도장처럼 입술을 꾹 찍었다.

"너도 이젠 내가 의식되는 모양이다."

청사의 팔이 고도의 허리를 휘감아 바싹 끌어안았다. 고도는 청사의 허벅지에 올라탄 채 두 손으로 청사의 어깨를 잡았다. 엉성한 자세다. 둘다 흠뻑 젖어서 언제 고뿔에 호되게 당할지도 모르는데 금부에 쫓기는 상황도 잊고 태평하게 서로 얼굴이나 들여다보고 있다니. 유례없이 얌전한 고도의 반응에 청사는 몸을 더 바싹 맞댔다. 물에 젖은 차가운 몸이 서로의 온기에 포근함을 띠었다.

춥지 않다. 젖은 채 겨울 산중을 헤매는 몸이 타인의 온도에 따뜻해지는 것보다 겨울나무처럼 황량하던 마음이 포근해지는 기분이었다. 소와 다닐 때는 일찍이 느껴 본 적 없는 기분이다. 무엇이 이리도 마음을 따뜻하게 데우는지 모르겠다.

고도는 청사의 어깨에 얹힌 손에 조금 더 힘을 줬다. 문득 청사가 사랑스럽게 보여서 끌어안으려고 한 것인데, 팔에 힘이 들어가니 절로 상처 난 어깨에서 통증이 심해져서 눈살이 찌푸려졌다. 상처는 젖은 두루마기에 감춰져 보이지 않았다. 청사가 요력으로 피가 더는 흐르지 못하도록 처치했으니 출혈로 고도가 위험해지는 일은 없을 것이다. 그리해도 아픈 상처의 통증을 없앨 순 없어서 끄응 하고 작은 신음을 흘리니, 청사가 걱정스러운 눈으로 물었다.

"어깨 많이 아파?"

"이 정도는 참을 만하다."

"아프면 아프다고 말해도 돼. 내 앞에서는 힘들다고 솔직하게 말해 줬으면 좋겠거든."

"정말 괜찮다. 내가 살아 있는 존재라는 걸 알려 주는 고통이기에 참을 만하다. 이보다 상처가 심하면 차라리 죽고 싶을 테고, 이보다 상처가 얕으면 하찮게 생각할 테니, 지금의 상태가 얼마나 적절한가."

"그래서 그렇게 함부로 몸을 굴리는 거냐."

"어차피 잘 죽지도 않는데 그게 대수냐."

"……너."

"그런 표정 지을 필요 없다. 잘 죽지 않는 몸 덕분에 남들은 하지 못하는 짓을 할 수 있지 않느냐. 내 목숨에 대한 소중함을 잃은 대신 또 다른 귀한 것을 얻었다. 난 이것이 나쁘다고 보지 않아."

고도는 청사의 얼굴을 두 손으로 감쌌다. 물에 젖은 손은 차게 얼어 있었지만 청사의 얼굴에 닿은 순간 따뜻해진 것만 같았다. 청사는 고도의 손등 위에 제 손을 포갰다. 고도에게 고개를 내밀어 입을 맞추었다. 얼굴을 붉게 물들이는 것이 단순히 추위 때문만은 아닌 듯싶다. 청사는 고도의 입술에 이어 볼과 눈가까지 소리를 내어 입술을 묻었다. 피부 위를 간질이는 입술의 행적에 고도가 부끄러움을 느꼈다.

하지 말라고 말리는 손길까지 붙잡은 청사가 얼굴 곳곳에 입술을 쪼듯이 붙였다. 고도의 얼굴이 화끈 붉어졌다. 의식한다. 그 말을 입에 담았더니 고도가 그 말이 언령이라도 된 듯 착실히 반응을 보였다. 청사의 얼굴도 덩달아 붉어졌다. 고도의 반응 때문에 이러지도 저러지도 못 했다. 결국, 청사는 앓는 소릴 내고는 고도를 꼭 끌어안았다. 참으로 좋아서 어쩔 줄 모르겠다는 감정이 뭔지 알 것만 같았다.

"좋아해, 고도."

이런 상황에 면역이 없는 고도는 붉어진 얼굴로 쩔쩔맸다. 청사 역시 볼에 띤 홍조를 지우지 못하고 쑥스러워하는 고도의 입술을 깨물었다. 고도의 금색 눈이 눈꺼풀 아래에서 당황스러운 기색을 감추지 못했다. 하지만 당혹스러움보다도 더 큰, 어떠한 설렘이란 존재가 숨어 있었다. 청사는 혀를 내밀어 고도의 입술 사이를 파고들었다. 고도가 머뭇거리다 마침내 입을 벌려 청사의 혀를 제 혀로 감쌌다. 서로의 입술을 물었다가 놓으면서 혀를 잡아당기기도 하고 또 끌려가기도 하는 입맞춤이 부드러웠다.

"네가 얻는 게 있으면 잃는 게 있다고 하니까 이렇게 말해 주고 싶다."

청사는 입술을 맞댄 채로 속삭였다. 나지막한 목소리에 담긴 무게가 그의 감정을 한없이 닮아 있었다.

"나는 포기하지 마라."

토월산에서 가봉정자까지 향하는 길은 낮고 평평하다. 산삼 캐러 다니는 심마니들이 그 길을 일러 '도읍 사람들의 변덕과 냉담함에 질린 한량들이 신선놀음하러 오기 좋은 곳'이라고 불렀다. 정자 주변에는 나무가 많지 않아 달빛이 고스란히 내리쬐니, 횃불을 들고 달빛을 물러가게 함은 죄악으로 느껴질 만큼 밝고 아름다운 곳으로 유명하다.

밤이라 언덕을 넘는 행인조차도 모습을 감춘 적막한 곳을 장영과 소향이 함께 걷고 있었다. 소향은 장옷으로 얼굴을 가린 채 연방 사방을 두리번거렸다. 제가 떼를 써서 한밤에 산속에 들어오게 되었나니, 아녀자의 몸으로 험한 야산을 걷는 모습을 누가 보면 흉흉한 소문이 돌지도 모른다. 근처에 임금이 머무는 궐이 있어서 병사들이 항시 순찰을 하기 때문에 산적을 만나 변을 당할 일은 없겠으나, 그래도 잡다한 걱정이 드는 것은 어쩔 수 없는 일이다.

다행히도 소향은 장 가家네 시집오기 진까지는 산골 처녀였다. 몸이 약해 외할아버지 댁에서 요양했지만, 산천을 맨발로 돌아다닌 덕에 건강을 되찾았다. 이런 평평한 산길을 걷는 것이야 일도 아닐 만큼 익숙해져 힘들지는 않았다. 걱정이라면 자신이 떼를 부려 남편의 명성에 누가 되는 일을 하고 있지 않은가, 하는 점이다.

소향은 달빛이 훤히 내리비춰지는 길을 둘러보다가 걸음을 멈췄다. 그녀는 두 눈을 휘둥그레 뜨고 저 먼 곳의 나뭇가지 사이를 쳐다봤다. 하늘에서 웬 물줄기가 춤을 추고 있었다. 이 무슨 천지 만물이 개벽할 기괴한 일인고. 넋이 나가 올려다보자 그 물줄기는 단순한 물이 아닌 용의 형상을 띤 게 아닌가. 저것이 전설로만 듣던 용의 승천인가! 당장에 무릎이라도 꿇고 소원을 빌어야 하나 갈팡질팡하던 소향은 장영의 옷깃을 잡아당겼다.

"서방님, 저기 봐요, 저기."

장영이 그 몸짓에 가던 길을 멈췄다. 소향이 손가락으로 하늘 끄트머리를 가리켰다. 무얼 보고 그런가 싶어 고개를 쭉 내빼고 하늘을 살피려는데 산중을 빙글빙글 돌던 용이 돌연 산마루를 빙 돌아 장영의 시야 밖으로 벗어났다. 장영의 시선 반대편 산줄기에서 미끄러지듯 내려오던 용은 그대로 자취를 감췄다. 가봉정자로 향하는 이 길에서 몇 리 떨어지지 않은 곳으로 사라졌지만 용이 내려앉을 땐 소리도 없었기에 장영은 용을 끝내 보지 못했다.

"무얼 보고 그런 것이오?"

"아, 아니, 아까까지만 해도 용이 있었어요."

"용? 성수 용 말이요?"

소향은 제 말이 얼마나 해괴한 소리로 들릴지 깨닫고는 얼굴을 붉혔다. 누가 보면 미쳤다고 보기 딱 좋을 헛소리다.

"아, 아니어요."

부끄러워하는 소향의 모습을 보고 장영은 부드럽게 미소 지었다.

"부인, 귀신에게 홀렸나 보오."

고개를 푹 숙이고 눈을 마주치지 못하는 소향이 그렇게 귀여울 수가 없다. 장영은 부인의 배자를 더욱 단단하게 여며 준 뒤에 붉게 얼어붙은 손을 잡아 줬다. 소향은 토끼털로 만든 남바위를 머리에 쓰고, 물범 털배자를 걸치고 있었다. 목에는 여우 털목도리를, 양팔에는 토시까지 끼우니 추위가 무섭지 않은 차림새다. 소향은 목도리에 두 볼을 묻었다. 부끄러운 기분을 감추지 못한 채 장영의 손을 마주 쥐었다. 장영의 나지막한 웃음소리가 들려 소향의 얼굴이 조금 더 붉어졌다.

"여태껏 달구경을 위해서 밤중에 산에 올라온 것인가요."

땅이 평평하게 고른 길이지만 목적 없이 올라오려면 제법 수고스러운 길이기도 했다. 대과에서 낙방한 남편이 매일 같은 시간에 저녁 산행을 할 이유가 무엇일까. 걱정과 우려가 담긴 소향의 물음에도 장영은 그저 기분 좋게 웃기만 했다. 시집온 지 얼마 되지도 않은 새색시가 밤마을 나가는 남편의 부정을 한 번쯤은 의심해 봐도 좋으련만, 이 순박한 산골 처녀는 제 남편을 올곧게 신뢰하고 있었다. 질투도 의심도 없는 순수한 믿음을 보자 장영 역시 그녀를 진심으로 대했다. 그녀를 속일 바에야 차라리 입을 다물자고 생각했던 장영이 처음으로 솔직한 사정을 털어놓았다.

"부끄럽게도 내 여기까지 오는 것은 시험에서 요령을 부리는 것과 다르지 않소."

"네? 요령을 부리다니요?"

소향은 깜짝 놀랐다. 언제나 정직한 남편이 시험에서 요령을 부렸다는데 그 말을 어떻게 믿나. 장영의 말에 넋이 나갔던 소향은 이내 장영의 말을 농담으로 여겼다. 그녀는 사르르 표정을 풀고 웃었다.

"당신은 항상 정직하게 공부하고 전하 앞에서 공부한 결과를 확인받아 오셨습니다. 그 정진 정명한 수학에 어찌 요령이나 요행이 있다고 말씀하시나요."

"부인 말대로 수학에는 정도만이 있소. 허나 아주 간혹 그 정도에도 지름길이 있는 경우가 존재하오."

"비록 제 학식이 부족하나 그러한 지름길이 없다는 것은 압니다. 학문에 어찌 지름길이 존재한단 말인가요?"

"통행료가 다른 길보다 조금 더 비쌀 뿐, 지름길은 존재하오."

"제가 서방님과 함께 걷는 이 길이 바로 그 지름길이옵니까."

장영은 손가락으로 가봉정자를 가리켰다.

"수년 전에 저곳에서 지름길을 찾았소."

"어떤 지름길인가요?"

"대과 시험 따위 능히 통과할 수 있는 부적을 말하오."

소향이 예상했던 답변이 아니다. 정도만을 고집하며 사도를 배척하는 유학자가 어찌 저런 말을 하는지 소향은 이해할 수가 없었다. 장영의 얼굴은 순수하고 티끌이 없었다. 농을 던진다고 여길 만한 익살스러운 빛은 찾아볼 수가 없었다. 소향은 남편이 시아버지와 학문에 대해 이야기하는 모습을 종종 보아 왔다.

실학을 긍정적으로 받아들이는 남편과 성리학의 유지를 우선시하는 시아버님 사이에 자잘한 의견 차이는 존재하곤 했다. 홍익인간의 가치에도 엄연히 서로의 사상이 맞부딪혔는데, 아버님은 사람을 이롭게 하는 방법에 관심이 많았고, 남편은 사람이 이롭게 되는 결과에 흥미를 보였다. 따라서 대과 시험의 합격에 가치를 두는 남편과 배움의 과정을 터득하길 바라는 아버님 사이의 의견은 좁혀들지 않았다.

아버님은 언제나 불안해하셨다. 아들의 도전적인 성격은 사내대장부로서 능히 가져야 할 부분이나, 때론 그것이 지나쳐 도를 넘는 경우가 생길 것만 같다고. 소향은 아버님이 무엇을 걱정하는지 오늘에서야 알 수 있었다. 남편은 그릇된 방법으로 입신양명의 꿈을 품어 온 것이다.

"……걱정됩니다, 서방님."

소향이 심정을 담아 떨리는 목소리로 말해도 장영은 웃을 뿐이다. 그는 희게 질린 부인의 손을 다정하게 만져 주면서 제 고집을 꺾지 않았다.

"소원을 말하면 무엇이든 들어주는 요괴의 물건을 부인에게도 보여 줄수 있다면 좋겠소."

마른 나뭇가지 사이로 오래된 정자가 어슴푸레하게 드러났다. 현판은다 낡아 금이 가 있고, 바위 위에 굳건히 박은 지렛대도 중심이 기울었다. 정자 아래에는 빠른 물살을 자랑하는 계곡 하나가 자리 잡고 있었다. 음산한 곳이다. 계곡의 운치를 구경할 만큼 아름답지도 않거늘 밤중에매번 이곳을 오르내렸다는 이야기일까. 소향은 조금씩 가까워지는 가봉정자를 근심 어린 마음으로 대했다. 남편의 기이한 집착을 이해할 수가없었다.

마른 풀과 부러진 나뭇가지를 밟고 정자까지 다가왔다. 장영은 언제나처럼 쓸쓸한 정자를 생각했다. 텅 빈 그곳엔 아무도 없고 자신만이 다가가 앉아 까마득히 먼 계곡 아래만 구경하리라고. 하지만 그날은 달랐다. 가까이 다가온 정자에는 장영과 소향보다도 누군가 먼저 도착해 있었다. 등을 돌려 앉은 조그마한 어깨를 가진 소녀. 달빛이 창백하게 내려앉은새하얀 머리를 양 갈래로 묶은 아이. 걸음을 멈춘 장영 대신 소향이 탄성을 내질렀다.

"미호 씨?"

아이가 고개를 돌렸다. 새빨간 눈동자가 부부를 응시했다. 오랫동안이 자리에 앉아서 기다려 온 것처럼 그녀는 예기치 못한 곳에서 장영 내외를 만났다 하여 놀라거나 하지 않았다. 오히려 입꼬리를 올리면서 웃었다. 다만 세로로 길쭉해진 짐승의 눈동자엔 그 웃음기가 묻어나지 않았다. 그녀는 입으로만 웃었다. 뾰족한 송곳니를 살짝 드러내면서.

"안녕?"

미호의 고혹적인 목소리가 두 사람을 자리에 얼어붙게 했다. 키득키득울리는 요사스러운 웃음소리가 한동안 정자 안을 맴돌았다.

'여우는 본디 잔정이 많은 동물이라 저를 싫어하는 이를 쉽게 미워하지 못하니. 반성해라. 여우에게 미움받는 것만큼 잘못 살아온 사람도 없느니라.'

소향은 문득 할머니의 옛이야기가 떠올랐다. 할머니는 살아생전 사향노루를 잡으려고 덫을 놓은 산에서 죽은 여우를 발견하고 손녀 방에 들어와 그런 이야기를 해주었다. 여우 털은 부잣집 마나님들에게 비싼 값으로 팔리는 사치품이라 시골 사람들은 덫에 여우가 걸리면 횡재했다고 여겼다. 하지만 털 값으로 집안에 어떤 부귀영화가 찾아오든, 그것은 소향에게 중요하지 않았다. 그저 죽은 여우를 손에 들고 오는 마을 어른들을 볼 때마다 소향은 까무러쳤다. 저 예쁜 동물을 왜 죽이느냐고 철없이 엉엉 울기도 했다. 할머니는 그런 소향을 달래 주며 여우를 잡고 좋다고 하는 사내들을 향해 쯧쯧, 혀를 튕겼다.

'몹쓸 짓이야. 암. 몹쓸 짓이고말고.'

문득 여우의 잔정이 떠오르는 이유는 한때는 가엾게 여겼던 여우를 제 목에 두르고 있기 때문이요, 툴툴거리면서도 다정다감하게 말을 붙였던 여우인간 미호가 서슬 퍼런 눈으로 저와 남편을 보기 때문이다. 까만 숯등걸처럼 꽉 들어찬 동공 주변으로 새빨간 안광이 빛났다. 토끼처럼 핏줄이 훤히 보이는 빨간 눈에서 절치부심한 무언가가 엿보인다. 모골이 송연하다. 여우털이 덮인 목덜미에 소름이 돋았다. 소향은 당황한 제 꼴을 들키지 않기 위해 몸가짐을 바로 하려 애썼다.

"미호 씨가 여긴 어쩐 일인가요?"

다행히 미호를 대하는 목소리는 평소와 다르지 않았다. 빨간 시선 때문인지, 불현듯 떠오른 할머니의 이야기 때문인지는 몰라도 소향은 흐트러졌던 몸과 마음을 추스르자 더는 미호를 기이하게 대하지 않을 수 있었다. 그러나 미호의 눈빛은 변함없었다. 토끼처럼 새빨간 눈동자가 세로로 길어져 정수리 부근에 달린 두 귀를 쫑긋거리는 모습이 마냥 귀엽게 볼 수 없는 경계심이 보였다. 정자의 음산한 분위기 때문일까. 미호가 저를 경계할 리가 없는데 어찌 예민하게 반응한단 말인가. 영 불안해하는 소향에게 미호가 조막만 한 손을 펼쳤다가 접으며 슬그머니 손짓했다.

"달구경 왔어. 그쪽도 어서 와. 같이 구경하자."

망설이는 소향과 달리 장영은 성큼 앞으로 나아갔다. 소향이 황급히 손을 뻗어 장영을 붙잡아 "서방님."하고 걱정 어린 음색으로 속삭였다. 장영은 빙그레 미소 지으며 부인의 걱정을 덜어 줬다. 장영은 신을 벗어 돌 위에 놓고 정자에 올라섰다. 도포 자락을 가지런히 정리하여 미호의 맞은편에 앉는 모습이 인간의 것으로 보이지 않는 하얀 두 귀라든가, 새빨간 눈과 날카로운 송곳니 따위에 당황하는 것 같지 않았다. 마음에 불안이 없으니 목소리 역시나 단정하고 가지런했다.

"새벽에 푸른 눈의 선생에게서 소개받은 아씨로군요."

장영은 자정이 넘어서 청사와 함께 간 국밥집을 떠올렸다. 청등 홍등이 미려하게 밤거리를 수놓은 곳에서도 단연 돋보이던 청사는 늦은 시각까지 돌아다니던 한 소녀를 장영에게 소개해 줬었다. 그저 순진하고 어려 보이기만 하던 소녀가 귀신이라도 만난 양 두 눈을 커다랗게 뜨고는 황급히 달아난 탓에 제대로 말을 섞을 기회가 없었건만, 이것도 인연이라면 인연이다. 어쩌면 평생 보지 못하고 넘겼을 아이다. 이 정자에서 만날 줄 누가 생각이나 했을까.

미호를 향한 장영의 우호적인 미소를, 그의 부인인 소향이 어지러운 마음으로 바라봤다. 붙임성이 좋은 남편이라지만 겉보기에 요괴가 분명한 소녀에게 선뜻 다가가는 모습을 이해하기 어려웠다. 그런 남편을 향해서 묘한 표정을 짓고 있는 미호의 반응 역시나 소향의 마음을 어지럽혔다. 소향은 조심스레 정자에 한쪽 엉덩이를 붙였다. 구면인 소향을 향해서 미호가 반갑게 인사했다.

"다시 만나서 반가워."

방긋 웃는 미호의 얼굴에 볼우물이 파인다. 곰살맞은 인사에 소향은 안절부절못했고, 장영은 밝은 미소로 마주했다.

"어제는 제대로 인사를 못 드렸습니다. 제 이름은 기억하십니까?"

"장영."

"아, 기억하고 계시는 군요. 갑자기 달려가서서 깜짝 놀랐지 뭡니까. 혹 급한 일이 있으셨습니까."

"그럴 만한 일이 있었어. 그보다 혼인한 몸인 듯한데, 이 시간에 여긴 무슨 일일까."

미호의 시선이 소향에게 향했다. 소향은 미호를 대하기 퍽 어려웠지만 내색하지 않았다. 오히려 정갈한 미소를 지어 남편의 가문에 누가 되지 않는 마님의 모습을 보였다.

"저희도 달구경을 나왔습니다. 여기서 미호 씨를 뵐 줄은 몰랐네요."

"반갑지 않은 것 같네."

"그럴 리가 있겠습니까. 혹시 그렇게 느끼셨다면, 아씨께서 홀로 산행을 했나 하는 염려가 묻어 나와서 그럴 겁니다."

"어머, 걱정해 주는 거야?"

쿡쿡거리는 웃음소리가 목구멍 너머에서 울렸다. 샐쭉하게 눈을 접고 웃는 모양새가 어찌 그리도 요사스러운지 남자고 여자고 할 것 없이 정신이 쏙 빠질 만큼 홀릴 기세다. 소향의 시선이 절로 미호의 두 귀와 치마 속에서 살랑거리는 꼬리들을 향했다. 고도와 함께 있을 때는 염두하지 않았던 사실이 떠올랐다. 그녀는 실은 요괴며, 인간의 생간을 먹고 수명을 연장한다고 알려진 구미호다.

"미호라고 했습니까. 예쁜 이름을 가졌군요."

바늘방석에 앉은 듯 불안해 보이는 소향과 달리, 그의 남편은 느긋해 보이니. 장영이 밝고 활기찬 목소리로 미호에게 관심을 보였다. 그녀는 두 남녀의 태도가 상이한 게 퍽 재밌어서 까르륵 웃음을 터뜨렸다.

"부부가 이리 다를 수가. 아저씨. 아저씨는 나 안 무섭나 봐. 나한테 궁금한 게 많은 눈치네."

"요괴를 직접 만나서 대화를 나눈 적은 처음이라서 말입니다."

"정말로? 흐응─. 난 구미호야. 구미호는 인간을 잡아먹지. 설마 몰라서 이러는 건 아니지?"

미호는 양손을 동그랗게 말아서 고양이처럼 위협했다. 뾰족하게 길어진 손톱 열 개가 달빛을 받아 음산하게 반짝였지만 장영은 통 두려움을 모르는 얼굴이다. 그는 오직 호기심이 가득한 눈으로 미호를 바라보고 있었으니, 부인과 함께 가봉정자에 온 본래 목적마저 잊은 듯했다. 장영은 무릎걸음으로 미호에게 조심스럽게 다가왔다.

"구미호라니, 정말이오?"

걸음아 날 살려라 도망가도 모사랄 판에 한 걸음 더 다가오다니. 미호의 옥빛 청상 속에서 여덟 개의 꼬리가 서로 다른 궤적을 그리며 흔들렸다. 바닷속의 해초처럼 흔들리던 꼬리가 펼쳐졌다.

달빛을 받아 희게 빛나는 여덟 개의 꼬리는 근사했다. 수컷 꿩의 꼬리보다 더 화려하고 아름답게 보이는 것은 비단 눈처럼 하얀 털색뿐만은 아닐지어다. 다른 짐승도 아닌 구미호의 꼬리기 때문이다. 구미호의 목숨이라고도 일컬어지고, 혹은 소원을 들어줄 만큼 커다란 영기를 머금고 있다고도 알려진 아홉 개의 꼬리. 영롱하게 반짝이는 꼬리는 소향의 목에 둘린 여우털이 비할 바가 안 되었다. 큰돈을 치르고 부인을 위해 사준 여우 목도리의 가치가 순식간에 바닥으로 떨어졌다.

장영이 슬쩍 손을 뻗어서 꼬리를 잡으려 했다. 미호가 빙글 몸을 돌렸다. 장영의 손길을 약 올리듯이 빠져나갔다. 미호의 사뿐 거리는 걸음이 소향 옆에 멈췄다.

"이 주변에 전설이 하나 내려오는데 들어 본 적 있어? 가봉정자에서 생긴 전설이라 해서 가봉전설이라 불리거든."

소향이 고개를 가로저었다.

"무슨 이야기인지 알려 주시면 즐거이 듣겠습니다."

미호는 소향에게 다가올 때만큼이나 가벼운 몸짓으로 일어났다. 그녀가 발끝을 세워 한 바퀴를 빙글 도니 옥빛 치마가 떠올라 커다란 접시처럼 부풀었다. 돌고 도는 옷자락에 몸이 휘감기기도 전에 미호는 꼬리를 흔들며 정자 기둥 뒤로 숨었다.

미호가 꼬리를 휘두를 때마다 정자에 안개가 일어났다. 정자 아래쪽에 계곡이 자리 잡고 있어서 물보라가 일어나면 이 높이까지 안개가 끼는 일은 종종 있지만 겨울에는 그런 일이 없다. 안개는 미호의 요술이 만들어 낸 환상이었다. 미호는 기둥 네 개를 옮겨 다니며 꼬리를 휘둘렀다. 안개가 짙어졌다. 바람 소리가 잦아지고 그 틈을 적막이 파고들었다.

어느샌가 정자를 감싼 나뭇가지마저 보이지 않게 됐다. 그것은 눈앞이 흐리거나 뿌옇다는 것과는 달랐다. 흰색 이물질이 허공에 가득 채워진 것처럼 불투명하고 두터운 벽이 하나 세워진 셈이다. 소향은 우유처럼 하얗게 변한 하늘로 손을 뻗었다. 허공을 한 움큼 잡아 보려는 것처럼 주먹을 쥐었지만 손바닥에 남는 것은 없었다. 정자에 앉은 소향과 장영이 서로 구분할 수 있을 정도로만 세상이 하얗게 변했다.

"미호 씨?"

소향은 앞을 분간하기 어려운 하얀 안개 속에서 미호를 불렀다. 순식간에 옆에 앉아 있던 남편의 모습도 안개 속으로 사라졌다. 저도 모르는 사이에 혼자가 되어 버린 소향은 덜컥 겁이 났다. 구미호라곤 해도 고도의 일행이다. 그녀가 연유도 없이 소향 내외에게 위해를 가하진 않을 것이다. 그래도 영문을 알 수 없는 요술에는 적잖이 당황했다.

하얗게 변한 세상에는 미호의 발자국 소리가 들렸다. 낡고 습기 찬 나무 바닥을 탁탁 꼬리까지 치며 오가는 소리였다. 어디선가 까르륵 웃는 소리가 희미하게 들렸다. 너무 멀고 또 아득하게 들리는 기괴한 소리다.

소향은 엉거주춤 남편 곁으로 다가가 보이지도 않는 손을 더듬어 잡았다. 장영은 겁먹은 부인을 달랠 생각도 않고 기괴하게 변한 주변을 바삐 둘러봤다. 장영의 표정엔 소향의 얼굴 가득 드러난 공포나 두려움은 없다.

"옛날에 밤만 되면 이 정자에 와서 원을 비는 처자가 있었어."

소향은 미호의 목소리가 들린 방향으로 고개를 돌렸다. 그러다 깜짝 놀라 어깨를 움츠렸다. 희뿌연 안개 사이로 웬 여인의 옷자락이 보였다. 훤칠한 키에 저고리로도 가려지지 않는 봉긋한 가슴을 가진 여인은 단아한 손끝으로 얼굴을 가리고 있던 자색의 보자기를 들췄다. 복사꽃처럼 붉은 홍조를 띤 하얀 얼굴이 드러났다. 뽀얗고 맑아 어린아이처럼 티 없이 맑은 피부였다. 분칠한 눈매는 고혹적으로 뻗어 소향과 장영을 매혹하듯이 바라봤다. 곱게 다듬어진 반달눈썹이 살짝 들리며 눈가가 웃음기를 띠었다. 까르륵 웃음을 삼키며 몸을 빙글 돌리는 것이 몽환적이었다.

그 순간 장영이 벌떡 일어났다. 홀연히 나타난 것처럼 슬쩍 모습을 감춘 여인을 보고 장영의 행동이 괴팍해졌다. 그는 잡고 있던 소향의 손을 뿌리치고 여인이 사라진 방향으로 다가갔다. 장영은 형언할 수 없는 표정을 짓고 있었다. 놀란 것인지, 아님 당황한 것인지 알기 어려울 만큼 얼굴이 일그러졌다. 콧잔등을 잔뜩 찌푸리고 미간을 모은 것이 격한 감정을 다스리느라 곤욕스럽게 여겨졌다. 그런 장영의 반응이 소향은 생소했다. 굳건하고 이성적인 남편이 폭발적으로 분출된 감정을 다스리느라 호흡을 고르고 있다.

뭐가 뭔지 모르겠다. 여인은 무엇이며, 미호는 어디 갔으며, 남편이 어찌하여 저리도 격렬하게 반응하는 것인지. 소향은 결국 울상을 지었다. 소향이 장영의 옷자락을 움켜쥐고 당기는데도 장영은 부릅뜬 눈을 허연 공간에 고정했다. 그때 소향의 어깨너머에서 가지런한 손가락이 스르륵 나타났다.

"처자에겐 사랑하는 부군이 있어서 오래오래 행복하게 살아가길 빌었는데, 글쎄 사랑을 약속한 지 구십구 일째 되는 날에 남자가 배신하는 게 아니겠어?"

"꺅!"

소향이 비명을 질렀다. 갑작스레 나타난 흰 손이 소향의 어깨를 두드리더니 말을 마치자마자 또다시 까르륵 웃음을 터뜨리며 사라졌다. 장영은 오들오들 떠는 소향을 부릅뜬 눈으로 쳐다봤다. 그녀가 서방님, 서방님 하고 매달려도 그녀를 다정하게 안아 줄 수가 없었다. 그녀를 보살피기엔 머리가 어지럽고 정신이 혼미해 제 몸을 가누기조차 어려운 탓이다. 장영은 사방이 구별되지 않는 주변을 거칠게 고개를 꺾으며 둘러봤다. 어디선가 여인의 발걸음 소리가 들리고 높은 웃음소리가 울렸다.

어디서 울리는가. 어디서 들리는 것인가. 메아리인가.

멀리서 들리는 듯도 싶고 바로 귓가에서 속삭이는 듯도 싶은 기이한 소리에 정신이 팔릴 무렵이다. 소향의 발목이 흰 손에 턱 잡혔다. 그녀가 비명을 지르기도 전에 흰 손이 하얀 안개 속에서 상반신을 내밀었다. 자색 보자기에 얼굴을 가리고 있던 바로 그 여인이다.

"알고 보니 처자가 구미호였던 거야. 남자는 구미호와의 사랑을 지킬 수가 없어서 꼬리마저 하나 잘라가 버렸고. 남자는 그 꼬리에 소원을 빌어 작은 시험에 합격했지. 그리고 버림받은 팔미호는 이 정자에서 백 일을 울다가 사라졌다고 하고."

"미, 미호 씨예요? 미호 씨 맞죠?"

전설이 어떠하든 이 공포에서 벗어나고 싶은 소향은 자색 보자기의 여인을 보며 울먹였다. 어린 소녀가 어찌 성숙한 여인으로 모습을 바꿀 수 있나 싶었지만 미호는 구미호다. 구미호가 마음을 먹으면 사람을 홀리고 제 모습도 바꾸는 건 일도 아니라고 들었다. 이게 모두 미호의 섬뜩한 장난이라고 생각하지 않으면 구미호에 홀려 간이 빼먹혀 죽을지도 모른다. 여인은 소향의 바람을 비웃듯, 그녀의 발목을 조금 더 세게 잡고 붉은 입술을 위로 올렸다. 여인은 가느다란 발목이 저항하지 못하는 걸 알고 있는 것처럼 힘껏 잡아당겼다. 두 팔로 몸을 지탱한 채 엎드려 있던 소향의 몸이 앞으로 고꾸라졌다. 철퍼덕 정자 바닥에 나동그라진 그녀의 몸이 순식간에 발밑으로 끌어당겨졌다. 그녀가 깜짝 놀라 장영에게 손을 뻗었다. 그녀가 높다랗게 외쳤다.

"서방님!"

외마디 비명이 여운도 없이 도중에 끊어진다. 소향의 몸이 흰색 안개로 빨려 들어가 흔적도 없이 사라진 것이다. 장영은 자신의 숨소리밖에 들리지 않는 부자연스러운 침묵 속에서 식은땀을 흘렸다. 휙휙 소리가 날 만큼 거세게 고개를 사방으로 돌렸다. 아무것도 보이지 않았다. 어느새 제 손을 내려다봐도 보이지 않게 되었다. 하얀색 공간에 갇혀 버렸다.

"그동안 행복했니?"

귓가에서 울린 목소리에 공포를 느꼈다. 장영은 소름이 오싹 돋는 왼쪽으로 고개를 돌렸다. 기대했던 여인의 모습은 오간 데 없었다. 그녀의 목소리는 오른 방향에서 이어졌다.

"출세도 하고, 사랑도 얻고, 행복해 보이는구나, 요망한 것."

장영은 오른쪽으로 고개를 돌렸다. 이번에도 아무것도 보이지 않았다. 장영은 뒤로 한 걸음 물러났다. 꽉 쥐고 있는 주먹에 땀이 고였다. 어깨가 오들오들 떨려서 몸을 가누기도 어려웠다. 장영은 뒤로 한 발짝 더 물러나면서 가까스로 입을 벌렸다.

"가연……, 가연 그대요?"

떨리는 목소리가 메아리처럼 울린다. 하늘에서 깔깔 웃는 화답이 들렸다. 장영이 휙 고개를 들었지만 뿌연 안개 너머로 정자의 지붕만이 흐릿하게 보일 뿐이었다.

"낭자, 모습을 드러내 보시오. 이러지 말고 나와 이야기를 나누어 보십시다."

말이 끝나기 무섭게 장영 앞에 옥색 치마가 펄럭였다. 치마를 왼쪽으로 여민 가느다란 손가락과 그 아래로 봉긋이 솟은 흰색 덧버선 코가 보인다. 몸을 모로 돌리고 서 있는 여인은 눈을 아래로 내리깔고 웃었다. 사방에 장막처럼 쳐진 안개에 거리감을 잃은 장영은 손을 뻗어도 닿을 수 없는 곳에 있는 여인에게서 눈을 떼지 못했다. 하지만 그것은 장영의 착각이다.

멀리 있다 여긴 여인은 한 걸음 앞에 서 있었다. 그녀는 날카로운 손끝으로 장영의 턱 끝을 추어올렸다. 손톱으로 목 아래를 사르르 긁어내는 것이 묘하게 위협적이다. 장영은 딱딱하게 굳은 표정으로 여인을 내려다봤다. 여인의 깊은 눈매 안에는 홍옥 색 눈동자가 자리 잡고 있었다. 홀릴 정도로 아름다운 색이었다.

"네가 날 배신했어도, 그 허물을 용서하려 했다. 난 그대를 진심으로 사랑했어. 헌데 내 꼬리를 하나 떼어 내 시험을 통과했으면서도 또다시 요력을 탐내고 있다는 얘길 들었다. 정녕 사실인가?"

장영은 꿀꺽 침을 삼켰다. 파리하게 떨리는 손이 제 턱 끝을 올린 여인의 손을 감쌌다. 여인의 눈매가 매서워졌다. 그녀가 입을 벌려 양옆에 난 날카로운 송곳니로 위협했다. 그럼에도, 장영은 바싹 마른 입술을 벌려 간신히 대답했다.

"그대가 맞아. 꿈이 아니라 정말 그대구나."

여인은 불쾌함을 여실 없이 드러냈다. 그녀는 붙잡힌 손을 뿌리치고 뒤로 물러나 이를 세우고 위협했다.

"경망하도다. 지은 죄를 반성하긴커녕, 스스럼없이 부인이 아닌 여인의 손을 잡다니. 그대의 허물을 내 일찍이 알아보지 못하고 용서한 것이 가장 큰 죄다!"

"아니오! 아니오, 가연! 난 정말 그대를 사랑했어!"

"닥쳐라. 가증스럽다. 혼약을 맹세한 사랑이 그리도 쉽게 변할 수 있다면, 그대에겐 날 때부터 믿음이란 것이 붙어 있지 않은 모양이다!"

"적어도 그대가 인간이라고 생각했을 때까지는 사랑했소."

여인의 두 눈이 수축했다. 그녀는 온몸을 바들바들 떨었다. 자존심이 상했다. 상처 난 자존심에 소금을 뿌리는 기분이었다. 기껏 한다는 말이 인간일 때는 진실로 사랑했다는 소리라니. 요괴라는 정체가 밝혀지면 그 진실된 사랑이 단숨에 식어 퇴색된다는 이야기를 어찌 받아들이면 된단 말인가.

여인은 오래도록 정인의 배신을 마음에 품고 있었다. 무슨 이유로 사랑했던 여인을 버리고 떠났는지를 몰라 하염없이 울었다. 요괴라서 문제였다면, 단 하루만 버렸으면 됐다. 그걸 참지 못하고 도망쳐 버렸으면서 이제 와 인간일 때는 진심으로 사랑했다니 한 번 더 속은 기분이었다. 구차한 변명이다. 여인은 아랫입술을 질끈 깨물었다. 날카로운 송곳니가 도톰한 입술을 찌르면서 한줄기 가느다란 선혈이 턱밑으로 흘러내렸다.

"하루만……. 하루만 더 견뎠으면 인간 여자가 될 수 있었는데 그대는 그것도 견디지 못하고 도망쳤다. 그걸 사랑이라 말하더냐. 사랑이란 말 함부로 쓰지 마라."

"인간이 된다고 해도 본질이 요괴인 여자를 집에 들일 수는 없지 않겠소."

"그대는 얼마나 더 나를—!"

장영은 여인에게 한 걸음 성큼 다가갔다. 여인은 말을 맺기도 전에 다가온 장영을 보고 뒤로 물러섰지만 장영은 끝내 따라붙었다.

"아버지는 판서 장수적이라 불리오. 대대로 임금을 위해 일해 온 집안이고 나 역시 그 기대에 부응해 궁에 입궐할 몸이오. 그런 내가 아무리 사랑한다 한들, 어찌 요괴를 부인으로 맞을 수 있겠소?"

여인은 치맛자락을 움켜쥐었다.

"혼인한 시골 처자와 내 처지가 무엇이 다르다 생각한 것이냐."

"집사람을 욕보인다면 과거에 사랑했던 그대라도 용서하지 않을 것이오."

"적어도 내가 본 그대는 집안을 핑계 삼아 나와의 사랑을 일방적으로 저버리고 꼬리까지 떼어 가는 사람이라 생각하지 않았단 말이다."

"요괴의 허물은 나라도 덮어 줄 수 없소."

"그놈의 허물, 허물, 허물! 내가 그대보다 무엇이 못하다고! 내가 그대의 출세가도에 어떠한 발목을 잡는다고!"

여인은 두 눈을 부릅떴다. 수려하게 뻗어 있던 눈매가 푸들푸들 떨렸다. 촉촉하게 젖어 가는 눈가는 붉은빛을 머금었다. 금방이라도 슬픔과 증오가 뒤섞인 눈물이 또르르 흘러내릴 듯싶었다. 여인은 가녀린 제 모습을 보이고 싶지 않아 눈을 깜빡이지도 않았다. 혹여나 눈물이라도 흘러 두 볼이 젖는다면, 장영의 기억 속에서 가연이란 여인은 사랑에 상처받아 마음이 다친 사람 그 이상이 될 수 없을 것이다.

그녀는 필사적으로 감정을 정제하고 억눌렀다. 제 마음을 다스리는 능력이 탁월했던 고도를 본보기로 삼아 어지러운 마음을 정돈하려 애썼다. 애쓸 뿐이다. 감정이란 놈은 머리가 시킨다 하여 곧이곧대로 이야길 따르는 종놈이 아니다. 제멋대로 반발하고 또 상소를 올리는 놈이라 심장을 다스리려고 하면 할수록 더 거세게 뛰었다.

여인은 얼굴을 일그러트렸다. 이렇게 추악하게 만나려고 그간 복수를 꿈꾼 것이 아니었다. 어째서 장영은 지나치게 여유롭고 저는 흔들리고 있는가. 슬프고 괴로워해야 할 이는 자신이 아닌 장영이다. 여인은 뜻대로 흘러가지 않는 상황이 속상했다.

"난 당신에게 하찮은 취급 받을 존재가 아니야. 그대에게 내 마음을 보답받지 못한 대가를 요구해도 정당할 만큼, 그만큼 그대에게 뒤처지지 않는 가문과 신분을 가진 여인이라고."

흥분은 떨리듯이 흘러나왔다. 비록 입술을 꼭 깨물었으나, 목소리는 차분하고 정갈하게 들리게끔 애를 썼다. 손톱과 이빨을 세우며 달려드는 짐승의 모습 대신 인간으로서의 처우를 택한 것이다. 그녀의 반응은 놀랍도록 이성적이라 장영은 지금까지 지껄였던 '허물'에 대해 더는 입에 담지 않았다. 그의 입에서 깊은 한숨이 새 나왔다.

"이런 모습으로 재회하게 되어 부끄럽소. 그동안 잘 지냈느냐 안부를 묻고 싶었소만 내가 어른스럽지 못했소."

"그런 소소한 인사를 주고받고자 온 것이 아니다. 그대에게 내 고통의 절반이라도 알려 주기 위해 온 것이다."

여인이 한 걸음 더 다가왔다. 장영은 똑같은 거리를 벌리고 물러났다. 그녀는 귀신같다. 귀신은 산 사람 같지 않은 처녀를 칭하는 괴담의 주인 공이나, 그 존재 여부와 상관없이 분위기만으로도 귀신을 닮을 수가 있다. 여인의 얼굴에는 한이 서려 있었다. 어떻게든 마음속에 품은 복수의 검날을 끄집어낼 기세였다. 그 의지가 어찌나 확고하던지, 장영은 눈앞의 여인이 정말 가연이라 불리던 그녀가 맞는지, 아니면 죽어서 혼백이 되어 자신을 괴롭히러 나타난 것인지 좀체 분간하지 못했다. 하얀 안개로 뒤덮인 정자가 여인의 분위기를 더욱 음산하게 하여 장영은 침을 꼴깍 삼켰다. 여인의 두 눈에 맺힌 서슬 퍼런 안광을 보고 장영은 그녀가 흥분하지 않도록 최대한 부드럽게 타일렀다.

"내게 많은 상처를 입은 듯하오."

"그걸 이제야 인정하는 건가!"

"그대를 상처 입힌 것은 내 몹시 유감스럽게 생각합니다만, 어찌하여 상처받은 즉시 내게 죄를 추궁하지 않고 수년이 지난 지금 나타나 위협을 하는 게요."

"사람 마음이 그대의 말처럼 계산이 가능한가. 나 또한 지금 나타나 그대의 죄를 물을 생각은 없었다."

"허면 왜 다시 나타났소."

"그대는 내 꼬리를 잘라간 것도 모자라 한 번 더 욕심을 부렸다. 여전히 이 정자에 와서 구미호 꼬리를 얻을 수 있지 않을까 호시탐탐 탐욕스러운 눈을 빛내고 있더구나! 고약하고 추악하여 도저히 그냥 넘어갈 수가 없었다!"

"괘씸죄란 말이군."

가연이 왜 화를 내는지 알게 된 장영은 고개를 끄덕였다. 여인은 뻔뻔하고도 이기적인 장영의 행태에 할 말을 잊었다. 속이 답답해서 가슴을 퉁퉁 두드리고 싶었다. 차라리 장영이 자신을 잊었더라면 나을 뻔했다. 잊고 지냈더라면 복수를 결심한 마음이 이렇게 분하지도 않았을 것이다. 뒤끝 없는 통쾌함만 건지고 깔깔 웃었을 텐데, 장영은 과거의 정인을 앞에 두고도 진정한 사과 한마디 꺼내지 않았다.

아주 조금이지만 기대하던 것이 있었다. 자신을 보고 놀라거나 슬퍼하거나 자책하는 그런 모습이었다. 그러나 장영이 보여 주는 태도는 지극히 꼿꼿하고 기품 넘치는 선비의 모습이다. 요괴인 여인을 어찌 사랑하느냐고 물었고, 요괴였던 정인을 버리는 게 무슨 잘못이냐고 고개를 갸웃했다. 가연에게 상처를 준 일은 미안하나 그것은 자신을 속이고 인간 행세를 한 죗값으로 묻어 두라는 투였다.

가연은 분노를 넘어 마음이 공허해졌다. 이런 사람을 위해 그동안 인간 세상을 떠돌며 가슴 아파했다. 가슴을 앓았던 지난 세월이 모두 부질없어졌다. 그녀는 조금 힘이 없는 목소리로 중얼거렸다.

"당신 따위 죽였어야 했는데."

꼬리를 잘라 갈 때. 아니 그 이전에 멱을 따버렸어야 했는데. 왜 사랑에 잡혀 단호한 결정을 내리지 못했는가.

그녀의 혼잣말을 곱씹은 장영은 지극히 평온한 말투로 화답했다.

"과거형이군. 지금은 그러지 못한다는 것인가."

"지금이라도 죽여 버리고 싶구나. 죽이겠다고 달려들면 그대는 겁을 먹을 것이냐?"

"내게 복수하려고 다시 나타난 게 아니오? 그럼 죽이겠다고 날뛰어 보시오. 그대의 한을 내가 다 받아 주리라."

"두렵지도 않느냐! 무섭지도 않아? 어찌 그리도 태평할 수 있지?"

"내가 죽으면 누가 손해일지 알기 때문이오."

손해라니. 그야 당연히 생을 마감하게 된 장영의 손해 아닌가. 장영의 말을 이해할 수 없는 가연은 눈살을 찌푸렸다. 가연의 표정을 보고 장영은 생긋 웃었다.

"날 죽인 그대의 일족은 이 산 어딘가에 살고 있지. 아마 아버지께서 이 산을 모조리 불태워 구미호 사냥을 벌일지도 모른다. 나 같은 한낱 인간의 목숨과 그대 일족의 사활 중 무엇이 중하다고 보나?"

가연이 지금까지 살면서 가장 끔찍한 협박이었다. 그녀는 당장이라도 기다란 손톱을 꺼내 장영의 목을 잘라 버리고 싶었지만, 머릿속까지 하얗게 만드는 장영의 언행에 온몸을 파들파들 떨기만 했다. 장영의 쌍꺼풀 없이 둥그런 눈엔 죄책감에 대한 동요가 담겨 있지 않다. 순해 보이는 강아지처럼 동그란 눈을 보면 아무리 모진 마음을 가진 이들이라도 금세 언 마음이 녹아 장영을 사랑스럽게 대했다.

혼인을 맺기 전에 그의 가솔은 장영을 도련님이라 부르며 졸졸 따랐고, 혼행을 마치고 한 가족을 꾸린 지금도 나이가 지긋한 이들은 여전히 도련님이란 호칭을 썼다. 그는 생김새부터가 상대로 하여금 마음을 열게 한다. 또, 그 큰 눈망울에 학자의 신념과 정치에 대한 믿음이 있어 마냥 어린애처럼 보이지 않고 믿음직스럽게 느껴졌다.

처음 보는 이들에게도 호감을 주는 그 얼굴에는 눈을 씻고 찾아도 가연이 찾는 감정은 없었다. 장영이 조금이라도 가연에게 미안한 마음이 들었다면, 그걸 확인한 것만으로도 가연의 기분은 한결 가벼워졌을 것이다. 작은 기대마저도 저버린 장영의 태도에 그녀는 소리를 죽여 웃었다.

장영을 만나면 죽이려고 했었다. 진심으로 장영의 목을 쳐버려서 자신을 배신한 인간 따위 기억 속에서 영영 잊으려고 했다. 인간에게 정을 준 가연 자신이 밉고, 그런 정을 매몰차게 저버린 옛 정인을 용서할 수 없었다.

죽이자. 그 생각만 수천수만 번을 하면서 사랑의 아픔을 속으로 삭였건만, 고도를 보고는 조금씩 생각을 바꾸기 시작했다. 지난 사랑에 오랫동안 괴로워하던 고도를 옆에서 가만 쳐다보면서 사랑을 배신한 놈들을 어떻게 처단해야 확실한지를 깨달았다. 자신 때문에 사랑하던 이가 죽었다고 생각한 고도는 언제나 악몽에 시달렸고, 결국 밤에 잠을 자지 않게 되었다. 하루 두 시진밖에 잠들지 않는 그는 꿈속에서 정인을 만나는 것을 가장 괴로워했다. 고도를 보니 죽음보다 더 큰 고통이란 게 있다는 걸 알았다. 그래서 가연은 장영에게 새로이 복수할 방법을 찾았다. 죽음보다 더 큰 고통. 그 고통의 이름은 죄책감이다.

"잔인한 그대에게 내 마지막 선물을 주겠다."

여인의 손가락이 장영의 미간을 향한다. 곧 희뿌연 안개가 목숨을 가진 짐승이라도 되듯 꿈틀거렸다. 시야가 일그러지고 사방의 공기가 탁하게 목을 조여 왔다. 장영은 온몸을 압박하는 기묘한 분위기에 놀라 뒷걸음질을 쳤다. 여인이 새빨간 눈을 뜨고 송곳니를 드러내어 말했다.

"앞으로 네 썩어빠진 눈엔 모든 여자가 불여우로 보일 것이다. 여자들은 하나같이 흉측한 귀와 꼬리를 달고 다니며, 얼굴은 기다란 수염과 털로 뒤덮여 있겠지. 네 부인은 특히 새까만 털을 가진 여우로 만들어 주마. 여우와 평생을 부대끼며 자식을 낳아 네 핏줄을 보존해 보아라. 네 아이의 얼굴이 털로 뒤덮여 있어도 그것이 환상인지 실제인지 분간도 못할 만큼!"

치마 속에 가려져 있던 꼬리들이 요동을 쳤다. 우르릉, 우르릉, 공기와 정자와 산이 포효하듯 떨리는 속에서 장영은 두 눈을 크게 떴다. 섬뜩한 분위기를 자아내던 하얀 안개들이 섬광처럼 장영의 눈 속으로 쏟아져 들어갔다.

장영은 커다랗게 비명을 질렀다. 두 손으로 얼굴을 감싸고 지진이라도 난 양 흔들리는 정자 바닥을 데굴데굴 굴렀다. 머릿속에 박혀 있던 단아하고 참한 부인의 인상이 왜곡되었다. 추위에 목이 상하면 어찌하겠느냐며 특별히 사준 여우 털목도리가 온몸을 뒤덮었다. 동그랗고 앙증맞았던 눈은 세로로 길게 찢어지고, 오뚝 솟은 코는 인중 밑까지 늘어나 턱과 입이 한데 모여 짐승의 것으로 바뀌었다. 매일 창포물에 씻은 것처럼 윤기가 흐르던 머리에는 지푸라기보다 거친 털을 가진 귀가 솟았다. 하늘거리는 치마 속에는 커다란 꼬리가 드러나니, 그 모든 모습이 평생을 함께 살 부인이라도 참기 견딜 만큼 흉측했다.

부인에서 어머니로. 어머니에서 저잣거리 상인 아주머니로. 기억하던 여자들의 모습이 모두 여우로 바뀌었다. 서슬 퍼런 짐승의 눈깔이 저를 빤히 쳐다보는 잔상으로 말미암아 온몸에 소름이 돋았다. 장영은 식은땀이 흥건하게 배인 얼굴에서 손을 떼어 냈다. 두 손이 파르르 떨렸다. 머릿속이 복잡하다 못해 터질 것만 같았다. 설마 그럴 리 없다고 생각하며 조심스럽게 눈을 뜨자 가연의 모습이 보였다. 장영은 절망했다. 아름답던 여인은 온데간데없이 눈앞에는 흉측한 몰골의 여우 인간이 서 있었다.

여인이 배를 잡고 웃었다. 깔깔깔 터진 웃음소리가 오금을 저리게 만든다. 고개까지 젖히며 웃는 그녀의 파안대소에 장영은 식은땀이 흘러 들어간 두 눈을 깜빡였다. 점차 악이 받치면서 곱던 인상이 단숨에 찌푸려졌다. 장영은 두 손을 바들바들 떨 정도로 주먹을 쥐었다.

"가연, 그대는 옛이야기를 좋아했지. 특히나 선한 사람이 잘살고, 악한 사람은 벌 받는 이야기를 좋아했소."

악이 받쳐 오른 목소리가 이성적인 장영과 어울리지 않는다. 분명 가연이 그렇게 보고 싶어 하던 장영의 모습이었다. 장영이 망가져서 제 몸을 추스르지도 못하는 모습을 죽기 전엔 꼭 보고 싶었다. 그럴 작정으로 이런 수고스러움을 하지 않았는가. 가연은 묵은 체증도 내려앉은 편안한 얼굴로 장영의 말을 들었다. 어금니를 악물며 말을 토해 내는 장영과 여유로이 웃고 있는 가연의 모습은 극심한 대조를 이뤘다.

"그런 그대가 생각하기에 벌해야 할 악인은 바로 나이기에 그만한 대가를 취한다고 보는 모양이오."

"참으로 딱하다. 이제야 본질을 꿰뚫었구나. 그래 놓고 이 나라를 이끌 사람이 되겠다니, 머리도 나쁘고 눈치도 없어서 어디 쓰임새가 있겠는가?"

"비웃어라. 그래, 마음껏 조롱해라. 나 역시 그대의 어리석음을 알려 줄 것이다. 그대가 내 집사람에게 했던 전설의 교훈이 무엇인지 아시오?"

교훈 따위 관심 없다. 그리 내치려던 가연은 눈앞까지 다가온 장영의 분노를 직면하고 잠시 주춤했다. 장영이 더 가까이 다가왔다.

"요괴에게조차 사랑을 베풀었던 인간. 그 인간의 심성에 하늘이 감복하여 시험에 합격할 수 있는 상을 내렸으니. 한낱 금수가 인간과의 영원한 사랑을 꿈꾸었다는 허무맹랑한 바람에 대한 처단이요, 그런 요괴의 허물마저 감싼 인간의 사랑을 대대손손 알려 준다는 것이오. 요괴가 어찌 인간과 함께 지낸다는 거요. 그런 걸 어찌 상상할 수 있단 말이오."

굳어 버린 가연을 장렬하게 비웃듯이 장영이 그녀의 귀에 대고 속삭였다.

"인간에게 당신들은 존재 자체가 악인 것을."

가연은 두 손으로 입을 틀어막고 뒷걸음질 쳤다. 장영의 비열한 얼굴이 보인다. 순한 강아지 같던 얼굴이 지옥도에나 그려지던 저승사자를 닮아 있었다. 야차 같은 얼굴로 욕설보다 더 심한 이야기를 입에 담아 가연에게 상처 주길 서슴지 않았다.

인간에게 당신들은 존재 자체가 악인 것을.

살아가는 것 자체를 부정하는 그의 말에 가연은 지금껏 보이지 않던 눈물을 한 방울 떨어트렸다.

　바람이 바뀌었다. 높새바람이 차가운 밤공기에 눌린 듯 아래를 향하며 정자 주변을 감쌌다. 날카롭게 벼려진 바람이 외따로 분리된 듯한 가봉 정자 안까지 휘몰아쳤다. 부자연스러운 기이한 바람이 눈물을 흘리는 가연을 감싼다. 그리고 영원히 걷힐 것 같지 않던 하얀 안개를 가르고 검은 물체가 튀어 들어왔다.

　그것은 짐승처럼 야만스러웠다. 거침없이 달려드는 몸짓은 사냥개와 같았다. 저돌적으로 달려든 것이 장영의 몸을 올라탔다. 검은 짐승의 갑작스러운 등장에 장영은 쿵 소릴 내며 장자 바닥에 머리를 찧었다. 절로 눈살이 찌푸려졌다. 어지러운 머리를 흔들어 털자 제 몸을 내리누르고 있는 검은 것의 정체를 확인할 수 있었다.

　"……도사님?"

　검은 머리카락 사이로 보이는 금안이 차갑게 빛나고 있었다. 금안에 시선을 떼지 못하는 장영은 그 때문에 허리춤에서 검을 푸는 고도의 움직임을 따라가지 못했다. 가연의 비명이 터졌다. 그녀가 고도에게 달려들어 허리에 매달렸지만 그보다 빠르게 고도의 검 끝이 장영의 얼굴을 향했다. 녹슬어 이가 빠진 흉측한 검은 사람을 죽이기도 어려울 만큼 낡아 있었다. 그 낡은 검은 장영의 왼쪽 눈을 정확하게 찔렀다.

　"장영!"

　가연의 비명은 장영의 고통에 찬 울음에 묻혔다.

　"아아아아악!!!"

　칼이 찌른 왼쪽 눈에서 피가 철철 흘렀다. 얼굴 한쪽이 함몰되어 흉측한 시체 형상과도 같았다. 장영은 왼쪽 얼굴을 감싸고 바닥을 뒹굴었다. 가연은 얼굴이 온통 눈물범벅이 되어 장영에게 달려갔다. 하지만 시도뿐이다. 고도에게 뒷덜미가 잡힌 가연은 정자 밖으로 내동댕이쳐졌다. 땅바닥을 두어 바퀴 구른 여인의 몸이 하얀 연기를 뿜으며 작아졌다. 고혹적이던 얼굴과 여물어 있던 성인의 몸이 부피를 줄이고 쪼그라들며 자라지 못한 소녀의 모습으로 되돌아왔다. 언제나 양 갈래로 묶었던 머리칼은 소녀의 등허리를 덮으며 떨어졌다.

산발이 된 소녀, 미호는 바닥을 구르느라 까져 버린 손바닥과 무릎에서 아픔을 느끼지도 못했다. 자신을 이리도 험하게 다루는 고도의 태도에 놀랐다. 그의 싸늘한 금안이 한 치의 흔들림도 없이 장영을 노려보고 있는 섬뜩함에 몸이 굳었다. 고도는 얼굴을 감싼 장영의 왼손을 발로 찼다. 이번에는 검 끝을 세워 왼손에 꽂아 넣었다. 다시금 터진 비명이 무색하도록, 고도는 지극히 표정이 없는 얼굴을 하고 그리 말했다.

"공자와 맹자가 그러더냐. 그들이 설파하고자 한 인본주의가 인간의 이익만을 추구하고 그 외의 것을 모두 악으로 정하라고?"

무거운 목소리가 끝을 맺기도 전에 저만치 수풀이 바스락거리며 청사가 모습을 드러냈다. 고도의 돌발 행동에 퍽 놀란 표정을 짓고 있는 미호와 소향을 발견하자 잠깐 멈추어 섰다. 그러다 정자에서 벌어진 사태를 보고 급히 달려 나왔다.

"고도, 안 돼!"

달려오는 청사의 목소리도 듣지 못한 양 고도는 검을 세워 장영의 목을 겨눴다.

"너희 성리학자들은 하나같이 다 똑같다. 사람의 이로움만 따진다. 무리의 이익만을 계산한다. 그 속에서 희생당하는 다른 존재의 사정은 염두에 두지 않는다. 그럴 필요가 없겠지. 나와 미호는, 너희 말처럼 존재 자체가 악이고 징벌해야 할 대상이니까."

달려오는 청사보다 한 발 먼저 고도의 검이 장영의 목을 내리 찔렀다.

안개 밖에 있던 탓에 미호와 남편이 무슨 일이 있었는지 모르는 소향도, 고도의 손힘에 안개 밖으로 내동댕이쳐졌던 미호도 얼굴을 가리고 비명을 질렀다. 뒤늦게 정자 위로 뛰어오른 청사가 고도를 뒤로 붙잡아 당겼지만 녹슨 검날은 이미 장영의 목을 관통한 후였다.

칼이 꽂힌 목에서 피가 분수처럼 쏟아진다. 폭포처럼 쏟아진 피가 정자의 바닥을 적시며 나뭇결 사이사이를 메운다. 흘러넘친 비릿한 액체들은 나무 틈새로 떨어져 그 아래 흙바닥까지 물들인다. 목과 위팔이 분리가 되어 뒹구는 시체.

당연하게 떠올렸던 상상은 실체가 되어 눈앞에 펼쳐지지 않았다. 고도의 검은 분명히 장영의 목을 가르고 정자의 바닥까지 부쉈지만 장영의 목을 자르지는 못했다. 검이 목을 쳤는데도 목이 잘려 나가지 않다니. 장영은 꼼짝 없이 죽음을 기다리다 말고, 놀라서 굳어 버린 채 누워 있다. 목숨에는 이상이 없는 멀쩡한 모습이었다.

고도가 어떠한 도술을 부렸는지는 청사조차도 모르는지라, 청사 역시 당혹감을 숨기지 못하고 고도의 눈치를 살폈다. 고도는 돌연 뛰어온 청사의 힘에 밀려 검을 놓친 채 주저앉아 있었다. 검을 쥐어야 할 손은 비어 주먹만 움켜쥐고 있다. 분하고 화가 난 감정을 주체하지 못하고 있다. 좀처럼 흥분하지 않는 고도가 입을 꽉 물고서 호흡을 고를 정도로 격렬하게 반응했다. 이런 상태로는 고도가 도술을 부려서 장영의 목숨을 살린 것 같지 않았다. 죽이려고 겁만 주고 물러났다고 하기엔, 도술을 시전한 고도의 상태가 그런 장난을 부릴 만큼 여유롭지 않았다. 검이 스스로 사람의 목숨을 잡아먹길 거부한 것 외엔 달리 설명할 길이 없다. 하나 제아무리 명검이라도 사람 목숨을 살리고 말고를 검 스스로 정할 수 있을 것인가.

장영에게 달려들어 그의 얼굴에 검을 찔렀는데도 고작 눈알 하나 터진 점. 목을 자르려고 칼을 세웠지만 상처 하나 입히지 못한 점. 모든 것이 의문이어도 집요하게 물고 늘어질 수 없으니, 지금은 그 호기심을 충족하기보다 고도를 추스르는 게 더 중요했다. 청사는 검을 챙겨 고도의 손에 쥐여 줬다. 어깨 너머로 고개를 돌리고 미호를 불렀다.

"미호, 얼른 이리 와!"

미호는 멍한 얼굴로 청사의 채근을 바라봤다. 청사가 다시 불렀다.

"빨리 오라고, 지진아!"

그녀는 반사적인 움직임만 보였다. 목이 잘렸어야 할 장영이 아직도 멀쩡한 모습에 시선을 떼지 못했다. 결국 느리게 움직이는 미호가 답답한 나머지, 청사가 직접 그녀의 손을 잡아당기는 사태까지 벌어졌다.

"서방님……. 서, 서방님."

심약한 소향은 창백하게 질린 얼굴을 가까스로 추스른 뒤에 정자 위로 엉금엉금 기어갔다. 장영의 팔을 잡고 흔들었다. 얼이 나가 정자의 지붕만 올려다보던 장영이 소향을 보자 흠칫 놀라 엉덩걸음으로 물러났다. 공포에 질려 부인을 거부하는 모습이 퍽 심상치가 않다. 소향은 눈물까지 보이며 장영에게 다가갔지만 장영의 반응은 그대로였다.

"오, 오지 마라!"

"서방님!"

"오지 마라 하지 않았느냐!"

"대체 무슨—."

"오지 말라고, 이 괴물 같은 년아!"

신경질적인 장영과 그런 장영에게 상처받아 더는 다가가지 못하는 소향 내외를 뒤로한 채, 청사는 고도를 등에 업었다. 미호에게 눈짓하자 그녀는 고개를 푹 숙이고 청사의 뒤를 따랐다. 눈앞을 가로막은 무성한 나뭇가지들을 모조리 부러뜨리며 길도 나지 않은 산속으로 더욱 깊숙하게 들어갔다. 산세가 워낙 험해서 어두운 밤에 이동하기란 쉽지 않았다. 어둠 속에서도 형형히 빛을 내는 청사의 두 눈이 아니었다면 이렇게 쉬이 발길을 옮기지 못했을 터다.

"야, 팔미호. 네가 어마어마한 요력을 내뿜으며 난리를 부린 통에 널 찾을 수는 있었지만 덕분에 금부까지 이쪽으로 오게 됐어. 고도가 지금 쫓기고 있으니 우선 자리를 피하고 보자."

미호는 대답하지 않았다. 힘없이 고개를 끄덕일 뿐이다. 청사가 뒤를 돌아봤다. 가봉정자 근처에 수많은 횃불이 일렬로 늘어서 있었다. 일렁이는 불빛들의 행렬에 더는 지체하지 않고 걸음을 옮겼다. 숨이 턱까지 차오를 때쯤, 등에 업은 고도가 청사의 목을 꽉 끌어안았다. 청사의 어깨에 얼굴을 묻은 고도가 소리를 죽여서 웃었다.

"하하하. 똑같구나, 똑같아. 아하하하."

억눌린 웃음소리가 슬프게 들려, 무슨 소리냐고 묻지도 못했다. 고도는 혼잣말처럼 웃음을 이었다.

"그렇게 많은 시간이 흘렀는데도 세상은 그대로구나. 나도 그대로야. 겉보기만 바뀐 것을. 내가 우민하여 아무것도 몰랐다. 하하하."

엉망이다. 도읍에 오고 나서 고도도, 미호도 모두 엉망이다. 작정이라도 한 것처럼 무리해서 일을 키우고 또 수습하지 못해 고통받고 있지 않은가.

"……멍청한 놈."

청사는 고도를 고쳐 업었다. 달빛마저 들지 않은 산의 품속으로 파고드는 발걸음이 무거웠다.

헐벗은 나뭇가지에 쌓인 눈이 바람을 맞아 나무 밑동으로 쏟아졌다. 우수수 떨어지는 눈은 희고 깨끗하여 다람쥐나 청설모가 지나간 흔적도 남지 않았다. 하지만 쌀가루처럼 보드랍고 포근해 보이는 눈은 겉모습과 달리, 뼛속까지 에는 추위를 선사했다. 눈밭을 밟는 미호의 발끝이 파랗다. 그녀는 추위에 꽁꽁 얼어붙은 발을 끌면서 고도의 뒤를 따랐다.

고개를 들면 하늘도 가릴 만큼 무성하게 자란 나무들의 모습이 을씨년스럽다. 고도를 추격하는 금부들이 닿지 못할 깊은 산이다. 멧돼지나 호랑이가 출몰해도 여상할 만큼 스산한 주변인 것이다. 달빛이 반사된 환한 눈길을 헤치던 미호는 우두커니 멈추어 섰다. 아무런 말도 없이 걷기만 하던 고도가 뒤를 돌아보았다. 미호는 소매로 눈가를 닦고 있었다. 억눌린 울음소리 같은 것이 들린다. 참으려 해도 꽉 막힌 목을 비집고 꾸역꾸역 흘러넘치는 흐느낌을 말리기는 쉽지 않았다. 바람 소리만 휘휘 부는 산속에 크지 않은 미호의 울음소리가 울려 퍼졌다.

"……한심해."

멈추어 선 미호가 결국 자리에 주저앉았다. 무릎을 세워서 고개를 푹 묻고서는 조그마하게 흐느꼈다. 울음소리가 텅 빈 산을 울렸다. 그 공허함이 서러워진 그녀의 두 눈에 커다란 눈물방울이 아롱졌다. 두 볼을 타고 쉴 새 없이 흐르는 눈물을 멈추지 못하겠다. 그녀는 코를 삼키고 입술을 악물면서 눈물을 멎게 하려 해보았지만 모두 말짱 도루묵이라. 장영 때문에 힘들어했던 세월이 비참하게 흘러내렸다.

"한심해. 한심해 죽겠어. 고작 이러려고 내가……, 내가……."

목이 메어 뱉지 못한 말이 입 속으로 빨려 들어간다. 조금 더 매몰차게 버리고 싶었고, 그렇게 버려진 장영이 크게 충격을 받은 얼굴로 미호 자신을 바라보길 꿈꿨다. 상상 속에서 장영은 눈물을 흘리면서 미호에게 지난날을 사죄하곤 했다. 미호는 그런 장영에게 행여나 옷자락이라도 붙잡힐까 싶어서 거리를 두고 조소를 흘렸다.

　조금 더 비참해져라. 서러워하고 힘들어하고 미안해하고 용서를 구하라. 장영이 나락까지 떨어져 더는 회생하지 못할 정도로 깊은 감정의 구렁텅이에 갇히길 바라지 않았던가. 지난 수년 간 상상해 왔던 그 모든 과정이 엉망이 되었다. 정작 눈물을 흘려야 할 사람은 오히려 두 눈에 맹독을 담고 미호를 증오했다. 미호는 사랑했던 이가 자신을 그렇게 볼 줄 몰랐기에 두렵고 겁이 나 뒷걸음질을 쳤다.

　아등바등 여기까지 와서 보고자 한 게 고작 이런 결과라니, 미호는 가슴이 답답하여 눈물을 멈추지 못했다. 미워하고 또 미워했던 이가 고작 사납게 저를 쳐다봤다고 해서 그간 품어 왔던 한恨이 한순간에 무너질 줄 몰랐다. 미호는 단지 장영이 제게 사과하길 바랐다. 그냥 그 정도면 충분했다. 미움이고 한이고 복수고, 그 모든 것이 장영의 입에서 진심으로 속죄하는 '미안하다.'라는 한마디면 풀릴 일이었던 게다.

　웅크려 앉아 울고 있는 미호의 앞으로 뽀드득, 눈을 밟는 소리가 다가왔다. 눈물로 여울진 미호의 시선 끝에 검은색 옷자락이 밟혔다. 소매에 눈물을 꾹 눌러 훔치고 고개를 들자 고도가 한쪽 무릎을 꿇어앉고 있었다. 표정이 없는 고도의 얼굴을 보자 미호는 다시 눈물이 났다. 고도를 보니 장영이 생각나서 고장 난 눈물샘에서 물을 콸콸 쏟아 냈다.

　"마을에 내려가 엿이나 당과라도 사다 줄까. 단 걸 먹으면 기분이 나아진다고들 하지 않느냐."

　고도가 젖은 볼을 닦아 주며 그리 말하니, 미호가 잠긴 목소리로 애써 대답했다.

　"……괜찮아. 됐어."

　"본디 현명한 여인은 남자가 뭘 갖다 바친다 하면 아닌 척하면서 다 받아들이는 거다."

"됐거든? 너도 누구한테 쫓긴다면서 마을에 내려가 엿이나 살 상황이니?"

"저런, 실속도 챙길 줄 모르는 무식한 지진아로고. 때론 너 자신을 위해서 이기적으로 굴어도 된다. 지금이 바로 그 상황이다. 내가 허락하니, 나를 마음대로 부려 먹어 보아라."

울적하던 미호의 얼굴에 약간이나마 생기가 돈다. 슬픔에 젖어 있던 표정이 어린아이처럼 뽀로통해져서는 조그마한 손으로 고도의 양 볼을 잡고 흔들었다.

"너나 실컷 먹어. 너야말로 기분을 좀 다스릴 필요가 있으니까."

"내가 뭘 어쨌다고 시비냐."

"아닌 척 굴어도 다 알아. 난 네가 그렇게 화내는 거 처음 봤으니까."

한 번도 인간에게 악한 감정을 품어 본 적 없던 고도가 검을 들고 장영을 죽이려 했다. 인간에게 있어서만큼은 언제나 중도의 길을 걸으려던 고도가 말이다. 서전검은 인간을 죽일 살생능력이 없는지라, 고도가 장영의 목을 베려고 해도 그럴 수 없었겠지만 과연 고도의 손에 서전검이 아닌 평범한 검이 들렸어도 똑같이 행동했을까.

미호는 굳은 표정의 고도에게 손을 내밀었다. 고도가 마주 잡아 준 손은 차가웠다. 핏기가 빠져 희게 질린 손은 장영을 죽음으로서 단죄하려고 한 제 잘못과 나약함을 여전히 마음에 걸려 하는 것 같았다. 미호는 자신 때문에 고도가 순간 흔들려서 고도 스스로 믿고 있는 가치를 져버렸다는 것이 못내 미안하면서도 고마웠다. 고도가 감정적으로 나약해질 만큼, 그의 마음속에 미호라는 팔미호가 크게 자리 잡고 있다는 걸 새삼 깨달았기 때문이라. 한 번도 좋아한다, 아낀다는 말도 없던 주제에 인간보다 요괴 편을 들어주다니. 이 무심한 남자는 이렇게 한 번씩 저를 감동시킨다.

"고도. 날 위해 웃어 봐. 내 얼어붙은 마음이 사르르 녹을 정도로 예쁘게 웃어 봐."

고도는 의아함이 가득한 눈을 깜빡였다.

"어서."

미호는 진심으로 보챘다. 고도의 얼굴을 잡아당기고 늘리고 비틀면서 억지로 웃는 표정을 짓기도 했다. 엉뚱한 부탁의 의도를 파악한 고도가 허탈한 듯 웃었다. 기분을 풀어 주겠다고 평소에 안 하던 짓을 했더니만, 미호 이놈이 그 기회를 놓칠세라 머리 꼭대기까지 기어오르는 게다.

고도는 미호를 책망하는 대신 뒤를 돌아 청사를 바라봤다. 청사는 나무 위에 올라앉아서 고도가 챙기지 못한 서전검을 이리저리 살펴보고 있었다. 청사의 눈에 비친 서전검은 잔뜩 녹이 슬어 밝은 달빛도 반사하지 못했다. 이가 다 빠져 오래된 유물처럼 변해 버린 검에서 더는 살상능력은 찾아보기 어려웠다. 용왕의 눈을 찔러 전설이 되었다는 검이거늘, 명검의 모습은 이해하기 힘들 정도로 초라했다. 제아무리 오래된 검이라도 이 정도로 부식하려면 수천 년은 족히 걸리지 않을까 싶었다. 청사는 검자루를 잡았다가 놓으면서 비범한 검 특유의 느낌을 찾아보려 했지만 소용이 없었다. 아무리 봐도 볼품없는 검인데, 이게 조금 전에 보여 주었던 비범한 능력이 생각났다.

고도는 진심으로 장영에게 검을 휘둘렀다. 그만한 거리에서 검날이 어긋날 리가 없었다. 그럼에도, 검날이 지나간 장영의 목은 멀쩡했다. 검이 스스로 사람을 살리고 죽일지를 결정한 건가. 아니, 그런 게 가능하긴 한가.

청사는 도통 이해할 수 없다는 얼굴로 검을 들여다보다가 고개를 들었다. 누군가 저를 쳐다보는 시선이 느껴진다 싶었더니만 나무 밑에서 고도가 빤히 올려다보고 있었다. 어, 하며 청사가 무슨 말을 해야 할지 몰라 뜸을 들이는 사이에 고도가 갑자기 웃어 보였다. 입술만 호선을 그리는 작은 웃음인데도 청사는 두 눈을 휘둥그레 떴다. 왜 갑자기 고도가 저를 보고 웃냐고 묻기라도 할 셈인지 미호를 보며 눈을 깜빡였다. 상황을 이해하지 못하는 청사와 달리, 미호는 눈을 반만 뜬 채로 입술을 삐쭉 내밀었다. 그녀는 고도를 원망하듯 중얼거렸다.

"날 위해서 웃으랬지, 누가 다른 놈을 보고 그렇게 예쁘게 웃으래? 쳇."

툴툴거리는 미호의 머리를 쓰다듬어 주는 고도였다. 고도는 불순한 방법을 이용했지만 결과적으로는 미호가 원하는 표정을 지어 줬다. 상대의 웃는 얼굴을 보고도 미간을 찌푸리거나 화를 낼 정도로 심정이 모질지 않은 미호이기에 고도의 노력에 조금이나마 기운을 차렸다. 그녀는 고도를 일으켜 세웠다. 눈 위에 무릎을 꿇고 있느라고 젖어 버린 두루마기를 털어 주었다.

"있지, 고도. 인간들은 모두 요괴를 싫어해? 요괴와 사랑했던 과거를 수치스러워할 만큼?"

전보다 한결 밝아진 목소리다. 고도의 옆에 쪼르르 붙어 서서 고개를 올리고 묻는 것이 평소 대찬 여장부처럼 굴던 모습과 가히 흡사했다. 기운을 차려서 다행이다. 그럼에도, 고도는 미호의 물음에 쉬이 대답하지 못했다.

미호는 겉보기에 어린아이의 모습을 하고 있다. 또한, 하는 짓도 천둥벌거숭이 같아 사방팔방을 어지럽게 하고 나 몰라라 도망가곤 한다. 그래도 본질은 천 년 먹은 구미호인지라 인간보다 세상의 이치에 통달한 요물이다. 간혹 특유의 천진난만한 성격 때문에 세상의 본질을 까먹을 때는 있지만, 그것을 영영 잊을 정도로 어리석지 않다. 그녀는 장영을 단순한 사랑의 시련으로 여겼었다. 꼬리를 잘리고도 실패한 사랑에 대한 충격과 슬픔에 잠시 요괴의 본분을 잊고 지냈다.

그녀가 실패한 것은 낭만적인 사랑도, 종족을 초월한 인간과의 결실도 아니다. 요괴와 인간은 합일할 수 없다는 만고불변의 이치를 사랑에 빠진 여심 때문에 외면하고 있던 것이다. 고도는 고민한 끝에 미호의 질문에 대답했다. 그 소리는 사뭇 뜬금없기까지 했다.

"요괴가 살아가는 이유가 무엇이더냐."

미호는 걸음을 멈췄다.

"중요한 질문이야?"

"내가 언제 허튼소리를 한 적 있더냐."

"항상 그러잖아."

"난 언제나 본질을 꿰뚫지."

"그 본질이란 놈이 한심하네. 너 같은 인간에게 꿰뚫리고."

"누구도 못 뚫으니 내가 뚫지 않겠느냐."

"또 헛소리."

"본질이다."

진지하게 부정하는 얼굴을 보니 눈이 금색으로 번쩍이는 것만 빼면 평소와 다름이 없다. 어떤 음흉한 꿍꿍이나 삿된 마음을 가지고 한 질문은 아니었다. 아무렴, 고도에 대한 신뢰가 높은 미호는 눈을 또르르 굴려 최대한 정성스레 대답했다.

"환생하고 윤회하는 인간과 달리, 요괴는 한번 태어나면 그것으로 생에 마침표를 찍어. 세월을 거듭하며 덕과 업을 쌓는 인간과는 달라. 우리의 삶은 한 번뿐이고 이 혼은 한번 죽으면 영원히 소멸해. 그래서 너희보다 삶에 대한 애착이 강하며 쾌락과 즐거움을 위해 과감한 행동을 하는 것이다. 살아가는 이유를 물었지? 대답은 간단하구나. 한 번뿐인 여생을 즐기고자 함이야."

말하고 나니 그것이 정녕 맞는 말인지라. 어째서 스스로 알고 있던 사실을 그 오랜 세월 잊고 지냈는지, 미호는 허탈한 웃음을 짓고 말았다. 웃다 보니 눈물이 차올랐다. 차오른 눈물이 미호의 붉은 눈동자를 더욱 충혈되게 만들었다. 그 어떤 흐느낌도 없었고, 두 눈에 차오른 눈물이 볼을 타고 흘러내리지도 않는다. 다만 두 눈에 고여 있는 모습이 속 시원하게 제 슬픔을 토로하지 않은 미호의 심정을 닮은 듯하여 안쓰러웠다. 고도는 미호의 두 볼을 감쌌다. 눈가에 닿은 손가락이 촉촉하게 젖어들었다.

"잊지 않았구나. 나와 함께 다니면서 네가 인간처럼 나약해졌을까 봐 걱정했다. 내 걱정은 기우였구나. 넌 누가 뭐라 해도 완벽한 요괴다."

"……응, 나 요괴 맞아. 고작 한 남자 때문에 엉엉 울면서 가슴에 상처가 사무치는 그런 연약한 인간 여성들과는 달라."

미호는 첫 정인에 대한 상처에 심신의 기력이 다한 듯 보였다. 고도는 미호의 얼굴을 부드럽게 만져 줬다. 미호가 무리를 해서 강한 척하지 않길 바랐고, 이번 상처에 남은 생이 엉망이 되지 않기를 원했다. 미호는 씩씩하고 강한 모습 그대로 남아 주길 바랐다.

"고작 인간 따위에게 상처 입지 마라. 인간은 마음 가는 대로 움직이는 덧없는 존재라 언제나 모순과 변덕을 일삼는다. 네 말대로 환생과 윤회를 거듭하기 때문에 덕과 업을 반복해 쌓아 가니 장영이란 자 역시 그런 허물에서 벗어나지 못한 게다. 너희와 다르게 인간은 참으로 나약하다. 내 곁에서 그 증거들을 보지 않았느냐."

"너는 그런 인간들과 달라."

"다르지 않다. 나 역시 모순덩어리다. 나는 진심으로 장영을 해하려고 했다. 그의 목숨 값을 기어코 받아 내려고 검을 휘둘렀다. 정말로 그를 살해했다면 나는 끝없는 죄책감에 빠져 두 번 다시 헤어 나오질 못했을 것이다."

"죽이려고까지 한 건 날 위해서였어?"

"네가 아니었다면 그렇게까지 이성을 잃지 않았겠지."

"아냐. 너 자신을 위해서였을 거야. 장영의 삐뚤어진 인간관에 고도, 너란 존재도 포함되잖아. 너 역시 그들에겐 악한 존재로 여겨지니까. 그러니까 화내도 돼. 죽이려고 한 것도 너무 자책할 필요 없어. 네 존재를 부정하는 놈을 죽이려 한 게 뭐 어때서. 그래도 장영이 죽지 않은 건 네게 더없이 잘된 일이야. 소향에게서 그녀의 어머니는 물론, 남편까지 앗아 갔으면 넌 지금보다 더 힘들어했을 거야."

화젯거리가 소향으로 넘어가자 미호의 표정에 수만 가지 감정이 스쳐 지나갔다. 한때는 순박한 시골 처녀로, 어제까지는 잠자리를 제공해 주는 보은을 아는 처자로, 이제는 과거에 사랑을 나눴던 남자의 부인으로.

미호는 그녀를 다시 만난다면 결코 예전처럼 살갑게 대할 자신이 없다. 장영에게 퍼부은 저주처럼, 그녀에게도 저주를 부을지 누가 알까. 어찌 인연의 고리가 꼬여도 이렇게 복잡하게 꼬일 수 있는지 세상이 야속하기만 했다. 미호는 저와 소향의 처지를 떠올리다가 슬그머니 고도의 눈치를 살폈다. 어쩌면 악연의 끈으로 단단하게 묶인 이는 자신과 소향 그리고 장영이 아닐지도 모른다. 소향과 고도는 그보다 더 큰 죄로 묶여 있을 것만 같았다.

"그 여자에겐 아무 설명도 안 해줄 거야? 단지 널 고향 마을의 은인쯤 으로 착각하게 두고 떠날 거야?"

고도는 아무런 대답도 하지 않았다. 대신 고개를 모로 눕히며 묘한 시선을 줄 뿐이다. 오랜 시간 고도와 함께 지낸 미호조차도 쉽게 가늠할 수가 없는 반응이다. 미호는 고도의 왼손을 응시했다. 검을 다루는 무인답지 않게 손바닥엔 굳은살이 없다. 요령을 부리며 시도 때도 없이 도력을 낭비하는 도사의 고운 손으로 여기기에도 비약이다. 깨끗하고 보드라운 손바닥은 그의 태생을 반영하는 천민의 손도 아니오, 도사나 무인의 손도 아니다. 고도의 말처럼 모순덩어리인 손이다.

미호는 고도의 왼손을 아플 정도로 세게 잡았다. 손바닥 전체를 잡던 힘이 손가락을 향했다. 힘은 곧 분산되어 네 번째 손가락으로 향하니, 온기와 생기가 감도는 다른 네 손가락과 달리 약지의 감촉은 차갑고 딱딱하기만 했다. 그것은 생명이 없는 손이었다. 죽은 자 특유의 살덩어리일 뿐이다.

"그거 알아? 여기서 북쪽으로 몇 고개만 더 넘으면 내가 살던 마을이 나와."

높낮이가 없는 덤덤한 목소리로 그리 말하는 미호를 향해서 고도가 느리게 맞장구를 쳐준다.

"그렇겠지. 토월산은 오래전부터 구미호들의 고향이었으니."

"널 만나고부터 단 한 번도 그런 적이 없었는데, 지금은 그런 생각이 드네. 지쳐서 조금 쉬고 싶다는 생각. 네가 말한 대로 나 자신한테 조금 이기적으로 변해 볼까 하는 그런 생각. 집에 돌아가면 먹먹한 가슴이 나아지진 않을까."

고도와 미호의 이야기를 무덤덤하게 듣던 청사가 그 순간만큼은 두 눈을 함지박만 하게 떴다. 그는 재빨리 나뭇가지를 껑충 밟으며 뛰어내렸다. 하얀 눈보라가 미호와 고도의 옆으로 튀었다. 앗 차가워, 미호는 꼬리털을 빳빳하게 세우고 청사에게 반발했다.

"너 지금 고도 버리고 어디 간다는 거야?"

"뭐니 대롱이, 분위기 파악도 못 하고 끼어드니."

"분위기고 뭐고, 갑자기 왜 집에 돌아간다고 그래? 그 장영이란 작자 때문에 그래? 내가 죽여 준다니까?"

"그런 거 아니야."

"그럼 왜 그래."

"내가 한심해서 그래. 내가 한심해서 너희랑 같이 못 다니겠어."

미호는 입술을 오물거리며 한참을 망설였다. 그 이유를 말하자니 수치스럽기까지 해 쉬이 입을 뗄 수 없었다. 두 뺨에 불그스름한 열이 올랐다. 매혹적으로 뻗은 눈매마저 일그러뜨렸다.

"내가 이런 것까지 생각하는 게 너무 부끄럽다. 내 자신이 너무 꼴불견이잖아. 정말이지, 집에 들어가서 부모님께 흠씬 두드려 맞고 싶을 지경이야. 이렇게 나약한 내가 분하고 한심해서 잠도 안 올 지경이라고."

힘들거나 지쳐서 이제 가족 품으로 돌아간다 말하면 멍석말이라도 해주리라 마음먹은 청사였다. 어디서 어울리지 않게 약한 척이냐며 잔소리를 해주려 했다. 그러나 미호가 자신에게 분해서 어쩔 줄 몰라 하는 모습을 보고 그만 당황했다. 고고한 구미호가 스스로 나약함이 부끄럽다고 인정하고 있다. 그 자존심 강한 요괴가 비참한 표정으로 울먹인다. 첫 정인이 배신했다 하여 아프고 슬프다 하기 전에 그런 정인에게 미련과 집착을 거두지 못하는 자신을 보고 못마땅해서 훌쩍였다.

"고작 사랑 따위에 이렇게 휘둘리는 게 어디 있어. 정말 싫어. 나란 애 너무 싫어……."

미호는 할 말을 잃고 쳐다보는 청사에게 시선을 주었다. 뭐라 위로해야 할지 몰라서 그저 망부석처럼 서 있는 청사를 빤히 올려다봤다. 착하기론 청사도 둘째가라면 서러울 듯싶다. 어쩌면 사랑에 상처받아 한심한 꼬락서니가 되는 일은 자신보다 청사가 더 호되게 겪을지도 모른다. 아니, 그럴 것이다. 상대가 고도라면 더욱더 확실하게.

미호는 고도에게 고개를 돌렸다. 아무 말 않고 고도를 한참이나 응시하다가 그의 왼손을 바라봤다. 미호는 손을 뻗어 고도의 왼쪽 약지를 만지작거렸다. 말랑말랑한 살 안에 딱딱한 뼈가 심지처럼 박혀 있는 네 번째 손가락이다. 미호는 그 손가락에 살포시 입을 맞췄다.

"너 동해 갈 때까지 손가락은 내가 책임지기로 했는데…… 약속 못 지키겠다. 미안해. 더는 힘들어서 너랑 같이 못 다니겠구나."

……손가락?

이야기의 흐름을 따라잡지 못한 청사가 고도의 왼손으로 시선을 옮길 때였다.

미호의 몸에서 빛이 났다. 환하고 밝은 빛이다. 미호가 가진 백발의 머리칼보다 찬란하여 새까만 산속을 대낮같이 비추었다. 미호를 둘러싼 희고 고운 빛이 커졌다. 그것은 커다랗게 부풀어 금세 한 장 길이에 다다랐다. 빛이 가루처럼 날리는 가운데 거대한 흰색 여우가 모습을 드러냈다.

몸통은 한 장 길이로 산골 호랑이에 버금가는 덩치다. 그 뒤로는 몸보다 더 큰 꼬리들이 공작새의 깃털처럼 나풀거렸다. 여덟 개로 갈라진 꼬리가 부드럽게 허공을 휘저을 때마다 산속에 머문 갖가지 혼들이 숨을 죽이고 뒤로 물러나게 했다. 보는 것만으로도 신비롭고 경이로운 흰색 구미호다. 홍옥 같은 붉은 눈동자가 잠깐 고도와 청사를 바라보았지만 뽀드득 눈 소리만 울리는 조용한 발걸음으로 어둠 속을 향했다.

"가연아."

어둠 속에서도 환하게 빛을 발하는 여우가 멈춰 섰다. 그것은 어깨 너머로 고개를 돌리고 고도를 응시했다. 고도는 그녀를 향해 웃어 보였다.

"연꽃은 진흙탕 속에서 자라는데도 그 더러움이 때 타지 않는 단아하고 기품이 있는 꽃이다. 네 모습 또한 그 수많은 연꽃 무리 중에서도 가장 아름답게 빛나는 것일 텐데. 내가 모자라서 그런 널 지켜 주지 못했다."

청순하고 고결하며 단아하고 기품 있는 꽃으로 대표되는 연꽃. 그중에서도 군계일학이었던 미호를 향해 고도는 진심으로 작별 인사를 했다.

"미안하다."

여덟 개의 꼬리가 살랑거린다.

"정말 미안하구나."

꼬리들이 다시 한 번 서로 감싸듯이 부드럽게 엉키며 흔들렸다. 꼬리들은 눈송이처럼 하얀빛을 흩뿌렸다. 인간보다 더욱 인정을 잘 알았던 백여우는 나무 사이를 걸었다. 하얗게 빛나는 동물은 서서히 어둠 속으로 사라졌다. 처음에는 꼬리와 몸통이 흐려졌고, 그다음에는 어둑한 나무 사이를 밝은 점처럼 비추던 빛이 작아졌다. 아무런 말도 없이 구미호는 산속의 어둠에 완전히 모습을 감추었다. 구미호가 지나갈 때까지 숨을 죽이고 있던 산이 비로소 평소의 기운을 되찾았다.

청사는 미호가 사라진 어둠에서 눈을 돌리지 못했다. 한낱 요괴일 뿐인데도, 그녀와의 이별을 쉽게 인정할 수 없었다. 미운 정이 붙은 가슴이 공허하다. 몇 밤을 함께 지새우고 토끼를 잡아먹고 고도를 사이에 둔 채 신경전을 벌이던 깐깐한 여우의 빈자리가 지나치게 컸다. 지금이라도 어둠 속에서 빼꼼 고개를 내밀고 "농담이었어!"하고 달려와도 이상치 않을 정도였다. 청사 자신이 이 정도로 허한 마음이 드는데, 그녀와 함께 수년을 같이 지낸 고도는 어떠할까. 청사는 고도를 안타까운 시선으로 쳐다봤다.

"……고도."

청사의 목소리에서 침중한 그의 심정이 묻어났다. 고도는 미호가 사라진 방향을 응시하며 침묵을 지킬 뿐이다. 주변을 빼곡하게 매운 나목裸木처럼 고도도 뿌리를 내린 양 미동도 않고 가만 서 있길 반 시진째. 천천히 발걸음을 떼어 미호가 사라진 반대 방향을 향했다.

"가자."

평온하고 일상적인 목소리다. 미호와의 이별에 감흥이 없는 무덤덤한 표정이다. 참으로 잔인한 인간이다. 어찌 인연의 맺고 끊음이 이리도 한결같을 수 있느냐. 질책이라도 늘어놓으려던 청사는 곧 고도의 붉어진 눈시울을 보고 합죽이가 되었다. 인간은 때론 말과 표정과 몸짓으로 다 표현하지도 못하는 감정에 함몰되어 비틀거린다는 사실을 잠시 잊고 말았다.

"어디로?"

청사는 불안정해 보이는 고도의 손목을 꼭 잡았다.

"어디로 갈 거야?"

"……서쪽으로."

"도깨비는 데려가지 않을 셈이야?"

"여태껏 나타나지 않는 것을 보면 그놈이 무슨 생각이 있는 모양이다. 괜찮다. 소와는 쉽게 끊어질 연이 아니다. 그와는 반드시 만날 수 있을 거다."

"하지만 팔미호는……."

"요괴는 요괴들 틈에서 살아야 하는 게 이치에 맞다. 그녀가 몇 년 동안 지진아처럼 방황했지만, 이렇게라도 깨닫고 돌아갔으니 그녀의 결정을 존중해 주어라. 혹여나 소가 제 왕국으로 되돌아간다고 할지라도 말이다."

그렇게 이성적으로 말하면서도 두 눈에는 슬픔을 가득 담고 있으니 이처럼 자신의 감정을 숨기지 못하는 경우가 또 어디 있을까. 청사는 묵묵히 앞으로 나아가는 고도를 뒤쪽으로 끌어당겼다. 주춤거리면서 끌려온 고도를 품에 안았다.

빠르고 불규칙적으로 뜀박질하는 심장 소리가 들렸다. 고도는 청사의 급작스런 포옹을 거부하지 않고 오히려 몸에서 힘을 풀었다. 청사는 고도의 가슴이 안정을 되찾을 때까지 침묵으로 포옹해 주었다. 그는 곧 고도의 다리 옆에 힘없이 떨어트린 왼손을 보고 입매를 괴롭게 일그러트렸다.

미호가 한참이나 만지작거렸던 네 번째 손가락. 고도의 그 네 번째 손가락이 보이지 않았다. 왼손에 붙어 있는 손가락이라고는 달랑 네 개뿐, 약지는 아주 오래전에 잘린 듯 뭉툭한 돌기처럼 솟아 있었다. 그동안 구미호의 요력을 이용해서 없는 손가락을 있는 것처럼 행세했던 것일까. 그러한 거짓 손가락의 전의도 목적도 모르지만 청사는 몹시 속상하고 슬픈 기분이 들었다.

얻는 게 있으면 잃는 게 있다. 죽지 않는 몸을 가진 대신에 죽음에 준하는 상처에 익숙해져야 했다.

고도가 했던 말이 떠올랐다. 죽음과 고통에도 익숙하고 만남과 이별도 자연스러워진 고도의 모습을 보니 가슴이 아팠다. 보통 사람이라면 평생 한두 번 겪을 이별과 고통스러운 일을 고도는 일상처럼 겪고 있다. 그래서 고도는 이별이든, 신체적인 고통이든, 모든 종류의 아픔에 익숙해지고 초연해지려고 애를 쓰는지도 모른다. 고도는 청사의 어깨에 이마를 푹 묻은 채로 물었다.

"대롱아, 너는 내가 끔찍한 살인자라면 어찌할 것이냐."

"약속했잖아. 나는 너와 계속해서 함께 있겠다고. 네가 어떤 죄를 지었다 해도 곁에 있을게."

"말처럼 쉬운 문제가 아니다. 인간들 법도를 따르면, 나 같은 인간은 삼 대를 멸하다 못해 가문의 핏줄 자체를 끊어 버릴 만큼 커다란 죄를 지었다. 수많은 사람을 죽음으로 몰아넣고, 세상을 혼란스럽게 했다. 그래도 나를 좋아할 수 있겠느냐?"

"응."

"덜떨어진 녀석 같으니라고. 조금은 신중하게 생각해 보란 말이다."

"나는 네가 살인자건, 괴상한 도사건, 금안을 가진 이상한 인간이건 중요하지 않아. 지금 나한테 중요한 건 너랑 계속 같이 있고 싶다는 거니까."

"맹목은 세상에서 가장 무서운 감정이다. 네 두 눈과 귀가 먹게 되는 감정인데, 대체 내 어디가 좋아서 그러는 게냐. 난 그런 과분한 관심과 사랑을 받을 자격이 없다."

"나도 모르겠어. 네가 원한다면 이유를 찾아볼게. 그래서 널 이해시킨다면 그땐 나를 믿어 줄 것이냐?"

청사의 어깨에 푹 묻혀 있던 고개가 들렸다. 고도는 자신을 한 점 흔들림 없이 내려다보는 청사를 보면서 힘없이 웃었다. 지친 것처럼 보이는 미소였다. 그럼에도, 체념하거나 포기하는 기색은 없으니 그 위태로운 감정에 청사는 고도를 안고 있는 팔을 풀지 못했다. 세상에서 가장 복잡하고 어려운 인간 같으니라고. 그런 남자 때문에 하루하루가 행복한가 하면, 마음 졸이는 긴장의 연속이기도 하며, 속상함까지 더불어 알게 되니 자신의 감정을 모두 가져간 그를 어찌하면 좋겠는가.

고도는 청사의 턱에 살포시 입을 맞췄다.

"이유가 없는 지금도 널 밀어낼 생각은 없다."

그만 가자. 속삭이듯 부탁하는 고도를 위해서 청사는 스르륵 두 팔을 풀었다. 고도가 눈에 젖어 얼어붙은 신발로 눈길을 헤쳤다. 그 누구노 밟지 않아 살얼음이 진 딱딱한 눈밭에는 고도와 청사의 발자국이 남았다. 두 사람이 만들어 낸 흔적은 나뭇가지가 무게를 견디지 못하고 떨어트린 눈 덩어리들에 지워졌다.

사람 간을 파먹는 구미호. 고 요망한 것들은 언제나 인간이 되길 꿈꾼다. 부처께서 이르길 요괴에겐 윤회와 환생의 기회가 없으니 태어나서 일생만 살아갈 수 있는 죄 많은 존재라 하였다. 그리하여 요괴들은 너 나 할 것 없이 인간이 되길 소망한다. 인간만이 유일하게 윤회를 할 수 있다 하니 환생을 통해 자신이 지은 죄를 씻고 업을 가벼이 하며 극락에 들 기회를 어찌 마다하겠는가. 하나, 그 많은 요괴 중에서도 구미호는 인간이 되는 것보다도 인간과의 사랑 자체를 꿈꾼다.

수많은 전설 중, 유일하게 구미호만이 '사랑'을 위해 인간이 되길 소망한다.

제4장. 안녕 미호 (하) 끝

한산뫼는 산마루가 구름에 닿을 만큼 높고 가파르기로 유명하다. 수십 년 전에 이 산의 북녘 외딴 마을에서는 아이 하나가 태어났다. 아이는 겨드랑이 밑에 날개가 돋아 하늘을 날아다니는 천인의 일족이었다. 마을 사람들은 가난한 무지렁이 집안에 비범한 장수가 태어나면 왕의 노여움을 사고 마을 전체에 역귀가 돈다며 아이를 죽이기로 했다. 아이는 커다란 돌에 깔려 죽기 전에 말했다.

"제가 죽거든 무덤에 콩 닷 섬과 팥 닷 섬을 함께 묻어 주십시오."

뒤늦게 아기 장수 소식을 전해 들은 관군이 몰려와 무덤을 파헤쳤다. 그 안에는 아이와 함께 묻은 콩 닷 섬은 말이 되고 팥 닷 섬은 군사가 되어 막 일어나려는 참이었다. 무너진 무덤 안으로 햇빛이 비추자 곡식으로 만들어진 말과 군사들은 스러졌고, 아이 역시 비통하게 울었다. 아기 장수를 태우려고 날아온 용마는 완전한 부활을 이루지 못한 아이를 등에 업고 한산뫼 골짜기로 사라졌다.

한산뫼에 사는 사람들은 아직도 두려움과 걱정에 쉬이 잠을 자지 못한다. 죽지도 살지도 못한 아기 장수가 저를 죽인 마을 사람들을 벌하러 언제 다시 나타날는지, 그것이 가장 큰 근심과 걱정거리라 하더라.

* 아기장수설화에서 모티브를 차용했습니다.

제5장. 힘센 옹기장이

한산뫼는 서쪽으로 난 산줄기로, 그 모습이 무척 험준해 사람들이 오가기 힘든 곳 중 하나다. 겨울철 열 척 높이로 눈이 쌓이는 일은 기본이요, 혹한기에는 행인의 발길이 끊겨 나무뿌리를 캐러 다니는 몇몇 마을 사람 외엔 인적이 없는 곳이었다. 계곡을 휘감고 내려오는 바람은 어찌나 강한지, 쌓인 눈이 바람에 날리면 한 치 앞도 보이지 않는다. 설피를 신어도 눈밭에 푹푹 빠져 한 걸음 나아가기도 전에 진이 빠지곤 했다.

청사는 이 같은 험한 산에서, 그것도 유독 발길을 돌리게 하는 낭떠러지 밑 깊은 동굴에 자리를 잡았다. 눈이 그치기 전엔 움직이기 여간 어려운 것이 아니기 때문이라. 이 사실도 모르고 속 편하게 정신을 잃은 고도를 보니 심통이 나서 그의 볼때기에 입을 맞추고 싶어지는 것은 당연한 일.

고도는 서쪽으로 가는 와중에 기절했다. 부적 없이 과도한 도술을 사용하고, 어깨에 중상을 입고, 마주치기 싫은 사람들과 대거로 대적했으며, 오랜 길동무였던 미호마저 고향으로 돌려보내자 그간 쌓인 피로와 긴장감이 한순간에 가셔 쓰러진 게다. '서쪽으로 가는 길을 잘 부탁한다.'라는 한마디만 던지고 꼴까닥 기절하다니. 너무하지 않은가. 추운 것도 서러운데 머슴 취급까지 받았다.

이동하는 것까진 그럭저럭 괜찮았으나 사흘이 지나서도 고도는 깊은 잠에 빠져 일어나질 않았다. 청사는 슬슬 걱정되기 시작했다. 물 한 모금 마시지 않고 이리 자면 눈을 뜨고 나서도 병에 시달릴 것이다. 하는 수 없이 운신이 가능한 동굴을 찾아 들어왔지만, 눈에 젖은 나뭇가지론 모닥불도 피울 수 없고, 추위에 언 고도의 체온은 계속해서 떨어지니, 청사는 마음만 불안해졌다. 눈에 젖어 퉁퉁 얼어 버린 고도의 손발을 보자 이러다 동상이라도 걸리진 않을지 덜컥 겁부터 나기 시작했다. 기절해서 혈액 순환도 잘 안 되는 놈이 손발까지 차게 젖어 있으면 그 끝이 썩어 들어갈 염려가 있었다.

청사는 가만 고민하다가 고도를 벽에 앉히고 신을 벗겼다. 예상대로 눈에 젖은 발이 새파랗게 얼어 있었다. 청사는 쯧 하고 혀를 차고는 굳어 버린 발을 정성스럽게 주물렀다. 한데 아무리 만지고 주물러도 언 발이 풀리지 않는다. 너무 꽁꽁 얼어서 발을 만져 주는 손이 덩달아 차가워질 정도였다.

어쩌지. 정말 썩으면 큰일인데.

청사는 울상이 되었다. 기절한 고도를 흔들어 봐도 눈을 뜨지 않고 볼을 톡톡 건드려도 고른 숨만 쌕쌕 뱉었다. 불이라도 피워야겠다고 동굴 밖을 내다봤을 때, 눈보라가 펑펑 쏟아졌다. 변덕스러운 날씨에 고도만 이리 내버려 두고 마른 나뭇가지를 찾아다니는 것도 대책 없는 짓이다.

청사는 두 손으로 머리를 싸고 끙끙 앓다가 마지막 방법을 떠올렸다. 그것은 생각만으로도 낯 뜨거운 짓인지라 청사의 얼굴이 홧홧해졌다. 청사는 아무도 없는 주변을 괜스레 둘러봤다. 손으로는 여전히 고도의 발가락을 매만지면서, 얼굴엔 딴생각이 떠올라 홍조만 발갛게 띠고 있었다. 몇 차례 고민하던 청사가 결국 마음을 굳혔다. 청사는 눈까지 붉어진 얼굴로 고도의 발가락을 바라봤다.

"이건 널 위한 거야. 알지?"

혼잣말을 중얼거린 청사가 고도의 언 발가락을 입에 물었다. 차갑고 딱딱한 것이 청사의 혀를 지그시 눌렀다. 청사는 발가락을 핥으면서 살

갖을 빨았다. 굳은 발가락에 온기가 돌 때까지 발등과 발바닥을 어루만지고 발끝을 꼼꼼히 핥으며 녹였다. 동상이 염려되어 급히 조치를 하는 것뿐인데도, 청사는 남모를 부끄러움을 느꼈다. 굳은살이 박인 투박한 발이 더럽다는 거리낌도 들지 않았다. 지금까지 닿은 적 없는 고도의 신체를 만지는 것도 모자라, 입에 물고 핥으면서 빨기까지 하는 자신을 믿을 수가 없단 충격이 더 컸다.

청사는 발을 녹인다는 목적도 잊고 농염하게 혀를 움직이면서 힐끔, 고도를 올려다봤다. 동굴 벽에 힘없이 기대어 앉은 고도는 여전히 눈을 감고 있다. 고도는 깨닫지 못하는 음란한 행위에 청사는 저도 모르게 사심을 담아 발가락을 깨물었다. 발을 핥던 고개를 들자 탁한 숨소리가 한꺼번에 쏟아졌다. 추위도 잊은 얼굴은 묘한 열기를 머금었다.

청사는 고도의 옷고름을 풀었다. 검은 두루마기를 양옆으로 벌리자 속살이 드러났다. 옷감에 가려져 있던 뽀얀 살을 보자 저도 모르게 목울대를 울리며 침을 삼켰다. 살결을 천천히 매만졌다. 부드러운 감촉이 상상력을 자극하는 바람에 청사는 얼굴을 붉히며 고도의 옷을 차마 벗기질 못했다.

"……미, 미치겠네."

누가 쫓아오는 것도 아닌데 저 혼자 안절부절못하길 수차례. 멍하니 그의 반라를 쳐다보다가 동굴 안으로 황소바람이 들어왔다. 등허리를 철썩 내려치는 바람의 손길에 청사는 화들짝 놀라 고도를 품에 안았다. 끌어안은 고도가 품 안에 꼭 맞았다. 청사의 목 부근에서 쌔액쌔액 규칙적으로 퍼지는 숨소리도 부드럽고 고왔다. 그것이 어찌나 간질거리던지 청사는 이마와 귀까지 붉히고 말았다.

부끄러워서 어찌할 바를 몰랐다. 벗은 상체가 서로 맞닿아 있는데 혹여나 제 심장 소리에 놀라서 고도가 깨지는 않을까 걱정이 들 정도였다.

굳이 옷을 벗겨서 맨살을 부대낄 필요는 없을지도 모른다. 고도는 입버 릇처럼 말해 왔다. 그는 잘 죽지 않는 체질이라 목이나 심장이 동강 나지 않는 이상 목숨에 지장은 없을 것이라고. 그 사실을 알면서도 청사의 손 은 파르르 떨리면서 고도의 하의를 향했다.

발만 녹인다고 될 일인가. 몸 전체가 꽁꽁 얼었다. 녹여 줘야 한다. 녹 여 주는 것뿐이다!

청사는 몇 번이나 멈추고 망설이길 반복한 끝에 결국 고도의 옷가지를 모두 몸에서 떼어 놓고 맨몸을 품에 안았다. 자신의 도포를 벗어 고도의 등 뒤를 감쌌다. 발가벗은 몸끼리 부대끼면서 생경한 감촉이 느껴졌다. 마주 안은 고도의 하체가 제 몸에 닿아 얼굴이 뜨거워졌다.

떨림이 멈추지 않은 손으로 고도의 허리를 끌어안았다. 하체가 더욱 눌리고 허벅지로 고도의 엉덩이가 조이듯이 내리눌려진다. 청사의 입에 서 한숨 같은 신음이 새 나왔다. 그는 자기도 모르게 고도의 하체를 더욱 바싹 몸에 붙이고 아래쪽에서 올라오는 열기에 눈가를 촉촉하게 적셨다.

"고도."

청사는 나른한 목소리로 고도의 귓가에 대고 속삭였다. 청사의 가슴과 어깨 부근에 고개를 묻은 고도는 여전히 아이처럼 규칙적인 숨소리만 내 뱉을 뿐이다. 청사는 고도의 이마와 관자놀이에 입술을 눌렀다. 붙어 있 는 성기가 조금씩 그 크기를 키우는 바람에 청사는 고도의 엉덩이를 만 지작거리며 믿지도 않는 불경 구절을 외워야 했다.

파도 소리가 울렸다. 발목까지 밀려든 파도는 새하얀 포말을 피부에

남기고 물러났다. 발가락 사이를 파고드는 고운 모래톱의 감촉이 선명했다. 물끄러미 젖은 발을 내려다보던 고도가 고개를 들었다. 해풍에 정신없이 휘날리는 긴 머리칼이 시야를 어지럽혔지만, 그 사이로 보이는 소녀의 모습만큼은 똑똑하게 볼 수 있었다.

언제나 자신의 긴 머리를 가지고 놀던 소녀였다. 익숙하고 그리운 느낌을 자아내는 천진난만한 아이. 그 아이에게 자연스럽게 두 팔을 내밀었다. 아이는 까르륵 웃으며 고도의 팔을 스쳤다. 달려온 아이를 한 여인이 품에 안아 주었다. 둘은 바다를 향했다. 발목에만 감기던 파도가 아이의 허리와 여인의 허벅지를 감쌌다. 거센 너울은 아이의 목까지 잠식했고 여인의 가슴 언저리를 휘감았다.

고도는 파도 속으로 달려갔다. 여인과 아이를 불렀지만, 둘은 돌아보지 않았다. 고도는 어찌할 바를 몰랐다. 물에 젖은 옷자락이 무거워 앞으로 나아갈 수가 없다. 물살을 가르며 두 여자에게 다가가려 해도 그 거리는 좀처럼 좁혀지지 않았다.

'가지 마라……. 가지 마라.'

네 개뿐인 손가락 사이로 바닷물이 휘어 나갔다. 물살은 끝내 두 여자를 집어삼켰다. 파도 때문에 온몸이 해변으로 밀려날수록 고도는 무력해졌다. 비탄과 절망이 물살이 되어 자신을 덮쳤다.

'……단미야…….'

힘없는 목소리 위로 쏴아아, 파도소리가 덮였다.

"고도!"

자신을 날카롭게 부르는 소리에 고도는 눈을 반짝 떴다. 어깨를 잡고 앞뒤로 흔드는 손길에 골까지 웅웅 울렸다. 꿈속의 강렬한 장면이 잔상처럼 남아 머릿속이 몽롱했다.

"깼다, 깼어, 그만 흔들어라."

고도는 식은땀에 젖은 얼굴을 들었다. 초점이 흔들리는 시야로 한 쌍의 푸른 눈이 보였다. 제일 먼저 눈에 들어온 것은 어둡고 습기 찬 동굴 벽이었지만, 외려 시선 끄트머리에 걸린 청사의 눈동자가 훨씬 인상 깊었다. 새파란 눈동자에 고도의 모습이 비쳤다. 고도는 그 눈빛에 사로잡힌 양 숨을 멈추었다.

지나치게 가깝다. 한 번도 이렇게 가까이서 눈을 들여다본 적이 없었는데. 지척에서 뚫어져라 쳐다보는 눈을 보고 퍽 당황한 나머지, 고도는 입을 벌리고도 소리를 내지 못했다. 고도가 뻐끔뻐끔 붕어처럼 당황하자 청사는 사뭇 진지한 목소리로 물었다.

"넌 원래 그렇게 악몽을 자주 꾸는 건가."

의식하는 건 이쪽만인가 보다. 고도는 평소와 다름없는 청사를 보고는 슬그머니 그의 얼굴을 손바닥으로 밀어냈다. 청사는 제 질문이 거부당했다는 생각으로 인상을 잔뜩 찌푸렸다. 고도는 청사와 간격을 어느 정도 벌리고 나서야 스스럼없이 말할 수 있었다.

"밤과 대화하는 낭만적인 순간을 악몽으로 치부하다니. 대롱이 네놈, 감수성이 없구나."

"그런 식으로 또 말 돌리지 말고. 피곤할 때마다 그런 고약한 꿈에 시달리면 어디 정신이 남아나겠어? 대체 무슨 꿈인데 그렇게 힘들어해? 어디서 떨어지는 꿈이야? 누가 널 쫓아와? 꿈꾸는 널 보면 곧 죽을 것처럼 엄청나게 괴로워한단 말이야."

"자는 사람을 구경하다니. 고약한 취미로다."

"그렇게 끙끙거리면서 자니까 시선을 못 떼는 게 당연하지."

"그럼 구경 값이라도 받아야겠다. 저잣거리에서 상모 한 번 돌리는 데도 떡값이 떨어지는데 하물며 잠자는 것 구경하는 거라고 다를쏘냐."

"돈 말고 다른 걸로 계산하자."

"호오, 대롱이 네놈이 조금 대담해졌구나. 네가 가진 게 뭐가 있다고 거래를 제안하고 있지."

"글쎄다. 몸?"

의미심장하게 웃는 청사였다. 고도는 처음엔 눈만 깜빡였다. 몸밖에 없는 놈이긴 하다만 상황에 어울리지 않는 도발이지 않은가. 자진해서 마당쇠가 되겠다는 의미로 받아들인 고도가 청사의 이마라도 손바닥으로 철썩 때리려던 찰나였다.

움찔. 고도는 몸을 움직이려다 그대로 굳었다. 처음에는 어색하고 기이한 느낌에 온 얼굴로 당혹스러움을 표했다. 고도는 아직도 확신하지 못하는 표정으로 한참이나 청사를 바라봤다. 눈이 마주친 청사가 자연스럽게 고도의 볼에 입을 맞췄다. 청사가 핥으며 깨무는 볼 한쪽을 내버려둔 채로, 고도는 슬그머니 고개를 숙였다.

시선이 닿은 곳의 모습이 심상치 않다. 벽에 기대어 앉아 있는 줄만 알았건만. 알고 보니 청사의 다리에 올라타 있었다. 몸이 붙는 것이야 크게 유념할 것은 아니나, 어째서 서로의 맨살이 진득하니 달라붙어 비벼지고 있는 건가. 고도는 눈만 커다랗게 뜬 채 바싹 굳어 입조차 벙긋거리지 못했다.

고도의 얼굴이 화악하고 붉어졌다. 청사는 눈앞에서 벌어진 고도의 표정 변화에 저도 따라서 얼굴을 붉혔다. 왜 답지 않게 부끄러워하고 그러는지. 청사는 덩달아 기분이 이상해지는 것 같았다.

"아, 아니 갑자기 왜 얼굴을 붉혀!"

청사가 적반하장으로 화를 내는 바람에 고도도 목소리를 높였다.

"이, 이게 다 뭐냐, 응?"

"너 얼어 죽을까 봐 신경 써준 거라고!"

"이런 남세스러운 모습 어딜 보고 그런 뻔뻔함을. 네 녀석 속곳까지 벗겼느냐."

"읏, 소, 속곳까지 젖었으니까 그랬지. 눈보라가 얼마나 심했는데."

고도가 자리에서 일어나려 하자 청사가 냉큼 고도의 허리를 감싸 안으며 몸을 더 바싹 붙였다. 어디 가느냐며 허리에 두른 팔이 꽉 힘을 준다. 고도가 마른기침을 할 정도로 팔 힘이 장사가 따로 없다. 곱상한 얼굴에 어울리지 않는 완력이 아닐 수가 없다. 고도는 하체가 눌려 국부끼리 맞닿아 비벼지는 감촉에 어찌할 바를 몰랐다. 아까부터 청사의 성기가 기립해 있다. 저는 그런 청사의 국부 위로 다리를 벌리고 몸을 내리 앉힌 형상이다. 머릿속이 펑 하고 터지는 기분이다.

"대롱이, 네 녀석 이런 걸로 흥분하지 말란 말이다……."

청사는 예기치 못한 고도의 반응에 안 그래도 새벽부터 불경을 외며 참던 욕구가 한꺼번에 폭발하는 기분이었다. 고도라면 타인의 성기를 보든, 벗은 몸을 맞대고 있든 심드렁한 표정으로 쳐다보다가 모른 척 물러설 줄 알았다. 이렇게 당황하며 부끄러워서 식은땀까지 흘리는 모습을 보게 될 줄 누가 알았을까. 아무리 속사정을 캐내려고 해도 두루뭉술한 말로 대처하고 뒤로 물러나 버리기만 하던 고도가 지금은 여과 없이 속내를 드러낸 꼴이다. 너무 당황스러워서 제가 평소에 어떤 식으로 청사를 대하는지를 잊기라도 한 것처럼.

청사는 꼴깍 침을 삼키고 다급하게 물었다.

"싫어?"

싫다는 답변이 대번에 돌아오는 대신에 고도의 얼굴이 더욱 붉어졌다. 청사는 그만 고도를 제 품에 구겨 넣듯이 안아 버렸다. 하체에 이어 상체까지 밀착되어 콩닥콩닥 뛰는 서로의 심장 소리가 들렸다. 고도는 손을 어디에 놔야 할지도 모르는 모습으로 청사가 기대앉은 벽을 짚고만 있었다. 그 순간 청사의 손이 서로 맞닿아 있는 두 개의 성기를 감쌌다. 고도는 다시 얼음이 됐다. 뻣뻣하게 굳어 버린 고도의 귓가에 흥분한 숨소리가 들렸다. 청사가 마른침을 삼키며 속삭였다.

"……괜찮아, 가만히 있어 봐."

청사와 고도의 성기가 두 손에 둘러싸여 비벼졌다. 고도는 소스라치게 놀랐다. 벽을 짚고 있던 손을 내려 청사의 손을 잡았다.

"뭐하는 거냐."

청사는 고도의 성기를 주물렀다. 말랑거리던 살덩어리가 본능적으로 심을 세우기 시작했다.

"소향네서도 했었잖아."

"그건…… 아."

뻣뻣하게 굳어 있던 고도의 몸이 스르륵 무너져 내린다. 소향네서 했던 것은 큰 의미를 부여하지 않고 분위기에 휩쓸린 행위라 대답하려 했다. 그 당시만 해도 이렇게까지 청사가 의식되지는 않았다고 말하려 했다. 하지만 생각이 말이 되어 나오기도 전에 머릿속이 하얗게 변했다.

가벼운 손동작일 뿐인데도 심장이 뛰고 손끝이 떨렸다. 청사가 회음부를 만질 때마다 허리에 힘이 들어갔다. 딱딱하게 세워진 두 개의 기둥을 위아래로 쓸어 만지고 그 끝을 손끝으로 비비면 목구멍 너머에서 헐떡이는 소리가 올라왔다.

"아…… 아, 잠깐……."

고도는 퍽 당황스러워 청사의 어깨를 두 손으로 짚어 몸을 바로 세웠다. 하지만 청사의 손짓은 멈추지 않았다. 오히려 이전보다 격렬해지고 빨라졌다. 갑작스러운 자극을 받은 하체가 순식간에 뜨거워지며 본능적인 욕구로 몸부림쳐졌다. 고도는 흐트러진 호흡을 바로 하지 못한 채 숨을 헐떡였다.

청사의 입술이 다가왔다. 고도가 밀어내기도 전에 부드러운 입술이 맞붙었다. 꾹 눌려진 입술이 뜨겁다. 누구의 것이 더 뜨겁고 차가운지 비교할 것도 없었다. 둘 다 열이 올라 거칠어진 숨을 주고받느라 머릿속이 뿌옜다.

고도는 맞붙은 입술 사이로 혀가 들어오자 거부할 생각도 못 한 채 입을 벌렸다. 벌어진 입술 사이에서 두 개의 혀가 엉켰다. 혀의 뿌리를 간질이고 잇몸과 입천장을 희롱했다. 입술의 각도를 바꾸며 부딪치는 청사를 좇아서 고도 역시 눈을 반쯤 뜬 채 그의 입맞춤을 따라갔다. 부드러운 입맞춤이 서로의 입술과 혀를, 그리고 숨결까지 탐닉하듯 대범해지자 국부를 쥐고 흔들던 손길도 거칠어졌다.

붙은 입술이 잠시 떨어질 때마다 고도는 삼키지 못한 숨을 바삐 내뱉었다. 어깨를 잡고 있던 손이 어느새 청사의 목 뒤를 둘렀다. 입맞춤은 격렬해졌다. 청사의 집요한 입맞춤과 손의 움직임에 고도는 결국 고개를 뒤로 젖혔다.

"아, 아아, 아."

눈앞이 새하얗게 변했다. 꿈속에서 본 파도의 물거품과도 같았다. 고도가 거칠어진 호흡을 멈추자마자 몸 안에 쌓였던 것이 배출됐다. 서로 비벼지고 주물러지던 성기가 각자의 아랫배와 음부를 뿌옇게 적셨다. 끈적거리는 것이 하체를 뒤덮었지만, 머릿속이 하얘진 고도는 아무 생각도 하지 못했다. 사정 후의 탈력감으로 고도는 뻣뻣하게 세웠던 허리에서 힘을 풀었다. 무너지듯 추욱 처지는 고도는 그대로 청사의 품에 안겼다. 청사는 질척거리는 아래를 닦지 않았다. 오히려 맨살에 뿌려진 정액을 고도의 허벅지와 엉덩이 둔덕에 바르면서 진득하니 입술을 맞댔다. 고도는 청사를 바라보다 이내 눈을 감았다.

"……내가 아직 잠이 덜 깼나보다."

그 말에 청사는 눈꼬리까지 접으면서 웃었다.

"꿈이라면 이런 짓을 해도 괜찮단 말로 들려."

"내가 미쳤지."

"나한테 미쳤다고 들리는데."

"사람 말은 맥락을 이해하는 게 중요한 법. 사람 말 쓰는 법을 더 자세히 알려 줘야겠구나."

"난 다른 것도 궁금한데."

"뭐가 말이냐."

"고도, 너에 대한 거."

귓가에 속삭여지는 유혹에 고도는 고개를 들지 못했다. 벗은 몸을 탓했다. 남자끼리 몸을 비빈 것을 탓했다. 이놈의 망할 눈보라를 탓했다.

"……그건 못 알려 준다."

대답을 회피해 버린 고도는 목 뒤까지 살갗이 붉었다. 청사는 그런 고도를 세게 끌어안고 웃었다. 사랑스러워서 견딜 수 없는 듯, 냉정하고 날카로워 보이는 청사의 눈매가 현월처럼 휘어져 행복함을 내비쳤다.

"기력만 남아도는 놈."

"그러게 누가 내 앞에서 기절하래."

"짐승이여."

"네가 굶주린 짐승을 본 적이 없군."

"색마 같으니라고."

"그런 소리 들을 정도로 많이 한 것도 아니잖아. 내숭은."

"거북아 거북아 머리를 내놓아라, 내놓지 않으면 구워서 먹으리."

"그러려면 내 것의 머리를 일단 봐야겠구나. 어디, 내 머리를 뚫어져라 쳐다볼 자신은 있느냐."

"……거북아……. 머리를 감춰라……."

"네 생각보다 훨씬 우람한 머리일 텐데. 그리고 구워먹는 것보단 네 다른 입으로 삼키는 게 더 맛있을지도 모르지."

저 뻔뻔한 놈을 어찌해야 하나. 이젠 뻔뻔함을 넘어 경박하게 성적인 말을 내뱉는 청사 때문에 고도는 자신이 처음으로 말발에서 밀린다는 사실을 실감했다. 저 뱀 같은 혀는 사람을 꾀어내는 데에 타고났다. 여인들 마음만 훔치는 잔기술이 있는 줄 알았건만, 이제 보니 남녀불문하고 추근대는 것이 재주였던 듯싶다.

아주 제집 드나들듯 입술을 맞대고 혀를 밀어 넣는 통에 고도는 혼란스러움을 감출 수 없었다. 이런 접촉을 자연스럽게 할 줄 알았으면 처음부터 시작해선 안 되었건만. 고도는 이젠 밀어내기도 어색하고, 받아 주기엔 한도 끝도 없는 것을 요구하는 청사가 곤란했다. 그를 퍽 모호한 표정으로 바라보다 고개를 돌렸다. 실은 저렇게 멋대로 구는 청사가 믿지 않다는 사실이 고도가 고뇌하고 번민하는 가장 큰 원인이다. 고도는 깊은 숨을 뱉으면서 동굴 밖을 내다봤다.

온 세상이 하얗다. 나뭇가지에 수북이 쌓인 눈은 햇살을 받아 구슬처럼 반짝였다. 청명한 하늘 아래 하얀 지평선을 그은 능선도 절경이다. 힘 있는 필체로 그린 듯한 겨울 산이 하얀 소금 부대를 뒤집어쓴 것처럼 푹신하고 부드럽게만 보였다.

고요하고 평화로운 모습이라. 고도는 제게 어울리지 않는 두 단어를 입안에서 굴려 보았다. 친근하기로 따지자면 고요와 평화보다 그 반대말인 격정과 혼란이 더욱 익숙했다. 혼란이란 말에 좌절이나 고통이란 감성이 덧붙으면 금상첨화고, 낭떠러지나 불구덩이와 같은 상황을 설정하면 그곳이 바로 자신이 살아가는 터전이란 느낌이다. 날이 추워지면 절로 혹독한 고난이 떠오르고, 가난에 배를 곯는 백성과 만물이 생명을 잃어 죽어 가는 쓸쓸함만이 느껴지던 때가 있었거늘. 겨울 산에서 적막과 고통, 힘겨움을 느끼기보단 설원의 아름다움을 감상하는 자신이 못마땅했다. 언제부터 마음에 여유가 생긴 것일까. 이 여유가 누구 때문인지를 고도는 스스로 잘 알고 있었다.

고도가 눈 덮인 절경을 구경하는 동안에 청사는 옷매무새를 정리했다. 쪽빛의 도포가 녹아내린 눈의 물기를 머금어 평소보다 더 짙은 색을 띠고 있었다. 젖은 옷이 불쾌할 법도 한데 청사는 거리낌 없이 옷을 손봤다. 청사는 고도가 무릎에 고개를 기대고 빤히 쳐다보는 걸 그제야 알았다. 팔 위에 얼굴을 기댄 고도의 모습은 참으로 무방비했다. 어깨에 걸친 검은 두루마기 아래로 매끈하게 잘 뻗은 두 팔과 다리가 보여서 눈을 어디에 둬야 할지 몰랐다. 흰 피부에 남은 분홍색 순흔들은 밝은 낮에 보기엔 부끄러운 것들이었다. 흔적이라는 단어가 이토록 야하게 들리는 건 고도가 유일할 것이다. 청사는 슬그머니 고도 곁으로 다가가 앉았다.

"왜 그렇게 보고 있어?"

"그냥."

"뭐가 그냥이야."

"그냥 널 보고 있던 것뿐이다."

청사는 입술을 오물거렸다. 왜 갑자기 그런 달콤한 소리를 하느냐고 물어보고 싶지만, 차마 용기가 나지 않았다. 간밤에 알몸을 맞대고 있던 사이인데도, 피부에 남은 감촉보다 고도가 빤히 쳐다보는 시선이 더 부끄러워 눈길마저 피했다. 그런 모습으로 쳐다보면서 달콤한 이야기를 하니 어찌 설레지 않을까.

"널 보니 문득 내가 안았던 여자가 생각났다."

두 볼에 홍조를 띠고 부끄러워하던 청사는 뒤이은 이야기에 멈칫했다. 곧 사랑스러운 시선으로 고도를 담던 눈에 불이 붙었다. 청사는 두 눈에 쌍심지를 켜고 이를 세워 으르렁거렸다.

"그게 지금 내 앞에서 할 소리야?"

"음? 뭔가? 내가 방금 무슨 실수를 했나?"

"당연하지! 여기서 왜 네가 안았던 여자 이야기가 나와?"

"어쩔 수 없지 않으냐. 남자와 몸을 맞대 본 적은 없어서 비교 대상은 그녀뿐이다."

소향네 지붕에 앉았을 때, 소와 미호가 해준 이야기가 떠오른다. 고도에게 정인이 있었다고 하지 않던가. 색色에 대한 욕망이 현저하게 부족한 고도가 여자를 안았다면 그 상대는 필시 사랑했던 사람이 분명하다. 청사는 사납게 치켜뜬 눈으로 고도를 노려봤다.

"고도. 나는 속이 좁은 놈이라 네 과거 경험을 듣고 싶지 않다. 질투로 삼라만상을 부서뜨려 봐야 내 앞에서 그런 얘길 꺼내지 않을 것이냐?"

"화부터 내지 마라. 내 기분을 표현할 길이 딱히 없어서 그런 게다."

"무슨 기분!"

"멍하다. 마음이 통 진정되질 못하고 붕 뜨는구나. 내가 조금 바보 같이 보이지 않느냐."

고도의 여자 타령에 성질만 돋우던 청사는 두 눈에서 힘을 풀었다. 멍하다는 말과 달리 고도의 시선은 덤덤하고 또렷했다. 무언가에 넋을 놓지도 않고서 붕 뜬 기분이라 표현하니 의아하여 한 번 더 고도를 살피게 되었다.

고도는 몸에 힘을 풀고 있었다. 평소 긴장을 하지 않는 것과는 조금 다른 종류였다. 저대로 드러누워 잠이라도 잘 것처럼 편하고 나긋해 보였다. 또한, 청사의 시선에 반응하는 속도도 반 박자씩 느리지 않은가.

청사는 심장 밑이 벅차서 쉬이 말을 할 수도 없었다. 도사가 요괴 앞에서 모든 긴장을 풀고 있다면, 그만한 신뢰와 믿음이 없는 이상 불가능한 일이다. 저를 빤히 쳐다보는 눈동자엔 청사가 뱀 요괴는 맞는지, 이상한 요술로 눈속임을 하는 삿된 것은 아닌지, 의심하는 기색도 사라지고 없었다. 청사는 시선만으로 고도의 감정을 읽었다는 사실에 흥분했다. 불투명하던 마음을 엿보게 된 심정이 이러할지어다. 마음이 통한다는 것만으로도 가슴이 벅차서 눈 밑이 뜨뜻해지는 감동이 느껴지지 않는가. 청사를 한참이나 쳐다보던 고도가 마른 입술을 벌렸다.

"대롱아. 하나만 부탁해도 될까."

부탁이란 말에 두근거리는 청사의 심장 소리가 커졌다. 청사가 고개를 끄덕이니, 고도가 덤덤하게 말을 이었다.

"네가 내 여정의 끝을 함께해 주면 좋겠다."

청사는 심장이 크게 달음박질치는 소리를 들었다. 쿵쿵 뛰는 놈이 당장에라도 입 밖으로 튀어나올 것 같다. 고도가 아무렇지 않게 내뱉는 말한마디에 청사는 두 손으로 입가를 가렸다. 청사 때문에 아침이 멍하다는 것도, 남은 여정의 동반자가 되어 달라는 것도 고도에게서는 한 번도 들어 본 적 없는 말이었다.

"미호처럼 도중에 그만두지도 말고, 소처럼 말없이 사라지지도 마라. 너는 계속 내 옆에 붙어 있으면 좋겠다."

"고도……, 넌……."

날 이대로 심장이 터져 죽게 할 셈인가 보다.

차마 입에 담지 못한 이야기를 삼키면서 청사는 두 손을 고도의 겨드랑이 밑에 끼웠다. 동굴 밖을 내다보던 몸을 빙글 돌려서 자신을 똑바로 보게 하고는 젖어 있는 앞머리를 쓸어 넘겨줬다. 고도는 이마와 눈가에 스치는 손길에 편안한 표정을 지었다. 부드럽게 풀려 있는 눈가가 사랑스러워서 청사는 자기도 모르게 그 눈매에 입을 맞추었다.

"토월산에서 한 말 안 듣고 뭐 했어. 네가 그렇게 안 말해도 난 끝까지 너만 따라다닐 거야."

"귀여운 것."

"너한테 매번 머슴이나 짐승이나 색골처럼 덤벼들 거란 이야기야. 그래도 귀엽다는 말이 나와?"

"정력을 그렇게 관리 못 해서 어쩔꼬."

"내 탓 아냐. 네 탓이야."

"이젠 책임 전가까지."

"네가 사랑스러워서 참질 못하는 거잖아."

고도의 눈가에 닿았던 입술이 볼을 타고 내려왔다. 입술은 턱 밑까지 훑듯이 깨물고 나서야 떨어져 나갔다.

"있지. 네 여정이 끝나면 어떻게 되는 걸까. 그땐 나랑 같이 살 수 있을까. 예전에 내가 했던 말처럼 아기는 없어도 가족처럼 오순도순 함께."

청사는 한껏 희망에 부풀어 이야기했다. 지금 같은 분위기라면 고도 입에서도 "그래, 함께 살자."라는 대답을 들을 수만 있을 것 같았다. 하지만 기대했던 대답은 전혀 다른 방향으로 돌아왔다.

"여정이 끝나면 나도 편히 쉴 수 있겠지."

청사는 고도의 표정에서 아련함을 느꼈다. 편히 쉰다면 등 뒤에 매고 있는 죽통도 풀 수 있고, 사람을 죽이지 못하는 서전검도 정리할 수 있을 것이다. 어쩌면 검은 옷만 고집하는 저 옷 대신 그에게 어울릴 법한 화려한 비단옷을 걸치고 지난날 즐기지 못했던 풍류를 만끽할 수도 있다. 얽매여 있는 것에서 해방되는 자유를 만끽할 수 있는 것이 그가 말한 '쉰다.'라는 뜻일 텐데도 청사는 마음이 왜 이리 어수선한지 모르겠다.

"가자."

자리에서 일어나 동굴 밖으로 나가는 고도를, 청사는 가만히 바라보기만 했다. 꼭 훌쩍 떠날 사람처럼 보였다. 먼 곳으로. 청사도 따라가지 못할 아주 먼 곳으로 떠날 것처럼. 청사는 고도가 가는 길이라면 어디든 따라갈 자신이 있었지만, 불현듯 자신이라도 이 세상에서 유일하게 가지 못하는 길이 딱 하나 생각났다.

남들은 그 길을 저승길이라 불렀다.

눈보라가 멈춘 설원을 한 노인이 걷고 있었다. 노인은 커다란 지게에 도자기를 이고 가는 중이었다. 건넛마을에 장이 열린다기에 잘 만든 옹기그릇 몇 점을 챙기고 산을 넘으려는데, 그만 거센 폭설을 만나 눈 속에 파묻히고 말았다. 다행히도 커다란 바위 밑으로 들어가 하루를 꼬박 버텨서 얼어 죽지 않았다. 장독이 하나 깨졌지만, 대부분이 온전하다. 이번엔 팔지 못했어도 다음에 장이 서면 내다 팔 만했다. 노인은 그렇게 길흉을 셈하면서 느릿하게 눈길을 걸었다.

고개를 중간쯤 넘었을까. 노인은 이상한 행색의 나그네들을 보고 걸음을 멈췄다. 나그네 둘 다 젊은 사내였다. 하나는 새까만 옷을 입고 머리에 갓을 쓰고 있었다. 등에는 죽통을, 허리춤에는 검을 차고 다니는 행색이 여간 해괴한 게 아니다. 다른 하나는 이 나라에서 나지 않는 비단옷을 입은 사내로, 고귀한 집안의 자제로 보였다. 체격이나 이목구비가 색목인인 것도 같았다.

둘은 폭설을 대비한 도롱이를 걸치지 않았다. 그렇다고 추위를 버틸 솜옷이나 털옷도 입지 않았다. 심지어 허술한 홑겹 신에 설피도 신지 않고 걸어가니 몇 시진 뒤엔 발이 얼어서 걷지도 못할 것이다. 한눈에 봐도 얼어 죽기 십상이다. 모른 척 지나갔다간 다음 날 객사한 송장 두 구를 치워야 할 듯싶었다. 노인은 나무지팡이로 몸을 지탱하고 두 청년을 불러 세웠다.

"젊은이들."

두 남자는 걸음을 멈췄다. 빙글, 고개를 돌린 청색 도포의 사내가 상당한 미인인지라 노인은 선뜻 다가가지 못했다. 삿갓을 손가락으로 슬쩍 들어 올리고 노인을 보는 검은 행색의 사내 역시 분위기가 심상치 않았다. 괜한 말을 붙인 게 아닐는지. 노인은 뒤늦게 후회했다.

"행색이 보아하니 딱해서 말을 걸었네. 그러다 얼어 죽겠으니 우리 집에서 몸 좀 녹이고 가지 그러나."

검은 사내는 노인을 가만 쳐다보더니 눈을 반짝였다.

"호오?"

호기심 가득한 시선에 노인은 움찔하며 한 걸음 물러났다. 물러서는 노인을 따라 부담스러운 시선이 따라붙었다. 남자가 보이는 관심은 과할 정도로 열성적이었다.

"자네 올해로 나이가 몇인가."

기껏 친절을 베풀었건만, 반말로 보답을 받은 격인지라 노인은 엄한 목소리로 을렀다.

"일흔이 넘는다. 넌 말하는 꼬락서니가 그게 뭐냐?"

"일흔이 넘어서도 열 개는 족히 넘는 독과 옹이를 지게 하나에 거뜬히 메고 다니는 게 범상치 않아서 그렇다."

어디서 새파란 어린애가 일흔 넘은 노인을 손아랫사람으로 대하는지 모르겠다. 마음 같아서야 지팡이를 휘둘러 머리부터 흠씬 두들겨 주고 싶지만 눈보라 속에서도 악착같이 지켜 온 옹이와 독이 깨질지도 몰라 꾹 참았다. 노인은 지게를 고쳐 메고 두 사내를 지나쳤다. 예부터 털이 까만 짐승은 주우는 게 아니라더니 저 까만 것에게 온정을 베풀었다간 도리어 화를 당할 것만 같았다. 가다가 동사를 하든, 눈밭에 미끄러져 절벽 밑으로 떨어지든, 신경 쓰지 않기로 했다.

기분이 단단히 상해서 휙 지나쳐 가는 노인을 보고, 고도는 삿갓을 목 뒤로 넘겼다. 앞이 환하게 트인 시선으로 노인을 관찰하는 모습이 제법 즐거워 보였다. 노인은 기골이 장대했다. 일흔이 넘은 나이라고 하나 고도의 두 배쯤 되어 보이는 튼실한 장딴지와 두터운 팔뚝이 젊은 장정 못지않다. 짧은 상체엔 자잘한 근육들이 꽉 뭉쳐 있다. 상투를 튼 머릿밑으론 단단해 보이는 목이 드러나 있다. 백발이 성성한 머리만 아니라면 중년이라 해도 믿을 정도다.

"걸음걸이가 빠르오. 이보오, 늙은이. 보조 좀 맞추세."

"너희 갈 길 가라. 난 일 없다."

"자네가 먼저 제안하지 않았나. 집에서 쉬어 가라면서 집주인이 저렇게 쌀쌀 맞아서야."

"그 말은 취소다, 취소! 너희처럼 건방진 것들은 가다 꽉 얼어 죽어야지."

"죽으라고 정화수 떠놓고 빌어도 나한텐 약발이 안 든다. 헛된 앙탈 부리지 말고 우리 같은 불쌍한 중생을 도와주어 인덕을 쌓는 게 어떻겠냐."

"산적들도 너희보단 덜 뻔뻔하겠구나! 썩 사라져라, 고얀 것들!"

노인은 얼굴에 깊게 팬 주름을 일그러뜨리며 분을 삭였다. 안 그래도 천지가 노인을 돕지 않아 눈보라로 산길을 막고 장터에도 못 가게 했는데 이번엔 괴이한 사내 둘을 만나 속이 뒤집혔다. 흉한 일이 한꺼번에 찾아오는 건가. 원 재수가 없어도 이렇게 재수가 없을 수가 있을까. 노인은 퉤, 침을 뱉고 지팡이로 몸의 중심을 잡은 채 앞으로 나아갔다. 고도가 그 뒤를 쫓으려 하자 청사가 손목을 잡아당겼다. 청사는 고도 곁으로 다가와 그의 허리를 끌어안았다. 고도가 끙 소릴 내며 허리를 비틀었다.

"왜 그렇게 버릇없이 굴었어?"

"오랜만에 보는 특이한 종류의 인간이라서 기분이 좋았나 보다. 나도 모르게 들떠서 노인에게 무례를 범했구나."

"흐응, 들떠? 내가 이렇게 꼭 붙잡고 있는 것보다 그런 노인 보는 게 더 들떠?"

"너 어째 예전보다 더 집요해진 것 같다."

"난 질투로 삼라만상도 부술 수 있다고 말했잖아."

"이것 봐라. 오늘 처음 만난 노인과 나를 두고 무슨 음란한 상상을 하는 거냐."

"씨이. 동굴에선 나보고 함께 있어 달라고 고백한 주제에 바로 다른 인간에게 눈을 빛내면서 쪼르르 쫓아가려니 그러지."

고도는 청사의 품속에서 빠져나왔다. 깜짝 놀란 청사는 손을 뻗어 고도를 잡았다. 옷깃이 잡아당겨진 고도는 몸이 기우뚱 기울었다. 그러나 곧 청사의 손길에서 요령 좋게 벗어나서는 저만치 앞으로 달아나 버렸다. 청사는 몹시 분해하는 얼굴로 언덕바지에 선 고도를 노려봤다.

"고도, 너 진짜 얄미워!"

"흐음."

의미를 모를 목 울림만 흘리는 고도였다. 고도는 청사를 내팽개친 채 노인의 뒤를 따라갔다. 청사의 질투를 즐기는 건지, 아님 부담스러워서 도망치는 건지, 그도 아니면 아무런 의미가 없는 행동인지. 청사는 고도를 알 듯하면서도 여전히 모르겠다는 얼굴로 한숨을 내쉬었다. 저런 모습조차 사랑스러워 보이니 중증은 중증인 모양이나.

"거 참, 뻔뻔한 놈일세!"

"며칠 머물다 간다는 게 뭐가 그리 큰일이라고 이런 야단인가."

"내 아무리 대궐 같은 집에 산다 해도 자네처럼 고얀 놈에게 내줄 방은 없다!"

"야박하게 그러지 말고. 자네가 좋아서 이리 쪼르르 쫓아온 걸세."

"똥개가 쫓아온들, 자네만큼 괘씸하진 않겠군!"

"이런, 인간보다 금수가 자네 취향인가. 똥개처럼 쫓아가 줄 수 있는데."

"말이 그렇다는 거지! 이게 아까부터 속을 긁는 구나!"

"그리 예민하게 굴지 말거라. 인정을 베풀다 보면 또 누가 아는가. 하늘이 감복하여 그대에게 큰 상을 내릴지."

"허! 이 미친놈이!"

노인은 눈썹을 치켜떴다. 장에 내다팔지 못한 독을 작업실에 쌓아 놓고 나왔다가 지붕 위에 올라앉아 손을 흔드는 고도를 보고 뒷목을 잡았다. 썩 꺼지라고 지팡이를 휘둘러도 슬쩍슬쩍 자리만 옮길 뿐, 지붕 위에 올라앉아 몇 시진을 죽치고 앉아 있다. 일행으로 보이던 시퍼런 눈의 사내는 어디에 버리고 왔느냐니까 그제야 지붕 위에서 두리번두리번 주변을 둘러보며 뒤늦은 반응이나 보였다. "어디 좀 들렀다 오나 보지, 신경 쓰지 말고 자네 할 일이나 하시게."라는 뻔뻔한 말에 결국 노인이 먼저 체념했다.

노인은 고도를 철저하게 무시하기로 했다. 출신도 모르는 것이랑 노닥거릴 시간이 없었다. 그는 지난밤의 폭설로 부러져 버린 잣나무에 다가갔다. 뿌리는 아직도 굳건하게 바닥을 지지하고 있는데 허리 부분이 거칠게 동강 나서 나뭇가지가 시들어 가고 있었다. 쓰러진 나무는 키가 열 자나 됐다. 옮기는 것이 쉬운 일이 아니다. 그럼에도, 노인은 대수롭지 않게 나무를 번쩍 들어 올렸다.

"으라차차!"

기합을 한 번 넣고 나무를 던지자 그 커다란 것이 지붕 뒤로 날아가 쿵 소릴 내며 떨어졌다. 고도는 눈을 동그랗게 떴다. 부러진 잣나무에 이어 눈보라와 함께 굴러 들어온 바위를 마당 밖으로 획획 집어던졌다. 힘이 좋다 못해 천하장사 수준이다. 인간의 몸으로 저런 힘이 나올 수 있는지가 기이할 정도였다.

고도가 감탄하는 것을 아는지 모르는지, 노인은 마당을 정리한 후에는 가마 쪽으로 흙자기를 날랐다. 짚과 흙으로 쌓아 올린 외벽은 어제 같은 눈보라에도 끄떡없을 만큼 튼튼했다. 크기도 상당하여 노인이 지게에 이고 온 독이 마흔 개쯤 들어갈 만했다. 노인이 구들장의 자리를 잡고 나면 흙자기들을 차곡차곡 쌓을 테고, 앞뒤로 깨진 가마 벽에는 진흙을 발라서 땔감을 떼는 동안 불기운이 달아나지 못하도록 할 것이다. 그렇게 이틀가량을 꼬박 가마 앞을 지키고 나면 상에 내다팔 도자기들이 고운 자태를 뽐낼 터.

고도는 노인이 하는 일을 말없이 지켜보다가 고개를 모로 숙였다. 기운이 드센 옹기장이 노인은 힘만 좋은 게 아닌 듯했다. 무언가 묘한 것이 감지되었다. 이런 것을 감지할 땐 고양이 수염보다도 민감하고 본능적인 고도였다.

"나는 고도라고 한다."

직접 빚은 자기를 하나하나 꼼꼼하게 살펴보던 노인이 대뜸 자기를 소개하는 고도를 쳐다봤다. 고도는 여전히 지붕 위에 앉아서 두 팔에 턱을 얹고 노인을 바라보고 있었다.

노인은 고도라는 이름에서 옛 도읍지(고도古都)를 떠올렸다. 오래된 유물이라 해석되는 특이한 이름을 가진 청년이다. 오래된 것은 무구한 세월이 켜켜이 쌓여 특유의 분위기를 곧잘 띤다. 오래되고 낡은 느낌도 있지만 정체성이 뚜렷하고 풍미가 깊다. 그런 면에서 보면 청년에게 옛것의 뜻이 담긴 이름은 참으로 잘 어울리는 것이었다. 아무리 요즘 젊은 것들이 어른 보기를 개떡같이 안다고는 하나, 일흔 이상을 살아온 노인에게 스스럼없이 하대할 수 있는 배짱은 드물다. 아무리 천한 집안에서 태어난 망나니라 할지라도, 부모 손에 길러진 자식들은 모두 어른을 공경하는 가르침과 생활방식이 몸에 배기 마련이다. 혹 부모 없는 하늘 아래 홀로 살아가는 아이일지라도 산이나 바다에서 홀로 사는 것이 아니라면 사회에서 익힌 풍습과 도리 정도는 기본 소양으로 갖추게 된다. 그런 면에서 보면 유교의 색이 완전하게 빠져 있는 고도는 존재 자체가 기이했다.

노인은 처음 고도의 하대를 들었을 때와는 달리, 이제는 말을 놓는 모습에 불쾌함이나 분노로 치닫지는 않았다. 특별한 재능이나 신분을 보인 것도 아닌데 고도가 하는 행동을 조금 이해했다. 단지 '과거의 도읍'이란 이름 한 자만으로.

"봉수라 한다."

한 걸음 가까이 다가와 올려다보는 봉수 노인을 향해 고도가 눈을 데구루루 굴렸다.

"호오, 이름이 땅 지킴이(봉수封守)인가."

"암. 이 산은 내가 다 관리하지."

"단순한 옹기장이가 아니었군. 헌데 그 좋은 이름에 좋은 능력을 타고 났으면서 가마 앞에 쭈그려 앉아 독이나 굽는 것이냐?"

"도자기 빚는 일을 무시하는 건가."

"그럼 특별하다고 말할 셈인가?"

고도는 빈말로도 옹기장이의 일을 추켜세우지 않았다. 고도가 보기에 가마를 굽는 일은 잡역에 불과하다. 아름다운 도예품을 만드는 것도 아니고, 남들이 알아주는 청자를 굽는 것도 아니다. 기껏 만들어 봤자 김치나 장 따위나 담고 땅에 묻힐 물건에 필요 이상의 공을 들이는 일이 바로 독을 짓는 일이었다. 한데도 노인이 사는 집은 그릇을 만드는 작업장과 커다란 가마가 집터 중앙에 지어져 있고, 잠자는 방은 구석으로 밀려나 있으니 못마땅했다. 암만 봐도 먹고 자는 일보다 그릇 굽는 게 더 중요한 일과로 보인다. 고도가 영 이해할 수 없다는 표정으로 고개를 갸우뚱거리자, 노인은 껄껄거리는 웃음을 터뜨렸다.

"내가 하는 일을 오늘 처음 본 자네한테 설명해 무엇 하겠나. 사람마다 좋아하는 일, 하고 싶은 일이 다르기 마련이다. 이 일이 자네 성에 차지 않더라도 이해해 줘야지."

"음. 그대가 나를 이해시킬 필요가 없긴 하지. 다만, 도자기 굽는 게 뭐가 좋아서 이 추운 날에도 밖에 나와 가마 앞을 지키고 섰는지 궁금할 뿐이다."

"가마는 거짓말을 하지 않지. 애정을 주면 준 대로 탄탄하고 고른 자기가 완성되고, 조금이라도 허튼 것으로 시선을 돌리면 관심이 부족한 만큼 모자란 자기가 완성되네. 땅을 지키고 산을 보호하는 것이 내 임무라곤 해도 그 일엔 끝이 없으니 완성의 기쁨을 자기에서 찾는 게 어찌 잘못됐다고 하겠느냐."

완성의 기쁨을 위해서 가마를 굽는다. 이 비슷한 부류의 사람들을 궐에서 생활할 때 알고 지냈었다. 한 선비는 벼루를 만들었고, 또 다른 선비는 난을 치고 그림을 그렸다. 그들 역시 노인과 다르지 않다. 제 손으로 작품을 완성하는 데 의의를 두는 사람들이다. 다른 점이 있다면 그들의 목표는 왕에게 인정받고 세상에 널리 자신의 이름을 알리는 데에 있다. 노인은 오직 자신의 만족만을 위해 그 많은 고통과 번거로움을 감내한다고 얘기한다. 고도는 알쏭달쏭한 표정으로 노인을 빤히 쳐다봤다.

"너는 참 신기한 놈이다. 천한 일에 자부심을 품고 있어."

"일에 귀천이 어디 있겠나. 모든 일이 똑같이 중하다."

"그 특별한 힘에 대해서 생각해 본 적은 없나?"

"생각한들 무엇 하겠나. 먹고 사는 데는 그다지 필요 없는 힘인 것을."

먹고 사는 데 집착하는 부류도 아니면서 핑계하고는.

노인은 고도가 제 일에 관심을 갖는 것이 기분 좋았다. 오랜 세월 골 깊은 산에서 홀로 독을 굽다 보니 사람 정에 굶주려 있던 탓이다.

"이제 유약을 바르고 초벌을 할 것인데 구경하겠나?"

노인은 빨갛게 꽁꽁 언 손으로 바닥을 덮은 뚜껑을 열었다. 구덩이를 판 바닥에는 잿물과 황토를 섞은 유약이 넘실대고 있었다. 노인은 흙으로 빚은 자기를 유약에 담뿍 담갔다. 구덩이 속 유약이 들썩이며 흔들렸다. 유약이 출렁이면서 바닥 위로 흘러넘치자 노인과 고도는 발바닥을 두드리는 진동을 느꼈다. 그 순간 두 귀가 먹먹해질 정도로 커다란 소리가 울렸다.

쾅!

산을 쪼개는 듯한 천둥소리다. 폭발적인 소리에 고도와 봉수는 고개를 들었다. 한산뫼 끄트머리 고개에 천둥이 떨어졌다. 낙뢰가 꽂힌 지점에서는 물안개가 피어올랐다. 마른 나무에 벼락불이 붙어야 정상이거늘, 해가 쨍쨍한 날에 웬 물안개란 말인가. 햇빛이 잘 들지 않는 골짜기라지만 대낮에 물안개까지 치밀어 오르는 것은 퍽 진귀한 풍경이다. 고도는 변덕스러운 하늘과 산의 기운을 느끼면서 눈을 가늘게 떴다. 청사가 잠깐 어디 좀 다녀온다고 한 곳이 저곳이 아닌가 싶었다.

"어제오늘 날씨가 참 괴이쩍네."

하늘로 피어오른 물안개는 용이 똬리를 풀고 승천하는 것만큼 기묘한 형태였다.

청사는 어깨 너머로 자욱하게 몰려든 물안개를 바라봤다. 사방이 젖은 공기다. 스산하고 음습한 기운들이 청사에게 들러붙어 떨어지지 않았다. 반면에 그가 밟고 선 땅은 바싹 말라붙었다. 소복하게 쌓여 있던 눈은 청사의 손짓 한 번에 바싹 마른 흙바닥을 드러냈다. 청아한 눈 결정이 매달려 있던 나뭇가지도 말라비틀어졌다. 청사를 중심으로 한 반경 십 리가 순식간에 황폐해진 것이다. 청사는 두 팔을 휘둘렀다. 그를 중심으로 양옆에 벼락이 내리꽂혔다.

쾅!

물안개가 더욱 자욱해지고 음산한 기운이 사방으로 퍼졌다. 물 기운은 모조리 안개가 되어 하늘을 뒤덮었다. 얼마 지나지 않아 하늘에 먹구름이 몰려들었다. 햇빛을 가리는 두터운 구름층이 우르릉 노여움으로 들끓었다. 성노한 먹구름은 소용돌이처럼 돌다가 좌우로 벌어졌다.

먹구름 너머의 하늘이 노을빛보다 강렬한 금색으로 뒤덮였다. 금색 하늘이 차츰 열리면서 한 무리의 사람들이 내려오기 시작했다. 화려한 옷과 긴 머리를 너풀거리는 여인들이다. 그녀들은 긴 머리를 두 갈래로 나누어 정수리 부근에서 고리를 만들어 묶었고, 누에고치에서 뽑아낸 실처럼 희고 투명한 날개옷을 흔들었다.

땅으로 내려오는 여인들은 저마다 고운 자태를 뽐냈다. 지상에는 결코 내려올 일이 없지만 섣달그믐만 되면 깊은 계곡에 내려와 몸을 씻고 올라가는 선녀들이었다. 그녀들은 태어날 때부터 날개가 달린 천인들과 달리 지상에 사는 인간과 똑같은 모습을 갖추고 있었다. 날개옷에 바람을 실을 수 있을 뿐, 지상의 미인들과 견주어도 특별함은 찾을 수가 없었다.

청사는 선녀 중에서도 유독 붉은 날개옷을 입고 있는 여성을 쳐다봤다. 그 눈빛엔 선녀를 육안으로 봤다는 황홀함과 즐거움은 없었다. 오직 매몰찬 냉정함만 담고 있었다. 그녀는 자신을 보좌하는 다른 선녀들과 달리 긴 머리를 땋지도 꼬지도 않고 풀어헤친 채였다.

서왕모가 한 올 한 올 수를 놓은 것처럼 빛이 나는 아름다운 머리칼이다. 찌릉찌릉 울리는 금속 나비와 꽃으로 장식한 머릿밑으로는 빼어난 미인의 얼굴이 자리 잡고 있었다. 서시가 한 나라를 무너뜨릴 만큼 아름다웠다면 붉은 옷의 선녀는 만물이 그녀의 외모를 경배해서 나라를 세워 줄 정도이리라.

여자는 지상에 발을 디디자마자 나비의 날갯짓보다 부드럽고 우아하게 옷깃을 여몄다. 그녀를 둘러싼 다른 선녀들 역시 펼치고 있던 날개옷을 접었다. 다소곳이 고개를 숙이는 일련의 행동이 훈련받은 군사처럼 정확했다. 청사는 선녀들의 강림을 눈앞에 두고도 매섭게 뜬 눈에서 독기를 풀지 않았다. 부동자세로 서 있는 청사에게 먼저 말을 건넨 것은 붉은 옷의 선녀였다. 그녀는 발밑만을 바라보던 눈을 천천히 들어 올렸다. 청사와 눈이 마주친 순간 그녀의 얼굴에 꽃처럼 번져 있던 아름다움과 수줍음은 자취를 감췄다. 그녀는 청사와 똑같은 푸른색 눈을 매섭게 떴다.

"하계에 내려오고 제법 많은 세월이 흘렀건만, 네놈이 정신을 차리지 못했구나. 멋대로 벼락을 내다 꽂질 않나 비바람을 일으키질 않나. 연못의 물로 수룡을 만들질 않나, 눈보라를 만들어 내고 물안개를 피어 올리질 않나. 얌전히는 지내지 못할망정, 뭐하는 짓거리냐."

꾀꼬리 지저귐처럼 곱고 맑은 목소리는 냉랭하게 울렸다. 여인의 쌀쌀맞은 꾸지람에도 청사는 눈 하나 깜짝하지 않았다. 오히려 입 꼬리를 끌어 올리며 비웃었다.

"힘을 뺏겼는데도 내 재주가 다양해서 놀랐나 봐?"

"힘이 봉인된 네가 재주를 부리는 게 놀랍긴 하다. 허나 그렇게 요령을 피우고 반항할수록 아버지의 노여움만 커진다는 사실을 모르느냐?"

"시끄러워. 그 늙은이 얘기하려고 누이 부른 거 아니야."

여인의 초승달 같은 눈썹이 사선으로 솟구쳤다.

"네 이놈, 감히 아버지를 욕보이느냐!"

어찌 자식 된 도리로서 부모를 욕보일 수 있는가. 시건방짐이 하늘을 찌른다 하여 여인은 청사를 혼쭐내려 했다. 하지만 여인이 단호한 태도를 보일수록 청사의 눈빛은 더욱 서늘해졌다. 그는 누이와 아버지를 욕보이는 부도덕한 태도를 고수했다. 얼음장처럼 차가운 두 눈을 곧추 뜨고 입매를 굳건히 다물면 한 핏줄인 여인조차 머뭇거리게 된다. 청사는 한번 마음먹은 바는 어떻게든 하고 마는 고집이 심하다. 제가 벌인 일에 주변 사람들을 모두 말려들게 하는 그 능력만큼은 탁월했다. 이번에도 하늘에 벼락을 불러일으켜 천상을 흔들어 놓는 무모한 짓을 벌였다. 무엇을 마음먹었는지, 청사의 눈엔 고집스러운 빛이 가득이다.

막내라고 오냐오냐 키운 게 문제인가, 아니면 타고난 성정이 오만한 건가.

누이는 동생을 속으로 힐난하면서도 그것을 입에 담지 않았다. 같은 피가 섞여서 팔이 안으로 굽는 모양이다. 동생의 모난 구석을 받아 줄 수 있었다. 누이가 청사를 호통 내려던 입을 다무니, 청사는 당당하게 원하는 것을 요구했다.

"동해에 전령을 보내 줬으면 해."

동생이다. 같은 피다. 청사를 속으로 어떻게든 두둔하던 누이가 그 말에 결국 참지 못하고 눈살을 찌푸렸다. 거칠게 고개를 움직이는 탓에 머리에 달린 방울 장식들이 신경질적으로 울렸다.

"넌 어쩜 변한 게 없니."

"내가 왜 변해야 하는데?"

"널 이리로 내쫓은 아버지의 뜻을 정녕 모르겠니? 너를 기선 제압하려고 그러시잖아."

"그건 노인네 사정이지. 본인이 원하는 대로 움직이지 않는다 하여 자식을 내동댕이치는 부모는 내 쪽에서도 사양이야."

"네가 이럴수록 아버지 태도만 강경해져."

"그래서 누이는 동해에 전령을 보내 주겠다는 거야, 못 하겠다는 거야?"

"너랑 아버지 싸움에 끼고 싶지 않다. 나를 끌어들여 동해에 전령을 보내 달란 걸 들어줄 거 같아?"

"들어줘야지. 누이의 하나뿐인 막냇동생 부탁인데 안 들어주고 밤에 잠이 오겠나."

붉은 여인을 보좌하고 있던 선녀들 틈에서 희미한 웃음소리가 퍼졌다. 여인은 얼굴이 화끈 달아올라서 도끼눈을 뜨고 웃음을 터뜨린 범인을 물색했다. 그러나 쉬이 눈에 띄는 이는 없었다. 모두 이런 일이 한두 번이 아닌 듯 금세 표정을 고쳐서는 가지런한 태도를 유지하는 것이 능숙했다. 여인은 면구함을 참지 못했다. 위로 남자 형제들만 줄줄이라서 막내를 특별히 귀여워하며 키우긴 했다만, 이렇듯 선녀들에게 놀림감까지 될 줄이야.

"막내의 특권을 이럴 때 이용해 먹다니. 내가 낯 뜨거워서 원."

청사는 고개를 까딱이며 웃었다. 여자 여럿을 쓰러트릴 웃음이었다.

"오만한 웃음이 아버지랑 똑 닮았어, 망할 놈."

구시렁거리는 누이에겐 대꾸하지 않았다. 청사는 허공에 대고 손가락을 움직였다. 뿌연 안개가 손가락이 움직일 때마다 바깥으로 밀려 나가며 문자를 남겼다. 여덟 글자로 이루어진 전언이었다.

[고도란 자를 아는가.]

짧지만 명확한 요구다. 전령을 보내 주마 부탁을 들어주기로 한 여인이 눈살을 찌푸렸다.

"고도가 누구냐. 이런 전령을 왜 보내려는 거지?"

여인이 전언을 모두 기억하자 청사는 손가락을 다시금 놀렸다. 안개는 뿔뿔이 흩어지고 그 속에 새겨졌던 글자 역시 지워졌다.

"신경 쓰지 마."

"하늘에 온통 먹구름을 불러와 벼락을 내리쳤으면서 고작 한다는 짓이 전령을 보내는 것이라니. 네놈의 안하무인을 내가 어찌하면 좋을꼬."

"슬슬 올라가 보지 그래. 하늘이 닫히려 하잖아."

청사가 하늘을 가리키자 여인은 고개를 들었다. 황금빛으로 물들었던 구름 너머가 차츰 좁아지고 있었다. 상부에 아무런 보고도 하지 않고 내려온 터라 문이 열려 있는 시간도 짧은 탓이다.

따지고 싶은 말은 많았으나 그럴 여유가 없었다. 여인은 망설이지 않고 날개옷을 펼쳤다. 바람 한 점 없는 물안개 속에서 날개옷은 잘도 너풀거리며 휘날렸다. 그녀는 흩날리는 옷깃을 그러모으고 청사에게서 한 걸음 물러났다. 발을 떼자 여인의 몸은 무게를 잃은 듯 두둥실 떠올랐다.

청사보다 낮은 곳에 자리 잡았던 눈높이가 어느새 청사의 머리 위를 훌쩍 넘었다. 떠오르는 자신을 묵묵히 바라보는 청사를 향해서 여인은 마지막으로 경고했다.

"다음에도 이런 식으로 날뛰면 다른 이들이 너의 경거망동을 알게 될 것이다. 그땐 나처럼 유하게 넘기지 않을 것이야. 어쩌면 아버지 귀에 들어갈 수도 있어. 아버지가 직접 행차하시는 일만큼은 피해라."

청사는 꼬장꼬장한 잔소리가 듣기 싫었다. 누이 입에서 아버지 타령밖에 쏟아지지 않으니 듣기 짜증난다는 얼굴이다. 청사는 냉큼 하늘로 올라가라는 듯이 손을 휘이휘이 저었다. 저를 하찮은 물건 취급하는 기세에 여인은 도톰한 입술을 악물었다. 그녀는 다른 선녀들의 호위를 뿌리치고 청사 앞으로 내려갔다.

"네놈이 하도 나를 골탕 먹이니 나도 심술을 좀 부리려 한다. 일단 네 주변 상황이 퍽 흥미롭게 돌아가고 있는 듯하니 이걸 먼저 알려 줘야겠구나."

그녀가 기다란 손가락으로 청사의 이마를 쿡 찔렀다.

"너는 모르고 있나 본데, 네 곁에서 천인의 냄새가 난다."

그 말에 청사의 몸이 눈에 띄게 경직됐다. 꿈틀거리며 불쾌한 기색을 표하는 눈썹의 움직임이 퍽 심상치 않다. 아무리 거스를 수 없는 불가항력의 일이 닥쳐도 시큰둥하게 반응하고 마는 동생답지 않았다. 청사의 냉정한 두 눈이 흔들리며 당혹스러움으로 물드는 모습이 여인에게는 즐겁기도 하고 걱정스럽기도 했다. 여인이 알고 있는 동생답지 않은 반응이다. 청사는 여인에게 감정의 원인을 들킬세라 목소리를 가다듬었다.

"……누가 천족 호위군 아니랄까 봐, 누이 그거 직업병이야. 하계에 무슨 천인이야."

"네 말대로 그들의 기운을 알아채는 것은 내 직업병인지라 백 리를 넘어서도 천인이 풍기는 냄새는 맡을 수가 있다. 최근 수십 년 사이에 하계로 파견된 천인이 없거늘, 이거 참 기이하구나."

청사는 누이의 등 뒤에서 날개옷을 너풀거리는 선녀들을 바라봤다. 그녀들은 겉보기에 가녀리고 약해 보이나, 상제의 곁을 보좌하는 호위군들이다. 아름다운 얼굴로 정권을 내지르고 쌍검을 휘두르며 검무를 추는 것이 그녀들의 특징이다. 날개옷을 너풀거리며 검의 춤사위를 펼치는 모습은 그 어디에서도 보기 어려운 진풍경 중의 하나다. 넋 놓을 만큼 화려한 사위 속에서 적들은 목이 잘려 나가고 심장이 꿰뚫려 죽어간다. 그녀들이 입은 풍성한 옷자락 속에 그 검무를 위한 쌍검이 자리 잡고 있을 터다. 그런 선녀들의 우두머리가 누이다. 누이가 천인에 대해 경고를 내리는 것을 허투루 듣기 어려웠다.

"만약에 정말로 내 곁에 천인이 있으면 어쩔 건데?"

상제를 보좌하는 여인들이 한낱 도망친 천인을 잡고자 인계로 내려올까. 누이의 대답은 청사의 생각이 얼마나 안일한지를 일깨워 줬다.

"아무 보고도 없이 하계에 내려왔으니 다시 끌고 가야지. 이유 없이 하계로 내려온 것은 그 자리에서 죽일 수도 있는 중죄다."

청사는 등 뒤로 돌린 손을 움켜쥐었다. 주먹을 쥔 손이 파르르 떨렸다. 누이를 마주한 표정은 변함없어도 그의 심정을 대변하는 주먹은 격정적으로 흔들렸다. 청사는 천인이라는 말에 극도로 예민하게 반응했다. 마치 누이가 말하는 천인이 누구인지 짐작이라도 하는 듯이 말이다. 누이는 동생의 차분한 얼굴을 살피고 나서야 접었던 날개옷을 펼쳤다. 다시 하늘로 상승하던 그녀는 속삭이듯 부드러운 목소리로 엄중하게 말했다.

"네가 아무리 사랑스러운 동생이라도 천인과 관련된다면 그냥 넘길 수 없어. 나는 네 누이이기 전에 천인을 호위하는 군장이니까."

청사는 까마득히 멀리 떨어진 하늘이 서서히 닫히는 모습을 올려다봤다. 선녀들이 날개옷을 휘두르면서 뿌린 빛과 바람의 가루들이 먹구름 근처에서 요란스럽게 반짝였다. 선녀들이 구름 속으로 사라지자 침착함을 유지하고 있던 청사의 얼굴이 대번에 무너졌다. 눈에 띄게 당황한 얼굴은 희게 질렸다. 겁이 나는 것도 같다. 일을 조금 더 빨리 마무리 지으려다가 짐이 하나 더 늘어난 것처럼 몹시도 불안해했다. 동해에 전령을 보낸 것까진 좋았는데 누이가 천인을 이유로 협박을 할 줄이야.

기별도 없이 사라진 천인이 발각되면 잡아가거나 그 자리에서 사살한다. 위협이나 경고와는 다르다. 누이 정도 되는 위치에서 내뱉은 말은 그것이 곧 미래에 일어날 현실과 마찬가지다. 청사는 자신이 저지른 일의 위중함을 깨달았다. 이것은 단순히 짐 하나를 더 어깨에 얹은 것과 달랐다. 참으로 중대한 실수를 벌인 것이다.

"설마 고도…… 아니겠지."

청사는 하늘이 닫히고 뿔뿔이 흩어지는 먹구름을 올려다봤다. 금색 빛가루가 흔적이 되어 구름 주변을 비추고 있었다. 도력을 남발했을 때 색깔이 바뀌는 고도의 눈과 같은 색이었다.

고도는 밤늦게까지 가마 앞에 앉아 있는 노인의 굽은 등을 봤다. 도자기의 초벌을 시작한 노인은 가마 입구에서 조금도 움직이질 않았다. 끼니를 거른 것은 당연지사요, 용변을 보는 것마저 가마 뒤쪽의 풀밭에서 해결했다. 불이 너무 세다 싶으면 집어넣었던 땔감을 하나둘 뺐다. 불기운이 가마 뒤쪽까지 가지 못한다 싶으면 땔감을 더 많이 넣었다. 가마 뒤쪽의 연기 구멍을 세밀하게 살피면서 불기운이 어디까지 왔는지, 가마 앞쪽과 뒤쪽 온도가 얼마나 차이가 나는지를 꼼꼼하게 살폈다. 정성을 쏟아 자기를 굽는 모습은 일개 옹기장이가 아니라 백공기예 그 자체였다. 고작 하찮은 독 하나를 만드는 것뿐인데 저리도 숭고한 정신을 담아 혼을 불사르니, 구경하는 고도마저 숙연하게 하는 힘이 깃들어 있었다.

"지겹지 않아?"

조용히 묻는 고도에게 돌아오는 대답은 없었다. 옹기장이는 가마 안에서 구워지는 자기에만 온 정성을 쏟고 있어서 고도에게 돌릴 신경조차 남아 있지 않았다. 가마 입구가 새빨간 불에 그슬렸음에도 그 뜨거운 불에 얼굴을 가져다 대고 온도나 맞추고 있다. 얼굴에 화상을 입는 듯한 고통이 있을진대, 그 고통마저 감수하고 불을 정면에서 쳐다보는 행위엔 존경을 표하게 됐다.

좋아하면 모두 저렇게나 자신을 내어 줄 수 있게 되는 걸까. 미호가 첫 정인에게 꼬리를 빼앗기고도 끝내 죽이지 못한 것처럼. 청사가 자신을 좋아한다며 자존심이 상하는 일도 꾹 참고 다가오는 것처럼. 노인네가 얼굴이 시뻘겋게 익어서 끙끙거리면서도 혹여나 불을 못 본 잠깐 사이에 초벌에 들어간 도자기가 상할까 봐 걱정하는 것처럼.

"나는 좋아하면 괴로운 일만 있었다. 헌데 너는 그것이 두렵지 않나 보구나. 네 모든 정성을 단 하나에 집중시킬 수 있음이 부럽고, 또 존경스럽다."

혼잣말은 허공에서 흩어져 노인의 귀에는 닿지 않았다. 고도는 구구절절한 감정을 노인에게 들려줄 생각이 없었기에 괘념치 않았다. 노인이 지닌 숭고함을 부러운 듯이 바라볼 뿐이었다. 이 산이 모두 그대의 뜰 같구나.

고도는 노인에게서 느껴지는 특별함에 흠뻑 취한 나머지, 제게 다가오는 기적을 예리하게 알아채지 못했다. 기적은 고도의 등 뒤로 사뿐히 내려앉았다. 지붕 위에 쌓인 눈이 그 기척 때문에 고도 옆까지 밀려 내려왔다. 고도는 고개를 돌리지 않아도 등 뒤에서부터 포근하게 감싸오는 온기가 누구 것인지를 알 수 있었다. 먹구름이 잔뜩 낀 하늘에는 달무리가 져서 눈에 보이는 것이 적었다. 그래도 바스락거리는 옷깃 소리만으로도 옷의 색이 푸른색이라는 것쯤은 안다.

"늦었다. 어딜 싸돌아다닌 거냐."

등 뒤에서 묵직하게 무게를 실어 온 남자가 고도의 목덜미에 입술을 묻었다. 목에 닿은 입술이 거친 호흡을 뱉었다. 멀리서 쉴 새 없이 달려온 듯했다. 고도는 목 뒤가 간질간질했지만 목덜미에 이어 귓불을 간질이는 감촉을 뿌리치진 않았다. 등 뒤의 남자가 고도의 턱을 잡고 제 쪽으로 고개를 돌렸다. 그는 고도의 예상대로 파란 눈을 가진 미인이었다.

"고도, 될 수 있으면 빨리 이 산을 벗어나자."

청사는 딱딱하게 굳은 얼굴로 그리 말했다. 고도는 숨을 몰아쉬는 청사를 물끄러미 쳐다봤다.

"남몰래 어딜 가서 못 볼 꼴을 보고 돌아온 것 같구나. 설산 호랑이가 네 엉덩이라도 물었느냐?"

"장난치는 거 아니야."

"금부가 여기까지 쫓아오기라도 했느냐."

"금부보다 더 악랄한 상대라서 말이지."

"음. 짚이는 구석이 너무 많은데. 봉천마을에서 나한테 돈 뜯긴 김갑수인가?"

"……돈은 언제 뜯었어?"

"고수레한다고 속이고 떡값을 좀 챙겼지."

"이젠 사기까지 치냐."

"먹고 사는 게 다 그렇지 않느냐."

"안 그렇거든. 그리고 그렇게 절박하지도 않으면서 또 핑계는."

"그게 아니라면 날 죽이겠다고 쫓아다니던 주영인가, 내게 부적 만들어 달라던 아낙 봉이인가, 날 붙잡겠다고 덫을 놓은 요괴들과 말하는 금수들도 썩 마음에 걸리는데."

"네 농담은 나중에 실컷 들어 주마. 얼른 떠날 준비해."

"그런 놈들이 악랄하거늘, 그런 놈들이 아니라면 뭣하러 떠나느냐. 오늘 하루는 쉬다 가자."

고도는 청사를 등받이 삼아 편안하게 기대어 앉았다. 붙잡으려 치면 먼저 휙 하고 사라지던 낮과는 또 다른 반응이다. 청사는 변덕스러운 고도를 이해할 수가 없었다. 다가가면 거리를 두고 물러나기에 조급하게 굴지 말자며 그 벌어진 거리가 좁혀지길 기다리려 했다. 한데, 먼저 품에 안기며 벌렸던 거리를 단숨에 좁히지 않은가. 청사는 고도 때문에 머리가 어지러웠다. 또다시 심장이 요동칠 것만 같았다. 고도 때문에 하루에도 수십 번은 흥분하고 체념하고 기대하면서 욕심을 부리게 됐다.

"고도, 나 뽀뽀해 주라."

청사의 청에 고도는 눈만 깜빡였다. 웬일로 이런 애교를 부리나 싶어 말갛게 바라보는 청사에게서 고도가 한참이나 눈을 떼지 못했다. 괜한 말을 했나 보다며 청사가 얼굴을 붉힐 때였다.

쪽.

고도는 청사의 머리통을 끌어 내려서 입을 맞췄다. 코끝이 부딪히는 어설픈 입맞춤이라도 청사의 마음을 사르르 녹이기엔 충분했다. 청사는 고도의 목을 손으로 감쌌다. 차려 준 밥상인 만큼, 주인의 정성을 생각하여 그 대접을 모두 받아 줄 생각이었다.

청사는 고도가 벌린 입술 안으로 혀를 집어넣었다. 익숙하게 섞이는 두 혀가 붙었다 떨어지며 촉촉한 마찰음을 울렸다. 입술이 각도를 달리할 때마다 고도의 체향과 타액의 감촉이 청사의 몸을 적시는 기분이었다.

"지금 떠나야 해, 고도."

속삭이는 청사에게 고도는 봄바람처럼 가볍게 웃음을 뱉었다.

"쫓기는 일이 한두 번도 아니고 새삼스레 걱정인가."

"이번엔 버거운 상대다. 나도 도와주지 못할 수도 있어."

"누가 들으면 내가 매번 네게 도움받는 못난 것으로 생각하겠군."

"꼬투리 잡지 말고. 정말로 심각한 일이야. 이번엔 네가 도자기든, 노인이든 이상한 데 집착해서 시간 끌면 내가 확 보쌈해서 도망가는 수가 있어."

"뭘 걱정하느냐. 난 도망 다니는 데엔 귀재다."

청사도 고도의 실력을 인정한다. 그는 드문 종류의 힘을 가진 도사여서 웬만한 인간과 요괴를 상대할 때는 결코 지는 법이 없다. 하지만 한 번씩 허점을 보이는 것이 문제다. 자량에서 임금을 만날 때나 미호의 감정에 이입하면서 정신이 흐트러지는 모습을 똑똑히 봤다. 아무리 뛰어난 실력자라도 방심을 하면 당할 수도 있다는 증거를 봤건만, 이번엔 상대가 호락호락하지 않아 더 걱정되는 것이다.

청사는 사실을 바른 대로 고할 수가 없어서 마냥 답답했다. 고도가 특수한 인간이라 해도 천상계의 존재를 상대할 수 있으리라는 믿음은 가지 않았다. 그럼에도, 가지 않겠노라 말하는 고도를 잡아끌 방법이 생각나지 않았다. 강제로 데려가는 것이 최선책이라면 정말로 보쌈하는 수밖에 없을 것 같다.

사람 하나 들어갈 만한 망태기를 구해야 하나.

청사는 한숨을 푹 내쉬었다. 그렇게까지 해서 고도를 마음대로 주무르고 싶지 않다. 고도의 의사를 존중해 주고 싶었다.

"있지…… 만약에 말이야. 만약에 내가 요괴가 아니라면 어떡할 거야?"

너무도 조심스러운 가정을 해 보인다. 푸른 눈동자가 애를 태우면서 고도를 쫓던 것과 달리, 이번에는 눈 덮인 지붕에만 고정되어 있다. 고도는 의아한 눈으로 청사를 빤히 쳐다봤다. 손을 뻗어 청사의 볼을 감싸니 그제야 슬그머니 바닥을 향했던 푸른 눈이 고도를 담는다.

"너 요괴 아니잖으냐."

마주한 청안이 급속도로 수축했다. 놀라서 뒤로 물러나는 눈동자는 미세하게 떨렸다. 잠깐 숨을 멈추었던 청사는 얼굴이 하얗게 질린 것도 모른 채 가까스로 입을 뗐다.

"내가 뭔지 알아, 그럼?"

"하급 뱀 요괴는 너처럼 유능하지 않다. 네가 정확하게 어떤 존재인지는 나도 모르겠지만, 뱀 요괴가 아니라는 사실은 알고 있었다."

청사는 이미 자신의 정체를 들켰나 싶어서 당황했다. 하지만 고도는 자신을 뱀 요괴가 아니라고만 알지, 자세한 것은 모르는 상태다. 멈추었던 심장이 그제야 다시 콩닥콩닥 뛰었다. 아직은 괜찮다. 박우리 장터에서 알던 내용 그 이상을 눈치챈 것 같지 않다. 그래도 초조함이 청사의 마음속을 까맣게 태웠다.

"궁금하지 않아? 내가 실은 네가 정말 싫어하는 존재 중의 하나면 어떡할래. 본체가 정말 징그러워서 쳐다보기도 싫고, 능력도 네 생각만큼 출중하지 않아서 정나미가 떨어지면, 그럼 어떡할래? 날 떠날 거야?"

"무모할 정도로 자신만만하던 대롱이는 어디 가고, 이런 철없는 꼬마가 됐느냐."

"내가 뭘."

"미련한 놈. 내가 왜 너를 죽통에서 해방해 줬는지 잊었느냐."

청사는 볼을 감싼 따뜻한 온기에 고개를 기댔다. 몇 달 전의 일을 떠올려 보았다. 오래된 일도 아닌데 선명하게 기억나지 않는 이유는, 그때까지 고도에게 호감이 없었기 때문이라. 고도가 좋아지고부터는 그 감정에 푹 젖어 있다 보니 한때 죽이고 싶을 정도로 미워했던 마음마저 잊었다. 억지를 부려서 그 갑갑한 죽통에서 빠져나온 느낌은 있는데 구체적인 것은 생각나지 않았다.

"넌 내게 항상 새로운 걸 보여 주겠노라고 했다."

조금 더 멋있는 말로 고도를 유혹할 수 있었을 텐데. 청사는 새삼스레 고도에게 으르렁 이를 세웠던 자신을 떠올렸다. 왠지 미안한 마음이 가득해져서 고도의 손에 입술을 묻었다. 보드라운 살결에 입술을 꾹 눌러도 고도는 손을 피하지 않았다. 고도가 달아나 버릴까 봐 초조하고 애가 타던 마음이 조금 수그러든다. 고도는 그러한 청사의 볼을 쓰다듬어 줬다.

"너는 약속을 지켰다. 지금도 지키고 있지. 나는 너를 보면 날마다 신기하고 즐겁다. 권태로운 생활에 지친 내게 신선한 경험과 감정을 일깨워 주지 않느냐. 지금 네 모습 그대로도 충분하다. 네 정체에 대해서 말 못 할 사정이 있다면 그것을 억지로 설명하지 않아도 된다. 나 역시 네게 숨긴 것이 많아서 일일이 얘기해 줄 순 없지만, 나를 쫓는 존재가 무엇이건 그것에게 죽임을 당할 일은 없노라고 장담할 수 있다. 그러니 너무 걱정 마라."

청사는 아랫입술을 깨물었다. 목 끝까지 올라오는 감정이 무엇이라고 설명할 수가 없었다. 입을 열면 이전처럼 다그치거나 화를 내는 말 대신 눈물이 뚝 떨어질 것 같았다. 덤덤하게 이야기하는 것에 마음이 송두리째 빼앗기다니. 청사는 고도를 으스러지게 끌어안았다. 고도가 '좋다.'라고 말한 것과 자신이 좋아하는 감정이 과연 같을지는 확신하지 못한다.

어쩌면 미호나 소를 좋아하는 것처럼 함께 여행하는 동료로서 인정한 데 그친 것일 수도 있다. 그래도 지금은 그런 호감을 표하는 고도가 고마웠다. 외향이 어떻든 출신 성분이 어떠하든, 본질만 같으면 그게 뭐가 대수냐는 듯 청사의 그대로를 받아 들여 주었다.

"어쩌면 좋을까."

청사는 고도의 어깨에 얼굴을 묻고 중얼거렸다.

"나 너 없으면 정말 안 될 것 같아."

고도가 작게 웃는 소리가 들려왔다. 청사는 고도를 끌어안은 채 어깨 너머로 독 짓는 늙은이를 바라봤다. 모락모락 김이 피어오르는 가마 앞에서 그는 고개를 끄떡이며 졸고 있었다. 세상모르고 조는 늙은이 덕분에 청사는 고도에게 마음껏 입을 맞췄다. 쪽쪽거리는 입술 새의 마찰음이 타닥타닥 타들어 가는 장작불 소리보다 더 자주 들렸다는 것은 비밀이다.

동녘에서 해가 뜰 무렵 독 짓던 늙은이가 지붕 위를 올려다보았다. 지붕 위에서 두 남자가 서로에게 기대어 앉은 채 잠을 자고 있었다. 저 불편한 지붕 위에서 쪽잠이라도 자는 것인가. 저럴 거면 방을 빌려 달라 말하면 될 것을. 노인은 쯧쯧 혀를 찼다.

"이봐, 젊은이들 어서 일어나. 그러다 고뿔 걸려."

노인의 커다란 소리에 청사가 먼저 눈을 떴다. 청사는 피곤한 얼굴로 노인을 내려다보더니 고도의 귓가에 대고 들리지 않는 목소릴 속삭였다. 청사에게 귀를 내주고 있었던 고도가 조금 후에 정신을 차렸다. 그는 몸을 바로 했다. 밤바람이 헝클어 놓은 머리칼이 온통 부스스하게 부푼 상태다. 노인은 멍한 고도와 청사를 향해서 손짓했다.

"아침을 차리려는데 자네들도 한 술 들겠나?"

"물론이오."

노인이 묻기 무섭게 고도는 기다렸다는 듯 대답했다. 고도가 지붕 밑으로 폴짝 뛰어내리자 청사가 따라붙었다. 청사는 가타부타 말도 않고 고도의 뒷덜미를 잡아챘다.

"씻고 먹어."

고도는 부루퉁한 표정을 지었다. 노인은 고도가 자신을 대할 때를 떠올리곤 너털웃음을 뱉었다. 그렇게 자기 본위로 행동하고 건방진 반말을 흘리더니만 청사 앞에서는 제법 제 나잇대 청년처럼 굴지 않나.

"아궁이에 불을 때는 일 좀 도와주겠나."

눈을 반만 뜬 채 하품을 하던 고도가 두 눈에 반짝거리는 생기를 보였다. 고도는 청사의 손에서 빠져나와 노인에게로 다가갔다.

"불 지르는 일은 내 특기지. 맡겨만 주시게."

쌩하니 장지문을 박차고 들어가는 고도를 보면서 청사가 입술을 삐죽였다.

"내 마음에 불 지르는 것도 네 특기지. 망할 놈."

가마솥에서 구수한 냄새를 풍겼다. 밥이 익으며 나는 향내였다. 봉수는 밥에 뜸이 드는 동안 요기나 하라면서 청사와 고도에게 고구마와 감자를 건넸다. 저장고에서 꺼내 온 호박고구마와 알감자는 요긴한 주전부리 역할을 톡톡히 해냈다. 타들어 가는 장작 속에서 겉면이 새까맣게 익어 버린 고구마는 청사의 손에 의해 노란 속살을 드러냈다. 모락모락 김이 나는 노란 고구마를 고도의 입까지 대령했다. 고도는 입을 벌려 크게 한 입 베어 먹었다. 입 안을 달짝지근 감싸는 고구마 향기가 일품이다. 입 안이 뜨거워져도 후후 불어 가며 마지막 한 입까지 베어 물고 싶은 맛이다.

봉수는 땅에 묻은 독을 열어 김치를 꺼내다 말고 청사와 고도가 하는 양을 오래도록 지켜봤다. 고도는 고구마와 감자들을 나무 꼬챙이로 쿡쿡 쑤셨다. 그러다 한 놈이라도 맛있게 익으면 청사에게 뺏길세라 냉큼 아궁이에서 꺼내서는 바닥에 굴리며 열기를 식혔다. 꼬챙이와 손가락을 동원해서 껍질을 벗기고 먹으면 그 잔해는 청사가 처리했다. 그 처리란 것이 참으로 기묘했는데, 청사는 고도의 손가락에 묻은 고구마와 감자의 잔재를 핥아서 없애는 것이 아닌가.

"둘은 사이가 참 좋은가 보네."

봉수는 독에서 꺼낸 김치를 접시에 담아 오며 넌지시 말했다. 고도의 손가락을 핥던 청사가 그 기묘한 발언의 의중을 캐보려는 듯 눈을 가느다랗게 떴다.

"왜? 부러워?"

하지만 의중을 캐묻기에 앞서 욕부터 한 사발을 마셔야 했다.

"육시럴! 네놈도 반말이냐? 이거 원, 세상이 어떻게 돌아가는 건지. 어른 공경하는 놈들은 죄다 죽었나 보다."

분기충천한 봉수가 지팡이를 휘두르려다 에이 하며 고개를 휙 돌렸다.

이놈이고 저놈이고 죄다 반말이나 찍 갈긴다. 건국 이래 수백 년 호사를 누려 온 이 나라일지라도 망조는 피해 갈 수 없는 모양이다. 절로 혀끝이 퉁겨진다. 어쩌다 젊은이들 교육이 이렇게 됐나.

"둘은 어쩌다 친해지게 됐나?"

봉수의 물음에 고도가 눈을 데굴데굴 굴리면서 말했다.

"우리 사이가 친해 보인다고?"

그 말에 청사가 오히려 충격을 먹었다.

"왜 고도 네가 못 믿겠다는 듯이 되물어. 그럼 우리가 사이가 좋지 나쁘냐. 너 그렇게 생각하고 있었어?"

"아니다, 남들 보기에도 그렇게 각별해 보이나 싶어서 물은 거지."

"당연히 각별하지!"

"이보오, 젊은이들, 알았으니까 내 더는 묻지 않으리라."

둘이서 투닥거리는 꼴을 보고 봉수는 고개를 절레절레 흔들었다. 그래, 둘이 참으로 유별난 사이다. 그렇게 여기고 넘어가려 했건만, 고도는 말을 마저 이었다.

"처음엔 사이가 안 좋았는데, 정신 차려 보니까 내가 얘를 따라가고 있더라고."

어쩌다 코 꿴다는 얘기인가. 봉수는 흐음 하고 목 너머를 울렸다.

"그쪽 차림새를 보아하니 있는 집 자제 같은데, 양반 체면도 내려놓고 따라나선 것치곤 무모해 보이는구면."

"옷만 잘 갖춘 떠돌이라 상관없어."

"말은 그리해도 서로 믿고 신뢰하는 구석이 있으니 옆자리를 내주는 것이겠지. 좋은 인연이니 잘 지켜 나가거라. 그러고 보니 자네들은 어쩌다 이 산까지 오게 됐나?"

어…… 하고 대답을 망설이는 청사를 대신하여 고도가 냉큼 대답했다.

"만날 이가 있어서 왔다."

"이 험한 산에서 누굴 만난단 말인가?"

"성질머리가 아주 고약한 놈이 있다. 지금은 동면에 들어서 내가 깨우면 아주 노발대발하겠다만."

"허. 동면이라 하니 꼭 짐승이라도 만나는 것 같군."

"짐승 맞다. 강장제로 아주 최고인 놈이지."

체력 보강에 좋은 놈이라면 곰밖에 없지 않나. 동면 중인 곰이라도 잡아서 쓸개를 빼낼 셈인가. 한데 곰을 잡으려는 사람이 저런 허술한 차림으로 설산을 누비는 건 이상한데. 고도의 대답을 액면 그대로 이해하기는 무리였다. 짐승을 만나고자 산을 타는 건 아닌 듯싶었다. 봉수가 영 모르겠단 얼굴로 멀뚱히 쳐다보니 고도가 그 궁금증을 속 시원히 풀어 줬다.

"지네다. 아홉 척이나 되는 거대한 놈이다."

고도는 대수롭지 않게 대답했으나, 봉수와 청사의 얼굴에서는 핏기가 가셨다. 특히나 이 산에서 오랫동안 터를 잡고 살아온 봉수는 고도가 무엇을 찾는다는 건지 대번에 이해했다.

아홉 척에 달하는 지네라면 필히 불지네 꽝철이를 말하는 것일 터. 꽝철이는 한산뫼 지역의 전설로 유명한 이무기다. 남편을 잃은 젊은 아낙의 부엌 아궁이에서 살았다는 꽝철이는 화염을 먹고 자랐다. 그러다 몸길이가 인간의 키를 넘어서부터는 산의 노루나 사슴을 잡아먹었다. 민가까지 내려와 어린아이를 잡아먹기도 하여, 마을 사람들은 꽝철이에게 매달 젊은 처자를 제물로 바치겠으니 마을의 안녕을 보장받기로 했다. 꽝철이는 그 말을 듣고 산속 깊은 동굴에 들어갔다. 마을 사람들이 약속을 지켜서 젊은 처자들을 갖다 바쳤는데, 처음에는 처자들을 잡아먹으려던 꽝철이는 그만 여자들에게 반해서 옆에 두고 함께 살게 됐다. 끌려간 여자들 수가 수십에 달할 때쯤, 건넛마을 사는 힘센 청년이 꽝철이의 악행을 듣게 됐다. 청년은 홀몸으로 꽝철이네 동굴로 쳐들어갔고, 격렬한 사투 끝에 꽝철이를 지하 동굴에 봉인했다. 끌려간 처녀들은 건강하게 집으로 돌아왔으며 개중 하나가 청년과 눈이 맞아 혼인을 맺고 오래도록 행복하게 살았다는 이야기.

　불을 다스리는 이무기, 꽝철이가 봉인된 탓에 한산뫼 주변은 언제나 춥고 서늘하다. 그래서 겨울이 되면 다른 지방보다 눈발이 거세고 한 번 얼어붙은 땅은 쉽게 녹지 않는다. 혹독한 겨울을 나기 위해서 사람들이 서로 북돋아 주고자 만든 전설이 꽝철이 전설일 텐데, 웬 이방인이 그 전설 속 지네를 만나겠다고 산으로 들어온 게 정상으로 보이진 않았다. 전설의 내용을 모르는 청사마저도 고도의 행동을 이해하기 어려워하지 않나.

　"꽝철이라고만 들어서 못이나 계곡에 사는 수룡이라 생각했어. 불지네라니. 생각만 해도 싫다."

　청사가 대수롭지 않게 말하는 만큼, 고도도 여상하게 대꾸했다.

　"꽝철이 놈이 성질이 고약하긴 하지만 내 일행을 괴롭힐 배짱은 없다. 걱정마라."

　"아, 존재 자체가 싫다고."

　"왜 그렇게 질색하느냐?"

　"불을 가지고 노는 요괴는 나와 상극이란 말이다."

　"야박하게 그러지 마라. 승천에 성공한 용과 승천할 기회를 노리는 잠룡에 비하면 이무기는 승천할 기회 자체를 박탈당한 놈이다. 이들에게선 좌절한 인간의 냄새가 나서 연민이 간다. 측은지심으로 대해 줘라."

　승룡과 잠룡과 비교하여 이무기를 두둔하는 고도를 보며, 청사는 괴로운 표정만 지었다. 고도는 싫다고 떼를 쓰는 청사를 본체만체했다. 대신 봉수에게 두 손을 내밀었다.

　"고사 지낼 셈인가? 먹으라고 준비한 음식인데 뜸 들이지 마라."

　이 정도로 집착하는데 안 주고 배길쏘냐. 봉수는 잘 익은 감자와 고구마를 고도에게 내밀었다. 따끈한 속살을 입김을 후후 불어 가며 먹는 모습이 세상을 다 가진 듯 행복해 보였다. 그토록 사소한 기쁨에 심취할 수 있는 자가 이무기 같은 터무니없는 것을 찾으러 다니는지 모르겠다.

"헌데 그 꽝철이는 왜 만나려는 것인가."

봉수가 참지 못하고 묻자, 다람쥐처럼 양볼 가득 음식을 집어넣은 고도가 입을 우물거리며 대답한다.

"나는 꽝철이에게 물어볼 것이 많다. 인간 세상이 요괴의 힘에 좌지우지되는 현상들도 기이하고, 강문에 대해서도 묻고 싶다. 봉수야, 넌 강문이란 자를 아느냐."

"처음 듣는다. 그게 누구더냐."

"영웅 대접을 받는 중놈이다. 인간들은 그를 '보살님'이라고 떠받들지. 이 세상에서 퍽 유명하다 들었는데 산골까지는 이름이 전해지지 않는 모양이구나."

고도는 자리에서 일어났다. 재가 묻은 옷을 털지도 않고 부엌 구석으로 다가갔다. 꽝철이에 강문 보살이란 자까지. 심상치 않은 고도의 이야기에 표정이 굳었던 봉수는 그 움직임을 불안한 눈빛으로 좇았다. 고도는 발끝을 세우고 문 위에 바른 황토벽을 살폈다. 손이 닿지 않는 높은 곳은 도력을 이용해 그 내부를 투시하기도 했다.

"뭐 하는 거야?"

청사가 행동을 지적해도 고도는 뻔뻔하게 아궁이 뒤쪽, 선반 위와 포개어진 사기그릇 내부까지 꼼꼼하게 살폈다. 영문 모를 수색으로 부엌이 한바탕 뒤집어질 때쯤, 고도는 뒷간으로 통하는 쪽문 앞에서 멈췄다. 쪽문 부근에는 궤짝 두 개가 오래된 먼지에 뒤덮여 있었다. 고도가 슬며시 미소를 지었다.

"강문을 모르는 자가 이 땅에 있을 리가 없다. 날 때부터 민가 소식에 어두워서 스스로 몸을 숨긴 자라면 모를까. 봉수가 자신의 무엇을 두려워하여 산골짜기에 숨어 사는지, 그 이유를 찾고 있지."

고도는 궤짝 위에 쌓인 옹기그릇을 치우고 안쪽에 쌓인 먼지를 입김을 불어 날렸다.

궤 안에는 도자기로 빚은 통이 두 개 들어 있었다. 왼쪽은 쌀을 담아 두는 것으로 바닥을 박박 긁어야만 몇 알 모을 수 있을 정도로 바닥을 드러낸 상태다. 오른쪽 통은 조와 피를 섞어 둔 자루를 담아 두었다. 오래된 삼베 자루는 바닥에 납작 깔릴 정도로 비어 있었다.

고도는 궤짝을 닫고 다른 곳의 함을 열었다. 곳간도 따로 두지 못할 만큼 먹을 것이 없어서 부엌 한자리에 쌓아 두는 게 고작이면서 그 함에는 먹지 않고 쌓아 둔 콩과 팥이 모두 열 섬이나 됐다. 고도는 손으로 팥을 한 주먹 집었다. 반 토막이 난 팥알들이 힘없이 손가락 사이사이를 굴러 떨어졌다. 벌레나 쥐들이 갉아먹어 가루가 된 것들이 먼지를 풀풀 날리기도 했다. 썩어서 윤기가 사라진 오래된 곡식이다. 먹지도 못하고 제사상에 올릴 수도 없는 것들을 애지중지 보관하고 있었다.

"이 팥과 콩은 어디서 났지?"

봉수는 당황했다. 고도의 손바닥 위를 구르는 팥과 콩이 바닥으로 떨어졌다. 고도의 발치에 부딪힌 낱알들은 조각나 뒹굴었다. 노인은 깨진 곡식을 멍하니 바라보다 고개를 들었다. 고도는 아무런 감흥도 없는 얼굴이다. 그러나 고도가 보이는 행동에는 어떠한 목적이 있었고, 불행히도 그 목적은 봉수가 꺼리는 것이었다.

봉수는 자리에서 일어났다. 정리하지 않은 농기구가 한 무더기로 쌓여 있는 잔해에서 커다란 자루를 잡았다. 다섯 자는 되는 자루를 들자 엉겨 있던 낫과 삽 등이 날카로운 소리로 부딪히면서 바닥으로 떨어졌다. 봉수는 커다란 곡괭이를 어깨 너머로 들어 올렸다. 무뎌진 날에서 붉은 녹물이 뚝뚝 흘렀다. 노인네 분위기가 어찌나 흉흉하던지, 짐승 피처럼 보이는 녹물이다.

"처음 봤을 때부터 보통 놈은 아니라고 생각했건만."

곡괭이를 들고 고도에게 성큼 걸어가니, 심상치 않은 분위기에 바짝 긴장한 청사가 그 앞을 가로막는다. 노인은 청사를 힐끔 보고는 다시 고도를 노려봤다. 고도는 자루 속에 손을 넣고 잘그락잘그락 팥과 콩을 매만졌다.

"썩 비장한 표정이다만 자네한텐 어울리지 않는다. 그 손으로 사람이나 해쳐 봤는가."

"시끄럽다. 네놈이 뭔가 꿍꿍이가 있어서 날 따라온 거로 의심했어야 했는데. 늙어서 주책을 부렸지, 제길."

"오해가 있군. 그 기구는 내려놓아 보아라."

"나에 대해 얼마나 더 알고 있는 거냐?"

"내려놓으라 하지 않았느냐."

고도가 손바닥을 펼치며 엄중하게 경고했다. 봉수는 곡괭이 자루를 꽉 쥐면서 한 걸음 나아가려다 제자리에 우뚝 멈춰 섰다. 뿌옇게 날리던 먼지가 너울너울 날아가다 말고 일제히 땅으로 가라앉았다. 바람보다 가벼운 것들이 제일 먼저 납작 바닥에 엎드리는 모양새가 수상하다. 봉수는 곡괭이를 내려놓았다. 고도가 눈을 굴리면서 이상한 느낌의 연유를 찾고 있었다. 뾰족하게 날이 서 있던 청사마저 심각한 얼굴로 주변을 살피니, 곡괭이를 들고 싸울 처지가 아니다.

"뭐, 뭔가. 이게 무슨 일인가."

봉수는 발바닥으로 미미한 진동을 느꼈다. 무언가 다가온다. 거대한 무리가 땅을 박차고 달려오는 것과는 또 다른 느낌으로 무언가 오고 있었다.

콰아앙!

예고도 없는 거대한 파열음이 부엌 안에 있던 셋을 위협했다. 장지문 밖에서 터진 폭발음에 봉수는 놀라서 자리에 주저앉았다. 짧고 강렬한 소리였다. 산사태가 나도 이렇게 급작스럽게 공격적인 소리를 내진 않았다. 귀가 먹먹해질 만큼 폭발적인 소리를 따라서 부엌의 조그마한 창으로 흙먼지가 밀어닥쳤다. 손으로 입을 막은 채 기침을 뱉던 봉수는 불현듯 무언가 생각난 것처럼 눈을 홉떴다. 그는 몸도 제대로 일으키지 않고 네발걸음으로 달려 나갔다. 그의 눈앞으로 끔찍한 풍경이 펼쳐졌다.

"아아! 내 가마가!"

자리에 주저앉은 봉수를 뒤따라 고도와 청사 역시 마당으로 뛰어나왔다. 경악을 금치 못하는 봉수만큼 고도 역시 놀라서 두 눈을 크게 떴다. 오지그릇을 돌리는 낡은 녹로가 가마 옆에서 탱그렁 탱그렁 소란을 내며 구르고 있었다. 여름날 벌목을 하여 잘라 둔 땔감은 조각이 나서 고도의 발아래까지 날아왔다.

아무것도 없는 노인이 유일하게 마음을 두던 것. 흙과 나무를 발라서 만든 볼품없는 가마는 풍비박산이 나 흙먼지만 요란스레 피어 올렸다. 폭삭 꺼진 가마 주변으로 동강 난 땔감과 채 식지 않은 도자기 파편들이 바닥에 날카롭게 박혔다. 지난밤 봉수의 모습이 고도의 눈앞에 아른거렸다.

가마 속 온도가 조금이라도 달라질까 봐 밤새 뜬눈으로 땔감을 넣었다 빼던 그. 몸을 쪼그리고 앉아 졸음을 이기지 못하고 꾸벅꾸벅 졸면 그의 주변은 은은한 불길이 너울처럼 그림자를 드리웠다. 그의 정성은 흔적만 남기고 무너졌다. 고도가 보고 싶었던 정성의 완성품들과 함께.

고도의 새까만 두 눈에 살기가 어렸다. 주먹을 쥔 손이 움칠거리며 흔들렸다. 고도는 무수한 도자기 파편이 나동그라지는 가마에 다가섰다. 황토 가마가 주저앉으면서 자욱한 먼지바람을 일으켰지만 그것들은 찬 공기에 눌려 바닥으로 가라앉았다. 가마를 때려 부순 장본인을 찾는 것은 어렵지 않았다. 박살 난 가마를 자랑스럽다는 듯 밟고 선 한 무리의 여자들이 있었으니 말이다.

개중 눈에 띄는 것은 붉은 공단에 토끼털 배자를 걸친 여자였다. 잠자리 날개처럼 속이 훤히 비치는 무명천을 몸에 감싼 그녀는 청명한 겨울 하늘보다도 더 파란 눈을 가지고 있었다. 그녀의 양옆에는 열두어 명 되는 여성들이 자색으로 물들인 치마와 흰색 저고리를 가지런히 하고 있었다. 여자들은 저마다 양 갈래로 묶은 머리를 나비처럼 정수리까지 틀어 올리고 그 뒤로 기다란 가채를 덧붙였다. 차림새만 보아도 그녀들의 정체를 알 만하다. 보통의 인간이었다면 그 미려함에 넋이 나가 입을 헤 벌리고 말 것이란 것도.

고도의 발아래서 쪼개진 자기가 더 작은 조각으로 부서졌다. 쨍강, 쨍강. 고도는 유리를 깨트리며 점차 다가왔다. 화려한 동백꽃처럼 보이는 여인은 눈을 가느다랗게 떴다. 그녀는 무너진 가마를 밟고 선 채 고도의 시선을 마주했다. 둘 다 조금도 미동을 보이지 않았다. 먼저 긴장을 푼 이가 있다면,

"찾았다."

화사한 꽃분홍색으로 물들인 입술을 벌리며 웃는 여인이었다.

청사는 심장이 쿵 하고 바닥으로 곤두박질치는 느낌이었다. 눈앞에 보이는 여인도, 그런 여인에게 아무렇지 않은 듯 마주 서 있는 고도도 모두 놀라워서 식은땀이 났다. 한쪽은 혈육이고 다른 한쪽은 연정을 준 이다.

둘에게 문제가 생긴다면 청사는 어느 한쪽만을 절대적으로 지지할 수가 없었다. 누이의 뜻을 따르자니 여태껏 한 번도 인간에게 가져 본 적 없는 감정을 일깨워 준 고도를 놓아줄 수가 없고, 고도를 위해서 움직이자니 안 그래도 부친에게 미운털이 박혀 힘을 쓰는 데 제한이 많은 자신이 누이까지 적으로 돌려야 한다. 그 어느 쪽도 쉽지 않은 선택이다. 이럴 줄 알았으면 고도를 위해서라기보다 자신을 위해서 어제저녁에 한산뫼를 벗어났어야 했다.

"제장, 그러니까 어제 도망치자고 했던 건데."

청사는 고도를 붙잡았다. 그리고 어깨에 둘러메려고 했다. 완성된 도자기만 보고 떠나자고 했지만, 가마가 송두리째 무너진 마당에 이번에도 안 가겠다고 고집을 부린다면 기절을 시켜서 등에 업고 도망칠 생각이다. 고도는 청사의 어깨에 짐짝처럼 들린 경험이 있어서 이번에는 호락호락 당하지 않았다. 몸이 붕 뜨자마자 도력을 써서 재빨리 바닥으로 내려왔다. 청사는 답답하다는 얼굴로 소리쳤다.

"고도!"

안달 난 청사와 달리 고도는 시종일관 침착함을 유지했다. 고도는 다시금 저를 잡으려는 청사를 손바닥으로 밀어냈다. 그의 시선은 가마 위에 올라선 여인에게 고정됐다. 찌릉찌릉, 머리에 꽂힌 나비 장식이 차가운 겨울바람이 닿을 때마다 맑게 울렸다. 경쾌한 방울 소리는 여인의 기분을 대변했다. 여인은 기분이 좋아 보였다. 그녀가 찾는 것이 눈앞에 있어, 먼 곳을 돌아 수색을 벌이는 번거로움을 삼가도 되기 때문이라.

"선녀가 인간의 재물을 망가뜨리면 변상액은 어디에 청구하면 되는가."

여인은 고도의 말을 속으로 곱씹었다. 고개를 갸웃하며 의구심을 표현하던 그녀가 뒤늦게 탄성을 터뜨렸다.

"변상? 아아, 이 볼품없는 가마를 부숴서 그러나 보구나."

"옥황상제 앞에 달아 놓으면 되는가."

"상제님께서 이런 사사로운 일에 어찌 신경을 쓰실 수 있겠니."

"그럼 그대 앞에 달아 놔야겠군."

"그래, 말해 보렴. 내 오늘은 기분이 좋으니 바로 물어 주마. 무엇으로 주면 좋을까. 금은보화? 아름다운 처녀? 너희 인간들이 흔히 소망하는 것 중 하나를 주겠다."

"좋아. 그럼 그대의 심장을 꺼내거라. 그 가마보다 더 뜨거운 심장만이 도자기들을 대신할 수 있다."

여인은 두 눈을 동그랗게 떴다. 제 주변을 둘러싼 선녀들과 함께 시선을 교환하는 움직임이 분주했다. 말장난에 불과한 것인가. 아니면 진심으로 해코지하려는 마음이 있다는 소리인가. 여인은 고도를 다시 한 번 쳐다봤다. 놀리려 한다고 보기엔 그 표정이 어둡지만, 화가 났다고 보기엔 흉포한 기색이 없다. 여인은 찌푸려도 아름다운 얼굴을 모로 눕혔다. 찌르르르릉. 방울 소리가 평소보다 더 길게 울린다.

"화가 많이 나 있구나. 뭐에 그리도 기분이 언짢아졌느냐."

"선善을 몸소 실천해야 할 여인들이 이리도 무심할 수가."

"안타깝구나, 인간아. 도선의 의무는 내게 없다. 날개옷을 걸쳤다고 모두 선녀는 아니지."

"그렇다면 선녀를 사칭하는 여자야. 그 더러운 발을 그만 가마에서 떼는 게 어떻겠냐. 그 물건은 선녀도 아닌 네년이 건방지게 밟고 서 있을 것이 아니다."

고도는 잠재워 두었던 도력을 풀어헤쳤다. 몸속에 꽉 갇혀 있던 기운이 고삐 풀린 망아지처럼 일제히 사방팔방으로 날뛰었다. 그 기운엔 일개 요괴를 잡으러 다니는 도력뿐 아니라 도깨비의 혼불이나 요괴의 요력도 진탕처럼 섞여 있었다. 뚜렷한 정체를 알 수 없는 기이한 조합의 힘이다. 연한 자색 치마를 입은 선녀들이 불쾌한 기색을 비췄다.

"무례하구나. 우리가 누군지 알고 하룻강아지처럼 덤비는 거냐."

무리 중 한 여인이 옥구슬처럼 투명한 목소리로 말하며 치마폭에 싸여 있던 쌍검을 꺼냈다. 끝이 뭉툭하고 검날이 넓은 은색 무기는 살상보다는 장식에 더 가까워 보였다. 꾸미길 좋아하는 여인들이 제 몸을 치장하기 위해 사치스러운 은장도를 지니고 다니는 것과 별반 다르지 않은 검이었다. 물론, 겉보기와 그 살상 능력의 차이를 아는 고도는 방심하는 우를 범하지 않았다.

손목이 가느다란 아름다운 여인이 검이나 똑바로 들고 있겠나 싶은데 그 얇은 몸과 검에서 풍기는 기백이 사내 장수 못지않았다. 선녀들은 아름다운 외형으로 상대를 현혹하는 데에 탁월한 재주가 있다. 검을 다룰 때도 검무를 연상시킬 만큼 쓸데없는 동작이 많고 또한 화려하기 그지없다. 그런 식으로 상대를 홀린 틈에 모가지를 뎅강 잘라 버리는 것이다. 고도는 선녀들의 겉과 속이 다른 잔악무도함을 철저하게 경계했다. 그녀들이 언제든 달려들어도 맞이해 줄 태세를 갖춘 채로, 고도가 전심전력을 다해 도력을 펼칠 때였다.

"그만."

여인이 길고 부드러운 손가락을 펼쳐 선녀들을 멈춰 세웠다. 선녀들은 명령이 떨어지기 무섭게 들고 있던 쌍검을 빙글 돌려 허리춤에 끼웠다. 옷자락이 펄럭이면서 검을 감추자 여인들은 식칼도 들지 못할 만큼 곱고 가녀리게만 보일 뿐이다.

"오늘은 기분 좋은 날이다. 이깟 일로 화를 내어 기분을 망치고 싶지 않구나."

여인은 치맛자락을 잡고 가마 밑으로 발을 내렸다. 둔덕에서 내려오는 사뿐한 걸음걸이가 고도 앞에서 멈췄다. 그녀는 미소를 띠었다. 서늘하게 쳐다보는 고도에게 고운 손을 뻗어 그의 목덜미를 움켜쥐려는 순간이었다.

고도가 뒤쪽으로 급히 끌어당겨졌다. 여인이 팔을 뻗어도 닿지 못할 거리로 순식간에 밀려났다. 여인은 눈동자만 돌려 고도를 뒤로 잡아끈 남자를 응시했다. 딱딱한 표정으로 긴장을 숨기지 못하는 청사가 서 있었다. 그는 고도를 뒤에서 안았다. 고도가 벗어나려 할수록 팔목을 움켜쥐고 자신 쪽으로 바싹 끌어안았다. 여인은 청사의 손을 내려다봤다. 심줄이 시퍼렇게 도드라졌다. 어떻게든 고도를 말리려고 필사적이다.

"고도, 진정해라."

청사는 고도의 양손을 움켜쥐고 더는 힘을 발휘하지 못하게 옭아맸다.

"천상의 인간들을 건드리면 네가 손해야. 그 정도는 도사니까 잘 알잖아?"

"놔라."

"이번엔 나도 널 도와주기 어렵단 말이다."

고도의 귀에 대고 쉬쉬, 진정을 시켜 주던 청사가 새파란 눈으로 붉은 여인을 노려봤다. 그녀가 나서지 않고 가만히 있자, 그녀를 호위하던 선녀들도 검 자루에 손을 댄 채 멈추어 바라보기만 했다. 청사가 그들의 신경전에 난입한 것만으로도 곤욕스러워하는 기색이었다. 몇몇은 주저하면서 반쯤 뺏던 검을 도로 집어넣었다. 이미 검을 뽑은 여인은 슬그머니 검날을 반대편으로 돌렸다. 위협을 가하지 않겠다는 의지가 명백했다. 청사는 고도를 잡고서 조심스럽게 뒷걸음질을 쳤다. 그의 시선은 붉은 여인에게 꽂혀 떨어지질 않았다.

"재미있구나, 이거 참 재밌어."

여인은 우아한 걸음걸이로 부서진 가마의 잔해를 밟았다. 고도의 눈빛에도 짙은 살기가 가득 차올랐다. 청사는 또다시 도력을 방출하려는 고도를 요력으로 눌러 버렸다. 청사의 얼굴에는 곤욕스러움이 한가득 자리 잡고 있었다. 청사는 다가오는 여인을 보고는 고도를 꼭 끌어안았다. 청사의 동공이 순식간에 수축했다. 가급적 여인에게 공격적으로 느껴지는 요력을 방출하면서 쉬익, 쉬익 위협적인 소리를 덧붙였다.

"원하는 게 뭐야?"

"뭘 그렇게 숨기고 있니?"

"……죽일 거야?"

너무도 당연한 것을 묻는다는 것처럼 여인은 눈을 접어 웃었다. 청사는 등허리로 식은땀이 흘렀다. 여인은 청사의 이마를 손가락으로 누르면서 천인에 대해 경고했다. 청사가 능선에 올라 물안개를 피어 올리고, 벼락을 부르는 호기만 부리지 않았다면 누이가 청사의 몸에 밴 천인의 향기는 맡지 못했을 것이다. 청사는 비통함을 금할 수 없었다. 동해에 전령을 보내고자 누이의 힘을 빌린다는 것이 고도의 위치를 천인들의 호위군장인 누이에게 알리는 꼴이 된 셈이다.

천인에 대한 통제는 매우 엄격하다. 인계로 달아난 천인은 붙잡은 즉시 날개를 꺾어 버리고 사지 중 하나를 자른다. 물론, 훼손된 신체는 상제께 바쳐지고 불구가 된 천인은 즉시 사살된다. 천인은 그 어떤 종족보다 호사로운 생활을 누릴 수 있지만, 그 혜택을 받기 위해서는 엄격한 법도를 지켜야 했다.

고도는 금색 눈을 가진 도사다. 도사라곤 하나, 부적을 쓰지 않으면 넘쳐나는 힘을 제어하지 못하는 기이한 인간이다. 인간은 금색 눈을 타고날 수 없다. 고도는 옥황상제가 보낸 천인임이 분명했다. 천인 차사들은 대부분 임무를 끝내면 죽어서 인간의 허물을 벗고 하늘에서 다시 천인으로 태어나지만, 고도는 임무를 완료하지 못했거나 임무가 완료되었음에도 인계에 머무는 것이다. 그러니 수많은 세월을 도망 다녀온 고도를 잡고자 상제가 여인을 직접 파견했겠지. 청사는 빌어먹을, 하고 속으로 욕을 삼켰다.

그 어느 때보다도 무섭게 들리는 여인의 발걸음이 청사를 지나쳤다. 청사는 커다란 발걸음 소리가 제 앞에서 멈추지 않고 점점 멀어지자 눈을 크게 떴다. 여인을 따라 십수 명의 보좌 선녀들 역시 군장의 뒤를 따랐다. 그들 중 누구도 고도를 해치려 하지 않았다. 그녀들이 향한 사람은 부서진 가마를 멍하니 쳐다보고 있는 노인, 봉수였다.

붉은 여인은 품에서 두루마리를 꺼냈다. 겉면을 금색 비단으로 덧댄 상제의 서한이다.

"인계명 봉수. 천계명 대평주."

여인은 근엄한 어조로 서한의 내용을 읽어 내렸다.

"그대는 칠십 년 전 이 나라에 휘몰아쳤던 전쟁을 진압하고자 파견되었으나 매몰찬 어미와 마을 사람들의 손에 죽임을 당할 뻔했다. 뜻하지 않은 천운에 연명하고도 천상에 그 사실을 보고하지 않은 것은 중죄이다. 실패를 문책할 생각은 없으니 지금이라도 속히 일을 마무리 지어라. 그대의 혼은 선녀들에게 맡기노라."

그 말에 제일 크게 헛숨을 들이킨 이는 청사였다. 꼼짝없이 상제의 명을 받으리라 생각했던 고도 대신 봉수가 언급된 일을 믿을 수 없는 표정이었다. 청사는 고개를 숙였다. 품에 안고 있는 고도를 바라봤다. 도력을 개방하면 금색으로 눈빛이 변하는 인간은 천인이 아니란 말인가. 제 몸에 묻은 천인의 냄새는 고도가 아닌 봉수였단 말인가.

청사의 누이는 서한을 접자마자 말했다.

"자결하든, 우리들의 손에 사살당하든 선택은 자유다. 무엇을 택하겠는가."

생에 마지막 선택지가 죽는 방법 두 가지 중 택일이다. 잔인하다 못해 극악한 처우이거늘 어디 '자유'란 말을 덧붙일 수 있을까. 봉수는 강요된 선택의 기로에서 제법 허망한 얼굴을 들고 있었다. 평생을 함께해 온 가마가 눈앞에서 부서진 것도 모자라 선녀들이 검을 들이밀며 자신에게 죽으라 명한다. 선녀들의 기백이 놀랍거나 두렵진 않다. 그녀들이 말하는 죽음이 무섭지도 않았다. 단지 쫓기듯이 이렇게 모든 생을 정리하기에는 마음이 편치 않을 뿐이다. 독들은 아직 세상에 쓸모 있다는 것을 증명하지도 못했는데 이대로 명을 다했다. 깨어져 버려진 꼴이 자신의 처지와 같았다.

"뭐 하나만 물어봐도 되겠나."

"그 질문이 유언을 대신한다면 들어주마."

"이렇게 부질없이 칠십 년을 살다 갈 인생이었다면, 뭐하러 나를 인계에 파견했는가. 나는 연명한 사실 또한 상제님이 의도하신 것으로 알았네. 하늘이 내 목숨을 구제해 주었으니 기다리다 보면 내가 할 일을 할수 있으리라 생각했지. 헌데 이제 와 그것이 아니었다니. 그래서 나를 죽이려 한다니. 상제님은 무엇을 의도하신 건가."

"그 질문엔 대답을 못 하겠다."

"어째서?"

"모든 일엔 연기緣起가 있는 법이다. 우리가 이해 못 할 일에도 뜻이 있다."

"그럼 나는 그저 부처와 상제의 장기 말에 불과했소?"

"위험한 발언이다."

"언제 어떻게 죽을지도 모르는 불안한 상태로 살았네. 무려 칠십 년을 말이야."

"그 유한한 삶이 바로 인간들의 삶 아니더냐."

"그 짧은 생 동안 난 아무것도 못 했어. 자네가 말한 그 '뜻'이 뭔지 몰라서."

짧은 인생이기에 그 가치를 인정받고 싶었다는 말을 어떻게 받아들여야 하는지. 여인은 봉수의 얼굴에서 주름 개수를 세었다. 천상에서는 보지 못한 '늙음'이란 것의 상징이 저렇게나 얼굴에 많은 자취를 남겼다. 죽음이라는 확실한 징표처럼.

"군신 마마. 칙명을 내리소서."

봉수를 멀거니 쳐다만 보는 붉은 여인에게로 주변의 선녀들이 명령을 독촉했다. 여인은 한쪽 손을 들어 올렸다.

"유언은 모두 들었다. 이제 그만 대평주의 명을 끊어라."

존명을 받든 선녀들이 일제히 검을 꺼내 들었다. 그러곤 한시의 지체도 없이 노인의 목을 동강 치려는 순간이었다.

좌르르르르르르륵.

어디선가 수천 수십만의 구슬이 쏟아져 바닥을 구르는 소리가 울렸다. 파도가 밀어닥치는 모래사장에서나 들을 수 있는 거대한 소리다. 여인은 재빨리 손을 움직여 선녀들을 멈추어 세웠다. 검을 치켜든 채로 멈춘 여인들은 붉은 여인이 쳐다보는 방향으로 고개를 돌렸다. 그녀가 바라본 곳은 부엌이었다. 부엌 앞에는 고도가 서 있었다. 고도는 열 섬이나 되는 곡식 자루를 서전 검으로 찔러 바닥에 모두 쏟았다. 썩은 팥과 콩이 무더기로 바닥을 뒹굴었다.

"너희 마음대로 그 노인을 죽일 순 없다."

고도는 곡식 자루를 뜯어 사방으로 콩팥을 날리면서 장담했다.

"봉수는 아직 인간으로서 할 일이 남았어."

팥과 콩들이 한꺼번에 몸을 떨었다. 땅에 쏟아진 것들이 고도의 무릎 높이까지 우르르 흔들리며 튀어 올랐다. 채를 털면 곡식들이 허공으로 비상하고 다시 떨어지는 것처럼 격렬한 반응이다. 붉은 낱알들은 부르르부르르 땅을 울리고는 한데 뒤엉켜 섞이더니 곧 서로서로 뭉치기 시작했다.

한 주먹의 팥이 뭉쳐 사람의 다리 모양을 만들고, 두 주먹의 콩이 뭉쳐 철모가 되었다. 세 주먹의 콩과 팥이 뭉쳐 철갑주를 덧댄 몸통이 되었고, 네 주먹의 콩팥들이 말이 되어 네 다리로 땅을 박차고 일어섰다. 주변에 버려진 날카로운 나무 조각과 흙이 쌓여 방패와 검이 되었다.

팥과 콩이 일어나 수천에 달하는 병사가 되었다. 때론 외다리 병사나 팔 병신 장군의 형상을 띄곤 했지만, 그것은 너무 오랜 시간을 자루 속에 담겨 썩기도 하고 쥐나 벌레에게 몸이 갉혀 생긴 장애였다. 용맹하게 적에게 맞서는 데에는 아무런 지장도 없는 사소한 문제점일 뿐이었다. 팥과 콩과 흙과 나뭇가지와 돌멩이들이 마구잡이로 섞여 만들어진 병사들이 바닥을 짚고 일어서니, 어느새 그 수가 수천 배로 늘어났다. 봉수네 집은 팥과 콩이 뒤섞인 붉은 병사들로 빼곡했다. 그들은 몇 리 바깥으로 번져 나가 텅 빈 설산을 붉게 물들였다.

수천의 병사들이 봉수를 보호하고 붉은 여인과 선녀들을 위협했다. 팥 병사 하나가 선녀에게 다가가 입을 벌렸다. 소리 없는 포효를 내지르며 땔감이 부러져서 급조된 나무 검을 휘둘렀다. 선녀는 깜짝 놀라 양손에 든 검을 휘둘렀다. 쌍검은 유려한 곡선을 그리며 허공을 갈랐다. 병사는 검이 지나간 자리대로 몸이 갈라져 바닥으로 흘러내렸다. 하지만 흩어진 낱알들은 흙이나 나뭇가지들과 엉겨 붙었다. 이전보다 덩치가 커진 병사가 선녀를 잡아먹을 듯이 위협하자 그녀는 꺅 소리를 지르며 황급히 뒤로 물러났다. 다른 선녀들도 사정은 매한가지다. 조금씩 거리를 좁히는 병사들을 향해 검을 휘둘렀고, 그 검에 의해 부서진 병사들은 조금 더 커지거나 두 명 분으로 나뉘어 부활했다. 싸우면 싸울수록 병사들의 힘만 보태 주는 꼴이다.

"이, 이게 다 뭔 일이야?"

봉수는 자신을 단단하게 둘러싼 병사들을 보며 입을 뻐끔거렸다. 그럴 듯하게 갑주 장식을 차린 팥 장수 하나가 날카롭게 잘린 나무토막을 건넸다. 당황한 봉수는 병사가 건넨 나무를 잡지 못했다. 시뻘건 팥알이 반질반질거리는 눈을 가진 병사인지라, 그 두려움에 선뜻 마음을 열 수도 없다.

"도망가지 마라, 봉수야."

병사들 사이를 비집고 고도가 얼굴을 내밀었다. 봉수는 파리하게 질린 얼굴로 고도를 바라봤다.

"넌 처음 봤을 때부터 나를 깜짝깜짝 놀라게 하는구나. 이번엔 또 무슨 기이한 짓을 부린 거냐?"

"이들은 네 군대다."

"그럴 리가! 고작 팥이랑 콩이?"

"네가 소중하게 보관하고 있던 것들이다. 배를 곯더라도 이 팥과 콩을 먹지 않고 궤짝 안에 집어넣어서 아끼지 않았던가."

설산을 빨갛게 물들인 병사들 위로 날벼락이 꽂혔다. 귀청이 떨어져 나갈 정도로 거대한 벼락 소리에 봉수가 두 귀를 막고 자리에서 엎드렸다. 고도가 하늘을 올려다보려는 순간, 청사가 그의 눈을 손바닥으로 덮었다.

"보지 마. 눈멀어."

귓가에 단호하게 말한 목소리가 끝을 맺기도 전에 더 큰 벼락이 연달아 떨어졌다. 눈꺼풀이 덮인 너머로도 새하얗게 번쩍이는 빛이 새어 들어왔다. 강렬한 빛줄기가 쏟아졌다. 고도가 청사의 손을 재빨리 떼어 냈다. 보지 못한 잠깐 사이에 콩과 팥으로 만든 병사들이 절반은 쓰러졌다.

개중엔 벼락에 맞아 불이 붙어서 새까맣게 탄 것도 있었다. 타버린 곡식들은 바닥으로 흘러내린 후론 부활하지 못했다. 까맣게 그슬린 낱알들만 바닥을 정신없이 굴러다닐 뿐이다.

하늘에 명하여 벼락을 떨어트린 이는 붉은 옷을 입은 여인이었다. 그녀는 날카로운 송곳니를 드러내며 으르렁거리고 있었다. 선녀들 사이에서 손 하나 휘두르니 동쪽 하늘이 열려 번쩍이는 벼락이 떨어졌고, 다른 손을 휘두르니 서쪽 하늘이 열려 또 다른 벼락이 쏟아졌다. 벼락에 맞은 콩과 팥들이 우수수 사방으로 튀어 하늘을 붉게 물들이니, 이것이야말로 시뻘건 피가 쏟아지는 것과 마찬가지라.

붉은 여인은 콩팥 병사들을 하나하나 쓰러트릴수록 새파란 눈이 뱀처럼 세로로 길어졌다. 너울거리는 치맛자락 밑으로는 검푸른 비늘에 뒤덮인 꼬리가 신경질적으로 바닥을 내려쳤다. 고도의 눈에는 익숙한 장면이었다. 고도가 저도 모르게 청사를 바라봤다. 청사는 얼굴이 창백하게 질린 채 고도의 시선을 의식적으로 피했다.

"참으로 발칙한 것 같으니라고. 감히 누구한테 칼과 창을 들이미는 거냐."

여인이 몸을 빙글 돌려 꼬리를 휘둘렀다. 거대한 쇠망치에 얻어맞은 듯, 팥과 콩들이 사방으로 튀기며 본래의 형체를 잃고 흩어졌다. 바닥으로 떨어진 낱알들은 다시 붙지 못하게 여인이 입으로 불길을 토했다. 방사되는 화염의 불길이 거세질수록 여인의 얼굴도 점차 흉측하게 변했다. 투명하고 맑은 피부 밑으로 파드득, 비늘이 일어섰다. 하얀 피부는 금세 푸른 비늘로 뒤덮이며 송곳니는 짐승의 것으로 변했다. 지척에서 무기를 휘두르는 병사들을 꼬리로 쳐내고 맨입으로 물어뜯어 부수기까지 했다.

고도는 커다랗게 홉뜬 눈으로 여인이 난리 치는 장면을 바라봤다. 병사들의 수가 급격하게 줄자 더는 시간을 지체하지 않았다. 청사가 뒤늦게 붙잡으려는 손을 떨쳐 낸 고도가 여인에게 날듯이 다가갔다. 언제 뽑았는지도 모를 서전검이 여인의 등 뒤를 파고들었다. 선녀들이 재빠른 움직임으로 쌍검을 휘둘러 고도의 서전검을 밀어냈다. 그녀들의 움직임은 너무도 정교하고 빨라서 고도 혼자서 모두 감당할 수 없었다. 숫자라도 적으면 상대할 만하겠지만 열 명에 가까운 선녀들에게 둘러싸이니 어찌해 볼 방도가 없다.

병사들이 고도를 돕듯이 선녀들에게 과격하게 달려들었다. 선녀들의 화려한 검무가 펼쳐졌다. 사방을 수놓는 검날의 아름다운 자태에 병사들이 우르르 밀려가 쓰러졌다. 하나 실력이 병사들보다 월등하다 하여 그 거대한 숫자를 모두 감당할 수는 없는 노릇이다. 선녀들은 죽여도 죽지 않는 병사들 틈에 갇혀 오도 가도 못했다. 선녀들이 고군분투하는 사이에 고도는 붉은 여인을 향했다. 병사들을 상대하느라 고도의 움직임을 놓친 붉은 여인은 어느새 목 언저리까지 다가온 서전검에 멈칫하고 말았다.

"마마!"

선녀들이 기겁하며 검을 더욱 매섭고 화려하게 흔들었다. 몰려든 병사들이 순식간에 가루가 나 바닥을 뒹굴었다. 병사들이 다시 꾸물꾸물 일어나 선녀들을 메웠다. 그녀들은 울상이었다. 한바탕 난리를 부리는 선녀와 곡식 병사들을 뒤로한 채 여인은 앞에 선 고도를 뚫어지라 쳐다봤다. 녹슨 검은 이상하게도 몹시 사나워 보였다. 마치 짐승의 혼이 들어 있어서 여인을 당장에라도 물어 죽일 기세다.

"넌 누구지?"

고도가 여인에게 물었다. 여인이 입을 열지 않자, 고도는 검날을 세워 여인의 턱을 찔렀다. 인간에겐 휘둘러도 목숨을 앗아 가지 못하던 검이 무딘 날에 어울리지 않는 예리함으로 여인의 살결에 상처를 내고 피를 보게 했다.

"용족인가?"

여인은 길고 새빨간 혀로 제 입술을 훔쳤다. 수축한 푸른 동공이 등 뒤에서 검을 내민 고도를 향했다.

"네게 알려 줄 것은 없다, 하찮은 인간아."

꼬리가 순식간에 고도의 발목을 움켜잡았다. 고도는 중심을 잃고 뒤로 넘어졌다. 여인은 고도의 발목을 쥔 꼬리에 힘을 주어 반대 방향으로 빙글, 돌렸다. 고도의 몸이 순식간에 반대편으로 날려 가 나뭇등걸에 처박혔다. 쿨럭 기침을 하며 몸을 웅크리기 무섭게 그녀가 하늘을 향해 손을 올렸다. 병사들을 상대하느라 하늘 위를 가득 메운 검은 구름이 고도의 머리 위로 움직였다. 여인이 손을 내리기 무섭게 하늘에서 번쩍이는 벼락이 쏟아졌다. 밝은 빛이 고도의 머리 위로 떨어지자 사방이 구별할 수 없을 정도로 하얗게 변했다.

쾅.

거대한 소릴 울리며 떨어진 빛줄기가 사라진 순간, 여인은 무척이나 불쾌한 표정을 지었다. 고도의 몸을 새까맣게 태워 버려야 할 벼락이 도중에 소멸했다. 고도를 청색의 넓은 도포로 감싼 남자의 손 위에서.

"건들지 마."

청사는 새까맣게 타버린 소매 사이로 길고 예쁜 손을 뻗었다. 손가락은 위협적으로 여인의 일그러진 얼굴을 향했다.

"고도를 건들면 내가 가만있지 않겠어."

청사는 고도가 벼락불에 눈이 멀어 잠시 시야를 잃은 사이에 먹구름이 가득한 하늘을 움직였다. 고도 위에 떠 있던 먹구름이 여인과 선녀들 주변으로 옮겨 간다. 먹구름에선 잠시의 지체도 없이 벼락이 쏟아졌다. 선녀들 입에서 비명이 터졌다. 여인과 선녀들을 둘러싸고 벼락들이 연달아

내리꽂히니 그것이 단순한 위협으로 보이지 않았기 때문이다. 얼마든지 적으로 상대할 수 있다는 의사 표시에 선녀들은 당황하여 어쩔 줄 몰라 했다. 붉은 여인은 몹시 화가 나서 이빨까지 빠드득 갈았다.

"죽여."

여인이 명령하자 선녀들이 주춤거리면서 발등까지 내려뜨렸던 검을 고쳐 잡는다.

"고도라는 저 도사, 당장 죽여."

선녀들은 저희 주변을 빼곡하게 메운 병사들 틈을 비집고 나갔다. 흩날리는 옷자락 사이에서 눈에 보이지 않는 검무가 펼쳐졌다. 하늘거리는 옷자락에 감추어져 병사들이 픽픽 쓰러지기 일쑤였다. 그녀들은 여인의 명령을 받아 고도와 청사 곁을 둘러쌌다. 청사가 주변의 눈을 녹여 물을 허공에 띄웠지만 선녀들은 호락호락 뒤로 물러나지 않았다.

고도는 빛에 멀었던 시야가 차츰 되돌아오자 본능처럼 서전검을 챙겼다. 두 눈을 찌푸려서 어떻게든 초점을 맞췄다. 자색 치마가 흐릿하게 눈앞에서 흔들렸다. 고도도 그 춤사위를 따라 몸을 낮추어 움직였다. 숙여진 고도의 머리 위로 수십 개의 검날이 지나갔다. 귓가를 소름 돋게 하는 검의 공명음에 누구든 겁먹을 법도 하건만, 고도는 의연하게 제가 할 수 있는 온 힘을 다했다.

사방에서 날아드는 선녀들의 검을 서전검으로 밀어내면서 반대편 손에는 도력을 담아 그녀들을 밖으로 밀쳐냈다. 청사가 고도를 도우려 하자 선녀들이 순식간에 청사 주변을 에워쌌다. 움직이지 못하도록 쌍날검을 청사에게 겨누었다. 청사가 하늘에서 벼락을 만들어 선녀들을 불태우려 하니, 선녀들 틈을 파고들어 붉은 여인에게 접근하는 고도가 보여 섣불리 벼락을 내리꽂을 수도 없었다. 청사가 잠깐 망설이는 사이에 고도는 붉은 여인의 앞까지 다가갔다.

고도는 자리에서 튀어 올랐다. 허공을 가르는 검은 옷자락이 갈까마귀 날갯짓처럼 커다랗게 펄럭였다. 나부끼는 머리칼 너머에서 녹슨 서전검이 사납게 휘둘러졌다. 청사는 저도 모르게 비명을 지를 뻔했다. 다행히 고도의 선제공격을 받았던 여인은 목숨에 지장이 있을 만한 상처를 입지 않았다. 어깨에 난 상처의 크기가 커서 비틀거리며 뒤로 물러나지만 그것이 여인의 생명을 갉아먹을 것 같지는 않았다. 청사는 그녀에게 달려가려다 또다시 멈추었다. 갈등이었다. 혈족과 고도 중 누구를 선택해야 하는지 모르는 부담감이었다.

"마마!"

청사를 막아 내던 선녀들도, 고도를 공격하던 선녀들도 하나같이 여인 곁으로 날아갔다. 붉은 여인은 고운 비단옷을 시뻘겋게 물들인 상처를 한쪽 손으로 감쌌다. 치마 속에서 신경질을 부리던 꼬리가 슬그머니 자취를 감췄다. 얼굴을 흉측하게 감쌌던 비늘 역시 피부 속으로 사라졌다. 새파랗게 뜬 눈에서도 뱀의 기운이 사라지니 절세미인의 모습으로 돌아왔다.

"……난 분명히 막았는데."

그녀의 목소리는 떨리고 있었다. 분한 마음이 극에 달해 스스로 감정을 제어하지 못했다. 고도는 그런 여인에게 자비를 베풀 생각 따위 없어 보였다. 서전검이 여인을 겨누었다. 선녀들이 온몸으로 고도의 앞을 가로막았다.

"이 검은 너희를 상대하려고 특수하게 만들어져서 그렇다. 막으려 해도 소용없다."

"네놈 정체가 뭐냐."

"그쪽이 먼저 대답해야 할 질문이군. 넌 누구냐. 용족이냐?"

여인은 입을 다물었다. 숨길 일은 아니었다. 하나 자존심에 큰 상처를 입었기에 쉽사리 정체를 말할 수 없었다. 인간들을 버러지 취급하며 자신의 고귀한 혈통에 자부심을 느끼고 있었건만, 그 인간에게 다쳐서 희롱당하는데 어찌 정체까지 순순히 밝혀 가문에 망신을 주겠는가. 여인이 다시 한 번 눈을 세로로 수축시켜 하늘에 뜬 먹구름을 수상하게 움직이려 했다. 고도가 즉각 검날을 고쳐 세웠다.

"용족인가 보군. 하늘에 사는 용이라. 내 상식으로는 이해가 안 되지만, 사람이 하늘의 일을 모두 알 수는 없는 법이지. 하늘에 용이 살 수 있다는 걸 이제라도 알았으니 됐다."

고도가 검을 앞으로 밀었다. 여인을 감싸고 온몸으로 고도 앞을 막아 세웠던 선녀 하나가 고통에 찬 신음을 삼켰다. 서전검은 조금도 자비를 베풀지 않고 제 앞을 가로막은 선녀의 어깨를 찢고 앞으로 나아갔다. 인간은 죽일 수 없는 검이나, 그 외의 모든 존재에겐 역겨울 만큼 강인한 위력을 발휘했다.

"그만해라!"

선녀의 어깨가 완전히 관통 당하자 여인이 분노를 참지 못하고 소리질렀다. 고도는 감정이 들끓는 소리를 듣고도 검을 빼지 않았다. 다만 앞으로 밀어 넣던 힘을 멈출 뿐이다. 고도는 제 검에 상처 입은 선녀를 밟고서 허리를 숙였다. 여인은 지척까지 다가온 고도를 마주 봤다. 새까만 눈에서 한기가 흘러나왔다. 인간이라면 그렇게 무시했던 여인마저 창백하게 질릴 만큼의 노여움이 눈 속에 가득했다.

"대평주는 아직 할 일이 남았다. 자량에 있는 임금에게 보내져서 커다란 전투를 준비하게 할 것이니 죽여선 안 된다."

여인은 입술을 악물었다. 바들바들 몸이 떨렸다. 이젠 자신에 이어 상제까지 희롱할 셈이다.

"하늘에서 이 세상을 내려다보는 상제마마의 뜻을 거른다는 것이냐!"

"거스르는 것이 아니다. 대평주가 죽지 않고 살아남아 기다리고 있는 본연의 임무를 알려 주는 것이지."

"무슨 근거로 말인가."

"팥과 콩으로 이루어진 병사들이 아직도 봉수를 주군으로 모시고 있음이 그러하다. 그들은 팔과 다리가 병신이 된 상태에서도 주군이 이루어야 할 일을 돕기 위해 기다리고 있었다. 대평주는 이 일을 마치기 전에 늙어 죽지 않을 테니 염려 마라."

고도가 서전검을 뽑자 어깨를 다친 선녀가 힘없는 신음을 토하며 쓰러졌다. 고도의 검엔 붉은 피가 배어 있었다. 그것은 검날을 타고 바닥으로 떨어지는 대신, 검날 속으로 자연스럽게 스며들었다. 마치 검이 피를 흡수하는 것과 같았다. 그 어찌 요사스러운 장면이 아닐 수 있겠나. 선녀들은 기이한 검을 경계하면서 상처 입은 친우와 붉은 여인을 부축했다. 여인은 고도를 증오하는 눈으로 노려봤다. 고작 천인 하나 처단하려고 내려와 모욕을 받았다. 그 분노는 쉽게 사그라지지 않았다.

"고작 땅바닥을 기는 종족이 무엇을 안다고 떠들어대는 거냐."

"그대가 하찮게 취급하는 인간이라도 그대보다 더 위대한 것을 알기 때문이지."

"하, 인간 따위가?"

"언젠가는 죽는다는 사실을 안다. 그 사실을 알기에 어떤 일이든 온갖 노력을 다하는 것이다."

붉은 여인의 낯빛이 순식간에 바뀌었다. 그녀는 부축하는 선녀들의 손을 밀어냈다. 어깨를 다쳐서 오른쪽 팔을 제대로 사용하지도 못할 텐데도 고집스럽게 제가 할 일을 남의 손에 맡기지 않았다. 손가락의 떨림만 주체하지 못할 뿐 흐트러진 옷을 고쳐 입는 데엔 아무런 지장도 받지 않았다. 여인은 날개옷을 펼치기 직전에 청사에게 서늘한 눈빛을 쏘았다.

"태평주가 내 손에 죽지 못한다면 그의 손해다. 인간으로 살다 죽으면 인간들이 겪는 환생의 굴레에서 영원히 헤어 나오지 못하게 된다. 두 번 다시 천인으로 환생하지 못할 것이다. 그래, 나와는 상관없는 일이지. 하지만."

여인은 청사가 주먹을 쥐고 꾹, 하고 싶은 말을 참는 모습을 지켜봤다. 청사는 자신에게 불리한 일이 닥쳐도 관심 없다며 넘기고 말썽을 부리기로 유명했다. 그 천둥벌거숭이가 인간 하나 때문에 전전긍긍한다. 심지어 그 누이에게 반발하여 대드는 것으로도 모자라 직접 선녀들을 상대할 정도로. 여인은 마음 같아선 괘씸죄를 가중하여 동생에게 큰 벌을 내리고 싶었다. 그러나 청사를 이 정도로 잡고 뒤흔드는 정체불명의 도사를 먼저 알아내기로 했다. 그녀는 고도에게 명했다.

"그대에 대한 것은 상제 마마께 고할 것이다. 그대의 이름을 말하라."

고도는 한 치의 망설임도 없이 답했다.

"고도."

"본명 맞는가? 허투루 알려 준다면 죄를 면치 못할 것이다."

"진짜 이름이라면 염라대왕 살생부에 적혀 있겠지. 그 살생부에서 내 이름을 찾을 수 있다면 본명을 고하거라. 하지만 불가능할 테다. 그러니 '고도'라고 알려. 고도는 지금 내가 쓰는 이름이 맞다."

여인은 모호한 표정으로 고도를 바라봤다. 마치 남의 이름처럼 말하는 이상한 인간이었다.

여인은 고도를 한동안 쳐다본 끝에 날개옷을 펼쳤다. 그녀의 시선이 힐끔, 청사를 바라봤다. 청사는 누이를 잡을 수 있는 거리임에도 끝내 손을 뻗지 못했다. 청사가 무엇을 숨기려 하는지는 몰라도, 지금은 사정을 모르는 동생을 위해서 행동하기로 했다. 고도라는 인간은 괘씸하고, 그런 인간 하나 때문에 평소에는 안 하던 짓을 한 동생 역시 곤장이라도 수

백 대 먹이고 싶었지만 죄질을 묻는 것은 이 이상한 상황을 파악한 뒤에도 늦지 않을 것이다.

여인과 선녀들이 펼친 옷자락이 구름이 높은 하늘로 솟구쳤다. 붉은 옷자락을 선두로 선녀들의 푸른 옷자락이 하늘을 수놓았다. 먹구름이 어두운 하늘 아래로 선녀 옷이 뿌리는 금빛가루가 화려한 장관을 연출했다. 선녀들이 너풀거리는 날개옷의 춤사위가 꽃잎처럼 화려하고 아름다웠다.

선녀들이 모두 구름 너머로 사라지자 금빛으로 발광하는 하늘이 서서히 닫혔다. 벼락을 쏟아내던 시꺼먼 구름도 점차 흩어져 사라지니 하늘은 맑은 겨울의 쾌청함 그대로라. 조금 전까지의 기이한 전투는 처음부터 없었던 일처럼 보였다. 고도는 하늘길이 닫힌 먼 곳을 한참이나 올려다보았다.

뒤늦게 정신을 차린 고도는 그제야 주변을 둘러보고 청사에게 다가갔다. 말없이 손을 내민 고도를 보면서, 청사는 섣불리 입을 떼지 못했다. 불안한 표정으로 한참이나 고도를 살피던 청사는 슬그머니 제 눈앞에 놓인 손을 잡았다. 고도는 청사가 어디 다치지 않았다는 것을 확인했다. 오른쪽 소매가 반이나 타서 팔꿈치까지 드러났지만 화상을 입은 흔적은 없다.

"봉수야."

아직도 멍하니 정신을 차리지 못하던 노인네가 제 이름을 부르는 소리에 어깨를 떤다. 그는 함지박만 하게 커진 눈으로 고도를 쳐다봤다. 청사의 손을 잡고 가까이 다가오는 고도를 위해서 팥과 콩으로 만들어진 병사들은 길을 내주었다. 장수들에게 극진한 보호를 받던 봉수가 주변의 눈치를 살폈다. 무생물의 장수들은 이렇다 할 제지를 가하지 않았다. 봉수는 안심하며 자리에서 일어났다.

"내가 지금 꿈을 꾸나 보다."

봉수의 얼떨떨한 얼굴을 보고 고도가 슬며시 미소를 흘렸다.

"무엇이 자넬 혼란스럽게 하는가."

"모든 게 이상해. 팥이랑 콩이 사람 모습을 지니는 것 자체를 믿을 수가 없어."

"그대가 이렇게 만든 것이다."

"그럴 리가! 나는 도사도 아니고 요괴도 아니거늘!"

"잠시 할 일이 있어서 인간으로 다시 태어난 천인이다. 그것으로도 대답이 부족한가?"

노인은 고도와 청사를 번갈아 바라봤다. 속 시원한 해명을 요구하는 눈이다. 천인이기에 이 모든 현상을 이해하라고 하기엔 봉수는 너무 늙었다. 젊은 것들처럼 새로운 것을 쉽게 받아들이지 못하는 보수적인 머리였다. 봉수가 여전히 제 군대에게 마음을 열지 못하고 안위를 걱정하니, 고도는 결국 봉수 앞에 양반다리를 하고 앉았다.

"앉아라. 나와 말 좀 나눠야겠다."

이 괴상한 군대를 내버려 두고 뭔 이야기?

봉수는 기괴하게 일그러진 표정으로 고도를 바라봤다. 그는 청사에게 도움을 요청했지만 청사는 자신만의 걱정과 고민으로 집중력이 흩어진 상태다. 봉수는 엉거주춤한 자세로 고도의 앞에 마주 앉았다.

"무슨 이야기가 필요하다고……."

"자넨 본인이 천인이란 걸 알고 있나?"

고도는 단도직입적으로 물었다. 봉수는 입매를 일그러트리고 대답하길 꺼리더니 한숨을 푹 내쉬었다.

"출신이 천인이란 건 안다. 다만 살면서 별로 의식을 못 했을 뿐."

"이상하군. 그 남다른 괴력을 보고서도 의식을 안 했단 소린가."

"이 힘이 남다른 데 사용되진 않았어."

"쓰임이 없었다고."

"그래. 저기 부서진 자기들처럼."

노인은 병사들이 밟고 선 가마와 깨진 자기들을 눈짓했다. 하도 많은 병사에게 짓밟혀 이제는 형체마저 잃었다. 사방에 벼락이 떨어지고 칼춤이 벌어져 바닥이 다 뒤집힌 마당에 깨진 도자기 조각을 찾아서 무엇 하겠나.

"난 어려서 날개를 갖고 태어났다고 한다. 이를 불길하게 여긴 부모와 마을 사람들이 나를 돌로 눌러 죽였어. 그때 인계로 파견되면서 상제님께 하달받은 명령대로 사람들에게 팥과 콩 열 섬을 함께 묻어 달라 했지. 그렇게 부활을 꿈꾸다 모든 것을 잃고 다시 죽을 뻔했다. 내 임무는 실패였지."

"무슨 임무였지?"

"인간 세상을 온통 혼란에 빠트리는 자가 있다. 그자를 불멸의 병사를 데리고 반드시 퇴치하라."

고도는 이야기를 듣자마자 눈을 크게 깜빡이더니 호쾌하게 웃었다. 고도가 박장대소를 하는 모습은 처음 보았다. 수개월 함께 다닌 청사마저 깜짝 놀라서 자신만의 고민에 빠져 있던 정신이 번쩍 들 정도였다. 재미있는 농담도 아니건만, 고도는 바닥까지 손바닥으로 때리며 즐거워했다. 청사는 기분이 묘했다. 감정이나 행동 등을 억누르기만 하는 고도가 저리도 시원하게 웃으니 마치 다른 사람 같다. 무엇이 고도의 가슴을 뻥 뚫리게 했는지, 봉수도 청사도 알지 못했다. 고도는 눈물까지 매달린 눈가를 손으로 닦았다.

"네 임무는 곧 이루어질 것이다. 걱정 마라."

봉수는 제 어깨를 툭툭 두드리는 손길에서 진심을 느꼈다. 천인인 봉수도 70년간 이루지 못한 임무다. 전후 사정도 알지 못하는 인간이 장담할 내용은 아니었다. 알다가도 모를 눈빛은 고도가 자리에서 일어나는 때까지 떨어지지 않았다.

"이 군대는 네 것이다."

그는 봉수에게 칠십 년간 살아온 삶의 가치를 인정했을 때처럼, 이번 역시 한 치의 의심이 없는 어조로 말했다.

"군대를 의심하지 마라. 이들은 네가 일어나라 명하면 곡식들은 팔다리가 달려서 일어날 것이고, 본래의 모습으로 돌아가라 하면 다시 자루에 담길 것이다. 시험 삼아 한 번 네 의지를 병사들에게 말해 보는 건 어떻겠느냐."

봉수는 영 자신이 없었다. 이 많은 병사를 움직이는 원리도 모르겠고, 그들이 하란다고 따라할 정도로 어수룩한지도 모르겠다. 일흔 살 된 볼품없는 노인네를 뭘 믿고 움직일까. 봉수는 주저하다가 속으로 더듬어 보았다.

'할 일은 끝났으니 돌아가라.'

생각이 끝나기 무섭게 위압감을 주는 모습을 한 병사들이 일시에 허물어졌다. 봉수는 놀라서 뒤로 벌러덩 넘어졌다. 입 밖으로 내뱉은 명령이 아니다. 속으로 생각한 것에 지나지 않는다. 그런데도 마치 봉수의 마음을 안다는 양 병사들이 모두 팥과 콩으로 되돌아가 스스로 자루에 담기다니. 이것이 귀신에 홀린 게 아니고 무엇이겠는가.

"네 병사는 지상에서 가장 강력한 군대가 될 것이다. 너처럼 심신이 올곧고 순수한 인간이라면, 결코 이 강인한 힘을 삿되이 써서 세상을 어지럽히지 않을 것이다. 그러니 조금만 더 마음을 열어 그대의 군대를 받아들이거라. 내가 네 임무를 도와줄 것이니."

고도는 넋을 놓은 채 곡식 더미만 쳐다보는 노인에게 말했다.

"즉시 자량으로 가서 임금을 알현하라. 임금에게 팥과 콩으로 만든 군사를 보이고 네게 무관 칭호를 하사하라 말하라. 그리고 봄이 되기 전에 동해로 오라고 전하라. 전투에 대한 만반의 준비를 하고서."

고도가 허튼소리를 할 놈이 아니란 걸 이미 많은 것을 통해 깨달은 노인이었다. 대뜸 왕을 만나고 그에게 지위를 하사 받으라는 말은 어느 미친놈이 하는 소리로만 들렸다. 더욱이 궐에서 업무를 보느라 하루가 빠듯한 왕을 보고 동해로 오라 가라 할 사람이 세상에 누가 있겠는가. 대비 마마도 그렇게는 못 할 것이다. 누가 들어도 무리한 요구다. 노인 역시 그 정도 상식은 있었다. 그러나 고도의 눈을 빤히 쳐다보노라면 이게 허투루 내뱉은 소리가 아님을 알 수 있다. 고도는 그 불가능한 요구를 모두 이뤄 낼 능력이 있는 게 분명했다.

"전하께서 이 기괴한 군대를 보고 신변의 위협을 느끼면 어찌하나. 자네 말을 전해 주기도 전에 내 목이 날아갈지도 몰라."

"걱정할 것 없다. 네 군대는 내게서 '무학'을 배웠다고 하여라."

"무학?"

"꼬장꼬장한 관료들도 입을 꽉 다물게 되는 아주 효험 있는 주문의 말이다. '무학'."

이름만 들어서는 그것이 무엇인지 정확하게 알 수 없다. 무학이란 왕실 무관들 사이에서만 전해지는 체계적인 수련 방법이지만 그 사실을 알 리 없는 봉수는 한참이나 고도를 바라봤다.

전하는 물론, 그의 심복들까지도 꼼짝 못하게 하는 이자의 정체는 무엇일까.

노인은 더는 의문을 던지지 않고 순순히 고도를 따랐다. 고도는 노인의 마음속에서 흔들리던 잣대가 굳건히 섰음을 알았다. 평생을 자신이 할 수 있는 일에 바쳐 온 노인이다. 이제야 본연의 의무를 완료할 수 있는데 마다할 리가 없다.

"그 너른 동해 어디로 오란 말이더냐."

"동해라고 하면 임금은 안다. 나와 그 사이에 존재하는 바다는 오직 하나뿐이다."

"임금 앞에서 그대의 이름을 밝히면 되는 건가?"

"그래. '고도'라고 정확하게 이르거라. 고도가 왕가에 대대로 얽힌 악연을 풀어 주겠다고 하면 될 것이다."

봉수는 묵묵히 생각에 잠겼다. 곡식 자루를 쳐다보는 눈길엔 혼란스러움과 걱정이 가득했다. 한편으로는 이 순간을 위하여 칠십 년을 살아온 것인가에 대한 회한과 기대가 뒤섞였다. 지금까지 살아온 것과는 전혀 다른 방식이 저를 기다리고 있다는 걸 아는지, 봉수는 신중하게 생각한 끝에 자리를 털고 일어났다. 그는 고도도 놀랐던 괴력으로 팥 다섯 섬, 콩 다섯 섬을 양손에 들었다. 곡식 자루는 부엌 구석에 세워 둔 지게에 싣고 새끼줄로 꽁꽁 묶었다. 지게를 짊어지니 머리 위로 곡식 자루가 불룩하게 솟았다. 누가 봐도 버거워 보이는 그 무게를 봉수는 거뜬하게 버텼다.

"기이한 청년아."

두꺼운 몸으로 단단하게 받쳐 든 지게를 고쳐 멘다. 봉수는 고도를 향해 희미하게 웃어 보였다.

"고맙다."

봉수가 고갯짓으로 인사를 했다. 고도는 한 손만 살랑살랑 흔들며 봉수를 보냈다. 지게 하나를 이고 내려가는 봉수의 모습이 계곡 사이로 흐릿해졌다. 보이는 것은 노인의 등을 온통 덮는 곡식 자루다. 지게에 그득 그득 담긴 곡식이 무거울 법도 하건만, 봉수의 걸음은 가벼웠다. 보폭에도 흔들림이 없고 일정했다. 고도는 설원에 긴 발자국을 남기고 사라지는 노인의 뒷모습을 오래도록 지켜봤다.

'고맙다.'

무엇이 고마운지 굳이 듣지 않아도 되는지라. 고도는 눈시울이 뜨뜻하게 달아올랐던 봉수를 떠올렸다. 봉수가 어디에 어떻게 쓰일 수 있는지를 알려 준 고도에게 전하는 감사의 인사였다. 그 따뜻한 감정은 고도의 마음속에 오래도록 여운처럼 남아 있었다.

주인이 떠난 집엔 청사와 고도만이 남았다. 고도는 방 안에 들어가 벽에 기댄 채로 무언가를 생각하고 있었다. 청사는 본디 높은 곳에 올라가 하늘을 구경하길 좋아하나, 이번만큼은 고도를 따라 방의 한구석을 차지했다.

청사는 장죽을 꺼내 입에 물었다. 바깥의 찬 공기에 뿜어져 나오는 입김보다 더 가느다랗고 하얀 연기를 피웠다. 뻐끔뻐끔 연기를 내뿜던 입이 어느샌가 장대 끝을 짓씹기 시작했다. 다리 한쪽을 탁탁 떨기까지 하면서 인상을 찌푸린 청사는 끝내 젠장 하고 거친 욕설을 뱉고 말았다. 깊은 생각에 잠겨 있던 고도가 그제야 신경질적인 청사를 쳐다봤다. 청사는 더는 참기 힘든 얼굴을 하고 있었다.

"지금까지 모르는 척 넘어 왔다만."

애써 아무렇지 않은 척 말해 보려 하지만 벌써 목소리가 격앙돼 있다. 청사는 선녀들을 상대하느라 헝클어진 머리를 뒤로 쓸어 넘겼다.

"시간이 지날수록 너에 대해 아는 것이 없어지는 것만 같다."

고도는 벽에 기대어 앉은 채 아무 말도 하지 않았다. 어깨를 들썩이면서 고도를 노려보는 청안을 마주하는 얼굴엔 표정의 변화가 없었다. 왜 그리도 짜증을 내느냐고 위로하지도 않고, 갑작스러운 감정 반응에 놀라거나 맞설 생각도 없다. 앉아서 관찰할 뿐이다.

청사는 처음으로 고도의 그런 성격이 미웠다. 거리를 두고 다가오지 않는 고도 때문에 저 혼자만 불안해하고 애를 태우는 기분이다. 똑같은 감정을 보답 받겠노라 기대한 적은 없었다. 그래도 관계가 좀 좁혀졌나 싶으면 다시 저만큼 멀어진 기분만 드니, 이것은 저만 일방적으로 감정을 퍼붓는 느낌이 들지 않나. 청사는 제 성질을 누르지 못하고 폭발하듯 고도에게 쏘아붙였다.

"전생에 천인이었던 노인을 널 쫓는 임금에게 보낸 이유가 뭐냐. 왕가에 얽힌 인연을 끊는다는 건 또 뭔데. 널 보면 볼수록 모르겠다. 무슨 생각인지도 모르겠고, 무엇을 위해서 동해로 간다는 건지도 모르겠어. 속이 까맣게 타들어 가는 기분이다."

고도의 까만 눈이 청사에게 박혔다. 고도가 한 가지에 집착하거나 집중하는 모습을 보면 어린애 같이 순진한 구석이 엿보여서 귀엽다는 느낌이 들곤 했다. 그래서 청사는 고도가 하나에 집착하는 모습을 귀여워했고, 혹여나 그 집착이 자신의 파란 눈을 들여다보는 데 사용되면 몸이 배배 꼬일 정도로 기분이 좋았다. 고도의 시선을 독점하는 것만으로도 기분이 날아갈 듯 좋은 일이 허다했건만. 이번만큼은 고도의 시선을 사심을 섞어 제멋대로 해석할 심적 여유도 들지 않았다. 오히려 속을 알기 힘든 새까만 동공이 답답하게만 느껴졌다.

"내가 이상한가."

고도가 되묻기 무섭게 청사는 신경질적으로 외쳤다.

"이상해!"

"이상해서 싫은가."

"싫다는 게 아니잖아. 짜증나고 답답해서 그렇지!"

고도는 연기를 뻑뻑 피워대는 청사에게 다가갔다. 청사는 눈을 마주하지 않았다. 비껴선 시선이다. 고도에게만큼은 꾸밈없이 내보이던 호감과 애정이 싸늘하게 식은 눈이었다. 격분한 감정은 청사의 표정을 온통 일그러뜨렸고, 그만큼 청사의 마음을 단지 감정에 호소하는 불안정한 상태로 휘저었다. 청사는 머리끝까지 치민 어떠한 분노를 스스로 제어하지 못했다. 단지 고도에 대해 궁금하다기보단 초조하고 불안해서 머릿속이 온통 엉망인 것처럼 보였다. 고도는 청사의 앞에 한 걸음 더 가까이 섰다.

"나에 대해 숨길 생각은 없어."

청사는 고도를 정면에서 응시하지 못한 채 고도의 발끝을 고집스레 노려봤다. 본인이 신경질을 부린다는 것이 고도에겐 얼마나 부당하고 어이가 없는지 스스로 알기 때문이리라.

"알아. 넌 나한테 숨기는 게 아니야. 먼저 말을 하지 않을 뿐이지."

"얘기해 주길 바란다면 말하마. 아주 재미없고 하찮은 이야기다만."

"싫어. 그런 식으로 널 알고 싶지 않아. 네 얘기는 우스갯거리도 아니고 농조로 들을 얘기도 아니야. 너는 내게 소중하고, 소중한 만큼 귀하게 알고 싶어."

"흐응. 부끄러운 소릴 아무렇지 않게 하는 구나."

"네가 너무 네 자신에게 엄격한 거겠지!"

"네가 내게서 어떤 섭섭함과 분노를 느꼈다면 내 잘못이다. 숨기는 게 아니라도 네게 말하지 않은 무언가가 너를 이렇게 화나게 한 것이다."

"네 자책이나 사과를 듣고자 이런 게 아니야."

"그럼 내가 어떻게 하길 바라는가."

"……그건."

"너는 나를 언제나 사랑스럽게 바라봐 준다. 시린 창공과도 같은 눈동자가 따스한 색감을 띠고 날 바라봐 주는 그 눈을 잃고 싶지 않다. 내가 잘못한 것이 있다면 고치겠다."

청사는 말을 잇지 못했다. 둔하고 자기밖에 생각하지 않던 고도가 청사에게서 받던 애정이 식을까 봐 모든 것을 제 잘못으로 돌리는 모습을 처음 봤다. 남들이 저를 어떻게 생각하고 비난하든 통 관심도 없던 고도가 청사가 등을 돌릴까 봐 불안해하고 있었다. 청사는 그 눈을 보자 덜컥 자신이 이렇게 짜증을 내는 게 고도에게 어떻게 받아들여질지를 깨닫게 되었다. 잘못으로 따지면 청사 쪽이 더 크다. 애초에 누이를 부르지 않았으면 이런 사달이 나지도 않았다. 청사는 뒤늦게 자신의 잘못을 깨닫고 그 미안함에 어쩔 줄 몰랐다.

"나쁜 뜻으로 한 말은 아니었어. 그냥…… 내가 너에 대해 모르는 게 많으니까 스스로 화가 나서 아무 말이나 던진 거야. 널 비난한 것과 달라."

청사가 고도에게 두 팔을 뻗었다. 제 앞에 활짝 벌어진 두 팔을 보고 고도는 조금 더 다가왔다. 고도의 검은 옷이 청사의 푸른 도포에 포옥 안겼다. 고도가 청사의 얼굴을 끌어안고 어깨 부근에 고개를 묻었다.

"고도, 넌 천상에 사는 인간이 아니지?"

부드러운 음성이 고도의 귓가를 간질였다. 고도는 제 관자놀이와 귓불을 핥는 혀에 움찔 떨었다. 슬그머니 머리카락 사이로 새까만 눈을 깜빡이더니 청사의 품에 조금 더 깊게 고개를 묻었다.

"지상에서 태어난 인간이 맞다."

"그런데 어찌해서 상제의 금안을 가지고 있는 거냐."

"음. 상제의 눈보다는 신선의 눈이라 봐야 하지 않을까 싶다."

"신선은 왜? 넌 신선도 아니잖아."

"그래, 그들의 영향을 받은 것뿐이다."

"어떤 영향인데."

"여기저기 지은 죄가 많다. 그 덕에 신선들이 나를 감시하지."

"뭐야, 감시를 받는다는 건 처음 들었어. 무슨 죄기에 그래?"

고도는 눈을 굴렸다. 곰곰이 생각하면서 답을 구하는 얼굴은 제법 신중했다. 청사가 손수 앞머리를 쓸어 넘겨 주자, 고도는 눈을 반쯤 감고 청사의 손길을 음미했다. 타인의 온기에 길든 고도는 이제 스스럼없이 그 온기를 향해서 머리를 내미는 수준이 되었다.

"그 죄는 나도 잘 모르겠구나."

청사가 손을 멈췄다. 머리카락을 쓰다듬던 손이 굳자 고도는 눈을 뜨고 청사의 표정을 살폈다. 스스로 지은 죄가 크다면서 그 죄목을 모른다고 대답하는 고도를, 청사가 난해한 얼굴로 내려다보고 있었다. 고도는 딱딱해진 청사의 얼굴을 만지작거리면서 청사가 품고 있는 의문에 답해 주었다.

"봉수가 특별하게 태어나 부모에게마저 버림받았던 것처럼, 나도 태어난 것 자체가 죄라고 하더구나. 그래서 하늘과 바다와 지하에까지 노여움을 받았다. 이유를 일일이 따지기가 어렵다. 나에게는 너무도 당연했던 것이 그들에게는 용납할 수 없는 어떤 것이 되었다. 그들이 노여워한 이유는 안다. 그러나 그 이유를 안다고 해서 내가 자책하게 된다면 내 존재를 스스로 부정하게 된다. 나 자신을 내가 부정하면 그것만큼 고통스럽고 슬픈 일이 어디 있겠느냐."

조금도 망설이지 않고 내뱉은 말엔 어떠한 슬픔이나 자괴감도 들어 있지 않았다. 자연스러운 이치라도 설명하는 어조였다. 스스로 가치를 '쓸모없는 것'으로 정의한 고도의 태도에 청사는 충격을 받았다. 사는 데 미련을 두지 않던 이유가 여기 있었다. 누구도 그의 탄생을 기뻐하지 않았기에 자신을 사랑하기 어려웠던 것이다. 청사는 아랫입술을 꽉 깨물어 날뛰려는 분을 억눌렀다. 슬퍼하지 않는 고도의 모습을 보면 청사는 마음이 아팠다.

"누가 그래?"

상기된 청사의 목소리는 분노와 슬픔으로 넘쳐났다. 그는 입술을 깨물었다.

"누가 너보고 태어난 게 죄라는 거야? 나한텐 네가 복 그 자체인데!"

처음엔 멍하니 청사의 이야기를 듣던 고도가 이내 미소를 지었다. 눈앞에서 말갛고 환한 미소를 짓는 고도를 보고 청사는 놀라서 어깨를 떨었다. 청사가 아는 그 어떤 미소보다 깨끗하고 순수한 미소였다. 청사는 그 미소를 보는 것만으로도 얼굴에 열이 올라 두 볼이 발그레한 홍조를 띨 정도다. 고도는 청사의 얼굴을 잡고 볼에 살며시 입을 맞췄다. 볼에 입술이 닿은 찰나에 청사가 속눈썹을 파르르 떨었다. 놀라 하는 것이 여실히 전해졌다.

"고맙다."

고도는 울 것 같은 눈으로 저를 쳐다보는 청사를 꼭 끌어안았다. 조그마한 머리통이 품에 들어왔다.

"고마워."

청사가 비로소 두 손을 뻗어 고도의 등을 안았다. 이렇게 사랑스러운 사람이다. 고작 태어나 줘서 고맙다는 이야기에 감동할 정도로 사랑스러운 인간이다. 청사는 눈물이 맺힌 눈으로 고도를 바라봤다. 머리와 심장을 적시는 이 감정의 근원을 찾을 수가 없다. 살면서 한 번도 느껴 본 적 없는 감정이라 어떠한 말로 설명해야 할지도 몰랐다. 고도의 미소처럼 조금씩 스며든 감정은 순식간에 청사의 몸 전체를 적셨다.

"고도. 우리가 처음 만났을 때 기억나?"

청사는 고도를 바닥에 눕혔다. 짧은 머리카락들이 바닥에 흩어지며 어지럽게 펼쳐졌다. 청사는 고도의 얼굴에 붙은 머리카락을 모두 쓸어 넘겼다.

"네가 나를 죽통에 처박기 전에 나는 너랑 우연으로라도 마주치려고 아주 갖은 애를 썼잖아."

고도는 청사의 시선을 피하지 않았다. 오히려 자신의 얼굴을 다정하게 매만지는 청사에게 볼을 기댔다.

"잊지 않았다."

"정말?"

"그래. 언제나 내 곁에 다가와서 노래라도 지저귀는 것처럼 똑같은 소리를 반복했잖느냐."

고도는 고개를 돌려 청사의 손바닥에 입술을 묻었다. 고도의 얼굴을 만지던 손바닥은 따뜻하고 보드라운 감촉에 잠시 길을 잃은 듯 멈추었다. 고도는 두어 번 깊게 숨을 들이마시고는 청사를 바라봤다. 둘의 시선이 선명하게 얽혔다.

"네가 마음에 든다. 같이 있고 싶어."

청사가 수도 없이 뱉은 말이었지만, 똑같은 말을 고도의 목소리로 들으니 심장이 뛰는 소리를 주체할 수 없었다. 심장이 심하게 뛰면 가슴이 아프다는 사실을 처음 알았다. 몸이 아플 정도로 격렬한 감정이라는 게 세상에 존재했다.

청사는 고도에게 입을 맞췄다. 벌어진 입술을 물고 그 안으로 혀를 밀어 넣었다. 두 볼을 홀쭉하게 빨아들일 만큼 깊게 숨을 들이마셨다. 고도의 혀와 엉킨 혓바닥은 입속을 샅샅이 핥았다. 고도가 고개를 틀면서 청사의 입맞춤에 응했고, 결국 그 두 손이 청사의 목 뒤에 둘렸다.

청사는 오랜 시간 섞어 내던 혀를 떼어 내고 고도의 몸 위로 쓰러졌다.

맞닿은 가슴이 쿵쿵거리며 뛴다. 누구의 심장이 더 격렬한지 내기라도 할 것처럼, 침묵 속에서도 조금 거칠어진 호흡과 심장의 박동 소리만이 둘의 귀를 가득 메웠다. 청사는 고도의 귓가를 핥았다. 청사의 목 뒤에 둘린 고도의 손에 움찔, 하며 힘이 들어갔다. 청사는 고도의 목에 입술을 묻으면서 속삭였다.

"안아도 돼?"

젖은 목소리에 고도의 표정이 흔들렸다. 고도는 몹시 당혹스러워하면서도 선뜻 거절할 말을 뱉지 못했다. 고도는 언제까지고 붙어 있을 것 같던 입술을 가까스로 떼어 냈다.

"대롱아. 너는 내가 왜 좋으냐."

"그러게. 어쩌다 좋아한 걸까. 네 엉뚱한 말을 들어도 화가 나지 않게 된 시점부터 좋아하게 된 걸까."

"뱀 요괴도 아니면서 선선히 내 죽통에 잡혀 준 네가 할 말은 아니지 않느냐."

"요괴가 아니란 걸 네게 들키고 싶지 않았어. 누구에게도. 숨겨야 하는 일이었거든."

"이제 요괴가 아니란 걸 내가 아니 마음껏 드러내는 것이고?"

"실은 아직도 정확한 내 정체는 말 못 하겠어. 네게 미움받을 거 같아."

"그런 게 걱정이라면 말하지 않아도 된다. 내가 널 알아 가면 되는 일이니."

"바보야, 그런 태도가 좋다는 거야."

"단순한 녀석이로고."

"좋아. 정말 좋아해서 다른 말은 생각나지 않을 만큼 좋아해."

"나는 너와 어울리지 않는 도사인데도 그 생각은 변하지 않을 것 같으냐."

"날 붙잡아 죽통에 처넣질 않나. 장난을 걸면서 약 올리질 않나. 그래서 미워해 보려고도 했는데 안 되더라."

청사는 고개를 숙였다. 고도의 목 부근에 조금은 거칠어진 숨결이 퍼졌다. 고도의 목울대가 위아래로 움직였다. 청사는 긴장한 목울대에 입술을 묻었다.

"예전엔 어땠는지 몰라도 앞으로는 넌 내 사람이야. 다른 사람에게 못 줘."

작은 마찰음을 울리면서, 청사는 고도의 목 부근에 순흔을 남기고 고개를 들었다. 발간 혈색이 도는 얼굴은 고도를 내려다보았다. 말하지 않아도 무엇을 열렬하게 원하는 감정만은 고스란히 전달된다. 고도는 청사의 옷깃을 더욱 힘주어 잡았다. 한참의 침묵 끝에 청사의 시선을 마주 보던 검은 눈동자가 다른 곳을 향했다. 싫어서 외면한 것과는 다른 성질의 감정이다. 그 복잡한 색을 띤 검은 눈동자가 무엇을 생각하는지, 청사는 알지 못했다. 하지만 중요한 것은 고도가 청사를 밀어내지 않는다는 사실이다. 청사의 목울대가 위아래로 움직였다. 그리고 청사는 곧 고도의 옷 속으로 손을 집어넣었다. 긴장한 피부 밑으로 뜨거운 체온이 전해진다. 두근거리는 심장의 박동 역시나.

"고도."

이름을 불린 남자의 어깨 너머로 옷가지가 던져졌다. 고도는 제 가슴에 얼굴을 묻는 청사를 보면서 조용히 눈을 감았다.

청사는 땀에 젖은 고도의 얼굴로 손가락을 뻗었다. 흐트러진 짧은 머리카락들이 이마와 눈가, 볼에 달라붙었다. 무표정만 고집하던 얼굴엔 발간 홍조가 감돌았고, 땀에 젖은 얼굴만큼이나 눈가 역시 붉게 젖어 있었다. 벌어진 입술에선 제대로 삼키지 못한 숨이 새어 나왔다. 이성으로도 막지 못한 신음이 섞여 나와 고도 자신을 당혹스럽게 했다. 흔들리는 눈동자며 헐떡이는 입술까지 모든 것이 고도답지 않게 낯설었다. 그렇게나 단정하던 남자가 자신의 아래에서 흐트러진 모습은 연민과 쾌락을 동시에 자극했다. 청사는 고도에게 조금 더 몸을 밀어 넣었다.

"아……."

일그러진 눈가에서 고통이 보인다. 고도는 두 손으로 청사의 벗은 가슴을 밀어내려 했지만, 소용없었다. 고도가 허리를 세우고 몸을 일으키려 하자 청사는 반대편 손으로 고도를 옭아매듯이 안았다. 서로의 배가 딱하니 들러붙었다. 이미 몸속으로 파고들기 시작한 성기가 그 삽입을 더욱 깊숙하게 들어왔다.

내부를 억지로 벌리고 들어온 것이 지나치게 뜨거웠다. 피부를 맞대도 언제나 서늘한 체온만 느껴졌던 청사에게서 이런 불덩이 같은 부위가 있는지 처음 알게 된 것만 같았다. 청사가 고도의 허벅지를 더 벌리고 몸을 깊숙하게 맞물리자 고도는 끝내 눈물을 보였다. 아래쪽에만 한정되어 있던 이물감이 내장을, 아랫배를, 등골을, 척추와 허벅지를, 급기야 뒷골까지 기묘한 느낌을 퍼뜨렸다. 고통스럽고 힘들어서 그만하라고 외치고 싶은데, 눈을 마주하고 있는 청사의 얼굴을 보면 아프다는 말조차 선뜻 뱉어지질 않았다. 청사에게서 고통마저 허물어 버리는 감정이 전해졌기 때문이다. 자신이 청사에게 커다란 존재가 되었다는 사실을 너무도 잘 알게 됐다. 흥분한 모습으로 고도에게 들어오는 청사의 감정은 애틋하게 느껴졌다.

온몸을 경직시키는 압박감과 더불어 이렇게나 적나라하게 살과 살이 맞닿을 수가 있다는 사실에 고도는 자기도 모르게 눈물을 짓고 말았다. 중압감을 견디기 힘들어서인지, 너무도 오랫동안 잊고 지냈던 온기를 다시 느낀 감동에서인지, 그도 아니면 뜨거운 덩어리가 몸속으로 꾸역꾸역 밀고 오는 매 순간 청사에게 고여 있던 감정이 노도처럼 자신에게 밀려들어서인지 분간이 가질 않았다. 복합적인 감각의 홍수다. 고도는 머릿속이 하얗게 물들었다. 어째서인지, 울컥 치밀어 오르는 뜨거운 감정을 삼키기가 어려웠다.

"……대롱이."

청사는 목소리가 탁하게 갈라져 나오는 입술을 부드럽게 핥았다. 서서히 고도의 몸속을 파고들던 성기가 완전히 자리를 잡자, 입술을 핥던 혀가 고도의 눈가를 향했다. 길고 붉은 혀는 물기가 맺힌 눈가를 핥았다. 청사는 벌렸던 고도의 두 다리를 제 어깨 위에 올렸다. 청사가 상체를 숙이자 몸 안으로 밀고 들어오는 육중한 것을 느낀 고도가 고개를 뒤로 젖혔다.

청사가 허리에 힘을 주어 몸을 앞으로 밀수록 청사의 어깨에 걸린 고도의 다리가 휘청거렸다. 고도의 몸을 꾹꾹 내리누른 힘이 멈추었을 때 비로소 고도는 멈추고 있던 숨을 한꺼번에 몰아쉬었다. 언제 감았는지 모를 눈을 뜨자 청사가 양팔 사이에 저를 가두고 내려다보고 있었다. 눈에 보이는 것이 청사뿐이라, 이 세상이 마치 청사를 중심으로 구성된 듯한 착각에 빠졌다. 고도는 엉덩이 부근을 눌러오는 청사의 고환과 음모의 감촉에 얼굴을 붉혔다. 성기가 아랫배 깊숙한 곳까지 자리 잡았다.

"괜찮아? 힘들면 말해."

달뜬 얼굴로 물끄러미 쳐다보며 묻는 청사가 밉다. 고도는 젖은 눈을 찌푸리고 말했다.

"너 혼자만 즐거우면 다냐."

"그런 말 하는 거 보니 힘들진 않나 보네."

"네게 속아 넘어간 기분이다."

"기다려 봐. 너도 지금보다 훨씬 좋아질 거야."

청사는 팔꿈치를 굽혀서 고도에게 입을 맞췄다. 상체가 더 내리눌려지자 고도는 눌린 허리에 부담이 가서 힘겨운 신음을 토했다. 그렇게 괴로워하는 모습조차도 심장이 떨릴 정도였다.

"아, 아, 잠…… 잠깐."

몸이 천천히 흔들리기 시작하자 고도는 큰 혼란을 느꼈다. 좋고 싫고의 불분명한 경계에 선 채 청사가 퍼붓는 애정을 온전히 감당하려니 머리가 하얗게 변했다. 아무런 생각도 할 수 없었다. 온몸이 부서질 것처럼 아픈데, 그 아픔의 주체가 청사라니까 모든 게 용서된다. 그러면서도 청사의 성기가 출입할 때마다 살이 딸려 나가고 몸속이 쿡쿡 쑤셔지는 감촉이 낯설어 눈물이 나왔다. 허리 아래가 흔들릴 때마다 질척한 소리가 좁은 방 안에 반사되어 울렸다. 고도는 항문 안쪽에서 몸집을 키운 청사의 성기 때문에 숨이 막혔다.

"아, 아파……!"

몸 안쪽이 성기에 눌리고 비벼지면서 눈앞에서 번쩍이는 불티가 날렸다. 호흡이 꽉 막힌 것처럼 숨을 쉬기가 어렵고, 코를 대신해 입을 벌리면 신음이 쏟아졌다. 발끝이 곱아 들었다. 충격적인 느낌은 일찍이 한 번도 경험한 적이 없는 것이었다. 고도는 시야가 뿌옇게 변할 정도로 눈물을 터뜨렸지만 청사를 밀어내진 않았다.

고도는 흐릿한 시선에 초점을 맞추지 못한 채 청사를 바라봤다. 청사의 얼굴은 잘 보이지 않았다. 아까부터 고도, 고도 하고 이름을 부르는데 그마저도 몽롱하게 들려 귀에 와 닿지 않았다. 고도는 다리 사이를 꿰뚫은 뜨거운 감각에 완전히 잠식당했다.

철썩, 강하게 한 번 쳐올리는 감각에 고도의 몸이 파르르 떨린다. 고도의 얼굴은 열기로 달아올라 붉어졌다. 눈은 힘이 풀려 반개한 채 느리게 깜빡이고 있었다. 눈을 깜빡일 때마다 속눈썹에 물기가 묻어나고, 눈가가 젖었다. 청사는 이 사랑스러운 표정을 어찌해야 하느냐면서 안절부절못했다. 청사가 손가락 하나를 고도의 입에 물리니 다물어지지 않은 입술을 타고 타액이 흘러 턱을 적셨다. 평소엔 단정하기 그지없던 얼굴이 이리도 농염하게 익어 있다. 이는 청사가 상상했던 것보다 훨씬 강렬하고 짙은 색_色이다.

"으……."

출입하기에 뻑뻑하고 조이던 입구가 조금씩 헐거워지면서 청사의 것에 맞춰 크기를 벌렸다. 힘들어만 하던 고도가 조금씩 제 몸을 흥분시키는 성 감각에 고개를 들고 발끝을 오므리면서 숨을 헐떡이니, 그 모습을 보는 것만으로도 청사는 황홀했다. 오랜 시간을 두고 느리게 움직이며 고도가 적응하길 기다렸다. 마침내 고도가 익숙해질 때쯤 되자, 청사는 고통스러울 정도로 부풀어 오른 성기를 이전보다 조금 더 빠른 속도로 움직였다.

"아, 아, 아."

고도의 몸이 삐거덕거리며 흔들렸다. 흐트러진 머리카락은 몸이 쏠리는 방향으로 펼쳐졌다가 얼굴에 달라붙길 반복했다. 청사는 고도의 귓가에 얼굴을 묻었다.

"하아, 아, 고도, 괜찮아, 응?"

고도는 흐릿한 눈으로 천장을 올려다봤다.

"기, 기분이……."

"기분이 왜?"

청사는 두 손으로 고도의 엉덩이를 움켜쥐고 억지로 항문을 벌렸다. 이미 삽입된 성기가 꿈틀거리며 그 안쪽을 조금 더 수월하게 들락거렸다. 몸이 압박된 상태에서 내벽이 공격당하자 고도는 몸을 제대로 가누지 못한다. 땀에 젖은 머리카락이 청사의 눈앞에서 휘청거리듯이 흔들렸다. 고도는 청사가 쥐고 흔드는 대로 허리가 움직인 채 연거푸 신음을 삼켰다.

"이상해, 이상하다고……."

힘겹게 말을 잇는 고도를 보면서, 청사는 몸을 조금 더 강하게 쳐올렸다. 부드럽던 움직임이 거칠어지자 고도는 고개를 뒤로 젖히며 숨을 헐떡였다. 조심스럽고 배려를 우선시하던 몸짓이 거칠게 변하자 고도는 당황스러웠다. 이러한 관계에 대한 사전 지식도 부족하고, 그 감정을 어떻게 해석해야 하는지도 전혀 모르는 상황에서 고도는 이 모든 게 감당하기 힘들기만 했다. 청사는 처음에는 여자를 안듯이 부드럽기만 했는데, 이제는 무언가를 요구하는 강한 힘으로 바뀌어서 본래 남성들이 몸을 섞을 땐 이리도 정신적인 압박감이 강한지를 따지게 됐다.

당황해서 어쩔 줄 몰라 하는 고도를 보는 청사 역시 숨이 거칠어졌다. 그는 고도의 두 다리와 엉덩이를 옆으로 잡아 벌렸다.

"아…… 하윽, 아, 앗."

움직임이 더 거칠어질수록 고도가 내는 소리도 적나라해졌다. 청사가 흘려보낸 액체들이 고도의 뒤를 적시고 허벅지까지 흘러내렸다. 어느새 마찰음은 몹시도 선정적으로 변해서 고도가 가까스로 버티던 이성이 스러지고 있었다. 경직되어 있는 몸은 여전하나, 그의 표정과 흔들리는 몸을 보노라면 어느 정도 이 행위를 받아들이고 이해하려는 것이 보였다.

고도는 청사가 깍지를 끼는 손가락을 힘주어 잡았다. 서로의 왼손가락이 엉켰다. 비어 있는 네 번째 손가락 자리는 청사의 온전한 두 개의 손가락이 대신 자리 잡으면서, 둘은 손끝이 희게 질릴 정도로 강하게 서로 잡고 놓지 않았다. 고통에 일그러졌던 얼굴도 차츰 달뜨는 쾌감으로 반반씩 섞여 들어갔다.

"아아, 아, 앗……!"

격렬해진 청사의 움직임 탓에 이성이 흐려진 고도가 두 눈에 눈물을 매달았다. 청사는 고도의 허리를 꽉 붙들었다. 절정으로 치달을수록 고도의 몸이 크게 휘청거렸다. 청사는 고도의 몸을 끌어안고 마지막 힘을 다했다. 두 눈에 맺혀 있던 눈물이 왈칵 쏟아진 고도가 몸을 떨자 고도의 부풀어 오른 성기에서 희뿌연 정액이 쏟아졌다. 동시에 수축하는 뒤쪽의 힘에 신음을 흘린 청사 역시 고도의 몸속에서 사정했다. 청사는 고도의 손을 움켜쥔 채 헐떡이는 숨을 골랐다.

사정의 탈력감에 젖은 고도는 어깨 위에 억지로 올려졌던 다리를 떨어트리듯이 내렸다. 청사가 천천히 성기를 빼내자 항문과 허벅지로 새하얀 액체가 주르륵 흘러내렸다. 고도는 아직 여운이 가시지 않은 얼굴을 옆으로 돌린 채 눈을 감았다. 곱다. 선이 예쁘고 단정해서 곱다는 말로 단정 짓는 것이 아니다. 이 사람이 자신의 사람이라는 사실 자체가 그를 아름답게 만든다. 청사는 고도의 옆얼굴을 매만졌고, 손끝에 묻어나오는 물기를 혀로 핥았다.

"고도."

청사는 고도의 허리 아래에 한쪽 팔을 밀어 넣었다. 벗은 두 몸이 밀착하면서 아직도 격렬하게 뛰고 있는 두 심장이 포개어졌다. 옆으로 고개를 돌리고 있던 고도가 조금 지친 눈으로 청사를 바라봤다. 청사는 온 얼굴에 황홀함을 가득 담고, 또한 미안하고 고마운 마음을 담아 웃었다.

"정말 좋아해."

낯설고 귀에 익지 않은 표현이다. 고도는 그 어색한 표현을 곱씹으면서 저도 모르게 웃고 말았다.

"죄책감도 안 드느냐. 넌 날 죽일 셈인가 보다."

"힘들었어?"

청사가 고도의 벗은 어깨와 함께 등허리를 슬며시 매만지며 물었다. 고도는 몸을 쓸어내리는 손길을 의식했다. 아까부터 엉켜 있는 서로의 다리라든가, 벗은 상체에 입술 자국을 내는 청사 때문에 고도는 제법 곤욕스러운 표정이었다.

"두 번은 못 하겠다."

그 말에 청사의 얼굴이 충격으로 굳었다.

"뭐야, 형편없었단 소리야!?"

"잘하는지 못하는지를 떠나서 내가 못 견디겠다."

"그, 그런 게 어디 있어!"

"늙어서 네 정력을 못 따라가겠다고."

정력이란 말이 그토록 야하게 들린 적이 있던가. 청사는 입을 딱 다물고 고도의 얼굴을 만지작거렸다. 피곤하고 지친 듯 보이지만 한편으론 나른하고 매혹적으로도 보였다. 늙었다는 투정을 부리는 것도 어쩜 이리 귀여운지. 청사는 고도의 귀 뒷부분을 입술로 빨았다.

"아, 어떡하지. 뭔가 가까스로 지키고 있던 선을 넘은 기분이야."

청사의 말을 고도는 이해하지 못했다. 무슨 소리냐며 고개를 갸웃하자 청사는 스스럼없이 고도에게 입을 맞췄다.

"계속하고 싶어."

고도가 움찔한다. 이것이 한번 나를 안고 나니 눈에 뵈는 게 없구나. 그리 타박을 주려던 고도는 행복에 푹 젖어 있는 청안을 보자 농담으로라도 쓴소리가 나오지 않았다. 요괴는 종족 번식과 짝짓기에 과도한 집착을 한다. 인간만큼 다양한 이성 체계를 갖추지 못해서 식욕과 성욕이란 본능이 비대해졌다. 그래서 욕구를 충족하기 위한 살인마저 용납되는 종족이라는 소리를 한다. 청사가 뱀 요괴라면 자연의 섭리를 따라 고도를 '자신의 암컷'으로 정하고 사랑을 퍼부으며 항상 옆에 끼고 다니는 것을 이해할 수 있다. 그러나 고도가 아는 청사는 하급 뱀 요괴가 아니다. 본능이 이성보다 크게 작용하는 부류와는 다르다. 다른데. 분명히 다른데 하는 짓은 영락없는 요괴 아닌가. 고도는 제 가슴에 얼굴을 묻고 유두를 쭉쭉 빨아대는 청사의 머리통을 밀어냈다. 빨갛게 도드라진 가슴을 입에서 놓친 청사가 눈을 번들번들 굴렸다.

"한 번만 더 할까?"

"이런 망할 놈을 봤나. 네놈은 인간 여자들 홀려서 음기나 빼앗아 먹고 살다가 나한테 붙잡혔으면서 인제 와서 남성체에 관심을 두는 이유가 무엇이냐."

"그거야 인간 세상에서 먹고는 살아야겠는데, 내가 할 줄 아는 게 여자들 홀리는 거니 그런 거고. 너랑은 다르지."

"그렇다고 계속한다는 말은, 이젠 내 기력을 빼앗아 먹고 살겠다는 게냐."

"아, 좋은 걸 어떡해. 좋아한다고, 좋아서 아무것도 생각 못 하겠는데 왜 자꾸 그래."

뭐라는 거야, 대체. 고도는 좋다면서 입을 맞추는 청사를 황망하게 쳐다봤다. 좋아서 앞뒤 좌우 분간 못 한다는 소리로밖에 안 들린다. 고도는 자신의 다리를 벌리고 다시금 몸을 겹치려는 청사를 말렸다. 아직도 사타구니를 하얗게 적시는 것이 묻어 있는데, 또다시 그 사이를 파고드는 청사를 밀어냈다. 그는 고도의 표정을 살피더니 몹시도 실망스러운 표정을 지었다.

"싫어서 그래?"

"힘들다."

"네가 얼마나 오래 살았는지는 모르겠지만 어쨌든 몸은 젊잖아. 이거 가지고 힘들다니 믿을 수가 없어."

"좋아하는 인간을 이렇게 괴롭히고 싶으냐."

"이게 왜 괴롭히는 거야. 좋아서 그러는 거지."

"나중에 또 하자. 지금은 정말 못 하겠다."

청사는 입술을 삐쭉 내밀었다. 제 허리에 감고 있던 고도의 다리를 풀자 고도가 삐쭉 튀어나온 청사의 입술을 달래듯이 두드렸다. 청사가 일어나니 고도 역시 옷가지를 챙겨 입었다. 하체에 제대로 힘이 들어가지 않는 듯, 움직임이 부자연스럽고 불편해 보였다. 청사는 미안한 마음이 드는 한편, 고도가 비틀거리는 모습에서 괜한 욕정을 느껴 입가만 핥았다. 청사가 손을 뻗어 고도의 옷을 입혀 주고 옷고름을 단정하게 묶어 줬다. 빤히 쳐다보는 고도에게 살짝 입을 맞추면서 얼굴을 발그레 붉히는 청사였다.

"갑자기 찬바람을 쐬면 안 돼."

옷을 대충 걸쳐 입은 고도가 신을 신고 방을 나서자 걱정이 든 청사가 재빨리 고도를 따라 나왔다. 허리 아프지 않느냐며 뒤에서 끌어안는 팔심에 고도는 민망한 기색을 감출 수 없었다. 아까부터 바지 속에서 맨다리를 타고 내려오는 물 때문에 기분이 오묘하건만, 허리를 주무르는 손길까지 더해지니 몸이 그대로 흐느적거리며 무너질 것 같다.

다리 사이를 적시는 것을 어떻게 닦아야 하는지도 모르는 고도는 그걸 차마 청사에게 물어볼 수가 없었다. 뻐근한 허리를 잡아 준다는 명목하에 청사가 연방 목덜미에 쪽쪽거리며 낯간지러운 뽀뽀를 해댔기 때문이다. 고도는 입맞춤을 반은 피하고 반은 받아 주면서 부서진 가마 앞에 우두커니 섰다. 등허리를 끌어안은 팔을 쓰다듬으면서 황폐한 가마 잔해를 바스락거리며 밟았다. 얇은 신으로 후끈한 열기가 전해진다. 선녀들이 짓밟아 놓은 지 몇 시진이 지났지만 땅속에 묻힌 불씨가 모두 사그라지진 않았다.

"잠깐 놔보겠느냐."

싫은데. 청사가 미간까지 좁히며 거절하자 고도가 청사의 턱에 가벼운 입맞춤을 해주었다.

"어리광쟁이."

고도에게 그런 소리를 듣고도 고도의 볼과 코에 입술을 비벼 만족한 끝에야 청사는 비로소 손을 풀어줬다. 고도는 힘이 제대로 들어가지 않는 허리를 무척 어색해하면서 자리에 앉았다. 무너진 가마를 파헤치자 불씨가 남아 있는 장작들이 발견됐다. 까맣게 숯이 된 나무 끝에 붉은 점이 가물거린다. 금방이라도 꺼질 듯이 위태로운 불씨 위로 고도는 조각난 땔감을 올렸다.

"불씨가 꺼지기 전에 꽝철이를 불러야겠다."

"어? 지금 여기서?"

고도는 두 손으로 바닥을 짚었다. 까만 재로 뒤덮여 더러워진 손바닥은 아랑곳하지 않았다. 따뜻한 바닥과 불씨가 남은 숯에 도력을 불어넣는 데에 집중했다.

고도의 손을 타고 다량의 도력이 번져 나갔다. 그것은 뜨거운 바닥을 덮고는 나아가 봉수네 집터 전체를 감쌌다. 선녀를 상대할 때와는 달리 공격적이지도 매섭지도 않은 도력이다. 성난 아이를 달래려는 것처럼 부드럽고 따뜻한 기운이었다. 고도의 도력이 흘러 들어간 나무와 바닥이 꿈틀거렸다. 흙 속이 울렁이며 미약한 지진을 발생시키더니 곧이어 가물거리는 불씨가 거대한 불길로 바뀌었다. 화염은 순식간에 주변 장작을 야금야금 집어삼켰다. 가마와 도자기로 이루어진 흙 무덤이 거센 화염에 휩싸여 앞마당 눈까지 송두리째 말렸다.

"조심해."

뜨거운 불길이 고도를 잡아먹을 듯하다. 청사는 고도를 잡고서 두어 걸음 뒤로 물러났다. 매섭게 솟구친 불은 흉포하게 주변으로 번져 나갔다. 거대해진 불길 속에서 바닥이 갈라졌다. 마른 흙이 우수수 주변으로 날리더니만 그렇게 세차게 몰아치는 눈보라마저 반대편으로 날려 버릴 광풍을 동반했다. 고도의 도력에 자극받은 기운이 땅 위로 솟았다. 솟구친 기운을 따라서 거대한 무언가가 몸을 일으켰다.

그것은 어마어마하게 크고 길었다. 봉수네 집터를 소용돌이처럼 감싸도 부족할 만큼 거대한 생물이었다. 들끓는 불 속에서 꿈틀거리던 것이 머리를 곧추세우며 몸을 털 땐 불티가 날렸다. 눈에 젖지 않은 나무 몇 그루에 불씨가 옮겨 붙었다. 지금이 건조한 봄 날씨였다면 산 전체가 불타올라 민둥산으로 바뀔 만큼 대단한 기세였다. 머리만 땅 밖으로 내밀었던 것이 몸을 똑바로 세웠다. 천천히 몸을 일으키자 순식간에 고도와 청사의 신장보다 커지고, 지붕 높이보다 길어져 이곳에서 가장 크다 할 수 있는 소나무 높이까지 솟구쳐서야 이 기다란 것의 움직임이 멈추었다.

기다란 형체는 화염에 덮여서 형태를 분간할 수도 없었다. 몸 전체를 감싼 화염이 뒤쪽으로 밀려난 후에야 길고 두꺼운 몸통을 가진 지네임이 드러났다. 붉은색 껍질을 가진 지네는 노랗고 까만 다리와 더듬이를 쉴 새 없이 움직였다. 여러 개의 마디로 구분된 몸통은 보통 지네와 달리 뚱뚱했다. 납작한 몸통은 구렁이의 몸처럼 원통형이다. 마디가 없었다면 지네 다리가 달린 뱀으로 보아도 무관했으리라. 두꺼운 몸통은 마디마다 노랗고 붉은 뿔이 나 있었다. 그 마디 옆으론 수백 개로 보이는 노란 다리가 물결처럼 출렁였다. 기다란 다리를 타고 노란 액체가 뚝뚝 흘렀다.

액체는 몸통을 구분 짓는 마디에서 흘러나오는 독액이었다. 분비된 독은 근처 바닥으로 떨어져 풀과 흙을 녹였다.

청사는 독지네를 보고 오만상을 다 찌푸렸다. 이런 놈을 보고 고도는 봉수에게 '강장제' 타령을 했다. 이걸 먹는 상상을 하다니. 고도가 가끔 제정신으로 보이지 않는 청사였다.

—익숙한 도력이 느껴진다!

불타오르는 지네가 잘그락 잘그락 다리를 흔들며 외치는 소리는 산봉우리를 돌아 반대편 건너 고개까지 퍼졌다. 두꺼운 막에 뒤덮인 검은 눈은 고도를 발견하자 몹시 즐거워했다.

—그래, 고도, 네놈이구나. 이게 얼마 만이냐!

흥분하여 몸을 흔들어댄 지네에게서 독액이 뿌려졌다. 독액이 떨어진 봉수네 집 처마는 녹아서 쥐 떼에 갉아 먹힌 모양새가 되어 버렸다. 주변의 고목은 하얀 연기를 품으며 말라죽었다. 땅은 검게 변해 죽은 색을 띠었으며 세상을 하얗게 수놓았던 눈밭 역시 독액이 떨어진 자리마다 시커먼 구멍이 났다. 몸을 격렬하게 움직일수록 땅 위의 생명체가 죽어 간다. 청사는 온갖 짜증이 담긴 얼굴을 찌푸리며 고도를 품으로 끌어당겼다. 지네의 몸에서 튄 독이 고도의 발밑에 닿아 땅을 움푹 꺼트렸다. 고도는 더는 지켜볼 수가 없어서 흥분해 날뛰는 꽝철이를 향해 소리쳤다.

"언제까지 이렇게 올려다보게 할 셈이냐. 썩 눈높이를 맞추지 못할꼬."

—흐히히. 그래, 그래. 네가 몹시 반가워 거기까지 생각을 못 했구나. 내 얼른 변하마.

불타오르던 지네는 재빠르게 몸을 한 바퀴 돌렸다. 이글거리는 불길이 잠깐 거대해지더니 허공으로 날아갔다. 불길이 잠잠해진 자리에는 흉측한 모양의 독지네 대신 인간 남성 하나가 서 있었다. 불과 독으로 죽어

가던 땅 위에 선 남자는 황색 무명옷을 입고 있었다. 가늘게 찢어진 눈은 비열한 인상을 풍겼다. 쑥대머리는 그의 천박한 성품을 보여 주는 듯했다. 그러나 얼굴 가득 환하게 번진 미소는 순박했다.

"고도야아아!"

꽝철이는 환호성을 지르며 두 팔을 번쩍 벌렸다. 고도를 반가워한다기보다도, 누군가의 도움으로 지상에 두 발을 딛고 설 수 있으니 그것이 어찌 기쁘지 않겠냐는 몸짓이었다. 꽝철이를 지상으로 끌어 올린 이가 고도가 아니었어도 꽝철이는 똑같이 웃으면서 기쁨의 비명을 질렀을 것이다. 꽝철이가 와락 달려들기 무섭게 고도는 청사의 손에 이끌려 옆으로 잡아당겨 졌다. 꽝철이가 뻗은 두 팔은 허공만 끌어안았다. 텅 비어 버린 품 안을 확인한 꽝철이는 고도를 잡아당긴 남자를 바라봤다.

청사다. 그는 요력을 방출하여 둥근 동공을 뱀의 그것처럼 세로로 늘였다. 하나로 동여맨 긴 머리와 청색 도포 자락이 요란스레 휘날릴 정도로 한껏 방출한 요력은 섬뜩했다. 차가운 눈빛으로 꽝철이에게 단 한 걸음도 가까워질 것을 용납하지 않았다. 꽝철이는 고도를 등 뒤로 숨긴 청사를 보고 당황했다가 이내 불쾌감을 표했다.

"뭐야, 이건?"

고도가 청사의 옆구리로 고개를 빼꼼 내밀었다.

"내 일행이다."

"뭐 이런 기분 나쁜 놈이 다 있어?"

청사가 으르렁거리며 반발했다.

"건방진 놈. 생긴 것도 비겁하게 생긴 독지네 주제에 누굴 끌어안으려 해?"

"뭐? 비겁하다고? 이 기생오라비 같은 놈이 뭐라 지껄이는 거야?"

허공에서 불길과 물 덩이가 부딪히니 고도의 눈앞에는 별세계가 펼쳐졌다. 터져 나온 물줄기에 화염이 잡아먹혀 연기를 화하다가도 이내 전세가 역전되어 물은 불을 덮치기도 전에 수증기로 화해 허공으로 날아갔다. 물과 불이 만나는 지점마다 연기가 치솟고 자욱한 수증기가 퍼졌다. 상극의 요괴 둘이 티격태격하는 모습을 보노라니 앞으로가 더 걱정된다. 고도는 끙하고 목을 울렸다.

역학에서 이르길 금金 ·목木 ·수水 ·화火 ·토土의 오행에서 수극화水克火라. 무릇 물이 불을 이길 수 있으니, 청사와 꽝철이의 역학관계를 따지면 상극 중의 상극이요, 정면대결 시엔 꽝철이가 피해를 볼 가능성이 높다. 둘이 사이좋게 웃을 수 있는 날을 바라는 것은 아니나 서로 잡아먹지 못해서 한시도 쉬지 않고 경계하며 공격하는 것은 피곤하고 걱정되는 일이다. 고도는 청사의 옷깃을 붙잡고, 혹여나 흥분하여 꽝철이에게 달려들지 못하도록 했다. 대신 단순한 꽝철이가 더는 청사의 성질을 자극하지 않도록 관심사를 돌리게 했다.

"세상 돌아가는 사정과 강문에 대해 묻고 싶어서 찾아왔다."

청사를 향해 이를 드러냈던 꽝철이가 사방으로 뿌려대던 불길을 잠재운다. 그에 맞춰 청사의 물길도 잠잠해지니 꽝철이는 두꺼비처럼 눈을 끔뻑였다.

"지하에 줄곧 갇혀 지낸 내가 세상 돌아가는 꼴을 어떻게 알아."

"요괴들의 힘이 비대해져서 인계에 악영향을 주고 있다. 정말 모르는가."

"몰라. 들어 본 적도 없어."

동면하는 놈은 요괴 우두머리라고 해도 쓸모없네. 고도는 혀를 찼다.

"그럼 강문은 아느냐."

"강문은 뭐지. 먹는 건가."

"인간들에게는 부처의 현신이라 일컬어질 만큼 명망이 두터운 중이다. 요괴들에게도 많은 영향을 끼쳤다고 안다."

"중 강문이라면…… 아, 그 유명한 승병僧兵?"

주먹으로 손바닥을 딱 치면서 꽝철이가 키득키득 웃음을 흘렸다.

"기억난다, 기억나. 그 유능한 불자 때문에 요괴 세상도 발칵 뒤집혔지. 정말 난리도 아니었다고."

이 땅에서 저 땅으로 사람들이 와르르 굴러떨어지니 그것이 인간이 만든 파고요, 한데 뭉친 오합지졸의 창기 다툼이라. 승병 하나가 얼마나 많은 사람을 선동했는지, 두 눈으로 직접 본 꽝철이조차 그때의 일을 떠올리면 배를 움켜쥐게 되었다. 꽝철이가 본 것 중 가장 비극적인 희극이었다. 그러한 극 마당을 이끈 단 하나의 인간을 어찌 잊을 수 있을까.

"그자가 지금 어디에 있는지 아느냐."

"너도 모르는 걸 내가 어찌 알겠나. 난 그런 위대한 인간이랑은 얽히지 못하는 지하의 생명체다."

"그자가 지나간 마을엔 사람 욕심을 먹고 자라는 동자삼이 뿌리를 내린다. 불과 땅을 다스리는 너라면, 동자삼들이 이동한 경로는 꿰뚫어보지 않느냐."

"오호라, 그런 방식으로 강문의 족적을 쫓는 거냐? 그런 일이라면 얘기가 다르지, 암. 동자삼처럼 땅을 기반으로 한 요괴를 찾는 일이라면 어렵지 않아."

"역시 내가 널 찾은 보람이 있다."

"그렇다고 대뜸 날 믿고 안심하면 안 되지. 누가 공짜로 도와준다고 그러디."

꽝철이의 입꼬리에 달린 비겁한 웃음을 보고, 청사는 눈살을 찌푸렸다. 득실을 따지고 저에게 유리한 방향을 이끌려는 꽝철이의 행동이 이기적으로 보였다. 지하 생명체가 땅 위로 마실 나올 수 있게 해준 고도에게 은혜를 갚긴커녕 당당하게 다른 것을 요구하다니. 한번 꽝철이에게 미운 감정이 든 청사는 그가 무슨 행동을 하든 눈엣가시처럼 마음에 들지 않았다. 청사가 불편한 심기를 억누르는 동안, 고도는 상생하자는 꽝철이의 제안을 의심 없이 받아들였다.

"수중에 돈이 없다. 날 도와주는 대가로 얼마를 바라건, 네가 만족하진 못할 것이야."

"금은보화만큼 덧없는 것이 없다. 난 돈이 아닌 다른 대가를 바란다."

"말해 보거라."

"오랜 세월 땅에 갇혀 있으면서 도깨비들에게 빚을 진 것이 있다. 못내 마음에 걸려 언젠간 그 빚을 갚겠노라 생각했다. 그들에게 어떤 도움이 될 수 있으려나 고심했더니, 아 글쎄 '잃어버린 왕'이 생각나는 게 아니겠나. 도깨비들이 기반을 잃고 뿔뿔이 흩어져 짚신, 독, 촛대, 포대자루, 곡괭이, 낫, 가마솥 등 인간들 물건에 붙어살게 된 이유가 바로 우두머리를 잃었기 때문이라 알고 있다. 내가 그들이 잃어버린 왕을 찾아주려 한다."

"도깨비 우두머리라. 저런. 소를 찾고 있는 것이냐."

"소라는 이름으로 불리는가? 그렇다면 맞을 게다. 너와 항시 붙어 다니는 놈이라 들었거든. 헌데 그 도깨비는 어디 있는 거냐."

"시기도 참 부적절하지. 하필 소와 떨어져 있는 사이에 네놈이 그런 말을 하다니."

"뭐라? 둘이 어쩌다 떨어지게 된 거냐. 서로에게 떨어지지 못하는 벌을 받았다고 아는데!"

"예전엔 삼 년 넘게 따로 지낸 적도 있다. 부부 사이에도 권태기가 있는데, 하물며 우애에도 과도기가 없겠느냐. 몇 년쯤 떨어져 지내는 것은 일상적이다."

"제길. 그럼 나도 널 따라가겠다. 그래야 언제 만날지 모를 도깨비랑 얘기를 해보기라도 하지."

옆에서 잠자코 듣던 청사가 입을 쩍 벌렸다. 하늘이 무너질 소리다. 청사에겐 꽝철이가 옆에 있다는 사실만으로도 온 속이 뒤집혔다. 결국, 성질이 머리끝까지 뻗쳐서는 버럭 소리를 질렀다.

"이 미친 지네가 뭐라 지껄이는 거야, 쫓아오긴 어딜 쫓아와."

청사의 시퍼런 눈에 독기가 서렸다. 요기를 내뿜어 꽝철이를 산마루 반대편으로 날려 보낼 정도로 기세가 뻗쳤다. 싫다, 싫다, 온몸으로 외쳐대는 청사 때문에 꽝철이 역시 발끈했다. 인간들이 꽝철이를 가둔 탓인지, 꽝철인 저를 싫어하는 기색엔 극도로 민감한 반응을 보였다.

"아까부터 궁금했는데 이놈은 뭐야? 도깨비는 버리고 다니면서 이딴 놈은 왜 옆에 끼고 다녀?"

"너야말로 주제넘게 누굴 쫓아온다는 거지? 고도를 왜 따라와. 썩 안 꺼져?"

"이 새끼가!"

"뭔 새끼?"

꽝철이가 쑥대머리를 세우고 불길을 일으켰다. 청사는 송곳니를 드러내어 으르렁거리며 녹은 눈을 이용해 물줄기를 만들었다. 둘의 요력이 허공에서 부딪히니 불씨를 머금은 불에 실려 봉수네 집터에 뿌려지는 꼴이 됐다. 고도는 머리 위에서 피어난 물과 불의 한바탕 잔치에 피곤하다는 표정을 지었다. 나서서 중재해도 몇 시진 안 가 다시 이를 드러내고 서로 못 잡아먹어 안달을 낼 것이다. 둘의 신경전에 시간을 뺏기고 싶은 생각은 없었다. 고도는 느릿느릿한 걸음을 옮겨 봉수네 집터를 빠져나왔다.

"어? 고도! 인마, 같이 가야지!"

꽝철이에게 두 눈을 흡뜨고 노려보던 청사가 화들짝 놀라서 고도의 뒤를 쪼르르 쫓았다. 청사가 먼저 신경전을 그만두자 꽝철이는 사방에 튀겨내던 불씨를 잠재웠다. 그는 험악한 표정으로 고도와 청사를 노려봤다. 안 그래도 가느다란 눈이 조금 더 좁아진다. 더는 동공도 보이지 않을 만큼 찌푸려진 눈가를 따라 썩 불쾌한 감정이 흘렀다. 꽝철이는 이러저러한 이야기를 나누면서 산을 내려가는 고도와 청사에게서 시선을 떼지 못했다.

예전부터 알고 지낸 고도에 대한 반가움보다 더 큰 호기심이 일었다. 그 호기심이 향한 곳은 고도 옆을 바싹 따라가는 청사였다. 꽝철이는 계집처럼 곱상한 외모를 가진 청사를 하염없이 바라봤다. 매서운 눈보라 속을 얇은 홑겹 옷 한 벌 걸치고 아무렇지 않게 나아가는 청사만이 꽝철의 시선에 들어올 뿐이다.

"이상해. 정말 이상하다고."

꽝철이의 검은 눈동자는 청사의 뒤통수에 박혀 떠날 줄을 몰랐다.

영웅은 세상이 변할 필요성이 있을 때 나타난다. 세상이 올바른 진리의 그릇에 담기지 않는 이상, 영웅을 바라는 백성의 희망은 지속될 것이다. 어린아이조차 세상의 부조리를 깨닫고 힘을 길러서 세상을 바로잡고자 하는데, 세상을 바꿀 힘이 있는 어른들은 무엇을 하는 것인가. 나이가 들면 한평생 이룬 기득권을 놓지 못해 세상이 바뀔길 두려워하나니. 오직 아이의 순수함이 있는 어른만이 더 나은 세상을 만드는 게 가능하다.

─한산뫼 아기 장수 무덤에서 발굴된 서한 발췌.

제5장. 힘센 옹기장이 끝

노모를 모시고 사는 가난한 나무꾼이 산에서 호랑이를 만났다. 나무꾼은 혼비백산했지만 침착하게 기지를 발휘했다. 호랑이 발바닥 앞에 넙죽 엎드려서 한다는 말이 "아이고, 형님!"이었다. 깜짝 놀란 호랑이가 "난 인간 동생을 둔 적 없다"라고 말해도 나무꾼은 능청스럽게 눈물까지 뚝뚝 흘리며 말했다.

"어머니와 저는 인간의 탈을 뒤집어쓰고 태어났습니다. 하지만 형님은 호랑이 본연의 모습을 하고 있어서 어머니가 어쩔 수 없이 이 산으로 보낸 것입니다. 병든 어머니께서 형님을 보고 싶어 합니다."

호랑이는 그 말에 크게 감동하여 나무꾼을 등에 태워 집까지 바래다주었다. 그 후로 매일같이 나무꾼에게 찾아가 죽은 멧돼지와 사슴 등을 내밀어 병든 노모 몸보신에 쓰라고 일렀다. 목숨을 건지기 위해서 호랑이에게 거짓말을 했던 나무꾼은 호랑이에게서 애틋함을 느꼈다. 그 후 둘은 진실로 호형호제하는 사이가 되었다고 한다.

* 효감호孝感虎설화에서 모티브를 차용했습니다.

제6장. 효자 호랑이

"귀먹어서 삼 년이요 눈 어두워 삼 년이요 말 못 해서 삼 년이요 석 삼년을 살고 나니 배꽃 같던 요 내 얼굴 할미꽃이 다 되었네. 삼단 같던 요 내 머리 비사리춤이 다 되었네. 백옥 같던 요 내 손길 오리발이 다 되었네."

어린 여자아이가 바닥에 앉아 공기놀이를 하고 있다. 돌멩이 다섯 개를 던졌다가 잡고, 뿌리길 반복하면서 시집살이 노래를 흥얼거렸다. 고추 당초 맵다지만 시집살이 더 맵더라. 어린 것이 그 말뜻을 알 리 만무하다. 그런데도 노래 가사를 흥얼거리는 목소리에 제법 많은 한이 서려 있다.

"여봐, 여봐, 인간 꼬맹이. 이 밤중에 산속에 들어와서 대체 뭣하는 짓이냐?"

꽝철이는 곱게 댕기 머리를 한 소녀에게 고개를 내뺐다. 지금은 세상이 가장 고요해지는 축시와 인시의 사이다. 잠자고 있던 귀신과 귀매들이 일어나 사람에게 영향을 주기 딱 좋은 때다. 그중 어린아이는 살결이 보드랍고 나약해서 악귀들의 사냥감이 되기 일쑤다. 깨끗하고 순수한 심장 역시 이매망량에겐 달콤한 먹잇감에 불과하다. 겨울에도 푸르게 빛나는 소나무 숲에서 부모형제 없이 놀고 있는 아이를 보면, 제아무리 불지네 꽝철이라도 쉬이 지나갈 수 없는 게 당연했다.

"뭐 하냐니까?"

손등 위를 폴짝폴짝 날아다니던 돌멩이를 조막만 한 손이 낚아챘다.

한 손에 돌멩이들을 움켜쥔 소녀가 고개를 들었다. 아이는 작고 토실토실한 빨간 볼을 갖고 있었다. 누구나 호감이 갈 만큼 귀엽게 생겼다. 꽝철이가 사르르 마음을 풀고 웃었다. 아이는 꽝철이가 그렇게 방심하길 기다렸다는 듯 자리에서 벌떡 일어났다. 꽝철이의 무릎에도 닿지 않을 것 같던 아이가 순식간에 자라났다. 성인 장정 다섯 명이 목말을 탄 것처럼 거대해진 아이는 아가리를 쩌억 벌렸다.

─널 잡아먹으려고 기다리고 있었다!

꽝철이는 깜짝 놀랐다. 귀여운 아이가 거대한 덩치의 악귀로 변모하는 것도 놀랐고, 저를 못 알아본 채 덤벼드는 것에도 놀랐다. 꽝철이는 두터운 눈썹을 잔뜩 일그러트렸다. 얼굴에 짓던 부드러운 미소를 무너뜨리고 흉포한 짐승처럼 으르렁거리자, 언제부터 이 소란을 지켜보고 있던 것인지 소나무 꼭대기에 올라선 고도가 무심하니 그러는 게다.

"그슨대다. 쳐다보면 쳐다볼수록 더 커지는 악귀지. 요괴들의 우두머리라는 놈이 그런 것도 모르느냐?"

"시끄러워! 나도 잘 알고 있다."

꽝철이는 그슨대 주변에 흩뿌려진 짐승의 핏자국을 봤다. 저 망할 악귀가 어떤 식으로 배를 채워 왔는지 짐작했다. 나약하고 귀여운 어린아이 모습으로 짐승이 다가오길 기다렸고, 그 짐승과 눈이 마주친 순간 몸집을 키워 한입에 꿀떡 삼킨 것이라. 그슨대는 이번 제물로 꽝철이를 선택했지만 잘못된 판단이었다.

"음침한 악귀한텐 불 찜질이 최고지!"

꽝철이의 쑥대머리가 불길에 휩싸였다. 야비하게 보이는 두 눈은 야차처럼 사나워졌다. 윗입술은 하늘에 닿을 듯이 커지고 인중이 찢어진 사이로 독니가 시퍼렇게 빛났다. 머리에서 시작된 불길이 꽝철이의 몸을 뒤덮었다. 해도 달도 없는 새까만 소나무 숲이 밝게 빛났다. 불길에 타오르는 꽝철이는 그 모습만으로도 밤잠을 자던 숲 속 생물들이 비명을 지르며 내달리게 했다. 그슨대 역시 성질 사나운 불꽃의 너울춤에 기겁했다. 어둠 속에서 습한 기운을 먹고 자라는 악귀에게 이처럼 강렬한 빛은 독이나 다름없었다.

거대한 몸이 힘을 잃고 뒤로 발라당 넘어졌다. 검은 그림자가 다시금 인간 아이의 형상으로 돌아오자 고도는 그때를 놓치지 않았다. 소나무 첨단에 외발로 서 있던 고도가 아래로 뛰어내렸다. 등 뒤로 뻗은 손은 부적과 금줄에 칭칭 동여진 죽통을 능숙하게 풀었다. 죽통의 뚜껑이 열리자 그 안에 갇혀 있던 요괴들이 일제히 괴기한 울음소리를 뱉었다. 쏟아져 나온 음산한 기운은 고작 그슨대 한 마리가 감당할 수준이 아니었다.

그슨대는 온몸을 덜덜 떨면서 저승처럼 무시무시한 죽통의 입구를 바라봤다. 그슨대가 몸을 추스르고 후다닥 도망치기 직전, 고도는 죽통 입구를 그슨대에게 내밀고 도력을 방출했다. 본능적인 두려움을 느낀 그슨대는 바닥에 손톱을 세우며 울부짖었다. 죽통에 빨려 들어가지 않으려고 온갖 술수를 부리며 달아나려고 애썼지만, 크게 효과를 보지 못했다.

—꺄아아아아아아아악!

그슨대는 외마디 비명만 지상에 남긴 채 고도의 죽통 속으로 빨려 들어갔다. 고도가 죽통의 뚜껑을 재빨리 닫았다. 죽통은 오랜만에 새 친구를 맞았다면서 한동안 요란스레 달그락거렸다. 안쪽에서 수천 마리의 요괴들이 서로 뒤엉키며 세력 다툼과 힘자랑을 하느라 난리 통을 부리는 것이다. 죽통은 꽤 오랫동안 흔들리다가 서서히 잠잠해졌다. 고도는 고요해진 죽통을 등에 다시 멨다.

꽝철이는 몸을 뒤덮고 있는 화염을 잠재웠다. 활활 타오르던 머리끝과 옷자락이 본래대로 돌아왔다. 그슬린 자국 하나 없이 멀쩡한 상태다. 죽통을 등에 단단히 멘 고도가 삿갓을 턱 밑까지 내려 쓰자, 그 모습을 기웃거리며 쳐다보던 꽝철이가 고도 옆에 바싹 붙어 섰다. 날이 빠진 삿갓 사이로 고도의 까만 눈동자가 보였다. 어두운 하늘보다 더 새까만 눈이 꽝철이를 응시하니, 꽝철인 그 묘한 눈을 오래 쳐다보지 못하고 시선을 돌렸다. 어색한 침묵이 둘 사이에 틈을 벌리자, 꽝철이 고도의 죽통을 가리켜 대화를 이었다.

"전부터 생각했었어. 그 죽통 참 꺼림칙해. 안 그러나."

고도의 조약돌처럼 까만 눈동자가 꽝철일 한동안 담고 있었다. 고도는 죽통을 품에 꼭 안으며 대꾸했다.

"못된 불지네 같으니라고. 내 분신과도 같은 것을 탐내는구나."

누가 들으면 신방에 앉아서 기다리는 새색시 저고리라도 탐내는 줄 알겠다. 수줍어하기까지 하는 고도의 반응에 꽝철이가 펄쩍 뛰며 소리쳤다.

"누가 탐냈다고 그래! 금줄을 쳐놓고 부적을 덕지덕지 붙여 놓은 물건을 보면 모두 나처럼 반응할 것이다!"

"내가 윤달마다 손 없는 날을 잡아 열심히 그리고 쓴 부적들을 떨어지지 않게 소중하게 얽어낸 것이다. 그토록 아끼는 것을 꺼림칙해하다니. 어찌 이리도 섬세하지 못할꼬. 대롱이 섬세함을 반만 따라가 봐라."

"섬세고 나발이고, 여기서 그런 반응이 가당키나 하냐."

"네놈은 다리도 많은 것이 부지런 좀 해봐라."

"다리 많은 얘긴 여기서 왜 나와!"

"부지런하게 인간 세상도 둘러보고 눈치도 키우란 것이다. 이 못된 시루떡."

말을 이어 갈수록 당최 뭔 소린지도 모를 이야기들이 꼬리에 꼬리를 물었다. 죽통에 관심 한 번 가졌다가 머리가 빙글빙글 돌아가는 이야기만 이어지니, 이것은 고도가 일부러 이러는 게 아닌가 싶을 정도였다. 죽통에 대해 말하기 싫어서 머릿속을 어지럽게 만드는 수작은 아닐까.

꽝철이가 불만을 토로하려 했지만, 고도는 대화에 흥미를 잃은 얼굴이었다. 도력을 실은 발을 놀려서 훌쩍, 소나무 꼭대기 위에 올라섰다. 차가운 겨울바람을 성한 데 없는 삿갓으로 막으면서 소나무 숲을 둘러봤다. 겉으로 보기엔 여느 산과 다를 바 없이 평범하다. 하나 그슨대의 기운을 신경 쓰느라 놓친 것이 있으니, 평범한 산에 흐르는 정기가 몹시도 신령스럽다는 사실이다.

소나무만 빼곡하게 들어찬 둔덕의 모양새가 마치 때 이른 여름을 구경하는 것만 같다. 달빛이 반사된 뾰족한 침엽수들의 모습이 봄여름 녹음에 비할 정도로 싱그러웠다. 혹독한 겨울의 한복판에서도 나무들은 죽음을 모른다. 푸른 수맥과 정기가 이 산을 덮고 있는 것처럼 보였다. 겨울산이 뿜어내는 생명력은 그 크기와 범위가 방대했다. 근원은 모르나 어떠한 특별한 존재가 산을 돌보고 있음이 분명했다.

깊은 계곡에 산신령이라도 사는 것은 아닐는지.

"그 부실해 보이는 죽통이 깨지면 어떻게 되는지만 묻자. 다른 건 관심 갖지 않으마."

고도는 밟고 선 소나무의 뾰족한 잎 끝을 쓰다듬다 말고 꽝철이를 바라봤다. 거 참 죽통에 호기심도 왕성하다며 쯔쯔 혀끝만 찼다.

"어떻게 되긴. 세상에 종말이 온다."

그런 얘길 히죽 웃으면서 하면 안 될 것 같다만. 꽝철이는 저 도사가 무슨 미친 소릴 하는 건가 하여 입을 쩍 벌렸다.

"다른 인간도 아닌 네가 그런 소릴 하면 농담으로 안 들린다. 허투루도 그리 말하지 마라."

"궁금하다면 직접 보여 줄 수 있다. 저승보다 더 끔찍한 세상을 열어주마."

"지하에 살던 나조차 저승이나 지옥은 본 적 없다. 인간들이 그리는 '지옥도'의 풍경을 확인하려면 죽는 길밖에 없어. 그곳이 뭔 줄 알고 비유하는 거냐?"

"저런, 우리 무식한 꽝철이가 잊은 게 있나 보다."

"뭐라?"

"내 고향이 바로 지옥이다."

삿갓이 만들어 낸 짙은 그림자 속에서 고도는 무척이나 즐거워 보였다. 꽝철이는 굳은 표정으로 고도에게서 시선을 떼지 못했다. 꽝철이의 표정이 심각해지고, 그의 몸이 뻣뻣하게 굳어 가도 고도는 고향 타령을 그만두지 않았다.

"내가 저승 초입에서 사출산의 지붕을 날려 버리고 삼도천 의령수에 앉아 있는 탈의파와 현의용이랑 대결을 했지 뭐냐. 두 귀들이 수세에 몰리자 저승사자들을 출두시켜서 나를 포박하고 북망산으로 끌고 가려 했던 게다. 거기서 망각의 술을 먹인 뒤에 지옥으로 퇴출시키려 했다만, 내가 고주망태를 연기하며 염라대왕한테 가고 말았지. 거기서 염라대왕을 도발했지 뭐냐. 그의 딸인 삼신할미를 희롱하여 사지가 찢길 뻔했는데, 아 글쎄 내 도력이 영계에서도 그렇게 큰 힘을 발휘할 줄이야! 천방지축으로 날뛰다가 염라대왕과 동해용왕이 합심해서 내게 이런 과업을 남겼으니, 그게 바로 저승문턱에서 새로 태어난 나, '고도'가 죽을 때까지 할 일이라! 이리 보니 내 부모는 염라대왕과 동해용왕이라, 두 어미아비가 선사한 지옥이 내 고향이 아니고 어디 있겠느냐."

아하하, 웃으면서 속편하게 내뱉는 소리가 세상 끔찍한 소리였다. 지금 고도가 아무렇지 않게 내뱉은 이야기는 한낱 도사가 염라국의 왕과 바다의 왕의 합동 저지에 의해 간신히 말썽을 멈추고 죗값을 치르고 있다는 말과 무엇이 다르겠는가. 좀 특이한 도사인 줄만 알았지, 이토록 심오한 과거사가 얽힌 줄은 몰랐기에 꽝철이는 조개처럼 입을 다물었다.

심각해진 꽝철이를 보며 고도는 웃기만 했다. 이제 더는 궁금하지 않느냐고 너스레를 떨더니만, 나무 몸통에서 사방으로 뻗은 가지를 계단 삼아 걸음을 옮겼다. 이 나무에서 저 나무로 옮겨 다니는 몸짓은 가벼워서 흡사 산신령이 밤마을이라도 다니듯 여유로웠다. 소나무 가지 사이를 움직이는 고도를 따라서 지상에서는 꽝철이가 그 걸음을 좇고 있었다. 고도는 한참이나 그 숲 속을 빙글빙글 돌다가 항복을 선언했다. 지네는 다리가 많은 생물이라 떼어 놓으려고 도망쳐도 이렇게 잘 좇아오는 모양이었다.

"그 죽통 안에 요괴가 몇 마리 들었지?"

"9,970마리쯤 있다."

툭 던져 놓은 대답에 꽝철이가 억하고 뒤로 넘어갔다. 생각지도 못한 어마어마한 숫자다. 열 손가락과 열 발가락을 다 꼽고, 자루에 담긴 곡식 낱알까지 세어도 고도가 내뱉은 숫자를 채울 길이 요원하리라.

"세상에. 대단하다, 대단해. 몇 년 동안 그렇게 많은 수를 잡은 거야?"

"셈을 해보면 햇수를 대략 알지 않겠는가."

그 말에 꽝철이가 즉시 머리를 굴렸다. 하루에 한 마리만 잡아도 일 년에 약 360마리다. 10년이면 3,600마리고 30년쯤 되어야 고도가 말한 숫자를 채울 수 있겠구나. 단, 하루도 쉼 없이 잡았다는 전제하에서 말이다. 꽝철이는 고도의 나이를 생각해 보다가 잊고 있던 사실을 떠올렸다. 그는 예전에 왕의 곁에서 오십 년을 보냈다고 했다. 이 나라 수도인 자량은 인간들의 기운으로 탁하게 물들어 요괴가 살 수 없는 곳이다. 그리하면 오십 년 동안 요괴 잡기는 포기해야 하며, 그 전에 도깨비와 함께 강문이라는 승병을 잡기 위해서 온 나라를 파헤친 기십 년의 세월도 제외해야 한다. 지금은 요괴를 잡는 데 도력을 집중하고 있지만, 저 죽통을 등에

메기 전엔 평범한 인간으로 나이를 먹었을 것이다.

본래 나이를 이립으로 생각하면 요괴 없이 지낸 세월을 더해서 한 백 년쯤. 거기에 요괴 잡으러 다닌 햇수를 또 더하면…….

열 손가락을 접던 꽝철이는 셈하길 포기했다. 백 단위를 넘어가는 고도의 나이가 징그럽다. 인간은 오래 살면 그 끈질긴 생명력을 기념하며 잔치를 벌인다. 환갑, 칠순, 여든 잔치. 그 모습이 꽝철이 눈엔 삐딱하게만 보였다. 인간들은 장수하는 사람을 일종의 승리자처럼 대우한다. 그래서 마을 사람들이 전부 몰려와 오래도록 사는 인간에게 맛난 음식을 대접하고 복을 기원한다. 그것도 적당해야 말이지. 고도처럼 늙지도 죽지도 않으면 그것은 복이 아니요, 재앙이나 다름없다. 세상의 이치에 속하지 못하고, 세월의 흐름에 거부당한 불쌍한 인간일 뿐이다. 꽝철인 그 이유를 고도의 죽통에 돌렸다. 허름하고 남루한 오래된 죽통은 필시 고도에겐 재앙이자 악덕임이 분명하다.

"앞으로 얼마나 많은 요괴를 그 죽통에 채워야 하지?"

꽝철이의 질문에 고도가 손가락 세 개를 펴 보인다. 남은 숫자는 대략 서른 마리. 마음만 먹으면 한 달 안에도 채울 수 있는 머릿수다.

"9,999마리까지 채워야 하지. 얼마 안 남았다."

"뭐야, 이왕 잡는 거 만 마리 다 채우지 한 마리 모자라게 잡는 건 뭐냐. 개운하지 않게스리."

"인간들은 대대로 백, 천, 만과 같은 숫자에 완결성과 종결성을 부여했다. 주술적인 의미에서 완전함을 의미한다."

"내 말이 그 말이다. 일만萬이라는 완전함에서 하나가 빠지면 영원히 끝나지 않는 것처럼 느껴지잖나. 그거 저주 아니더냐."

고도는 꽝철이의 말에 뒤늦은 웃음을 터뜨렸다. 고도의 표정이 일순 경쾌하게 변했다.

"그래. 그게 바로 그들이 내게 내린 벌의 본질이다."

숲 속 어디선가 바스락거리는 기척이 들렸다. 토끼나 사슴 같은 작은 동물의 움직임이다. 사냥꾼이라면 그 소리를 쫓을 테다. 고도와 꽝철이에겐 사냥의 목적이 없으므로 움직일 필요가 없었다. 하지만 고도는 두 귀를 쫑긋 세우고 몸을 돌렸다. 나뭇가지를 느긋하게 옮겨 다니던 것과는 비교도 할 수 없는 순발력이었다. 꽝철이가 눈을 깜빡인 사이에 고도는 저 멀리 나무 기둥 밑에서 검을 빼 들어 무언가를 잡은 상태였다. 고도에게 붙잡힌 것이 끼이이이익, 높은 비명을 내질렀다. 꽝철이가 가까이 다가가서 보자 서전검에 꿰뚫린 동자삼이 뿌리를 버둥거리며 발악을 했다.

"강문의 꼬리를 다시 잡았다."

고도는 기대에 부푼 눈으로 동자삼을 쳐다보곤 죽통을 열어 동자삼을 그 안에 처넣었다. 죽통이 수차례 절그럭거렸다. 그슨대를 잡았을 때만큼 격렬한 움직임은 아니다. 금세 잠잠해진 죽통을 들고 고도는 숲 속 더 깊은 곳으로 향했다.

"주변을 더 둘러보고 가마. 너 먼저 대롱이한테 가 보아라."

고도는 제 옷자락만큼이나 새까만 골짜기 속으로 사라졌다.

바위에 올라선 청사가 허공으로 손을 뻗었다. 손끝에서 뿜어진 기운은 색으로 표현하면 금색에 가깝고 온도에 비견하자면 봄날 산들바람을 닮았다. 그만큼 포근하여 상대의 긴장을 녹이지만 한편으로는 범접할 수 없는 상서로움이다. 상서로운 기운은 만물에게 침묵을 강요할 정도의 위력을 발휘했다. 거센 겨울바람도 청사가 손을 뻗고 있는 순간만큼은 순한 양이 되어 청사의 옷자락이나 머리카락을 헤집어 놓지 못했다. 귀신의 울음처럼 골짜기를 넘나들던 바람 소리도 잦아들고 바스락거리며 움직이는 동물들도 멈추어서 숨을 죽였다. 세상이 청사의 발밑에 낮게 엎드린 형상이다.

세상의 반응을 인지한 청사는 손끝에서 물줄기를 만들었다. 천천히 만들어진 물은 허공을 휘감았다. 청사의 눈앞에서 모인 물 덩어리는 차츰 날렵한 유선형의 모양을 갖췄다. 형상은 몸을 털면서 제 모습을 더욱 정교하게 만들었다. 청사의 손끝에서 흘러나오는 물줄기가 멎자 물은 완전한 형상으로 변했다. 성인 남성의 두 배만 한 크기의 잉어였다. 달빛을 받은 잉어는 아가미를 뻐끔거리며 넓은 꼬리를 움직였다. 물로 구성된 생물은 황금색으로 번쩍였다. 지느러미가 자라야 할 등에 날개가 대신 달려 푸드덕거렸다. 물에 살아야 할 생명이 공기밖에 없는 허공을 유영하는 것도 그 날개만큼이나 기이한 모습이다.

잉어는 용의 전령(傳令)이다. 용족은 바다의 왕이 된 후 인간 세상으로 아홉 자식을 보내왔다. 비희, 이문, 포뢰, 폐안, 도철, 공하, 애자, 산예, 초도. 그들은 각기 거북이, 잉어, 이무기, 새 등의 짐승 모양을 하고서 인간 세상의 이야기를 용왕에게 전해 주거나 가끔은 자신들이 가진 기묘한 힘을 부려 세상을 더 좋은 방향으로 바꾸어 주기도 했다. 청사의 몸을 휘감고 있는 잉어는 이문 혹은 치미라 불린다. 먼 곳 보기를 좋아해서 인간들은 치미를 지붕 전각에 새겨 넣곤 했다. 때론 잉어 본연의 모습으로, 날개로 화한 지느러미 일부만, 혹은 야차처럼 일그러진 얼굴 부분이 기와 전각을 꾸몄다.

치미는 입을 뻐끔거리며 청사 앞에 물방울을 토했다. 물방울은 금세 글자를 이루었다.

「고도는 나와 악연으로 이어진 자. 네가 왜 그에 대한 것을 묻는 것이냐.」

동해 용왕의 전령인 치미가 제 주인의 이야기를 토씨 하나 더하거나 빼지 않고 그대로 전달했다. 한산뫼에서 만난 청사의 누이는 동생의 부탁을 제대로 들어줬다. 동해 용왕에게 전령을 부탁했더니, 시간을 맞추어 그 답신이 도착하지 않았다. 청사는 누이의 수고와 동해 용왕의 적극적인 회신에 고마운 한편, 다른 어떠한 글자보다 '악연'이란 글자에 시선을 고정했다. 용과 사이가 좋지 않은 인간, 고도. 그 감정은 고도의 일방적인 미움이 아닌 듯했다. 용족을 미워하고 증오하는 고도만큼이나, 고도를 상대하는 동해 용왕 역시나 고도를 탐탁지 않게 여겼고 또한 꺼리는 기색이 역력했다.

청사는 미간을 찌푸렸다. 신경질적으로 뒤통수를 벅벅 긁기도 했다. 사정을 알 리 없는 치미가 태평하게 청사의 몸을 감싸고 빙글빙글 돌면서 재롱을 부렸다. 청사는 그런 치미의 귀여운 행동에 관심을 보일 만큼 여유를 부리지 못했다. 치미의 머리통을 잡고 제 이야기를 단단히 이르는 데 집중할 뿐이다.

"네 주인에게 다시 물어봐 주겠느냐.「고도와 무슨 일이 있었기에 악연이라 말하는 건가.」"

치미는 커다란 두 눈망울을 굴렸다. 청사가 내뱉은 인간의 언어를 제대로 이해하지 못하는 듯 그 말을 기억하기 위해 수십 번은 더 입을 뻐끔거렸다. 어렵사리 청사가 전하는 말을 외운 치미는 한 바퀴 빙글 돌아 사라졌다. 용의 전령이 흔적도 없이 사라지고 한참 후에야 숨을 죽이고 침묵을 하던 산도 서서히 본래의 소란을 되찾았다.

휘이휘이. 골짜기 너머에서 귀신 울음소리가 다시 울렸다. 그 속에서 바스락하는 사람의 발걸음 소리가 들려왔다. 상념에 잠긴 채 골짜기를 내려다보던 청사가 재빨리 등 뒤를 돌아봤다. 그의 시선은 위로 곧게 뻗지 못한 소나무 아래 누군가의 발자국으로 향했다. 땅을 한 꺼풀 덮을 정도로만 얇게 쌓인 눈이 성인 남성의 발 크기만큼 공간을 허락하고 있으니, 그것이 바로 청사가 하는 양을 몰래 구경한 흔적이 아니고 무엇이겠나.

청사의 심장이 빠르게 뛰었다. 가슴팍에서 울리던 파동이 온몸으로 퍼졌다. 이마에서 식은땀이 나고 손끝이 파랗게 질렸다. 머릿속이 어지럽게 엉켰다. 고도와 꽝철이 둘 중에 누구인가. 둘 중 어느 쪽이 봐도 문제다. 이 상황에서 가장 희망적인 바람이라면 고도와 자신과 아무런 관련도 없는 인간이 저런 흔적을 남기고 도망친 거라는 상상뿐이었다.

청사는 머리가 제 기능을 못 하는 걸 알면서도 몸을 움직였다. 멀리 가지는 않았을 테니 바삐 흔적의 주인을 잡아야 한다. 청사는 발자국이 남긴 기척을 뒤쫓았다. 토끼나 노루가 청사를 보고 반대편으로 달려 나갔다. 청사는 그 작은 산짐승과 자신이 쫓고 있는 것을 혼동하는 우를 범하지 않았다. 청사는 전에 없이 집중하여 산골짜기로 접어들었고, 바위 위에 서 있는 인형人形을 발견했다.

황색 무명옷에 쑥대머리. 불지네 이무기!

청사는 꽝철이를 발견하자마자 다짜고짜 그의 멱살을 잡았다. 꽝철이의 두 눈이 커다랗게 떠졌다. 그는 청사에게 멱살이 잡혀 앞뒤로 사정없이 흔들렸다.

"너냐. 네가 봤느냐."

꽝철이의 얼굴이 일그러졌다. 그것은 영문도 모른 채 청사에게 공격을 받은 불쾌감이기도 했고, 애써 모른 척 평온을 가장하려 했지만 뜻대로 되지 않아 얼굴이 엉망이 된 것도 같았다.

"놔."

"네놈이 봤느냐고 물었잖아!"

"놓으라고!"

꽝철이는 청사의 손목을 움켜쥐어 날카로운 상처를 만들었다. 새하얀 손목을 타고 새빨간 피가 흘러내렸다. 어둠 속에서도 눈에 띄는 그 선연한 색채와 강렬한 냄새에 둘은 누가 먼저랄 것 없이 눈살을 찌푸렸다. 피에 반응하는 육식동물의 습성을 가진 꽝철이와 자신의 몸에 상처를 냈다는 사실 하나에 노여움이 든 청사가 온몸에서 요력을 방출할 때였다.

"뭣들 하는 거냐."

어둠이 물러설 정도로 팽팽하던 신경전이 일순 멈췄다. 청사와 꽝철이는 서로 공격하려던 요기를 잠재우고 목소리가 들린 방향으로 고개를 돌렸다. 어둠 속에 서 있는 남자를 본 청사는 숨을 급히 들이마셨다. 그는 두 눈을 함지박만 하게 떴다. 고도는 갓을 들어 올려서 놀란 청사를 마주했다.

어둠에 가려져 있던 고도의 얼굴은 싸늘하게 굳어 있었다. 청사는 치미와 대화하는 자신을 목격한 이가 꽝철이라 여겼다. 고도에게 들키지 않은 것을 그나마 다행이라고 여겼는데 실수다. 청사가 추적한 기운은 하나가 아니라 둘이었다. 목격자는 여전히 꽝철이일 수도, 고도일 수도 있다. 둘 중 누가 몰래 구경하고 있었느냐 묻지도 못하는 상황에서 둘 모두를 의심하고 또한 불안해해야 했다.

청사는 꽝철이의 멱살을 잡고 있던 손에서 힘을 풀었다. 고도를 바라보는 청사는 당황해서 아무 말도 하지 못했다. 멱살이 풀린 꽝철이는 기침을 하면서 눈빛을 번뜩였다. 얼굴에는 지네의 등껍질이 모습을 드러냈고 쑥대머리는 본체의 기다랗고 단단한 다리를 흔들 듯 사방으로 까딱거렸다. 인간의 모습과 본래의 모습이 반쯤 뒤섞여서 청사를 노려보는 것이 극도의 증오와 미움을 드러내고 있었다.

"당분간 같이 다닐 일행이거늘, 누가 이렇게 치고받고 싸워도 된다고 했느냐."

"언제 왔어?"

"내가 온 게 문젠가 보다."

"그게 아니라…… 둘이 언제부터 같이 있었나 해서."

"일행이니 함께 다닐 수밖에 없는 당연한 걸 묻는 구나. 대롱이, 뭔가 불안해 보이는데 내 착각인가."

청사는 입을 다물고 고개를 저었다. 고도가 빤히 쳐다보면 쳐다볼수록 더욱 불안해하는 청사를 보자 고도는 입을 뗐다. 고도는 뭔가를 생각하고 있었다. 청사에게서 시선을 떼지 못한 채 아주 많은 생각을 하는 듯했다. 평소라면 제게 집중해 주는 고도를 보고 얼굴을 붉혔을 청사지만, 이번만큼은 그러지 못했다. 고도의 관심이 깊어질수록 낯빛이 희게 질려 갔다.

그러는 사이에 별안간 고도의 등 뒤에서 낯선 기척을 느꼈다. 어두운 고도의 옷 너머로 발광하는 노란 눈동자가 잔상을 남기며 어른거렸다. 잡귀나 악귀라면 고도가 신나서 날뛸 텐데 어인 일인지 바짝 긴장한 표정으로 아주 조심스럽게 굴었다. 고도는 등 뒤의 기척을 향해서 천천히 고개를 돌렸다. 숨소리를 죽여야지만 간신히 발걸음 소리가 들리는 등 뒤의 무언가. 그것은 거대한 덩치의 호랑이였다.

고도와 눈이 마주치자마자 호랑이가 커다랗게 포효했다. 신호랑이의 목소리는 산을 돌아 고도의 귀까지 쩌렁쩌렁하게 울렸다. 산새들이 한꺼번에 튀어 오르고 산토끼들이 와르르 도망가는 소리가 고도의 귀에 똑똑하게 들렸다. 사람의 머리통보다 더 큰 앞발을 내밀며 다가오는 호랑이는 오직 고도만을 노려보았다. 서너 자 거리 너머에서 멈추어 선 호랑이는 날카로운 송곳니를 드러냈다. 벌어진 아귀에서 침이 뚝뚝 흘렀다. 그리고 다음의 행동은 순식간이었다. 고도가 서전검을 뽑는 속도나 청사와 꽝철이가 요력을 내뿜는 속도보다 호랑이의 공격이 훨씬 더 빨랐다. 호랑이는 높게 도약하여 고도를 덮쳤다.

뛰어오른 호랑이 옆구리로 비슷한 덩치의 짐승이 돌진했다. 커다란 아귀를 벌려 고도의 어깨를 씹으려던 호랑이는 나약한 비명을 지르며 모로 자빠졌다. 호랑이는 벌떡 일어나 자신을 덮친 것에게 달려들었다. 그 거대한 산호랑이를 허공에서 어깨로 부딪혀 넘어트린 것은 똑같은 모양새의 다른 호랑이었다.

꿈틀거리는 어깨 근육을 낮추면서 번쩍 뛰어오른 두 마리의 호랑이가 눈밭을 뒹굴었다. 비명과 포효가 뒤섞인 울음 속에서 흰 눈밭에 붉은 피가 튀었다. 갈색 털이 뽑혀 사방으로 떨어지기도 했다. 서로서로 어깨와 발을 물고 고개를 흔들었다. 이에 물린 부분이 턱의 힘에 짓눌려 커다란 상처를 만들었다. 매서운 앞발에 얼굴을 얻어맞은 호랑이는 수염까지 피로 흥건하게 젖었다. 왼쪽 눈에 크게 상처를 입은 쪽이 주춤거리며 뒤로 물러났다. 뒤로 물러나면서도 결코 등을 보이지 않았다. 천천히 뒤로 물러나던 호랑이가 끝내 산골짜기로 사라졌다.

숨을 죽인 채 호랑이 두 마리가 벌이는 혈투를 지켜보던 고도가 천천히 호흡을 가다듬었다. 승리를 쟁취한 호랑이가 저를 덮치던 놈인지, 아니면 동족에게 달려들어 먼저 공격한 놈인지 구분할 수 없었다. 후자일지라도 겨울 산에 먹을 것이 없어 굶주린 또 다른 살인 호랑이일 수도 있다. 고도는 재빨리 도술을 부려 자리를 벗어나려고 했다.

"다친 덴 없나."

낮고 점잖은 목소리에 도술을 부리던 고도가 깜짝 놀라 눈을 크게 떴다. 내쫓은 호랑이가 사라진 방향을 끝까지 지켜보던 놈이 고개를 돌려 고도를 마주 보고 있었다. 호박색 눈동자가 마치 인간 같다. 양반 같은 품위가 느껴졌고, 상대를 위하고 배려하는 감정도 담겨 있었다. 이성이 없는 짐승으로 볼 수 없는 눈이었다. 어슬렁어슬렁, 다가온 호랑이는 고도 앞에 엉덩이를 깔고 앉았다. 앉은키가 고도의 눈높이까지 닿는다. 얼마나 거대한 놈인지 가까이서 보니 더 정확하게 알 수 있었다.

"아까 그놈은 창귀가 든 놈이다. 호랑이 나이로 열네 살이 되면 한 번씩 잡귀가 들려 회까닥 미치곤 하는데, 이번엔 저놈이 그러하군. 창귀는 인간을 해치길 좋아해서 호랑이를 조종하는 놈이니 아까 그 호랑이는 너 그러이 용서하게."

고도는 반신반의하여 호랑이에게 물었다.

"지금 그대가 말을 하는 것인가."

"여기 나 말고 또 말을 할 이가 어디 있겠나. 댁 일행은 말을 꺼낼 상태가 아닌 것 같소만."

"요괴건 인간이건 할 것 없이 이 말도 안 되는 상황엔 누구든 놀랄 것 같다."

"무엇이 놀라운가."

"짐승이 말을 하는 것이 놀랍다. 나도 제법 오래 산 편에 속하지만 호랑이가 사람 말을 하는 모습은 처음 보거든."

"날 조금 전의 호랑이랑 똑같이 보면 안 되지."

"암. 장날 데려가서 구경꾼들 앞에 보이면 누워서도 돈을 긁어모을 진귀한 놈이지."

"고, 고도!"

저 거대한 호랑이가 입을 벌리면 한입 거리도 안 될 인간이 왜 시비를 거는가. 청사는 놀라서 고도에게 달려갔다. 말하는 호랑이에게 흠뻑 빠진 고도는 호랑이의 머리통을 쓰다듬고 턱을 살살 긁었다. 하지 말라고 말리는 청사가 자꾸만 뒤로 잡아당겨도 고도는 청사를 반대로 밀어내기 바빴다. 턱 밑을 간질이면 호랑이는 골골거리면서 고양이처럼 목을 울렸다. 더 긁어 달라며 눈까지 감고 고개를 옆으로 뉘는 모습이 사람 손을 탄 집 고양이와 다를 바가 없었다.

"내 이름은 고도다. 호랑이 양반의 이름은 어떻게 되는가."

호랑이는 눈을 뜨고 커다란 혀로 고도의 얼굴을 쓸었다. 순식간에 앞머리까지 젖어 버린 고도를 향해 호랑이는 자랑스레 말했다.

"내 이름은 백형伯兄. 아랫마을에 노모와 아우를 돌보고 있는 호랑이 인간이다."

가슴을 쭉 펴고 자랑하는 모습이 거드름 부리는 인간과 다를 바가 없었다. 언제 고도가 물릴지 몰라 전전긍긍하는 청사와 달리, 고도는 백형을 보며 소리 없는 웃음을 삼켰다.

"내 아우는 정말 똑똑하다. 몇 년 전엔 관노로 있었다가 어머니의 병환이 악화된 후로 특별히 이곳에서 요양할 수 있도록 배려를 받았지. 천민의 자식이 이만한 호사를 누리기 쉬운 줄 아나? 이게 다 아우 놈이 똑똑해서 하늘이 복을 준 게다."

소나무 숲을 지나 마을로 내려가면서 백형은 가족 자랑을 멈추지 않았다. 뽀드득뽀드득 눈밭을 밟는 장단에 맞춰서 이야기를 듣노라면 이건 호랑이가 아니라 어엿한 인간으로 보일 정도다. 노모의 병환이 깊어 근심을 감출 수 없다던 이야기는 어느새 아우인 '영실'에게 이어져서는 멈출 기미가 보이지 않았다.

"내 아우가 어찌나 키도 훤칠하고 얼굴도 잘생겼는지! 시골 처녀 여럿의 마음에 불을 질렀다! 관노로 지내며 고을 사또의 앞마당만 빗질하던 것이 간혹 사또네 아들내미가 글공부하고자 소리를 내면 그 소리를 듣고 성인의 말씀을 자기 것으로 만드는 재주가 있는 게 아닌가! 똑똑하기가 이루 말할 데가 없어서 마을 근처 서원에서 공부하는 선비들과 곧잘 학문에 대해 이야기를 하는 것도 물론이다. 자연과 더불어 살면서 깨달은 이치를 이야기하면 그 벗들이 무릎을 탁 치며 즐거워하니 어찌 그런 아우를 관가의 노비로 보겠느냐."

껄껄거리는 웃음소리가 사람이나 매한가지였다. 근엄함을 대표하는 호랑이가 입을 헤벌쭉 벌리고 동생 이야기를 쉼 없이 늘어놓으니, 고도는 그것만으로도 웃음이 났다.

"백형은 동생이 참 좋은가 보오."

어슬렁거리며 눈밭에 발 도장을 찍던 호랑이가 어깨를 쭉 폈다.

"암. 내 동생이 최고일세."

"이거 동생 바보 하나 납셨군."

"뭐라."

"아우를 아끼는 그 마음이 애틋하여 감동했다는 소리요."

감동했다는 사람의 얼굴에 히죽거리는 미소가 걸려 있다. 이 묘한 인간이 무슨 꿍꿍이가 있어서 저리 웃는지 모르는 백형은 눈을 가자미처럼 굴렸다. 인간들의 말장난은 짐승이 이해하기엔 난해한 것이 많다. 칭찬이라고 하는데도 비꼬는 일이 태반이오, 울면서도 기쁘다고 하는 거짓말이 수두룩하니 짐승의 머리론 고도의 말에서 이중적인 의미를 찾을 수가 없었다.

동생 바보는 무슨 뜻일까. 나쁜 뜻으로 한 말은 아닌 것 같았다. 정확한 의미는 몰라도 고도의 말투에서 비꼬는 감정을 느끼지 못한 백형은 께름칙한 눈을 돌리고 가던 길을 마저 걸었다. 고도가 백형 뒤를 바싹 따라가고 청사와 꽝철이가 그 뒤를 이었다. 둘은 서로 쳐다보지도 않고 대화를 나누지도 않았다.

부자연스러운 침묵이 둘 사이를 가로막았다. 그 거북스러운 감정으로 서로 외면하는 청사와 꽝철이를 고도는 그저 눈길 한 번 주고 말 뿐이다. 셋이 암묵적으로 침묵을 깨트리지 않는 것을 다행히 백형이 알아채지는 못했다. 그는 훌륭한 안내자로서 세 남자를 외딴 오두막집 앞까지 데려왔다.

"이곳이다."

백형은 마당에 들어가지도 않고 그 앞에 멈췄다. 나무를 뚝딱뚝딱 잘라서 만든 낮은 담벼락에 통나무와 진흙을 어설프게 이어 만든 오두막집. 민가는 저 고개 밑에서 아른아른한 초롱불을 드리우고 있으니, 이 외딴 오막살이가 혼자만 따돌림을 당하는 모양새다. 부러 사람들이 없는 곳으로 올라왔거나 마을 사람들에게 내쫓긴 것 중 하나라면 고도는 흔쾌히 전자의 가정에 손을 들어주기로 했다. 병든 어머니를 모셔야 하는 남자가 사람들이 복작거리는 데서 살기 어려울 것이다.

오두막집 지붕에서 하얀 연기가 피어올랐다. 아궁이에 땔감을 넣고 바닥을 데우는 동안 마실 물이라도 끓이는 모양이다. 사방이 눈 천지니 대충 가마솥에 눈을 그러모아 팔팔 끓이면 물 걱정은 없을 듯하다.

"난 여기서 기다리겠다. 가서 동생을 보면 내가 보냈다고 해라. 이 추운 날 산속에선 잘 수 없지 않은가. 하룻밤 정도는 착한 아우가 제 잠자리를 내놔 줄 것이다."

고도는 백형의 걱정과 달리 추운 곳에서도 거뜬히 눈을 붙일 수 있는 사람이다. 설산에 홑겹인 무명 두루마기만 걸치고 돌아다녀도 동상은 물론, 고뿔조차 걸리지 않는 고도로선 백형의 친절이 불필요할 법했다. 고도는 인간들과 불필요한 인연을 만드는 것이 싫었다. 산속에 들어가 청사를 안고 나무 위에서 잠을 자는 것이 속 편했다. 하룻밤 몸을 편히 뉘기 위해서 말하는 호랑이와 그의 자랑스러운 아우와 병든 노모까지, 셋과 인연을 만드는 일은 과하다는 느낌이다. 하나 이번만큼은 귀찮음보다 호기심이 앞섰다. 호랑이가 저토록 칭찬해 마지않는 인간 동생이 어떤 사람일지 궁금했다.

"그럼 내, 백형의 친절 덕에 하룻밤 신세 지겠소."

"어머니와 동생을 너무 괴롭히지 말고!"

"하하. 저놈의 팔불출."

"뭐라고?"

"아니 그대의 우애가 참으로 애틋하다고 이전에도 말하지 않았소."

고도의 말장난을 이해 못 하는 백형이 찝찝함에 인상을 쓰는 동안, 고도는 냉큼 앞마당을 가로질렀다. 청사는 고도를 뒤따라왔다. 꽝철이는 호랑이 옆에 서서 들어오길 꺼리는 것이 애써 외면하면서도 묵묵히 함께해 온 둘의 차이점이다. 인간들 틈에 뒤섞이는 것이 익숙해진 청사와 달리 꽝철이는 고도 외의 인간과 특별한 인연을 만들 생각이 추호도 없었다.

"고도, 나는 내가 편한 다른 곳으로 가겠어."

일방적인 통보에도 고도는 대수롭지 않게 손을 흔들었다.

"아침에 이리로 다시 오너라."

"오냐."

꽝철이는 그대로 훌쩍 사라졌다. 사라지기 직전에 그는 여태껏 한 번도 쳐다보지 않았던 청사를 눈에 담았다. 사라지는 순간까지도 그 시선은 청사에게 박혀 떨어지지 않았다. 비껴가지 않은 시선은 잔상만 남기며 사그라졌고, 그러한 변화를 청사는 정확하게 감지했다. 서로 의식하지 않으려는 것은 서로가 의식되어 미치겠다는 의미의 반증이다. 청사는 조심스럽게 침을 삼켰다. 언제부턴가 손바닥에 손톱이 파고들 만큼 주먹을 쥐고 있다는 사실을 깨달았다. 청사는 솔직하게 인정하기로 했다.

불지네 이무기. 그는 고도 몰래 제거해야 할 존재다.

"이리 오너라. 게 아무도 없느냐?"

한밤중에, 그것도 노모를 모시는 아들만 사는 집 안마당을 성큼성큼 쳐들어와 할 말은 아니었다. 무례한 고도의 행동에 잠잠하기만 하던 집 안쪽에서 부스럭거리는 소리가 들렸다. 깜깜하던 방 안쪽에 사람 그림자가 어른거리더니 곧 잠겨 있던 문이 열리고 한 남자가 얼굴을 내밀었다.

자다 일어난 몰골이다. 머리엔 커다란 어미 까치가 지붕을 틀었을 법한 자국이 남았고, 얼굴에는 베갯잇 자국이 있다. 두 눈은 퉁퉁 부어서 흐리멍덩하게 고도를 쳐다보고 있으니 저 얼굴 어디가 시골처녀들을 울릴 상인가 했다. 고도는 힐끔 백형을 돌아봤다. 백형은 흐뭇한 미소로 제 동생을 보며 커다란 꼬리를 살랑살랑 흔들고 있었다.

"뉘신지……."

백형의 아우 영실은 시꺼먼 차림의 고도를 보고 경계를 했다. 달빛에 은은하게 빛나는 검까지 보이니 예사 나그네가 아니라 직감한 것이다. 잠결에 날벼락을 맞은 듯 당황한 영실을 향해서 고도가 삿갓 사이로 눈을 깜빡였다.

"자네를 끔찍이 아끼는 바보 형이 보냈다."

"예? 뭐라 하셨습니까?"

"백형이라 불리는 커다란 호랑이인데 설마 모르는 건가? 이런. 호랑이가 인간을 아끼더니만 그 마음이 일방적인 외사랑이었구나."

"아, 아니 그게 아니라 형님이 보내셨다니. 같이 오셨습니까?"

고도는 자리에서 한 걸음 옆으로 비껴 섰다. 영실은 새까맣게 자신의 존재를 자랑하던 남자가 옆으로 물러나자 그 뒤에 가려졌던 커다란 호랑이를 발견했다. 마당으로 들어오지 못하고 얌전하게 앉아 있는 호랑이었다.

"형님!"

영실은 신발을 신지도 않고 방에서 뛰어나왔다. 호랑이에게서 열 걸음 정도 거리를 두고 멈추어 선 영실이 두 팔을 벌렸다. 호랑이는 무거운 엉덩이를 들고 늠름하게 다가왔다. 백형이 꼬리를 흔들면서 영실 앞에 앉자 영실은 호랑이 목을 끌어안고 등허리의 털을 쓸어내렸다. 백형은 큼큼하며 멋쩍은 듯 고도 일행의 눈치를 살폈지만 이내 영실의 얼굴을 커다란 혀로 쓸어 주면서 애정을 과시했다.

"아이고, 형님. 그동안 어디 계셨습니까! 보름 가까이 모습을 보이지 않아서 걱정했습니다!"

백형이 나타나지 않은 보름 동안 얼마나 속앓이를 했는지 결국 눈물을 쏟아 내는 영실이었다. 동생이 이렇게나 애타게 저를 기다렸다니 백형으로선 행복하면서도 미안한 마음이 교차했다. 그는 우는 동생의 얼굴을 핥아 주었다. 영실은 백형을 꼭 안고 놔주지 않았다. 그 손길은 절박할 정도다. 짐승과 인간이 서로 아끼고 위하는 마음이 갸륵하다. 종족을 초월한 가슴 뭉클한 우애를 보면서 고도는 아련한 표정으로 말했다.

"사랑이로세."

옆에서 듣던 청사가 고도의 이마를 손바닥으로 철썩 쳤다.

"틀려!"

"이게 사랑이 아니면 뭔고."

"우애겠지!"

"사랑이야."

"아니래도!"

"사랑사랑사랑사랑 사랑사랑의 꽃이로구나."

더덩실 어깨를 들썩이는 고도를 보다 못한 청사는 사랑 타령을 하는 입을 손으로 틀어막아 버렸다고 한다.

그것은 살아 있는 모피였다. 몸길이가 열 척은 넘는 거대한 산 호랑이는 몸에 선명한 무늬를 띠고 있었다. 털이 거칠거나 뻣뻣하지도 않고 윤기가 자르르 흐르니, 먹을 것을 구하기 어려운 겨울 산에서도 유능한 사냥 솜씨를 발휘했으리라 능히 짐작할 수 있었다. 머리통에는 임금에게만 칭해질 수 있는 왕자가 아로새겨 있었다. 거대한 송곳니는 희게 빛나며 넓은 혀는 단단하여 백태 하나 껴 있지 않고, 호박색의 눈 또한 어둠 속에서 영롱한 금색으로 번쩍이니 북방에서 이 호랑이를 봤다면 최고의 모피 감이라며 활을 쏘며 쫓아올 상이었다.

예사 호랑이가 아니다. 왕에게 진상하면 관직 하나 꿰찰 보답을 받을 정도다. 그런 늠름하고 품격 높은 호랑이가 제 동생 앞에서는 배를 홀라당 뒤집고 네 다리를 허우적거리며 재롱을 부리는 모습은 가관이었다. 동생은 "하하하, 형님, 간지럽습니다."하며 저를 핥는 호랑이의 재롱을 받아 주었다. 호랑이와 인간이 엎치락뒤치락하며 장난을 치는 모습을 고도와 청사가 얼이 나간 얼굴로 지켜봤다. 먼저 정신을 차린 고도가 고개를 끄덕였다.

"사랑 맞네. 필시 사랑이로소이다."

이런 꼴까지 보고 나니 이젠 청사도 부정을 못 하더라.

"어머니 병환은 좀 호전되었느냐."

백형은 동생에게 보였던 배를 뒤집어 따뜻한 아랫목에 비볐다. 엎드려서 두 앞발을 포개고 그 위에 고개를 얹었다. 커다란 몸이 바닥으로 둥글게 말리자 이전의 촐싹거리던 분위기가 사라지고 백수의 제왕다운 늠름함과 권위가 되살아났다. 느긋하게 눈을 깜빡이면서 묻는 형의 모습에 동생은 안타까운 미소를 지었다.

"날이 갈수록 악화되고 있습니다."

"내 탓이다. 내가 산에서 멧돼지나 노루 새끼를 잡아 와야 하거늘. 보름 동안 제대로 사냥을 하지 못해 고기를 가져오지 못했구나."

"무슨 그런 섭섭한 말씀을 하십니까. 지금까지 형님이 잡아다 준 고기 덕분에 어머니께서 건강을 유지하고 있는 겁니다. 그런 말씀 마세요."

영실은 백형의 털을 쓰다듬어 줬다. 풀이 죽어 있던 백형의 표정이 조금 누그러진다. 그는 동생의 손길 아래서 고양이처럼 그르릉 목을 울리다가 고도를 바라봤다. 동생과의 재회가 기뻐서 깜빡 잊은 인간이었다. 백형은 앞발에 얹은 고개를 들어 동생에게 고도를 소개했다.

"산속에서 창귀 들린 호랑이에게 공격당하던 인간이다. 나그네라서 잘 곳이 마땅치 않아 보이기에 내가 이리 데리고 왔다."

영실은 고도와 청사를 보더니 빙그레 웃었다.

"이 추운 날 고생 하셨겠습니다. 오늘은 이 방에서 푹 쉬세요. 제 이름은 황영실이라 합니다."

고개를 꾸벅 숙이는 모습이 붙임성도 좋고 성격도 어디 모난 구석이 없어 보인다. 호랑이를 친형처럼 대하는 태도며, 병든 어머니를 홀로 수발드는 점까지. 본성이 착하여 남들에게 폐 끼치지 않고 덕을 쌓을 인간이다. 백형이 콩깍지가 씌어서 잘생겼다느니 훤칠하다느니 절세미인으로 평가한 것은 실물과 맞지 않으나 착하다는 것만큼은 이견이 없다.

마음이 깨끗한 사람은 그 자체로도 빛이 난다. 세상을 보는 눈이 맑고 얼굴도 환하여 목소리는 다정하고 따뜻한 말을 구사한다. 얼굴을 마주하고 이야기하는 것만으로도 상대를 행복하게 해주는 사람. 비록 본인은 손해 보는 인생을 살지라도 남을 먼저 위하는 상냥한 사람. 그래서 고도는 선뜻 영실에게 살갑게 굴지 못했다. 오늘 밤 신세 지고 말 인연이라 생각하면 백형에게 그러했던 것처럼 쉽게 이름을 알려 주고 농담을 주고받으면 되거늘, 상대가 영실이라 그럴 수 없었다.

"흠."

고도는 영실의 인사를 받아 주지 않고 고개를 갸웃했다. 지금껏 아무에게나 '고도'라는 두 글자를 흔쾌히 알려 주던 태도와는 지극히 다른 모습이었다. 영실은 어리둥절한 얼굴로 다시 물었다.

"귀인의 성함을 들을 수 있을까요?"

재차 통성명을 요구하는 영실에게 고도는 변함없는 태도로 일관했다.

"흐으으음."

이름을 알려 주십사 쳐다보는 시선은 무심하게 받아치면서 굳게 다문 입을 열지 않았다. 고도의 태도에 방 안 분위기가 냉랭해졌다. 커다란 고양이처럼 백형을 다루던 영실과 영실 앞에서 몸을 뒹굴거리던 백형의 표정이 굳었다. 고도가 영실에게 거리를 두자 청사도 자연스레 영실에게 경계심을 갖게 됐다. 고도와 청사의 반응은 싸늘하기 그지없다. 고도를 동생 집에 신세 지게 만든 백형은 당황하여 눈을 끔뻑였다. 오직 영실만이 허허실실 웃으면서 고도가 저를 밀어내는 분위기를 어색하게 넘길 뿐이다.

"아무래도 호랑이 형님을 둔 제가 이상한가 봅니다."

잠자코 듣던 백형이 울컥하여 소리쳤다.

"뭐가 이상하다고 그래!"

"어이구, 쉿! 형님, 옆방에 어머니가 주무시고 계십니다!"

크르렁, 호랑이가 위협적인 소리를 내지르려 하자 영실은 황급히 백형의 주둥아리를 두 손으로 막아 버렸다. 동생의 만류에 백형은 눈동자만 사납게 굴려 고도를 노려봤다. 위험한 상황에서 구해 주었더니 도리를 모르는 인간이라 생각한 것이다.

"어머니는 깊게 잠이 드셨습니다. 아파서 몸을 뒤척이다가 이제야 주무셨는데 저희가 소란을 일으켜서 깨우고 싶지 않네요. 이 방에서 주무시겠습니까. 내일 아침에 다시 이야기했으면 합니다."

고도는 그제야 고개를 끄덕였다.

"고맙소."

영실을 싫어하는 것도 아니면서 의도적으로 거리를 두는 고도의 태도는, 백형이 보기에 참으로 이상한 것이라. 고도가 무슨 생각으로 저러는지 이해할 수가 없었다. 백형은 신경질적으로 꼬리를 흔들었다. 탁탁, 바닥을 때리는 소리가 어색한 침묵을 깨트리는 유일한 소란이었다.

백형이 산속으로 사라지고, 영실이 어머니가 주무시는 방으로 조심스럽게 건너가고 나자 고도는 텅 빈 방 안을 둘러봤다. 아늑하고 따뜻하다. 한숨 자는 데 부족함이 없는 공간이다. 하지만 고도는 주어진 안락함을 져버리고 문을 열었다. 차가운 밤공기가 옷 속을 으슬으슬 떨리게 해도 그 매서운 겨울바람이 더 편한 고도였다.

훌쩍, 지붕 위로 올라가 앉은 고도를 따라서 청사도 제 자리를 마련했다. 청사가 옆에 앉자 고도는 자연스레 청사의 어깨에 머리를 기댔다. 눈을 쏟아 내느라 밤이고 낮이고 뿌옇던 하늘이 오랜만에 청명하다. 별자리는 선명하고 백도白道 위에 뜬 화성은 별보다도 밝게 반짝였다. 밝기로 치면 천랑성天狼星이 단연 으뜸이다. 깜깜한 밤하늘에 홀로 희게 빛나는 별은 그 이름에 걸맞은 외로운 하얀 늑대처럼 보였다. 초저녁에 문득 고개를 들면 신비로운 띠를 두른 목성도 선명하게 볼 수 있다.

고도는 별자리와 행성의 움직임을 살필 정도로 여유를 부리기 시작한 것이 언제부터인가 문득 궁금해졌다. 청사가 하늘을 시시때때로 바라보고 나서였다. 청사는 언제나 나무 꼭대기 혹은 지붕 위에 걸터앉아 하늘을 바라봤다. 처음에는 탁 트인 공간이 좋아서 그러는가 싶었는데 눈빛을 보니 뭔가를 유심히 살펴보는 게 아닌가. 청사가 하늘을 보며 찾는 것이 무엇일까 하여 고도도 청사를 따라 하늘을 올려다보게 됐다. 이러다 습관으로 굳을지도 모르겠다.

"고도, 그 영실이라는 남자가 싫어? 너답지 않게 굴어서 놀랐어."

청사가 고도의 머리를 살살 매만지면서 물었다. 고도는 청사에게 기댄 채 하늘을 멀거니 올려다봤다.

"영실이는 착한 인간이다. 나랑 얽히면 안 될 사람이지."

"어차피 오늘 밤에만 보고 말 텐데 뭘 그리 어렵게 생각했어. 이름을 알려 주는 게 싫었어?"

"이름은 인연의 고리가 얽히는 가장 기본적인 토대다. 한 번의 인연이라는 게 나한텐 대수로운 일이 아니더라고."

"왜 그런 생각을 했는데?"

"봉수 말이다."

"응."

"고작 한산뫼 같이 척박한 산에서 만난 봉수조차 내게 특별한 사람이더구나. 새삼 깨닫게 되었다. 내게 있어 사람과의 인연이란 끝없이 조심해야 하고 고민해야 하는 숙제라는 것을."

"……무슨 뜻인지 잘 모르겠어."

청사가 인상을 찌푸리며 해석을 요했지만, 고도는 번거롭다는 표정으로 청사의 요구를 거절했다. 청사를 무시해서가 아니다. 자신의 이야기를 하기엔 지금이라는 시간이 낭비되는 기분이었다. 고도는 아무런 근심 걱정 없이 맑은 하늘을 구경하고 싶었다.

　"방에서 굳이 잘 필요가 없어서 나온 이유도 있다. 이렇게 지붕 위에 올라오니 새삼 하늘이 예뻐 보이는구나. 너만큼이나."

　청사는 손으로 입을 가리고 끄응, 신음을 삼켰다. 미리내가 펼쳐진 하늘과 자신을 비교하며 찬미하다니. 그것이 진심이라는 사실을 알기에 청사는 뛰는 심장을 주체 못 했다. 연모하는 이가 이런 식으로 마음 한 귀퉁이를 잘라서 내보여 주면 심장이 간지럽다. 고도는 참으로 뻔뻔한 인종이다. 좋아한다는 말은 한 번도 제대로 해준 적 없으면서 지나가는 말 한마디, 시선 한 번만으로 청사의 마음을 들었다 놓길 반복했다. 청사의 마음을 온통 뒤숭숭하게 만들고는 나는 모르오 하고 무심하게 물러서니 고도를 어떻게 대해야 좋을지 모르지 않겠나.

　"너 일부러 이러는 거지."

　청사는 어깨에 닿은 고도의 얼굴을 손으로 찔렀다. 보드라운 볼에 손가락 한 마디가 쑥 꺼진다. 고도가 고개를 살짝 돌려 그 손끝을 깨무는 통에 청사는 얼굴이 빨갛게 물들었다. 청사는 붉어진 얼굴이 식을 새도 없이 고개를 숙였다. 보드라운 입술을 도장처럼 꾹 눌렀다. 혀가 섞이지도 않고 단지 입술끼리 비벼졌다가 떨어졌을 뿐인데 심장 소리는 이전보다 더욱 어수선하게 들렸다. 청사는 밤바람에 고도의 몸이 식을까 봐 그를 도포 자락에 품었다. 고도가 기대어 오는 무게를 받아들이면서 나른하게 말했다.

　"대롱아."

　"응."

"넌 언제나 높은 곳에 올라가서 하늘을 바라보더구나. 편히 누워서 잠잘 곳이 있어도 굳이 나무 위에 몸을 기대어 하늘을 바라봐. 단순한 습관인 거냐, 아님 특별한 뜻이 있는 거냐."

"습관이야."

"낭만적인 습관이로군."

"그렇게라도 하늘을 올려다보는 습관을 들여야지, 안 그럼 과거를 잊을 듯해서."

청사가 제 얘기를 먼저 꺼내는 일은 처음이다. 고도는 하늘을 담던 눈으로 청사의 얼굴을 담았다. 청사는 쑥스러워하면서도 이내 불안함을 숨기지 못했다. 이런 식으로 말을 해도 괜찮을까 걱정하는 기색이 완연하다. 그러면서도 결의에 찬 얼굴이다. 청사가 무엇을 이리도 복잡하게 생각하는지 궁금하여 고도는 얌전하게 그의 말에 귀를 기울였다.

"난 아버지랑 사이가 안 좋아. 아버지는 내게 많은 걸 줬지만, 난 한 번도 그런 걸 바란 적이 없었거든. 원치 않은 것을 너무 많이 물려주니 기쁘기보단 답답하고 짜증이 났어. 내가 늦잠 자거나 아침 식사를 거른 사소한 사실 하나하나가 아버지 귀에 들어가서 마음 놓고 뭘 할 수가 없더라고."

아버지에게 일거수일투족이 보고되는 집안이라. 개인주의를 권장하는 요괴들 습성에 맞지 않는 가풍이다. 그런 가풍이 존재하는 종족은 인간을 제외하면 딱 하나 남는다. 고도는 청사를 빤히 쳐다봤다. 고도의 시선에 청사는 마른침을 삼켰다. 이야기하길 그만두려고 했지만, 그러지 못했다. 청사는 오랫동안 담아 온 생각과 감정을 고도에게 솔직하게 털어놓고 싶었다.

"언제부턴가 아버지가 하지 말라는 것만 찾아서 했어. 아버지의 권위에 도전할 수 있는 행동이라면 뭐든지 다. 그러다 정말 크게 사고 하나

쳐서 쫓겨났지. 아무것도 못 챙기고 빈털터리로 말이야."

"그 일을 후회하는구나."

"처음엔 정말 많이 후회했어. 막연히 상상만 하던 자유를 드디어 얻었는데, 그 대가가 너무 가혹하더라고. 자유로워진 대신 예전에는 느껴 본 적 없는 불안감이나 소외감, 고독과 비참함이 피부에 와 닿더라. 인간 세상 어디에도 속하지 못하고 떠돌아다니면서 끊임없이 자문했지. 이게 정말 내가 바라던 자유가 맞는가."

"그런 걸 생각하면서도 여기까지 오다니. 넌 용감하구나."

"용감이란 말을 이런 때에 쓰는 건 아닌 거 같다."

"아니다, 용감하다. 네가 누리던 기득권을 모두 포기하고 자유 하나를 취했으니, 어찌 용감하지 않다고 하겠느냐. 나는 너처럼 행동하지 못할 것이다. 나는 비겁한 인간이라 내 자리에 안주했을 것이야. 설사 자유를 선택했더라도 얼마 못 가 자유를 얻은 대신 감당해야 할 것들이 무서워 내 자리로 돌아갔을 것이다."

위로해 주는 고도의 말에서 진심이 느껴졌다. 고도는 청사의 결정을 존경하고 있었다. 철없는 소녀로만 대하던 존재가 실은 자신보다 훨씬 마음이 강한 남자라는 사실을 알고, 그 사실에 새삼스러운 즐거움을 느낀 듯 희미한 미소까지 지었다.

고도에게 있어서 과거는 지금 존재하는 청사가 있기까지 지나갔던 일련의 과정일 뿐이다. 고도는 청사의 과거를 부정하진 않으나 그것에 집착하지도 않았다. 그 태도는 청사가 보기에도 놀랄 정도로 대단했다.

인간만큼 과거의 명성을 좇고 허황한 꿈에 사로잡힌 종족이 없다. 끊임없는 욕심과 꿈 때문에 인간 세상이 발전하기도 하고 병들기도 하는 것을 지켜봤다. 하지만 고도는 그러한 인간의 본성을 거슬러 조금 다른 종족처럼 굴었으니, 한때 청사가 그를 천인으로 오해할 만했다. 청사는 입을 맞췄던 고도의 입술을 매만졌다. 다정하고 따뜻한 손길이다.

"여전히 아버지 도포 자락에만 파묻혀서 살았으면 너라는 인간은 만나지 못했을 거야. 나는 네 덕분에 정말 많은 감정을 깨우치는 중이거든. 부모님에게도 느껴 본 적 없는 애착을 네게 갖고 있어. 네가 없을 때 공허하게 느껴지는 상실감이나, 네 마음을 얻지 못할까 봐 심장을 두드리는 초조함과 불안감 역시 처음 느껴 보는 감정이야. 가끔 보여 주는 미소에 행복해지고 심장이 두근거리는 그런 많은 감정. 네가 아니었다면 누굴 통해 알았겠어."

청사의 말이 부담스러운지 고도가 움찔 떨며 거부 반응을 보였다. 청사가 보기엔 그마저도 귀엽고 사랑스러웠다. 청사는 배시시 웃으면서 말을 이었다.

"인간 세상은 정말 볼품없고 나를 힘들게만 하는데 너를 생각하면 이 세상이 그래도 아름답게 여겨져. 네가 들이마신 숨이 이 세상에 녹아 있고, 네가 밟은 땅이 곳곳에 존재한다는 사실이 내게 얼마나 놀라운지 모르지? 그리고 네가 조심스럽게 대하는 인간들이 살아가고 있잖아. 그러한 사실 자체가 내겐 아름다움으로 다가오더라고."

낯간지러운 고백에 고도가 몸부림치면서 질색했다. 아예 손을 뻗어 입을 막아 버렸다.

"한 번만 더 그런 느끼한 소릴 하면 가만두지 않겠다."

협박이 협박으로 들리지 않았다. 이런 말에 익숙하지 못한 모습은 마냥 귀엽기만 했다. 청사는 입을 가린 고도의 손을 핥았다. 손가락을 입안에 넣고 굴리면서 고도의 협박을 의연하게 받아쳤다. 청사는 미소 지으며 고도를 마주했다. 그 미소에 미안한 감정이 녹아 있다.

"이렇게밖에 말 못 하는 내가 이상하고 답답해 보일 거야. 제대로 말못 하고 자꾸만 주변부만 빙빙 돌면서 말해 미안해. 조만간 모든 걸 사실대로 털어놓을게. 꼭 말할 거야. 꼭 그럴 테니⋯⋯."

청사는 잠시 입을 다물고 고도를 응시했다. 얼굴에 퍼져 있던 미소가 사라지고 창공 같던 눈에 슬픈 감정이 떠올랐다. 청사를 밀어내던 고도는 움직임을 멈추고 조금씩 변해 가는 청사의 감정을 살폈다. 속이 답답해서 과거 이야기까지 들춘 것일진대, 어찌 속 시원하게 이야기를 해놓고도 저리 안타까운 표정을 짓는 것인가.

"사실을 알게 돼도 날 너무 미워하지 말아 줘."

고도는 한동안 청사를 쳐다보다가 자세를 달리하고 앉았다. 고도의 손이 청사의 가슴 위에 닿았다. 손바닥은 청사의 심장 위를 지그시 눌렀다. 뛰고 있다. 심장이 뛰고, 심장 위에 얹은 손에서 그 울림이 뛴다. 살아서 자맥질하는 그 자체가 아름답고 소중한 것인데 이 아름다움에 진실과 거짓의 여부가 그리 중요할까.

"네가 매번 두려워하고 걱정하는 게 뭔지는 모르겠다. 허나 그 불안감의 원인이 내 태도 때문이라는 생각이 드는구나."

청사의 속눈썹이 떨렸다. 고도가 그런 생각마저 해주었다는 사실에 가슴이 먹먹할 정도로 감동했다. 청사가 진실을 말하기 주저하는 것을 자신의 탓으로 돌리는 고도라니. 정말로 사실을 알게 되어도 이처럼 따뜻하게 손을 뻗어 줄까. 장담할 수는 없다. 그 장담할 수 없는 불안 때문에 현재의 소중한 감각마저 불안하게 받아들이고 싶지 않다. 청사는 가슴 위에 얹은 고도의 손을 마주 잡았다. 고도가 그제야 비로소 웃는다.

"대롱아."

부드러운 목소리를 귀로만 음미하는 것이 죄라고 느껴지는 것처럼, 청사는 참지 못하고 고도에게 입을 맞췄다. 입술을 벌리고 고도의 입술을 한껏 깨물었다. 혀를 입 안으로 밀어 넣어서 똑같은 모양과 감촉이 있는 고도의 혀를 휘감았다. 입 속을 만족스럽게 훑을 수 없으면 고개의 각도를 달리하면서 다시 입을 맞췄다. 그렇게 고도의 입 안에 자신의 흔적을 남긴 후에야 청사는 입술을 떼고 떨리는 눈썹을 들어 고도를 바라볼 수 있었다. 너무도 달콤하게 입을 맞춘 탓일까. 고도의 얼굴은 조금 상기되어 있었다. 그 당당하던 눈동자를 내리고 청사를 차마 바라보지 못한 채다. 고도는 쑥스러운 듯 개미만 한 목소리로 중얼거렸다.

"나도 네가 좋다."

청사의 가슴 한구석에 응어리져 있던 불안과 걱정이 녹아서 사라졌다.

청사는 고도의 배를 맨손으로 문질렀다. 살집이 없고 근육만 조금 잡히는 마른 배를 간질이듯이 만졌다. 배와 가슴을 손바닥으로 쓸어내릴 때마다 고도는 청사를 바라봤다. 밤새 하늘을 올려다본 고도는 말이 없었다. 세상이 모두 잠든 시간을 불필요한 언어로 소란스럽게 하기 싫은 것처럼, 고도는 청사의 곁에 앉아 청사의 얼굴과 하늘만 멀거니 쳐다봤다.

청사는 고도를 끌어안고 입을 맞췄다. 손끝으로 고도의 얼굴을 만지고 속눈썹을 쓸어 보기도 했다. 입술을 손가락으로 꾹 누르고 코를 톡톡 두드리면서 이마나 볼에 달라붙은 머리카락을 한 올 한 올 떼어 주기도 했다. 청사는 그렇게 매만진 얼굴에 입술을 미끄러트렸다. 고도가 거부하지 않고 입을 벌려 줄 때마다 청사의 행동은 대범해져서 옷 속까지 손이 들어갔다.

청사는 고도가 아무 말 않고 쳐다보는 시선이 좋았다. 그리고 이 질리지 않는 얼굴을 눈앞에서 지켜보고 만지면서 입을 맞추는 게 행복했다.

긴 밤 동안 고도의 눈을 들여다봤다. 가끔 입을 맞추고 손에 깍지를 끼며 고도에게 기대기도 했다. 고도가 하늘을 보며 아득한 표정을 짓는 것처럼 청사 역시 고도를 보며 그러한 감정을 느꼈다.

행복했다. 환희와 희열을 동반하는 격정적인 행복이 아니라, 마음을 잔잔하게 울리는 조심스러운 행복이었다. 청사는 새벽빛이 하늘을 물들일 때까지 고도를 품에 안은 손을 풀지 않았다. 그를 바라보며 입을 맞추고 또 몸을 만지면서 따뜻한 감각에 푹 젖어 있었다.

동녘이 노란색으로 가물거릴 즈음 아랫마을에서 장닭이 울었다. 목청 좋은 장닭의 아침 인사에 집집이 키우던 닭들이 똑같은 소리로 화답했다. 집 지키던 누렁이들은 왕왕 짖어대며 닭들이 어둑새벽부터 지랄이라고 비난을 쏟아 냈다. 역동적인 아침이다. 평화로웠던 지난밤이 꿈처럼 느껴지는 생명력이었다.

"엇?"

영실은 상쾌한 아침 공기에 기지개를 켜다 말고 깜짝 놀랐다. 마당에 나와서 보니 고도와 청사가 지붕 위에 앉아 있었다. 청사가 고도를 뒤에서 끌어안은 형상이다. 언제 어떻게 지붕 위에 올라갔는지는 모른다. 사내 둘은 서로에게 기대어 편안한 표정으로 마당에 나온 영실을 보고 있었다. 청사와 고도에게서는 아주 특별한 감정이 느껴졌다. 그 분위기가 아늑하여 영실이 함부로 깨트리기 어려울 정도였다. 영실은 입김이 하얗게 부서지는 추위 속에서도 지붕 위를 한참 쳐다봤다. 온몸이 파르르 떨릴 때까지 버티고서야 조심스럽게 입을 뗐다.

"아침 한술 뜨시겠어요?"

고도에게 어제저녁 처음 인사를 건넸으나 철저하게 외면당했거늘. 자존심이 상할 법도 하건만 고도와 청사를 보며 웃어 주는 미소엔 거짓이나 부끄러움 따윈 없었다. 고도는 영실을 물끄러미 내려다봤다. 영실의 표정이 밝을수록 고도의 표정은 어두워졌다.

"배고프지 않으냐. 너라도 먹고 오너라."

고도가 청사의 등을 떠밀었다. 때 되면 음식을 먹는 일은 만고불변의 이치거늘, 고도 홀로 그 이치에 벗어나듯 아침을 외면했다. 청사는 고도의 마지막 식사를 떠올렸다. 어제 낮에 산에서 뜯어먹은 식물 뿌리가 전부다. 배가 비었는데도 식사를 거부한 것이다.

"너는?"

"나는 괜찮다. 여기서 기다릴 테니 천천히 먹고 와라."

"배고프면 말하고."

"그러마."

"먼저 먹고 올게."

청사는 고도의 볼에 입을 맞추고 지붕 밑으로 내려갔다. 청사가 아래서 힐끔 올려다보니 고도가 손을 살살 흔든다. 청사는 개운하지 못한 얼굴로 고도를 올려다보았다. 하고 싶은 말이 많았지만 이내 포기하고 영실이 이끄는 큰방으로 향했다.

청사가 들어간 방 안에서 복작거리는 대화 소리가 들린다. 오랜만에 외지 사람을 만난 영실의 노모가 아픈 자리에서 일어나 청사를 반갑게 맞이하는 소리였다. 어머니가 오래간만에 웃으시는 덕에 기분이 좋아진 영실은 집에 있는 음식을 모두 내놓았다.

가난한 나무꾼의 집안에서 나온 반찬은 볼품없었다. 부엌 아궁이 옆에 걸어 둔 시래기를 된장에 끓여서 내놓은 국과 이도 다 빠진 노모는 먹지 못해서 땅굴에 묻어 놓은 뒤론 잘 꺼내먹지 않은 고들빼기김치 그리고 가을에 말려 놓은 찐 옥수수가 전부였다. 거무칙칙하고 불그죽죽한 음식들은 보는 것만으로도 선뜻 젓가락이 가지 않을 텐데도 청사나 모자는 초라한 밥상을 즐겼다. 청사가 보기엔 제법 까다로운 성격처럼 보여도,

뜻밖에 아무 것이나 잘 먹는지라 고기든 푸성귀든 가리지 않았다.

고도는 화기애애한 대화 소리를 들으면서 피식 웃었다. 이제는 청사도 제법 인간들과 어울릴 줄 안다. 눈이 가물가물하다는 영실의 노모가 청사를 고운 새색시로 오해하여 제 아들과 언제 혼인하느냐고 헛소리를 늘어놓는 바람에 살기등등한 찬바람이 몰아쳤지만, 식사 분위기는 대체로 나쁘지 않았다. 노모는 어여쁜 청사를 아꼈고, 그녀의 아들은 벼락불에 소매가 다 타버린 청사를 위해서 제 옷을 내줄 정도로 친절했다. 청사가 이딴 허름한 옷을 입으면 고도에게 예쁨 받을 수 없다며 옷을 던져 버리는 통에 식사 시간이 잠깐 소란스러워지긴 했다만. 고도는 밥상 주변의 대화 소리를 뒤로한 채 마당 한 지점을 향해 말했다.

"언제까지 그렇게 기척을 죽이고 있을 테냐."

들어줄 이도 없는 허공에 대고 말을 이었다.

"나를 구경하는 색골 같은 취미가 있는 줄 몰랐군."

그저 맑고 싱그럽기만 하던 오두막집 앞마당이 이지러지기 시작했다. 땅이 흔들리고 갈라졌다. 그 균열은 미약하여 방 안에 있는 인간들과 청사가 눈치챌 수는 없었다. 실처럼 갈라진 좁은 땅속에서 지네 한 마리가 기어 나왔다. 팔뚝만 한 지네는 순식간에 마당을 가로질러 오두막집의 벽을 타고 고도 옆으로 왔다. 지네가 허공에서 한 바퀴 돌자 그것은 곧 커다랗게 부풀어 사람이 되었다. 꽝철이다. 그는 평범한 인간은 느낄 수 없는 고요한 기척으로 고도의 옆에 섰다. 꽝철이 몸에서 흘러나오는 기운은 인간들이 밟고 선 땅의 그것처럼 자연스럽고 또 은은했다. 자연에 쉽게 동화되는 그를 눈치챈 고도가 참으로 비상하다 할 만했다.

"인제 보니까 둘이 특별한 관계구나."

고도는 머리를 모로 숙이고 꽝철이를 응시했다.

"표정을 보아하니 나와 청사 사이를 오해하는 것 같네."

"오해? 이놈 보게. 내가 기십 년을 땅속에 갇혀 있었다고 무시하는 거냐? 웃기는 놈이로다! 사내 둘이 밤중에 부둥켜안고 별을 세는 장면을 보면 모두 나와 같은 생각을 할 것이야!"

저 별은 네 별, 이 별은 내 별, 별자리로 하늘에 구획을 그어 가며 청사와 땅따먹기를 했던 고도는 토지 투기라는 헛된 꿈을 키우는 동안 꽝철이가 부러워했다는 사실에 미안함을 느꼈다. 저도 놀고 싶었으면 말을 할 것을. 그렇다면 하늘로 벌인 노름판에 끼워 줬을 텐데. 나중에 은하수가 보이면 꼭 꽝철이를 데려다 놓고 그 별들에 선을 긋겠노라고 다짐했다.

"부러우면 부럽다고 말할 것이지."

"큰일 날 소릴 하네! 내가 왜 너희 둘 사이를 부러워해!"

"그렇게 아쉬워 마라."

"아, 그러니까 내가 뭘―."

"후에 너도 무일푼 노름판에 끼워 주마. 그때 하늘 한 귀퉁이 떼어 가라."

꽝철이는 눈살까지 찌푸리고 고도의 말을 곱씹었다. 당최 무슨 소린지 모르겠다. 중요한 건 헛소리의 의미보다 그 속에서 언뜻 비추어진 고도의 감정이다. 꽝철이가 고도를 질책하듯 말했다.

"너 이제 막 나가기로 했지?"

"사춘기는 이미 옛적에 지났는데."

"아, 좀! 너 저 청사라는 놈이 뭔지 알고 그런 정을 주는 거냐 묻는 거잖아!"

"이상하군. 청사를 고작 며칠밖에 보지 못한 네가 녀석의 정체를 안다는 건지."

"한눈에 알아봤어."

"호오? 한눈에 알아봤다고? 이런, 질투였구나, 질투였어. 내가 녀석과 친하게 지내는 모습이 배 아팠던 게로구나. 우리 대롱이가 인기가 많네. 이거 참 뿌듯하도다."

꽝철이는 희게 질린 얼굴로 고도를 노려봤다. 대화의 본질을 모르는 건지, 알면서도 모른 척하는 건지 도통 알 수가 없다. 만약 부러 정신을 산만하게 만들고 있다면 거 참 대단한 말재주라 칭찬해 주고 싶을 정도였다. 고도와 관련된 일은 깊이 관여하지 않음이 능사거늘. 과거의 경험을 떠올린 꽝철이는 더는 청사에 관한 이야기를 꺼내지 않았다. 대신 밤중에 돌아다닌 결과물을 입에 담았다.

"동자삼의 행방을 쫓다가 기이한 곳을 발견했다. 같이 가보겠나."

"모험이라면 대환영이다."

고도가 삿갓을 뒤집어쓰며 출발할 채비를 마쳤다. 그는 지붕에서 내려오고 나서 말소리가 들리는 집을 응시했다. 어떤 이야기를 하는지는 모른다. 짜증 섞인 청사의 목소리로 미루어 보아 그를 번거롭게 만든다는 사실만 추측했다. 고도는 망설였다. 그에게 사실을 고하고 떠날까, 아니면 지금까지 그러했던 것처럼 자신이 해야 할 일에 충실할까. 새삼 청사에게 제 행적을 고해야 하는가를 따져보았다. 가만 멈추어 선 고도를 보고 꽝철이 등을 떠밀었다. 고도는 마지못해 시선을 거두었다. 마음 한구석에 걸리는 무언가를 애써 외면해야 했다.

꽝철이는 능숙하게 고갯길을 지나 골짜기 개울로 향했다. 겨울이라 바짝 마른 폭포수 뒤편에 앙상한 덤불이 팔을 늘어뜨리고 있었다. 꽝철이가 그 덤불을 옆으로 밀어내자 인적이 없는 가시나무 숲이 펼쳐졌다. 깨끗하고 청명한 풍경이다. 키가 크지 않은 나무들은 수많은 가지가 엉켜서 서로에게 기댄 모습처럼 보였다.

아침공기는 그 나뭇가지에 내려앉아 이슬이 됐다. 이슬은 곧 바람에 실려 바닥으로 떨어지며 고도의 옷과 신을 적셨다. 가시나무 숲은 청명하여 몸속 깊은 곳까지 정화하는 기분을 들게 했다. 고도가 처음 느낀 것과 같다. 이 산은 특별하다. 겨울이 와도 죽음의 냄새가 나지 않고, 식물이며 동물이며 할 것 없이 윤기가 난다.

백형이 이 산에 살아서 겨울의 굶주림 속에서도 배를 곯지 않아 털빛이 좋다면 이해할 수 있었다. 그만큼 산은 생명력으로 넘쳤다. 봄이 되면 사방에 꽃불이 피어오르며 새싹들이 움틀 것이다. 흘러넘치는 기운이 더 깊은 숲으로 향할수록 강해졌다. 밀집된 나무기둥을 피해서 앞으로 나아가기 힘에 부칠 정도였다. 한 시진 가량 험준한 나무 사이를 파고들던 꽝철이가 걸음을 멈췄다. 그는 뒤따라오는 고도에게 헐벗은 나뭇가지 밀집지역을 가리켰다.

"여기다."

그의 손끝이 닿은 자리엔 가시나무들이 엉켜서 하나의 덤불을 이루고 있었다. 눈이 녹은 바닥은 검푸른 이끼로 덮여 있었다. 겨울이 지나야 봄이 오고, 봄을 거쳐야 여름이 오는 자연의 이치가 통째로 무너진 듯한 풍경이었다. 황량하게 마른 나뭇잎도 아니다. 세상을 폐색으로 물들인 눈도 아니다. 한겨울에는 볼 수 없는 녹음이 바로 고도의 발밑에 펼쳐져 있었다. 발밑에서 살짝 고개를 올리면 사방이 온통 빼곡한 나뭇가지 천지다. 칼을 꺼내 그 가지를 쳐내지 않는 이상 앞으로 나아가긴 불가능했다. 고도는 무성한 가시나무 군집을 둘러보다가 물었다.

"풍경이 진귀하긴 하구나. 허나 이 정도만으론 이 몸을 끌고 온 이유가 약한데."

"이게 전부가 아니다. 있어 보아라."

꽝철이가 입가에 대고 쉿 소리를 내다가 덤불 밑으로 머리를 숨겼다. 얼떨결에 고도도 꽝철이의 행동을 흉내 냈고, 왜 이런 짓을 하느냐 묻기도 전에 그 이유를 눈으로 보고 말았다.

찌르릉.

흡사 종을 흔드는 소리다. 고도와 꽝철이는 두 귀를 쫑긋 세웠다. 나뭇가지에 반사되어 울리는 종소리는 그 근원을 찾기 몹시 어려웠다. 종소리는 다시금 찌르릉 울렸다. 처음보다 가까운 곳에서 메아리친다. 그것은 참으로 이상한 일이었다. 정체불명의 것이 가까워져도 불안감이나 긴장감은 들지 않았다. 종소리에서 어떠한 위협을 느낄 수가 없는 탓이다. 세 번째 종소리는 지척에서 울렸다. 고도 일행의 바로 앞이다.

「이상한 냄새가 나.」

낭랑한 소리는 종소리가 아닌 목소리였다. 종소리를 닮은 목소리다. 인간들은 이 생명체의 목소리를 기리기 위해서 종이란 물체를 만든 것일지도 모른다. 그것은 종소리에 비교하는 것마저 죄스러울 만큼 깊고 청량했다.

「인간이랑 요괴 냄샌데.」

아리송한 혼잣말을 하던 목소리의 주인이 고도 앞에 모습을 드러냈다. 가지 사이로 드러난 앞발은 말처럼 발굽이 달렸다. 발굽 위로는 쭉 뻗은 다리가 자리 잡고 있었다. 한 걸음 더 나오자 덤불에 가려져 있던 사슴 같은 몸통이 모습을 드러냈다.

머리에서 등허리까진 말의 갈기가 뒤덮고 있다. 하나 갈색이나 회색으로 표현되는 갈기와 달리 그것이 가진 털은 화려하기를 이루 말할 수가 없었다. 갈기보다 짧고 부드러운 털 역시 그 어떤 생명체보다 아름답게 빛났다. 그것은 삼라만상의 색을 모두 부어서 섞어 놓은 듯했다. 터럭 한 가닥 한 가닥이 각도를 달리할 때마다 서로 다른 색으로 빛났다. 바람에 털이 흔들리면 털에 붙은 빛이 사방으로 흩뿌려지는 듯한 착각이 들었다. 햇살을 받은 강물의 은백색처럼, 개밥바라기별이 떠오른 하늘의 황금색처럼, 세상에 존재하는 모든 아름다운 색이 그의 몸통을 수놓고 있었다.

"백수의 영장, 기린."

생명이 있는 것은 밟지도 먹지도 않는 영물의 이름을 고도가 나지막한 목소리로 중얼거렸다. 이름의 주인은 그 소리를 듣고 멈추어 섰다. 고도보다 다섯 배쯤은 높은 곳에서 그를 내려다보았다. 둘의 시선이 혼란스럽게 뒤섞였다. 고도가 들키자 옆에 숨어 있던 꽝철이가 슬그머니 일어났고, 기린은 인간과 요괴가 자신의 영토에 들어온 것을 어떻게 받아들여야 할지 판단이 서지 않는 듯했다.

고도를 지그시 내려다보던 짐승은 망설임 끝에 머리를 숙였다. 엉킨 나뭇가지에 가려져 있던 머리가 고도 앞에 떨어진다. 짐승은 용의 머리에 커다란 뿔을 가지고 있었다. 바람결에 털이 하늘거릴 때마다 뿔이 자연적으로 발광했다. 그 발광체를 따라서 산속 모든 생명이 춤을 추었다. 짐승의 존재 자체에 이 산이 행복해하고 있었다.

「인간이구나. 아주 오랜만에 보는 인간이야.」

고도가 밤새워 별을 헤던 밤하늘만큼 새까맣고 커다란 눈이었다. 깊이를 가늠할 수 없을 만큼 어두운 눈이 고도를 향해 웃어 보였다.

「나를 잡아먹으러 온 것이냐.」

인간을 사냥꾼으로 생각하는 주제에 이리도 다정다감하게 말을 걸다니. 고도는 천천히 손을 뻗었다. 혹여나 눈앞의 짐승이 홀연히 사라져 버리진 않을지 염려하는 조심스러운 손길이었다. 손끝에 아름다운 털이 닿은 순간 긴장해 있던 고도의 몸에서도 서서히 힘이 풀렸다. 그는 조금 더 대범하게 손바닥 전체로 기린의 털을 매만졌다. 부드럽고 포근한 털이 고도의 손을 환하게 비추었다. 고도는 저도 모르게 웃었다.

"그대를 잡으면 쉰 명은 족히 배부르게 먹을 수 있겠군."

「먹지 마라. 난 맛이 없다. 이슬밖에 안 먹는지라 뼈에 살가죽밖에 안 붙어 있다.」

"저런. 이렇게 토실토실한데?"

「음.」

기린은 그럴듯한 변명을 생각하지 못하고 말을 잇지 못했다. 기린의 어설픈 행동에 고도는 청사에게서 느끼던 것과는 조금 다른 사랑스러움을 알았다. 세상이 순수하고, 그 순수함을 실체로 표현할 수 있다면 기린이 그와 같지 않을까. 가까이 닿아 있는 것만으로도 머릿속이 환해지는 이런 기분은 아름다운 세상에 감동했을 때의 감정과 무엇이 다르겠나.

인간의 감정을 신기하게 바라보는 기린과, 기린의 존재 자체에 감격한 고도가 서로 쳐다봤다. 크기만 다를 뿐 호의적인 감정이 한가득 담긴 검은 눈이 서로 향해 웃었다.

"고도라고 한다. 맛없는 뼈와 가죽만 붙은 그대의 이름은 무엇인가."

기린은 고개를 살짝 숙여 그 인사에 화답했다.

「기麒라고 한다. 인간들은 우리 부부를 구별하지 않고 '기린'이라 칭하더구나. 어느 쪽이든 그대가 편한 대로 불러도 좋다.」

기린에게도 부부가 있다는 사실은 처음 알았다. 고도는 새끼는 어떻게 잉태하느냐 묻고 싶었지만 새끼를 배는 데에도 음양오행의 조화가 필요하다는 대답을 들을 것만 같았다. 애초에 이런 신성한 존재를 한낱 인간이 어찌 이해하리.

「나를 찾아온 이유가 있느냐.」

"저 녀석이 '신기한 것'을 보여 준다며 데려왔다."

꽝철이에게 시선을 돌린 기린이 눈망울 가득 물기를 머금었다.

「나를 먹잇감이 아닌, 구경감으로 잡아가려는 게로구나.」

"윽, 아, 아냐, 그냥, 그냥 보려고 왔어."

촉촉한 시선에 당황한 꽝철이가 얼굴을 붉혔다. 자신을 잡아가지 말라며 울 듯한 기린과 그런 기린의 시선에 부담감을 느낀 꽝철이는 서로 꿍꿍거리다 꽝철이가 먼저 고도에게 도움을 요청하는 것으로 멈출 수 있었다. 고도는 소매를 잡아당기며 도와달라는 꽝철이 덕에 한바탕 배를 움켜쥐고 웃었다. 난폭한 이무기라 할지라도 순진무구한 영수 앞에선 어쩔 수 없는 모양이다.

「유쾌한 인간과 요괴로구나. 이리 만난 것도 기연인데, 괜찮으면 이야기를 나누어 보지 않겠느냐.」

기린의 제안에 고도는 눈동자를 굴렸다. 바쁜 것도 아니고, 이러한 신기한 생명체를 만나기도 쉬운 일이 아니니 기린 쪽에서 호감을 표하며 다가오는 것을 딱히 거절할 이유는 없다. 고도가 흔쾌히 고개를 끄덕이자 기린이 눈매를 접으면서 웃었다.

「그대는 어떤 인간인지 궁금하구나.」

"나는 요괴를 잡는 도사다."

「도사라서 그런 기이한 물건을 가지고 다니느냐. 세상을 혼탁하게 만들 만한 힘이 네 작은 등 하나에 매달려 있구나.」

고도는 제 등을 훌쩍 보더니 씩 웃었다.

"그대도 이것이 부정적으로 보이는가."

「나는 그 힘의 가치를 판단할 자격이 없다. 다만 나약한 인간의 어깨로 감당하기엔 무거워 보여서 말이다.」

"착한 기린이로다. 염려 마라. 이것은 그대 생각만큼 무겁지 않다."

기린은 용의 수염이 뻣뻣하게 자리 잡은 턱을 들이밀었다. 주둥이는 고도를 질책하듯 옆구리를 찔렀다.

「어찌 인간 혼자서 세상의 악을 짊어지고 있는데 무겁지 않다고 하는가. 허세를 부리는 거냐.」

"허세라니. 이 무게에 익숙해져서 그런 게다."

영수와 이런 대화를 나누고자 한 것이 아니었거늘. 이미 기린의 관심은 고도의 재능과 세상에 쓰이는 역할에 심취해 다른 이야기를 할 것 같지 않았다. 이것도 이것 나름대로 나쁘지 않다. 영수의 눈에 고도의 죽통은 인간이 감당하기엔 버거워 보이는 듯하다. 처음 만난 짐승이 이리도 신경을 써주니 고도는 감동했다. 자신의 업을 누군가 알아주는 것이 기뻤고, 그 고통을 이해하고 조언해 주는 것도 즐거웠다. 고도는 따뜻한 손길로 기린을 어루만졌다.

"내가 태어나면서 세상이 혼란해졌다. 이 죽통은 나 때문에 혼탁해진 세상을 돌려야 할 책임의 무게다."

「이상하구나. 네겐 폭군의 기질도, 세상을 구원할 영웅의 기상도 느껴지지 않는다. 짧은 생을 살다 가는 여느 인간과 다를 바가 없거늘. 어찌하여 너의 존재로 말미암아 세상이 혼란해진다고 말하느냐. 그대가 그 책임을 지기 위해 어깨에 무거운 악을 짊어져야만 하는 것인가. 나는 이해할 수 없다.」

"저런, 이것은 내 개인적인 사정이거늘. 내가 그걸 설명해 줘야 하는 건가."

「이해하고 싶다. 말해 주면 고맙겠구나.」

세상을 향한 호기심이 지극히도 많은 생명이로다. 고도는 호기심이 많은 동물은 인간이 전부라 생각했건만, 세상은 아직 고도가 모르는 것으로 가득 차 있었다. 인간은 예부터 '명명자'라고 불렸다. 사물과 현상을 정의하기 좋아하고 또 그에 맞는 이름을 붙여 온 탓에 신선과 천상의 존재들이 그리들 불러 왔다. 인간들은 피아彼我를 이름으로 구분했고, 그 이름에 매겨진 가치에 따라서 자신의 세상을 구성했다. 그처럼 인간이 피아의 본질에 다가서는 원동력이 되는 호기심을, 이 신이한 존재 역시 지니고 있었다. 요괴처럼 기이한 모습으로 인간의 생각과 머리를 가지고 있다니. 고도는 기린의 얼굴을 쓸어 만졌다.

"그대는 인간이 살아가는 세상을 어떻게 생각하는가."

기린은 대답을 망설였다. 그는 인간 세상에 대해 묻는 고도의 심중을 헤아리지 못했다. 고도가 보이는 과도한 책임 의식을 비판하던 이야기가 세상 전체를 아우르게 되니 생각이 그 흐름을 따라가지 못한 것도 한몫했다. 기린은 잠시 후에 입을 뗐다.

「인계에 대해 말하라면 나는 아름답고 강한 곳이라 말하고 싶다. 인간들이 보이는 가능성은 끝이 없어서 지켜보는 것만으로도 기쁘고 또 두렵다. 인간들이 꾸려 가는 역사를 나는 존경한다.」

"나와는 다른 생각이구나. 나는 그대가 대단하다고 말하는 세상은 사소한 이유가 쌓여 거대한 결과를 만들어 낸 것에 지나지 않는다고 생각한다. 그대는 인간이 만든 역사를 경탄하지만 내가 보기엔 부조리하고 그릇된 일이 훌륭한 일보다 더 많아 보이는구나."

「왜 그리도 부정적으로 보느냐. 그대의 종족이 이루어 낸 세상 아니더냐. 나쁜 면보다는 좋은 면이 많지 않더냐.」

"내가 지은 죄 때문에 엉켜 버린 세상을 보면 도저히 그렇게 생각 못하겠구나."

자신이 지은 죄 때문에 세상이 바뀌었다니. 덤덤한 말투 속에 숨겨 있는 죄책감 어린 심정이 느껴진다. 세상을 부정적으로 보는 것도 실은 고도가 자신을 그렇게 여긴다는 소리로 들렸다. 기린은 서글픈 눈동자로 고도를 한참이나 바라봤다.

　기린이 보기에 인간은 스스로 지은 죄의 위력을 잘 모른다. 사실 얼마큼 덕을 쌓고 죄를 지었건, 그것을 살아가며 알 필요는 없다. 죄업과 덕은 인간의 생과 사후를 결정하지만 그것은 세계가 관장하는 영역이다. 인간으로서 그 이치를 깨닫는 자는 신선계로 올라가거나 부처의 부름을 받아 환생할 때 은덕을 입게 되는 것이 전부다. 그러한 세상의 섭리를 인간이 이해할 필요도 없으며 이해를 한다고 해도 인간의 혼에 새겨진 죄와 업이 완전히 지워지지는 않는다.

　하지만 고도란 인간은 그것을 아는 눈치다. 제가 지은 죄의 양이 얼마나 큰지, 그것이 세상에 어떤 영향을 미쳤는지 스스로 깨달은 듯했다. 고도가 말하는 죄가 무엇일까. 사람을 죽인 것일까. 부모와 가족을 버린 것일까. 나라와 임금을 믿지 않은 것일까. 사랑을 저버린 것일까. 고도가 지을 만한 죗값을 아무리 생각해 보아도 개인적인 잘못에 불과한 일인지라, 어찌 그러한 것들이 모여서 세상을 엉키게 만들 수 있는지 모르겠다. 고도라는 한 사람이 세상을 바꾸기 위해서는 인간계뿐만 아니라 신선과 요괴, 천상까지 영향을 미치는 수밖에 없다. 한낱 인간의 몸으로 이 세계를 아우르는 모든 이들에게 영향을 미친다는 것은 불가능하다.

　기린은 고도에 대해 생각하다 보니 두 눈에 눈물이 맺혔다. 흘러내린 눈물은 고도의 손을 적시고 바닥으로 떨어졌다. 눈물이 지나간 자리가 환하게 빛났다. 눈물에 젖은 이끼가 꽃을 피웠다. 생명력을 불어넣는 눈물이었다. 그러나 고도의 손에는 어떠한 변화도 가져오지 못했다. 기린의 얼굴을 쓰다듬는 고도의 왼손은 여전히 손가락이 하나 없는 모습 그대로였다.

　「그대가 왜 세상의 모든 짐을 혼자 졌는지 알 수가 없구나. 안타깝고 속상하다.」

"울지 마라. 백수의 영장이 인간을 위해 왜 눈물을 흘리는 거냐."

「그대를 위해서 내가 도와줄 것은 없는가.」

"저런, 영수가 한낱 인간에게 덕을 베풀면 쓰나. 버릇 된다. 함부로 정 주고 마음 주지 마라."

「이 야속한 인간아. 도와준다고 하면 그 도움 받고 보아라.」

"아니, 딱히 그대의 연민을 받을 이유가 없어서다. 말했잖느냐. 이것은 내가 스스로 풀어야 할 업이다."

「그대는 심성이 올곧은 인간이지만 고집이 너무 세구나.」

"이게 이젠 욕을 하네."

「내게서 도움을 받아 본 후에 네가 모조리 감당할 업인지 아닌지를 판단해라. 지금 결정하지 말고.」

"왜 그렇게 나를 도와주고 싶어 하지."

「내가 인간을 좋아하기 때문이다.」

그래서 처음 고도를 봤을 때 잡아먹지 말라고 부탁하면서도 정작 자신은 도망가지 않았나 보다. 순진하다 못해 미련할 만큼 착한 이 짐승을 어이할꼬. 고도는 기린의 털을 다정하게 쓸어내렸다.

"그렇게 친절을 베풀고 싶다니 한 가지 방법을 알려 주마."

「오, 그것이 무엇인가.」

"내가 해야 할 일을 하루바삐 끝내고 죽을 수 있게끔 도와주는 것이다."

덤덤하게 내뱉은 죽음이란 단어에 기린은 몸서리쳤다. 오색찬란한 빛으로 이루어진 털이 흔들린다. 그 풍경은 세상의 아름다움이 산산이 부서지는 것을 닮았다. 밤하늘을 빼곡하게 수놓은 유성우가 한꺼번에 쏟아지는 모습이 신비로운 아름다움으로 표현될 수 있다면, 기린의 털이 뒤섞여 떨리는 모습은 그 아름다움이 깨어져 사라지는 것과 다르지 않았다.

「어찌 죽음을 그리도 쉽게 말할 수 있는가. 그대는 생에 대한 미련과 아쉬움도 없는가. 죽음의 순간에 찾아올 고통이 두렵지 않은가. 세상을 버리고 갈 준비를 모두 마친 듯한 태도이지 않은가.」

멈추었던 눈물이 다시금 바닥을 적셨다. 고도는 파르르 떠는 기린을 손으로 진정시켰다. 작은 두 손으로 쓰다듬을 수 있는 것은 고작 영수의 머리통뿐이라, 빛이 부서지는 그의 털을 진정시키기엔 역부족이었다. 고도는 기린의 머리를 다정하게 쓸어 만졌다. 고도는 기린을 마주 봤다. 눈물이 덮인 모습은 썩 마음에 들지 않으나 그 안의 투명한 검은 구슬 같은 모양은 탐이 날 정도로 예뻤다. 마음을 안정시키는 눈이다. 기린이 보여주는 따뜻한 감정에 고도는 눈물이 날 것만 같았다.

고도는 손을 뻗어 기린의 머리를 다정하게 안았다. 커다란 눈망울이 고도를 이리저리 쳐다보더니 곧 삼백예순 가지의 오색찬란한 털을 흔들면서 고도를 마주 안아 주었다. 고도는 기린의 털에 온몸을 묻었다.

"죽는 것은 두렵지 않다. 다만 죽기 미안한 인연을 만든 것이 조금 후회되는구나."

'여기서 기다릴 테니 천천히 먹고 와라.'

"거짓말쟁이."

청사는 텅 비어 있는 초가지붕 위를 올려다보며 입술을 삐죽 내밀었다. 눈을 흘기며 지붕 위를 샅샅이 뒤져도 고도의 그림자 하나 보이지 않는다. 밤새 저 지붕 위에 앉아 고도를 매만진 일이 꿈인가 싶었다. 지붕에 맞닿은 하늘은 구름 한 점 없이 맑고 깨끗하다. 그 청명한 풍경 속에 고도만 없다. 습관처럼 고개를 모로 꼬고 저를 기다려 줄 줄 알았는데. 청사는 애꿎은 돌멩이를 발로 찼다. 고도가 언질 없이 훌쩍 떠난 일이 한두 번이 아닌데도 이번엔 크게 서운해하고 말았다.

마침 집 뒤에서 장작으로 패둔 땔감을 앞마당에 옮겨 놓던 영실이가 실망한 표정의 청사를 발견했다. 모른 척 지나치기엔 그 낯빛이 어두워 품에 안고 있던 땔감을 내려놓았다. 청사에게 다가가는 발걸음이 조심스러웠다.

"무슨 일 있으세요?"

청사는 영실을 힐끔 보더니 몸을 돌렸다.

"아무것도 아니다."

"뭔가 일이 생긴 것 같으신데요."

"네놈이 신경 쓸 일이 아니야."

냉정하게 잘라내는 청사를 보면서 영실은 제 손만 만지작거렸다. 쌀쌀맞은 뒤통수를 보니 이대로 관심을 끊는 것이 좋을 듯했다. 그는 성정상 누군가 자신에게 간섭하는 것을 싫어하고 도움 받는 일도 꺼린다. 이 이상 영실이 나서면 그건 오지랖일 터. 마당을 나가는 청사를 보던 영실은 쌓아 놓은 땔감 쪽으로 걸음을 옮겼다. 그러곤 제자리에 서서 청사를 불렀다.

"나리, 저를 좀 도와주실 수 있겠습니까."

훌쩍 영실네를 벗어나던 청사가 고개를 돌렸다. 영실은 바닥에 쌓인 땔감을 한 아름 안고도 손이 모자라서 나머지를 잡지 못했다. 지게에 쌓으면 될 것을 유난이다. 청사는 눈살을 찌푸리고 그 부탁을 무시하려 했다. 그러다 사립문 옆에 세워 놓은 지게를 발견했다. 두 개의 지게는 서로에게 기댄 형상이었다. 지게들은 제 몸에 버거운 땔감을 등에 얹고 있었다. 저렇게 쌓고도 또 땔감을 나르는 영실을 보니 모른 척할 수가 없다. 청사는 다시 집 안으로 들어갔다.

"이것들 어디로 옮기려고 이러는데."

청사가 다가오니 영실의 얼굴에도 한가득 미소가 퍼졌다.

"아랫마을 약방에 가져다주려고 합니다. 노인만 있는 집이라 장작 땔나무가 없어서 제가 대신 해드리거든요."

내키진 않으나 밥도 얻어먹었으니 그 값은 치러야겠다. 청사는 바닥에 쌓인 장작을 향해 손을 휘저으려 했다. 요력을 사용하면 이따위 장작쯤이야 한꺼번에 약방까지 날려 보낼 수 있다. 번거로운 수고를 덜자는 생각에 요기를 뿜으려던 청사는 지게를 이는 영실을 보고 손을 멈췄다. 제 몸보다 큰 지게를 어깨에 짊어지고 허리를 휘청인다. 여러 차례 나누어서 옮기라 일러 주고 싶었지만 그가 말한 '아랫마을'이 이곳에서 보아도 까마득한 거리인지라 될 수 있으면 한꺼번에 많은 것을 나르는 게 효율적으로 보였다. 영실은 얇은 지팡이에 몸을 기대고 한 걸음씩 나아갔다. 허리도 펴지 못하고 땅밖에 보지 못하는 꼴이 퍽 안쓰럽다. 저런 꼴을 보자니 청사는 혼자서 요력이나 부려 유유자적 그 뒤를 따라가고 싶지 않았다. 열심인 영실을 놀림감으로 만들고 싶지 않았다.

청사는 뒷머리를 긁적이더니 남은 지게로 손을 뻗었다. 요력을 사용하지 않고 지게를 지었다. 인간의 몸이 아니기에 영실처럼 휘청거리진 않았다. 무게를 감당 못할 수준은 아니었다. 청사는 커다란 땔감 지게를 가벼운 보따리 짐처럼 매고서 영실의 뒤를 따랐다. 영실은 얼굴에서 땀을 뚝뚝 흘리며 아무 말도 하지 않았다. 거친 숨을 몰아쉰다. 두 눈은 땅에 고정되어 제 발치에 걸리는 조약돌을 피했다. 덥수룩한 정수리에는 하얀 김이 피어올랐다. 누구도 알아주지 않는 노동이고, 저에게 득이 될 것도 없이 소모되는 시간인데. 이 순간을 몰입하는 자세는 진지했다. 청사는 한심한 노동에 동참하게 된 자신을 비웃지 못했다. 지게에 높게 쌓인 장작과 좁은 어깨에서 문득 '인간'에 대한 느낌을 받았다. 그것은 언어로 표현할 수 없는 찰나의 감정이었다.

"계십니까, 아무도 안 계세요?"

청사는 미간을 좁혔다. 무언가 중요한 것을 알 수 있었는데, 영실이 아랫마을 한 초가집에 도착해서 지게를 풀자마자 그 감각이 흔적도 남기지 않고 사라진 것이다.

영실이 찾은 곳은 허름한 초가집이었다. 마을의 초입부터 왕왕 짖어대는 개들과 추위 속에서도 볼을 발갛게 물들이고 뛰어노는 아이들을 묵묵히 지나 도착한 곳이 청사의 눈에는 너무도 볼품없었다. 영실은 거친 호흡을 가다듬으면서 초가집 마루까지 다가갔다.

"어르신, 영실이 왔습니다."

끼이익, 녹슨 경첩이 소리를 내며 문이 열렸다. 애체를 코에 걸치고 있는 노인이 모습을 보였다. 백발이 성성하고 수염도 목까지 길게 내린 노인은 얼굴에 잔주름만 있을 뿐 혈색이 좋고 건강해 보였다. 언뜻 보면 날카로워 보이는 인상의 노인은 앉은 자리에서 영실을 맞이했다.

"영실이구나."

노인은 탁상에 올려놓고 보던 서책을 덮었다. 그 위에 애체를 내려놓고 몸을 일으켰다. 왜소한 몸집의 노인은 영실이 메고 온 지게를 보고 쯧쯧 혀를 찼다. 추운 날 고생한 영실이 딱하고 그에게 수고로움을 안긴 스스로를 책망하는 소리였다.

"보름은 넘게 불을 땔 수 있겠구나. 영실이 네 덕에 겨울을 따뜻하게 나겠어."

"무슨 말씀이세요. 다 제가 좋아서 하는 일입니다. 어르신은 그런 근심 말고 편안하게 저를 부려 먹으세요."

"신세도 한두 번 져야 염치가 있지, 원."

영실이 고마우면서도 못내 미안함을 지우지 못한 노인은 뒤늦게야 청사를 발견했다. 시력이 나쁜 노인이 눈살을 찌푸리며 청사를 응시하더니만, 처음 보는 사내임을 깨닫고 영실을 돌아봤다.

"새로운 선비를 사귀었느냐?"

"하하, 아닙니다. 저를 도와주신 친절한 나리십니다."

"참으로 드문 일이구나. 저런 꽃도령이 손수 지게를 날라 주는 것은 처음 봤다. 도령, 그대도 참으로 고맙소."

인간을 돕고 또 그들에게 감사를 받는 것이 어색하기만 한 청사였다. 부러 딱딱한 표정으로 물러나니 오히려 날카로운 경계에 노인이 놀랄 정도였다. 노인은 거리를 두는 청사의 표정과 행색, 분위기를 살펴보고는 곧 고개를 끄덕였다. 청사는 지게를 날라 주긴 했어도 자신이나 영실과 말을 섞을 부류가 아니었다. 인제 보니 영실을 도와준 것 자체가 이상해 보일 정도였다. 노인이 청사의 모순에 고개를 갸웃거리는 사이에 영실은 소매로 땀을 닦으며 말했다.

"그럼 어르신, 저는 이만 가보겠습니다."

노인이 그 소리에 퍼뜩 정신을 차리고 일어났다.

"잠깐 기다려 봐라. 줄 것이 있어."

영실은 눈을 끔뻑였다. 노인이 약방으로 쏙 들어가더니만 곧 노끈으로 묶은 보자기 하나를 건넸다. 네 주먹 되는 크기의 보따리는 부피와 어울리지 않게 가벼웠다. 의아한 영실의 표정을 읽은 노인이 답했다.

"자네 어머니 한약이야. 한나절 푹 고아서 하루 세 번 한 사발씩 챙겨 드려. 내가 직접 지어서 초탕, 재탕 나눠서 구분해 드시게 해야 하는데 겨울이라 그런지 몸이 안 따라서 못 만들었지 뭐야. 불 앞에 앉아 있기 힘들어. 이해해 주게."

"아니, 어르신. 한약이라뇨?"

"참당귀와 은행, 원지, 석창포, 감초를 말린 거다. 자네 어머니가 정신이 오락가락하고 풍이 들려고 한다지 않았나. 그런 건 초기에 잡아 줘야 해."

"어르신, 전 이런 귀한 걸 받을 수 없습니다."

"자네 좋아하라고 준 거 아니다. 자네 어머니 위해서 준 거지."

"하지만…….”

"건강하셨을 때 내가 그쪽에 신세를 많이 졌어. 겨울 내내 땔감을 대신 해준 자네의 정성도 고맙고. 모자가 내게 감동을 줬으니 나도 마땅히 보답해야지 않겠나. 어른이 주는 거니 잔말 말고 가져가."

영실은 한참을 망설였다. 옷 속을 뒤지며 돈을 꺼냈지만 동전 두어 푼이 고작이라, 이런 약값으로 지급할 금액은 못 미쳤다. 영실은 굳게 다문 입술을 깨물었다. 두 손에 얹어진 한약 재료를 소중하게 끌어안고 절을 했다.

"고맙습니다. 정말 고맙습니다."

"남세스럽게 뭐하는 건가. 얼른 가. 가래도."

손을 휘저은 노인은 영실의 인사도 제대로 받지 않고 방문을 닫았다. 대수롭지 않은 듯 귀한 약재를 챙겨 준 노인에게 영실은 허리를 깊게 숙여 인사하고는 자리에서 일어났다. 보따리에서 달짝지근한 감초 냄새가 풍겼다. 영실은 보따리를 소중하게 쓸어 만지고 품속에 넣었다. 노끈을 길게 잡아 빼 허리춤에 단단히 연결했다. 이 정도면 격렬하게 뛰어도 풀릴 염려는 없다.

"나리! 어서 갑시다!"

땀을 뻘뻘 흘리며 이곳까지 오느라 진이 다 빠졌을 텐데, 언제 그 기운을 보충했는지 영실은 씩씩하게 앞서 나갔다. 영실의 걸음은 가벼웠다.

콧노래까지 흥얼거리는 것이 기분이 날아갈 것처럼 좋은 모양이다. 청사는 그런 영실의 뒤를 따라붙었다. 빈 지게를 멘 등을 빤히 쳐다봤다. 이전에 가슴과 머리에 슬며시 들어왔던 감각이 이번엔 아무리 찾아도 보이지 않는다. 말로 설명하기 어려운 예리한 감각이었다. 하나 똑같은 등을 봐도 느끼지 못하니 혹 착각이 아니었을까.

날듯이 빠른 걸음으로 집에 돌아온 영실은 신도 벗지 않고 안방으로 뛰어들었다. 여인은 풀 먹인 이불을 목까지 끌어 올리고 자고 있었다. 너무도 고요하여 혹 죽은 게 아닐까 착각할 정도였다. 그런 여자가 제 아들 소리에 눈을 뜬다. 제 품에 달려드는 아들을 끌어안았다. 영실이 크게 웃음을 터뜨리자 그녀 또한 영문도 모른 채 따라 웃었다. 아들이 행복하면 그 이유는 크게 상관이 없는 것처럼 말이다.

청사는 마당에 서서 그 광경을 구경했다. 그는 여기까지 오면서 수많은 것에 현혹되고 욕심을 부려 온 인간들을 보아 왔다. 죽어서도 동생을 잊지 못해 사람을 해친 귀신이 있었고, 요괴이면서도 인간 되길 바라고 마을 전체를 아수라장으로 만든 것도 있었다. 때론 부모에 대한 효성이 지극하여 마을 아이들을 제물로 삼아 요괴를 키운 것도 있었다. 조정 관료의 아들을 하나 만났을 때, 그는 분명히 선하고 신념이 강한 이였으나 그 자신의 믿음을 위해서 스스럼없이 악행을 일삼기도 했다. 영실은 지금까지 만나 왔던 그들과 다르다. 굳이 같은 부류를 꼽자면 한산뫼에서 만났던 늙은이가 가장 비슷했다. 노인네는 전생에 천인이었고 현생에선 도자기를 구웠다. 고도는 달조차 뜨지 않은 깜깜한 밤에 지붕 위에 올라서 그런 노인의 행위를 관찰했다. 청사가 보기에 무의미하고 가치 없는 일에 불과한, 도자기 굽는 행위를 마치 대단하다는 눈으로 시선을 떼지 못했다.

'도자기가 완성된 모습이 보고 싶다. 저자의 마음이 어떻게 보답받는

지 무척 궁금하다.'

노인이 몰두한 행위를 반짝이는 눈으로 쳐다보던 고도. 그것은 아름다움에 대한 동경이었다. 노인이 독을 굽는 동안 노인의 등을 통해서 그 순수함을 지켜봤다. 누군가를 지켜보는 것만으로 마음이 편해지고 기분이 좋아지는 고도를, 청사는 이해하지 못했다. 고도가 특정한 인간을 그렇게 마음에 들어 하는 것은 처음 보았다. 스스로 그러한 감정을 표현하는 것 역시나.

영실이 환하게 웃는다. 청사는 그 미소를 물끄러미 지켜봤다.

이해할 수 없던 고도의 심정을 지금이라면 어렴풋이 알 것 같았다.

"십 리 앞에 백형이란 호랑이의 기운이 느껴진다."

꽝철이는 푸릇한 소나무뿐인 정면을 가리켰다. 근거도 없이 되는대로 지껄이는 것이 아니라 땅 요괴라는 명성답게 바닥에 발붙이고 사는 것들을 잘 찾아냈다. 고도는 꽝철이의 지시대로 나무 사이를 뛰어넘어 십 리 앞에 도달할 때까지 속도를 늦추지 않았다.

"호랑이가 혼자 있느냐."

"사냥 중인 것 같은데."

고도는 나무 사이를 날렵하게 뛰었다. 꽝철이가 그 뒤를 바짝 따랐다. 축지법을 전개하며 순식간에 몸을 날리는 고도와 요력을 이용해 달리는 꽝철이가 지나간 자리마다 한차례 커다란 바람이 불었다. 비쩍 마른 솔방울에서 알맹이를 꺼내 먹던 담비가 찍 소릴 내며 날아갈 정도로 강한 바람이었다. 머리카락과 옷자락이 뒤집힐 정도로 재빠르게 십 리를 달린 고도는 꽝철이의 손짓에 따라 멈추었다. 나무 위에서 내려다보니 정말로 커다란 호랑이가 숨을 죽이며 무언가에 집중하고 있었다.

호랑이는 마른 덤불 사이에서 몸을 낮추고 있었다. 커다란 앞발로 사냥감을 찍어 누르고 날카로운 이로 숨통을 끊어 놓는 중이었다. 가느다란 네 다리를 버둥거리는 것은 새끼 사슴이었다. 입을 벌리고 헐떡이면서 비명을 지르던 사슴은 피를 흘리며 서서히 숨이 끊어져 가고 있었다. 호랑이는 죽은 고기를 입에 물고 일어났다. 네 다리와 긴 목이 축 늘어진 사슴이 호랑이 송곳니에 찍힌 채로 흔들렸다.

별안간 검은 천이 호랑이 앞으로 휙 떨어졌다. 금수의 왕이라도 깜짝 놀라 파드득 뒤로 물러나게 된다. 호랑이는 온몸의 털을 세우고는 시꺼먼 물체를 향해 이빨을 드러내고 으르렁 목을 울렸다. 호랑이의 위협이 한층 사나워지자 검은 천이 본래의 모습을 드러냈다. 삐뚜름하게 쓴 삿갓 안에 새하얀 사내의 얼굴이 자리 잡고 있었다. 머리 위에서 뚝 떨어진 것이 어제 처음 만난 도사다. 백형은 얼이 나가서 멍청한 표정을 짓고 있다가 이내 사납게 얼굴을 일그러뜨렸다. 크르릉, 목 울림소리가 예사롭지 않다. 아무래도 고도가 제 아우를 대하는 태도가 떠오른 모양이다. 사랑하는 동생을 무시 일색으로 대한 것이 머리에 남아 있었다.

"은혜도 모르는 인간이 여긴 또 어쩐 일이냐."

백형은 여전히 목 너머를 울리며 경계했다. 고도가 그런 백형을 보며 눈을 가느다랗게 떴다.

"동생 바보가 이 몸을 모함하다니."

"모함은 무슨! 네놈이 은혜를 갚지 않은 건 땅이 알고 하늘이 알거늘! 기껏 도와줬더니 내 아우를 무시했잖아!"

"내가 죄 많은 인간이라 그렇다."

"뭐야?"

"인기가 많은 것도 죄로다. 그렇지 않은가."

"여기서 인기 얘기가 왜 나오는데?"

"인간이고 요괴고 할 것 없이 나랑 한번 얽히면 죽을 때까지 벗어나지 못하는 게 태반이더라. 그대의 아우 역시 이런 내게 홀렸으니, 이 일을 어찌할꼬."

이건 또 무슨 헛소린가. 자칫하면 만물이 본인의 매력에 빠지게 된다는 자화자찬 아닌가. 크엉, 호랑이가 입을 쩍 벌리고 고도에게 달려들었다.

"그 인연, 죽음으로 끊어 주마!"

백형은 제 이빨에 피를 묻힐 살신성인의 정신을 발휘했다. 고도의 머리통을 확 삼키려는 찰나였다. 고도가 백형의 아가리를 붙잡았다. 두 손으로 아래턱과 윗입술을 붙잡아 입을 다물지 못하게 했다. 놀란 백형이 그 손아귀에서 빠져나오려고 해도 고도가 도술을 부려서 어찌나 악력이 센지 꼼짝할 수 없었다. 백형이 캑캑 소릴 지르며 온몸을 뒤틀었다.

고도의 손에서 빠져나오려고 발광을 하는데도 고도는 눈 하나 깜짝하지 않았다. 오히려 날뛰지 말라면서 백형의 뒤통수를 때리고는 수염까지 뽑았다. 백형이 뒤로 발라당 넘어지며 바닥을 데굴데굴 굴렀다. 눈물이 찔끔 났다. 백형은 다짜고짜 수염이 뽑힌 억울함을 커다란 목소리로 호소했다.

"너 이 자식!"

고도가 호랑이 수염을 손바닥에 얹고는 입으로 후, 바람을 불었다. 하늘하늘 허공으로 날아간 백형의 수염이 연기에 뒤덮이더니 펑 소리 내며 호랑이로 둔갑했다. 백형은 수염이 변한 호랑이를 보고 꼬리를 세웠다. 몸을 낮추어 이빨을 드러내어 으르렁 목을 울렸다. 제 수염이 둔갑한 호랑이는 백형과 똑같은 모습이 아니었다. 백형만큼 덩치가 큰 산 호랑이는 맞지만 등에 네 줄기 발톱 자국이 있고 왼쪽 눈엔 커다란 흉터가 남았다. 그 모습을 자세히 보니 낯설지 않다. 백형은 눈에 익은 형상에 어, 하고 탄성을 질렀다.

"이건 네놈을 공격했던 호랑이 아니더냐."

백형이 정확하게 알아보자 고도는 도술을 없앴다. 호랑이는 나타날 때처럼 사라질 때 또한 연기를 동반했다. 도술로 만든 호랑이가 사라진 자리엔 백형의 수염만 남았다.

"아무래도 이상하다."

"뭐가 말이냐."

"귀한 성수가 사는 산에 창귀 들린 호랑이라. 음양의 조화가 깨어져서 이치에 맞지 않는 일이다. 아무리 요술이 득세한다 해도 기린처럼 신령한 영수가 사는 산에는 부적절한 조화지."

"무슨 얘긴지 못 알아먹겠다."

"간단히 말해서 이 창귀 들린 놈이 이상하단 뜻이다."

"간단한 얘길 빙 둘러 말하는 재주가 있구나. 뭐가 이상 하느냐. 네가 맛있어 보여서 잡아먹으려 하는 거겠지."

"그럴 거면 산을 뿔뿔거리며 싸돌아다니는 나를 재차 공격해야 할 텐데, 왜 아무런 기별이 없을꼬. 한번 만났더니 쑥스러움이 생긴 건 아닐 텐데."

"아니면 네가 아닌 다른 맛있는 걸 찾아온 건 아닐까?"

"흐음. 만약 배고픈 호랑이가 아니라면 어쩔까."

"무슨 소리냐."

"나를 잡아먹으려는 게 아니었던 게지. 배를 불리는 것보다 더 귀한 목적이 있을 수도 있다."

고도가 마른 턱을 매만지다가 말했다.

"날 노리는 게 아니라면, 남은 건 하나구나."

고도는 호랑이의 코를 손가락으로 꾹 눌렀다.

"네게 시비를 건 거 같은데."

얼떨떨하게 이야기를 듣던 백형이 이내 웃음을 터뜨렸다. 그는 이빨을 모두 드러내며 파안대소했다. 차마 이렇게 비웃는 꼴을 보이기 미안할 정도인지라, 고개까지 숙이고 껄껄, 웃었다.

"가관이로다. 대체 어디서 그런 결과가 나왔는지 모르겠다만 설령 귀신 들린 놈이 날 공격한다고 해서 문제가 되나? 내가 그깟 놈에게 질 것이라 보는가?"

"악귀를 단순하게 보는구나. 그것들은 아주 비열한 짓을 한다. 특히 사람을 잡아먹으려고 호랑이를 조종하는 창귀는 질이 나빠."

"상관없다. 다 덤벼 보라 해. 나는 그깟 놈들에게 지지 않아."

"멍청한 것."

"이놈이!"

"말했지. 창귀는 인간을 공격하는 악귀라고. 널 목표로 공격하려 한다면, 네놈보다는 네놈과 연이 닿은 인간을 공격할 것이다."

"날 건드리고 싶으면, 나를 공격해야지 왜 인간을 공격한다는 거지?"

"네겐 소중한 인간 동생이 있잖느냐."

히죽 웃고 있던 백형의 표정이 천천히 굳었다. 마치 찬물을 뒤집어쓴 얼굴이다. 고도가 무엇 때문에 저를 바삐 찾아와 이런 말을 하는지 본질을 깨달았다. 그는 털을 세우고 발톱을 꺼냈다.

"영실이."

백형은 쏜살처럼 영실네 오두막집으로 달렸다.

탕약을 달이는 솜씨가 한두 번 해본 것이 아니다. 조그마한 불씨에 탕제를 은은하게 데우는 손길도 익숙하다. 불씨가 작아지려 하면 부채를 살살 흔들고 입김을 후후 불어 가면서 알맞은 온도를 유지하는 모습이 장인과도 같다. 영실은 해가 머리 꼭대기에 떠 있을 때 한약을 달이기 시작했다. 해가 지고 달이 떠올랐지만 영실은 자리를 뜨지 않았다. 허리와 어깨가 아파서 몸을 두드리거나 오줌을 누러 갈 때 빼면 몇 시진이고 그 앞에 앉아서 불씨만 살폈다. 밤이 되자 노모는 잦은 기침을 뱉었다. 간혹 몸이 아픈지 끙끙거리며 앓는 소리를 했고, 악몽을 꾸는 양 영실의 이름을 구슬프게 부르기도 했다. 영실은 어머니의 손발을 주물러 주면서 말했다.

"좋은 약이 곧 있음 완성 됩니다. 조금만 참으세요."

청사는 근처 나무 꼭대기에서 그 모습을 구경했다. 궁상맞고 초라한 구경거리다. 재미난 것도 없고 지루하다. 청사는 입에 문 장죽을 짜증스럽게 씹었다. 담배 연기가 입김과 섞여서 만월이 되어 가는 하늘로 올라갔다. 깍지 낀 두 손으로 머리를 받쳤다. 하늘은 어제처럼 밝고 아름답다. 여전히 미리내가 펼쳐졌고 온갖 별자리와 행성들이 빛을 발했다. 하늘을 잡을 수만 있다면 저 천막을 잡아 흔들어 털어 보고 싶었다. 그리하면 별이 금가루처럼 머리 위로 우수수 쏟아지는 장관에 심취할 수 있을 텐데. 청사는 거친 소나무 기둥에 몸을 기대어 눈을 감았다.

"고도 보고 싶다."

혼잣말을 중얼거리며 엊저녁 이 시간에 고도와 같은 하늘을 바라보던 것을 떠올렸다. 고도를 안고 있으면 따뜻하고 포근해서 좋다. 영실이가 하는 일처럼 역동적이지 않은데도 지루할 틈이 없다. 그 설레는 감각을 떠올리며 흐뭇하게 미소 짓고 있는데 누군가 마치 기다렸다는 듯이 청사의 말을 받아치는 게다.

"그래? 얼마나 보고 싶으냐."

"만나면 당장 끌어안아 버릴 정도로……."

청사는 말을 흐렸다. 눈을 동그랗게 뜨고는 고개를 들자, 그렇게 눈부시던 하늘이 사람 윤곽으로 가려져 있었다. 청사는 조금 전과 달라진 하늘을 바라봤다. 달이 떠 있고 그림자뿐인 구름이 흐르고 쪽빛 하늘은 그대로인데, 시야를 가득 메운 것은 그 머나먼 하늘이 아니라 한 사람의 모습이었다. 머리 위에 고도가 앉아 있었다. 아니, 머리 높이에 있는 나뭇가지에 걸터앉아 청사를 내려다보고 있었다. 달이 차오르는 풍경이 혹여나 환각을 불러일으킨 것이 아닐까, 청사는 멍하니 고도를 바라만 봤다. 바람결에 머리카락과 옷자락이 살랑살랑 흔들린다. 현실로 보기엔 몽환적인 풍경이고, 환영으로 치기엔 옷 주름과 머리카락이 지나치게 사실적이었다.

"자, 보고 싶었다는 만큼 안아라."

고도가 두 팔을 내밀었다. 그제야 청사 얼굴에 천천히 미소가 퍼졌다. 그리움이 빚어 낸 환상이 아닐까 잠깐 걱정했는데, 실제가 분명했다.

청사는 그 팔을 잡아당겨 고도를 품에 안았다. 두 명의 무게를 지탱해야 하는 나뭇가지가 크게 들썩이면서 가지에 달렸던 소나무 침엽들이 밑으로 떨어졌다. 그래도 청사는 고도를 안은 팔에서 힘을 풀지 않았다. 고도의 머리에 코를 묻자, 식어 버린 땀 냄새와 청명한 소나무 숲의 향기가 뒤섞여 맡아졌다. 그중에서도 고도 특유의 체향이 가장 달콤하다. 자신을 편안하게 해주고 또 자연스레 미소 짓게 만드는 향기였다. 청사는 고도의 이마에 쪽, 입을 맞췄다.

"거짓말쟁이야. 나 아침밥 먹는 거 기다려 준다면서 그새 사라지는 게 어디 있어."

청사는 고도를 제 허벅지 위에 앉히고 이마와 콧잔등에 입술을 붙였다. 투정 섞인 말투엔 고도를 생각하며 품었던 외로움과 반가움이 담뿍 묻어났다. 어쩜 이리도 솔직하게 말할 수 있는지, 원. 달빛이 내려앉은 개울물보다 청사의 마음이 더욱 투명하게 비친 것만 같다. 고도는 얼굴을 간질이는 입맞춤에 눈을 접으면서 웃었다.

"일이 생겨서 자리를 비울 수밖에 없었단다. 너무 속상해하지는 말고."

"뭐만 하면 일이래. 넌 언제쯤 느긋해질 거니."

"바쁘면 좋지 않으냐."

"바빠지면 네 삶이 윤택해지기라도 하니? 득도 없는 일에 매달리면서."

"열심히 살다 보면 보답받을 수 있지 않겠느냐."

"하여튼 말만 그럴듯해요."

입술을 삐쭉이는 청사에게 고도는 눈가를 접으며 웃어 보였다.

"내가 백형에게 도움받은 만큼의 은혜를 갚으려다 신경 쓸 부분이 늘어난 것뿐이다. 이번 일만 끝나면 여유를 좀 부려 보마."

"그런 거라면 기다려 줘야지, 별 수 있나. 그보다 무슨 은혜를 갚으려고?"

"저 순박한 청년에게 득이 되는 은혜 갚기지."

고도는 영실네 집 뒤편을 가리켰다. 청사는 고도가 눈짓하는 부분을 자세히 살폈다. 마른 나무들 사이로 호랑이의 모습이 보이는데, 그 커다란 덩치를 수풀에 구겨 넣은 녀석이 마당에서 탕약을 달이는 영실을 응시하고 있었다. 다가가 아는 척을 하지도 않고 몰래 숨어서 지켜만 보고 있으니, 그 모습이 청사의 눈에는 이상하게 보였다.

"영실이란 인간 몰래 뭘 꾸미고 있는 거냐. 한 번 들어나 보자."

고도는 가만 머리를 굴리다가 청사의 동정 깃을 손으로 잡아당겼다. 둘의 얼굴이 바싹 붙었다. 청사가 고도의 검은 눈동자를 빤히 바라보다가 그 시선을 내려 입술을 쳐다본다. 청사는 고개를 비스듬히 틀었다. 입술을 맞추려는 때에 고도가 속삭이듯이 말했다.

"나를 좀 도와주겠느냐."

지척에서 고도의 목소리와 그 속에 섞여 있는 숨소리가 들렸다. 청사는 고도의 입술을 살짝 물었다가 놓았다. 고도가 그 접촉을 거부하지 않자, 청사는 조금 더 대범하게 입술을 핥았다.

"당연한 건 묻지도 마라."

조금 갈라진 목소리에 고도의 허리를 끌어안는 팔의 힘까지. 고도는 청사의 푸른 눈에 비친 욕망을 눈치챘다. 입술을 장난처럼 물고 핥던 것이 어느새 혀를 이용해서 입안 점막까지 핥으며 애무했다.

고도의 얼굴에 청사의 호흡이 흩뿌려졌다. 고도는 입술에 이어 코와 볼까지 핥는 청사를 밀치지 않았다. 간지러워서 웃음을 뱉어야 하는데. 혹은 어색하다며 어깨를 밀치고 뒤로 물러나야 하는데. 오늘따라 청사가 자신을 꽉 잡고 이런저런 접촉을 취하는 것이 싫지 않다. 고도는 자신의 목 부근에 고개를 묻은 청사의 머리를 안았다. 손가락 사이로 비단처럼 길고 부드러운 머리를 만졌다.

"대롱아."

청사는 목에 순흔을 만들면서 응, 하고 나지막이 대답했다. 청사가 옷 깃을 벌리고 어깨까지 입술을 옮겼다. 고도는 그런 청사의 머리를 계속 매만지며 말을 이었다.

"우리가 영실이를 보호해야 한다."

"네가 원한다면 나도 그럴게."

"고맙다."

청사의 입술이 가슴 언저리까지 다가왔다. 고도의 허리를 안고 있던 두 팔 중 하나도 가슴으로 올라와 그 주변을 더듬거렸다. 고도는 한쪽 가슴을 청사에게 빨리면서 다른 한쪽을 손으로 꼬집히는 감각에 작은 신음을 흘렸다. 유륜과 유두가 한꺼번에 뜨거운 입 속으로 흡입되고 날카로운 이에 살짝 깨물렸다. 그 옆은 손가락 사이에 끼워져 잡아당겨지거나 빙글빙글 돌려지니 고도의 숨소리도 거칠어졌다. 청사는 고도의 얼굴에 드러난 색色을 보았다. 붉은 홍조를 띠고 약간 눈가를 찡그린 채 입에서 불규칙한 소리를 흘리는 것을.

"고도. 나 요즘 미칠 거 같아."

청사는 고개를 들어 고도의 눈가에 입술을 꾹 눌렀다. 고도가 눈을 감는다. 눈가에 부드러운 입맞춤이 퍼졌다. 청사는 고도를 품에 안아 넓은 도포 자락으로 몸을 감쌌다. 누구에게도 주지 못하겠다는 것처럼, 품에 안고 있어도 모래알처럼 빠져나갈까 봐 걱정하는 것처럼. 그렇게 도포 자락에 꽁꽁 싸매고 얼굴에는 쉼 없이 입술을 문댔다.

"진짜 미칠 거 같아."

속삭이듯 중얼거리는 목소리에 고도는 대꾸하지 않았다. 대신 자신의 속마음을 목구멍 너머로 삼켰다.

내 마음이 너와 같을지도 모르겠다.

해가 떨어지고 공기가 차가워지자 백형이 자리에서 일어났다. 마당에서는 영실이 어머니를 위해서 약을 우려내고 있었다. 벌써 세 번쯤 됐으리라. 저 정도로 달이면 이제 약효가 없을 텐데, 안 먹는 것보단 이런 약이라도 먹는 것이 어머니 건강에 도움이 된다고 생각하는 모양이었다. 방에서는 노모의 기침 소리가 울렸다.

백형이 힐끔 문가를 쳐다보니 작은 호롱불에 비친 어머니의 그림자가 창호지에 어른거렸다. 몸을 모로 돌리고 어깨를 들썩이며 기침을 내뱉는 형상이었다. 백형은 입을 악물었다. 아픈 어머니와 고생하는 동생을 위해서 제가 무엇을 해줄 수 없다고 여긴 듯했다. 표정에는 저를 책망하는 분노가 서려 있었다.

백형은 동생에게 들키지 않도록 집 뒤쪽으로 걸음을 옮겼다. 발소리를 없애고 고도가 앉아 있는 나무 밑으로 다가갔다. 청사에게 기대어 앉아 있는 천하태평 도사가 백형을 내려다봤다. 백형은 동생에게 들리지 않을 낮은 목소리로 말했다.

"사흘 동안 아무런 변화도 없었다."

고도가 백형 쪽으로 몸을 숙였다. 화가 난 백형의 상태를 살피면서 그의 이야기에 귀를 기울였다.

"이쯤 되니 이젠 네가 의심스럽다. 창귀 들린 호랑이가 내 아우를 노리고 있다고? 하, 있지도 않은 적을 만들어서 나를 교란한 다음에 무슨 짓을 하려는 거냐?"

청사는 고도를 비난하는 백형을 두고 보지 못했다. 마치 자신이 욕보인 것처럼 발끈했다.

"저 건방진 호랑이놈이 지금 누굴 의심하는 거야?"

백형이 노란 눈을 귀신처럼 번뜩였다.

"넌 빠져라. 함께 물어 죽이기 전에."

"도와주겠다는 사람한테 뭐가 어쩌고 어째?"

청사가 요력을 방출했다. 백형이고, 영실의 형님이고 저 건방진 주둥아리를 찢어 놓겠다는 호전적인 기세였다. 청사가 백형을 공격하기 직전에 고도가 손을 들어 둘 사이를 가로막았다. 이빨을 드러내어 으르렁거리는 호랑이와 호랑이만큼은 아니어도 날카롭게 솟은 송곳니를 드러내며 쉬이익, 독사처럼 위협하는 청사는 서로 노려보는 시선을 거두지 않았다. 고도는 청사의 어깨를 잡았다. 그만하라는 눈빛에 청사가 욕을 삼키며 고개를 돌렸다. 고도는 아직도 털을 세우고 으르렁거리는 백형에게 말했다.

"날 못 믿는 것은 이해된다. 그러나 조금만 더 기다려라."

"어처구니가 없군. 내가 왜 네 말을 들어야 하느냐. 난 갈 것이다. 기다릴 이유가 없어."

백형은 당장에라도 깊은 산속으로 사라질 것처럼 등을 돌렸다. 고도는 그의 뒤통수를 쳐다봤다. 손가락을 하나 들어 백형을 가리키고 휘휘 저었다. 저벅저벅 산속으로 사라지려던 백형이 갑자기 빙글 뒤돌아서선 고도가 앉은 나무 곁으로 다가왔다. 그는 제 몸이 제 의지에 반해서 움직이는 것을 보고 깜짝 놀라 입을 다물지 못했다. 고도의 곁에 올 생각이 없는데도 네 다리는 고도를 향했다.

"후회할 것이다. 이대로 아우에게 무슨 문제가 생기면, 너는 정말로 크게 후회할 것이다. 내 말 들어라."

확신하며 얘기하는 고도를, 백형은 묘한 표정으로 올려다봤다. 눈에 보이는 어떠한 근거나 정황도 없건만, 동생에게 문제가 생길 것을 예언하는 도사다. 그런 인간을 믿고 마냥 시간을 보내는 일이 얼마나 무익한지 알면서도 백형은 선뜻 산으로 되돌아가지 못했다. 그는 꼬리를 신경질적으로 흔들었다. 고도의 말을 따르는 것도, 따르지 않는 것도 모두 마음이 불편했다.

"뭐 때문에 아우에게 문제가 생길 거라 보는지 말을 해줘야……."

백형이 말끝을 흐리는 사이 지척의 산에서 호랑이 포효가 들렸다. 커다란 외침이 묵직하게 산을 흔들었다. 호랑이가 무언가와 싸우는 소리이고, 또 위협하는 소리였다. 한밤중에 이리도 커다란 울음이 들릴 정도라면 무언가 문제가 생긴 것이다. 고도는 소리가 들린 방향으로 재빨리 고개를 돌렸다. 포효 소리는 한둘이 아니었다. 연달아 사방에서 울리니, 큰일이 벌어졌음을 직감적으로 알았다. 고도는 자리에서 벌떡 일어났다.

"청사, 영실을 부탁한다."

"어? 갑자기 무슨……."

청사가 말을 채 잇기도 전에 고도는 재빨리 나무 위에서 뛰어내렸다. 백형은 벌써 소리가 들린 방향으로 달려갔다. 고도가 그 뒤를 쫓았다. 탕약을 달이던 영실이 산을 울리는 짐승 소리에 눈을 휘둥그렇게 떴다. 마당을 가로지르는 백형과 고도를 발견한 것도 그때였다. 영실은 둘을 부르려 했지만 입을 떼기도 전에 둘은 소나무 숲으로 사라졌다.

영실은 의아한 눈으로 고도와 백형이 사라진 방향만 바라봤다. 그러다 등골을 오싹하게 하는 기이한 기분에 사로잡혔다. 영실은 등 뒤에서 이상한 기운을 느꼈다. 소리는 들리지 않았다. 발걸음 소리도, 숨을 들이마시는 소리도 없었다. 목 부근에 좁쌀 같은 소름이 돋았다. 오금이 저려서 고개를 돌리지 못했다. 압박감이 가까워지고 나서야 천천히 몸을 돌렸고, 그 순간 여러 개의 눈알을 보았다.

노란색으로 빛나는 것이 모두 여덟이다. 어깨보다 머리를 낮추어 영실에게 향하는 것은 호랑이 네 마리였다. 영실은 그대로 주저앉았다. 크르릉, 목을 울리며 소리를 내던 것이 자리를 박차고 날아오른 순간에 영실은 두 눈을 꽉 감았다. 꼼짝없이 호랑이 밥이 되겠다고 생각한 때였다.

"도망치지 않고 뭐하는 거야!?"

영실의 몸이 허공으로 떠올랐다. 깜짝 놀라 눈을 뜨니 도포 자락을 휘날리고 선 청사의 모습이 보였다. 벌어진 입이 다물어지지 않았다. 색목인으로 여겨진 푸른 눈동자가 비늘처럼 가늘어져 있었다. 인간이 아니다. 영실이 뒤로 몸을 빼내려 하자 청사는 손가락을 까딱였다. 허공에 뜬 영실이 손가락 방향으로 날아갔다.

"으아아악!"

비명이 메아리처럼 울렸다. 허공으로 던져 버린 조약돌처럼 영실은 속수무책으로 하늘을 날았다. 영실이 던져진 곳은 고도가 달려간 수풀 쪽이었다. 호랑이들이 영실을 재빨리 쫓았다. 지면을 박차고 달리는 행동이 단호하다. 청사에게는 눈길 한 번 주지 않고 영실을 쫓았다. 청사의 얼굴이 일그러졌다.

"이 싸구려 모피들이 감히 누굴 무시해."

목소리엔 진심 어린 짜증이 묻어났다. 호랑이와 영실의 뒤를 쫓으려고 요력을 개방하는 순간이었다. 방 안쪽이 부스럭거렸다. 인기척이 들렸고 문지방에 노모의 그림자가 졌다.

"영실아."

영실에게 무슨 일이냐고 묻는 목소리에 가래가 껴 있다. 밭은기침에 몸을 크게 들썩이기까지 했다.

"영실아. 무슨 일이 있니. 영실아."

문 너머의 목소리가 딱하나 청사는 시간을 지체하지 않았다. 문이 열리기 전에 요력을 방출하여 자신이 날려 버린 영실의 뒤를 쫓았다. 등 뒤에서 끼익, 방문이 열리는 소리가 들렸다. 청사는 돌아보지 않았다. 스산하게 몰아치는 밤바람을 뚫고 영실이 사라진 곳으로 날아갔다.

"사, 살려 주세요!"

소나무 꼭대기에 위태롭게 선 영실은 얼굴이 파랗게 질렸다. 나무를 둥글게 에워싼 호랑이들이 무서워 어찌할 바를 모르고 있었다. 한 마리가 나무 기둥을 양발로 움켜쥐고 올라오려 했다. 영실은 숨이 꼴깍 넘어가는 소릴 하며 울었다. 청사가 나무기둥에 얼음을 만들어서 호랑이들이 나무를 올라오지 못하고 미끄러졌다. 천만다행이다. 안 그랬으면 진즉 저 거대한 앞발에 후려 맞아서 즉사했으리라.

"조용히 좀 해 봐라."

청사가 영실의 옆에 섰다. 소나무 기둥을 부둥켜안고 울던 영실이 청사를 보자마자 자지러지게 소리를 질렀다.

"요, 요괴였어!"

눈동자가 세로로 길쭉하고, 자신을 나무 꼭대기로 날려 보내는 인간은 세상에 없다. 호랑이들은 나무를 기어오르지 못하자 일어서서 앞발을 날렸다. 무거운 앞발로 나무 둥치를 쿵쿵 긁어대는 호랑이와 허공을 걸어서 나뭇가지에 한 발로 선 청사 중 어느 것이 더 무서운가를 비교해야 할 순간이었다.

영실은 갑작스러운 소란에 머리가 어지러운 나머지 생각을 잇질 못했다. 앞에 생각한 것이 뒤이은 생각을 받쳐 주지 못한다. 자꾸만 눈앞이 하얘지고 머리는 공황상태에 빠졌다. 영실은 자꾸만 눈물이 났다.

"살려, 살려 주세요."

"안 죽이니까 징징거리지 마."

"살려 주세요!"

"안 죽여. 살려 줄 거야. 그러니 정신 좀 차려. 왜 호랑이들이 너한테 달려드는 거냐? 너 뭐 잘못한 거 있어?"

"모, 모르겠습니다."

"너 백형이라는 호랑이랑 친하다며. 그럼 산에 있는 다른 호랑이랑도 친하게 지내는 거 아니었어?"

"백형, 아, 형님. 형님 보고 싶어요."

"정신 차려. 지금 그 호랑이 찾을 때가 아니야."

"형님이, 형님이 이 산 호랑이들의 우두머리입니다. 그래서 저도 한 번도 다른 호랑이들의 공격을 안 받았어요."

"그런데 갑자기 왜들 저래?"

"저도 잘 모르겠습니다. 아, 그보다 어머님 탕약이……, 탕약이…… 안 되는데."

영실은 생각을 정리하지 못했다. 그런 영실을 옆에서 지켜보는 청사는 답답하여 혀를 찼다. 여러 호랑이가 번갈아가며 앞발을 휘두를 때마다 소나무가 크게 휘청거렸다.

"아아악!"

정신을 차리지 못하는 영실은 그럴 때마다 울음 섞인 비명을 질렀다. 호랑이 한 마리가 동료의 어깨를 밟고 올라올 땐 자지러지게 놀라 거품을 물었다. 다행히도 영실의 발끝까지 올라오기 전에 얼어붙은 기둥을 타고 주르륵 미끄러져 내려갔다. 청사는 이 상황을 크게 위험하다 느끼지 않았지만 영실은 금방이라도 숨이 넘어갈 것 같았다. 이대로 두면 기절하고 나무 밑으로 떨어지게 생겼다.

찰싹. 영실의 뺨을 거칠게 후려친 청사가 반대편 손을 들었다. 화끈한 통증이 멎기도 전에 영실은 이번엔 반대편 뺨을 맞고 고개가 놀아갔다. 양 볼을 세차게 두드려 맞으니 아주 잠깐 정신이 되돌아온다. 영실은 새 빨갛게 부어오른 뺨을 손바닥으로 눌렀다. 청사가 영실에게 얼굴을 들이 밀고 진중하게 말했다.

"네놈이 호랑이 밥이 되지 않도록 내가 도와줄 것이다. 그러니 겁먹지 말고 똑똑히 들어라."

우지끈. 나무 밑동에서 부러지는 소리가 났다. 도끼로 나무를 찍을 때만큼이나 큰 충격이 꼭대기까지 울렸다. 나무가 휘청거리며 좌우로 부르르 떨렸다. 영실은 나무 기둥을 두 팔로 끌어안았다. 아직은 희미하지만 무엇이 중요한지 분간을 할 수 있을 것 같았다. 지금은 이 나무에서 떨어지지 않도록 하는 일이 최우선이다.

"네 형님과 고도가 너를 나한테 부탁하고 갔어. 호랑이들의 비명이 갑자기 산속에서 들리자마자 그쪽으로 달려갔다."

영실은 고도라는 이름만 들어선 그가 누군지 알지 못했다. 짐작건대 자신에겐 이름도 알려주지 않고 거리를 두는 검은 옷을 입은 남자일 것이다. 지금은 고도란 자의 정체가 중요하지 않다. 백형과 고도가 앞마당을 가로질러 뛰던 것이 더 궁금했다.

"아, 아까 봤습니다. 형님이 갑자기 달려가셨는데 혹시 근처에 있나요?"

"나도 모른다. 이게 어떻게 된 상황인지 모르겠어."

"아, 아, 어떡하지요. 집에 어머니가 홀로 계십니다. 혹시 호랑이가 제 집에 남아 있으면 어떡하지요."

"그건 걱정 마라. 이 호랑이들의 목적은 너 하나 같으니."

영실은 그 말이 그렇게 기쁠 수 없었다. 제 목숨이 어찌 됐든, 어머니는 안전하다는 이야기에 떨리는 가슴을 쓸어내렸다. 와즈즈즉. 나무 밑동이 반으로 부러지는 소리가 난다. 호랑이가 거대한 앞발을 휘두르는 것만으로 나무 기둥이 부러지는 모습은 흔치 않은 광경이다. 영역 다툼을 할 때나 일어나 발을 휘두르지, 평소엔 점잖은 호랑이들이 이렇게 괴팍하게 구는 모습은 들어 본 적도 없다. 청사는 고개를 저었다.

"이것들은 평범한 호랑이가 아니다."

주술에 걸렸거나 호랑이의 탈을 뒤집어쓴 악귀이거나, 둘 중 하나가 분명하다. 네 마리 호랑이가 번갈아 어깨를 들이박는 통에 소나무는 얼마 버티지 못하고 천천히 뒤로 넘어갔다. 영실은 기둥을 꽉 끌어안으려 했다. 청사가 그런 영실의 뒷덜미를 잡아 옆의 나무로 옮겨갔다.

산 전체를 커다랗게 울리며 소나무가 쓰러졌다. 호랑이들은 재빨리 옆으로 누운 나무의 꼭대기로 다가왔다. 영실이 보이지 않아 주변을 두리번거리다가 곧 다른 나무에 매달려 있는 모습을 보고 얼굴을 사납게 일그러뜨렸다.

한 마리가 입을 쩍 벌리고 포효했다. 잇따라 세 마리가 함께 소리를 질렀다. 귀가 먹먹해질 정도의 괴성이었다. 저희 뜻대로 되지 않는 화풀이다. 커다랗게 포효를 내지르고 얼마 지나지 않자 어디선가 호랑이 다섯 마리가 어슬렁거리며 다가왔다.

이쯤 되자 청사의 얼굴에도 여유가 사라졌다. 무슨 짓을 벌일지 모르는 짐승들이 모두 아홉 마리나 나무 밑을 에워쌌다. 무작정 자리를 뜨자니, 저놈들이 다시 포효를 질러 다른 고개에 있는 호랑이까지 모을까 봐 걱정이다. 이 산에 있는 모든 호랑이를 동원하려 들면 낭패이지 않은가. 그렇다고 뻔뻔하게 여기서 시간을 죽이자니, 저 많은 숫자가 무슨 짓을 벌일지 몰라 긴장을 풀 수 없었다. 어떤 결정을 내려도 호랑이들 행동이 예측불허라 청사는 머릿속을 빠르게 굴렸다. 괜찮은 방법이 떠오르지 않았다.

"히익!"

발아래 호랑이들에 정신이 팔려 있던 영실이 고개를 들더니만 숨넘어가는 소리를 질렀다. 청사가 예민하게 영실을 살폈다. 영실은 겁에 질린 얼굴로 계곡 쪽을 쳐다보고 있었다. 청사가 그 시선을 따라 고개를 돌렸다.

계곡 한 부근이 새빨간 화염에 휩싸였다. 화재 부근에서 산새와 들짐승들이 놀라서 도망가는 소리가 요란했다. 그 소란 속에 호랑이의 비명도 섞여 있다. 한 마리가 아닌 네댓 마리의 비명이다. 빨간 점으로 보이는 불덩이가 청사와 영실이 있는 쪽으로 달려왔다. 멀리서 볼 때는 그 정체를 가늠하기 어렵던 빨간 점이 가까이 다가오자 무엇인지 알 수 있었다.

불을 뒤집어쓴 호랑이였다. 털에 붙은 불길을 끄지 못해서 비명을 지르며 눈밭을 뒹굴고 아무렇게나 내달리고 있었다. 밤중을 훤하게 밝히던 산속 화재는 나타날 때 그러했던 것처럼 사라지는 것 또한 순식간이었다. 환하게 타오르던 계곡이 언제 그랬냐는 듯 새까만 어둠으로 바뀌었다. 청사는 자유자재로 타올랐다 수그러든 불길을 보며 눈을 매섭게 떴다.

"……꽝철이 놈 짓인데."

호랑이들이 불에 타죽은 동료 주변을 맴돌았다. 그들은 킁킁거리며 시체의 냄새를 맡았다. 까맣게 그슬린 재를 앞발로 들춰 보기도 하고 역한 냄새에 고개를 팩 돌리고 이빨을 드러내며 분노를 표현하기도 했다. 어슬렁어슬렁 호랑이를 가운데 두고 돌던 호랑이들이 일제히 나무 위를 바라봤다. 저마다의 시선에 살의가 가득하다. 영실은 호랑이들의 노여워하는 기색에 어쩔 줄을 몰라 했다.

"으악!"

청사가 잠깐 생각하는 사이에, 호랑이를 내려다보던 영실은 발을 헛디뎠다. 영실이 재빨리 손을 뻗어 나뭇가지를 붙잡았지만, 추락하는 것을 막을 수 없었다. 유일한 구명줄로 붙잡은 나뭇가지는 가차 없이 부러졌다. 뚝. 그 소리가 과연 나무가 부러지는 소리였는지, 심장이 곤두박질치는 소리였는지 구분할 수도 없었다. 청사가 뒤늦게 요력을 방출했다. 요력이 영실을 붙잡아 살리기도 전에 영실은 바닥을 뒹굴었다. 그는 어깨와 다리를 붙잡고 비명을 질렀다. 뼈가 부러진 것이 분명하다.

"젠장."

호랑이들이 영실을 향해 몰려드는 모습을 보고, 청사가 욕을 삼키며 뛰어내렸다. 청사가 호랑이들을 모조리 죽이기 위해 요력의 크기를 키웠다. 한 호랑이가 영실을 한입에 삼키려고 아가리를 벌린 순간 청사의 날카로운 공격이 호랑이의 목을 향해 날아갔다. 호랑이 목을 깨끗하게 잘라 버리려는 심산이다. 그러나 무언가가 재빨리 달려와 영실을 공격하던 호랑이를 몸으로 밀쳤다. 청사의 공격이 호랑이를 피해 뒤편에 있던 나무 기둥을 박살 냈다. 청사가 놀라서 쳐다보니 커다란 호랑이 한 마리가 영실을 보호하듯이 서서 다른 무리를 위협하고 있었다. 이 많은 호랑이 중에서도 유독 이마에 왕王자가 뚜렷한 놈. 영실은 그를 그렇게 불렀다.

"형님……!"

왼쪽 어깨와 발목을 잡고 온 인상을 찌푸린 영실이지만, 그 순간만큼은 눈물이 맺혀서 백형을 반갑게 맞이했다. 백형은 영실의 상태를 살피지 않았다. 대신 서서히 몰려드는 다른 호랑이들에서 눈을 떼지 않았다. 백형의 목울음 소리가 커다란 몸통 전체에서 울렸다. 수적으로 우세한 호랑이들이 선뜻 달려들지 못했다.

백형의 살벌한 기백이 호랑이들을 감쌌다. 청사는 달려온 백형을 보곤 주변을 살폈다. 사라질 때 백형과 함께였으니 나타날 때도 마찬가지일 한 사람을 찾기 위해서다. 청사의 예측대로 들어맞았다.

계곡 쪽에서 꽝철이와 함께 고도가 모습을 드러냈다. 청사는 당장에라도 고도를 끌어안고 싶은 욕구를 억눌렀다. 영실은 나무에서 떨어져 다친 상태고, 백형과 대립하는 호랑이들의 분위기는 폭풍전야와도 같다. 이런 때는 고도를 보며 애정을 과시하기보다 이 불편한 상황을 벗어나기 위해 도움을 주는 쪽이 낫다.

"아까 불 지른 걸 봤어. 호랑이들이 때로 모여서 덤비는 것과 관련된 것 같은데."

청사가 냉정하게 말하니, 고도 역시 눈빛에 장난기를 담지 않는지라. 고도가 생각했던 것이 어디선가 틀어진 게 분명했다.

"꽝철이가 지 성질 못 죽이고 크게 실수했다. 호랑이를 죽이면 아니 되는데."

꽝철이는 찔리는 구석이 있어서 눈을 마주치지 못했다. 고도에 이어 청사나 영실의 시선까지 자신에게 날아와 박히자 울컥하고 화를 냈다.

"저들이 먼저 공격했어!"

"안다."

"공격해서 죽인 건데 내가 뭘 잘못했다고!"

"호랑이는 산군山君이다. 호랑이는 산신의 슬하에 있는 소중한 자식이라, 자칫 잘못 건드리면 산신의 노여움을 사게 돼. 아무래도 일이 꼬일 것 같다."

산신이 노한다는 말에 꽝철이는 조개처럼 입을 다물었다. 본인이 한산 뫼 지하에 갇혀 있어서 알 것이다. 그는 어두컴컴한 땅속에서 할 수 있는 일이 없었다. 언제나 산의 울림을 듣고, 짐승들의 이야기에 귀를 기울이기만 했다. 지하에서 할 수 있는 일이라곤 지상의 변화를 관찰하는 것뿐이다. 원치 않아도 산이 시간에 따라 차고 기우는 모습을 일련의 과정으로 지켜보게 된다. 가만 지켜보면 참으로 신기한 일이 있는데, 산은 산신이 예정한 대로 변한다. 정성스레 제사를 올리는 인간이 있다면 산신은 그들을 위해 풍부한 과실과 물을 보답해 준다. 반면 인간들이 동물들을 지나치게 사냥하고 살육하면 산신이 노하여 멧돼지를 민가로 보내 사람을 다치게 하고, 계곡의 물길을 돌려 지하수를 공급하지 않는다. 산신의 뜻대로 산이 변화하여 그 속에서 살아가는 인간과 요괴에게 수많은 영향을 미치거늘, 산신이 유독 아낀다는 호랑이를 죽였으니 언젠가 꽝철이는 이 산의 노여움을 받아야만 할 것이다.

"고도. 그러면 넌 이 호랑이들을 죽이지 않을 것이냐."

꽝철이의 물음에 고도가 재깍 답했다.

"다치게도 하지 않을 것이다."

"허면 이들을 어떻게 달랠 것이냐, 이들에게서 운 좋게 도망친다 해도, 이들이 영실이란 인간을 죽이려고 달려들면 말짱 도루묵 아닌가. 호랑이들이 저 인간을 죽이지 않고 흩어지게 할 비책이라도 있느냐."

"저런. 네놈 참 인생을 쉽게 사는군. 세상에 그런 비책이 어디 있느냐."

"뭐야! 방법도 없으면서 날 질책한 거냐!"

"비책은 없지만 확실하게 효과를 볼만한 건 있구나. 다행히도 내가 가장 잘하는 부분이야."

"그게 뭔데?"

"미인계."

꽝철이뿐만 아니라 청사가 함께 헛기침을 토했다. 백형은 고도를 노려보는데, 그 눈빛이 어찌나 사납던지 헛소리를 하는 머리통을 집어삼킬 기세다. 고도는 주변의 시선에 아랑곳하지 않고 서전검을 뽑았다. 오랜만에 공기 중으로 노출된 서전검이 달빛 아래서 음습한 빛을 발했다. 이가 다 빠진 검은 정확하게 호랑이 한 마리를 겨누었다. 눈에 커다란 상처를 입은, 외눈박이 호랑이였다.

고도는 다시금 자리를 박차고 날았다. 검을 두 손으로 잡고 어깨 뒤로 힘껏 젖혔다. 검날이 정확하게 외눈박이 호랑이, 즉 창귀 들린 놈을 향해 떨어졌다. 그것을 본 호랑이 세 마리가 동시에 고도를 향해서 달려들었다. 커다란 이빨과 날카로운 발톱이 고도의 몸을 허공에서 찢는 순간, 고도는 뿌연 연기만 남기고 사라졌다.

잔상이 흩어지기도 전에 고도는 호랑이 뒤편에서 나타났다. 이번엔 다른 호랑이들이 달려들었다. 발톱이 할퀴고 지나간 자리엔 고도의 형상이 희뿌연 잔상처럼 남았다가 사라졌다. 주변 호랑이들이 달려들 때마다 고도는 같은 도술을 부렸다. 자리에서 사라지고 다른 곳에서 튀어나왔다가, 다시금 사라지고 나타나고. 호랑이들이 정신없이 고도의 뒤꽁무니를 쫓고, 그런 고도는 호랑이 떼에 둘러싸인 창귀를 쫓는 기이하고 복잡한 술래잡기였다.

도술을 옅게 풀었다가도 구름처럼 부풀리기를 반복하니, 창귀 주변이 순식간에 연기로 자욱해졌다. 새벽안개가 몰려든 숲의 풍경처럼 호랑이와 고도가 얽힌 부분은 희뿌연 것으로 아수라장이었다.

꽝철인 그들의 복잡한 추격전을 눈으로 쫓다가 머리가 핑 돌았다. 십수 마리의 호랑이가 민첩하게 고도를 공격하고, 그 허상이 사방에 연기를 뿌리니 그 광경만으로도 넋을 놓았다. 아슬아슬하게 도술을 부리는 고도도 놀랍지만, 눈앞에서 사라지는 고도가 나타날 곳을 미리 알고 움직이는 호랑이들의 행동도 감탄스러웠다. 저것이 사냥감을 쫓는 맹수의 본능이다. 그 민첩함은 요괴도 따라잡을 수 없을 정도였다. 호랑이들은 환영도사로 유명한 고도를 상대하면서도 조금의 뒤처짐도 없으니, 고도가 창귀와 간격을 좁히지 못하는 이유다. 끝이 날 것 같지 않은 쫓고 쫓기는 근접전이었다.

묵묵히 고도를 지켜보던 청사가 두 손을 들었다.

"참 과격한 미인계네."

청사가 손바닥을 활짝 펼쳤다. 어느새 그를 둘러싼 공기들이 기묘한 기류를 만들어 냈다. 바닥에 낀 서리와 눈발들이 말라붙고 소나무에 매달려 있던 찬 이슬과 물기도 사라졌다. 공기 중의 물까지 합세하여 청사의 손 앞에 물보라가 일었다. 소용돌이치는 물줄기가 호랑이 떼를 덮쳤다.

고도는 날아오는 물줄기를 보고 재빨리 몸을 피했다. 호랑이들도 대부분 민첩하게 몸을 돌렸지만 몇몇은 그 물보라에 얻어맞고 바닥으로 패대기쳐졌다. 날카로운 비명에 동료 호랑이들은 포악한 표정으로 청사를 노려봤다. 고도만을 집중 공격하던 호랑이들이 이젠 고도와 청사 모두를 공격하기 시작했다. 청사는 저에게 달려든 호랑이를 발로 걷어차면서 고도를 향해 고갯짓했다.

"내가 뒤를 봐줄게. 고도, 공격해."

"든든하구나."

"칭찬은 나중에 다 받아 낼 거야."

"오냐, 아주 예뻐라 해주지."

"말 바꾸기만 해봐라!"

청사가 말하기 무섭게 고도가 튀어 나갔다. 고도만을 공격하던 호랑이가 고도와 청사, 두 쪽으로 분산되자 고도는 이전보다 수월하게 움직일 수 있었다. 지금까지 접근조차 힘들었던 창귀 근처에서 고도가 서전검을 휘둘렀다.

창귀가 재빨리 몸을 숙여 검을 피했다. 뒤로 물러서는 창귀를 고도가 바짝 따라붙었다. 청사를 향해서 이를 드러냈던 호랑이들이 뒤늦게 창귀를 보호하고, 고도를 물어뜯으려 했다. 하지만 호랑이들은 여전히 고도를 덮치지 못했으니, 조금이라도 고도에게 다가갈라치면 청사가 손을 휘저어 물줄기를 날려 보내는 탓에 옆구리를 얻어맞고 바닥으로 내동댕이쳐지는 것이다.

청사의 호위를 받는 고도는 움직임이 더 매끄럽고 빨라졌다. 칼날을 피하는 창귀의 몸짓이 버거워 보일 정도였다. 청사가 던진 물줄기에 사방이 움푹 패 나무뿌리가 드러났고, 고도가 휘두르는 검에 호랑이들 몸에 생채기가 늘었다. 급소를 피한 공격으로 호랑이들은 지쳐 갔다.

창귀 역시 고도와 청사 모두를 상대하기는 어려워 보였다. 전세가 기울었지만 이는 싸움을 꿰뚫어보는 고도나 청사, 꽝철의 눈에만 보이는 형상이다. 싸움이 익숙하지 않은 이에겐 여전히 십수 마리의 호랑이에 둘러싸인 고도가 더욱 위태로워 보였다.

영실은 이 사태에 졸도할 것만 같았다. 몸으로 부대끼는 싸움은커녕, 그 흔한 말싸움도 해본 적 없다. 동물이라곤 아랫마을 개들과 장닭들만 가까이서 본 것이 전부다. 제 키보다 커다란 호랑이들이 인간 하나를 집중적으로 공격하는 꼴을 차마 똑바로 바라볼 수가 없었다.

영실은 백형의 털을 꽉 붙잡았다. 고도가 언제 날카로운 이빨에 갈가리 조각날지 모를 일이라 손발이 떨렸다. 자신이 꿈을 꾸고 있거나 이것이 별세계거나, 둘 중 하나가 분명하다. 상식적으로도 믿을 수 없는 장면이고, 왜 이런 사태가 벌어졌는지 이해하지 못했다.

"형님, 형님 말려 보세요."

호랑이들을 말리면 그나마 이 사태가 진정이 될까 싶어, 영실은 백형의 털을 잡고 흔들었다.

"어서요."

백형은 선뜻 나서지 못했다. 수적으로 불리하다. 복잡하게 펼쳐지는 전투에 괜히 끼어들어 고도의 발목마저 잡는다면 그것이야말로 최악의 사태가 아니고 무엇이겠는가. 또한 자신이 고도를 돕던 중에 창귀나 창귀에게 홀린 다른 호랑이들이 아우를 공격하면 일이 더욱 복잡해진다. 창귀가 노리는 사람은 고도가 아닌 영실이다. 고도의 말에 따르면 백형에게 당한 값을 되돌려주려고 영실을 잡아먹으려 한다. 창귀가 영실을 포기하지 않는 한 백형이 최우선으로 해야 하는 건 아우다. 그 점은 변하지 않았다.

"아우야. 넌 이대로 집에 돌아가 어머니를 모시고 마을로 피신해라."

영실이 기겁을 하고 언성을 높였다.

"뭐요? 형님, 그게 무슨 말이에요!"

"이놈아, 지금 제일 위험한 건 너란 말이다!"

"제가 왜 위험한데요?"

"지금 설명하기는 어렵다. 이들이 궁극적으로 노리는 사람이 너란 것만 알아 둬라. 나중에 얘기해 줄 터이니 어서 몸을 피하래도."

"잠깐만요, 형님."

머리로 밀어대는 백형을 온몸으로 막아선 영실은 제법 화가 나 있었다. 그는 도리어 백형을 나무라기 시작했다.

"저 같은 놈을 도와주려고 저분들이 이 고생을 하신단 말입니까? 그런데 저는 나 몰라라 줄행랑이나 치라고요? 그게 인간 된 도리로 참 할 소리십니다!"

동생이 바른 말을 하자 백형은 더 화딱지가 났다. 나무에서 떨어져 몸도 성치 않은 놈이다. 연장도 없어서 호랑이를 상대할 수단도 미미하건만, 이놈은 지금 인간의 도리 운운하며 낄 데 안 낄 데를 구분하지 못하고 있었다. 이럴 땐 제 목숨 부지를 최우선으로 생각하는 이기적인 생각을 해도 될 터인데. 동생의 올곧은 성품이 이렇게 답답할 수가 없다. 백형은 언성을 높였다.

"네놈이 무슨 도움을 줄 수 있다고 여기 이렇게 있겠단 거냐! 네가 피해 주는 게 이들에게 도움이 된다!"

"형님은 지금 저를 쓸모없는 놈으로 대하고 있습니다."

"부정할 수 없는 말이구나."

"제가 이분들처럼 화려한 수작을 부릴 줄 모른다 하시어 얕잡아 보시는 거지요?"

"어허, 이놈아! 그 뜻이 아니잖으냐!"

"저 때문에 일이 이렇게 되었다는데, 속 편히 도망갈 수는 없습니다! 개똥도 약에 쓸라면 없다는 말이 있습니다. 저 같은 놈이라도 도와드려야 함이 마땅치 않겠습니까."

영실은 주변을 빠르게 둘러보더니 부러진 나뭇가지를 잡아들었다. 비쩍 마른 가지이긴 하나, 그 두께가 두 손으로 잡을 만큼 두껍고 또 곧게 뻗어 있어서 무기 대용으로 쓰기 안성맞춤이었다. 영실은 그것을 번쩍 들어 올렸다.

"이야아아아아!"

우렁찬 기합소리와 함께 호랑이들을 향해 달려가니, 백형이 혼비백산하여 동생을 뒤쫓았다. 백형이 말리기도 전에 영실은 나무를 휘둘렀다. 허공을 가른 나무가 호랑이 한 마리의 뒤통수를 정확하게 후려쳤다. 갑작스러운 공격에 호랑이가 멈칫한다. 나무는 와지끈 부러졌는데 뒤통수를 후려 맞은 호랑이는 아프지도 않은지 날카로운 이빨만 내보이며 영실에게 으르렁거렸다.

나머지 호랑이들도 제자리에 멈추어 섰다. 고도를 잡아먹지 못해서 바짝 약이 오른 호랑이들은 누런 이를 드러내고 침을 뚝뚝 흘렸다. 광기에 뒤덮인 호랑이들이 고도에게서 영실로 목표를 바꾸었다. 영실은 부러진 나무를 던지고 혼비백산하여 뒤로 물러났다. 커다란 앞발을 성큼성큼 내뻗으며 영실에게 다가오자 백형이 재빨리 아우 앞을 가로막았다.

어깨 밑으로 고개를 낮추고 으르렁거리던 백형은 커다랗게 포효했다. 쩌렁쩌렁한 목소리가 산 전체를 울릴 정도였다. 백형의 기백에 호랑이들이 주춤하며 다가오길 망설이자 조금 전의 아수라장이 꿈인 듯 정적만 주변을 메웠다. 고도는 변화한 분위기를 감지했으나 시선을 돌리진 않았다.

호랑이들에게 호위를 받던 창귀가 노출되어 고도의 서전검 끝에 자리잡고 있었다. 창귀는 몇 번이고 으르렁, 고도를 향해 이를 세우더니 조금씩 뒤로 물러나기 시작했다. 고도가 그 모습을 묵묵히 바라보니 나무 사이로 몸을 감춘 창귀가 뒤돌아서 산속으로 달아났다. 고도는 그 뒤를 쫓으려다가 문득 청사를 쳐다봤다. 갑자기 도망간 창귀와 달리 호랑이들은 여전히 영실을 공격하려 했고, 그 앞을 백형이 홀로 막아선 상태였다. 청사는 영실과 백형이 어찌 되든, 고도를 따라올 듯했다. 고도는 청사를 향해 단호하게 말했다.

"영실이를 지켜라."

발끈한 청사가 목소리를 높였다.

"널 먼저 호위할 거야!"

"금방 돌아오겠다. 영실이를 지켜."

고도는 그 말만 남기고 창귀가 사라진 산속으로 몸을 날렸다. 눈 깜짝할 사이에 사라져서 쫓을 수도 없었다. 청사는 고도가 사라진 방향을 멍하니 바라봤다. 청사는 속상한 마음에 미간을 좁혔다. 고도와 항상 붙어 있어도 목마른 기분이 드는데, 고도는 그 정도는 아닌 듯하여 마음이 어수선했다. 고도는 청사의 처지를 이해할 수 있었다. 청사는 고도와 함께 시간을 보내고 싶어 하지만 고도에게는 그 일보다 더 중요한 일이 산재해 있다. 생각할수록 청사는 그 안타까움을 이루 말할 수 없었다. 고도와 창귀가 사라지고도 으르렁거리며 영실 주변에 몰려드는 호랑이를 보자, 청사는 눈을 시퍼렇게 떴다. 그것은 일종의 화풀이였다.

청사의 두 눈이 예고도 없이 변했다. 솔잎보다 가느다랗게 축소된 눈이 길게 찢어졌다. 괴이한 동공에 위압감을 느낀 호랑이들이 흠칫하며 털을 세웠다. 청사는 놀란 호랑이들을 향해 손을 뻗었다. 한산뫼에서 누이가 내리찍은 벼락에 소매가 불탄 나머지, 노출된 팔은 뽀얀 살빛을 내보였다. 하나 그도 잠시뿐이다. 부드럽던 살결이 교차하는 선들로 갈라지더니 곧 갈라진 자국에 비늘이 일어났다. 검푸른 비늘이 팔을 덮고 목까지 올라왔다. 호랑이는 물론 백형과 영실도 청사가 흉측하게 변한 모습에 놀라 굳어 버렸다.

청사를 둘러싼 공기가 달라졌다. 그건 위압감 같기도 하고, 주변을 날카롭게 헤집어 놓는 분노 같기도 했다. 청사가 보이는 순수한 감정의 크기보다도, 그런 청사의 분노에 기가 죽은 듯한 공기의 움직임과 산의 기운이 더없이 기이했다. 산의 기운이 저만치 도망가는 듯하다. 혹여나 청사 근처에 있다가는 해코지라도 당할까 봐 물러나는 것이다. 풀과 나무도 숨을 죽이고 청사의 눈치만 본다. 맑은 하늘의 달빛은 어느새 끌고 온 먹구름 사이로 모습을 감추어, 혹여나 제 몸으로 내리쬐는 달빛에 청사의 심기가 불편하진 않을까 염려하는 듯 굴었다. 밤바람이 몰아닥치던 주변에 더는 아무 소리도 들리지 않는다.

산이 청사의 기분을 살핀다. 달과 바람과 나무와 숲의 향기가 청사의 심기를 거스르지 않기 위해 숨을 죽이고 있다. 그러니 산군이라 불릴지라도 일개 금수에 지나지 않는 호랑이가 어찌 청사에게 이를 드러내고 사납게 울어댈 것인가. 호랑이들은 귀를 뒤로 젖히고 꼬리를 내렸다. 발톱과 이빨도 숨기고 몸을 낮추며 청사에게 다가가지도, 물러서지도 못하고 쩔쩔맸다.

청사의 옆에 서 있던 백형마저 놀라서 저도 모르게 네 다리를 납작 엎드리니 아직 상황 파악을 못 한 영실만이 넋이 나가 서 있을 뿐이다. 청사는 팔과 목에 드러난 비늘을 신경질적으로 움직였다. 곱고 부드러운 입술 사이로 드러난 송곳니가 호랑이들 이빨보다도 예리하게 빛났다. 인간의 동공을 흉내 내었던 눈은 짐승도, 요괴도 아닌 모습으로 변했고, 청명한 하늘 같던 색은 은하수처럼 검고도 황홀한 빛을 뿜었다. 그 두 눈이 호랑이들을 노려본다. 호랑이들은 고개를 땅에 처박고 들지 못했다.

— 죽이지 말라는 얘기가 없었으면 너희는 여기서 죽었을 것이다.

청사의 목소리에 사방이 진동한다. 공기가 청사 주변에서 물러난 탓에 그의 목소리는 주변으로 퍼지는 대신 공기가 없는 곳을 메우듯이 모여들었다. 말 못 하는 짐승일지라도 호랑이들은 청사의 목소리를 알아들었다. 하지만 누구도 선뜻 일어나 몸을 돌리지 못했다. 그들은 청사의 말을 따르고 싶지만 따르지 못하는 어떠한 이유가 있는 듯이 힘겨워했다.

— 목숨만은 보전케 해줄 테니, 당장 사라져라.

이번에도 호랑이들은 몸을 들지 않았다. 목울대를 그르렁 울리면서 청사의 명령을 따르지 못해 곤욕스러워만 했다. 청사는 꼼짝도 않는 호랑이들을 쳐다봤다. 당장에라도 이들을 죽이고 싶지만 그러지 못해서 분해하는 표정이었다.

꽝철이가 그러한 청사를 지척에서 지켜봤다. 그의 검은 눈엔 더 없는 독기와 분노가 숨겨 있었다. 청사는 꽝철이의 사나운 시선을 눈치채지 못했다.

고도는 소나무 숲을 빠르게 가로질렀다. 한 치 앞도 보이지 않는 어둠 속에서 창귀가 재빨리 달아나는 발소리가 들린다. 하나 그 소리를 쫓자고 축지법 수준을 높여도 창귀와의 간격이 좁혀들지 않았다. 도깨비나 귀신에게 홀린 것 같다. 아무리 쫓아도 상대의 모습이 보이지 않다니. 창귀는 하찮은 악귀다. 호랑이를 홀려서 사람에게 위해를 가할 줄만 알지,

이렇듯 다른 호랑이들의 정신을 빼앗아 제멋대로 부리는 짓은 하지 못한다. 창귀 자체에 더 많은 악귀가 달라붙어 힘이 세졌거나, 고도가 모르는 비밀이 있을 수 있다.

기린이 출몰할 정도로 성스러운 산이며 호랑이 열댓 마리가 서식할 정도로 산신의 기운이 농후한 곳이건만, 그슨대와 창귀가 비대한 힘을 부리고 있다. 이 어찌 음습한 다른 꿍꿍이가 숨겨져 있지 않겠느냔 의심을 저버릴 수 있을까. 고도는 혼잣말처럼 중얼거렸다.

"동자삼."

이 산에서 발견한 동자삼을 혹여나 악귀들이 잡아먹어서 그 힘을 취했다면 이야기가 달라진다. 동자삼은 죽어 가는 노인네마저 마을 어린애를 잡아먹게 한 악의 씨앗이다. 태초에 악귀로 태어난 놈이 그것들을 잡아먹으면 상상 이상의 능력을 발휘하게 된다.

고도는 다급한 걸음에 더욱더 속도를 냈다. 보이지 않는 창귀의 소리를 바싹 따라붙었다. 창귀는 흡사 도술을 부리듯 이 자리에서 저 자리로 휙휙 이동했다. 흙을 밟는 소리도 들리지 않고 기척이 옮겨 가는 느낌도 제때 알 수 없다. 이는 마치 여기 있던 잔상이 사라지면 저곳에 잔상이 남아 고도를 홀리는 것 같았다. 고도는 가증스러운 술수에 걸려들지 않도록 두 눈 대신 피부의 감각에 의존했다. 산마루에서 불어오는 바람이 조금이라도 달라지는 느낌에. 발을 딛고 있는 흙이 앞서 간 호랑이의 무게에 파이거나 흔들리는 것을 포착하기 위해. 고도는 지금까지 자제하고 있던 도력을 사방으로 분출했다.

바람결에 낯선 냄새가 난다. 음습하고 어두운 냄새다. 고도는 곧바로 달리던 방향을 바꿨다. 소나무와 가시나무 사이를 파고드는 바람 소리가 귀신 곡소리처럼 높았다. 사방에서 깔깔 웃어대는 미친 여자 소리가 고도를 어지럽게 했다. 상서로운 느낌의 산은 사라지고 귀신과 악귀의 기운만이 가득하니, 부적이 없어 스스로 힘을 제어하기 어려운 고도가 자신도 모르게 온몸으로 도력을 방출했다. 달빛이 가려진 산속보다 어둡던 검은 눈은 차츰 노란빛으로 물들었다. 백형이 밤에 드러내는 발광하는 호박색 눈처럼, 고도의 눈이 금색으로 번쩍였다.

깔깔깔깔깔.

스산한 바람과 누군가의 웃음소리를 헤치고 달린 고도가 발을 멈추어 세웠다. 어두운 숲에 작은 형체의 그림자가 보였다. 무언가가 바닥에 앉아 몸을 말고 있는 형상이다. 고도는 망설임 없이 서전검을 뽑고 형체를 향해 달렸다. 금색 눈이 잔상처럼 어둠 속에서 선을 만들었다. 고도가 어깨높이로 들어 올린 서전검을 검은 형체를 향해 내리찍을 때였다. 몸을 웅크리고 있던 형상이 천천히 고개를 돌렸다. 그것이 고도와 눈을 마주쳤을 때, 서전검은 정확히 그것의 정수리 위에 멈추었다.

까맣고 기다란 머리를 하나로 가지런히 땋은 머리. 동그랗고 포동포동한 얼굴. 두 눈은 강아지처럼 커다랗고 초롱초롱하며, 입술은 빨갛고 볼은 홍조까지 띠고 있었다. 미소는 해맑고 몸짓은 발랄하니, 그것은 지난 세월 고도를 괴롭혀온 잔상이 현실로 구현된 것이나 다름없었다. 검을 쥔 손이 떨리고 턱 밑이 파르르 동요했다. 금색 눈은 확장되어 초점을 맞추지 못했으며 앞만 보고 달렸던 다리는 거의 본능적으로 뒤를 향해 물러섰다. 아이가 그런 고도를 향해 두 손을 펼쳤다. 작고 보드라운 손가락이 고도의 앞에서 활짝 펼쳐진다. 고사리 같은 손으로 고도를 살갑게 대하는 행동은 기억 속과 일치했다.

귀를 어지럽히는 바람 소리가 해변의 파도 소리처럼 들린다. 나무 사이사이를 꿰뚫는 미친년 웃음소리는 아이가 까르륵, 해맑게 터뜨린 목소리로 변했다. 온몸을 차갑게 식히는 밤공기는 심장마저 얼어붙게 하는 겨울바다의 온도와 흡사했다. 아이가 손을 뻗어 잡으려는 것은 한때는 허리 밑까지 내려왔던 고도의 머리카락이 있던 위치였다. 아이는 쓸쓸한 해안가에서 고도의 머리카락을 유일한 장난감 삼아 놀곤 했다. 그 긴 머리가 예쁘다면서 언제고 손에 쥐고 놓지 않던 아이였다.

현기증이 난다. 아니, 정신을 잃을 것 같다. 고도는 숨조차 쉴 수 없었다. 아무 생각도 나지 않는다. 두 다리와 팔에서 힘이 풀려 몸이 중심조차 잡지 못했다. 고도의 손에서 떨어진 검이 바닥을 뒹굴었다. 땡강, 바위에 맞고 튕긴 검에서 울린 고철 소리가 깊은 숲 속으로 빨려들어 갔다. 멍해져 있던 머리가 가까스로 정신을 차린 건 잠시 후였다.

고도는 어깨에서 끔찍한 통증을 느꼈다. 몸에서 울리는 고통이 입에서 반사적으로 신음을 토하게 했다. 고도는 아이에게 고정하고 있던 시선을 움직였다. 깊은 산을 헤집으며 뒤쫓았던 창귀가 오른쪽 어깨에 매달려 있었다. 아니, 커다란 이빨을 어깨에 박고 물어뜯고 있었다. 호랑이의 날카로운 이빨이 오른쪽 어깨를 관통하여 뼈 자체를 으스러뜨렸다. 어깨는 함몰되고 팔뚝에선 뜨거운 피가 솟구쳤다. 비명이 터질 것 같은 고통 속에서 고도는 전의를 보이지 않았다.

그는 부서진 어깨뼈에서 아이 쪽으로 도로 시선을 돌렸다. 아이는 그슨대가 변신한 모습이다. 머리는 그 사실을 아는데 어이하여 어깨보다 심장이 더 아픈가. 고도의 두 눈에 눈물이 차오른다. 시야가 순식간에 흐려진다. 곧이어 두 볼을 타고 흐르는 눈물을 본 아이가 더욱 희게 웃었다. 아이가 입을 벙긋거리며 다가왔다.

"아빠."

고도는 왼팔로 아이를 끌어안았다.

꽝철이는 땅의 소리를 들었다. 주변 모든 것이 청사를 경배하며 침묵하는 동안, 발바닥에 닿은 땅이 깊은 소리를 토했다. 그것은 지신의 울음이었다. 고통이고 한이었다. 땅의 반응은 대지와 불의 요괴라는 꽝철이조차도 놀랄 만큼 격렬했다. 꽝철인 청사를 노려보던 사나운 눈을 들어 깊은 산을 바라봤다. 어둠으로 가득 찬 산속에 특별한 기척은 없었다. 부자연스러울 정도로 고요했고, 고도가 사라진 방향에선 음습함만이 느껴졌다.

"뭔가 잘못됐어."

호랑이들에게 흩어지라 명령했던 청사가 처음으로 꽝철이를 돌아봤다. 목을 덮고 광대까지 올라온 푸른 비늘이 신경질적으로 움직였다.

— 무슨 말이지?

"뭔가가 잘못됐다고."

이해하지 못하는 청사를 보고 꽝철이는 울컥하고 말았다. 목구멍까지 올라왔다가 가까스로 진정시킨 감정이 바늘처럼 날카롭게 변해 청사를 향했다. 청사가 줄곧 보여 주지 않던 본연의 피부를 보는 것도, 아무것도 모른다는 듯이 쳐다보는 시선도 모두 다 짜증이 났다. 검은색과 쪽빛으로 뒤섞인 비늘은 청사의 감정이 고조될 때마다 떨렸는데, 그 모습을 보노라면 머리끝까지 화가 치밀어 절로 주먹을 움켜쥐게 되었다.

꽝철인 청사의 능력과 신분을 확신해 왔다. 이 땅에 있어서는 안 될 자가 도사를 쫓아다니는 꼴이 수상하여 잠자코 관찰해 왔지만 상황이 이 지경인데도 순진하기 짝이 없는 도련님의 태도를 더는 평온한 마음으로 지켜볼 수가 없었다.

알면서 모르는 척하는 건가, 아니면 정말 모르는 건가. 자신 같은 요괴도 들리는 땅의 소리를 어째서 눈앞의 이 남자는 모르는 것인가.

비늘까지 전부 드러내 놓고 산군들에게 꺼지라 위협하면서 땅의 소리는 듣지 못한다. 그럴 만한 능력이 안 되는지, 아니면 지상에서는 청사의 능력이 미치지 않는 것인지 몰라도 한계를 똑똑히 지켜보고 나니 열불이 치밀었다. 이무기가 천 년을 묵어, 되고자 했던 존재가 이런 덜떨어진 자라면 실망과 분노를 금할 길이 없다.

"나는 가보겠다."

꽝철인 호랑이 문제를 청사에게 떠넘기고 자리를 뜨려 했다. 더는 청사의 얼굴이 꼴 보기 싫었고, 땅이 우는 이유를 알아보고 싶은 연유에서다. 하나 청사가 단호하게 명했다.

— 허튼소리. 넌 어디에도 갈 수 없어.

안 그래도 청사에게 좋은 감정이 없는 꽝철이 그 말을 곱게 받아들일 리 없다. 서로 못 잡아먹어 안달이지 않았나. 눈이 마주쳐도 서로 노려보기 바쁘고, 같은 공간에 있기 싫어 어느 한쪽이 먼저 자리를 뜨는 것이 암묵적인 규칙이었다. 청사가 그 규칙을 파괴했다. 순전히 일방적인 결정이었고, 그 속에 꽝철이의 의사 따윈 고려되지 않았다. 꽝철인 금방이라도 독 지녜의 불길을 피어 올릴 기세로 반박했다.

"내게 이래라저래라 명령을 하는 거냐?"

— 앞으로도 고도를 따라올 생각이라면 나와 네놈 사이의 서열은 확실하게 해야 피차 피곤하지 않지.

"뭐라고?"

— 불만 있으면 힘으로 말해라. 너희 요괴들 방식대로.

청사가 손을 까딱였다. 고운 손가락이 두어 번 움직이자 꽝철이는 두 눈을 시뻘겋게 떴다. 청사는 고도가 자리를 벗어나자마자 스스럼없이 비늘을 드러냈다. 명분은 호랑이들을 제압하고 내쫓기 위함이지만 실상은 누군가가 자신의 본래 모습을 보게 한 의도적 행동이었다. 그 누군가가 된 꽝철인 분노를 감출 길이 없었다.

어느 쪽이냐고 묻는다면, 꽝철인 무지는 죄가 아니라고 대답하는 부류다. 본인이 학식이 짧아서 머리에 먹물이 든 것과 대화할 땐 알아듣지 못하는 것이 태반이다. 인간과 친근한 요괴에 반해, 언제나 정벌의 대상이 되는 자신 같은 이무기는 인간들의 지식도 생활 태도도 아는 바가 없다. 지금 그나마 아는 것도 전부 과거에 고도를 통해서 배웠다. 그래서 고도는 꽝철이에게 특별한 인간이다. 그는 오로지 용이 되길 생의 목표라 생각한 꽝철이에게 세상엔 다양한 즐거움이 많다는 걸 알려 준 사람이었다. 고도는 용에 대한 열등감과 부러움 그리고 존경과 박탈감을 동시에 가진 이무기에게 언제나 즐거운 이야기를 해주었다.

이야기 속엔 부모를 버린 자식도 있고, 자식을 죽인 부모도 있으며, 노승老僧을 사랑한 젊은 처자가 있는가 하면, 전쟁 나간 임을 그리워한 나머지 성벽에서 몸을 던져 지조를 지킨 여인도 있었다. 인간들은 매순간을 부나방처럼 열렬히 살아가는 존재인지라, 그들이 무언가를 위해 격정적으로 살다 간 이야기를 들으면 재밌고 신기하기만 했다. 꽝철이의 눈에는 고도 역시 다른 인간과 다를 바 없었다. 조금 느리고 태평한 구석이 있긴 하나, 그 역시 확고한 목표를 위해서 혼신을 다하는 인간이었다.

인간에 대한 느낌은 그것이 전부다. 인간은 꽝철이를 괴롭히기도 하고, 고도의 이야기 속에서 즐거움을 주기도 했지만 그 이상의 유대감은 느낄 수 없었다. 종족이 다르기 때문이라. 모든 것을 힘의 우위로 결정하는 요괴와 무리를 지어 서로 도와주고 해치느라 바쁜 인간들은 사고방식에서 큰 차이를 보였다. 그 차이는 아무리 좁히려 해도 끝내 작은 간극이 남았다.

고도가 아무리 특별하더라도 그것은 '인간'의 범주에서만이다. 요괴들과 비교하면 꽝철이의 마음속에 있는 고도의 가치도 뒤 순번으로 밀리게 되어 있다. 종족을 우선시하는 것이 모든 생명체의 당연한 행동이거늘,

그 당연한 진리를 거스르는 존재가 눈앞에 있으니 그 어찌 눈에 거슬리고 짜증이 솟지 않을까.

청사는 모든 행위가 고도를 중심으로 움직인다. 고도를 실망하게 하지 않기 위해 조심스러워하고, 고도가 기뻐할 일이라면 번거로움도 마다하지 않는다. 간혹 뒤치다꺼리하듯 자질구레한 일마저 툴툴거리면서도 받아들이니 그게 대체 뭐하는 짓인가. 청사가 인간에게 정을 주고 편의를 봐주는 모습은 보는 것만으로도 화가 났다. 그래선 안 된다. 설령 무지는 죄가 아닐지라도, 자연의 이치에 맞지 않는 짓은 죄가 될 수도 있다. 다른 존재도 아닌 청사이기에 말이다.

"구질구질해서 더는 못 봐주겠다."

꽝철이가 성큼 앞으로 나가자 청사의 눈동자가 수축했다. 말릴 틈도 없었다. 꽝철이는 두 팔을 벌리고 요기를 방출했다. 그의 황색 무명옷이 순식간에 시뻘건 화염에 휩싸였다. 어지러운 쑥대머리도 불길에 따라 넘실거리며 위로 솟구쳤다. 흔들리는 머릿결과 불길의 조화가 섬뜩하리만큼 잘 어울렸다. 검은 눈동자에 비친 붉은 불길이 지옥의 겁화에 버금간다.

사방으로 불티가 날렸다. 세차게 솟구친 불이 단숨에 꽝철이의 주변을 집어삼켰다. 불이 몸에 붙은 호랑이들이 여기저기서 비명을 질렀다. 절규하는 목소리가 사방으로 퍼졌다. 목에서 울리는 포효는 인간의 날카로운 비명처럼 고통스럽게 울렸다. 호랑이들이 바닥을 뒹굴고 나무에 머리를 박으면서 괴로워하자 청사가 소리쳤다.

— 그만두지 못해!

청사의 손짓에 따라 물보라가 일어났다. 물이 호랑이들 위에 쏟아지며 시꺼먼 연기를 뿜어냈다. 간신히 불길을 잠재웠지만 새까맣게 타버린 호랑이들은 피부까지 녹아내린 큰 화상에 숨만 헐떡였다. 비틀거리다 바닥에 쓰러지고도 온몸의 고통에 몸부림쳤다. 바들바들 떨면서 서서히 숨이 멎었다.

그렇게 화상을 입은 네 마리 중 두 마리가 목숨을 잃기 무섭게 멀쩡한 호랑이 무리에서 두 마리가 다시금 화염에 뒤덮였다. 꽝철이가 손짓 한 번 할 때마다 한 마리가 불타오르고, 다른 한 마리가 새까만 재가 되어 사라졌다. 백형에게도 불티가 튀었다.

"형님!"

영실이 소리를 지르면서 백형을 끌어안았기에 다행히 백형의 털로 불이 옮겨 붙지는 않았다. 대신 영실의 등판이 불에 녹아 큰 화상을 입었다. 백형은 감히 꽝철이에게 덤벼들 생각은 못 한 채 큰 소리로 울부짖었다. 분노한 청사가 난동을 부린 꽝철이의 멱살을 움켜쥐었다. 불을 뒤집어쓴 꽝철이와 물에 뒤덮인 청사의 몸이 붙으면서 거대한 연기 기둥이 생겼다.

― 호랑이들 죽이지 말라는 말 못 들었어?

꽝철이는 청사의 손을 거세게 쳐냈다.

"그건 고도 사정이다. 나와는 상관없어."

― 그럼 내가 다시 명령한다. 이들을 해치는 즉시 네 목숨을 앗아 가겠다.

"고작 인간이 '죽이지 말라'고 말한 것 때문에 이렇게 저자세로 나오다니! 아이고, 세상이 놀랄 정도로 망극한 일이구나!"

청사가 주먹을 내질렀다. 꽝철이는 명치를 얻어맞고 넘어져서는 나무에 등을 부딪쳤다. 꽝철이의 몸에서 옮겨붙은 불이 마른 소나무를 활활 태웠다. 불타는 호랑이들이 여기저기 박아댄 나무에서도 연기가 치솟고 불길이 솟구쳤다. 삽시간에 일대가 아수라장이 되었다. 멀쩡한 호랑이들은 도망가지도 못 하고 불길 속에서 울부짖었고, 죽은 호랑이 시체에선 역겨운 냄새가, 또한 살아서 불길에 휩싸인 녀석들에게선 끔찍한 비명이 산을 울렸다.

청사가 주변의 수분을 모두 긁어모아 불붙은 호랑이와 나무에 쏟아 부었다. 마른 겨울 산이라 물기가 충분하지 않았기에 불을 다 끄긴 역부족이었다. 청사가 꽝철이의 멱살을 다시금 잡았다. 꽝철이의 몸이 나무기둥을 따라 미끄러지듯 끌어 올려졌다.

— 이 이상 멋대로 군다면 네 목숨을 장담하지 못한다. 너희 저급한 이무기를 죽인다 하여 내 신상에 어떠한 영향이 있으리라 생각지 마라.

명백한 협박에 꽝철이가 어이없는 얼굴로 웃었다. 정신이 나간 듯 미친놈처럼 히죽거리는 모양새에 청사의 눈에 분노가 가실 줄 몰랐다. 그는 당장에라도 꽝철이에게 주먹을 내지르고 싶은 욕구를 억눌렀다. 꽝철이를 패대기치고 집어 던질 때마다 꽝철이 몸에서 숲 쪽으로 불길이 옮겨 붙기 때문이다.

"아무렴. 높으신 분들 눈에 나 같은 게 보이기나 하겠나."

꽝철이는 웃음을 멈추지 못했다. 그는 지금의 상황도, 서로 간에 얽혀 있는 감정들도 모두 이해할 수가 없었다. 고도가 시킨다고 제 힘을 발휘하지 않는 청사나, 핏줄도 아니면서 인간을 지키기 위해 제 한 몸을 바치는 호랑이나, 그런 호랑이를 보면서 안타까워하는 아우나. 모두 하나같이 구질구질하기만 하다. 왜 이렇게들 서로 신경 쓰면서 위하고 배려하는지 모르겠다.

"천상이 심심했나, 아니면 이왕 놀 거 땅 위로 내려와 자신이나 과시해 보려는 건가. 이렇게 땅까지 행차하셔서 웬 늙은 도사 뒤치다꺼리나 해주니 내 어찌 웃지 않겠느냐!"

고도를 늙은 도사로 칭한 꽝철인 배를 움켜쥐고 깔깔 웃었다. 본래 말투가 험한 것인지, 아니면 고도를 미워했지만 지금까지 내색을 안 한 것인지 분간이 안 간다. 꽝철이는 희번뜩한 시선으로 저를 죽일 둥 살 둥 고민하는 청사를 향해 웃어 보였다. 삐뚜름한 웃음이다. 청사의 노기가 극에 달했다.

― 정녕 죽고 싶다면 계속 멋대로 굴어 봐라.

"난 구미호가 아니라서 목숨이 하나뿐이라, 이대로 죽으면 영영 되살아나지 못한다. 그럴 수야 없지."

― 경고한다. 한 번만 더 비꼬면 그 주둥아리부터 찢어 버리겠어.

"미안하다. 내가 지금은 이 모양이지만 그래도 한때는 승천을 꿈꾸던 불지네였는데 말이야. 인생의 팔 할을 땅속에만 처박혀 있었더니 속이 좀 꼬여서 그래. 날지도 못하고 하늘만 우러러보면서 습한 땅에 몸을 뉘고 있으려니 어쩌겠어. 이해하지? 아, 그쪽은 팔백 년을 갇혀 지내 본 적 없어서 모르려나?"

낄낄거리며 웃음을 토하던 주둥아리가 반대편으로 돌아갔다. 꽝철이의 얼굴을 사정없이 후려친 청사가 한 번 더 손을 들었다. 반대편 얼굴을 얻어맞은 꽝철이의 고개가 뒤로 꺾였다. 광대뼈가 내려앉아서 부어오른 상처가 얼굴 반쪽을 가렸다. 세 번째 주먹질이 얼굴에 닿자, 이번엔 눈덩이가 부어올랐다. 곱상한 외모에 가느다란 몸이라 얄봤으나 실상은 단단한 뼈를 가진 남성체의 괴력이었다.

어쩌면 분노를 참지 못한 주먹질이 평소 이상의 힘을 발휘해 꽝철이의 얼굴을 엉망으로 뭉갠 것일지도 모른다. 그도 아니라면 드러낸 비늘만큼 본래의 힘을 발휘하는 것일지도. 일방적으로 얻어맞은 꽝철인 산발이 된 머리를 쓸어 올렸다. 한쪽 눈이 부어올라 제대로 눈을 뜰 수도 없건만. 꽝철이의 눈은 아직도 청사를 향한 혐오감이 넘실거렸다. 그는 청사에게 얼굴을 바짝 붙였다.

"널 보면 화가 나."

꽝철인 제 멱살을 쥐고 있는 청사의 손목을 잡았다. 날카롭고 단단한 흑청색 비늘이 손바닥에 박혔다.

"내가 피눈물을 삼키며 되고 싶었던 존재가 너처럼 미적지근한 감정에 휘둘리고 능력도 발휘 못 하는 놈이라니. 어린애처럼 한심하게 구는 네 놈을 내가 무엇 때문에 부러워했던 거냐. 내 인생과 목표가 모조리 부정당한 기분이야. 화가 나서 참을 수가 없어."

손바닥에 비늘이 박힌 채로도 힘을 풀지 않자, 어느새 검붉은 피가 꽝철이의 손을 타고 흘러내렸다. 소매를 적신 피비린내가 사방을 진동했다. 호랑이들의 분위기가 심상치 않아졌다. 동료가 불에 타죽은 근처에서 몸을 잔뜩 낮추고 털을 뻣뻣하게 세웠다. 목구멍을 울리는 위협적인 소리에 꽝철인 눈 하나 깜짝 안 했다. 그는 청사에게 속삭이듯 말했다.

"난 너를 못 건드리지만 고도라면 이야기가 다르지. 정말로 고도가 너에 대해 아무것도 모른다고 생각해?"

청사가 눈에 띄게 굳는 순간, 몸을 낮춘 호랑이들이 일제히 달려들었다. 한 마리가 꽝철이를 머리로 들이받았다. 청사는 재빨리 몸을 날려 나무 위로 올라가 그들의 공격을 가까스로 피했다. 덩치 큰 호랑이의 돌진에 속절없이 데굴데굴 바닥을 구른 꽝철이가 욕을 뱉으며 몸을 세웠다. 아까보다 숫자가 줄었다곤 해도 맹수가 떼로 덤벼든다는 사실은 변하지 않았다. 눈 한쪽도 안 보이는지라, 시선의 사각지대에서 공격하면 제대로 대응할 자신이 없다.

꽝철이가 대처 방법을 고민하는 사이에 호랑이 한 마리가 달려들었다. 하나가 꽝철이의 시선을 빼앗은 사이에 다른 녀석들이 뒤에서 앞발을 휘둘렀다. 불길에 휩싸인 꽝철이라도 등을 강타하는 발톱에는 미처 신경을 쓰지 못했다. 속전속결로 공격하는지라 불길이 호랑이 털에 옮겨 붙을 시간도 없었다. 불을 피워 호랑이를 산 채로 태우려 하자 청사가 여지

없이 훼방을 놓는다. 하늘에서 떨어진 물벼락에 화가 난 꽝철인 달려드는 호랑이를 발로 찼다. 옆구리가 부서진 호랑이가 바닥을 구르면서 울었다.

"악!"

뒤에서 무릎을 물어뜯긴 바람에 꽝철이 짧게 소리를 질렀다. 다른 호랑이들이 멈칫하며 틈을 들이는 모습이 수상쩍어 재빨리 뒤를 돌아보니, 무릎을 물고 늘어진 놈이 영 예상하지 못한 놈이다. 백형이다. 제 동생을 구하겠다고 같은 종족을 공격하던 놈이 이번엔 꽝철이를 공격한 것이다. 꽝철이는 숨을 몰아쉬더니 백형의 머리통을 걷어찼다. 밀려난 머리통을 발로 콱 내리찍었다. 백형이 몸부림을 쳐도 요괴의 힘에선 쉽게 벗어날 수 없었다.

"인간을 도울 땐 언제고 이젠 이쪽을 공격해?"

백형은 발아래 깔린 채로 거세게 항의했다.

"이들은 네가 함부로 다뤄도 될 자들이 아니다!"

"어쩌라고? 너 이 새끼 똑바로 정해! 나랑 저 인간 동생을 지킬 건지, 아니면 호랑이 쪽을 도울 건지."

"아우도 지키고 내 동료도 지킬 것이다!"

"이놈, 저놈 할 것 없이 죄다 병신 천치로구먼!"

꽝철인 인정사정없이 발에 힘을 주었다. 백형이 소리를 지르자 큰 화상을 입어 온몸에 열이 오른 영실이 엉거주춤 달려왔다.

"살려 주세요. 살려 주세요, 어르신."

영실이 꽝철의 바짓가랑이를 붙잡고 애걸했다. 눈물을 펑펑 쏟으면서 빌어도 꽝철이 코웃음을 쳤다. 날뛰는 것도 정도껏이지. 청사는 손을 들어 올렸다. 구름에 가려져 있던 달무리가 아예 사라졌다. 하늘에 첩첩이 쌓이는 구름의 움직임이 심상치 않다. 높게 쌓인 구름 속에서 쿠르릉, 천둥이 울렸다. 청사가 꽝철이의 머리 위로 벼락을 내리꽂으려는 순간이었다.

"그만둬라."

백형의 머리통을 터뜨리려던 꽝철이도, 꽝철이의 머리에 벼락을 던지려던 청사도 모두 움직임을 멈췄다. 영실이마저 울음을 그치고 모두 한 방향을 바라봤다. 달빛도 들지 않는 새까만 소나무 숲에서 누군가 다가오는 발소리가 들렸다. 처음에는 소리뿐이었고, 조금 후에는 희미한 형체만이 보였다. 머지않아 온전한 모습을 드러내기 무섭게 영실이가 비명을 질렀다.

고도가 다리를 끌듯이 다가왔다. 그는 왼손에 창귀 들린 호랑이를 질질 끌고 오고 있었다. 창귀는 죽었는지 살았는지 구분할 수 없었다. 고도에게 목살이 잡힌 놈은 미동도 하지 않았다. 무거운 짐짝처럼 취급당한 창귀는 그대로 바닥에 내동댕이쳐졌다. 영실이 비명을 지른 것은 이 난리의 장본인인 창귀가 시체 꼴로 나타나서가 아니었다. 그 창귀를 끌고 온 고도의 상태 때문이었다.

어둠 속에서 형형히 빛나는 호랑이들의 호박색 눈동자보다, 고도의 눈동자가 더욱 섬뜩하게 빛났다. 분명히 검은색으로 기억했던 고도는 하얀색에 가까운 금안을 지니고 있었다. 기이한 눈빛은 인간의 것처럼 보이지 않았다. 영실은 소름이 돋아서 그 눈을 똑바로 바라볼 수가 없었다. 하나 눈만 보고 도망치기엔 고도의 왼쪽 어깨를 무시하지 못했다. 어깨뼈가 으스러진 듯, 함몰된 오른쪽 팔의 상태가 처참하다. 팔이 매달려 있지만 차라리 잘라내는 것이 나을 정도로 상처가 심각했다.

고도의 등장에 분위기는 얼음장처럼 굳었다. 청사가 나무에서 뛰어내려 고도에게 달려가지 않았다면 누구도 고도의 허락 없이 이 분위기를 깨트릴 수 없었을 것이다. 검푸른 비늘이 피부를 덮고 있던 모습은 온데간데없이, 청사는 평소의 모습 그대로 고도의 앞에 섰다. 그는 제일 먼저 고도의 어깨를 살폈다. 팔이 매달려 있는 게 용하다 싶을 만큼 엉망이다. 청사는 그 팔을 어떻게든 치료를 하고 싶었는데, 고도가 순순히 그 치료를 받아들일 것 같지 않았다. 가까스로 침착함을 찾은 청사가 떨리는 입술을 열었다.

"팔 되돌아올 수 있는 거야?"

한때 심장이 멎고도 되살아났던 고도다. 청사는 그 이유도 방법도 모르나 지금은 그 치료 능력 자체에 모든 걸 걸고 싶은 기분이었다. 고도는 청사를 쳐다보지도 않고 고개를 끄덕였다. 목이 잘리지 않는 이상 죽지 않아. 몸이 어디가 어떻게 부서지고 으깨져도 다시 되돌릴 수 있어. 고도의 표정이 그리 말하는 듯했다.

"꽝철아."

고도는 발끝에 걸리는 창귀의 몸뚱어리를 옆으로 밀어내고는 꽝철이에게 느릿하게 다가갔다. 꽝철이는 고도의 금안을 보고 인상을 찌푸렸다. 재회하고 나서 고도가 부적을 꺼낸 모습을 본 적이 없다. 부적 없이 도력을 남발하면 곧잘 신선의 눈이 되는 고도의 예전 모습이 지금의 모습과 겹쳐 보였다. 꽝철이는 저 눈을 가졌을 때의 고도가 심기가 불편할 법한 일은 최대한 피하고 싶었다. 그래서 고도의 부름에 말없이 고개를 끄덕이기만 했다.

"난 네놈의 솔직함은 좋지만 앞뒤 안 가리고 달려드는 다혈질은 매우 싫구나."

꽝철인 마른침만 꼴깍 삼켰다. 어디서부터 난동을 지켜봤을까. 청사가 시퍼런 비늘에 싸여 있을 때부터? 아니면 자신이 불을 사방으로 던지며 호랑이들을 태워 죽이던 때부터? 고도가 어느 시점부터 목격했는지를 모르니 변명은 궁색하고 설명할 방법도 요원했다. 꽝철이는 고도의 시선을 피했다.

"그게……."

"네놈을 다시 이 죽통에 처박고 싶을 만큼 싫어."

"……잘못했어."

"나와 그릇된 인연으로 이어 가고 싶은 게냐. 말해 봐라. 그걸 원한다면 내 친히 여기서 네 목을 잘라 주마."

"두 번 다시 안 그럴게."

"약속해라."

"약속하마."

군말 없이 꼬리를 내리는 꽝철이를, 고도가 오래도록 지켜봤다. 꽝철이가 이 순간을 모면하고자 마음에도 없는 소리를 하는지, 진심으로 반성하는지를 살피는 시선이었다. 고도가 판단을 내리길 꽝철이는 진심에서 우러나오는 사과를 했다. 고도는 꽝철이의 뒤편으로 시선을 돌렸다. 흙바닥에 호랑이들이 엉망으로 뒤엉켜 있었다. 그들은 새하얀 눈밭을 붉게 물들인 채 미동도 않았다. 하얀 배를 드러내고 숨을 멈춘 것이 있는가 하면, 입에 거품을 흘리며 기절한 것도 있었다. 운이 좋아 목숨을 건진 호랑이들도 숨을 헐떡이며 자리에 주저앉았다. 뒤로 물러서며 도망가는 것들도 보인다. 살았건 죽었건 모두 싸울 의지는 보이지 않았다. 창귀가 죽은 시점에서 더는 고도 일행을 공격할 명분이 없는 듯했다.

죽여서는 아니 되었다. 자식을 잃은 산신이 노해 마을 사람들에게 그 죄를 묻게 될 것이다. 고도는 처음보다 숫자가 훌쩍 줄어 버린 호랑이를 보면서 깊은 한숨을 내쉬었다. 고도와 요괴, 호랑이들의 상황을 살피던 영실이 조심스럽게 무릎으로 걸어갔다. 옷이 눈에 젖어 피부를 차갑게 적셔도 백형을 향하는 걸음을 멈추지 않았다.

"혀, 형님."

영실은 백형에게 손을 내밀었다. 엎드려서 숨을 몰아쉬던 백형이 눈꺼풀을 들어 올렸다. 호박색 눈동자에 눈물이 그렁그렁 달린 아우의 모습이 보인다. 얼마나 놀랐는지 하얗게 질린 얼굴은 아직도 창백했다.

"사내놈이 눈물은."

영실은 울음을 터뜨렸다. 두 팔로 백형의 목을 끌어안고 서럽게 눈물을 쏟았다. 자신 때문에 호랑이들을 상대하고 꽝철이에겐 폭행당한 백형을 똑바로 볼 수 없었다. 피도 섞이지 않은 인간 형제를 지키고자 이게 무슨 고생인가. 동생을 나무라거나 탓하지도 않는다. 동생의 안위를 걱정하며 고작 얼굴에 생긴 생채기를 커다란 혀로 핥기만 한다. 영실은 그게 더 미안해서 엉엉 울었다.

"흉터 남겠다."

동생의 눈에서 더 큰 물방울들이 하염없이 굴러 떨어지는 모습을 보니 동생을 위해서 다친 자신의 처지가 문득 고맙게 느껴지는 백형이었다. 동생이 이렇게까지 걱정을 해준다면 한 번쯤 크게 다치는 일도 나쁘지 않겠다는 생각마저 들었다.

"있죠, 형님, 형님 나는……."

말을 채 잇기도 전이었다. 영실의 뒤편으로 검은 그림자가 움직였다. 백형이 눈치를 채고 고개를 돌렸을 땐 이미 늦어 버린 후였다. 죽은 줄 알았던 창귀가 살아 있었다. 호랑이를 절대로 죽이지 않겠다는 고도의 말이 백형의 귀에 맴돌았다. 기절시켜서 끌고 온 것일진대, 안일하게 시체로만 취급했다가 이런 날벼락이 떨어진 것이다.

창귀는 마지막 힘을 다해 몸을 날렸다. 거대한 앞발은 정확하게 영실의 머리통을 후려쳤다. 두 개의 바위가 부딪혀서 쪼개지는 소리가 울렸다. 딱딱한 것이 무참하게 함몰되는 끔찍한 소리가 울렸다. 호랑이의 앞발에 깨어진 머리통이 그대로 바닥에 처박혔다. 영실의 눈물에 젖은 백형은 영문을 모르는 멍한 표정이었다. 옆으로 고꾸라지는 영실을 바라보는 눈에 초점이 없었다. 청사가 달려들어 창귀의 숨통을 끊었다. 꿈틀거리며 마지막으로 생존을 위해 몸부림치던 호랑이가 더는 움직이지 않게 되고서야 백형은 멍한 눈을 내리깔았다. 백형은 제 발밑에 피를 흘리고 쓰러진 동생을 바라봤다. 저를 끌어안고 울던 동생은 차가운 눈밭에 모로 누워 일어나지 않았다.

고도가 그제야 사태를 파악했다. 손쓸 틈도 없이 벌어진 일이라 창귀만 봉인하고 살려 둔 호랑이를 막지 못했다. 청사가 재빨리 호랑이의 숨통을 끊어서 누군가 다치거나 죽는 일은 모면했지만 이미 죽어 버린 영실을 되살릴 수는 없었다. 이 일의 원흉이 자신이라는 생각이 빠르게 스쳐 지나가자 고도의 손에서 서전검이 떨어졌다. 호랑이를 살리려 한 욕심이 결국 인간을 죽인 꼴이다.

"영실아."

백형의 떨리는 목소리가 아우에게 닿았지만 아우는 일어나지 않았다. 백형이 고개를 내밀어 피에 젖은 얼굴을 핥아도 딱딱하게 경직된 얼굴은 웃지도 울지도 않았다. 하염없이 얼굴에 묻은 피를 닦던 백형은 표정을 무너뜨렸다. 사납게 찌푸려진 표정은 제 몸에 상처가 날 때보다도 더욱 고통스러워 보였다.

"영실아."

물기가 묻어난 목소리가 움직이지 않는 동생을 부른다. 형님, 형님하고 배시시 웃으며 쫓아오던 그 예전의 동생은 눈밭에 박혀 통 일어나질 않았다. 백형의 두 눈에서 눈물이 흘러 동생의 몸 위로 떨어졌다. 백형은 영실의 몸을 구석구석 핥았다. 혀가 쓸고 지나간 피부는 추위에 얼어 새파랗게 굳어 갔다. 차가워진 얼굴이 따뜻해지지 않았다.

백형은 입을 크게 벌렸다. 산이 떠나갈 듯한 포효 소리가 울렸다. 비통한 울음소리는 산을 넘어 메아리로 되돌아왔다. 천지를 뒤흔드는 격정적인 울음에 고도는 아랫입술을 깨물었다. 가슴이 먹먹하여 터질 것 같은 비통함이 그대로 전해졌다. 세 번째 울음이 산을 뒤흔들 때, 고도는 주먹을 움켜쥐었다. 손톱이 손바닥을 파고들 정도로 힘을 준 두 손이 바르르 떨렸다. 백형은 온몸이 무너져 내려 영실을 붙잡고 울었다.

고도는 오열하는 백형을 더는 볼 수 없었다. 온몸으로 밀려드는 죄책감에 차마 백형을 똑바로 볼 자신이 없어서 눈을 감았다. 네 번째 포효가 산을 돌아 민가까지 퍼져 나갔다.

자박자박. 고도가 무표정하게 걸어가는 뒤를 청사와 꽝철이가 말없이 따랐다. 백형에게 "미안하다"는 한 마디만 남기고 고도는 어두운 산속으로 향했다. 호랑이의 포효 소리가 간간이 산의 정적을 깨고 나뭇가지를 흔들었다. 그럴 때마다 고도는 고개를 숙이고 물끄러미 신발의 코만 쳐다봤다.

자박 자박, 발걸음이 무거워 보인다.

자박 자박 자박, 땅 밑으로 온몸이 꺼질 것처럼 무거워 보인다.

자박 자박 자박 자박, 차라리 주저앉아서 눕고 싶을 정도로 무거워 보인다.

자박, 온몸이 천근처럼 무겁고 무거워서 더는 걸을 수 없을 만큼이나.

"……고도."

걸음을 멈추어 선 고도를 말없이 쫓아오던 청사가 끝내 안타까운 음성으로 그 이름을 불렀다. 고도는 앞머리로 얼굴을 가린 채 바닥만 내려다

보고 있었다. 청사가 고도의 앞으로 돌아섰다. 이래도 될까 싶어서 망설이던 청사는 고도의 얼굴을 두 손으로 조심스럽게 감쌌다.

슬며시 고개를 들게 하자 땅만 멍하니 바라보던 고도가 청사와 시선을 마주했다. 고도는 눈물을 보이지 않았다. 볼을 타고 흘러내리는 물줄기도 없고, 그렁그렁 매달린 물기도 없다. 건조한 눈이다. 한데도 청사가 보기엔 더할 나위 없이 괴롭게 울고 있는 것처럼 보였다. 어떻게든 스스로 견뎌 내고 참아 내려는 감정이 여실히 보였다. 그 억누르는 감정에 청사의 가슴이 먹먹했다.

"네 잘못이 아니야."

고도의 얼굴을 꼭 감싸면서, 청사는 목이 멘 목소리로 말했다.

"넌 네가 할 수 있는 일을 다 했어. 네가 잘못한 건 하나도 없어. 그러니 그렇게 힘들어하지 마. 마음 아파하지 마."

고도는 청사를 하염없이 쳐다봤다. 미호였다면 이렇게 위로의 말을 건네는 대신 자기도 모르게 으앙, 하고 눈물을 터뜨렸을 것이다. 뭐가 슬픈지도 모른 채 어린애처럼 고도를 부르면서 목 놓아 울었을 것이다. 소라면 아무 말 없이 고도를 제 머리 위에 올라 태우고 산꼭대기로 날아갔을 것이다. 시원한 바람을 쐬라 배려해 주고 요기가 될 만한 어린 짐승을 사냥해 와서 고도의 심신을 안정시키기 위해 노력했을 것이다. 그럴 만큼 미호와 소를 걱정시킨 일은 손에 꼽을 정도로 적지만 그러한 방식의 위로에 익숙해 있다 보니 청사의 행동은 낯설었다.

얼굴을 잡아 주곤 일그러진 얼굴로 고도를 바라보는 표정엔 동정이나 위로보다도 아픔이 보였다. 제 일도 아닌데 제 일처럼 괴로워하고 힘들어했다. 고도가 느끼는 아픔을 자신에게 덜어 주길 바라는 것만 같았다. 맑고 푸른 눈을 하염없이 들여다보던 고도가 손을 들었다. 청사의 얼굴을 부드럽게 잡고 그 볼에 입을 맞췄다. 청사는 얼굴이 살짝 붉어져서 시선을 내리깔았다. 길게 내려앉은 속눈썹이 떨리면서 고도의 입맞춤에 수줍어했다.

"대롱아. 네가 인간이 아니어서 다행이다."

붉은 표정으로 젖어 있던 청사가 멈칫하고 고개를 든다. 고도는 벌써 저만치 걸어가고 있었다.

무슨 뜻이야.

청사는 무어라 묻지도 못하고 울상을 지었다.

그게 무슨 뜻이야, 고도.

고도가 정도 이상으로 힘들어 하는 것 같다. 호랑이들과 영실의 죽음이 그를 이 정도의 고통으로 몰아낸 것 같지 않았다. 그 이상의 문제가 있다. 창귀를 잡으러 간 잠깐 사이에 무슨 일이 있던 걸까. 고도가 어깨만 다쳐서 온 게 아니라, 마음에 커다란 구멍까지 만들고 온 것 같지 않은가. 청사는 고도의 등을 보면서 어금니를 꾹 물었다.

고도의 검집에 달린 털이 환하게 빛났다. 지금까지 줄곧 거친 말의 갈기 같던 털이었건만, 갑작스레 빛을 내기 시작했다. 휘황찬란하게 발광하는 털을 살피던 고도는 검집에 묶어 두었던 털들의 매듭을 풀었다. 손바닥에 올려놓았던 털들이 바람에 날렸다. 털은 색색들이 실처럼 화려한 빛을 흘리며 바람을 따라 휘날렸다.

고도는 털들이 밝혀 놓은 자리를 따라갔다. 깊고 깊은 곳인지라 곳곳에 사람 손을 타지 않은 산삼과 야생초들이 호젓하게 피어 있었다. 빛의 끝에는 달빛을 보며 털을 흔들고 있는 거대한 짐승이 있었다. 주변을 돌아다닐 때마다 절제된 말발굽 소리가 울렸다. 고도는 그 소리가 낯설지 않았다.

"기야."

고도의 소리를 들은 짐승이 긴 목을 돌렸다. 달빛을 받던 그는 깜짝 놀라 외쳤다.

「결국, 날 잡아먹으러 온 것이냐? 난 말했다시피 이슬만 먹고 자라서…… 아, 아니 실은 달빛도 먹는다. 거짓말을 해서 미안하구나. 그래도 잡아먹지는 마라.」

"내가 아는 짐승을 통틀어 네가 가장 겁이 많구나. 안 잡아먹는다, 걱정하지 마라."

「허면 왜 날 또 찾아왔느냐.」

"이 털이 너에게 가는 길을 인도했다."

「털이 왜 멋대로 그랬대. 내가 부르기 전엔 반응하지 말라 이른 것들인데.」

상대는 속삭이는 목소리로 말하더니만 고도에게 다가왔다. 서전검을 밝게 비추는 털과 똑같은 색의 짐승이 고도의 앞에 멈추어 섰다. 긴 목에 용의 얼굴, 말의 몸에 소의 꼬리를 가진 짐승. 청사는 살아생전 처음 보는 신비로운 영수 앞에서 눈을 함지박만 하게 떴다. 하늘의 은하수를 한 필 끊어 온몸에 두른 것처럼 신비롭게 반짝이는 털을 가진 존재는 전설로만 전해 듣던 백수의 영장, 기린이었다. 이 산속에서 만날 줄 전혀 예상 못 한 이였다.

「네가 부탁한 것을 아직 찾지 못했다. 이리 일찍 만날 줄 알았다면 부지런을 떨 걸 그랬구나.」

청명한 종소리처럼 기린의 목소리는 아름답게 주변에 퍼졌다. 하늘에 닿을 듯 높게 솟아 있던 머리는 천천히 고도에게로 내려왔다. 기린은 고도의 얼굴을 핥았다. 따뜻한 온기가 고도의 얼굴에 스며들었다. 고도의 먹먹하던 표정이 차츰 진정을 되찾았다. 고도는 한숨처럼 깊은 숨을 내쉬고 기린의 얼굴을 쓰다듬었다.

「헌데 왜 이렇게 슬프게 울고 있느냐.」

"퍽 곤란한 오해를 하고 있구나. 보다시피 나는 울지 않는다."

「무엇이 그댈 이렇게 슬프게 하느냐.」

"슬프지 않다. 괜찮다. 나는 울지 않는다."

「거짓말이 익숙한 인간이구나, 너는.」

"그래야 살 수 있지 않겠느냐."

「솔직해지면 죽기라도 하는 것 같은 대답이로다.」

"이렇게라도 억지로 살아야 하니 어쩔 수 없겠구나."

그는 투명한 눈으로 고도를 지켜보고는 고도의 얼굴을 한 번 핥아 주는 것을 끝으로 네 다리를 접어 자리에 앉았다. 커다란 몸이 땅에 붙자 위압감이 줄어들었다. 비로소 청사가 다가왔다. 호기심과 경계심을 담아 쳐다보는 청사의 시선을 기린이 마주했다. 그는 고개를 숙여 청사의 발밑을 쳐다본 뒤 시선을 바로 했다. 청사는 그 행동의 의미를 뒤늦게야 깨달았다. 기린은 청사에게 인사를 한 것이다. 그것도 굉장히 조심스러운 몸짓으로.

「고도. 강문이라는 승려를 찾고 있다 했지. 나도 가능하면 그 부탁을 들어주려 했지만 내 능력 부족이구나. 만물을 느낄 수 있는 나라도 그것들을 일일이 구별하지는 못했다.」

고도는 기린의 대답에 실망하지 않았다. 기린이 강문을 찾았다면 더할 나위 없이 좋았겠지만 누군가의 도움으로 쉽게 찾을 이였다면 이미 옛적에 만났을 것이다. 강문과는 때가 오지 않으면 인위적으로 만나기 어렵다. 살아온 세월이 그것을 말해 주고 있었다. 동자삼의 기적을 쫓을 수 있는 꽝철이가 옆에 있으니, 그래도 언젠간 만나지 않겠나.

「그대의 부탁을 들어주진 못했지만 조언은 해줄 수 있겠다.」

조언이라는 소리에 고개를 들었다. 고도와 눈이 마주친 기린이 환하게 웃었다.

「동쪽으로 가라. 정확하게는 모르겠으나 그곳에 강문이란 자가 있다는 것은 느껴지는구나.」

동쪽이라는 말에 고도는 맥 빠진 웃음을 뱉었다.

"그대의 대답도 동쪽인가. 하나같이 모두 내게 동쪽으로 오라 하니 이젠 허탈한 기분마저 드는구나."

「동쪽으로의 여정은 그대가 마음먹기에 달려 있다. 그대가 원치 않는다면 이 길을 이탈할 수 있다. 누구도 그대에게 동쪽으로 가라 강요하지는 않으니, 이건 운명이나 팔자의 소관이 아니라고 대답하고 싶구나.」

"허면 내가 다른 길을 택할 수 있다는 말인가."

「물론이다.」

"예를 들면?"

「영생의 길은 어떠한가.」

청사는 고도의 그런 반응을 처음 봤다. 기린이 대답하자 눈에 띄게 실망하여 입을 다무는 모습엔 조금의 거짓이나 꾸밈이 없었다. 영생은 만물의 숙원이거늘, 고도는 좌절할 정도로 표정이 굳어졌다. 동쪽으로 가지 않는다면 영원히 살 수 있다. 그 완벽한 인생을 고도는 받아들이지 않았다.

"아무튼 고맙다. 내 그대에게 큰 빚을 졌다."

고도가 기린의 머리를 쓰다듬어 주자 기린의 털이 아름다운 빛을 뿜었다. 고귀하게 흔들리는 빛의 향연에 청사는 저도 모르게 작은 감탄사를 뱉었다. 화려하면서도 겸손한 삼라만상의 색채다. 그 빛에 현혹되어 눈을 돌리지 않는 고도의 의지를 존경하고 싶을 정도였다. 고도는 기린에게 이렇다 할 인사도 않고 등을 돌렸다. 그는 꽝철이에게 고갯짓을 까딱이며 저를 따라오라 하고는 청사에게 다가와 왼손을 내밀었다. 청사가 그 손을 조심스럽게 맞잡았다. 고도는 손가락 끝에서 퍼지는 온기에 굳어 있던 어깨를 풀고 나지막이 한숨을 내쉬었다. 긴장이 가셔도 생기가 없는 얼굴은 그대론지라, 청사는 딱한 심정으로 고도의 손을 꼭 잡아 줬다.

「고도. 그대가 도사라서 한 가지 알려 주고 싶은 게 있다. 혹시 청호림이라고 들어 본 적이 있는가.」

고도는 청사를 데리고 가던 길을 멈추었다. 두 눈이 함지박만 해져서는 기린을 돌아보는 모습이 몹시 놀란 듯 보였다. 고도는 눈에 띄게 동요했다.

청호림은 신선들이 각자의 절벽 위에 오막살이집을 짓고 풍류를 즐기거나 도를 닦는 곳이다. 삿된 마음을 가진 인간은 함부로 발을 들일 수 없고, 고도와 같은 도사라 할지라도 신선의 허락이 없으면 쉬이 다가갈 수 없다. 청호림에 들어가기 위해선 정월 대보름 잔치에 공식으로 초대를 받는 방법밖에 없다.

정월 대보름이 되면 북두칠성과 해와 달이 수놓인 도포를 입은 신선들이 산천지에 꽃등을 달고 갖가지 짐승을 불러들인다. 향기로운 꽃술과 과일이 청호림 기암절벽 구석까지 퍼지면 선녀와 선자들은 금을 뜯고 패옥을 부딪치면서 아름다운 소리를 울렸다. 여덟 가지 달빛과 별빛이 청호림에 내려앉으면 5대 신장과 7도 신장이 모이고 선사와 동자, 옥황상제와 바다용왕이 모여 놀았다.

그때 딱 한 번, 청호림 뒤편에 있는 인간 세상으로 통하는 수미산에 문이 열린다. 신선과 불자는 수미산 아래 인간 세상을 네 조각으로 나누어 동비제하東毘提訶, 서구다니西瞿陀尼, 남염부제南閻浮提, 북구로주北俱盧洲로 불렀는데, 정월 대보름 날 이 네 군데에 사는 인간 중 특별한 이를 선발하고 초청하여 함께 어울려 논다는 것이다. 신선이 공식적으로 불러들이는 인간이 아니고선 개인적인 연유로 청호림을 찾아가기란 불가능하다. 이

전에 만난 까마귀 어사처럼 특별한 경우가 아니라면 말이다.

이는 고도에게도 해당하는 것이라 고도 역시 딱 한 번, 염부제에 사는 인간으로서 정월 대보름에 초대받아 신선들과 인연이 생긴 것이 전부였다. 그곳의 생활을 직접 경험했어도 꿈같은 기억으로만 남아 제대로 입에 담을 수도 없거늘. 기린이 청호림에 대해 말한 것은 그만큼 의외였고 또 돌발적이었다.

"그대는 청호림도 아는가?"

고도의 반응을 보고 기린이 목을 빳빳하게 세웠다.

「에헴, 물론이지. 몇 해 전에는 신선들의 초대로 청호림에서 뛰어논 적도 있다.」

"그 노인네들이 기린까지 불러들이는 건 이번에 처음 알았구나. 그래, 재밌는 곳이지. 그대에게는 낙원 같은 곳이다. 그대를 잡아먹지 않을까 무서워하는 인간도 없고."

「허나 너무 풍요로워 어떠한 개운함은 없더구나. 이곳에서 즐길 수 있는 이슬과 달빛이 그곳엔 없다. 나는 이곳이 더 좋더라.」

"그래, 청호림에 대한 애정은 알겠다. 그 얘길 하려고 나를 불러 세운 건가."

「아니, 나는 그대가 청호림을 안다면 그곳으로 보내줄까 생각 중이다.」

고도는 기린의 말을 선뜻 이해하지 못했다. 청호림으로 가는 문을 기린이 홀로 열어 준다니, 그것이 가능한가. 아무리 영수라 할지라도 계界가 달라지면 사정이 달라지지 않겠나. 만물을 살피는 기린에게 신선들과의 접촉은 크게 어려운 일이 아니라는 듯한 말투는 고도에게 큰 충격을 주었다. 고도가 떨리는 목소리로 물었다.

"이제 보니 네 농담은 수준급이구나."

「앗, 내 말이 인간들 사이에선 웃음을 유발할 수 있는 건가? 어디가 농담처럼 들렸지? 다음에 또 다른 인간을 만나면 써먹어 보겠다.」

"그런 말은 농담으로라도 하지 말란 뜻이지. 인간들이 눈 뒤집혀서 네게 달려들 소리거든."

「이럴 수가. 웃음이 아니라 분노를 유발하는 말이었구나.」

"욕심을 유발하는 말이지."

「욕심이라.」

욕심이 나면 웃음이 나는 것인가. 기는 골몰하더니 해사하게 웃었다. 그것은 욕심과는 상관없는 순수한 기쁨이었다.

「다들 가고 싶어 하는 곳이란 뜻으로 받아들여도 되겠느냐. 내가 그런 도움을 줄 수 있다니 기쁘기도 하다. 도사도 청호림을 어려워하기는 다른 인간과 다르지 않는 듯해 신기하기도 하고. 신선들을 벗으로 두었더니 그곳으로 가는 문을 열 수 있는 특권을 받았다. 그런 쓸모없는 특권을 어디에 쓰나 싶어서 잊고 지냈는데. 고도, 그대를 보니 내 힘이 닿는 데까지 도와주고 싶구나.」

기린이 고개를 들자 달빛에 물든, 창백한 색의 절벽으로 희뿌연 안개가 몰려들었다. 맑게 갠 하늘에 구름이 다가와 달을 가리자 빛나던 천하에 어둠이 내려앉았다. 어둠 주변으로 안개가 몰려들었다. 서늘하고 축축한 장막 너머로 거대한 절벽이 희미하게 모습을 드러냈다.

고도는 눈을 커다랗게 떴다. 안개가 낀 절벽은 이 산의 일부가 아니었다. 가파른 돌산엔 갖가지 초가집과 누각과 대가 자리 잡고 있었다. 돌산의 봉우리는 육안으로 보이지도 않는다. 봉우리는 필시 옥황상제가 사는 천계까지 솟아 있을 테고, 그것들은 전부 구름에 가려져 아무리 우러러 보아도 그 끝을 분간할 수 없으리다.

산 중턱까진 돌계단이 구불구불하게 이어져 있었다. 백팔 개로 이루어진 계단 끝에 커다란 나무 문이 있고, 그 나무 문 뒤로 또 다른 백팔 계단이 이어졌다. 그것은 초대하지 않은 불청객을 내쫓기 위한 장치였다. 섣불리 청호림으로 들어가려 하다간 문을 열 때마다 눈앞에 늘어서 있는 백팔 개의 계단을 죽을 때까지 기어서 올라가게 될 것이다. 한데 지금은 그 문들이 활짝 열려 고도 일행을 맞이했다. 이것이 기린의 선물이었다.

「가고 싶지 않으면 가지 않아도 된다. 한낱 짐승의 오지랖으로 생각하고 이대로 그대의 갈 길을 가도 된다. 난 그대의 선택을 존중한다.」

기린은 한 발 물러서서 고도의 결정을 기다렸다. 청사와 꽝철인 생전 처음 보는 신선계에 넋을 놓고 입을 벌렸다. 뿌옇고 흐린 저 산 위에 신선들이 자리 잡고 있단 말이지. 꽃과 꿀이 흐르는 유복한 땅이자 피와 조만 먹으면서 백 일 동안 바늘바위에 앉아 수행을 해야 하는 고난의 땅이. 고도는 청호림을 보던 시선을 거두어 기린을 향해 심각한 어조로 물었다.

"혹 내가 저 땅에 발을 들이면, 그대에게 해가 가는 일은 없는가."

「그런 일은 없을 것이다. 음. 그래도 설마하니 신선이 나를 죽이려 내려오진 않겠지.」

"그대에게 아무런 피해가 가지 않는다면……."

고도는 말을 끊고 깊게 숨을 들이마셨다. 감정적으로 피곤하고 지쳐 있던 얼굴에 생기가 돌아왔다.

"내 꼭 저곳을 방문하고 싶다."

기린은 빙그레 웃었다. 행복한 미소였다.

「드디어 그대가 원하는 걸 줄 수 있게 됐구나.」

고도는 기린에게 다가가 이마에 입을 맞췄다. 기린이 행복해하며 털을 흔들자 시야를 온통 뿌옇게 만드는 안개 속에서 휘황찬란한 빛의 전율이 일었다. 고도는 청사와 맞잡은 손을 풀지 않고 청호림 입구로 향했다. 꽝철이가 신기하다며 방방 뛰는 것을 내버려 둔 채, 돌계단을 오르기 전엔 힐끔 기린을 돌아보기도 했다. 기린은 부드러운 표정으로 고도에게 눈인사를 건넸다. 그제야 고도는 마음을 놓고 손을 흔들었다. 고도의 일행이 돌계단을 밟는 순간 안개가 사라지고 높은 돌산의 모습 역시 흐려졌다. 원래 아무것도 없었던 것처럼, 청호림은 흔적도 없이 사라졌다. 밤의 겨울 산엔 호랑이의 울음소리만이 울렸다.

"내가 이게 무슨 호사냐! 꽝철이가 청호림에 오다니, 얼쑤!"

"계단 무너진다. 얌전히 좀 걸어."

"내가 얌전히 있을 수가 있느냐! 아이고야, 신선을 만나면 무슨 소원을 빌까? 화룡火龍이 될 수 있도록 해주세요! 라고 빌어 볼까?"

"신선은 그런 소원 들어주지도 않는다."

"혹시 모르지. 내가 마음에 들어서 용으로 승격시켜 줄지!"

"김칫국 맛있느냐."

"에라, 고약한 심보 같으니라고. 꿈에 부푼 이무기를 그렇게 쳐다보는 네놈이 참 얄밉도다."

꽝철이는 백팔 계단을 폴짝폴짝 뛰어올랐다. 그런 꽝철이를 구경하는 고도는 뒷짐을 지고 느긋해하나, 꽝철이 못지않은 흥분감을 얼굴에 드러내고 있었다. 꽝철이가 고도를 향해 네놈은 도사이면서 왜 신선이 되지 않았냐고 물었다. 고도가 퍽 진지한 얼굴로 대꾸했다.

"흰 수염을 배꼽까지 기르라는데, 내 심미안에 어울리지 않아서."

그런 바보 같은 이유가 어디 있느냐며 목소리를 높이는 꽝철이였다.

두 남자가 영양가 없는 이야기를 주고받는 동안, 청사는 수십 계단 아래에서 따라오고 있었다. 고도 옆에 쪼르르 붙어서 화기애애한 이야기에 끼어들고 싶었지만 그럴 기분이 나지 않았다. 고도를 보면 마음이 무겁다. 고도가 힘든 내색하지 않고 자기 혼자 모든 고통을 짊어진 채 무리하는 것처럼 보여서 한숨이 나왔다.

창귀를 잡으러 갔을 때 정녕 무슨 일이 일어났던 것일까. 고도답지 않게 큰 충격을 받아 아무 말도 못 하던 것이 눈앞에 자꾸만 어른거렸다. 무엇이 고도를 저렇게 억압하는지를 알기 전엔 해맑게 웃으면서 고도 옆을 뛰어다닐 수 없을 듯했다.

온갖 고민에 머리가 아파져 오던 청사는 어디선가 물방울 터지는 소리를 들었다. 뽀르르르, 물방울이 엉키면서 기포가 터지는 그 소리가 낯설지 않다. 청사는 얼굴에 닿은 차가운 감촉을 손바닥으로 문지르다 말고 걸음을 멈추었다. 고개를 들자 구슬처럼 모여든 물방울이 거대한 잉어의 형상을 이루고 있었다. 잉어는 지느러미 대신 붙어 있는 날개를 펼쳤다. 잉어에게 달라붙어 있던 물방울들이 날아가고 청사의 머리 위로 거대한 그늘막을 만들었다.

청사는 얼굴이 희게 질려서 황급히 고개를 돌렸다. 앞서 가고 있는 고도는 꽝철이와 이야기를 나누느라 청사를 돌아보지 않았다. 날개 달린 잉어, 치미가 등장한 바를 아직 모르는 눈치다.

"치미, 당장 돌아가."

기겁하고 손을 휘두르며 내쫓아 보지만 잉어는 여유롭게 날갯짓하며 청사의 명을 듣지 않았다. 청사가 어린애를 달래듯이 "치미."하고 다시 부르고 나서야 잉어는 거대한 날개를 접었다. 치미는 청사 주변을 맴돌았다. 청사의 볼과 옷자락에 작은 물방울이 새벽 풀잎처럼 붙었다가도 바람결에 떨어져 공중으로 솟아올랐다. 하나둘 흩어지던 물방울들이 청사의 턱 밑에서 모여 글자를 이루었다. 거대한 밀가루 반죽처럼 엉기고 붙어서 크기를 키운 물방울이 하나의 문장을 만들었다.

동해 용왕의 전문電文이었다. 며칠 전 청사가 치미를 주인에게 되돌려 보내면서 물어본 질문의 답이었다. 짧고 간결한 전문을 읽는 순간 청사는 충격으로 입을 악물었다. 턱이 떨리고 볼이 일그러졌다. 문득 눈물이 날 것 같은 기분이 들어 손바닥으로 입가를 가렸다. 치미는 굳어 버린 청사의 주변을 재주넘듯 돌다가 나타날 때처럼 기포만을 남기고 사라졌다. 허공으로 뿌려진 거품과 함께 동해 용왕의 전문은 흔적을 감추었다. 청사의 눈가에 붙은 물방울들이 터지면서 볼을 타고 흘러내렸다.

"청사, 뭐 하느냐."

백 계단쯤 먼저 올라간 고도가 뒤처진 청사에게 걸음을 재촉했다. 고도가 부르면 쪼르르 쫓아갔던 청사는 계단 중턱에 서서 고개를 들지 못했다. 말없이 기다리던 고도가 계단을 거꾸로 내려오려 했다. 그제야 청사가 고개를 반짝 들었다. 얼굴엔 억지로 만든 미소가 뭉쳐 있었다.

"얼른 가자."

청사가 씩씩하게 따라오자, 고도도 계단을 다시 오른다. 청사는 고도의 등을 올려다보았다. 머리 뒤로 젖힌 삿갓과 죽통, 서전검이 바람에 흔들리는 검은 두루마기자락에 폭 감겨 있다. 상놈처럼 목 위에서 잘라 버린 머리카락이 몸에 두른 검은 물건들이 주는 인상을 더했다. 무거워 보이고, 외롭고, 고통 받는 듯한 인상에 말이다.

청사의 눈에 눈물이 차올랐다. 눈물이 얼굴에 흔적을 남길 새라 재빨리 손가락으로 비벼 지워 버렸다. 청사는 치미가 남기고 간 전문을 떠올렸다. 어쩌면 청사 자신이 죽기 전까지 평생을 떠올릴 문구일지도 모른다.

나는 그의 처와 자식을 죽였다.

나무꾼 아들을 잃은 노모는 병환이 깊어졌다. 죽은 아들을 부르는 소리는 매일 밤 이어지다 어느 날 들리지 않게 되었다. 이를 걱정한 마을 사람들이 나무꾼네 집을 찾았다. 노모는 솜이불을 반듯하게 덮은 싸늘한 시신이 되어 있었다. 죽은 지 닷새나 된 노인에게 간단한 상을 치른 사람들은 말한다.

　죽은 노인의 집 앞에는 멧돼지와 사슴이 산더미처럼 쌓여 있었고, 노인을 물은 초라한 무덤가에서는 거대한 호랑이가 울부짖는 소리가 들린다고.

　매년 노모의 제삿날이 오면 꼬리에 하얀 댕기를 단 호랑이가 무덤 앞을 지키고 앉아 있다고 한다. 무명천 댕기는 상을 지내는 사람이 머리에 꽂는 것과 같았다.

제6장. 효자 호랑이 끝

소년은 날 때부터 기이한 도술을 부렸다. 그는 다섯 살 때 관군의 팔다리를 자유자재로 조종하는 일로 악명이 높았는데(사기使技) 못된 장난질에 화가 난 관군이 쫓아오면 몸을 숨기는 도술을 부려 누구도 아이를 잡아들이지 못했다(은형隱形). 또한, 달이 뜨지 않는 밤에 귀신을 모아 놓고 추수가 끝난 논밭에서 춤을 추며 노래를 부르는가 하면(사귀使鬼), 초야를 맞은 부부의 방을 투시해서 엿람하는 못된 짓도 일삼았다(사복射覆).

소년이 저지르는 악행은 청호림 신선들에게 하루도 빠짐없이 보고됐다. 신선들이 이르길, 이는 평범한 인간의 능력이 아니요, 날 때부터 도사로서 천부적인 재능이 있으니 더는 인간 세상을 어지럽히지 못하도록 청호림에 끌고 오거나 목을 베자고 하였다.

십육 세 소년이 벌써 비인 외도의 길을 걷는다면 그것 역시 재주요, 팔자요, 숙명이지 않은가. 죽이긴 아까운 인재다.

장오라 불린 시해선尸解仙은 소년의 능력을 알아보고, 자신이 소년을 맡아 가르치기로 했다. 그믐날 밤, 인계에 내려간 장오는 소년을 붙잡아 엄하게 일렀다.

"꼬맹이가 범 무서운 줄 모르고 날뛰고 있구나. 어디 네놈을 붙잡아 재롱부리는 법을 가르쳐 봐야겠도다."

소년은 커다란 눈망울을 굴리다가 이내 잣궂게 미소 지었다.

"어디 할 수 있으면 해봐라, 망할 노친네."

* 삼국유사 신선설화의 개념을 다수 차용했습니다.

제7장. 고도의 바람

　고도는 새가 지저귀고 풀이 바람에 눕고 꽃과 과일 향기가 들판 가득 퍼지는 세상을 바라봤다. 따뜻한 햇볕이 내리쬐는 흙바닥에서 눈부신 날개를 팔랑팔랑 흔들어대는 나비들이 가장 행복한 때를 보내는 것 같았다. 청호림은 사방이 꽃밭 천지라 보는 것만으로도 마음을 안정시켰다. 해야 할 일도 잠시 잊고 싶었다. 낙원과 같은 이곳에서 근심도 걱정도 없이 산다면 얼마나 편할까.

　고도는 바위에 앉아 제 손을 내려다봤다. 부러진 오른팔은 손끝 하나 마음대로 움직이지 못하지만 왼손은 멀쩡하여 주먹을 쥐었다 펴는 것이 가능하다. 그 손에는 아련한 감촉이 남아 있었다. 하루에 몇 번씩 가던 길을 멈추고 쉬어 갈 때면 이렇게 손을 내려다보고 그 느낌을 좇게 된다.

　'아빠.'

　그슨대가 변한 소녀를 안았던 손은 아이의 보드라운 머리칼과 옷자락을 아직 기억하고 있다. 하루나 이틀만 지나면 손에 새겨진 옅은 감각들도 모조리 사라질 것이다. 고도는 그것이 아쉬워 손바닥만 만지작거렸다. 하염없이 왼손을 쥐었다 펴며 쓸쓸한 눈빛을 거두지 못했다. 이름이라도 불러줄 것을. 단미야, 하고 한 번이라도 더 아이를 보듬어줄 것을. 따뜻하고 포근한 세상에 마냥 심취할 수가 없는 통증이 가슴 언저리에 딱딱하게 뭉친 느낌이다. 숨을 쉴 때마다 아팠다.

　고도는 왼손을 꽉 주먹 쥐었다. 침착하게 마음을 정리하려 애쓰고는 고개를 돌렸다. 맞은편에는 청사가 앉아 있었다. 복숭아나무에서 잘 익은 열매를 하나 딴 모양인지, 청사의 손에 들린 복숭아가 탐스러웠다. 뽀얗고 부드러운 과실이 청사의 입 속으로 사라질 때마다 고도는 눈을 떼지 못했다. 입에 함빡 삼킨 복숭아를 씹는 모습이 느리고 불편해 보인다. 청사 옆에 있는 꽝철이가 신나게 복숭아를 와구와구 먹는 것을 보면 맛이 없는 건 아닌 모양인데, 청사는 통 제대로 먹질 못했다.

청호림으로 입성하는 돌계단을 하염없이 올라오느라 지친 걸까. 아님 무슨 말 못 할 고민이라도 있는 걸까. 청사는 복숭아를 의미 없이 바라만 봤다. 손바닥을 질척하게 적시는 과즙도 신경 쓰지 못할 만큼 멍하니 허공만 배회하는 시선이었다. 고도는 자리에서 일어나 청사에게 다가갔다. 청사의 머리 위로 고도의 그림자가 길게 드리워졌다. 청사가 뒤늦게 눈치를 채고 고도를 올려다봤다.

"어, 고도. 왜?"

청사의 멍한 눈을 한참이나 쳐다보던 고도가 자리에 쭈그려 앉았다. 청사를 지척에서 빤히 쳐다보았다. 평소 같으면 얼굴을 붉히면서 헛기침을 했을 청사가 멀쩡한 표정으로 고도를 마주하고 있다. 고도는 그 반응이 퍽 아쉬웠다. 자신을 향해서 얼굴에 홍조를 띠고 속눈썹을 떨고 입술이 바짝 말라서 침을 삼키는, 그 반응이 좋았었는데.

"대룡이, 네놈 이상하구나."

찔리는 구석이 있나 보다. 청사는 잠깐 당황하더니 어설프게 미소를 지었다.

"내가 뭐가 이상하다고."

"의기소침해 있어."

"아냐. 평소랑 같아."

"고민 많은 얼굴이기도 한데 뭐가 아니란 말이냐."

"……네 부러진 팔을 보니 심란해서 그래."

창귀에게 당한 오른쪽 어깨는 아직 본래의 형태로 돌아오지 않았다. 쉬어야 회복될 몸이거늘, 너른 청호림을 배회한다고 눈을 붙이지 않기에 회복은 더디기만 했다. 청사의 눈에 비친 고도의 얼굴은 창백하게 질려 있었다. 피로도 많이 쌓여 있었다. 고도는 자신의 상태를 누구보다 잘 알고 있다. 그리고 자신만큼이나 청사의 상태 역시 좋지 못함을 알고 있다. 어찌 보면 고도보다 더욱 심란하고 머리가 복잡해 보이는 청사는 고도의 팔이 그 이유라기엔 지나치게 우울해 보였다. 고도는 발랄한 청사가 그리워서 기운이 없는 그를 달래듯이 부드럽게 물어봤다.

　"정말 내 팔 때문에 그리도 기운이 없는 게냐."

　그 말을 듣자 청사의 눈에 눈물이 차올랐다. 푸른 눈이 서서히 젖어들자 고도는 눈을 크게 뜨고 말았다. 고도는 곧 청사의 두 팔에 안겼다. 단순한 포옹이라기엔 청사의 두 팔엔 제대로 힘이 들어가지 않았고, 청사가 얼굴을 묻은 어깨가 금방 축축하게 젖었다. 청사가 뭐 때문에 이리도 마음고생을 하는지 알 길이 없는 고도는 어리둥절했다. 슬며시 왼팔을 들어 청사의 등을 토닥여 주는데 청사가 결국 참지 못하고 억눌린 목소리로 그런다.

　"네 팔 때문이잖아. 그러니까 누가 다쳐서 오래."

　"미안하다."

　"다치지 좀 마. 진짜 속상해. 너 죽지 않는 몸이라고 쉽게 막 굴리지 좀 말라고."

　"미안해."

　"날 위해서라도 너 자신을 아껴 줘."

　"그래."

　"약속해."

　"약속하마."

팔 때문에 우는 것이 아닐 텐데, 끝까지 팔이 이유라고 우기는 청사를 보며 고도는 더는 캐묻기를 그만두었다. 대신 등을 토닥여 주었던 팔로 머리를, 머리를 쓸어 주었던 손으로 젖은 얼굴을 닦아 주었다. 눈물이 멎은 청사가 고도의 턱을 잡고 볼이며 이마에 쪽쪽 입술을 붙였다. 달콤한 복숭아 향기가 퍼졌다. 복숭아 과즙으로 젖은 입술이 주는, 그 촉촉하고 부드러운 느낌에 고도는 자신도 모르게 가슴이 떨렸다. 입술에 애틋함이 달라붙었다. 느리지만 정성스럽게 입술을 핥아 주고 혀를 혀로 감싸는 애무가 좋아서 고도는 고개를 틀어가며 더 깊은 입맞춤에 응했다.

청사가 허리를 꼭 끌어안고 입술을 깊게 묻는 바람에 고개가 뒤로 꺾였다. 벌어진 입술에서 삼키지 못한 침이 흘렀다. 흐트러지는 자신의 모습이 파란 청사의 눈에 비추어져서 더욱 부끄러웠다. 어디선가 우당탕 넘어지는 소리가 들리기에 그쪽을 잠깐 바라본 고도는 대경실색한 꽝철이와 눈이 마주쳤다. 새파랗게 질린 얼굴을 한 꽝철이를 보자, 고도 역시 머릿속이 복잡해졌다. 어떻게 해야 할지 모르겠다. 보는 이의 시선을 생각하면 냉정하게 밀어내야 하는데, 청사가 슬픔이 처연한 입맞춤을 퍼부으니 거절할 수가 없었다.

"대롱아."

입술이 잠시 떨어진 사이에 고도가 숨을 고르면서 청사를 진정시켰다. 청사는 고도의 입술에 미련이 남는 것처럼 몇 번이고 입술을 물었다가 놓았지만, 이전처럼 허겁지겁 달려들지는 않았다. 고도는 청사가 안쓰러웠다. 누군가에게 말은 하지 못하고 속을 앓고 있는 청사의 모습이 남 일 같지 않았다. 고도는 청사를 끌어안고 눈을 감았다.

"너는 힘들어하지 마라. 마음이 아픈 걸 혼자 삭이다 보면 그게 습관이 되어 나중에는 그 고통에 익숙해진다. 그 전에 털어놓고 아프다고 말하고 울기도 하여라. 안 그러면 스스로 불행해진다."

"……너처럼?"

"나처럼."

그러니까 네놈은 마음고생 안 했으면 좋겠다. 고도는 청사의 불안함이 조금 누그러진 것을 확인하고 나서야 한시름 덜었다는 듯 몸에서 힘을 풀었다. 청사에게 기대어 있는 채로 고도는 조그마하게 말했다.

"기절할 거 같아."

"어깨 때문에 그래? 몸이 안 좋아?"

"아니. 몸은 괜찮다. 여기까지 왔으니 만나 봐야 한다. 넓어서 어디가 어딘지 모르는 게 문젠데, 이런, 머리도 정상적으로 돌아가지 않는구나. 이런 경험 오랜만이야."

"안 되겠다. 쉬었다 가자."

"죽으면 영원히 쉴 텐데 지금부터 쉬면 뭐하나."

"이럴 때도 농담하지 말고. 너 표정 안 좋아. 좀 쉬는 게 좋겠어."

"찾은 후에 쉬련다."

고도가 품에서 빠져나와 도로 자리에 앉으니, 청사가 짜증스럽게 외쳤다.

"아까부터 뭘 찾는다는 거야."

"이 동네에서 제일 이기적인 종자들이지."

"그게 누군데?"

"새하얗고 뜨끈한 시루떡, 신선이라 불리는 놈팽이들이다."

"여긴 깔린 게 신선들이야. 널 혹사하며 찾을 정도로 대단한 것들이 아니라고."

인계에선 신선의 옷자락 하나 볼 수 있으면 그것이 바로 천운이라 할 사건이 청호림에선 발에 채는 돌부리로 취급되고 있다. 저 땅 아래에서 상상도 못 했을 배부른 투정이 고도는 낯설면서도 신기했다. 밟고 있는 흙의 성질은 어딜 가도 똑같은데 장소마다 마음가짐과 태도가 달라지니 그 얼마나 재밌는가.

"허면 나 대신 네가 가장 고약한 놈팽이 놈을 하나 찾아줄 텐가."

"좋아. 어떤 신선이야?"

"장오라고 불리는 늙은이다."

"생긴 건?"

"놈팽이처럼 생겼지."

"그래선 내가 어떻게 찾을 수 있겠어."

"딱 보면 알아."

"뭘 안다는 거야."

"알 거다."

"아이고, 고도, 맡기려면 다 알려 주고 맡기라고."

"이젠 한계로구나. 잠깐만 꼴까닥하고 있으마."

고도의 다리에서 힘이 탁 풀렸다. 반듯하게 유지하고 있던 자세가 무너지며 앞으로 고꾸라졌다. 청사가 재빨리 쓰러지는 고도를 붙잡았다. 한쪽 팔로 받쳐 든 고도의 몸이 시체처럼 축 처진 것에 놀란 나머지, 청사는 고도를 흔들며 소리치고 말았다.

"고도!"

청사가 아무리 고도를 흔들어 보아도 감긴 눈은 떠지지 않았다. 덜컥 겁을 먹은 청사가 고도의 코와 심장에 귀를 가져갔다. 느리지만 숨을 쉬고 있었다. 고도는 자신이 예고한 대로 꼴까닥, 기절을 해버렸다.

신선은 하늘의 이치에 통달한 존재요, 조금이라도 삿된 마음을 먹으면 기이한 도술로 인간 세상을 어지럽히는 위험한 자이니, 옥황상제께서 청호림을 바로 발밑에 두고 언제나 감시하기 위해서 청호림 산봉우리를 천계와 잇었다.

노인은 계명신화를 떠올리며 해묵은 신선의 역할을 떠올렸다. 상제의 뜻을 인간들에게 전해 주고 명명백백하게 옳은 일만을 행해야 하나니. 그 역할을 곱씹으려니 반발심이 생겨서 발걸음이 지체되는지라.

노인은 목적을 두었던 걸음걸이를 늦추고 발길 가는 대로 돌아다니기 시작했다. 양 옆구리엔 호리병박으로 만든 술병 대여섯 개가 걸려 있다. 한 번은 술병의 마개를 열어 내용물을 입에 털어 넣고, 또 한 번은 돌멩이를 집어다가 빈 병을 퉁퉁 두드리며 노랫가락에 박자를 맞췄다.

바닥에 서 있는 나뭇가지나 돌을 보면 짚신을 휙 벗어 던져 자치기도 하고 하늘을 날아가는 새에게 침을 뱉어 떨어트리기도 했다. 침을 맞고 비명횡사한 새는 다리 한쪽이 넝쿨에 묶여 노인의 허리춤에 매달렸다. 노인은 그렇게 한량처럼 청호림을 배회했다.

"내가 왜 여기까지 나왔던가. 아, 그래. 갑자기 높은 신선 나리들이 청호림에 침입한 것들을 잡아 문초하라 했지. 이런 잡다한 일도 계명신화가 이르는 신선의 역할인가."

구시렁거리면서 노인은 높으신 것들을 욕했다. 호젓한 들판을 굽이굽이 돌던 노인은 복숭아나무 밭에 도착하자 작은 소란을 목격했다. 노인은 백발이 성성한 눈썹을 들추고 소란의 한복판을 쳐다봤다. 그러곤 재빨리 나무 뒤에 숨는다. 그는 연방 허리춤에 찬 술병으로 입을 적시면서 구경거리에 흥미를 보였다.

웬 낯선 사내들이었다. 쑥대머리를 한 놈은 누르튀튀한 얼굴을 잔뜩 찌푸리고 있었다. 걸치고 있는 황색 무명옷도 격식 없고 추레했다. 그에 반해 다른 놈은 쑥대머리와 어울려 놀 만큼 격이 낮지 않았다. 허리까지 오는 검고 긴 머리를 대충 틀어 올린 자태는 계집처럼 보이기도 했다. 조금 해진 복식은 명인이 한 올 한 올 베로 짠 비단옷이었다. 생각 없는 손짓과 표정에서도 그 복식에 어울리는 기품이 묻어났다. 생긴 것도 화려하고 몸가짐은 본데없지 않다. 둘은 이견이 생긴 듯 살벌한 신경전을 벌였다. 상극인 두 남자인데 발끈하는 성격은 둘이 똑 닮은 듯싶다.

노인은 먹잇감을 발견한 매처럼 두 눈을 반짝였다. 그들이 청호림에 침입했단 죄목으로 문초를 받아야 할 존재들임을 대번에 알 수 있었다. 혼자 저것들을 잡아 공을 독차지할까, 다른 이들에게 이 사실을 알려 귀찮은 일을 떠넘길까. 노인은 어느 쪽이 제게 이득인지를 가늠해 보았다. 그러던 노인의 눈에 한 남자의 얼굴이 들어왔다.

푸른 비단옷을 입은 청년에게 안겨 있는 남자였다. 기절했는지, 죽었는지, 꼼짝도 하지 않는 남자는 온통 새까맸다. 옷도 신도, 삿갓도 전부 까매서 저승차사로 오해할 정도다. 유일하게 하얀 부분이 바닥에 축 처져서 덜렁거리는 손과 창백하게 질린 얼굴뿐이었다.

"으응?"

노인은 그 시꺼먼 놈을 응시하다가 눈을 동그랗게 떴다. 그는 입에 탈탈 털어 넣던 술병을 뒤로 휙 던지곤 언쟁을 벌이는 사내들에게 다가갔다.

"고도 놈은 제 몸 안 좋아지면 정신 잃는 게 다반산데 인제 와서 호들갑이야?"

"그래서 지금 아픈 앨 내버려 두고 네놈 배 불릴 복숭아나무나 찾아다니겠단 거냐."

"어차피 한번 쓰러지면 이틀 정도 깨어나지도 못하는데 그동안 이 동넬 둘러보는 게 뭐 어때서."

"쓰레기 같은 놈."

"하이고, 꼴에 정인이라고 살뜰히 챙기긴."

청사와 꽝철이가 의견을 일치시키지 못하고 으르렁거리는 사이에 웬 정체불명의 노인이 거리를 좁혀 왔다. 고의적삼 차림의 노인이 어기적어기적 다가오는 발걸음에 거침이 없다. 돌진하다시피 저를 향하는 노인을 보고 깜짝 놀란 청사가 뒤로 물러났다. 노인이 그런 청사를 바싹 따라간다. 청사가 다시 뒤로 피하면 노인이 벌어진 거리만큼을 좁혀서 다가왔다.

"뭐, 뭐야!?"

"그놈 얼굴 좀 자세히 보자."

"뭐? 누구? 고도 말하는 거야?"

"그래, 그놈."

노인의 목적은 청사가 아니었다. 청사 품에 안긴 고도였다. 노인의 시선이 고도에게 박혀 떨어질 줄을 모르니, 웬 정체불명의 어르신이 고도에게 보이는 지대한 관심에 꽝철이도 당황할 정도였다. 꽝철이가 노인에게 뉘시오, 라 묻기도 전에 노인이 먼저 입을 벌렸다.

"정든 임 보살펴 한날한시 주그러마난 꽃 같은 임 떠났다는 긔별을 듣고 곱도신 길헤 가난 모습 보지 못하더라."

별안간 사별의 시를 읊는 노인이었다. 기절한 고도를 향해 저승길 문턱까지 배웅해 주는 그 노랫가락을 청사가 기가 막혀서 듣고만 있었다.

"그러구러 날만 보내는 이 어리다. 마음이 어리고 하난 일도 어리더라. 어엽쁜 그 애 보살필 이 없어 더욱 어여쁘다."

기절한 고도가 앓는 소리를 냈다. 분명히 정신을 놓아 아무 소리도 듣지 못할 텐데, 어인 일인지 고도의 미간이 좁혀졌다. 끙끙거리며 노인의 소리에 극심한 거부반응을 보였다. 마치 이 목소리만 들으면 자다가도 병이 날 것처럼 온몸을 비틀어대며 괴로워했다. 청사는 저 노인이 무슨 도술이라도 걸고 있어 고도가 반응하는가 싶었지만 이상한 점은 찾을 수 없었다. 그건 평범한 소리였다.

"우러도 우러도 우지 못함이 그 네 마음이라, 손에 젖난 눈물을 어찌 헤아릴꼬."

고도가 끄응, 꿍꿍 소릴 내며 더욱 괴로워하자 노인은 히죽 웃었다. 청사는 고도의 얼굴이 창백하게 질리는 것을 더는 두고 볼 수가 없었다. 기절한 상태에서도 이상한 얘기를 알아들음이 심상치 않다. 그 소리 속 이야기와 어떠한 사연이 있음이 분명하다. 청사는 고도를 감싸듯이 고쳐 안고 더는 노인이 이상한 소리를 지껄이지 못하도록 했다.

"여기 사는 신선인가."

날카로운 물음에 경계심이 한가득이라, 이 이상 고도를 괴롭히면 사달이라도 만들 분위기다. 노인은 고도에게 바싹 들이밀었던 머리통을 바로 하고는 눈썹을 들어 올렸다. 흰털에 가려져 보이지 않던 두 눈이 드러났다. 삽살개 같던 인상이 사나운 늑대로 변하는 것은 한순간이었다. 눈썹 아래는 금색 눈이 형형한 빛을 내뿜었다. 하늘에 속한 사람들, 즉 옥황상제와 서왕모 슬하의 천인이나 신선들이 가지는 눈이다. 인자하고 다정다감한 동네 할아버지완 거리가 멀다. 평생을 전장에서 보낸 듯 백전노장의 살벌한 눈이다.

"이곳에 살지 않는 존재들이 나를 그렇게 부르긴 하더구먼."

"고도와 아는 사이인가. 갑자기 나타나 이렇게 구니 당황스럽다."

"그러는 그대는 이놈을 어찌 알고 이리 데려왔나."

"사정이 있어서 오게 됐다."

"에잉, 사정은 무슨. 이놈이 또 이상한 꿍꿍이를 벌인 거겠지."

노인은 고도를 잘 알고 있다는 듯, 익숙하게 고도를 보며 혀를 찼다.

"아침부터 까마귀가 시끄럽게 우더라니, 길조였군, 길조였어."

허리춤에서 호리병을 푼 노인이 내용물을 입에 털었다. 알싸한 향기가 나는 과일주였다. 청사와 꽝철이도 그 냄새를 맡을 수 있을 정도로 내음이 짙었다. 노인은 입가에 묻은 술을 손등으로 닦고는 구부정하게 섰다.

"그쪽은 이름이 어떻게 되시나."

노인과 눈이 마주친 꽝철이가 웬일로 기가 꺾여선 얌전히 대답했다.

"꽝철이다."

"이무기로군. 그쪽은?"

청사는 잠시 뜸을 들였지만 바른대로 말했다.

"청사다."

"본명 말이여, 본명."

"청사라고 불리는데."

"뭔 개소리야. 누구 눈을 속이려고."

험악한 말에 청사의 얼굴에 당혹스러움이 스쳤다. 그런 청사를 보고 미련하다며 노인이 쯧쯧 혀를 찼다.

"요괴 흉내는 하계에서 해라. 내겐 안 통한다. 이름을 대. 그래야 내가 널 어찌 대할지 판단할 수 있지 않겠냐."

청사의 얼굴에 식은땀이 흐른다. 신선은 하늘의 이치를 통달한 자라더니, 속설이 맞는 말인가 보다. 어째서 고작 한 번 본 것만으로 정체를 꿰뚫는 건가. 조금이라도 의심했으면 모를까 저리도 확신을 하며 '본명 내놔, 본명.'하고 외치는 노인을 속이는 건 불가능했다. 거짓된 이름을 말하기엔 상대가 만만치 않았다. 청사는 입 안이 바싹 말랐다. 수십 년 동안 입에도 담아 본 적 없는 이름이 혀끝을 맴돌았다. 혀에 가시라도 난 것처럼 어색했다.

"한무라고 한다."

본명에 대해서 전혀 감을 못 잡은 꽝철이와 달리 노인은 이름을 듣자마자 눈에 이채를 띠었다. 그는 곤욕스러워하는 청사 주위를 빙글빙글 돌았다. 자신이 알고 있는 '한무'와는 행색이나 모습이 사뭇 달랐다. 요기를 내어 몸을 덮어 요괴 흉내를 내는 꼴도 우습고, 책임져야 할 식솔들을 모두 내팽개친 채 홀몸으로 나돌아 다니는 것도 영 신기하다. 누구 눈을 속이고 단신으로 움직이는 것일까. 본래 힘을 완벽하게 숨길 수 없어서 요기로 대충 가린 듯한데, 그것만으로는 범인에게 자신을 요괴라 말해도 충분하겠지만 신선에게는 어림없다.

"반갑다. 나는 그 덜떨어진 도사의 스승인 장오라 한다."

술병 하나를 싹 비워 버린 노인이 딸꾹질하며 웃었다.

청사는 꺼림칙한 시선으로 장오를 살폈다. 돌계단을 오르내리는 신선은 아까부터 등만 보인 채로 앞서 걷고 있었다. 그는 자신을 장오라 말한 뒤 청사와 꽝철이를 한 곳으로 안내했다.

인간의 나이로 보면 일흔, 아니 여든쯤으로 보이는 늙은이다. 흰 눈썹은 말갈기처럼 거칠고 풍성하여 눈을 통째로 가렸다. 수염은 코와 턱에 길게 자리 잡아 배꼽까지 내려와서, 안 그래도 땅딸막한 노인을 너 작게 만들었다. 체구는 열대여섯 살 소년처럼 작다. 늙어 쪼그라든 것만 같다. 심성도 쪼그라들어 웬만한 인정은 찾아보기 어려울 만큼 꼬장꼬장한 성격으로 보였다. 사람을 겉모습으로 판단하는 것은 그릇된 일이나, 자신의 제자를 보자마자 괴롭힘을 일삼고 정신을 잃은 이유조차 묻지 않으니 성격이 좋게 보일 리 만무했다.

청사는 등에 시체처럼 늘어진 고도를 고쳐 업으면서 영 불신 어린 표정으로 장오의 뒤를 따랐다. 장오는 말없이 앞으로만 나아갔다. 돌계단을 오르내리고 볕이 잘 드는 흙 밭을 지나 몇몇 신선들이 낚시를 하는 못을 지나쳐도 아무 말 없이 걷고 또 걸었다. 목적도 모르는 이동은 청사를 지치게 하였다. 청사가 더는 참지 못하고 물었다.

"지금 어딜 가는 거지?"

장오는 힐끔 어깨너머로 청사를 바라보곤 혀를 찼다.

"참을성이 그렇게 없어서 어디에 쓰나."

"……한나절이나 말없이 걸었잖아."

"마음의 준비를 하라고 이 몸이 친히 배려해 준 것이라."

불길하게 들리는 말이 아닐 수 없다. 청사는 무언가 일이 틀어졌나 싶어서 바짝 얼어붙었다.

"무슨 마음의 준비를 하라는 거지."

"자아, 이리들 와보게."

노인은 돌계단 꼭대기에 올라가서 청사와 꽝철이를 불렀다. 둘이 노인의 뒤를 따르자 높은 곳에서 내려다보는 청호림은 말 그대로 장관이었다. 너른 꽃밭과는 다른 뾰족한 돌산이 수백 개는 가득 들어차 있었다. 구름에 닿아 있는 돌산들은 모두 비슷비슷한 모양이었다. 장오는 육안으로 그 차이점을 구분할 수 없는 돌산 중 두 곳을 양손으로 가리켰다. 지금까지 올라왔던 계단과는 다른, 또 다른 꼬불꼬불한 돌계단이 돌산 꼭대기를 향해 있었다. 그 위에는 크기와 모양이 똑같은 초가집이 자리했다. 겉보기에 똑같은 돌산 두 개를 지목한 노인이 별안간 선택을 강요했다.

"왼쪽으로 가고 싶나, 오른쪽으로 가고 싶나."

지루한 얼굴로 노인 꽁무니를 쫓아오던 꽝철이가 처음으로 입을 뗐다.

"왼쪽, 왼쪽."

반면에 청사는 신중했다. 그는 대답 대신 다른 것을 물었다.

"선택하면 결과가 달라지나. 혹은 똑같나."

"다르다. 아주 심각하게 달라."

허투루 대답하면 아니 되는 중요한 결정이렷다. 청사는 물끄러미 똑같은 모양의 초가집을 보다가 꽝철이를 따라 왼쪽을 지목했다. 노인은 둘의 결정을 보곤 짙게 미소 지었다. 왼쪽으로 몸을 트는 노인을, 청사가 황급히 붙잡았다.

"뭐야, 무슨 선택이었는지는 말해 줘야 할 거 아니냐."

"하나는 내가 사는 집이요, 다른 하나는 청호림에서 가장 높은 신선이 사는 집이다."

"그게 무슨 차이인데?"

"내 집을 선택하면 당분간 쉴 수 있게 배려하려 했고, 다른 곳을 선택하면 그대로 너희를 그분께 바쳐서 그분의 뜻대로 처벌을 내릴 생각이었다. 너희는 신선의 허락도 없이 청호림에 무단으로 침입한 죄인이거든."

"그런 끔찍한 결정이 내 대답 여하에 달렸었단 말이지."

"뭐가 끔찍하나. 윗분을 만나면 이곳에서 쫓겨나는 것뿐인데."

"암. 저승으로 쫓겨나겠지."

"오호라, 잘 알고 있군."

"그래서 결과는?"

노인은 청사와 꽝철이가 결정한 왼편 절벽의 계단으로 올라섰다.

"축하한다. 운이 좋은 놈들이군."

그 대답이 어찌나 청사를 떨리게 하던지, '안타깝다'는 대답이 나왔으면 고도를 데리고 어떻게 도망가야 하나 진지하게 고민할 뻔했다. 청사는 히죽 웃으면서 돌계단을 폴짝폴짝 올라가는 노인을 죽일 듯이 노려봤다.

성격이 나쁘다. 진짜 나쁘다. 나쁜 걸로 순위를 매길 수 있다면 단연코 으뜸이었다. 상대방의 괴로움을 본인의 즐거움으로 승화시키는 질 나쁜 취향을 가졌지 않나.

폴짝폴짝 바위들을 뛰어넘은 장오는 봉긋 솟은 기암절벽 위의 초가집으로 단숨에 달려갔다. 초가집은 보기에도 위태로워 보였다. 한 칸짜리 조그마한 집은 바람 불면 휘청거리고, 비와 눈이 쏟아지면 절벽 밑으로 굴러떨어질 정도로 위태로워 보였다. 사립문도 없고 집의 경계를 구별하는 담장도 없다. 돌산 꼭대기에 달랑 집 한 채만 쓸쓸하게 서 있는 형상이었다. 청사와 꽝철인 영 불안한 마음을 숨기지 못하는 얼굴로 주저하다 집 안으로 들어갔다. 집 안은 텅 비어 있었다.

"이불 펴서 그놈 누이고 그대들은 앉아 있어."

꽝철이가 방구석에 달랑 하나뿐인 이불을 펴주자 청사는 그 위에 고도를 얌전히 뉘었다. 꽝철이가 오랫동안 발품을 팔아 아파지기 시작한 다리를 주무르는 동안에 장오는 화선지를 준비하고 먹을 갈기 시작했다. 고도 일행에 대한 정체와 처우 문제를 윗선에 알릴 서편을 적는 것이다.

청사는 장오의 행동을 면밀하게 살피면서도 새근새근 잠이 든 고도의 손을 매만져 주었다. 정갈하게 글씨를 쓰는 장오에게서 눈을 떼고 고도를 내려다봤다. 피곤하고 지쳐 보이는 고도의 안색이 좋지 않다. 청사는 그 얼굴을 한동안 쳐다보다가 저도 모르게 손을 뻗었다. 손바닥에 둘러싸인 볼이 거칠게 느껴졌다. 턱 선이 갸름하게 도드라지고 눈 밑은 검게 죽은 색을 띠었다. 오른쪽 어깨부터 손가락까진 전부 너덜너덜하다. 그나마 멀쩡한 왼쪽 손은 없어진 네 번째 손가락이 통 자라날 것 같지 않다.

하염없이 우울한 얼굴로 고도의 얼굴만 쓰다듬었다. 서한을 다 쓴 장오가 종이를 두 번 접으며 청사를 쳐다봤다. 그는 손가락을 휘둘러서 허리춤에 달고 온 죽은 새를 되살리면서도 청사가 하는 양을 지켜봤다. 장오에게 침을 맞아 죽은 녀석은 곧 서편을 다리에 묶어서 날아갔다. 그제야 빤히 쳐다보던 청사에게 말을 붙인다.

"뭘 그리 주물럭거리누. 그놈이 그래 좋나?"

"나는 고도를 아낀다. 아주 많이."

"허어, 숨기거나 부끄러워하는 기색도 없는 거 보게."

"그걸 왜 숨기고 부끄러워해야 하는데?"

"그대 신분을 생각하면 조심해야 할 일이 한두 가지가 아니니 그렇지."

장오의 지적에 청사는 슬그머니 손을 치웠다. 심란해 보이는 청사를 보며 오히려 즐거워하는 장오였다.

"그래 좋아하니 내 한 가지 일러 줌세. 늙은이 오지랖이라 생각하고 듣고 말아도 그만이여. 이놈이 어리광이 심하거든. 그러면서 제가 어리광 부리는 줄도 몰라. 둔해 빠져서 말 안 해주면 제가 잘못한 것도 모르니 뭐든 솔직하게 이놈에겐 일러 주거라."

어린애를 대하는 장오의 말투에 청사는 마른기침을 뱉었다.

"고도는 그런 성격이 아니야."

"세월이 지나서 성격이 유해지기라도 했나 보군. 그래도 철딱서니 없는 건 여전해 보여. 아직도 제 몸 하나 제대로 간수하지 못하고 정신 놓고 다니기나 하고. 에잉."

청사는 이 황당한 사제 관계에 그만 얼이 나갔다. 말썽꾸러기 아들과 엄격한 아버지. 그게 이 둘의 관계였던가. 고도와는 영 어울리지 않는 말썽꾸러기 아들이란 역할에 청사는 눈동자만 이리저리 굴렸다. 고도가 가끔 호기심에 이끌려 터무니없는 짓을 꾸미곤 했지만, 그것이 사건 사고로 퍼진 경우는 없었다. 고도가 이성적이고 냉정한 이유라고 생각했다. 호기심이 큰 화를 불러일으키지 않도록 자신을 잘 절제한다고 믿었건만, 과거엔 그렇지 않았다니. 둘이 과거에 어떠했는지 진심으로 궁금해지기 시작했다.

"……고도는 어린 시절에 어땠어?"

그 뭔 뜬금없는 소린가 하여 노인의 눈썹이 한쪽으로 휘었다. 기절한 놈 뒷이야기를 하자는 건 아닐 테니 청사가 정확하게 무엇을 궁금해하는 지를 파악하려 했다. 한데 청사의 얼굴이 발그레 물들어서 수줍음을 표하니, 이젠 이 광경이 익숙해진 꽝철이도, 이 풍경을 처음 보는 장오도 움찔하고 말았다. 고도의 어린 시절을 상상하며 얼굴에 홍조를 띠는 것을 보니 장오는 웃음이 터질 뻔했다.

"직접 보여 주마."

장오가 선심을 쓰듯 손가락을 휘두르자 방구석에 놓여 있던 서책 하나가 펑 소릴 내며 연기를 뿜었다. 모락모락 피어나는 연기가 걷히자 그 자리에 서책은 오간 데 없이 어린 남자아이가 앉아 있었다.

까맣고 동그란 눈을 가진 소년이다. 허리까지 내려오는 머리가 부드럽게 흔들렸다. 총각 머리를 단정하게 묶지도 않고 풀어헤친 망나니 꼴에 어울리게도, 얼굴엔 갖은 생채기가 나 있었다. 검은색 두루마기 밑으로 보이는 뽀얀 손도 잔뜩 긁혀 피딱지가 얼룩진 걸로 보아 여간 사고뭉치가 아닌 듯했다. 소년으로 둔갑한 서책은 강아지 같은 눈을 깜빡이면서 장오와 청사, 꽝철이를 쳐다보았다. 고개를 갸웃하는 통에 뒤로 넘긴 머리가 앞으로 쏟아졌다. 청사는 자신도 모르게 손으로 입을 가렸다.

똑같이 생겼다. 똑같이는 생겼는데 조금 더 가느다란 몸과 통통하게 살이 오른 얼굴이 귀여워 미칠 것 같았다.

머리를 모로 갸웃거리던 소년은 곧 연기를 피우고 사라졌다. 소년이 있던 자리엔 서책만이 남아 있었다.

"책에 도술을 건 거라 성격까진 똑같이 못 만들었군. 이놈은 그 순진무구한 얼굴로 사람들을 다 꼬아 놓고는 온갖 말썽과 사고를 쳐서 뒷수습도 어렵게 한 악동이었다. 겉모습에 속으면 안 된다는 걸 신선계에까지 널리 알려 준 대표적인 사례지."

그렇게 귀여운 아이라면 열 번도 넘게 장난질을 받아 줄 자신이 있는데! 청사는 왜 자신이 어린 시절의 고도를 만나지 못했는가 땅을 치며 후회했다. 아직도 서책이 둔갑한 고도의 어린 모습이 눈앞에 아른거렸다.

"그럼 사고뭉치인 고도가 차분해진 건 나이가 들어서 그런 건가."

저때의 귀여움과 솔직함을 조금만 더 유지하지 그랬니. 청사는 잃어버린 고도의 과거가 아쉬워서 서책을 다시 고도로 둔갑시켜 달라고 조르고 싶은 심정이었다. 청사가 아쉬움이 뚝뚝 묻어나는 얼굴로 서책을 바라보는 게 재밌었는지, 장오는 다시 한 번 어린 시절의 고도를 불러들였다.

연기와 함께 나타난 고도를 보자 청사가 가까이 다가가 품에 안았다. 열여섯 살쯤으로 보이는 소년인데 체구가 작아서 그런지 그보다 더 어려 보였다. 어린 고도의 볼을 주물럭거리며 만지니, 지금의 고도도 가지고 있는 찹쌀떡처럼 보드랍고 맛있어 보이는 볼의 감촉은 여전했다. 도술이란 참 좋은 것이라는 걸 새삼 깨닫게 된 청사를 보며 장오는 씩 웃었다.

"세상에 깨지다 보니 그때의 귀여움이 많이 사라지긴 했어. 사고뭉치일 때는 그래도 얼굴만 보면 용서할 수 있었거든."

"이 어린애가 깨질 일이 뭐가 있다고. 청호림에서 당신과 함께 도술을 연마하지 않았나. 여긴 고도의 성격을 바꾸게 할 사건도 없을 듯한데."

"여기선 별문제 없었지. 후에 하계에 내려가서 혼인하고 사람들이랑 어울려 살면서 탈이 많았지."

어린 고도를 만지작거리던 청사의 손길이 멈췄다. 마냥 행복함에 젖어 있던 청사의 얼굴에서 웃음기가 사라졌다. 그는 품에 안고 있던 고도를 놔주었고, 인간으로 둔갑했던 서책은 다시 한 번 본래의 모습으로 되돌아갔다. 청사는 조심스럽게 입을 뗐다.

"고도 가족…… 어떻게 됐는지 그댄 아는 바가 있나."

"처와 딸을 묻는 건가."

청사가 입을 꾹 다물었다. 그는 어렵사리 고개를 끄덕였다.

"그래."

"아무 얘기 못 들었나? 그 둘은 오래전에 죽었어."

"……어쩌다가 죽었는데?"

"그걸 그대가 모를 리 없을 텐데. 그대 첫째 형이 고도의 가족을 붙잡아 용궁에 가둬 둔 탓에 늙어 죽은 이야기는 아주 유명하잖은가."

청사는 충격을 받은 듯 바닥만 하염없이 바라봤다. 뭔가 하고 싶은 말은 많은데 그것을 모두 입 밖에 내지 못하는 듯했다. 입을 뻐끔거리며 무언가를 물으려 하다가도 고도의 잠든 얼굴을 보고는 표정이 무너져서 울 것처럼 굴었다. 반면에 장오는 청사가 어찌하여 고도에 관한 가장 기초적인 배경을 묻는가 싶어서 물끄러미 바라봤다. 고도에게 특별한 정을 주고 있는 청사가 정인인 고도에 대해 아무것도 모른다는 것은 이상했다. 장오가 이 궁금증을 간단하게 추리한 끝에 결론을 내렸다.

"고도는 그대의 정체를 모르는 거군. 그러니 그대와 함께 여행하고 있지."

정곡을 찔린 청사가 고개를 더욱 숙였다. 그는 아랫입술을 질끈 깨물었다.

"알면서도 모르는 척하는 것일 수도 있어."

"그럴 수도 있고. 놈은 원체 속내를 털어놓지 않아서 무슨 생각을 하는지 나도 모를 때가 잦거든. 어쩌겠나. 이미 이렇게 얽힌 인연인데 잘

매듭지어서 모쪼록 칼부림이나 나지 않도록 조심하게."

"하나만 물어봐도 될까?"

"물론."

"고도는 제 가족을 많이 아꼈나."

"당연한 걸 묻네. 고도를 보아라. 짧게 쳐낸 머리, 모자란 손가락, 죽여도 죽지 않는 몸, 서전검, 죽통. 그 모든 것이 고도가 가족을 잃으면서 순순히 받아들인 죄업들이다. 인간의 몸으로 이것들을 다 감당할 정도면 가족을 향한 마음이 어느 정도인지 알겠지."

장오의 대답을 들으면서 청사는 바싹 말라 가는 입술을 혀로 적시지도 못했다. 가슴이 답답하게 조여 오기 시작했다. 치미의 전문을 전해 들을 때까지만 해도 설마 하며 일말의 희망을 붙잡고 있던 것이 장오의 대답을 통해 완전히 부서진 기분이었다. 곤히 잠들어 있는 고도를 돌아보는 눈가는 젖어 있었다. 어쩐지 고도를 좋아할 자신이 없어졌다.

"개똥아, 개똥아아."

푹신한 초가지붕에서 잠을 잤던 꽝철이 그 낯선 부름에 눈을 번쩍 떴다. 이틀째다. 저 괴상한 이름에 진이 빠지도록 시달린 지 이틀이 지났다. 살아온 팔백 년의 세월에 비하면 이틀이란 눈을 한 번 깜짝인 것만큼 하찮은 시간이건만, 청호림에서의 생활은 이백 년보다 더 긴 이틀이다.

"아, 개똥이가 아니라 꽝철이라니까!"

꽝철인 지붕 밑으로 고개를 내밀고 짜증을 부렸다. 집 나간 개라도 찾는 것처럼 "개똥아아아 개또오오오옹!"하고 목청을 높인 노인은 지붕 위에서 봉긋 솟은 얼굴을 보고 짓궂게 웃었다.

"에잉, 못된 똥깡아지 같으니라고. 어디서 목소릴 높여."

"육갑 떨고 있네. 저 노망든 늙은이 같으니라고."

놀리는 건지, 정말로 이름을 못 외우고 정신이 오락가락하는지 구분할 수 없다. 장오는 꽝철이의 이름을 바꿔 부르는 것은 예사였고, 간혹 얼굴을 못 알아보고는 "누군데 남의 집에서 잠을 자고 있어?"라며 지붕 밑으로 밀어뜨린 일도 종종 있었다. 방에는 제자인 고도가 쓰러져 누워 있고 그 자리를 청사가 지키고 있는 사실도 깜빡하는 것 같았다. 그는 문을 열고 방으로 들어서려다 흠칫 놀라서는 도둑이라고 꽥 외치질 않나, 청사는 못 알아보면서 고도의 얼굴은 기억하는 양 "이놈은 스승이 시킨 수련도 안 하고 퍼질러 잔다."라며 구박을 하기도 했다. 고도를 건드릴 때마다 청사와 살벌하게 싸운 탓에 이제는 거의 본능적으로 그 둘을 괴롭히진 않게 되었다. 대신 꽝철이만 두 배로 시달리게 되었다.

"갑순아, 밥 안 차려 줄 게냐?"

저게 이젠 성별까지 무시하네. 꽝철인 더는 참지 못했다.

"아까 안 먹는댔잖아!"

"저놈이 늙은일 굶기네. 밥 내놔라, 밥. 내 숟가락을 왜 똥통에 던지느냐."

어린애처럼 떼를 쓰는 노인을 보고 꽝철인 기절하기 직전이었다. 평소엔 멀쩡한 노인이다. 멀쩡하다 못해 꽝철이와 청사를 압도하는 신선의 위엄을 뽐내며 높은 절벽 아래에 구름을 타고 도술을 수련하는 유능한 어르신이었다. 하지만 혜안을 잃고 정신을 놓는 경우가 종종 있었다.

잠깐 외출을 하고 돌아온 장오는 방 안에 있는 고도 일행을 알아보지 못했다. 너희가 뭔데 내 집에 앉아 있느냐고 호통을 치며 쫓아내려는 걸 꽝철이가 겨우겨우 말리기도 여러 번. 나중에야 잠이 든 고도의 얼굴을 알아보고 청사와 꽝철이를 받아 주었는데, 그 후엔 마당에 쭈그려 앉아 똥을 싸고는 그 분뇨를 꽝철이에게 던지질 않나, 청사를 보면서 "너는 내 제자 색시냐. 뭐 이리 커다란 처자가 다 있느냐."라면서 혀를 찼다. 그러다가도 정신을 차리면 예의 그 엄숙하고 점잖은 태도로 돌아왔다.

정신이 오락가락하는 모습을 보면, 정말로 노망이 들어 저러는지 단순히 청사와 꽝철이를 골리려고 지랄 육갑을 떠는지 도통 알기가 어려웠다. 의도야 어쨌든 간에, 장오의 괴롭힘은 꽝철이에게 죽을 만큼 괴로운 시련이었다.

밥을 해달라기에 장독을 열었더니 쌀이 똑 떨어져서 먼 곳에서 복숭아를 따다가 대령을 했다. 그랬더니 "건방진 놈. 신선은 이슬만 먹는다!"라면서 절벽 밑으로 복숭아를 내팽개쳤다. 꽝철이도 그런 노인을 복숭아가 떨어지는 절벽 밑으로 던져 버리고 싶었다.

불과 땅을 다스리는 이무기. 독지네, 불지네, 요괴들의 우두머리 등으로 불리는 전설의 꽝철이. 그런 대단한 자신을 이렇게 똥개처럼 부려 먹는 놈은 신선이라도 용서할 수가 없었다. 꽝철이 지붕 위에서 뛰어내렸다. 장오는 눈앞으로 똑 떨어진 꽝철이를 보더니 금세 주변을 둘러싼 화마에 시선을 빼앗겼다. 시뻘건 불이 두 남자 주변을 새빨갛게 물들였다.

"한 번만 더 건방지게 굴면 고도의 스승이든, 신선이든 상관없이 내 가만히 있지 않으리!"

불길이 꽝철이 머리끝에서 화르르 타올랐다. 뜨거운 지옥불로 위협하는 꽝철이의 목적은 단 하나. 장오가 깜짝 놀라거나 겁에 질려서 더는 육시랄 짓을 하지 않는 것이다. 제아무리 신선이라 하더라도 눈과 코를 맵게 하는 이무기의 겁화에는 놀라야 정상이다. 그럼에도, 장오는 불길에 별로 놀라는 기색이 없다. 오히려 불타오르는 꽝철이의 머리통으로 직접 손을 뻗는 대범함을 보였다.

"아야!"

장오가 꽝철이의 귓불을 사정없이 비틀어 잡았다. 꽝철인 비명을 지르면서 고개를 숙였다. 순식간에 주변을 감쌌던 불길이 사라지자 장오는 꽝철이의 귀를 비튼 채 걸었다.

"하찮은 재주를 가진 놈이로다. 심심해서 내게 재롱을 부리고 싶다면 차라리 날 도와 물건 좀 날라. 그럼 더 예뻐해 주마."

"아야야야야, 손, 손은 놓고 말해!"

꽝철이는 비참하게 끌려갔다. 돌계단을 내려가는 순간에도 괴로운 비명이 끊임없이 울려 퍼졌다. 한 편의 희극을 열린 방문 너머에서 청사가 지켜보고 있었다. 그는 무척이나 한심해하는 얼굴로 아직까지 비명이 들리는 밖을 내다봤다. 비명이 높은 바위산에서 불어오는 싱그러운 바람 소리에 묻힐 즈음 청사는 고개를 돌렸다. 엷어진 꽝철이의 비명을 무시하곤 고도를 내려다봤다.

이틀 정도 고열에 시달렸던 고도는 오랜만에 편안한 얼굴을 하고 있었다. 식은땀을 흘리고 몸을 틀면서 숨을 헐떡이던 고통도 이제 없는 듯했다. 안정을 되찾은 고도에 반해, 청사는 전에 없이 지친 얼굴을 보였다.

고도는 일전에 심장이 멎고 나흘 만에 정신을 차렸을 때도 고열과 식은땀에 금방이라도 사달이 날 것처럼 몸 상태가 좋지 않았다. 그땐 미호와 청사가 번갈아 가며 찬물에 적신 수건으로 고도를 닦아 주고 가끔 입속으로 물이나 죽을 흘려 주면서 자리를 보살폈다. 이젠 미호가 없으니 고도의 수발을 들 수 있는 이는 청사뿐이다. 청호림 침입 사건을 윗선에 설명하러 간 장오는 시시때때로 자리를 비우고, 꽝철이는 고도의 상태를 크게 걱정하지 않았다. 아픈 이를 홀로 돌보는 것보다도 그들의 태도가 청사를 힘들게 했다. 하나같이 고도의 이런 상황을 당연하다는 듯이 여겨서 청사는 울분이 터질 것만 같았다.

죽지 않는다 하여 아프지 않은 것도 아닌데 어째서 고도가 느끼는 고통을 당연하게 생각하는가. 속상하다. 속상해서 속이 쓰릴 정도다. 청사는 아랫입술을 질끈 깨물면서 고도의 얼굴에 송송 솟아난 식은땀을 수건으로 훔쳤다.

"네 덕에 내가 이러저러한 속상함을 많이 느끼게 되는구나."

말라붙어 껍질이 일어난 입술을 젖은 손가락으로 매만졌다. 입 안쪽까지 손가락을 넣어 보자 바싹 마른 잇몸과 혀가 손톱에 닿았다. 청사는 물에 담갔다 뺀 손가락으로 입술과 입 안을 적셨다.

"언제쯤이면 나를 마음 편하게 해줄 것이냐. 도와달라고 말하면 너도 나도 편해질 수 있도록 할 텐데."

이제는 도와주고 싶어도 그럴 자격이 없는 것 같아서 슬프기까지 하고. 청사는 고도의 옆에 나란히 누웠다. 팔을 베개 삼아 머리를 지탱하고 몸을 모로 돌려서 고도의 옆모습을 쳐다봤다.

조심스럽게 손을 뻗어 이마에서 콧대, 콧방울, 입술과 턱을 차례차례 쓸어 보았다. 단정한 선이지만, 남자다운 단단함도 겸비하고 있다. 그러면서 두 볼은 찹쌀떡처럼 보드랍고 쫀득하다. 청사는 피식 웃으면서 고도의 얼굴 윤곽을 손끝으로 덧그리고 또 볼을 괴롭히듯이 쭉쭉 잡아당겨도 보았다. 그러곤 충동적으로 상체를 일으켜 고도에게 입을 맞췄다. 마른 입술을 혀로 쓸고 침으로 적셨다. 조금 더 깊은 곳으로 혀를 밀어 넣고 싶지만 고도의 상태를 참작하여 그만뒀다.

"미안해."

청사는 고도의 이마에 입술을 눌렀다. 조심스럽고 부드러운 입술이 파르르 떨리면서 열렸다.

"정말 미안해."

청사가 고백처럼 속삭이는 소리를 들은 것일까. 지난 이틀 동안 꿈쩍도 않고 감겨 있던 눈이 찌푸려졌다. 굳어 있던 손끝도 움찔하며 반응을 보이자 청사는 다급히 고개를 들었다. 고도가 정신을 차린다면 반갑게 그를 끌어안아 줄 생각이었는데 생각과 마음이 정반대로 움직였다.

갑자기 덜컥 겁이 났다. 고도가 눈을 뜨는 것을 순수하게 기뻐할 수 없을 만큼 거대한 불안감이 청사의 머릿속을 뒤흔들었다. 청사는 혼란스러운 얼굴로 주변을 두리번거리더니 고도의 속눈썹이 떨리는 모습을 보자마자 자리에서 벌떡 일어났다. 그러곤 재빨리 문밖으로 뛰어나갔다.

심장이 정신없이 쿵쾅거리고 머리는 어지러워서 어찌할 바를 몰랐다. 고도를 똑바로 바라볼 자신이 없었다. 늙지도 죽지도 않으면서 다친 몸이 괴물처럼 재생되는 고도. 고도를 그처럼 산 자도 죽은 자도 아닌 상태로 내몬 것이 제 잘못인 것만 같았다.

청사는 황급히 초가집의 동쪽 벽면에 기대어 앉았다. 바로 위에 작게 열어 둔 창문 안쪽에서 부스럭거리는 소리가 들렸다. 자리에서 일어난 고도가 한참이나 멍하니 앉아 있는 소리였다. 청사는 아주 작은 소리에 귀를 기울이면서도 창 안쪽을 바라볼 용기는 내지 못했다. 마음과 머리가 갈등하는 탓에 청사는 몹시도 속상한 얼굴을 무릎 사이에 묻었다.

고도가 아픈 몸으로 눈을 떴는데 낯선 방 안에 아무도 없으니 얼마나 당황하고 외로울지 알면서도 고도에게 다가가기 어려웠다. 이렇게 쭈그려 앉아서 고도가 내는 소리를 듣기 위해 숨을 죽이는 것 말고는, 무엇하나 떳떳하게 할 수 있는 일이 없는 것만 같았다. 고도가 한참 만에 자리에서 일어나 밖으로 나오는 소리가 들렸다. 그는 실마루에 걸터앉아 바위산이 솟은 청호림 풍경을 쳐다봤다. 청사는 소리를 죽인 채로 그렇게 고도의 기척만을 좇았다.

미안해.

청사의 머릿속엔 사과의 말만이 하염없이 떠돌았다.

　고도는 꿈을 꿨었다. 자신은 바위에 앉아 잔잔한 바닷물에 낚싯대를 드리우고 있었다. 얼마 전에 여인과 소녀를 삼켰던 바다는 여느 때와 다름없는 모습이었다. 해수면은 햇살에 눈부시게 반짝였고, 키 낮은 파도가 해변까지 몰려와 물거품을 남기고 물러났다. 달라진 점이 있다면 소녀가 항상 만지작거리며 좋아하던 머리카락이 엉망으로 잘려 나갔다는 점이다. 머리를 대충 손에 그러쥐고 허리에 매고 있는 검으로 서걱서걱 잘라 버린 티가 여실했다.

　고도는 바닷바람에 사방으로 날리는 짧은 머리를 쓸어 넘기면서 아무 고기도 낚지 못하는 낚싯대만 쳐다봤다. 얼굴엔 지치고 피곤한 기색만이 보였다. 졸린 듯 반쯤 감고 있는 눈도 안쓰러웠다. 몸도 마음도 힘이 없어서 그저 하염없이 돌 위에 앉아 있기만 했다.

　가진 것이 없으면 잃을 것이 없다. 그나마 가진 것도 겨우 손가락에 꼽을 만큼 적은 것이었는데 그마저도 모두 잃은 상실감을 어디에 하소연할 수 있을까. 기대하지 말고 바라지 말아야 하는 걸 알지만 인간이 어찌 그런 마음을 버릴 수 있겠는가. 요괴는 욕심을 먹고 살고 인간은 정을 먹고 사는데 어찌…… 어찌…….

　고도는 끝내 눈을 감았다. 바위 위에 누워 파도에 옷자락이 젖는 것을 내버려 뒀다. 잔잔한 물 위에 떠 있던 찌가 상하로 움직이며 물고기가 물었음을 알려 왔지만 낚싯대 역시 고도의 마음처럼 버려져 결국은 고기를 놓치고 말았다. 고도는 볼을 간질이는 바닷바람에 웃었다. 메마른 웃음이었다. 그렇게 모든 것이 공허하던 꿈속 감정을 이젠 눈을 뜨고도 느끼고 있다. 세상은 싱그럽고 맑은데 자신의 마음만 텅 비어 있었다.

고도는 신을 구겨 신고 마당으로 걸어 나왔다. 부러졌던 오른팔을 주무르면서 그럭저럭 아직까진 쓸 수 있겠거니 생각했다. 초가집 주변을 어슬렁거렸다. 집주인이 보이지 않는다. 그 흔한 개 한 마리도 없어서 처량할 정도로 적막함만 맴도는 집이었다. 살가운 이웃이라도 근처에 살면 적막감이 덜하련만, 뾰족하게 솟은 바위산 하나에 초가집 하나씩 자리 잡은 신선들의 거처는 특별한 일이 아니고서야 왕래를 하기도 힘이 들어 보였다.

따사로운 햇볕에 몸을 맡기고 있던 고도는 사방이 온통 돌로 깎아 만들어진 풍경을 둘러봤다. 익숙하지만 친근하지는 않은 돌산이다. 어린 시절을 보낸 추억이 곳곳에 남아 있었다. 반으로 동강 난 참나무와 무너진 담벼락, 동쪽에서 서쪽으로 옮겨진 바위. 그것들이 마냥 반갑지 않았다.

이곳에서 어찌나 모진 수련을 했던가. 스승은 도력을 제대로 다루지 못하던 고도를 절벽 밑으로 던지는가 하면, 머리에 커다란 바위를 이고 앉아서 말뚝잠을 자게 했다. 못 위를 걷지 못해서 물속에 빠지면 정신을 잃을 때까지 꺼내 주지도 않았다. 깊게 생각하면 그때의 악몽이 다시 떠오를 것 같다. 고도는 추억을 회상하려는 머리를 흔들어 털었다. 표정이 핼쑥한 것이 싫어도 어지간히 싫은 기억인 모양이다.

부스럭.

청호림으로 올라오는 길이 작은 소란을 울리더니만 장오가 마루에 앉아 있는 고도를 알아봤다. 고도 역시 가까워진 해와 끝없이 솟아난 다른 바위산들을 둘러보다 말고 장오에게로 고개를 돌렸다. 장오의 뒤를 따라온 꽝철이는 어깨에 탑처럼 쌓은 볏짚 단을 내려놓았다. 고도와 장오가 서로 쳐다보는 것을 확인하고는 앞일을 예상해 보았다. 오랜만에 재회한 스승과 제자가 반가워하며 웃으리라고. 참으로 헛된 꿈이다.

"억!"

꽝철인 괴상한 소리를 지르며 뒤로 넘어졌다. 느닷없이 몰아치는 도력에 밀려나 엉덩방아를 찧은 것이다. 그는 아픔을 투정부리지 못했다. 눈 앞에서 벌어진 일에 경악하여 입을 쩍 벌렸다.

사랑스럽게 재회의 포옹을 나누리라 생각했던 스승과 제자는 검과 지팡이를 겨눴다. 고도는 서전검을 검집에서 풀고 진심으로 장오를 공격했다. 장오는 늙은이답지 않게 작은 몸을 날렵하게 움직이며 고도의 검 위에 한 발로 서서 고도의 머리 위로 지팡이를 휘둘렀다. 장오는 목구멍 너머에서 으르렁거리며 고도를 살벌하게 위협했다. 고도는 살의를 가득 담은 검을 휘둘렀다. 원수가 만나도 이렇게 증오로 가득하진 않을 것이다. 둘은 어느 한쪽이 죽기 직전엔 공격을 멈추려 하지 않았다.

"배은망덕한 놈. 감히 스승을 향해 검을 휘둘러?"

장오가 팔을 한 번 휘두르자 고도의 주변으로 장오를 똑 닮은 분신들이 나타났다. 고도가 똑같은 도술을 부려 장오의 분신을 제 분신으로 상대했다.

"이런, 이런, 노망난 늙은이 얼굴을 보니 반갑습니다, 그려."

"하여튼 혀에 가시가 돋은 놈이로다. 어르신을 공경하긴커녕, 이리도 패륜적으로 달려들다니."

"엉덩이를 발로 차서 청호림 밑바닥에 처박으신 분이 할 소린 아닙니다만."

"호랑이도 제 새끼는 절벽 아래로 떨어트리며 키우는 법이지."

"괭이 새끼는 다른 곳에서 찾으시죠. 저 같은 인간 새끼가 대체하기엔 역부족인데요?"

"인간의 탈을 쓴 고얀 새낀 아니고?"

분신들이 뒤엉켜 싸우는 틈에 고도가 장오의 정수리에 서전검의 날을 세웠다. 서전검에 머리통이 박살나기 전에 장오는 연기처럼 사라졌다. 이러한 도술에 한두 번 당한 것이 아닌 듯, 고도 역시 장오처럼 연기를 흘리며 모습을 감췄다. 두 사람이 다시 나타난 지점은 초가지붕 위였다. 장오가 고도의 멱살을 잡았고, 고도는 검으로 장오의 팔을 잘라 버리려 하면서 지붕을 우당탕 구르며 떨어졌다. 둘 다 바닥으로 똑 떨어지기 전에 다시금 연기와 함께 사라졌다.

이번엔 나무 위에서 나타났다. 고도가 팔과 다리를 최소한으로 움직여 달라붙어 있는 장오의 섬광 같은 주먹질을 막아 냈다. 나뭇가지가 두 사람의 무게를 견디지 못하고 부러질 때쯤엔 절벽 부근에서 위태롭게 대치했다. 절도 있는 손발의 움직임은 왕실 무관들 사이에서만 전승 되는 '무학관' 무술이었다. 몸에 익히기 어렵다는 무술을 스승과 제자가 능숙하게 주고받으면서 동에 번쩍 서에 번쩍 바위산 전체를 종횡무진으로 움직이니, 그 광경을 지켜보던 쾅철이는 눈이 핑글핑글 돌 정도로 머리가 아팠다.

"망할 놈! 늙은이를 이렇게 몰아붙이다니, 네놈 인성이 이것밖에 안 되느냐! 패륜이야, 패륜!"

"거참, 누가 들으면 스승님은 당신의 스승께 인의예를 모두 갖췄는지 알겠네."

"당연하지! 난 스승님 머리 위에 올라서려는 짓은 안했다."

"당신 제자가 너무 유능한 것이라, 뭐. 속상해하지 마시죠."

"유능은 얼어 죽을. 넌 아직도 멀었어, 인마."

"정말로 멀었나 볼까요?"

"고얀 놈! 내가 분명히 일렀거늘! 청출어람은 하지 말라고!"

"어쩌라고, 이 늙은이가."

"같은 늙은이 처지에 어딜!"

그리고 대답을 마치기 무섭게 장오가 고도의 팔을 속박했다. 말을 한다고 호흡이 흐트러진 아주 찰나의 순간을 장오가 놓치지 않은 것이다. 아차 하는 사이에 고도는 간신히 붙었던 오른팔이 다시 분질러졌다. 감각이 돌아오다가 만 오른팔이지만 다친 데 또 다치는 고통 앞에선 재간이 없다. 고도는 참지 못하고 괴로운 신음을 토했다. 장오가 그런 고도를 바닥에 패대기치고 등 위에 앉으면서 힐난했다.

"거봐라. 청출어람은 멀었대도. 네놈은 날 이기려면 멀었다."

간신히 이긴 것 같다만. 그걸로 저렇게 뿌듯해하면 오히려 우스꽝스럽지 않으려나. 꽝철인 화려한 도술대결 끝에 패배한 고도를 보고는 멍한 시선을 떼지 못했다. 상급 요괴들마저 제 맘대로 갖고 놀고, 요괴들이 웬만한 무리를 지어서 지능적으로 덤비지 않으면 결코 이길 엄두도 내지 못하는 게 그 유명한 환영도사 고도거늘. 그가 누군가에게 깔린 장면은 상상도 못 했다.

뛰는 놈 위에 나는 놈이 있다더니, 장오라는 신선은 인간의 영역을 벗어난 도술을 부리는 듯싶다. 장오는 허리춤에서 술병을 꺼내 입을 축였다. 술병을 고도의 얼굴 앞에 가져가자 고도가 고개를 휙 반대편으로 돌린다. 장오는 그런 고도의 머리통을 손바닥으로 갈겼다.

"하여튼 버릇없는 건 예나 지금이나 똑같아."

저 고도를 손찌검하는 사람이라니! 꽝철인 도저히 믿기 어려운 광경에 이젠 어버버, 덜떨어진 소리를 낼 지경이었다. 고도는 놀라서 혼이 빠져나간 꽝철이는 돌아보지도 않고 쥐어 터진 머리통이 아파서 끙끙거렸다. 늙은이 손이 매운 건 여전했다.

"알았으니 비켜 주시죠."

"귀염성 있게 부탁하면 생각해 보마."

"……."

"거 똥 씹은 표정 하곤. 빨리 애교 부려 보래도."

"진짜 노망드셨나 보다."

"애교!"

그 패기에 질색을 하는 고도를 향해 장오가 버럭 소릴 질렀다.

"어서!"

뒷걸음질을 주춤하던 고도가 잠시 후에 서전검을 만지작거리며 대꾸했다.

"한 번 더 승부를 겨뤄 볼까요."

애교를 부릴 바에야 한 번 더 쥐어터지겠다는 선언이었다. 애교 애교 외쳐대던 장오도 그 모습에 에잉 하며 목 뒤를 울렸다.

"귀염성이라곤 눈곱만큼도 없어. 내가 이런 놈이 뭐가 예뻐서 제자로 들였나 몰라."

고도의 머리통을 다시 한 번 후려갈긴 장오가 그의 등에서 내려왔다. 고도는 두 대나 얻어터진 머리를 만지면서 몸을 일으켰다. 어지간히도 기분이 상한 표정이다. 두 눈엔 아직도 분기가 가득했다. 장오는 그런 제자의 심경은 헤아리지도 않고 집 옆에 있는 낡은 창고 문을 열었다. 그 속엔 먼지가 수두룩 내려앉은 종이 등, 나무로 만든 탁상과 도자기로 만든 술잔, 오래된 거문고와 색이 바랜 비단 천 따위가 있었다. 정리도 하지 않고 대충 쑤셔 박은 것들을 휙휙 마당에 늘어놓는 꼴이 수상쩍다. 고도는 미간을 잔뜩 좁히고 스승이 하는 양을 의문스럽게 쳐다봤다.

"잔치에 쓰이는 것들을 왜 꺼내고 있습니까."

중간마다 술로 입술을 적시던 장오는 고도를 돌아보지도 않고 대답했다.

"잔치 물건 꺼내서 뭘 하겠어? 잔치 벌여야지. 여, 개똥아. 그 짚을 바닥에 깔아라. 앉아도 엉덩이 배기지 않게."

개똥이는 누군가 하니, 꽝철이를 지칭함이라. 고도는 꽝철이가 군말 않고 짚단을 바닥에 까는 모습을 미심쩍게 지켜봤다. 괴상한 이름으로 불린 것으로도 모자라 마당쇠 취급을 당하는데도 군소리를 않는다. 이제 보니 표정이 제법 지친 것이 이런 식으로 시달린 게 한두 번이 아닌 듯했다. 고도는 신선과 요괴라는 주종관계를 기묘하게 여기며 스승에게 물었다.

"무슨 잔치를 말하시는 건지요."

"뭐긴 뭐야. 네놈 환영잔치지."

"허, 참, 농담도……."

말이 끝나기도 전에 장오가 거문고를 향해 도술을 부렸다. 먼지가 쌓였지만, 중후함과 기품을 잃지 않은 악기가 고도 앞으로 옮겨 갔다. 거문고는 그 깊은 음색이 하늘과 인간을 잇는다 하여 왕에게도 단독으로 시연될 만큼 가치 있는 물건이다. 비록 제대로 연주할 수 있는 자가 이 나라에 많지 않아 올바른 음색을 풍기기 어려운 단점이 있지만 한번 소리가 울리면 새들도 지저귐을 멈추고 개구리도 울음을 그친 채 거문고의 소리에 귀를 기울인다는 옛말이 있다. 그런 악기를 고도의 바로 앞에 내려놓은 의도가 다분히 있었다. 고도는 그 의도를 눈치채고 사색이 되었고 말이다.

"오랜만에 네놈 소리나 들어 보자."

저건 스승이 아니라 폭군이다. 뻔뻔하고 인정머리 없는 폭군.

"왜 또 노역을 시키려고요. 싫습니다."

고도가 고개를 젓자 창고에서 잔치 물건을 모조리 꺼낸 장오가 또 다른 도술을 부렸다. 이번엔 거문고가 아닌 살아 있는 생명체가 고도 앞에 펑하고 나타났다. 고도는 눈앞의 형상을 보고 두 눈을 동그랗게 떴다. 그 형상 역시 갑작스러운 사태에 놀라서 굳어 버렸다. 사태의 주범인 장오만이 느긋하고 여유로웠다.

"한무도 네놈의 뛰어난 연주가 듣고 싶을 테다."

어디에 있었는지 모를 청사가 고도의 앞에 나타났다. 장오가 일부러 한 짓인데 고도는 눈에 안 보이던 청사를 되찾은 것 같은 기분에 안도가 먼저 되었다. 적막한 마루에 홀로 앉아 청호림을 쳐다볼 때 제일 많이 그리웠던 이가 바로 청사였다. 생각해 보니 이불 속에서 눈을 떴을 때 청사가 안 보여서 섭섭한 것도 같았다. 얼마 못 본 사이에 서운함과 그리움 같은 걸 느꼈다. 고도는 왜 청사를 상대할 땐 이리도 감정적으로 변하는지 모르면서, 그 변화가 마냥 싫지는 않았다.

"대롱이 네가 듣고 싶다면 연주하마."

어째선지 눈을 제대로 마주치지 못하는 청사는 그래도 고도가 연주하는 모습을 보고 싶었던 듯 선뜻 고개를 끄덕였다. 스승의 손에 놀아나는 기분이지만 한 번쯤은 요란하게 즐겨 보는 것도 나쁘지 않으리라. 고도는 자신을 이해시키며 거문고를 들고 자리에서 일어났다.

"거기 두 놈은 나 좀 도와!"

장오의 호통에 넋을 놓고 있던 꽝철이와 고도를 대함이 이상하게도 어색한 청사가 마당에 어질러진 물건들을 정리했다. 고도는 수십 년 만에 만져 본 거문고 줄을 퉁퉁 튀겨 보았다. 먼지는 앉았어도 그 울림은 변하지 않았다. 오래된 오동나무를 울리는 깊고 맑은 소리다. 음을 조율하던 고도가 문득 손을 멈췄다. 그는 고개를 들어 청사를 바라봤다. 청사를 보는 얼굴에 의아함이 가득했다.

"……그런데 아까 한무라고 하지 않았나?"

스승의 말을 떠올린 고도의 표정이 묘하게 변했다.

고도의 손가락 끝에서 흘러나오는 선율은 느리지도 빠르지도 않다. 창귀에게 다치고, 스승에겐 부러지며 모진 수난을 겪은 오른손은 이제 이정도 중상 따윈 익숙해졌다는 듯 그새 붙어서 악기를 다루는 데 조금의 지장도 주지 않았다. 손가락이 모자란 왼손 역시 그 개수는 중요하지 않은 듯 너무도 능숙하게 여섯 줄을 조율했다. 고도는 호기심 어린 눈으로 쳐다보는 꽝철이 때문에 현 위에 손가락을 올려놓길 망설였다. 한데 옆에 앉은 청사를 보노라니 다 잊은 연주법을 되살려서라도 한 곡을 뽑게 하였다. 청호림에 들어설 때부터 기가 죽어 있는 청사를 위로해 주고 싶었다.

청사를 달래는 소리는 친우를 위한 노래라. 한때 자량의 궐에서도 임금을 앞에 두고 연주한 적이 있는 곡이었다. 정치는 타고났어도 풍류에는 재능이 없던 임금을 위해 직접 지은 곡이었다. 곡을 들은 임금은 그 이후론 거문고에 푹 빠져서 고도를 불러다 놓고 연주하는 법을 배웠다. 때때론 고도에게 평가를 받으려는 것처럼 술을 마련하고 줄을 뜯기도 했다.

'이번엔 괜찮았는가.'

칭찬을 바라는 아이처럼 조금 들뜬 얼굴로 자신을 쳐다보던 얼굴이 이젠 기억에도 가물가물하다. 고도와는 다르게 저 혼자만 늙어 가는 것을 몹시도 속상해하던 지우의 입가에 지어진 서글픈 미소만 떠올랐다.

고도는 손을 멈췄다. 처음에는 몇 번 실수해도 곧 감을 찾아 유려하게 연주하던 고도가 멈추자 술을 들이켜던 스승과 꽝철이가 의아한 눈빛을 던졌다. 말은 없지만 그래도 고도가 줄을 뜯는 모습을 빤히 쳐다보던 청사 역시 소리가 끊긴 점을 못내 아쉬워했다.

고도는 한참이나 낡은 거문고를 쳐다봤다. 무언가를 생각하는 얼굴이 어둔 빛을 보이는지라 시도 때도 없이 주책을 부리던 장오조차 고도에게 연주를 재촉하지 못했다. 고도는 몇 번 고민하더니 다시 왼손으로 줄을 누르고 오른손으로 누른 줄을 퉁겼다.

이전보다 훨씬 부드럽고 울림이 강한 곡이다. 한 음 한 음이 정성스레 연주되는데, 그 음들이 모여서 어찌나 사랑스럽고 애잔한 음률을 만들어 내는지. 그것은 연모하는 임을 위한 노래였다. 지방에 유배당한 신하들이 임금을 위해서 혹은 고급 예기預妓들이 정인에게 들려주는 것으로 널리 알려진 곡이었다. 이전 곡엔 없던 애틋함이 담겨 있다.

청사는 눈을 내리고 손과 줄의 움직임에 집중한 고도의 모습을 홀린 듯이 바라봤다. 금을 뜯는 고도의 모습은 황홀할 정도로 아름답지만 이 음악이 누굴 위한 곡인지 모르니 마음 놓고 기뻐할 수가 없다.

"자자, 얼른 마셔. 이 내가 집에 묵혀 놓은 귀한 술까지 다 꺼냈으니 이걸 다 마시기 전엔 이 잔치를 파하지 않으리다!"

장오가 수십 개의 술병을 가리키며 외쳤다. 좋다고 손바닥까지 짝짝 치는 꽝철이에 반해 청사도 고도도 반응이 없었다. 고도는 연주에 집중한 상태였고, 청사는 연주하는 고도의 모습을 바라보는 상태였다. 소리로 청사의 가슴을 적시는 고도와 눈빛으로 그런 고도를 담는 청사에겐 흥청망청한 잔치 분위기도 귀한 술도 중요하지 않았다. 말 한마디 없는 감정만으로 서로 연결하는 이 느낌을 더 만끽하기로 했다.

늦은 밤이 되도록 꽝철이와 장오는 말술을 마셨다. 탁상 밑에 일렬로 늘어선 술병들은 절반이 동났다. 장오가 허리춤에 매달고 시도 때도 없이 들이켜면서도 취기는 보이지 않기에 약한 술인 줄로만 안 것이 잘못이었다. 탁주보다 독하다. 복숭아 향기가 없었으면 과일주라 부르기도 무색할 정도다. 술에 적응 못 한 꽝철이가 제일 먼저 쓰러졌다. 그는 맨바닥에 대자로 뻗어서는 입을 벌리고 코를 드르렁 골았다.

고도는 금 연주를 파하자마자 스승이 몰아붙이듯 술잔을 건네는 탓에 몇 번 거절하다가 거절한 횟수 이상으로 술잔을 비워야 했다. 취기가 올라온 얼굴로 장오를 빤히 쳐다보았다. 그런 고도를 청사는 멍하니 바라보다가 몇 번이고 얼굴을 발그레 물들였다. 고도가 얼마나 술이 센지 몰라도, 독한 술을 안주 없이 몇 차례나 들이켜니 당해 내긴 퍽 힘에 부친 듯했다.

"네놈은 참 손으로 하는 건 잘한단 말이지. 낚시도 그렇고 악기를 다루는 것도 그렇고. 재주야 재주."

고도는 상 위에 비스듬히 기대어 스승의 말에 정면으로 맞섰다.

"거 참, 스승님이 억지로 배우게 했으면서 그건 어느 나라 망발인지요."

"재주를 알아보고 시킨 거다. 쥐뿔도 없으면 시켜 봤겠어?"

"본인의 무료함을 달래려고 제자를 들들 볶은 사람이 할 말은 아닐 텐데."

"어허, 이놈이 건방지게."

"본인이 좀 배워서 연주를 하시란 말입니다."

"귀찮은 걸 어쩌나! 난 네놈처럼 풍류를 즐길 줄 잘 모르는 것을!"

"신선이 풍류를 모른대. 자격 미달 아닌가요, 이거?"

"네놈이 쓸데없이 신선놀음에 적합한 도사라곤 생각 안 하고?"

장오는 잔에 넘칠 정도로 술을 붓고는 고도에게 마시게끔 했다. 싫다고 거부했다가 "아직도 애네."라는 한심한 눈빛을 받아서 고도는 발끈하여 잔을 낚아챘다. 고도는 꿍 소릴 내면서 상에 이마를 쿵 박았다. 청사가 살펴보니까 취기가 올라 머리가 어지러운 정도일 뿐, 정신을 잃는다거나 속이 더부룩한 수준은 아닌 듯했다.

고도의 볼이 발갛게 익어 있다. 살짝 벌어진 입술로 뜨거운 입김을 느리게 뱉기도 했다. 무방비한 고도의 모습에 청사는 속으로 마른침만 꼴깍 삼켰다. 붉어진 볼에 손등을 가져가니 제법 뜨끈하게 열이 오른 것이 청사의 가슴을 두근거리게 했다. 고도는 서늘한 손길에 볼을 지그시 묻고 있었다. 그런 고도에게 장오가 먼저 운을 뗐다.

"꽤 고생한 듯한데 하계에서 뭔 일을 벌이고 다닌 게냐."

"다 알면서 모른 척하시기는."

"누굴 네놈 뒤만 졸졸 쫓아다니는 똥강아지로 아는 거냐."

"어차피 보고받으시잖아요. 제 일은 누구보다 잘 알면서 굳이 묻는 심보는 뭐래."

"보고받는 것과 본인 입으로 듣는 건 다르지, 암!"

"스승님이 아시는 것과 다르지 않습니다. 칠복산엔 주인 없는 여우구슬이 굴러다니는 걸 지켜보았죠. 보리 마을엔 인두조수가 사또 노릇을 하고 있고, 구미호 꼬리를 부적 삼아 장원급제하려는 인간도 만났고요. 자신이 인간의 배에서 나왔다고 믿는, 말하는 호랑이도 있었거든요. 세상 참 신기하죠? 언제부터 이렇게 세상이 뒤죽박죽되었을까요."

"뭐가 뒤죽박죽이야. 원래 하계가 그런 곳이거늘."

"정말인가요."

"그럼 얼마나 반듯한 곳인 줄 알았냐."

"강문 때문인 줄 알았거든요. 아닌가, 나 때문인가."

그렇게 혼잣말하는 고도가 배시시 웃음을 흘렸다. 상 밑으로 하얗게 쏟아지는 웃음소리를 듣고 청사가 고도의 이마를 짚었다. 술에 많이 취했나 싶어서 얼굴의 열을 재는 것뿐인데, 고도는 눈동자만 굴려서 그런 청사를 흐린 눈으로 쳐다봤다.

눈이 마주치자 생긋 웃는 것이 청사의 가슴을 뛰게 하였다. 황급히 손을 떼어내려 하자 고도가 청사의 손바닥에 얼굴을 푹 묻는 바람에 그러지도 못했다. 고도가 답지 않게 몸을 기대어 온다. 청사는 그런 고도에게서 눈을 떼지도 못하고 연방 반대편 손으로 얼굴을 부채질했다. 입 안이 자꾸만 타들어 가는 바람에 청사는 고도를 어찌해야 할지 몰랐다.

"그리고 보면 둘이 참 사이가 좋아. 어쩌다 그리 친해진 건가."

꽝철이에 이어서 고도까지 쓰러트린 장오는 여전히 멀쩡한 얼굴이다. 말술로 배를 채우고도 얼굴이 붉어지거나 혀가 꼬이지도 않는다. 대단한 주량이다. 신선은 술에 취하지 않는 비기라도 갖고 있나 보다며 고도는 느리게 대답했다.

"홍등가에서 만났습니다."

홍등가라면 기생년들이 남자들을 치마폭에 감싸 안고 술을 따르는 곳 아닌가. 장오의 얼굴에 짓궂은 미소가 떠올랐다.

"네놈 어리다 생각했는데 다 컸구먼, 다 컸어! 그래 여자 맛을 좀 알겠더냐? 궁상맞게 독수공방하는 것보다야 여자들 유방을 쥐는 게 훨씬 낫지?"

"뭐래. 노친네가 진짜 노망들었어. 생각하는 게 왜 그렇습니까?"

"이놈 말본새 보게! 아니 그럼 멀쩡한 사내자식이 홍등가까지 가서 뭘 했단 말이냐? 네놈 박도 탈 줄 몰라? 고자였느냐?"

"아 진짜. 악귀에 씐 여자가 기생이라 그 동네에 갔던 것뿐입니다."

"고자였어. 망할, 제자 놈이 고자라니!"

"아니라고, 영감탱이야."

고도가 발끈하여 쏘아붙이는 모습을 보고 청사는 두 눈까지 확 붉어졌다. 어쩜 좋으냐! 귀여워 죽겠다! 고도의 머리 꼭대기에서 노는 장오가 얄밉긴 하나, 고도를 이렇게 가지고 노는 모습은 타의 본보기가 되기 충분했다. 언제나 여유롭고 느긋하기만 한 사내를 궁지에 몰아넣는 솜씨가 역시 스승이라 불릴 만했다. 청사는 취기 때문에 더욱 솔직해진 고도가 지나치게 사랑스러워서 어쩔 줄을 몰라 했다. 마음 같아서는 확 끌어안고 싶었다.

"악귀 씐 기생집에 대롱이가 머물고 있었습니다. 퇴마를 마치고 나서려는데 장맛비를 맞아서 며칠 쉬다 보니 말을 트게 된 거고요. 나중엔 정체를 알게 되곤 칠복산에서 추격전을 벌였지만 말입니다."

대롱이라는 별칭에 장오가 제 손발을 주물렀다. 손발에 핏기가 가실 만큼 낯간지러웠기 때문이다. 청사 역시 고도의 거침없는 설명에 퍽 부끄러웠다. 청사는 상에 엎드린 고도의 얼굴에 바싹 다가가 물었다.

"고도, 취했어?"

고도가 눈동자만 데굴 굴려서 청사를 응시했다.

"취하려고 마시는 게 술이다. 술에 대한 예의를 갖추어야 하지 않겠느냐."

"인간이 과실주에게 예의를 갖출 필요는 없잖아."

"너도 망발이냐. 어서 사과해라. 이 뽀얀 복숭아에게."

"아이고."

청사는 귀여워서 죽으려고 했다. 고도를 끌어안고 싶었으나, 현실은 술상을 끌어안는 것에 그쳤다. 장오는 그런 고도를 보면서 히죽 웃었다. 못 본 세월 동안 고도는 외형은 변함없는데 분위기가 많이 달라져 있었다. 천방지축으로 날뛰던 어린 날의 배짱과 호기심과 호승심은 사라지고 성숙함과 신중함이 그 빈자릴 메웠다. 가만히 쳐다보는 시선을 마주하노라면 세상의 이치를 깨달은 듯 시선이 깊었다. 그래서 다 컸다고 여겼다. 인간은 세상을 깨닫기엔 너무도 짧은 생을 살다 가는지라, 고도 정도로 살면 세상을 알게 되었다고 생각했다. 인제 보니 그게 꼭 맞는 말 같진 않다. 고도는 여전히 어린애처럼 굴었다. 다만 그 상대가 대롱이라 불리는 사내 옆이라는 점만 다르다.

"네놈, 그 대롱이라는 자가 그렇게 좋더냐."

질문을 받은 당사자보다 청사가 더 놀라서 몸이 튀어 올랐다.

"그게 무슨 질문이야!"

느닷없는 질문도 그렇지만 고도의 가족 문제 때문에 부쩍 마음이 심란해지고, 고도를 좋아할 자신이 없던 청사는 고도의 대답 여하에 크게 좌절하고 낙담할 것 같았다. 지금 같은 기분 상태에서는 한번 좌절하면 되돌아오기 어려울 것이다. 마음의 준비도 안 된 상태에서 고도의 모진 말을 듣고 싶지 않았다.

"대답하지 마."

청사가 날카롭게 말했다. 부탁보다는 명령에 가까운 어조였다. 날이 곤두선 목소리와 딱딱하게 굳은 표정을 보고 장오는 끌끌 웃으며 술잔을 비웠다. 고도는 눈을 느리게 떴다가 감으면서 온몸이 경직된 청사를 한동안 쳐다봤다. 둘의 시선이 복잡하게 엉킨 지 얼마 후에 고도가 상체를 세웠다. 한쪽 어깨가 기울여져서 몸의 중심을 잘 잡지 못하면서도 장오가 쪼르륵 따라 주는 술은 넙죽 받아 마셨다.

"왜 그런 걸 묻는 겁니까."

장오는 긴장해서 굳어 버린 청사와 나른하게 풀려 있는 고도를 번갈아 바라봤다. 나이가 들면 분위기나 느낌만으로도 상황을 짐작할 수 있게 된다. 장오가 보기에 고도와 청사가 나누는 유대감은 평범한 것이 아니었다. 그것은 친우 간에 나누는 정보다 훨씬 애틋하다. 오랜 세월 고도를 가르쳤고 또한 옆에 두고 부려 먹어 본 장오는 고도가 누군가에게 쉽게 마음을 주는 성격이 아님을 알고 있었다. 그런 놈이 자신을 저렇게 열어 놓고 상대를 받아들이고 있는데 왜냐고 묻고 있다. 장오 입에서 한심한 소리가 나왔다.

"둘이 아주 눈꼴 시려서 못 보겠거든."

흠칫, 어깨를 떠는 고도와 얼굴이 새빨갛게 변해 버린 청사. 둘을 마주 보고 있는 장오는 죽을 맛이었다. 죄 없는 술병 주둥아리를 넙죽 꼽고 술을 콸콸 들이마셨다.

"아유, 염병할! 둘이 서로 좋아하느냐고 묻는 거잖아. 다 큰 사내자식들이 무슨 짓들이야?"

고도는 할 말을 잃은 듯 조개처럼 입을 콱 다물었다. 청사 역시 고도의 스승이란 자에게 사적인 부분을 지적당할 줄은 몰라서 적잖이 당황했다. 남이 보기에도 느껴질 정도라면 서로의 감정이 짙다는 소린데, 청사는 고도가 저를 어떻게 생각하는지 몰라서 자신감을 많이 잃지 않았던가. 청사가 처음으로 제 앞에 놓인 술잔을 한입에 벌컥 마셨다.

"이, 이봐. 그게 눈에 보여?"

장오가 청사를 보며 한쪽 눈썹을 들어 올렸다. 별보다 형형하게 빛나는 금안이 쏘아붙이듯이 청사를 노려봤다.

"내가 헛다리짚은 거면 아니라고 발뺌이라도 해보든가."

"아니 그게 아니라……."

"뭐."

"나는 그렇다 쳐도…… 고도도 나를 그…… 좋아하는 것 같아?"

고도 손에 들린 술잔이 쩍하고 부서졌다. 고도는 시선을 어디에 둬야 할지 몰라 이곳저곳을 불안하게 쳐다봤다. 장오는 속으로 욕을 삼켰다.

"연정 가득한 곡을 받았으면서 그건 또 무슨 망발인가."

고도가 참지 못하고 자리에서 벌떡 일어났다. 벗어 두었던 신을 구겨 신고 황급히 바위산 계단을 내려갔다. 청사가 놀라서 따라 일어나니 장오가 그런다.

"가서 답가나 해줘."

청사의 얼굴은 터질 것만 같았다. 새빨갛게 달아올랐고 가슴도 크게 부풀어 있었다. 본인에게 직접 물어보지도 못하고, 속으로만 앓았던 사실에 대해 제삼자가 확신을 주자 머릿속이 뜨거워져서 어찌할 바를 몰랐다. 모르는 사람이 툭 던진 말이 아니다. 고도를 누구보다 잘 아는, 아니 거의 유일하게 이해하는 스승의 말이었다. 마치 찔린 듯이 놀라서 도망가 버린 고도의 반응을 보면 장오의 지적은 정답이나 다름없었다.

청사가 부리나케 고도를 쫓아서 시야에서 사라지자 장오는 술 상대가 없는 잔에 쪼르륵, 술을 따랐다. 옆에는 배까지 훤히 내놓고 잠이 든 꽝철이가 찢어진 북처럼 드르렁드르렁 소리를 울렸다. 장오는 그 소음이 귀에 거슬리지도 않는지, 태연하게 술잔을 비웠다. 색색의 종이 등과 비단이 드리워진 하늘을 올려다보며 입술을 삐쭉였다.

"젊어서 좋겠다."

"고도!"

바위산에서 날듯이 뛰어 내려온 고도가 사라졌다. 발로 뛰어 도망가기엔 청호림은 몸을 숨길 숲이 많지 않다. 허허벌판과 바위와 절벽뿐인 곳에선 어디로 도망가도 청사의 눈에 띄기 마련이라, 아예 도술을 써서 몸을 숨긴 것이다. 청사는 주저 없이 능력을 방출했다. 언제나 고도에게 들킬까 봐 요괴처럼 몸을 감싸고 있던 요력이 아니었다. 그 요력 밑에 숨겨져 있는 또 다른 힘이었다.

청사의 눈가에 검푸른 비늘이 일어나면서 동공이 날카롭게 열렸다. 그는 다급할 때만 꺼내는 천리안으로 재빠르게 청호림 구석구석을 살폈다. 동쪽에서 검은 옷을 발견했다. 첨탑처럼 뾰족한 바위들이 빼곡하게 자리 잡은 곳이다. 지옥에서 죄인들을 꼬챙이에 끼우는 형벌처럼 사방이 바늘 같은 바위로 뒤덮인 곳에 고도가 한 발로 몸을 지탱하고 있었다. 동요한 감정을 다스리지 못해서 표정이 엉망으로 일그러져 있었다. 청사는 힘을 거두자마자 침바위가 빼곡한 곳으로 날아갔다.

"고도."

청사가 조심스럽게 이름을 말하자 고도가 다시 도술을 써서 사라지려 한다. 청사는 다급하게 외쳤다.

"잠깐만! 잠깐만 있어 봐!"

고도가 멈칫하자 청사가 재빨리 말을 이었다.

"이대로 영영 나를 피하면서 살 거야? 그건 아니잖아. 이리 와. 응?"

고도에게 무작정 다가갔다간 고도가 그대로 사라질 것만 같았다. 청사는 당장에라도 쫓아가 끌어안고 싶은 충동을 억누르며 고도가 먼저 저에게 다가오길 기다렸다. 고도는 쉽사리 청사 쪽으로 다가가지 않았다. 머리가 아픈 듯 왼손으로 관자놀이를 문질렀다. 그는 몇 번이고 망설인 끝에 청사가 겨우 들을 수 있는 목소리로 중얼거렸다.

"미안하다."

청사는 고도에게 날아가고 싶은 욕구를 필사적으로 참았다.

"왜 미안하다는 거야?"

"스승님이 쓸데없는 말을 하셨어."

"그럼 그 신선이 거짓말을 했다는 거네."

"응."

"정말로?"

"그래, 그 늙은이가 헛소릴 잘해."

"정말로 고도는 나 안 좋아해?"

선뜻 대답하지 못한다. 그것만으로도 청사는 충분했다. 고도가 무슨 생각인지 빤히 알 것 같았으니 말이다. 청사는 바로 두 팔을 벌렸다. 고도는 제 앞에 활짝 열린 품을 보면서 슬픈 듯 기쁜 듯, 미묘한 표정을 지었다. 눈이 젖어서 촉촉한 것은 취기 때문이리라. 청사는 그보다 더 타당한 이유를 들어 고도의 표정을 해석할 수 있었지만 속마음을 들켜서 도망치려는 고도를 붙잡는 데는 역효과일 거라며 짐짓 아무것도 모르는 듯이 굴었다.

고도는 지금 상황이 익숙하지 않은 것이 분명했다. 지금까지 인연이 닿아 왔던 모든 인간과는 사별했다. 그것이 자신의 팔자라고 말했다. '고도'라는 남들이 불러 주는 이름만을 가지고 살면서 누구에게든 그 이름을 알려 줬다. 하지만 정작 이름을 알려 준 이에겐 가까이 다가가지 않고 멀찌감치 물러서서 지켜보기만 했다. 그나마 요괴나 도깨비들과는 정을 주고받는 듯하나, 그것도 서로에게 어떤 목적이 있어서일 뿐. 순수하게 좋아하는 이들과 인연을 지속하지는 못했다. 그래서 오랜 세월 자신을 고립시키는 생활을 하다 보니 상대방에게 마음을 주는 것도, 받는 것도 어색하고 낯설어했다.

그것이 청사의 눈에는 보였다. 청사를 싫어해서 도망치는 것이 아니라, 이 상황에 면역이 없어서 우선 피하는 것에 불과했다.

"고도. 이리 와 봐."

좋아한다고 말하면 더 도망갈까 봐 조금 더 편한 방법으로 고도를 불러들였다.

"얼른."

침바위에 외발로 서서 우왕좌왕하던 고도가 한참만에야 걸음을 뗐다.

빼곡하고 무성하게 자리 잡은 침바위들을 건너서 청사가 팔을 뻗으면 닿을 거리까지 왔다. 청사는 진득하게 기다렸다. 먼저 손을 내밀어 고도를 잡기보단, 활짝 벌리고 있는 두 팔 안쪽으로 고도가 다가오길 기다리고 또 기다렸다. 고도는 한 걸음 너머에서 몹시 주저했다.

"말처럼 쉽지 않다."

혼잣말을 용케 알아챈 청사가 주먹을 쥐었다. 초조함을 두 손으로 눌러 담고 편한 목소리를 억지로 잡아 뺐다.

"뭐가?"

"네게 약속한 것이 말처럼 쉽지 않구나."

"나와의 약속이라니."

"네가 무엇이든, 결단코 밀어내지 않겠다는 약속. 내가 아무런 준비도 안 된 상태에서 빈말만 뱉은 것 같다."

청사에겐 아무런 문제가 없는데, 정작 자신에게 문제가 있다는 소리로 들렸다. 청사는 한 걸음만 다가가면 품에 안을 수 있는 고도를 애타게 쳐다봤다.

"고도. 너는 나를 좋아하는 게 무서워?"

고도가 한참 만에 고개를 가로저었다.

"그건 아니야."

"그럼 뭐가 문제야."

나도 널 좋아하고, 너도 나를 좋아하면 그걸로 됐잖아. 마음고생을 하려면 네가 아닌 내가 해야지 왜 네가 힘들어하는 거야. 네게 말 못한 죄목이 많이 있어. 그래도 지금은 그런 걸 신경 쓰지도 못할 만큼 네 마음 하나를 갈구하고 있어.

누가 더 용기를 냈느냐고 따지는 것은 무의미하나, 굳이 비교하자면 속마음을 들켜서 당황했음에도 청사의 한 치 앞까지 다가온 고도보다는 고도의 가족과 관련된 죄책감에 좋아하던 마음에 자신감을 잃었던 청사의 용기가 더 컸다.

지금은 이렇게 서로 조심스럽게 대하고 있지만 내일이 되면 또 모른다. 사실을 알게 된 고도가 청사를 증오하며 칼을 꺼내 달려들지, 누구도 예측 못 할 일이 벌어질 수도 있다. 그 고통을 알면서도 청사는 고도랑 순수하게 정을 나눌 수 있다면, 훗날의 괴로움을 감당하기로 마음먹었다. 언젠가 고도에게 증오의 대상이 되더라도, 단 하룻밤만이라도 연정이 통하는 연인이 되고 싶다. 청사는 그것을 마음 깊이 갈망했다.

"아까 네 스승 앞에서 꺼낸 말 있잖아. 우리가 처음 만나게 된 거."

운을 띄우는 청사를 슬그머니 쳐다보는 고도였다. 청사가 그런 고도를 보며 환하게 웃었다.

"난 그때부터 너한테 눈길이 갔어. 옆에 끼고 있던 기생은 보지도 못할 만큼. 네가 장맛비를 맞아서 홍등가를 떠나지 못하고 내가 머무는 방 옆에 행장을 푸는 게 좋을 만큼. 혹여나 너랑 눈이라도 마주치고 말이라도 섞을 수 있을까 하여 네 방문 앞을 왔다 갔다 하면서 우연을 가장해 만나고 싶을 만큼. 네가 그렇게 좋을 수가 없더라."

솔직담백한 고백에 고도의 얼굴이 붉어졌다. 취기가 알싸하게 오른 얼굴엔 근육마저 풀어졌는지 언제나 무표정만 고수하던 자리에 희미한 부끄러움이 더해졌다. 고도가 청사에게 반 발자국 다가왔다.

"그 후엔 내 죽통에 갇혀서 나를 죽이고 싶을 만큼 미워하지 않았더냐."

"난 잘해 보려고 했는데, 넌 날 요괴라고 무작정 잡으려고 해서 배신감에 치를 떨었지."

"혼자 좋아하고 혼자 섭섭해 했단 말이네."

"그 미움도 얼마 못 갔잖아. 금세 또 너한테 푹 빠져서 졸졸 쫓아다니게 됐고."

"대체 내가 무어라고 그렇게 좋아했느냐."

"나한테 처음 해준 말에 반했었거든."

굵은 빗방울이 마당의 흙을 헤집고, 기생들의 치맛자락을 적시는 동안, 고도는 정자에 나와 앉아 뿌연 하늘을 구경하고 있었다. 새까만 옷을 입은 그는 총천연색이란 화려함으로 자신을 뽐내는 기생들 사이에서 역으로 돋보였다. 수수하고 단정한 그 차림새와 달리, 얼굴은 눈길을 잡아끌게 생겨서 청사는 호기심으로 고도의 행동을 좇곤 했다. 그러다 우연히 정자에 나란히 앉은 청사는 저를 빤히 쳐다보는 고도의 이야기에 전에 없는 감정을 느꼈다. 그것은 기쁨이었다.

"큰일을 할 수 있을 자가 세상을 피해 숨어 이곳까지 왔구나. 네 옥석의 진가를 알아보지 못한 것들이 한심하다."

청사는 토씨 하나 빼먹지 않고 고도가 했던 말을 그대로 읊어 주었다. 고도는 자신이 그런 말을 했던가 싶어서 의아한 얼굴이었다. 본인도 기억하지 못할 만큼 흘려보내듯 꺼낸 말이기에 더욱 청사의 가슴에 남았었다.

어쩌면 홍등가에 어울리지 않는 도련님을 향한 말일 수도 있다. 번듯한 옷을 입고 앉아서 여자만 옆에 끼고 노름을 즐기니, 정신 차리라고 핀잔을 준 것일지도 모르고. 목적이야 어찌 됐든, 청사는 고도의 사소한 말 한마디에 위로를 받았다. 자신이 무의미하게 인간 세상을 배회하는 걸 알 리 없는 인간이 그런 식으로 말해 주니 가슴에 울림으로 남은 것이다.

그 후론 자신에게 특별한 애칭을 달아 주고, 긴 머리를 만지작거리며 예쁘다고 해주고, 일방적인 애정 공세에 처음에는 싫은 듯하다가도 나중엔 자신의 옆자리를 지켜 주는 것이 청사라서 고맙다고 해주는 고도가 좋았다. 이젠 그러한 이유를 세세하게 늘어놓는 것이 아무런 소용이 없을 정도로 고도가 있는 것 자체가 좋았다. 그래도 욕심은 끝이 없는지라 고도가 청사와 비슷한 감정이 있을지 모른다 생각하니 여기까지 쫓아와서 조르게 된다.

만약 네 마음이 나와 같다면, 그렇다면…….

"좋아해."

고도의 복잡한 눈동자가 청사의 얼굴에 박혔다. 청사는 그 눈가에 조심스럽게 입을 맞췄다.

"네가 허락한다면 이 말을 사랑한다로 바꾸고 싶어."

너만 받아 준다면.

고도는 고개를 숙여 머리카락으로 얼굴을 가렸다. 그러곤 청사의 등허리에 팔을 둘러서 다정하게 끌어안았다. 청사는 심장이 터질 것 같은 기분에 하늘만 바라봤다. 귓가에서도 심장 뛰는 소리가 들린다. 고도와 자신의 것. 두 개의 소리가 한데 모여서 온몸을 쿵쿵 두드렸다.

"……대롱이 주제에 왜 이렇게 낭만적이냐. 그 표현은 내게 허락받을 것 없이 마음대로 써라. 나도 그리할 테니."

고도가 고개를 들어 청사의 입술에 입을 맞췄다. 고도의 입술은 긴장으로 말라 있었고 또 조금 떨리기도 했다. 하늘을 쳐다보던 청사가 그런 고도를 마주 안아 줬다. 고도는 청사가 들릴 듯 말 듯 작은 목소리로 속삭였다.

"사랑한다."

청사는 고도의 손목을 잡아끌었다. 사방이 훤히 뚫린 침바위 땅과 벌

판을 조금만 지나자 꽝철이와 함께 복숭아를 실컷 따먹었던 나무들이 눈에 들어왔다. 거의 유일하다 싶은 은밀한 공간이었다. 청사는 잎이 특히 무성한 나무 밑동으로 갔다. 흙바닥은 부드럽고 잡풀이 나지 않아 맨살이 닿아도 풀독이 오를 것 같지 않았다. 청사는 나무에 기대어 앉아 고도를 허벅지 위에 앉혔다. 입술을 핥고 혀를 집어넣어 고도의 것을 깨물고 빨아 당겼다.

"아……."

고도가 자극적인 입맞춤에 녹아든다. 청사는 쉽게 몸이 풀린 고도를 보면서 술의 힘을 다시금 생각하게 됐다.

"오늘은 자제가 안 될 것 같아. 네가 이해해 줘야 해, 응? 고도."

입을 맞춘 것만으로도 하체가 부풀어 오르는 것을 느꼈다. 청사는 손 안에서 부드럽게 감기는 고도의 나긋한 육체와 자신의 흥분 정도를 생각하면서 어쩌면 이번엔 고도가 힘들어할 만한 짓을 할지도 모른다고 생각했다.

고도의 바지 속으로 청사의 손이 들어왔다. 허벅지를 매만지고 음모와 성기를 주무르자 고도의 허리가 뻣뻣해진다. 부드러운 손안에서 성기가 조금씩 단단해졌다. 고도는 상체를 비틀면서 거칠어진 숨을 뱉었다. 귀두에서 음경까지 쓸어 만지는 손길이 조급했다. 고도는 청사의 손을 빼려 했다. 어깨를 움츠리고 조금 불안해하는 모습을 보이자 청사가 입을 맞추면서 달랬고, 고도는 차츰 안정을 찾아서 청사의 손에 자신의 치부를 맡길 수 있게 되었다.

입맞춤이 깊어졌다. 삼키지 못한 타액이 턱을 따라 흘렀다. 고도는 참지 못하고 청사의 목에 팔을 둘러 혀를 내밀게 됐다. 고도는 흐리터분한 시선으로 쌕쌕 달뜬 숨을 뱉었다. 탁한 술 냄새가 섞여 나왔지만 청사는 그마저도 달콤하게 느껴져 지체하지 않고 옷을 벗었다.

"긴장돼?"

상의가 벗겨지고 맨살이 공기에 노출되자 고도는 주저하는 기색을 보였다. 사계절이 없이 항상 포근한 신선계인지라 인간 세상의 혹독한 겨울 날씨에 비하면 드러난 살은 춥지도 않았다. 그럼에도, 근육이 딱딱하게 긴장되고 소름이 돋았다. 전에 없이 어색해하는 고도의 반응이 청사는 마냥 예쁘게만 보였다.

부끄러워하고 있어.

청사는 고도의 귓불을 깨물며 그 주변을 핥았다.

"처음 아니잖아. 그렇게 어렵게 여기지 마."

"으음. 처음보다 더 힘들다."

"왜?"

"나도 네게 입을 맞추고 이렇게 귀를 핥아 주고 싶거든. 지금 참고 있어. 내가 하면 어설퍼서 흥이 깰 수도 있으니까."

"……아, 고도. 날 미치게 하지 마."

청사는 붉어진 눈으로 고도를 차마 똑바로 보지 못했다. 이 이상 흥분했다간 정말로 이성을 잃고 달려들 것 같았다. 심호흡까지 하면서 가까스로 마음을 진정시킨 청사는 고도의 가슴에 얼굴을 묻었다. 한 손은 고도의 다리를 쓰다듬고 다른 하나는 등 뒤로 돌려 항문을 만졌다. 위로는 가슴이 핥아지고 있고 아래로는 다리와 성기 그리고 항문까지 매만져진다. 고도는 자신도 잘 만지지 않는 부위를 빨리고 주물러졌다. 고도는 떨리는 손으로 청사의 머리를 끌어안았다. 잠긴 목소리가 흐트러진 호흡과 함께 아무렇게나 뱉어졌다.

"기분 좋아……. 좋아해도 되는 거 맞지?"

청사는 딱 미치기 직전이었다. 제정신일 때 몸을 섞으면 긴장해서 힘들어하기만 하던 고도가 처음으로 흐물흐물 녹아서 얼굴을 붉게 물들이고 있다. 입을 맞추면 곧장 혀를 내밀고, 가슴을 만지면 호흡을 가쁘게 토하면서 속눈썹을 파르르 떨었다. 이젠 제 몸에 닿는 애무가 솔직하게 좋다고 표현해 주니 어찌하면 좋겠나.

"제, 젠장. 조금만, 조금만 거칠게 할게. 너무 겁먹지 말고, 응? 고도."

청사는 화끈 달아오른 얼굴을 식히지도 못한 채 고도의 항문에 손가락을 찔러 넣었다. 처음엔 이물감에 인상을 찌푸리던 고도도 곧 적응해서 두 개, 세 개로 손가락이 늘어나도 크게 거북스러워하지 않았다. 향유가 없어서 손가락을 침에 적셔 아래를 풀었다. 뻑뻑하고 좁고 뜨거웠다. 단단하게 맞물린 입구를 손가락으로 늘리고 풀어 주면서 유두와 유륜은 입에 넣어 과실처럼 깨물었다.

고도의 몸 위로 순식간에 순흔이 빼곡하게 자리 잡았다. 목이며 귀 뒤는 물론, 쇄골과 가슴, 허리와 옆구리까지 송곳니가 상처를 내고 지나간 자국이 선명하게 남았다. 고도는 청사의 끊임없는 애무에 온몸이 노곤하게 풀려 몸에 힘을 주지 못할 정도였다. 뒤로 파고든 손가락이 이젠 길을 넓히기보다 넣었다 뺐다 하며 앞뒤로 움직이며 성교의 흉내를 내어도 그것을 온전히 받아들일 수 있었다. 오히려 손가락이 출입할 때마다 입구가 조였다 풀리는 감각이 동반되어 몸이 달아올랐다. 고도가 그 뜨거운 감각을 참지 못하고 입을 벌렸다. 젖은 신음이 청사의 귀까지 전달됐다.

"아, 잠깐, 대롱아."

청사는 더는 참을 수 없었다. 고도를 엎드리게 했다. 흙과 자갈이 무릎과 손바닥에 박혀 아플 법도 한데, 고도는 엄살조차 부리지 않았다. 청사는 고도의 몸 위로 포개듯이 엎드려서 두 손으로 고도의 가슴을 움켜쥐었다. 손가락 사이에 끼운 유두를 비틀자 고도가 흠칫 허리를 떨면서 입을 벌렸다.

"아, 아아, 아프다…… 아, 아."

청사는 고도의 가슴을 만지면서 허리 아래를 밀어 넣었다. 성기는 제법 수월하게 들어가 고도의 내부를 가득 채웠다. 고도는 몸속으로 한꺼번에 밀려들어온 것을 가까스로 감당했다. 몸을 지탱하는 두 다리에 힘이 제대로 들어가지 않아서 자꾸만 무너지려는 것을 청사가 가슴을 움켜쥐며 잡아 세웠다. 뒤에서부터 바싹 달라붙은 청사가 몸을 움직였다.

고도는 두 손에 잡히는 지푸라기들을 움켜쥐면서 가슴과 몸속에 가해지는 자극에 눈가를 찌푸렸다. 한 손을 빼내 아랫배를 감쌌다. 천천히 밀고 들어온 성기가 뱃속을 가득 메운 이상한 기분이 들었다. 아프고 거북하고 무언가로 꽉 찬 듯한 느낌. 고도가 버거워하는 기색을 보이자 청사가 조심스레 고도의 등줄기를 쓸어 만져 줬다.

파르르 떨리는 어깨와 허리가 마냥 싫은 기색은 아니다. 아직 한 번밖에 해보지 않은 관계라 이것이 두 번째라 해도 적응하기까진 제법 오랜 시간이 걸릴 모양이었다. 청사는 고도의 가슴을 더 세게 비틀었다.

"아앗."

고도의 흰 어깨가 파르르 떨리며 고통스러운 목소리가 흘러나왔다. 청사는 숨을 몰아쉬면서 허리 아래를 흔들기 시작했다. 흥분으로 크게 부풀어 딱딱해진 성기가 고도의 내벽을 찔렀다. 고도는 지푸라기를 잡는 것만으로는 몸속을 헤집는 성기를 감당하지 못했다. 성기가 항문을 비비며 나갔다 들어올 때마다 몸에 열이 오르고 내벽이 꿈틀거렸다. 성기가 쿡쿡 찔러 대는 통에 뱃속이 멋대로 눌리고 비벼지고 압박당했다. 등허리도 이상했다. 그 주변의 근육들이 푸들푸들 떨리면서 힘이 빠졌다.

청사의 움직임이 빨라질수록 그 감각은 구체적으로 변했다. 쾌감이다. 열린 몸 안에 넣었다 빼는 커다란 성기만으로 고도는 흥분하고 있었다. 청사가 요령이 좋아 남자의 몸을 쉽게 흥분시키는 것인지, 아니면 다른 이유가 있는 것인지. 고도는 제 몸이 이성적으로 반응하지 않는 당혹감과 뒷골까지 울리는 쾌감에 갈피를 잡지 못했다.

"하읏, 아, 처, 청사, 청…… 아!"

고도는 서서히 잠식당하는 쾌감의 고통 속에서 온몸을 떨었다. 다리에 힘이 풀려서 주저앉으려 할 때마다 가슴을 움켜쥔 손에 힘이 들어간다. 본래 한 몸인 양 가슴을 밀착한 청사는 그 상태로 상체를 비벼대는 탓에 고도는 등과 가슴 앞뒤로 전해지는 뜨거운 체온에 숨을 쉬기가 어려웠다. 녹아내릴 것 같다. 이대로 청사에게 꿰뚫려서 죽을 것만 같았다. 문제는 온몸을 뚫어 버리는 감각이 고통과 두려움이 아닌 희열과 쾌감이라는 점이다. 고도는 자신에게 달라붙어 몸을 흔드는 청사가 좋아서 미칠 것만 같았다.

청사는 고도의 엉덩이가 빨갛게 익을 정도로 온몸으로 밀어붙였다. 만져 준 적도 없는 고도의 성기가 부풀어 올랐다. 어느샌가 팽창한 성기 끝에서 뚝뚝, 진득한 액체가 흘러내렸다. 액체는 꼿꼿하게 곧추선 고도의 것을 타고 흘러내려 고환을 적시기도 하고, 바닥으로 추락해 마른 흙 위로 자국을 만들기도 했다. 청사의 호흡이 거칠고 빨라지면 고도는 그 흥분을 고스란히 전해 받았다. 고도의 상체를 버티던 두 팔이 결국 무너졌다.

고도는 흙에 볼을 기대고 등 뒤에서 느껴지는 헐떡임에 숨을 다급히 몰아쉬었다. 상체가 무너진 몸이 통째로 잡아먹히는 기분이었다. 더욱 깊숙하게 몸을 밀착한 청사가 거친 숨을 토하면서 허리를 흔들었다. 고도는 입을 벌렸다. 뇌수가 출렁일 정도로 하얗게 타들어 가는 머릿속에서 느낄 수 있는 것은 오로지 짐승처럼 격렬하게 박고 있는 청사의 성기뿐이었다.

"아, 아아, 아……!"

고도의 눈에 눈물이 맺히고 벌어진 입에서 삼키지 못한 침이 흘러내리자 청사의 움직임도 절정에 치달았다. 청사는 고도의 등에 바싹 붙이고 있던 몸을 들었다. 그러곤 나무에 기대어 앉았다. 무너지듯 엎드렸던 고도를 일으켜 다리 위에 앉혔다. 허리를 꽉 잡고 성난 성기로 내벽을 마구잡이로 휘둘렀다.

"헉, 고, 고도!"

젖은 마찰음을 울리며 쉼 없이 들락거리던 것이 고도의 몸에 콱 박혔다. 청사가 고도의 허리를 끊어질 정도로 세게 끌어안았다. 청사에게 강렬하게 끌어안긴 그 순간 부풀었던 고도의 성기가 쿨럭이며 정액을 토했고, 그의 몸속에 박힌 성기 역시나 뜨거운 액체를 분출했다. 청사는 몸을 부르르 떨면서 몸에 남은 모든 것을 토정했다. 두 번, 세 번 시간을 두고 분사된 정액은 고도의 몸속을 가득 적셨다. 꿈틀거리는 내벽을 축축하게 적신 성기는 고도의 몸에 박힌 채 빠져나오지 않았다. 청사는 고도의 머리에 얼굴을 올리고 헉헉, 가쁜 숨을 몰아쉬었다.

"고도…… 고도."

땀에 젖어 얼굴에 달라붙은 머리카락들을 하나하나 떼어 주면서, 청사는 쉼 없이 고도의 이름을 불렀다. 고도는 탈진한 것처럼 청사에게 기대어 축 처진 몸을 추스르지 않았다. 청사는 땀에 젖은 얼굴에 입맞춤을 퍼부었다. 파르르 떨리는 속눈썹과 입술이 쾌감의 절정에서 헤매는 모습이다. 술 때문에 외부의 자극에는 무뎌진 고도는 정신까지 아득하게 만드는 격렬한 행위에 반쯤 혼이 빠진 상태였다. 땀에 젖어 색기가 흐르는 고도의 얼굴을 하염없이 쳐다보던 청사가 얼굴을 붉혔다. 농염하게 익어 성교의 여운에 젖어 있는 고도 때문에 아랫도리가 다시금 부풀어 올랐다.

"으으, 난 몰라. 용서해 줘, 고도."

청사는 고도의 몸을 천천히 들어 올렸다. 아래에 가득 자리 잡고 있던 성기가 빠져나온다. 성기가 빠져나갈 때 함께 딸려 나온 정액이 엉덩이와 허벅지까지 흘러내렸다. 젖은 다리를 닦아 주기 위해서 고도의 다리 한쪽을 들어 올리던 청사는 그대로 멈추었다. 벌어진 항문을 타고 청사가 뿌렸던 액체가 주르륵 흘러내렸다.

하얀 다리 안쪽을 적신 흔적이다. 청사는 얼굴이 달아올랐다. 원래는 닦아 주려고 뺀 것인데. 어찌 이 모습을 보고도 뻔뻔하게 모른 척할 수 있단 말인가. 결국은 참지 못하고 꿈틀거리며 솟구치는 성기를 정액에 젖은 항문으로 다시 밀어 넣었다. 고도가 눈을 반쯤 뜨고 청사를 쳐다봤다. 빠져나갔던 성기가 다시 들어오자 아연실색한 표정이다.

청사는 똑바로 눕힌 고도 위로 올라타서는 고도의 두 다리를 양옆으로 벌렸다. 하체가 온통 둘의 정액으로 뒤범벅되어 젖어 있는 모습이 그렇게 관능적으로 보일 수가 없다. 손으로 하도 움켜쥐어서 빨갛게 부풀어 오른 가슴 역시나.

"잠깐, 그만…… 청사……."

고도의 저지에도 청사는 가슴을 쪽쪽 빨면서 하체를 움직였다. 뜨겁고 축축한 내벽의 느낌에 흥분한 성기가 몸을 키워 가는 동안 청사의 입은 고도의 유두를 물고 잡아당기며 피멍울이 맺힐 만큼 괴롭혔다. 고도가 아프다면서 밀어낼 땐 날카로운 잇자국으로 가슴 주변이 온통 엉망이 된 후였다.

고도는 흙바닥에 엉망으로 뒹구는 두 팔을 들어 올렸다. 강하게 밀어붙이는 청사를 보면서 그의 목 뒤로 팔을 둘렀다. 귓가에는 젖은 하복부에서 나는 마찰음이 똑똑하게 울렸고, 한번 꺼졌던 불씨가 다시 지펴진 머리는 조금 전에 느꼈던 쾌감을 떠올리고 반응을 했다. 머릿속이 온통 청사가 주는 자극에 홀려 있다. 좋아서 참을 수가 없는 감각이었다.

"아, 아응……."

청사는 고도의 허리를 두 손으로 잡고 흔들었다. 고도의 젖은 앞머리에 매달려 있던 땀방울이 볼과 눈가를 타고 흘러내렸다. 언제나 품위를 유지하던 고도가 이토록 엉망으로 흐트러진 모습을 보이니 사랑스럽기까지 했다. 야하다. 허리를 스스로 흔들도록 유도하니 본능에 따라 허리를 움직이는 모습이 천한데도 사랑스러워 죽겠다.

청사는 고도를 몸으로 압박했다. 고도의 하체를 꿰뚫는 성기의 거칠고 난폭한 움직임에 고도가 눈물을 흘릴 정도로 멈추지 않았다. 제 밑에 다리를 벌리고 누운 고도가 정신없이 흔들리면서 우는 모습을 청사는 똑똑하게 쳐다봤다. 두 눈에 아로새기는 고도의 모습을 평생 잊지 않을 것처럼 말이다.

네 번의 성교 후 고도는 모로 누워 깊은 잠이 들었다. 부러진 팔이 나은 지 얼마 안 된 상황에서 무리하여 탈이 난 모양이다. 청사는 안절부절못하며 고도의 상태를 살폈다. 온몸에 입술 자국과 흙바닥에 긁힌 상처가 자잘했다. 다행히도 어디가 찢어지거나 피가 나오는 상처는 없었다.

청사는 안도의 한숨을 내쉬었다. 고도의 몸속 가득 뿌린 자신의 흔적을 씻겨 주고 싶으면서도 영원히 그 자리에 남기고 싶은 두 가지 모순적인 생각이 들었다. 어쩔까. 고민하던 청사는 당장은 고도의 등 뒤에 누워 그를 끌어안았다. 씻기는 것은 고도가 정신을 차린 후로 결정했다.

"고도."

품에 안긴 고도가 새근새근 고른 숨을 내쉬었다. 벗은 어깨와 목덜미에 입술을 내려 앉힌 청사가 결심하고 속삭였다.

"나 용족이야."

규칙적으로 오르내리는 어깨의 움직임은 변함없었다. 청사는 고도를 조금 더 품에 끌어안았다.

"지상이 아닌 하늘을 다스리는 천룡."

고도가 깨어 있을 때는 솔직하게 털어놓지 못한 사실을 그가 자는 사이에 말했다. 비겁하다는 걸 알지만 두 눈을 똑바로 바라보면서 말할 자신이 없었다. 고도의 소중한 가족을 앗아 갔고, 그를 죽지도 살지도 못하는 몸으로 만들어 요괴를 잡게 한 것이 동해용왕인 첫째 형님이라는데 어떻게 솔직하게 털어놓겠나.

청사는 죄책감이 가득한 얼굴로 고도의 볼에 입을 맞췄다. 품에 안은 온기를 놓치지 않겠다는 의지로 그 몸을 끌어안았다. 청사는 작게 사과했다. 미안해, 라고.

그의 품속에서 고른 숨만 내쉬던 고도는 천천히 눈을 떴다. 청사의 가슴팍에 머리를 기대고 있었기에 청사는 고도가 눈을 뜬 것을 눈치채지 못했다. 청사가 중얼거리듯 내뱉는 미안하다는 말을 가만히 듣고 있는 게 전부였다. 까만 어둠을 닮은 눈은 이지러져 있었다. 여러 감정들로 뒤엉켜 있어서 명확하지 않은 감정의 파도였다.

지난밤 희희낙락 술을 마시고 땅바닥에서 잠이 든 꽝철이가 정신을 차렸다. 머리가 울렸다. 눈앞이 까무룩 해졌다가 핑글핑글 돌기도 하는 어지럼증에 꽝철이는 일어나려던 것을 포기하고 도로 누웠다. 신선이 담근 과실주는 마실 때도 독하더니만, 마시고 난 후에도 골이 깨질 것처럼 심한 숙취를 안겨 줬다.

두 번 다시 먹으나 봐라. 꽝철이가 이를 벅벅 갈며 자신을 고주망태로 만들었던 과실주와 장오를 속으로 욕할 즈음, 머리맡에서 물건들이 부딪히는 소리가 울렸다. 고개만 젖혀서 쳐다보자 잔치 물건을 꺼냈던 창고에서 인기척이 느껴졌다. 누군가 이제야 창고를 정리하는 모양이라며 멀뚱히 쳐다보고 있는데, 그 반대가 아닌가.

안 그래도 정신없이 늘어놓은 것들을 누군가 더 복잡하게 만들고 있었다. 눈만 끔뻑이면서 잠자코 기다리니 물건들을 엉망으로 어지른 범인이 나타났다. 길쭉한 뭔가를 어깨에 지고 나오는 고도다.

으잉?

꽝철이는 내뱉지 못한 말을 삼켰다. 고도가 창고를 뒤져서 찾은 것은 다름 아닌 낚싯대였다.

"여 봐, 고도."

흙먼지를 뒤집어쓴 꽝철이가 걸음을 멈춘 고도에게 손짓을 해 보였다. 고도가 낚싯대를 든 채 꽝철이를 쳐다봤다. 꽝철이가 다시 한 번 손을 휘휘 흔들자 고도는 어슬렁거리며 바닥에 누워 있는 꽝철의 머리맡에 다가왔다.

"네놈 그거 들고 어디 가는 거냐?"

붕어 한 마리라도 낚을 수 있을까. 다 낡아 빠진 낚싯대가 영 제 역할을 할 수 있을 것 같지가 않다. 고도가 한땐 어촌에서 살았다는 소린 들었어도 바다에 그물망을 던져서 선척에 고기를 실어 오는 것과 손낚시를 깨작거리는 것은 엄연히 다른 법이다. 꽝철이가 무엇을 얕잡아 보는지 알면서도 고도는 제법 의연하게 대답했다.

"고기 잡으러 가지."

"신선계에 웬 고기냐."

"이곳에만 사는 특별한 물고기가 있다. 그놈을 잡으려면 이걸 꼭 써야 해서 말이야."

"뭐라? 나도 볼래, 나도! 나도 데려가라!"

신이 나서 발딱 일어나려는 꽝철이를 고도가 발로 뻥 찼다. 데굴데굴 흙바닥을 구른 꽝철인 고개를 들고 고도를 죽일 듯이 노려봤다. 고도는 그런 꽝철이를 지나쳐 초가집 실마루에 올라섰다.

"네가 따라올 곳이 아니다."

잘난 척은!

꽝철인 고도의 등판에 대고 감자를 내질렀다. 고도라면 뒤통수에도 눈이 달려서 단번에 눈치채곤 꽝철이를 미루나무 꼭대기에 거꾸로 매달아 놓을 텐데, 어쩐 일인지 이번엔 아무런 보복도 없었다. 모르는 건지, 무시하는 건지 판단하기 어려운 태도였다. 어느 쪽이든 고도가 평소답지 않다는 사실만은 분명하다.

"무슨 소란이야."

마당에서 언성이 높아진 소리를 듣고 장오가 문을 열었다. 갑자기 열린 방문에 쾅하고 얼굴을 부딪친 고도가 앓는 소릴 냈다. 넌 왜 거기 서 있느냐고 노려보는 장오에게 고도는 발갛게 부은 이마를 문지르면서 부탁 아닌 부탁을 했다.

"스승님. 저와 낚시 좀 합시다."

장오는 고도가 들고 있는 낚싯대를 힐끔 보더니 새끼손가락으로 귓구멍을 후벼 팠다.

"일없다."

"아, 또 튕기시네, 스승님."

"그럼, 내가 얼마나 비싼 몸인데. 너 혼자 해. 왜 나를 끌어들이고 난리야."

"신선못에서 낚시를 하는데 저 같은 인간이 어떻게 고기를 낚습니까. 스승님이 도와주시죠."

"귀찮게 왜 이래."

"도와주시면 스승님이 시키는 일을 하나 하도록 하겠습니다."

선뜻 저자세로 나오는 고도를 보고 꽝철이가 놀라서 뒤집어졌다. 고도의 이런 태도는 스승인 장오 역시 낯설었는지 귀를 후벼 파고 귀지를 손가락으로 퉁기던 몸짓이 일순 굳었다. 그는 헛것을 본 양 고도를 이리저리 살폈다. 원래 무표정하기로 유명한 고도 얼굴이 오늘따라 더 심각해 보였다. 몸 상태가 좋지 않은 듯 낯빛도 창백하고 허리나 다리 등에서는 통증이 이는지 간혹 몸을 엉거주춤 숙이며 한숨을 내쉬었다. 저런 상태에서 낚시를 제안함은 반드시 그럴 만한 사연이 있을 터. 고도를 건성으로 대하던 장오가 무릎을 짚고 일어났다.

"무엇을 낚고 싶은데?"

"제가 작은 놈을 낚겠습니까. 큰 놈입니다. 산처럼 우람한 놈이죠."

"월척 잡으면 성가신 일이 벌어진다. 여기 사는 신선들은 소란을 싫어해."

"알고 있습니다."

"이놈 봐라. 날 방패막이로 세우고 소란을 피우겠다 그거군."

"하여튼 눈치 빠른 늙은이 같으니라고."

"이 패륜범이!"

"제자 하는 일 좀 믿고 도와주면 헛바늘이라도 돋습니까. 소란 피울 일은 없을 테니 걱정하지 마시죠."

장오는 수염을 하나로 모아 쓸어내렸다. 잔잔한 고심의 행동이 전에 없이 정숙했다. 장오가 머름 밑에 던져놓은 신발을 바로 신었다. 조그마한 몸 뒤로 뒷짐을 지고 고도에게 턱짓을 했다.

"따라와라."

고도와 장오가 말없이 돌계단 밑으로 사라졌다. 쫭철인 그 광경을 두 눈만 끔뻑이며 바라봤다. 그는 제 뒷머리를 긁적이고 말았다.

"물고기 하나 잡는데 뭐 저리 엄숙하대?"

신선못은 못이라 부르기 미안할 정도로 크고 넓다. 아무리 멀리 내다봐도 반대편 땅은 보이지 않고 끝없이 펼쳐진 광활한 물만이 보이는 못이었다. 돌산인 청호림에 어찌 이런 못이 생길 수 있나 의문스럽지만 청호림에서 벌어지는 일은 환상이면서 동시에 진실인 것들이다. 인간들이 보기엔 상식에 어긋나는 일이 청호림에서는 당연한 이치가 된다. 실존과 허상이 중첩되는 유일한 공간에서 인간인 고도가 할 수 있는 일은 눈에 보이는 것을 그저 믿는 것밖에 없었다.

고도는 잡초가 성기게 난 뭍에 자리를 잡고 앉았다. 옆에서 스승이 낚싯대를 손질하는 모습을 물끄러미 바라봤다. 장오는 낡은 낚싯대를 몇 번 매만지더니 미끼를 걸지 않은 채로 찌를 던졌다. 찌가 풍당 빠진 수면에 잔잔한 파원이 그려졌다. 아름다운 못이 잠시 일그러졌다가 본래의 색채를 되찾았다. 찌가 둥둥 떠다니는 못은 형형색색으로 빛나고 있었다. 햇살이 내려앉아 반짝이는 수면은 붉은색으로도 녹색으로도 검은색과 하얀색으로도 보였다. 자세히 보면 물 본연의 색이 그리 화려해서가 아님을 알 수 있다. 물 아래 깊은 곳에서 비추는 빛이 수면에 닿아 보는 이의 눈을 현혹했다.

색채의 진상은 수면 및 또 다른 세상의 색깔이었다. 산과 들, 강과 바다, 사람과 집이 물 밑에서 끊임없이 움직였다. 고도가 직접 땅을 밟고 구름을 타고 다닌 인간 세상이다. 신선못은 인간 세상을 비추는 거울이다. 물이라는 막이 인계와 신선계를 구분하고 있다 해도 그 아래 모여 사는 집과 산과 강과 들의 모습은 고도가 제 발로 직접 종횡한 세상 그 자체였다.

모르는 이가 본다면 의문스러울 것이다. 거울처럼 비추어지는 인간 세상에 낚싯대를 드리우고 무엇이 잡히길 기대하는 것이 어리석지 않으냐고. 놀랍게도 찌에는 물고기가 걸렸다. 고도가 낚싯대를 잡아당기자 날카로운 바늘에 아가미가 걸린 작은 물고기가 딸려 올라왔다. 문제라면 대가리는 붕어인데 그 아래는 사지가 달린 인간이라는 점일 테다. 손바닥만 한 나신을 가진 물고기는 입을 뻐끔거리며 두 팔을 버둥거렸다. 바늘에 꿰인 아가미에서 피가 흐르면 새하얀 인간의 몸이 붉어졌다.

기괴하다. 그리고 섬뜩하다. 고도는 인간도 물고기도 아닌 그 징그러운 형상을 신중하게 쳐다봤다. 장오는 낚싯대를 거두어 물고기를 눈앞까지 가져왔는데, 찾는 것이 아닌지 그 징그러운 반인반어를 움켜쥐곤 낚싯바늘에서 빼내어 도로 못에 던졌다. 피 묻은 사람 몸을 스스럼없이 붙잡는 행동에 고도는 약간의 욕지기를 느꼈다.

"스승님은 아무렇지 않나 봅니다."

고도가 동요하는 걸 알고 장오는 반인반어에게서 묻은 피를 땅바닥에 닦았다. 그는 다시 못 위로 찌를 던졌다.

"물고기를 보고 무슨 특별한 반응이라도 보이라는 거냐?"

"물고기가 아닙니다. 인간입니다."

"그게 어디가 인간이란 거야. 신선들이 따로 키우는 요괴라면 모를까."

"인간 맞지 않습니까. 신선들은 이런 식으로 인간을 사냥하잖아요."

"누가 들으면 우리가 식인이라도 하는 줄 알겠어. 그래, 그렇게 싫으면 낚시 그만둘까?"

"협박은."

"또또 기어오르지."

사실대로 말해도 만날 구박이야. 고도는 부루퉁한 표정으로 못을 바라 봤다. 이런 낚시는 하고 싶지 않은데 방법이 없다. 낚아 올린 반인반어를 죽이지만 않으면 실제 인간계에서 물고기와 혼이 연결된 인간에게도 큰 탈이 없으니 그것만 믿기로 했다.

신선은 세상에 알려진 것처럼 도술에 관심이 많은 선한 존재라거나 풍 류를 즐기는 부류만이 아니다. 인간을 낚시할 정도로 잔인한 이들이다. 신선은 인계의 조정자다. 하늘의 뜻과 저승의 뜻을 한데 모아 산천에 이 치를 전달하는 자다. 그들에게 인간은 뜻대로 움직여 주지 않는 것들은 죽는 게 낫고, 뜻대로 움직여 주는 이들에겐 재물과 명예와 권좌를 안겨 주는 장기 말이나 다름없다.

이곳에서 낚은 죄 많은 인간을 잡아먹는 경우도 왕왕 있다. 세상을 조 정하는 신선이 순수하지 못하고 패도를 걸으니 걱정된다는 의견이 있다. 고도도 처음에는 그 점을 우려했으나, 장오의 곁에서 수련하면서 깨달 은 바가 있어 이제는 걱정을 내려놓았다. 신선은 자신들의 욕심을 위해 움직이지 않는다. 인정머리 없이 냉철하여 오직 천상과 명계에서 원하는 인계를 만드는 데에만 뜻을 둔다. 그 점이 인계를 공평하게 조절해 주는 역할을 한다. 신선들에게 있어서 인간은 흉측한 물고기일 뿐이라. 사사 로운 정에 이끌리거나 패악을 부릴 가치도 두지 않는다.

"고도. 너는 신선이 되고 싶지 않으냐."

고도는 인간이 헤엄치는 못을 보며 우울한 목소리로 대꾸했다.

"그 얘기가 왜 안 나오나 했네요."

"넌 지금 당장에라도 시해선이 될 수 있는 도사야."

"백 번도 넘게 들은 얘기군요."

"네가 딱이래도."

"그 얘긴 여든 번쯤인 것 같고."

"왜 신선이 되기 싫은 게냐. 그 이유나 들어 보자."

"아, 노친네 진짜 끈질기네."

"이유를 이해하면 이제 안 보채마!"

"정말이죠?"

"그럼!"

"신선이 되면 수염을 길러야 한다면서요. 제 심미안에 반하는 짓이라 싫습니다."

"뭐라. 고작 수염 때문이라고?"

"고작이라뇨. 중요한 문제입니다."

태평한 얼굴로 말도 안 되는 이유를 댄다. 이놈이 스승을 놀려먹나 싶어서 장오는 언성을 높였다.

"수염은 남자의 상징이야! 네 이놈, 감히 남성성을 깎아내리다니."

"이상하다. 노환의 상징일 텐데."

"어허, 수염의 가치를 모르다니. 네놈이 아직 어리다, 어려!"

장오는 손가락에 침을 묻혀 구레나룻과 기다란 수염을 정리했다. 그러곤 몸의 시간이 멈춰 버린 고도의 만질만질한 턱을 손으로 잡았다. 고도가 인상을 찌푸렸다. 아무리 험상궂은 표정을 지어도 장오에게는 마냥 애처럼 보이는 제자였다. 어린 시절의 고도를 업어 키웠기 때문이기도 하지만 수염이 없어서기도 하다. 아직 장가들지 않은 총각처럼 풋풋한 느낌이 유지되는 고도의 턱을 잡고 마구 흔들어 보였다.

"잔꾀 부려서 어물쩍 넘기려 하지 말고. 신선이 되기 싫다는 이유를 제대로 말해라."

아무리 용 써도 장오 눈을 피하긴 힘든 모양이다. 고도는 체념하고 제 턱을 쥔 손을 떼어 냈다.

"신선은 날 때부터 신선으로 나는 게 좋습니다. 인간이 신선이 되면 이런 식으로 동족을 살해하게 되는데, 저는 됐다 싶군요."

"이 망할 놈 보게. 그럼 나는 무엇이란 말이냐. 내가 바로 그 인간이 신선이 된 부류다."

"그래서 제가 스승님을 싫어하잖아요."

시해선이 가진 치명적인 모순점을 정확하게 지적한 제자를 보고 장오는 입을 다물었다. "누가 널 이렇게 삐뚤게 만들었니"하고 물으면 "스승님"이라는 대답이 들릴 것 같아서 더는 제 살 깎아 먹는 대화를 그만두기로 했다. 도사는 자고로 부적을 다루거나 인을 맺거나 음양오행을 통해 천지인을 두루 살피거나 천문에 의지해 도를 닦는 부류인데 고도는 그 어느 쪽에도 속하지 않는다. 누가 알려 주지 않아도 스스로 어떠한 도술을 부리는지 알고 있는지라, 장오는 고도에게 도술을 부리는 간단한 방법만 알려 준 것에 불과했다.

하나, 인간이 신선처럼 도술을 제약 없이 부리면 갖은 부작용이 따르기 마련이다. 신선의 능력을 인간이라는 그릇이 모두 감당하기 어렵기 때문이라. 고도는 그 부작용이 싫어서 부적을 만들어 제 힘을 억누르는 방법을 연구했다. 그러고선 신선이 되면 그렇게 부적으로 너 자신을 억누르지 않아도 된다는 장오에게 한마디 말을 남겼다.

'나는 인간이고 싶습니다.'

세상에서 가장 평범한 인간이길 바란 놈이 이토록 특이한 팔자라는 수레에 갇혀서 발버둥치는 것이 어찌나 딱하던지 원. 지금도 그 마음은 변하지 않은 듯했다. 장오는 심각한 얘기를 나누고 싶지 않았다. 심각하고 진지한 건 알아서 간직하고 풀어 가는 게 좋지, 남과 나누어 봤자 고민거리만 배가 되지 않겠나. 그렇기에 평소대로 익살스러운 표정을 지어 보였다. 팔꿈치로 고도의 옆구리를 쿡쿡 찌르는 것도 잊지 않았다.

"그 대롱이라는 놈이랑 무슨 사이냐. 좀 자세히 말해 보거라."

신선의 도술 중에 상대방의 생각을 읽어 내는 기술이 있었던가. 고도는 심각한 표정으로 장오를 쳐다봤고, 장오는 얼굴을 쪼개며 답했다.

"세상에 독심술을 못하는 신선은 없느니라."

"저도 배울래요."

"신선 되면 자연히 깨우치는 도법이다. 어때, 신선이 되어 보겠느냐?"

이런 식으로 또 신선이 되자, 싫습니다의 대화가 꼬리에 꼬리를 물고 늘어지리라. 고도가 먼저 포기하고 입을 다물었다. 장오가 다시금 고도의 옆구리를 찔렀다.

"네가 청호림을 떠나고 나서 많이 적적하긴 했다. 그래도 내가 너를 가르친 게 족히 오십 년은 되는데, 넌 미련 없이 여길 떠나 인간 세상을 휘젓고 다니지 않았느냐. 간혹 네놈이 무려 나 같은 신선에게 배운 귀한 기술을 흘리고 다닐까 봐, 이 못을 통해서 지켜보긴 했지만, 그것도 십 년에 한 번꼴이었다. 최근에 대롱이란 놈이랑 무슨 일을 겪었는지는 보고 들은 바가 없다. 얘기 좀 해봐라. 이 늙은이 적적한 시간 좀 때워 줘라."

말해 봤자 노망들어서 다 까먹을 거면서. 가끔 정신이 왔다 갔다 하는 스승이 생각나서 피식 웃고 말았다. 장오는 살아가는 데에 태반이 쓸데 없는 농담과 장난으로 이루어진 신선이다. 또한, 남이 괴로운 걸 삶의 활력소로 여기는 심성 머리 고약한 신선이다. 어려서부터 저를 어떻게 가지고 놀았는지에 대한 기억이 스쳐 지나갔다. 사람을 괴팍하게 부려 먹었다. 눈물을 쏙 뺄 만큼 혹사하고 수련을 빙자한 폭력을 일삼았다. 그러면서도 혹 다른 신선들이 "청호림에 웬 인간이냐. 쓸데없는 짓 하지 말고 빨리 죽이거나 내쫓아라"라는 소릴 들으면 노발대발하여 고도를 감싸고 신선들을 배척했다.

고도에게 있어서 장오는 속을 보이지 않는 엄한 부모님과도 같았다. 때론 계모처럼 구박하며 못살게 굴어도, 그것이 익숙해지고 나니 애정이 담긴 장난이란 것을 대번에 알았다. 좋아한다, 아낀다. 말은 안 해도 한밤중에 자는 얼굴을 만져 줄 정도로 따뜻한 마음을 가진 신선.

고도는 겉과 속이 다른 스승 밑에서 자라면서 자신 또한 마음을 숨기는 법을 배웠다. 장오도 고도도 서로 속에 품은 것을 내보이지 않는 사제였다. 인제 와서 추억을 팔며 이야기를 할 사이는 아니거늘. 고도도 오랜 세월을 살아와서인지 모난 성격이 둥그러져서 스승에 대한 정이 생겼다. 그래서 지금까진 한 번도 털어놓지 않던 속내를 처음으로 보여 주었다.

"도깨비랑 벗이 되기도 하고, 임금의 눈에 띄어 궁 생활도 해보고, 꼬리 하나가 모자란 구미호도 만나도 보고 제 마음은 귀신같이 알아주는 뱀 요괴랑 정을 쌓기도 했습니다."

"많은 인연이 있었나 보군. 그중 네 마음에 정착한 인연은 없느냐?"

고민을 하던 고도가 조심스럽게 답했다.

"하나 있군요."

"그래도 본인이 자각은 있구먼. 대롱이란 놈이 좋긴 좋은가 보다."

"아, 독심술 좀 하지 마세요."

"싫다. 지금 네 꼴이 얼마나 재밌는 줄 아느냐. 녀석이 널 좋아하는 거에 무척 행복해하지 않느냐. 그 팔불출은 네가 좋아서 싫어하던 인간 세상이 아름다워질 정도라고도 하고. 이래서 어린 게 좋아. 낭만이 있잖아."

머릿속을 줄줄 읊는 스승 덕분에 고도는 다른 생각을 했다. 장오가 "으잉, 어서 더 생각해. 너 어제 그놈이랑 같이 나가서 뭐 한 거야. 어서 떠올리래도."라며 강요해도 머릿속으론 아름다운 하늘과 커다란 태양만 보며 그 감상만 떠올릴 뿐이었다. 고도가 입을 꾹 다물고 생각도 돌려 버리니 장오는 입을 내밀었다. 이대로 이야기를 그만두기는 아쉬워 먼저 꼬리를 내렸다.

"그래. 독심술 안 하마. 그래서 대롱이의 마음은 받아 줬나. 어제 너 잡겠다고 쫓아가는 것까진 봐서 결말이 궁금하네."

"글쎄요."

"허, 이놈 보게. 널 좋아하는 놈의 마음을 가지고 노는 게냐? 어디서 비싼 척 굴고 있어?"

"마음은 이미 줬습니다."

"허면 뭐가 문제인 거냐? 좋아한다면 네 지금 마음에 솔직해지면 되지 않느냐. 난 네가 독수공방으로 궁상맞게 사는 거 참 보기 싫다. 네 전처 때문에 여자는 사랑하지 못하겠으면 남자라도 좋으니 살맛 나게 살아 봐라. 신선 되긴 싫다는 놈이 무슨 집착이나 욕심도 없어. 사랑을 알고 매달려 보기도 해라. 그것도 중요한 일이야."

"사랑 좋죠. 사랑에 빠지면 세상이 아름다워지잖습니까."

"알면서 왜 그러누."

"그래서 싫습니다. 인제 와서 버리고 갈 것의 아름다움을 알면 뭐합니까. 미련만 남는 것을."

"에라 융통성 없는 것."

장오는 쯧쯧 혀를 찼다.

"버리지 않으면 된다. 세상을 왜 그렇게 버리고 싶어서 안달인 게냐. 네가 싫다던 세상이 사랑하는 이 때문에 아름답게 보인다면 그것만으로도 좋지 않더냐. 네 세계를 바꿔 주는 이를 못 받아들일 것은 뭐냐. 나 같으면 이게 바로 운명이다 하고 붙잡아 놓지 않겠노라."

명언이로다. 내 세계를 바꿔 주는 사랑이라니. 세상의 당연한 섭리를 알려 주는 듯한 말이었다. 듣다 보니 맞는 것도 같다. 그 정도의 사랑이라면 세상에 미련이 남아도 괜찮을 것 같았다. 미련이 남아 고도 스스로 결정을 번복하거나 목표가 달라질 일은 아니니, 이 찰나의 아름다움과 아쉬움에 흠뻑 젖어 보는 것도 나쁘지 않은 듯했다. 고도는 명쾌한 방법을 내놓은 스승을 물끄러미 쳐다봤다. 고맙다고 해야 할 입에선 다른 말이 튀어나왔다.

"스승님은 그렇게 세속적이면서 대체 어떻게 신선이 된 거랍니까."

"그래서 후회하고 있다."

"후회하는 사람이 제자도 신선으로 만들려고 합니까."

"왜 이래. 괴로움은 나누면 반이 된다잖아. 네가 신선이 되면 존경하는 스승님의 고뇌를 알게 될 것이야."

"언젠 괴로운 건 알아서 처리하고 내보이지 말라 가르쳤으면서."

"그건 네 경우고."

"스승님 경우는 다르다 이거죠."

"그럼. 나는 언제나 특별하지."

이 뻔뻔함은 장오와 고도가 누가 봐도 사제지간이구나를 알 수 있는 결정적인 공통점이리라. 고도가 피식 웃음을 흘렸다. 너무도 스승다운 이유라 할 말이 없다 여길 때였다.

덜커덕.

발치에 고정해 둔 낚싯대가 움직였다. 전에 없이 심하게 요동을 쳤다. 낚싯대는 활처럼 크게 휘어졌다. 아래에서 잡아당기는 거대한 힘을 견디지 못하고 부러질 것처럼 위태로웠다.

"옳거니, 드디어 왔구나."

장오는 요령 좋게 낚싯줄을 팽팽하게 잡아당겼다 풀기를 반복하면서 그 힘 좋은 물고기의 기운을 뺐다. 저 가느다란, 금세 뚝 하고 부러질 것 같은 낚싯대 하나로 물살을 가르는 커다란 물고기를 놓치지 않고 잘 잡아끌었다. 온 정신을 집중하여 낚싯대를 움직이던 장오가 눈을 반짝였다.

"잡았다."

말이 끝나기 무섭게 낚싯대를 번쩍 드니, 풀었다 조이기를 반복하며 수면까지 끌려온 거대한 물고기가 밖으로 튀어나왔다. 불타는 물고기다. 장오의 찌에 낚인 물고기 대가리는 이전에 잡혔던 붕어머리와 달리 시뻘건 불길에 휩싸여 있었다. 그 아랜 남자의 육중한 나신이 자리 잡고 있다. 그래 봤자 고도의 팔뚝 하나만 한 길이였지만, 이전에 잡았던 손가락 크기나 손바닥만 한 반인반어와 비교하면 상당히 크고 우람한 놈이었다.

커다란 고기는 뭍으로 끌려나와 맨바닥에서 펄떡거리며 뛰었다. 그것은 찌에서 풀려나자마자 두 다리를 놀려 냉큼 숲 속으로 도망치려 했다. 장오가 어림없다며 놈의 다리를 잡아챘다. 끼익, 끼익 괴상한 소리로 울어대는 고기가 거세게 발버둥 쳤다. 장오는 제 손가락을 콱 물어 버리는 물고기에게 도술을 불어넣었다. 손톱을 세워 장오의 손을 박박 긁어대던 놈이 연기에 휩싸이더니 금세 펑하는 소리와 함께 오른편으로 던져졌다.

모락모락 피어오르는 연기 속에서 낯익은 인영이 꿈틀거렸다. 물고기 대가리에 인간 몸을 가진 기이한 형태가 고도의 키에 세 배는 족히 될 법한 장정으로 변신했다.

"아이고, 아야야야야."

머리를 붙잡고 끙끙거리던 것이 고개를 든다. 그것은 반쯤 풀어져서 휘몰아치는 상투 머리 밑으로 두 눈을 동그랗게 떴다. 그는 곧 고도를 알아보더니 자리에서 벌떡 일어나 소리쳤다.

"으아니, 이게 누구야! 고도 아니더냐! 이렇게 반가울 수가!"

장정이 달려와 고도를 번쩍 들어 올렸다. 겨드랑이 사이에 손을 찔러 넣은 남자가 고도를 빙글빙글 돌리면서 호탕한 웃음을 뱉었다. 고도가 그런 장정의 어깨에 걸터앉으면서 웃었다.

"오랜만이다, 소."

그와는 어떻게든 만나야 할 팔자지만 이런 식으로 떨어져 있는 시간을 단축하는 방법도 있다. 이왕 청호림까지 왔으니, 여기서 이용 가능한 방법은 다 동원해 봐야 하지 않겠나. 편법이란 고도가 권장하는 방법 중 하나다.

낮엔 짚신이 되어 버리는 도깨비도 신선계에선 그 이치가 통하지 않았다. 매번 달빛만 쬐고, 달이 차고 기우는 모습만 지켜봤던 소는 머리 위에 달 대신 태양이 떠있자 당혹스러움에 말을 제대로 하지 못했다. 햇빛을 보면 타죽거나 녹아 죽게 되리라. 도깨비 사이에서 전승되는 미신이 소를 겁에 질리게 하였다. 그는 짚신으로 변하고 싶어도 도깨비 요술이 통하지 않아 대경실색했다. 소는 그 큰 몸을 나무 그늘 속으로 구겨 넣고 있었다.

"명색이 도깨비 우두머리란 것이 왜 이렇게 겁이 많을꼬."

고도가 온몸으로 한심하다는 기류를 풍기자 소가 자리에서 펄쩍 뛰었다.

"도깨비는 날 때부터 달의 권속이라 태양은 평생 볼 일이 없다!"

"잘됐군. 이 김에 태양과도 친해져 보아라."

"타 죽으면 어떡하지?"

"내가 다시 짚을 꼬아 신으로 만들어 네 숨결을 그 안에 불어넣어 주마."

"그 전에 저승사자들이 날 끌고 가면 저승문 앞에서 눈물로 삼도천을 범람시킬지도 모른다."

"바가지 들고 가서 그 강이 넘치지 않게 눈물을 퍼주지."

"해가 내 머리 위로 떨어지면?"

"그럼 내가 달도 떨어트려서 이 세상을 지옥으로 만들어 주마."

"인간인 네놈이 도깨비들의 해 공포를 알 리가 있나!"

"인간인 내가 인간을 무서워하지만, 너처럼 나무 뒤에 숨어서 덜덜 떨지는 않으니 하는 말이지. 덩치는 산만한 게 왜 이리 겁이 많을꼬."

아무리 타박해도 소는 여전히 쨍쨍 빛나는 태양을 마주 보지 못하고 몸을 웅크렸다. 고도와 재회한 기쁜 순간임에도 모든 것이 낯설다. 밝기만 한 세상의 풍경도 이상하고 신선의 존재도 어렵기만 했다. 낚시에 걸려서 이곳까지 끌려왔다는 장오의 설명이 있었다. 정신을 차리기가 힘들었다. 짚신으로 곤히 자고 있다가 갑자기 몸을 두드리는 기분에 잠깐 정신을 차렸더니 이 꼴인지라 머리는 혼란스럽기만 했다.

대뜸 장오의 낚싯대에 걸린 것도 괴이했다. 그 낚시꾼인 장오의 열렬한 눈빛을 받는 것도 부담스러웠다. 장오는 왜소하고 작은 체구의 노인으로, 도깨비를 몹시도 흥미롭게 바라봤다. 대보름날 천지의 생명을 불러들여 잔치를 벌이는 신선이라도 도깨비는 본 적 없기 때문이다.

도깨비를 낮잡아 부르면 물건에 들린 귀신이라고도 한다. 짚신, 사루, 망태, 사기그릇, 비녀, 촛대 등 물건들이 혼을 가져서 질 나쁜 장난을 부리는 것이 도깨비의 시초다. 그리하여 귀신과 동급으로 취급되는 도깨비는 신선들의 잔치에 초대받지 못했다. 지금은 저승차사와 비슷한 역할을 할 정도로 상급 개체가 되었지만 근본 없는 귀신이라는 오명 때문에 신선들에게 괄시를 받아 온 전통이 깊었다. 날 때부터 신선들은 고지식한 생각으로 도깨비를 낮게 대했다만, 한때 인간이었던 장오는 그러한 편견 대신 순수한 호기심으로 소를 바라봤다.

도깨비는 무얼 먹고 사나. 도깨비는 사회적인 동물이 아닐진대, 어찌하여 우두머리를 뽑고 인간들처럼 군집을 이루고 있나. 우두머리라면 도깨비 백성을 위해서 일해야 하건만 어이하여 인간과 함께 다니고 있는가.

묻고 싶은 말이 한둘이 아닌 듯하다. 소는 장오의 관심을 애써 외면했다.

"네놈이 갑자기 사라져서 내가 한동안 자량을 서성거렸다. 망할 인간아."

자량에서 아무런 기별도 없이 헤어진 고도를 탓하자 고도의 얼굴에 미안한 기색이 스친다.

"미안하다. 갑작스레 금군에게 쫓기는 바람에 몸을 피하기 바빴다."

"그러고 보니 팔미호랑 뱀 요괴는 어디 갔느냐? 왜 너 혼자만 있지?"

"대롱인 복숭아나무 밑에서 자고 있고 지진아는 고향으로 돌아갔다."

"뭐? 미호가 떠났다는 소리야?"

충격으로 굳어 버린 소를 보며 고도가 부드러운 어조로 달랬다.

"서운해 마라. 연이 닿으면 또 볼 수 있을 거다."

고도는 눈에 띄게 시무룩한 소에게 손을 뻗어 그의 머리통을 살살 쓰다듬어 주었다. 그래도 몇 년은 함께 다닌 인연인데, 아무 말도 없이 고향에 돌아갔다니 마음 한구석이 허전한 모양이다. 어서 와, 라는 미호의 인사를 받지 못해서 못내 아쉬워했다.

"나는 좀 더 머물다 갈 터이니 너는 스승님을 따라가거라."

그 소리에 소가 고개를 발딱 들었다.

"뭐? 혼자 여 남아 뭘 하려 그러느냐?"

"내가 청호림까지 온 목적이 바로 이 신선못이라 그렇다. 볼일을 마치면 따라가마."

"나도 있을래."

"널 꽁지 빠지게 찾고 있는 요괴가 있어서 그건 안 되겠다."

요괴라면 청사를 뜻하는 것일까. 청사와 자신이 서로 그리워할 정도로 특별한 연인이었나를 곱씹었다. 고도는 그런 소의 표정에서 생각을 읽었다.

"한산뫼에 사는 이무기다. 네게 할 말이 있어서 나를 쫓아다니고 있다. 가서 말 좀 나눠 봐라."

"이무기가 무슨 일로 날 열렬히 찾는단 말이더냐."

"그러게. 네가 보기보다 인기가 많네."

"에헴, 역시 멋진 도깨비 님이시지."

"그 멋짐이 왜 수컷들에게만 통용되나 모르겠다만."

"뭐라. 그 이무기도 수컷이냐. 에잉."

"남녀차별 말고 얼른 가보거라."

"알았어, 알았다고, 에잉."

장오 역시 소를 따라가기로 했다. 고도가 신선못에 홀로 남아 혹 이상한 꿍꿍이를 벌이진 않을지, 고도가 문제를 일으키면 자신까지 연대책임을 져야 하는데 그럴 일이 벌어지진 않을지에 대해서 걱정하지 않았다. 신선이 아닌 고도는 인간 세상을 비추는 못에서 인간들을 낚아 올릴 재주는 없다. 신선못에 위해를 가하면 그에 합당한 처벌을 받게 되니, 지난날을 장오 밑에서 도술 수련해 온 고도가 그것을 몰라 사고를 칠 것 같지도 않았다. 장오는 낚싯대를 챙기곤 소를 데리고 길을 떠났다.

"해가 지기 전엔 와라. 알겠느냐."

고도는 대답 대신 손만 살랑살랑 흔들었다.

소는 태양 아래 노출되기 싫은 나머지 도깨비불로 변신해선 장오의 옷깃 밑으로 숨었다. 장오는 맨살에 닿은 도깨비불이 뜨겁지 않다며 신기함에 웃었다. 고도는 둘의 모습이 저만큼 멀어진 후에야 물속을 내려다봤다. 물밑에 있는 인간 세상에 제 얼굴이 비쳤다.

고도는 도력을 개방했다. 고도의 몸속에 억압받고 있던 도력이 두 다리로 몰렸다. 고도는 도력이 감싼 발을 내밀었다. 물 위를 찰박거리며 걷기 시작했다. 거대한 못 중앙으로 나룻배 하나 없이 맨발로만 나아갔다. 고도가 밟은 물이 잔잔한 파원을 그리며 멀리까지 물살을 만들었다. 그렇게 발로 만든 원들이 서로 겹치고 중첩되며 높은 파고를 만드는 모습을 물끄러미 내려다본 끝에 어느 한 지점에 멈추었다.

고도의 발아래 펼쳐진 인간 세상은 도읍인 자량이었다. 여전히 시끄럽고 활기찬 저잣거리를 지나 높은 담벼락으로 둘러싸인 왕의 거처가 눈에 들어왔다. 대신들이 왕의 침실 앞에 무릎을 꿇고 상소를 올리고 있었다. 그 옆에 퍽 당황한 표정으로 안절부절못하는 노인이 눈에 익어 좀 더 자세히 들여다보자, 그 노인은 한산뫼에서 만난 봉수였다.

고도의 말을 믿고 정말로 자량에 와서 임금을 알현한 듯, 제법 그럴싸한 무관복을 걸치고 있었다. 고도는 신하들이 무엇 때문에 굳게 닫힌 왕의 침실 앞에서 머리를 조아리며 목소리를 높이는지 알았다. 봉수가 고도의 말을 제대로 전달했다면 임금은 어떻게든 동해로 출발하려 했으리라. 전쟁이 나지 않는 이상은 자량을 벗어나지 못하는 게 왕의 숙명이다. 태어나서 죽을 때까지 궐에 갇혀 국정을 보아야 할 자가 개인적인 이유를 들어 동해까지 간다고 하니 신하들이 지엄한 법도와 인의까지 거들먹거리며 결사적으로 반대하는 것이다.

— 통촉하여 주시옵소서!

소리치는 문무 대신들 속에서 장수적을 발견했다. 장영이라는 그의 아들과 이젠 고향으로 가버린 미호가 생각나서 입 안이 썼다. 외동아들이 평생 여자를 보면 여우로 보이는 저주를 받았으니 장수적이 고도와 미호에게 가지는 독기 어린 감정이 클 것이다. 고도를 잡고도 임금에게 고하지 않은 전적을 볼 때, 이번에도 왕의 허락 없이 고도가 기다리겠다는 동해에 멋대로 올 가능성이 컸다. 고도를 죽이기 위해 어떠한 모략과 계책을 준비할는지. 고도는 사나운 얼굴로 읍소하는 장수적에게서 시선을 떼고 걸음을 옮겼다. 자량의 풍경은 고도가 만들어 낸 파원에 지워져 사라졌다.

고도는 넓은 못 위에서 동쪽으로 이동했다. 인계에서라면 수개월이 걸릴 거리를 고작 일 각 안에 도달했다. 고도의 두 발이 멈추어 선 수면 아래엔 바닷가에 근접한 마을이 보였다. 아직 고도가 가지 않은 땅이다. 생태를 눈보라에 바싹 말리는 작업으로 분주한 어촌마을은 벽구리라 불리는 곳이었다.

마을에 한 늙은 중과 그를 따르는 수행원 여섯 명이 머물고 있었다. 늙은 중의 얼굴에선 인자한 미소가 떠날 줄 몰랐다. 그의 주변에는 언제나 어린아이들이 몰려들었고, 젊은 여자들이 두 손을 합장하여 곱게 절을 했다. 중은 목탁을 두드리며 시주를 받았다. 시주 받은 돈은 가난한 집안과 걸인들에게 베풀었다. 한 끼 식사 이상으로 받은 밥은 배곯는 떠돌이 개와 고양이에게 나누어 줬다. 모든 것이 부처처럼 자비롭고 또 속 깊었다. 중과 그 수행원들이 승복을 입은 채로 옆구리에 검을 차고 있지 않았으면, 자비로운 행위에 어떠한 위화감도 들지 않았으리다.

고도는 분기가 가득한 눈으로 중을 노려보았다. 이것이 물속에서 비추어지는 풍경이 아니라 직접 눈앞에서 벌어지는 것이라면 당장에라도 도력을 터뜨려 중을 참수해 버릴 정도로 강렬한 감정이었다.

검을 가진 중은 세상에 한 부류다. 그들은 승병僧兵이라 불린다. 불법에선 중에게 살생을 금했지만 전쟁으로 피를 흘리는 백성을 보면서 깨끗한 구도자의 길을 갈 바에야 극락을 포기하고 적을 죽이겠다며 검을 든 이들이다. 이 중 가장 유명한 승병을 꼽으면 단연코 '강문' 보살이다. 백성에겐 구원자이지만 고도에게는 자신의 손으로 직접 죽여야 할 사람이다. 해맑게 웃고 있는 강문을 고도는 도저히 외면할 수가 없었다. 입술을 깨물며 참지 못한 화가 터져 나왔다.

"조금만 기다려라."

못을 가로질러 맨땅에 발을 댔다. 땅에 두 발이 닿는 순간 참고 참았던 도력이 폭발하듯 터졌다. 땅이 꺼지고 근처의 풀들이 흔적도 없이 사라지는 어마어마한 충격이었다. 고도는 순식간에 죽어 버린 땅에 서서 주먹을 쥐었다.

"바로 쫓아가 줄 테니."

멧새의 지저귐이 청사의 머리맡에서 울렸다. 나뭇가지에 앉은 두 마리의 멧새가 서로의 몸을 보듬으며 내는 소리 탓에 청사는 달콤한 잠에 취해 있다가 미간을 찌푸렸다. 끙 소릴 내며 옆으로 돌아누운 청사가 손으로 바닥을 더듬었다. 뭔가를 찾으려는 듯 한동안 위아래를 휘젓던 청사는 자리에서 벌떡 일어났다. 손바닥이 쓸고 간 바닥은 텅 비어 있었다.

"고도?"

청사는 근처를 둘러보았다. 복숭아가 탐스럽게 달린 나무 사이로 사람의 형상은 보이지 않았다. 황급히 주변을 직접 수색해도 인영은커녕, 왕왕 눈에 띄던 신선들 뒤통수 하나 보이는 것이 없다. 혹시 근처에 있지 않을까 싶어 자리에서 일어나 나무 사이를 구석구석 살펴봐도 고도의 흔적은 보이지 않았다.

어젯밤의 일이 신기루처럼 느껴졌다. 저녁에는 품에 끌어안았던 온기가 아침에는 차게 식은 땅으로 변한 것이다. 청사의 얼굴이 처연함으로 젖었다. 서운하고 슬퍼 몸에서 힘이 쭉 빠지는 듯했다. 그러면서도 한편으로는 화가 날 정도로 감정이 상해 입을 한일자로 굳세게 다물었다. 지난밤을 같이 보낸 연인을 내버려 두고 말없이 사라진 고도가 미웠다.

말 한마디 남기지 못할 정도로 바쁜 일이 있는가. 그런 기색은 조금도 내비추지 않았었는데. 청사는 고도의 이해할 수 없는 행동을 곰곰이 생각하다가 문득 새벽에 내뱉은 혼잣말이 생각났다.

'나 용족이야. 지상이 아닌 하늘을 다스리는 천룡.'

청사의 얼굴에서 핏기가 가셨다. 불안정한 눈이 맨땅을 배회하고 한참이나 굴러다닌 끝에 간신히 초점을 맞췄다. 마른침조차 넘어가지 않을 정도로 거대한 불안이 덮쳐 왔다. 곤히 자고 있다 여겨서 중얼거린 말이었는데, 혹시 들은 걸까. 안 자고 있던 걸까. 들었으면 어떡해야 하지.

심장이 철렁, 내려앉는 기분이었다. 손발이 저리고 귀가 먹먹해지는 충격이었다. 한참을 불안한 눈으로 주변을 살펴보던 청사가 자리를 박차고 일어났다.

고도에게 어젯밤의 혼잣말을 들었느냐고 물을 수도 없었다. 들었다고 대답하면 뭐라 변명해야 하는 걸까. 듣지 못했다고 하면 어떻게 질문한 내용 자체를 흐지부지하게 처리하겠나. 고도와 달콤한 한때를 보내느라고 잠시 잊었던 문제가 머릿속을 가득 메웠다. 고도와 첫째형의 문제. 언젠간 직접적으로 이야기해야겠지만 말을 꺼내는 것 자체가 쉽지 않다. 인제 와서 고도에게 미움을 받고 싶지도 않았다.

청사는 복숭아나무 군집을 빠져나왔다. 바닥이 청사의 발을 아래로 잡아당기는 것처럼 걸음이 무거웠다. 당장에라도 천리안을 써서 고도를 찾고 싶은 마음이 반, 그렇게 고도에게 집착했다가는 미움 받을 거라며 참자는 마음이 반이었다. 고도가 끝내 자신을 밀어내면 그 상실감과 슬픔을 어찌 달래야 하나, 생각만으로도 눈물이 날 것 같았다. 이제 와서 고도와 멀어지고 싶지 않았다. 하면 이 비극적인 문제를 앞에 두고 고도를 어떻게 붙잡을 텐가. 절실하게 사랑을 고해도 고도가 싫어하는 기색이 다분하다면 청사 스스로 상처 입을 일이 자명할 것을.

청사는 두려움으로 가득한 걸음을 옮겨 장오네 초가집을 향했다. 초가집 풍경은 청사의 마음만큼 어수선했다. 창고 밖에는 어젯밤을 즐겼던 잔치 물건들이 나뒹굴고 있었다. 바닥에 깔린 짚단 위에는 꽝철이가 숙취에 괴로워하며 배를 움켜쥐고 있었다. 꽝철이가 청사를 알아보고 쳐다보지만 청사는 그 시선을 무시하고 초가집 마루 위에 올라섰다. 문을 열었다. 방 안쪽은 텅 비어 있었다. 곱게 개킨 이불이 벽 한쪽에 가지런히 놓여 있다. 장오가 없는 것이 영 마음에 걸렸다. 사제가 나란히 모습을 감춘지라 청사의 머릿속은 또 부정적인 가능성으로 가득 찼다.

혹시 제자가 남자와 복숭아나무 아래에 있는 모습을 본 걸까. 그래서 고지식한 노인은 제자를 어디론가 끌고 간 걸까.

청사는 고도가 없어졌다고 그의 스승을 불한당으로 만든 스스로가 기가 막혔다. 고도와 관련된 일을 이토록 안절부절못하는 제 상태가 당황스러웠다. 원래 누굴 좋아하면 생각이 다 그 사람을 중심으로 돌아가게 되는지 물어볼 데가 없어 답답하기만 했다. 방문 고리만 잡고 텅 빈 침실을 멍하니 보고 있을 때, 돌계단 아래쪽에서 시끌벅적한 소리가 들렸다.

청사는 귀를 쫑긋하더니만 귀신같이 뛰어나갔다. 계단 위에 올라서서 아래를 내려다보자, 머릿속에서 엄격한 불한당으로 만들었던 고도의 스승이 보였다. 그는 웬 불덩이 하나를 가지고 놀면서 뭐가 그리 즐거운지 웃음을 터뜨렸다. 도사가 또 노망 때문에 지랄병이 도졌나 보다고 쳐다봤는데, 그의 손에 들린 불덩이가 어째 눈에 익숙하다. 가운데는 빨갛고 그 끝은 파란색으로 넘실거리는 불길. 그건 도깨비불이 확실했다.

"소?"

청사가 저도 모르게 이름 하나를 내뱉자 계단을 유유자적 올라오던 장오가 고개를 든다. 그의 손에 들린 불덩이가 청사를 알아봤다. 그것은 쏜살처럼 청사에게 날아갔다.

"오오, 오오오, 대롱이다, 대롱이!"

소는 특유의 '츠츠츠츠'하는 혀를 잡아 뺀 웃음을 토하며 청사 주변을 정신없이 날아다녔다. 쥐불놀이라도 하듯이 빠르게 빙글빙글 돌던 도깨비불은 땅에 내려앉자마자 덩치 큰 장정 아저씨로 변했다. 헐겁게 묶은 상투 머리와 지저분한 고의적삼 차림은 헤어지기 직전 소의 모습 그대로였다. 청사는 놓쳤던 일행을 만난 기쁨보다 영 터무니없는 곳에서의 재회에 넋이 나간 표정이었다.

"여긴 어떻게 온 거야?"

"고도가 나를 찾아냈어!"

순간 청사의 눈에 불빛이 번쩍였다.

"고도를 만났어?"

"물론이지!"

"어디 있어?"

"신선못에 있다!"

우렁찬 대답을 듣자마자 청사가 계단을 뛰어 내려갔다. 하지만 몇 걸음 못 가 장오의 지팡이에 뒷덜미가 잡혔다. 뒤에서 잡아당겨지는 옷깃에 목이 졸린 청사가 인상을 사납게 찌푸려도 장오는 눈 하나 깜짝 안 했다.

"거기가 어딘 줄 알고 간다는 게냐?"

"뭔 상관이야."

"안 된다. 고도도 곧 있으면 돌아온다니 여서 기다려. 거긴 아무나 함부로 갈 수 있는 데가 아니다."

청사가 어째서 자신이 '아무나'의 범주에 속하느냐고 항의해도 장오는 말을 번복하지 않았다. 그에겐 신선을 제외한 모든 존재가 '아무나'가 된다. 고도는 그의 과거 제자였으니 예외라도 일행들의 편의까지 봐줄 생각은 없다.

청사는 그런 장오가 못마땅했다. 청호림의 주인인 신선 명이니 따르지 않을 수도 없는 노릇이다. 재회의 기쁨을 나누려는 소를 지나쳐 마루에 걸터앉았다. 장대를 꺼내 입에 물고 연기를 뻑뻑 피워댔다. 찌푸린 인상과 한숨을 깊게 내쉬는 모양새가 여간 속이 답답한 게 아닌 모양이다. 소는 심각한 표정의 청사에게 다가가지 못하고 저와 죽이 철썩 맞던 미호도 없어서 기운이 빠졌다. 고도가 얼른 돌아왔으면 했다.

"개똥아."

장오가 누군가를 부르며 낚싯대를 건네는 모습을 소가 바라봤다. 개똥이라 불린 남자는 볏짚 위에 누워 있다가 인상을 팍 찌푸렸다. 얼굴이 허옇게 질려 있는 것이 몸이 안 좋은 안색이다.

"아 개똥이 아니래도, 이 영감이 자꾸 이러네!"

"복분이었던가."

"꽝철이다!"

"아, 갑순이."

뒷목을 잡고 쓰러지는 꽝철이를 보며 노인은 자지러지게 웃었다. 그는 꽝철이 손에 낚싯대를 쥐어 줬다.

"정리하고 와. 이왕이면 어질러진 것도 창고 안에 밀어 넣고."

장오와 더는 말싸움을 하기 싫은 꽝철이가 순순히 자리에서 일어나 창고로 걸어갔다. 낚싯대를 휙 던지고 바닥에 굴러다니는 천들을 둘둘 말아 구석에 처박자 술잔 하나가 꽝철이 뒤통수를 후려쳤다. 눈앞이 캄캄해졌다가 간신히 정신을 차린 꽝철이가 습격당한 머리통을 붙잡고 장오를 노려봤다. 도술을 써서 술잔을 자유자재로 움직인 장오가 흰 눈썹을 슬쩍 들어 올려 금안을 보였다.

　"정성껏 치워."

　"망할!"

　거친 욕설을 뱉은 꽝철이는 뒤통수를 한 대 더 후려 맞고서야 잠잠해졌다. 어쩌다 보니 장오의 전속 머슴으로 전락한 꽝철인 뭐 씹은 표정으로 창고 안을 정리했다. 낯선 남자와 장오의 실랑이를 구경하던 소가 눈을 끔뻑였다. 처음 보는 남자가 맞긴 한데, 고도가 해준 말이 떠올라서 그의 정체는 쉽게 짐작이 갔다. 한산뫼에 사는 이무기. 자신을 만나기 위해서 고도를 쫓아다니고 있다는 놈. 성질머리 더럽고 약간 모자란 듯 구는 것이 전형적인 이무기의 성격이다.

　"꽝철이라고 했나."

　소가 가까이 다가가자 꽝철인 힐끔 소를 올려다보고는 다시 창고 안으로 들어갔다. 그 안을 따라 들어가기엔 소의 덩치가 지나치게 컸다. 소는 창고 앞에 쭈그려 앉아 꽝철이에게 말을 걸었다.

　"네놈이 고도를 따라다닌다는 이무기 맞지?"

　꽝철이가 발끈해서 소를 쏘아봤다.

　"따라다니긴 누가 따라다닌다고 그래?"

　"아닌가? 나한테 할 말이 있어서 고도를 쫓아다닌다 들었다."

　"웃기는 놈이군. 내가 너한테 무슨 할 말이 있어. 네놈이 뭐라고."

　"도깨비 우두머리다."

"별 미친…….."

뒷말을 흐린 꽝철이가 두 눈을 동그랗게 떴다. 그는 얼이 빠져서 품에 안고 있던 탁상을 놓쳤다. 탁상 다리가 부러지는 소리에 장오가 집안 살림 다 말아먹는다면서 술잔을 다시 날렸다. 이번에도 머리를 얻어맞았지만 폭력을 쓴 장오에게 화를 내진 않았다. 그는 입만 쩍 벌리고 소에게서 눈을 떼지 못했다.

"그대가 도깨비들의 우두머리라고?"

"새로운 우두머리가 태어나지 않았으면 내가 아직 유효하긴 한데."

"오, 드디어 만났네, 드디어 만났어. 내가 이 말 하나 전해 주려고 여기까지 와서 뭔 고생이냐!"

꽝철인 어깨춤이라도 출 기세로 소에게 다가왔다. 소의 투박한 손을 냉큼 붙잡더니 위아래로 마구 흔들었다. 악수라기엔 참으로 막무가내였다.

"나는 한산뫼를 지키는 불지네, 꽝철이라고 한다. 내 영역엔 요괴보다 도깨비들이 많이 산다. 그리고 나는 그들에게 몇 년 전에 빚을 져서 부탁을 하나 들어주게 되었어. 혹여나 고도와 함께 다니는 그들의 우두머리를 만나면 이 말을 꼭 전해 달라고."

의리를 중시하는 요괴다운 말이지 않은가. 몇 년 전의 약속을 지키기 위해 사서 고생을 했다니 소는 츠츠 웃고 말았다. 꽝철이는 후련한 표정으로 그 웃음을 마주했다.

"백성에게 돌아가라, 도깨비들의 왕아. 네 부재로 결집력을 잃은 신神들이 수많은 악귀와 요괴들에게 잡아먹히고 있다."

실마루에 앉아서 장대를 꺼내던 청사나 집 안으로 들어가려던 장오가 일제히 고개를 돌려 꽝철이와 소를 바라봤다. 둘은 뜻하지 않게도 도깨비들의 사정을 엿본 것만 같았다. 소는 놀라운 이야기를 들은 것치곤 덤덤한 얼굴이었다. 오히려 당연하다는 듯이 그리 대답하기도 했다.

"돌아가지 못한다."

"그럼 끌고서라도 가야지. 내가 네 백성에게 빚진 게 좀 커서 이 한 번으로 은혜를 다 갚을 생각이다."

"네가 끌고 간다고 될 문제가 아니다."

"왜지?"

"그 얘긴 내 신민들에게 못 들었나 보다. 고도와 나는 서로의 죄에 묶여 있어서 오랫동안 떨어질 수 없는 처지다."

꽝철이는 처음 듣는 이야기일지라도, 청사는 귀에 익은 내용이었다. 선뜻 옆자리를 내주지 않는 고도가 소에게만은 무한한 신뢰를 보내어, 그것이 이상하면서도 괜히 빈정이 상하여 따져 물었더니만 둘 사이에 끼어들 수도 없는 강한 유대감만 확인한 격이었다. 자량에서 뜻하지 않게 헤어지고 나서도 고도는 소를 걱정하지 않았다. 어차피 만나게 되어 있다고 말하며 묵묵히 제 갈 길을 갔다. 결국은 청호림에서 재회를 하게 되었다.

한두 번 떨어진다고 영영 헤어질 인연이 아님을 청사는 이번에 알게 되었다. 둘이 어떠한 죄에 묶였기에 도깨비의 우두머리가 백성을 돌보지 못하고 왕 노릇을 하지 못할 정도인가. 아직은 짐작할 수 없었다. 어렴풋이 소의 이야기를 이해한 청사와 달리, 도통 소의 이야기를 알아들을 수 없는 꽝철이는 미간을 찌푸리고 물었다.

"둘이 왜 못 떨어져? 누가 그렇게 묶어 놨는데?"

소는 옛일을 회상하듯 잠시 허공을 응시했다. 오랫동안 잊고 살았던 사실을 떠올리는 데 시간은 많이 걸리지 않았다. 그는 히죽 웃더니 펑, 도깨비불로 변했다. 명백히 대답을 회피한 행동이었다. 소의 손을 붙잡았던 꽝철이는 도깨비불이 되어 휙 도망가는 소를 재빨리 따라 나왔다.

"어디 가!"

소는 청사 주변을 빙글빙글 돌았다. 장죽의 불씨가 소의 재주넘기에 까딱이는가 하면, 마른 담뱃잎을 태운 연기가 소의 움직임을 따라서 흔들렸다. 대답은 하지 않고 딴청을 피우던 소는 청사 주위를 맴돌다 장오의 옷으로 들어갔다. 장오의 배가 임부처럼 부풀었다.

"나한테 무슨 할 말이 있나 궁금했는데, 별 이상한 걸 말하는 이무기로다."

"왕이면서 제 백성은 내버려두고 세상을 돌아다니는 놈이 어디 있어? 무책임한 놈."

꽝철이는 한 종족을 이끄는 왕으로선 위엄도 찾아볼 수 없는 소를 노려봤다. 꽝철이의 말에 장오가 일침을 놓았다.

"네 생각만으로 누군가를 평가하는 건 참으로 위험한 짓이다. 말하기 곤란한 걸 꼬치꼬치 캐묻는 버릇도 고쳐라."

장오의 말에 기분이 상한 꽝철이는 지붕 위로 올라갔다. 마른 짚에 몸을 묻고 다시는 내려오지 않았다. 청사가 꽝철이를 물끄러미 쳐다보며 물었다.

"네가 살던 곳으로 돌아갈 테냐."

소에게 말을 전하는 것이 꽝철이가 고도를 쫓아다닌 이유다. 이왕이면 소와 함께 한산뫼로 돌아가는 것을 바랐지만, 소가 그럴 생각이 없어 보이지 않나. 도깨비들의 말을 전해 주는 목적은 달성한 셈이다. 혼자 간다고 해서 죄책감에 시달릴 필요는 없다. 생각을 곱씹던 꽝철이는 부루퉁하게 답했다.

"생각 좀 해보고."

청사는 복잡한 표정으로 하늘을 올려다봤다. 까맣게 타서 더는 쓸 수 없는 담뱃재를 바닥에 버렸다. 장대를 요력으로 사라지게 하였지만, 입

안에는 향기가 남아 있었다. 끝 맛이 텁텁해지는 심란한 맛이다.

고도가 장오네 초가집으로 돌아오고 있었다. 청사는 돌산을 올라오는 고도를 발견하자마자 숨을 멈추었다. 하루 종일 고민한 것들이 머릿속에서 휘날리기 시작했다. 고도에게 물어야할 거야. 가족들이 널 힘들게 했다고 사과를 구해야 할 거야. 그래도 사랑해. 버리지 마. 너와 함께 하고 싶어. 그렇게 쏟아지는 생각들을 미처 정리하기도 전에 두 다리가 먼저 움직였다.

계단을 날듯이 뛰어 내려왔다. 고도는 청사를 확인하기 무섭게 그의 품에 거칠게 안기고 말았다. 두 눈을 휘둥그레 뜨니, 청사가 투정 섞인 목소리로 말했다.

"말도 없이 사라지는 게 어디 있어. 걱정했단 말이야."

목소리는 울 것처럼 젖어 있었다. 심하게 동요하는 청사를 본 고도는 영문을 모르는 얼굴로 눈만 깜빡였다. 그러다가 자신이 얼마나 청사에게 무책임했는지를 떠올리고 말았다. 밤을 같이 보내고 사라졌다. 고도 잘못이었다. 함께 밤 자리를 든 이를 소박 맞추고 떠나 버리다니. 이러니 불안해하는 것은 당연하지 않나. 고도는 뒷머리를 긁적였다.

"미안하다. 많이 걱정했느냐?"

"찾아 나서려고 했다가 네 스승이 말렸어."

"잘했다. 신선못에 괜히 들어오면 화를 입을 수 있어. 조심하는 게 좋지."

"그러는 너는 신선도 아니면서 그 못을 자유자재로 다녀온 거냐."

"난 더 입을 화가 없는 거고."

화를 입는 것에도 총량이 있다면, 고도는 이미 가득 찬 물 그릇인 양 말했다. 이런 말을 아무렇지 않게 툭툭 내뱉을 때마다 청사 속이 까맣게 타들어 가는 걸 정녕 모르는 것일까. 청사는 고도를 품에서 놓아주었다. 대신 손목을 움켜잡았다. 고도가 느긋하게 걸어 올라오던 돌산을 도리어 내려가기 시작했다. 여러 갈래로 나뉜 길 끝에서 청사는 한 번도 가본 적 없는 호젓한 방향으로 고도를 잡아끌었다. 오솔길을 조금 벗어나자 한적한 수풀림이 자리 잡고 있었다. 수풀 속으로 몸을 숨긴 후에야 청사는 고도의 손목을 잡고 있던 힘을 풀었다. 고도는 청사의 표정을 살폈다. 아까부터 손만 잡고 아무런 말이 없다 싶었는데, 자세히 보니 표정이 좋지 않다. 내색하지 않아도 어두운 얼굴색을 숨기지는 못했다.

"내가 말없이 떠나서 기분이 나쁘다면 미안하다. 그럴 의도는 아니었다."

"아니, 괜찮다."

"너를 챙겨야 했는데 무심했구나."

"……저기, 고도."

청사는 말하기를 망설였다. 고도를 조심스럽게 살펴보는 눈이 전에 없이 진지하여 고도는 장난으로도 청사를 놀리지 못했다. 무슨 심각한 일이 있기에 이리도 얼어 있는지, 고도는 저를 불러 세우고도 꾹 닫혀 있기만 한 입을 응시했다. 시간이 지나도 열리지 않는 입술은 하얗게 질려 있었다. 말을 꺼낼 듯 몇 번 벌어졌으나 도로 다물어져 움칫거리기만 했다. 고도는 청사의 말을 참을성 있게 기다렸다. 어깨까지 딱딱하게 굳어 있는 긴장이 풀어지도록 청사의 손을 부드럽게 매만졌다. 청사는 고도의 손길에 용기를 내어 물었다.

"아침에 왜 말도 없이 사라진 거였어? 바쁜 일이 생겨서 그랬어?"

"그래. 신선못엘 가고 싶었거든."

"갑자기?"

"여러 가지 생각할 게 많아져서 낚시를 하고 싶더구나."

청사의 얼굴빛이 더욱 어두워졌다. 여러 가지 생각할 거리에) 청사의 비밀도 속해 있진 않을지, 속이 까맣게 타들어 가는 낯빛이었다. 고도는 상대의 감정을 잘 눈치채지 못할 만큼 둔한 편이었으나, 상대가 청사일 때만은 달랐다. 청사가 왜 이렇게 괴로운 얼굴로 저를 쳐다보는지 알 것 같았다. 청사가 울 듯한 표정을 짓는 이유를 모를 만큼, 고도는 청사에게 무신경하지 않았다. 알게 모르게 청사를 눈으로 좇으며 그의 감정과 생각을 여러 면에서 추측하고 해석해 왔는데 이제 와서 청사의 생각을 읽지 못할 리가 없다. 그래서 고도는 씁쓸했다. 청사가 이토록 마음 고생할 걸 알면서도 내버려 두고 나온 자신을 속으로 욕했다.

"무슨 생각 했어?"

청사의 물음에 고도는 쓴 입 안을 혀로 굴려 닦아 냈다. 그리고 속으로 중얼거렸다.

네 생각. 그리고 너와 나에 대한 생각.

고도는 대답 대신 청사와 맞잡은 손을 풀었다. 주변을 두리번거리던 고도는 풀이 많이 나 있는 길바닥에 쭈그려 앉았다. 청사의 시선이 등에 박혀 떨어질 줄 모르는 걸 알면서 토끼풀을 뜯어 손으로 만지작거렸다. 세심한 행동이 고도와는 어울리지 않아 청사는 눈을 동그랗게 떴다.

"뭐해?"

고도는 하얀 꽃망울이 달린 토끼풀 두 개를 엮어서 청사 앞에 보여 준다. 정체를 몰라서 어리둥절해하는 청사의 손을 잡아당겼다. 토끼풀로 만든 가락지가 청사의 약지에 들어갔다. 손가락 마디를 감싼 하얗고 보드라운 꽃과 싱그러운 줄기를 청사는 하염없이 바라봤다. 소박하고 초라

해 보일 수도 있다. 그럼에도 청사는 그보다 아름다운 가락지는 세상에서 본 적 없다는 듯 수줍게 웃었다. 두 볼에 홍조를 띠고는 눈가까지 붉어져서 주먹을 꼭 쥔다. 행여나 가락지가 바닥으로 떨어질까 봐 소중하게 감쌌다. 이렇게 작은 것에도 좋아해 주는 청사를 보니 신선못에서 스승이 했던 말이 생각난다.

사랑에 매달려 보라. 오래전에 잊어버린 그 말의 의미가 가슴을 울렸다. 청사를 보면 잊었던 감정들이 하나둘 떠오른다. 살아가는 데 필요 없다고 생각한 감정들이 다시금 소중한 느낌으로 되살아난다. 고도는 제 입으로 사랑을 속삭였으면서, 지금까지도 그것이 뭔지 몰라 고민했는데 청사를 보면 누가 명확한 답을 해주지 않아도 알게 됐다. 사랑에 빠진다는 게 무엇인지. 지금의 청사가 보이는 표정과 눈빛, 행동을 보면 굳이 먼 곳에서 답을 찾을 필요도 없다.

"대롱아."

고도는 손을 뻗어 홍조 띤 얼굴을 매만졌다. 청사의 따뜻한 시선을 보면 고도는 자신도 모르게 미소를 짓게 된다.

"나는 겁쟁이에 모순적인 인간이라, 언제나 너보다 나 자신을 챙기기만 한다. 오랜 세월 내 한 몸 건사하는 일만 해와서 누군가를 보살피고 신경 쓰는 것이 낯설고 어색하기만 하구나. 그래서 매번 너를 상처 입히고 걱정시킨다. 미안하다."

청사는 고도의 손을 잡아 주었다. 자책하지도 말고 흔들리지도 말라며 지탱하는 손길이다.

"아냐. 날 좋아한다고 말해 줬잖아. 난 그 말을 믿어."

볼에 닿은 입맞춤이 부드럽다. 고도는 귓가를 간질이는 청사의 숨결이 좋았다. 살짝 고개를 틀자 귓가에 있던 입술이 기다렸다는 듯 고도의 입을 깨물었다. 입술끼리 부딪히는 담백한 교감에 고도의 눈가가 나른하게 풀렸다. 쪽쪽 부딪히는 입술 간의 소리가 그렇게 달콤할 수가 없었다.

"나는 동해로 갈 것이다."

청사는 고도의 콧방울을 깨물었다.

"응. 알고 있어."

"가는 길에 오랜 벗의 아들을 만날 것이다. 강문이라는 노승도 만나야 한다. 한산뫼에서 만났던 옹기장이와 그의 팥과 콩 병사들을 만나 싸우기도 할 것이다. 그 와중에도 나는 여전히 요괴를 잡을 것이다. 이 죽통에 요괴가 가득 차면 장담할 수 없는 일을 맞이해야 한다. 동해로 가는 짧은 여정 동안 몇 번이나 죽을 고비를 넘겨야 할지도 모른다. 그래도 괜찮겠는가. 나와 함께 갈 수 있겠느냐."

처음인 것 같다. 아니, 처음이 분명하다. 청사에게 자신의 여정이 어떤 목표를 가졌는지, 이렇게 명확하게 설명한 것은 이번이 처음이었다. 청사는 비로소 고도의 믿음과 신뢰를 가늠했다. 이전엔 불확실하고 자신이 없었던 고도의 마음이 처음으로 분명하게 보였다. 언제나 지쳐 있고 피곤해 보였던 고도의 두 눈이 생기로 반짝이는 모습이 보기 좋다. 청사는 이 시선이 오래토록 자신에게 머물기를 바랐다.

"고도 너는 어때? 내가 어떻게 했으면 좋겠어?"

대답을 미루어도 고도는 화를 내긴커녕, 청사에게 먼저 입을 맞춰 주었다.

"내 마지막 여정엔 네가 꼭 옆에 있었으면 좋겠다."

"정말이야? 나로도 괜찮아?"

"너이기에 가능한 것이다."

"나는…… 그러니까."

자신이 없어 몇 번이나 망설이던 청사가 눈을 감았다. 그는 가슴속에 꽉 막혀 있던 공기를 내뱉듯 길고 느리게 숨을 쉬었다.

고도는 알고 있다. 청사가 혼잣말로 속삭인 비밀을 알고 있고, 그것 때문에 불안해하며 걱정하는 청사의 속마음까지 훤히 꿰뚫고 있다. 알면서도 굳이 그 내용을 입에 담지 않는 이유는 청사를 배려했기 때문이라. 토끼풀로 만든 가락지를 손에 끼워 주며 마음을 안정시키는 것 역시 용과 자신이 얽힌 사연에 청사를 같은 종족이란 이유만으로 미워하지 않겠다는 간접적인 표현이기도 했다.

청사는 고도의 그 마음에 보답하고 싶었다. 자신 없고 불안했던 마음 대신 고도를 위한 따뜻한 마음을 더 키우고 싶었다. 고도도 그것을 바라리라. 청사가 눈을 떴을 땐, 불안하게 흔들리던 빛이 말끔하게 사라져 있었다. 대신 고도에 대한 신뢰와 고마움이 자리 잡았다. 청사는 시선만큼이나 따뜻한 목소리로 물었다.

"동해로 가는 여정이 정말 마지막이야?"

"그래. 나는 이 여정의 끝을 이미 알고 있다."

"행복한 결말이지?"

"물론이다."

그럼 됐어. 네가 행복하면 그 끝이 동해가 아닌 저승이나 하늘이라도 쫓아갈 수 있어. 청사는 고도의 두 볼을 잡고 입술을 깨물었다. 고도의 작은 웃음소리가 터졌다. 청사는 두 눈이 휘어지도록 웃으며 즐거워하는 고도를 사랑스럽게 내려다봤다.

여정이 끝나면 청혼을 할 것이다.

약지에 끼워 준 토끼풀 가락지보다 훨씬 근사하고 정성 어린 가락지를 둘이서 나누고 힘든 것도, 슬픈 것도 없이 평생을 행복하게 살 것이다.

청사는 행복한 꿈을 꾸며 고도를 끌어안았다.

실마루에 앉은 장오는 멧새가 물어다 준 서한을 읽고 있었다. 정이품의 고위 신선이 보낸 서한이었다. 그는 며칠 사이에 장오를 수시로 불러서 고도 일행에 대한 정보를 받았고, 그들이 청호림에 온 목적과 이유를 상세하게 들었다. 처음에는 현생하는 신선 중 유일하게 '인간'을 제자로 둔 장오가 부탁하여 고도 일행이 청호림에서 생활하는 것을 암묵적으로 봐주고 있었다. 그렇다 하여 오래도록 인간과 요괴와 용족이 신선계에 머무는 걸 승낙한 것은 아니다.

한때 정오품의 조동신선이 인두조수 한 마리를 청호림에 잘못 들인 일이 있었다. 요괴에게 신선의 도술을 알려 주면서 청호림이 발칵 뒤집힌 사건이었다. 다행히도 인두조수는 고도 일행이 처리하여 인간계에 그 화가 번지는 것은 막았다. 조동신선은 엄중한 처벌을 받아 침바위 위에서 한 걸음도 못 벗어난다. 그는 앞으로 백 년을 더 바늘방석 같은 침바위 위에 앉아 수련해야 할 처지다. 이러한 전적이 있기에 외부인을 청호림에 들이는 것 자체를 꺼리니, 상대가 장오의 제자와 이무기와 용이라 해서 다를 바가 없다. 한데 이제는 도깨비의 우두머리까지 신선계에 불러들였다. 잠자코 지켜보던 윗선이 장오에게 본격적으로 제재를 가했다.

[그들을 이만 내보내지 않으면 그대 역시 침바위 처벌을 받을 것이다. 조동신선과의 형평성을 고려한 조치이니 오늘 안에 모든 일을 처리하라.]

슬슬 내보낼 때가 됐나 보다.

장오는 서한을 반듯하게 접어서 소매 속에 넣었다. 때마침 문밖에서 들리는 시끌벅적한 소란이 반가웠다. 청사와 이러저러한 이야기를 나누는 고도의 목소리를 확신했다. 장오는 닫혀 있던 방문을 열었다. 지붕 위의 볏단을 붙잡고 매달린 꽝철이와 돌계단을 밟고 올라오는 고도와 청사의 시선이 장오에게 달라붙었다. 그 시선들을 향해 장오는 쯔쯔 혀를 찼다.

"뭐 이리 칙칙한 풍경이 있나. 시꺼면 사내놈들이 내 심미안을 해치고 있도다."

느긋하게 돌계단을 밟던 고도가 받아쳤다.

"저희 심미안은 생각해 주시질 않는군요."

"요놈 봐라. 지금 날 욕하는 게냐?"

"선수필승이 아닌 경우도 있다는 걸 알려 드리고자 제자가 한 수 올려 보았습니다."

"이놈이 말이라도 못하면 몰라."

"이런. 제가 스승님께 가장 많이 배운 부분이지 않습니까."

"나는 임금을 모시게 되면 간언을 하라 가르쳤지, 아무 데나 농조를 퍼뜨리라 말한 적은 없건만."

장오는 손을 휘휘 저었다.

"군입들 계속 챙겨 주기도 벅차니 이제 그만 가봤으면 하는데."

말이 끝나기 무섭게 꽝철이를 피해서 초가집 곳곳에 숨어 있던 소가 냉큼 고도의 옷자락 안으로 몸을 숨겼다. 꽝철이 그 모습을 보고 "이놈의 도깨비가 요걸 약 올리고 있어!"라며 버럭 화를 내는 바람에 한차례 소란이 일었다. 고도가 손을 휘휘 흔들면서 꽝철이의 입을 다물어 버리는 도술을 썼다. 대뜸 자신들을 내쫓는 장오에게 퍽 서운한 기색도 없이 고개를 끄덕였다.

"저희 가고 심심해하지나 마십쇼."

"시끄러운 네놈들이 가면 조용하고 편하지, 심심하기는. 흥, 그래도 여기까지 오느라 애쓴 게 가상해서 돌아가는 길은 내 친히 자비를 베풀어 주마. 그래, 내가 인계로 나가는 문을 열어 줄 테니 가고 싶은 곳이 있으면 말하라. 그곳이 바다 위라도 널 데려다 주마."

고도는 인계의 어디로 가고 싶은지를 옛적에 결정한 듯, 망설임 없이 답했다.

"동해 앞 '벽구리'라는 어촌 마을로 보내주십시오."

"오냐, 그 마을로 내 당장 보내주마."

장오가 몇 번 손을 휘두르자 절벽 아래로 계단이 생겼다. 돌산 위로 올라오는 꼬불꼬불한 돌계단과 달리 반듯하고 고른 계단이었다. 백팔 개의 계단마다 커다란 문이 자리 잡고 있고, 그 문의 개수는 눈대중만으로도 수십 개에 달했다. 구름 아래로 끝없이 펼쳐진 계단과 문은 고도 일행이 청호림에 들어올 때의 모습과 똑같았다.

"잘 있어, 노친네."

꽝철이가 소의 큰 몸을 질질 끌면서 제일 먼저 계단을 내려간다. 그 뒤를 이어 고도와 청사가 내려가려 하니, 장오가 둘을 멈춰 세웠다.

"잠깐 있어 봐라."

장오는 방 안으로 쏙 들어가선 잠시 후에 웬 종이 뭉치를 들고 다시 나타났다. 어리둥절하게 쳐다보는 고도의 턱밑까지 종이 뭉치가 들이밀어졌다.

"자, 선물이다."

장오가 내민 것은 부적이었다. 도톰한 부적 뭉치를 보는 고도의 눈이 동그랗게 변했다. 자량에서 장수적에게 부적을 뺏긴 후론 그것을 만들 시간이 없어서 맨몸으로 돌아다녔다. 부적이 없으면 도력을 다스리기가 힘들어 매번 필요 이상의 힘을 낭비했다. 초고리로 변신해 도망칠 때도 화살에 맞은 팔이 아픈 것보단 언제 폭발할지 모를 도력이 무서워 조마조마했다. 새까만 눈이 스승과 똑같은 금안으로 변하는 이상증세에 혹여나 소향, 미호, 청사가 말려들지 않을지 걱정했던 것이다. 언제 시간이되면 부적을 만들어 둬야겠다 생각했건만. 스승이 그걸 어찌 알고 기가 막히게 부적을 준비했다. 고도는 스승의 선물을 감사히 받았다.

"제가 부적이 없는 건 어떻게 알았습니까."

"나처럼 잘난 신선에겐 혜안이 있느니라."

"시도 때도 없이 독심술을 쓰는 변태 같으니라고."

수작을 들킨 장오는 고도의 머리통을 쥐어박았다. 늙은이 손길 하나가 참으로 매웠다.

"그만 가봐라."

"이 해후를 충분히 만끽하지 못해서 안타깝습니다. 스승님과 더 많은 이야기를 하고 싶었는데요."

"빈말은."

"진심이 그래도 요만큼은 들었습니다만."

"검지와 엄지 사이가 손톱보다 작은 크긴데."

"이 정도면 차고 넘치는 진심 아닙니까."

"에라이, 그렇게 손가락으로 대중할 수 있는 진심은 필요 없다."

"하여튼 잘 대해 드려도 화를 내신다니까. 투덜거리시는 건 예나 지금이나 똑같습니다."

"그런 나한테 비아냥거리며 머리 꼭대기에 올라가는 너는 어떻고."

"그 스승에 그 제자 아니겠습니까."

"이런 게 뭐가 예쁘다고 그렇게 내가 가진 걸 다 퍼부어 줬는지."

"퍼준 적이 있긴 하신지."

"하여튼 끝까지 안 지지!"

고도는 합장하듯 두 손을 모으면서 어깨를 으쓱였다. 그 여유로운 작태에 장오는 혀를 차면서 고개를 저었다. 언제나처럼 허리에 달고 다니는 술병을 입 안에 털어 넣으면서 다시금 고도를 살폈다. 예나 지금이나 능글맞기는 천하제일인 점은 여전한데, 어째 예보다 지금이 더 무른 것 같다. 속마음이라곤 좀처럼 내비추지 않는 고도가 풀어진 표정으로 여러 감정을 보여 주고 있으니 말이다. 이렇게 사람답게 변한 것도 이유가 있을 터. 그게 데리고 다니는 사내 한 놈 때문이란 걸 장오는 일찍이 눈치챘다. 좋은 변화인지, 나쁜 변화인지는 두고 봐야 할 것이다. 그 변화를 느긋하게 구경하면 좋겠건만.

"고도야. 하나만 묻자."

"예에, 두 개 물으셔도 됩니다."

"우린 앞으로 못 만나게 되느냐."

고도는 돌계단을 느리게 내려가는 일행들을 보다가 멈칫했다. 고개를 돌린 고도의 얼굴엔 희미한 미소가 보였다. 섭섭하지만 어쩔 수 없다는 미소였다.

"독심술 적당히 하세요. 그러다 나중에 해를 입습니다."

"마지막 인사로는 매정하구나."

"이미 마지막이라고 답을 내리신 분이 뭐가 궁금해서 물으시는 건지."

"야속해서 그렇지. 겉으로는 서운한 기색이 언뜻 비치는데 말이 없으니."

"기색 비친 적 없거든요. 하여튼 노친네가 노망들어서 못하는 말이 없어."

"요만큼은 보였다."

손톱 사이가 조금 전 고도가 보였던 것만큼이라. 고도는 쯧쯧 혀를 찼다. 그만큼 커다란 진심을 스승에게 보였다 하니, 한번쯤은 본심 그대로 말해 줘도 될 듯했다.

"인연엔 모두 끝이 있지 않겠습니까."

"그게 내 질문의 답이냐."

"생각하고 싶은 대로 받아들이시면 됩니다."

장오는 별말 없이 손을 휘저었다.

"그래, 어서 가라. 돌아보지 말고."

고도가 꾸벅, 고개를 숙이고 계단을 내려간다. 백팔 계단을 성큼성큼 걸어 첫 번째 문을 지나고 두 번째 문을 건너 마침내 꽝철이와 소의 뒤에서 나란히 걸었다. 청사가 기다렸다는 듯이 손을 꼭 붙잡아도 뿌리치지 않았다. 봄바람처럼 가벼운 웃음소리가 퍼지는 것도 같았다. 뿌연 구름 밑으로 내려가는 네 남자의 형체는 서서히 흐려졌다. 장오는 그 모습이 눈앞에서 사라질 때까지 자리를 뜨지 않았다.

"네가 내 제자라서 참 다행이었다."

고도 일행을 내려 보낸 계단은 끝에서부터 점차 형체가 희미해졌다. 첫 번째 문이 사라지고, 두 번째 문이 사라졌다. 처음부터 원래 없었던 것처럼 절벽 아래는 텅 비어 있었다. 장오는 얼마 남지 않은 술병을 입 안에 털어 넣었다.

늙어서 그리리라. 이별이 여전히 서운하고 안타까운 것은 늙으면 늙을 수록 쌓여 가는 추억 때문이라. 고도 역시 오랜 세월 커커이 쌓아 온 그 추억을 모두 털어내지 못할 텐데도 덤덤한 척 구는 것은 혹, 손을 잡아 주는 이 때문은 아닐지.

고도에게 잔정이 남은 장오는 뒷머리를 긁적였다.

당분간은 이 그리움을 곱씹을 듯했다.

소년의 죄목은 다음과 같다. 사람을 죽인 죄, 해룡海龍을 부끄럽게 한 죄, 명부의 이름을 수만 번도 더 고치게 한 죄, 염라대왕의 업무를 과중하게 만든 죄, 저승과 천계의 문을 닫아 버린 죄, 신선을 농락한 죄, 요괴를 희롱한 죄, 옥황상제의 명을 받잡지 않은 죄, 그리고 자신을 구속하여 고통을 준 죄이니라.

장오는 높으신 분을 통해 전해 받은 소년의 죄목을 보고 딱한 마음에 혀를 찼다. 고작 십육 세로 이렇게까지 세상을 어지럽힌 것은 지금까지 듣도 보지도 못했다. 소년이 전생동안 지어 온 죄업과 현생이 맞물리면서 터져 나온 극단적인 결과물처럼 보였다.

밧줄로 꽁꽁 묶인 소년은 저를 측은하게 바라보는 장오에게 차갑게 말했다.

"신선이라면 내 육신이 아닌 혼을 죽일 수 있겠지. 날 죽여라. 죽여서 나 같은 건 윤회도 할 수 없게 세상에서 지워 버려라."

제7장. 고도의 바람 끝

한 마을에 두 손녀와 함께 사는 할머니가 있었다. 할머니는 얼굴이 예쁜 맏이와 못생겼지만 착한 둘째를 차별 없이 귀하게 여겼다. 세월이 지나 혼기가 꽉 찬 손녀들이 시집을 가게 됐다.

맏이는 할머니 댁에서 가까운 마을로, 그 지방 제일가는 양반집으로 시집갔다. 둘째는 교통이 불편하고 궁벽한 곳의 가난한 어부네 시집을 갔다. 두 손녀를 시집보내 놓고 홀로 살던 할머니는 노환과 우울증에 고생하다가 죽기 전에 손녀들을 보기로 마음먹었다. 가까운 첫째네 집에 갔을 때, 맏이는 할머니를 내쫓았다.

"아이참, 부끄럽게 왜 찾아오고 그래요? 빨리 가요."

고생한 손이 투박하고 주름으로 자글자글할뿐더러, 허리까지 곱사등이처럼 굽어 있어서 시댁이 볼까 봐 걱정한 것이다. 할머니는 손녀의 마음을 이해했다. 얼굴을 본 것만으로도 충분하여 둘째네 집으로 향했다. 모난 재를 지나도 둘째네 집은 보이지 않았다. 하루 밤낮을 온종일 걷던 할머니는 결국 길거리에 쓰러져 목숨을 잃었다.

소식을 들은 둘째가 허겁지겁 달려왔을 때, 할머니는 이미 싸늘하게 식어 있었다. 둘째는 돌아가신 할머니의 자리에서 난 꽃을 품에 안고 울었다.

그것이 두 자매에게 벌어진 비극의 시작이다.

＊ 할미꽃전설에서 모티브를 따왔습니다.

제8장. 강문이 남긴 흔적

　벽구리 어촌은 보기만 해도 바빠 보였다. 바닷길과 땅길 모두 교통이 발달하여 온 거리엔 당나귀와 소가 이끄는 달구지가 돌아다녔고, 젊은 아녀자들은 머리 위에 생선을 가득 담은 소쿠리를 이고 부산하게 움직였다. 시장에서 몇 골목만 옮겨 가면 해안 바위와 탁 트인 겨울 바다 그리고 바닷가에 정박한 고기잡이 어선들이 보인다. 고기를 잡아 시장에 내다 파는 인부를 제외하면, 뱃사람 대부분은 선박 위에서 탁주를 마셨다. 그 옆에는 내일 쓸 어망을 정리하는 이도 있었다. 강가엔 튼튼한 나룻배들이 선척에서 올린 생선을 옮겨 담고 있었다. 소금을 듬뿍 쳐서 빡빡 문지르는 것이, 저렇게 절인 고기를 싣고 강이 통하는 내륙까지 들어가 비싼 값에 거래하는 양 싶다.

　정월 초하루가 곧 있으면 다가오는 것을 아는 활기다. 날은 아직도 춥고 겨울의 한복판에 있지만 새해를 맞이하려는 사람들의 마음은 갓 잡아 올린 생선처럼 펄떡거렸다.

　"대룡아."

　어시장을 신기한 눈으로 둘러보던 청사가 고도의 손짓에 이끌리듯 다가갔다. 고도는 꽝철이도 불렀지만, 쳐다보는 시늉도 없었다. 꽝철인 아까부터 길바닥에 늘어놓은 생선들을 보느라 정신이 없었다. 살아서 아가미를 뻐끔거리는 물고기를 흉내 내며 입을 벌렸다 다물기도 하고, 죽은 고기를 툭툭 건드느라 고도의 목소리를 듣지 못했다.

　고도는 하는 수 없이 청사에게만 어시장 한편에서 팔고 있는 세발낙지를 권했다. 뻣뻣한 짚에 낙지 대가리를 끼워선 기다란 다리를 그 짚에 둘둘 말아 양념을 묻히고 구운 별미였다. 냄새만 맡아도 구수한지라 청사는 냉큼 받아먹었다. 달짝지근한 낙지 맛에 청사의 표정이 행복하게 변했다.

"하나 더 먹을래?"

"응."

넙죽넙죽 잘 받아먹는 청사가 귀여워서 고도는 그의 머리를 비비적 흔들었다.

"잘 먹으니 이렇게 보기가 좋네."

"흐응, 이것만 잘 먹는 건 아닌데."

"돈 없다. 더 사달라 하지 말고."

"돈 없이도 먹을 수 있는 거야."

"그런 도둑놈 심보는 어디서 배웠을꼬."

"네 입에 붙어 있는 것도 내가 맛나게 먹어 줄 수 있다."

"입?"

"거 참, 순진한 건지 모르는 척하는 건지. 입술 말이야!"

"흐응, 세상에서 제일 값비싼 걸 공짜로 얻어먹으려 한단 말이지."

"고도, 네가 그렇게 비싼 몸이었다니, 내가 친히 수발을 들어 줘야겠구나. 그 비싼 입술 한입 베어 물게."

"어디 얼마나 머슴 짓을 잘하나 지켜보마."

"내 머슴 짓을 감당하려면 너도 튼튼해야 할 텐데. 자. 아, 해봐라. 아."

청사가 눈을 접어 웃더니 숯불에 끼워 팔던 낙지 꼬치를 집어서 고도의 입에 물려 줬다. 한입에 다 먹기엔 다리가 너무 길다. 이로 끊어 먹기에도 쉽지 않자, 청사가 요술을 부려 낙지를 먹기 좋게 끊어 줬다. 편하게 먹는 고도를 보며 청사는 미소 지었다. 오물오물 씹어 먹는 게 얼마나 귀여운지. 고도의 입술에 묻은 양념을 손가락으로 훔쳐서 제 입에 넣고 쪽 빨았다.

고도의 얼굴이 대번에 붉어졌다. 아니, 천하의 고도가 얼굴을 붉히다니. 청사가 멈칫하며 고도를 살폈다. 얼굴이 붉어진 모양새가 부끄러움을 숨기지 못하는 듯이라. 고도가 청사의 손길에 이리도 예민하게 반응하는 이유를 알법한 청사이기에, 청사의 얼굴도 고도를 따라 붉어졌다. 눈을 마주치지 못하는 고도를 보며 청사는 조심스레 손만 붙잡았다. 손끝으로 가슴 뛰는 소리가 전해지는 것만 같았다. 짚에 낙지를 끼워 팔던 여인이 "양념이 매워? 총각 둘 다 얼굴이 빨갛네."라고 말할 때까지 고도의 손만 만지작거렸다.

"고도. 우리 이 마을에 계속 있을 거야?"

음식 값을 계산한 고도가 고개를 끄덕였다.

"강문이 이 근처에 있는 걸 확인했다. 그자가 여길 떠나지 않았다면 나도 계속 머무를 참이다."

강문. 언제나 고도의 곁을 맴돌지만 실체가 없는 귀신같은 그 이름이 또다시 고도의 입에서 오르내렸다. 병기를 다루는 승병이며 고도와 악연으로 맺어져 있다는 것밖에 자세한 것은 모른다. 그에 대해 딱히 궁금해 하지도 않았고, 고도 역시 그 자에 대한 설명을 일일이 말해 준 적이 없었다. 예전의 청사라면 고도가 강문을 입에 담든 말든 크게 신경 쓰지 않았겠지만, 청호림에서 고도의 마지막 목적을 들은 후론 생각이 바뀌었다.

강문은 청사가 생각했던 것보다 고도에게 많은 영향을 미친 사람이다. 고도가 이르는 '마지막 여정'에서도 한 자리를 꿰찰 만큼 중요한 자다. 그런 상대가 이 마을에 있다면 고도와 어떤 사달이 날 수도 있을 터. 청사는 고도의 표정을 살피면서 물었다.

"강문이라는 자에 대해서 물어봐도 될까?"

청사가 관심을 기울이자 고도는 의외라는 눈빛을 보냈다.

"네가 그 땡중을 궁금해 할 줄은 몰랐구나."

"너와 여러 가지로 얽힌 사람 같은데 전혀 몰라서 그래."

"흐음. 내가 그간 말을 안 하고 넘어갔던가."

"내가 캐묻지도 않았지만."

"앞으로는 궁금한 게 있으면 얼마든지 물어보아라. 다 대답해 주마."

"호오, 내가 묻는다고 다 답해준다니. 네가 그렇게 자비로운 인간이 아니었을 텐데."

"그런가. 예전에 내가 어찌했기더라."

"내가 곤란하게 만들면 냉큼 도망가던 제멋대로 도사였지."

"허어, 도망치는 것이야 내가 가진 기술 중 가장 유용한 특기다만. 그 기력마저 보전하여 쓰일 데가 있는 날을 기다려야겠구나."

"뭔 소리야."

"네가 세 번째 다리를 들이미는 날 써먹겠단 소리다."

"악!"

그런 야릇한 말을 아무렇지 않게 내뱉지 말라고! 손으로 고도의 입을 덮어 버린 청사는 얼굴을 발갛게 물들였다. 대낮부터 못하는 소리가 없다고 면박을 주려 했으나, 세상에서 가장 비싸다는 입술을 손바닥으로 음미하려니 목구멍이 바싹 애가 타서 한마디도 하질 못했다. 청사는 마른침을 꼴깍 삼키고는 슬그머니 손을 치웠다. 입술 얘기를 해서 그런가. 매운 양념을 묻힌 낙지 때문에 그런가. 평소보다 더 붉고 통통해 보이는 고도의 입술에 애간장이 탔다. 마음 같아서야 확 덮치고 싶다만, 그러다가 고도가 자신 있게 말한 특기 중의 특기라는 줄행랑을 칠까 봐 욕구를 억눌렀다. 청사가 붉은 얼굴을 돌렸다. 고도는 눈가를 접어서 사근하게 웃더니만, 강문 이야기를 마저 이었다.

"그 땡중을 뭐라 설명하면 좋을까. 병기를 들고 다니며 살생을 저지르고, 그 살생에 부처의 자비를 운운하는 못되어 먹은 중놈이라는 것 정도라면 되려나."

살생을 금하는 불가 도리를 보건대 강문은 파계승인 듯했다. 한때 이 나라에 전쟁이 벌어진 적이 있다. 많은 스님들이 부처의 말씀을 배우는 대신 민가로 내려와 백성을 구제하기 위해서 창과 칼을 휘둘렀다. 그들을 승병이라 하여 민초들이 크게 의지한 적이 있었는데 강문 역시 그 부류 중 하나로 들렸다. 전쟁이 끝나고 평화로운 오늘날까지 살생을 한다는 게 조금 색다르지만 말이다.

청사는 고도가 그 승병을 어떻게 만나 '악연'이랄 것을 만들었는지 궁금했다. 고도가 살아온 세월은 겉모습과 다르니, 아무래도 전쟁이 났던 시기에 둘 사이에 무슨 일이 있었던 것이 아닐까 하는 생각이 든다.

"그 강문이라는 자는 강해?"

"강하다."

"얼마나?"

"현존하는 불자 가운데 법력이 가장 높을 거야."

"만만치 않겠네. 그자를 만나면 어떻게 할 테냐."

"죽여야지."

태연한 한마디에 청사가 눈을 동그랗게 떴다. 준비된 대답처럼 죽인다고 말하는 고도가 낯설었다. 미호에게 못된 짓을 한 장영이라던 옛 정인도 죽이려고 달려든 적이 있었지만, 그 즉시 후회하던 고도였다. 인간은 물론, 창귀 들린 호랑이조차 잡지 못하던 고도가 단번에 '죽음'을 입에 담는 모습은 그 정도로 어색하고 이상했다.

청사의 조심스러운 시선이 고도의 표정을 살폈다. 고도는 여느 때와 다름없는 얼굴이다. 만면에 근심이나 걱정을 보이긴커녕, 눈빛도 지극히 평온했다. 시장을 둘러보는 얼굴엔 일상적인 호기심만 언뜻 보일 뿐이니, 강문을 죽인다는 생각 자체에 함몰하여 분노하는 모습은 조금도 보이지 않았다.

일상이다. 고도에겐 강문의 죽음이 이 떠들썩한 어시장을 둘러보는 것과 다를 바 없는 일상의 일부분이다. 강문을 죽이기 위한 여정에 특별한 의미도 부여하지 않았다. 대체 얼마나 오랫동안 강문을 죽일 생각이 익숙해졌으면 근처에 그자가 있다 해도 흔들리지 않을 수 있는 걸까.

청사는 고도가 평범한 인간들과 어떠한 점이 다른지를 문뜩 알게 되었다. 고도는 죽음과 지나치게 가깝게 지낸다. 이 세상 모든 생명이 가장 두려워하여 멀리 하려고 애쓰는 것을 고도만 유독 가까이에 두고 지켜본다. 세상이 섭리대로 흘러가게 내버려 두면서 자신의 일에는 냉정하고 빈틈이 없는 태도다. 타자에겐 관대해도 자신에겐 관대할 수 없는 모종의 이유라도 있는 것 같다. 어쩐지 고도 자신의 죽음에도 그리 무관심할 것 같아서 청사는 속상했다. 자신의 삶 어디에도 미련이 없는 인간이라 마치 죽는 날을 아는 것만 같다.

"고도."

청사가 손짓하자 소쿠리에 담긴 물고기를 구경하던 고도가 그에게 다가갔다. 청사는 고도의 손을 잡고 어시장을 지나 바닷가로 다가갔다. 고도는 걸어온 길을 돌아보더니 청사를 다시 바라봤다.

"꽝철이는 내버려 두고 가는 게냐."

"아냐. 멀리 안 가."

그 말대로 청사는 정박해있는 배들을 지나치자마자 멈추어 섰다. 멀지 않은 거린데도 북적거리는 시장의 활기가 이곳까지 미치질 못했다. 선척에 철썩 닿고 밀려나는 파도 소리가 시장 소리와 기운을 지우고 있었다. 선척 근처에서 죽은 고기를 먹겠노라 치열하게 전쟁을 벌이는 갈매기가 시끄럽게 우짖었다. 그 밑을 조금만 내려가면 새하얀 해변이 아름다운 모래사장이 펼쳐져 있다.

고도가 해변까지 내려가 갈매기 곁으로 다가가자 새들이 일제히 날아올랐다. 커다란 날갯짓에 혹여나 고도가 다치기라도 할까 봐 청사가 고도의 허리를 끌어안았다. 갈매기들이 맹렬하게 솟구치는 바람 속에서 청사가 고개를 숙였다. 짧은 머리에 드러난 목덜미에 입술을 묻었다. 바람이 닿은 피부는 찬데 유독 목덜미만 뜨겁다. 고도는 열감이 머무는 목의 감촉에 숨을 깊이 내쉬었다. 눈앞이 탁 트인 바다와 등 뒤의 청사. 두 가지의 존재가 고도를 마음 편안하게 해주었다.

"고도. 부탁 하나만 해도 될까."

고도는 청사에게 몸을 기대었다.

"뭔데 그러냐."

"강문이란 자를 죽여야만 한다면, 그러면 내가 죽일 수 있게 해줘."

고도의 까만 눈이 등 뒤에 붙어 잘 보이지 않는 청사를 바라봤다. 청사는 비껴가는 시선을 느끼면서 고도의 목덜미에 쪽하고 입술 자국을 남겼다. 피부가 입술에 빨린 흔적은 벌레에게 물린 것처럼 빨갛게 부풀었다.

"그자를 네가 왜 죽인다는 거지. 처리를 하더라도 내 몫이다."

"그러니까 부탁이라는 거야. 강문을 내가 죽이면 안 될까."

"하하하, 이런 헛소리도 수준급이구나."

"농담 아냐."

"나도 농을 칠 기분 아니다. 그런 말은 두 번 다시 입에 담지 마라."

"고도……."

"우리 대롱이가 곤란한 생각을 하는 모양이다. 혹 내가 살인을 하는 게 마음에 걸려서 그러느냐. 그런 것이라면 걱정하지 마라. 난 네가 생각했던 것보다 많은 사람을 죽였었다."

"하지만 날 만나곤 누구도 죽이지 않았잖아."

"네가 나의 깨끗한 면만 봤구나."

"그런 뜻이 아니다. 난 앞으로도 네가 인간이든 짐승이든, 아무것도 죽이지 않았으면 한다. 그렇게 하면 네가 죽음에서 조금 멀어질 수 있을 거란 기분이 들어."

이상한 말이다. 고도는 통 이해할 수 없는 얼굴로 청사의 말을 곱씹어 봤다. 죽음에서 멀어져야 한다는 게 어떤 느낌인지 아무리 고개를 갸웃해 보아도 와 닿는 것이 없었다. 청사는 고심하는 고도의 볼에 입술을 비비면서 조금은 가벼운 어투로 말을 덧붙였다.

"가끔 네가 초월적인 표정을 지으면 죽음의 냄새가 나거든."

죽음의 냄새라는 건 또 뭔지. 명계에 가면 맡을 수 있는 냄샌가 싶어서 눈을 굴리던 고도는 제 허리를 감싼 팔이 옷 속으로 들어오는 것을 보았다. 두루마기 사이로 청사의 손이 들어왔다. 고도는 납작한 배를 쓰다듬는 손길이 간지러워 죽음에 대한 생각을 잇지 못했다.

"이 못된 손을 보게."

작게 웃음을 터뜨리며 청사의 손을 말려 보려 했다. 청사는 고도의 목덜미와 귓불에 입을 맞췄다.

"시루떡 타령을 해서 그렇지, 고도, 네가 제일 따끈따끈한 떡 같아."

"고수레하기엔 내가 맛이 없단다."

"제일 맛있던데."

"허어."

"너무 달아서 내가 입을 떼지 못할까 봐 두려울 정도야."

"누누이 말하지만 나는 세상에서 제일 비싼 몸이다."

"그 값 어떻게 치르면 될까. 세상 금은보화를 다 가져다 주면 되나."

"엄청난 선언이구나."

"선언을 해서라도 네 마음을 품고 싶구나."

눈에 띄는 부근에는 순흔을 남기고, 고도의 배와 옆구리를 간질였다. 의도적으로 유두를 만지거나 꼬집기도 했다. 고도는 제 몸 이곳저곳을 주물러 대는 청사를 가느다란 눈으로 쳐다봤다.

"네놈은 갈수록 대범해지고 있어. 이런 말도 스스럼없이 하건만, 행동도."

청사는 키득 웃으면서 고도의 볼에 입술을 꾹 눌렀다.

"하고 싶어."

"고삐 풀린 망아지 같긴."

"하고 싶어 죽겠어. 너만 보면 잠도 못 잘 지경이 됐어. 너 왜 이렇게 사랑스러운 거야?"

"네놈 눈에 콩깍지가 씌어서 그렇다."

"이건 눈 문제가 아닌걸. 너만 보면 여기가……."

청사가 고도의 허리를 자신 쪽으로 바싹 끌어당겼다. 몸이 밀착하면서 고도의 엉덩이에 청사의 바지 앞섶이 눌렸다. 고도는 움찔하고 어깨를 떨었다. 난처한 기색이 완연한데, 그 어색한 몸짓이 청사의 눈에는 사랑스럽기 그지없었다. 쪽쪽, 다시 한 번 목덜미를 깨물며 핥자 이번엔 어깨가 움츠러든다. 고도의 몸도 이런 접촉엔 많이 민감해지고 있었다.

"……자꾸 흥분해서 미치겠는데, 어떡하지."

귓불까지 빨개진 고도를 보면서, 덩달아 얼굴이 붉어진 청사는 고도의 허리를 잡고 있는 팔에서 힘을 풀었다. 바싹 닿아 있던 몸이 떨어져 나가자 아쉬우면서도 한편으로는 다행이라는 생각이 들었다. 계속 이렇게 붙어 있다간 자신이 고도를 어떻게 할지가 무서웠다. 지금 같은 기분이라면 고도의 맨몸을 안고, 눈이 젖을 때까지 강렬한 쾌감에 허리를 떨게 하고 싶었다. 청사의 생각을 눈치챈 고도는 눈을 마주치지 못했다.

"젊은 게 좋긴 좋구나."

"네 얼굴로 그런 말을 하면 지나가던 인간들이 웃어."

똑같이 젊은 남자의 얼굴을 가지고 있으면서 젊음에 대해 논하는 것이 우스워 보이리라. 청사는 저를 빤히 올려다보는 고도를 마주했다. 조금 전에 얼굴이 달아오르면서 눈가까지 붉어진 탓인지, 그 시선에 묘한 색이 묻어났다. 청사가 고개를 숙여 고도의 눈가에 입술을 눌렀다. 눈가의 촉촉함과 따뜻함이 입술에 닿는 기분이 좋아서 혀를 내밀어 눈가를 정성스레 핥았다. 몸에서 서서히 긴장이 풀리자, 고도는 눈을 감고 청사에게 몸을 맡겼다.

"내 몸이 좋다면 너 좋을 때 만지거라."

"진짜?"

"그렇게 넘치는 혈기를 몸에 쌓아만 두면 병이 생기지 않겠느냐."

"성교는 안 되고?"

"으으음. 그건 상황 봐서."

"아, 자꾸 시선 돌리는 거 봐."

"이런 게 익숙한 게냐, 너는."

"익숙이고 자시고, 내가 지금 눈에 뵈는 게 없어서 그렇다."

"무서운 말이로고."

"너밖에 안 보이는 걸 어쩌겠어."

고도 귀여워. 귀여워 미치겠어.

그런 말을 굳이 입 밖으로 내뱉지 않아도 발그레 물들인 얼굴로 안절부절못하는 청사를 보면 속마음이 훤히 보일 정도였다. 굳이 독심술까지 하지 않아도, 청사가 속으로 고도를 이렇게 굴리고 저렇게 굴려서 맛깔

난 시루떡을 한 입 두 입 세 입 연달아 먹는 것을 모를 리 없었다.

고도의 곤란한 표정에 흠뻑 빠진 청사는 냉큼 고도의 허리 뒤로 손을 돌렸다. 두 손에 함빡 잡히는 엉덩이를 쭈물거리자 고도는 퍽 난감한 얼굴로 눈을 한곳에 두지 못했다. 야밤에 산속에서 토끼사냥을 하면 제일 먼저 그것들의 엉덩이가 눈에 들어왔다. 토실토실한 게 먹음직스럽기 그지없었다. 고도의 엉덩이가 꼭 토끼의 그것과 같았다. 만지는 것만으로는 부족하여 날카로운 이로 한 입 베어 물고 싶었다.

청사는 고도의 목과 쇄골에 고개를 숙였다. 쪽쪽거리는 소리와 함께 엉덩이를 쪼물딱거리는 감각이 부끄러워 고도는 다시 한 번 얼굴을 붉혔다. 끙 소릴 내면서 한 손으로 얼굴을 가리는 것이 누가 이 남세스러운 짓을 볼까 걱정하는 것이 다분했다. 고도의 쇄골을 한 입 깨물 듯이 입을 벌린 청사가 속삭였다.

"고도, 나 그 말 또 듣고 싶어. 또 해줘."

어린애 같은 부탁에 고도가 도망가려는 기색을 보인다. 청사가 냉큼 고도를 더 세게 끌어안으니 어느새 중심을 잃은 두 남자는 바닥으로 넘어지고 말았다. 고도는 해변의 거친 모래입자에 뒤통수를 꿍 박고 눈앞에서 별을 보았다. 정신을 차렸을 땐 눈앞에서 튀기는 별들의 잔치보다도 더 예쁘고 화려한 청사의 얼굴이 보였다. 청사가 넘어진 고도의 위에 올라타서 고도의 얼굴을 만지고 있었다. 청사의 머리카락과 옷자락이 해풍에 흔들리는 모습이 한 폭의 그림이라. 고도는 멍하니 청사를 올려다보다가 이내 두 팔을 뻗었다. 청사의 목을 부드럽게 감싼 팔에 힘이 들어가고 청사는 그 힘을 따라서 고개를 숙였다. 둘의 입술이 어긋나듯이 겹쳤다.

"사랑한다."

청사는 손바닥에 모래알이 박혀도 아랑곳하지 않았다. 아래 누운 고도의 이마에 입을 맞추었다. 갈매기들이 하얀 해변을 푸르게 물들인 청사의 도포 자락 위에서 낮게 날아다녔다.

"고도야, 고도야아아. 이 도사가 어디 갔누!"

저 멀리서 들리는 꽝철이 울음소리에 고도와 청사가 어시장을 바라봤다. 꽝철이는 길을 잃은 어린아이처럼 주변을 둘레둘레 쳐다보며 고도를 찾고 있었다. 이 추운 날 솜옷 하나 걸치지 않은 꽝철이는 북적거리는 사람들 속에서도 눈에 띄었다. 고도를 찾으면서도 여전히 생선들에 홀려서 펄떡이는 것을 구경하는 것이, 고도에게서 떨어진 절박함 따윈 찾아볼 수 없었다. 그 모습을 구경하던 고도가 흐응 하고 목 뒤를 울렸다.

버리고 가버릴까 보다. 그럼 울며불며 쫓아오려나, 마음 상했다고 한산뫼로 돌아가려나.

고도는 장난스럽게 고민을 하다가 또다시 고도의 이름을 높게 부르는 꽝철이가 불쌍하여 그만두었다.

"이리 오너라."

고도의 목소리를 듣고 꽝철이가 쫑긋 귀를 세웠다. 물고기 구경을 마친 그는 말 잘 듣는 똥강아지처럼 고도를 쫓아왔다. 쫄래쫄래 쫓아온 꽝철이를 데리고 고도는 어시장을 가로지르려다 멈칫했다. 길 끝을 멀거니 바라보던 고도가 무슨 생각이 들었는지, 바로 옆에서 과메기 한 소쿠리를 펼쳐놓고 파는 청년에게 물었다.

"말 좀 묻겠소. 며칠 머물 객정을 찾고 있는데 혹 아는 곳이 있소?"

말린 청어 냄새에 마을 사는 들고양이들이 죄다 몰려 눈알을 데굴데굴 굴리고 있었다. 청년은 그런 고양이들을 내쫓을 생각도 않고 고도를 올려다보았다. 고기 기름으로 반질거리는 손으로 코 밑을 닦아 낸 청년이 사람 좋게 웃으며 대답하길.

"내가 객정을 운영하는데 어떻소?"

역시 잘되는 사람은 뒤로 나자빠져도 코가 깨지는 법이라. 고도는 옳다구나 무릎을 치며 좋아했다.

"안내해 주는 게 어떻겠소. 그 맛난 과메기들도 한 접시 대접받고 싶은데."

"안 그래도 장사를 접을 참이었습니다. 같이 가십시다."

실은 객정을 찾기보다 과메기로 배를 불리고 싶어 하는 고도 심산을 청사가 모를쏘냐. 과메기 비린 살에서 눈을 떼지 못하는 고도를 보면서 청사는 마냥 귀엽다고 얼굴을 붉혔다. 여정이 목적에서 또 한 발 빗겨나 삐끗해도 이젠 말릴 사람이 없는 게 문제였다. 예전 같으면 미호가 캥캥거리고 청사가 그 울부짖음에 한 술 거들었겠으나, 이제 청사에게 그런 엄숙한 판단을 바라기엔 그른 듯 보였다.

고도와 청사는 손을 꼭 붙잡고 과메기 장사를 정리한 청년 뒤를 쫓았다. 가는 길이 어슥했다. 그것이 문제라곤 생각하지 않았기에 객정이 어디에 있는지도 묻지 않았다. 어시장 근처겠거니 별 의심 없이 과메기 상인을 따라갔다가 뒤늦게 낭패를 보고 말았다.

객정은 어촌 구석에 자리 잡은 흉가였다. 마을 중심부까지 나오기 어려울 정도로 오진 바닷가의 초가집이었다. 초가지붕은 두꺼운 밧줄을 바둑판 모양으로 엮어서 거센 바닷바람에 버티는 게 고작이었다. 벽과 기둥은 마모되고 휘어 있었다. 대들보는 무너지기 직전이었다. 밤중에 자다 보면 바람 소리가 귀신 흐느낌으로 들릴 판이다. 여객들을 전문적으로 받는 집도 아니고 남는 방을 내어 주는 것에 불과했다. 아무리 과메기가 맛있다 해도 이런 집에 머물긴 어렵지 않겠나.

"아무래도 우린 다른 데 가봐야겠소."

고도가 그 말을 하길 기다렸다는 듯, 객정을 보고 영 표정이 좋지 않던 청사와 꽝철이의 얼굴에 화색이 돈다. 상인은 당황하여 고도의 돌아서는 길을 막았다.

"하루만 머물다 가지 않겠소?"

"흐음. 그다지 내키지가 않는군."

"과메기는 공짜로 양껏 잡술 수 있게 해주겠소. 방 값만 내면 되오."

공짜란 동서고금을 막론하고 구미를 당기는 것인지라, 고도는 혹한 얼굴로 다시금 객정을 바라봤다. 쓰러질 것처럼 위태로운 초가집이 다시 보니 아기자기한 맛도 있는 것 같다. 평생 눌러 살 것도 아니다. 하룻밤이면 된다. 식비 지출을 줄일 수 있다는데 하루 머무는 게 대수일까.

"좋소."

"고도오오."

청사의 불만과 꽝철이의 짜증을 뒤로한 채 고도는 발랄한 걸음걸이로 상인을 따랐다. 과메기과메기 노래를 부르는 고도를 보면서 청사와 꽝철이는 혀를 찼다. 고도가 흥가로 보이는 마당에 들어서자 부엌에서 사람 소리를 들은 여인이 빼꼼히 고개를 내밀었다. 후덕하고 수수한 인상의 여자였다. 살집이 많아서 둔해 보이긴 하나, 키가 크지 않아서 그 덩치가 위협적으로 보이진 않았다. 딱 몸에 채운 살집만큼 유복한 정을 가진 듯 보였다.

"어머나, 이게 무슨 일이래. 이리도 많은 분들이 한 번에 모이는 게 얼마 만인지."

가난한 양민의 아내는 남루한 옷을 입고 있지만 제 가난을 부끄러워하거나 한탄하지 않았다. 없으면 없는 대로 사는 것이 나쁘지 않은지, 무너져 가는 집에서 나오는 얼굴은 밝고 구김살이 없었다.

고도는 여인에게서 시선을 떼지 못했다. 얼굴 가득 퍼지는 함초롬한 미소가 아름다웠다. 그렇게 곱고 다정한 미소를 고도는 근래 들어 본 적이 없었다. 객으로 온 고도 일행이 아닌, 제 서방을 맞이하는 살가운 미소라. 그 미소는 고도에게 익숙했다. 자신이 아는 누군가를 닮은 웃음이다.

"내가 없는 동안 별일 없었소?"

"별일은요. 언제나처럼 편안했답니다. 한데 이분들은 누구신지요."

버선발로 다가온 여인에게 과메기 상인이 부드럽게 미소 지었다.

"아, 소개가 늦었구려. 이 집에 머무를 손들을 모시고 왔소."

남자는 우두커니 서서 여인을 쳐다보던 고도 일행을 손짓했다. 세 남자를 차례로 살펴본 여인은 만면 가득 화색을 꽃피웠다. 그네 서방을 대할 때와는 또 다른 미소에 고도의 표정은 이전보다 더욱 어수선해졌다. 여인에게서 눈을 떼지 못하면서 그녀가 고개를 숙여 인사하는 하얀 가마를 안쓰럽게 바라봤다. 그 눈빛은 몹시도 미묘했던지라 여인은 물론, 그녀의 서방과 청사조차 눈치채지 못했다.

"어머, 오랜만의 여객이시네요. 어서 오세요. 누추하지만 머무는 동안 불편하지 않도록 정성을 다하겠습니다. 출출하실 텐데, 먹을 것을 준비해 드릴까요?"

고도는 쓰게 웃었다.

"날카로운 향수로구나."

"예?"

고도의 난데없는 대답을 듣고 여인은 어리둥절함에 고개를 갸웃했다. 별안간 그리운 감정(향수鄕愁)을 언급한 것도 영 뜬금없건만, 그 아련함을 날카롭다며 부정적으로 표현한 것에 여인이 무슨 문제가 있는가 하여 걱정하는 기색이었다. 혹 여독이 풀리지 않아 피곤함에 그런 말을 쓴 것은 아닐지. 여인은 고도의 얼굴을 살피곤 조심스럽게 말했다.

"피곤하시면 방부터 내드리겠습니다."

"방은 되었으니 과메기를 준비해 달라. 그것 때문에 여기 온 것이다."

"아, 그럼 바로 준비해 드리겠습니다."

대답은 그리 하면서도 여인은 부엌에 들어가길 망설였다. 고도의 표정을 보니 영 마음이 불편했다. 유독 여인 자신을 쓰게 쳐다보는 시선에 눈길이 갔다. 고도가 말한 날카로운 향수란 것이 고향에 대한 그리움이 아니라, 어떠한 여자에 대한 그리움이 아닐는지.

여인은 고도를 몇 번 돌아보다가 이내 객정 안주인의 본분을 다하기 위해서 부엌으로 들어갔다. 없는 살림을 이것저것 꺼내 손님에게 내줄 상을 준비하는 소리가 부산스럽다. 고도가 부엌 안쪽을 빤히 쳐다보는 사이에 남자가 걸레를 들고 사랑방으로 먼저 들어갔다. 오랫동안 쓰지 않은 방의 먼지를 닦고 부족한 이불을 꺼내어 세 남자가 머물 만한 구색을 그럭저럭 갖추니, 처음 볼 땐 머쓱하게만 웃던 객정 주인이 이젠 제법 자신감이 붙어서 고도 일행을 안내했다.

"마당에서 잡수시는 것보단 따뜻한 방에서 편히 드시는 게 나을 듯합니다. 땔감이 얼마 없어서 온돌을 데워 드리지 못할 것 같습니다. 대신 몸을 녹일 화롯불을 준비해 드리겠으니 너무 서운해하진 마세요."

남자는 불씨가 설익어 있는 화롯불과 함께 어포 꾸러미를 방 안으로 밀어 넣었다. 갖추어진 것이 얼마 없어 손들을 불편하게 여기는 것이 못내 마음에 걸린 모양이다. 말린 어포라도 양껏 잡수라고 배려한 뒤에 문을 닫고 나갔다. 산속에서만 자랐던 꽝철인 생선을 말린 음식이 신기하여 먹지도 않고 이리저리 돌려 보느라 바빴다. 어시장에서도 물고기에 시선을 빼앗기더만, 이젠 방망이질해서 납작하게 말린 어포에 관심을 쏟았다. 그러다 덥석 한 입 베어 물고는 맛있다며 자지러진다.

"아이고야! 이 비린향이 일품이다!"

고도는 재롱잔치와도 같은 꽝철이의 모습을 지켜보기만 할 뿐, 어포에는 손을 대지 않았다. 딱히 음식에 욕심이 없는 청사 역시 비린내가 진동하는 어포들에 관심을 주지 않았다. 고도가 죽통과 검을 풀어 품에 안고는 벽에 기대어 앉자 청사가 그 옆으로 다가왔다.

저녁이 아니라서 화롯불의 운치는 덜하지만, 은은한 숯의 불씨가 고도의 검은 옷자락에서 춤을 추었다. 청사는 고도의 손을 얌전히 잡고는 주무르듯이 만져 주었다. 고도가 힐끔 손을 보고는 눈을 감았다. 생각에 잠긴 얼굴을 청사가 가만히 바라봤다. 한참 동안 손을 만지작거리며 고도의 표정을 살피던 청사는 꽝철이에겐 닿지 않는 조용한 목소리로 물었다.

"안색이 안 좋아. 왜 그래?"

"오랜만에 바다에 오니 잡생각이 나서 그렇다. 너무 신경 쓰지 마라."

청사는 고도의 기분이 바다 때문은 아니라고 직감적으로 눈치챘다. 바다 탓이었으면 어시장 근처에서부터 기분이 안 좋아야 했다. 객정에 오고 나서 뒤늦게 마음이 싱숭생숭해졌다니, 청사 귀에는 핑계거리로만 들렸다. 같이 보낸 시간이 얼만데 그러한 작은 심경 변화를 모르겠는가. 그래도 청사는 고도의 속마음을 캐묻는 대신 그에게 장단을 맞춰 줬다.

"그 잡생각들이 안 좋은 생각들인가 보다."

눈치 빠른 청사의 대응에 고도가 감은 눈을 떴다. 청사를 한참동안 바라봤다. 절로 눈이 가늘어지고 흐음 하는 목울음 소리도 났다.

"너 이 녀석, 이젠 내 기분이나 생각까지 파고드네."

"너랑 같이 지낸 날이 얼만데 이 정도야 당연하지."

"이러다가 나를 전부 다 파악하려 들 것 같구나."

"한번 파고들어 볼까? 네 잡생각이 딱히 좋은 추억들이 아닌 모양이야. 맞지?"

"언제 독심술을 배웠을꼬."

"무슨 추억인지 물어봐도 돼?"

고도는 대답 대신 고개를 모로 숙였다. 다시금 목 너머에서 흐음 하고 비음 비슷한 소리가 울리기도 했다. 청사가 긴장된 얼굴로 "대답하기 싫으면 안 해도 되고."라 말하지만, 궁금해서 잠이 안 올 것 같은 표정으로 아닌 척 구는 것이 재밌었다. 고도는 청사의 걱정 어린 표정과 살가운 표현들 그리고 시시때때로 맨살을 만지고 입을 맞추는 행위에 길든 자신이 놀라우면서도 행복했다. 청사는 어떤 기분일지 몰라도, 고도는 혼자만 속으로 삭이던 모든 것을 이젠 청사와도 나눌 수 있다는 사실이 좋았다. 예전 같으면 아무것도 아니라는 둥, 넌 신경 쓰지 말라는 둥으로 대답을 피했겠지만, 이젠 그럴 필요도 없다. 우연히 만났던 기린이나 스승의 말처럼 상대와 마음을 나누면 이렇게 기분이 편해지는 것을 배우지 않았나.

"그럼 어디 한번 내 옛이야기 들어 보겠느냐."

청사가 만면에 화색을 띠웠다.

"뭔데 뭔데?"

"도사질을 하기 전에 나는 극히 평범한 인간이었지."

"잘 상상이 안 가네. 어떤 집안의 자제였어?"

"그런 좋은 혈통은 아니었다. 나는 어부의 자식이라서 바다를 친구 삼아 살았다."

"어부라. 네가 배를 타고 고기를 잡았단 말이지."

"직접 배를 띄운 적은 없었다. 물잡이를 하기 전에 도사로서 여기저기 사고를 치고 다녔거든."

"그럼 바닷가에서 살았던 추억에 별 감흥이 없겠구나."

"그것도 아니더구나. 나는 바다를 좋아한 편이었다. 그 바다란 놈에게 썩 많은 정을 주기도 했어. 하나, 그놈은 나와 같은 마음을 되돌려주지 않더구나. 내게서 많은 걸 가져가는 욕심만 부렸거든."

"어떤 걸 가져갔는데?"

"날 낳고 길러 준 부모님. 혼인했던 부인과 하나뿐이었던 딸. 가족들은 전부 바다에서 죽었어."

비극을 비극적으로 얘기하지 않는 고도 때문에 청사의 표정은 오묘해졌다. 가장 가까운 이들이 죽었다는 말을 덤덤하게 내뱉는 고도가 오히려 안쓰러웠다.

"……미안해. 그런 얘긴 줄 알았으면 묻지 않는 건데."

"괜찮다. 이젠 하도 오래전의 일이라 별 느낌이 없구나. 오늘은 오랜만에 바다를 봐서 심란하긴 하다만."

대화가 미묘해지면서, 청사는 고도의 이야기에 더 파고들지 말지를 고민할 때였다.

"상을 차려 왔습니다. 들어가도 되겠습니까."

문밖에서 객정 안주인의 목소리가 들렸다. 그녀의 밝은 목소리가 묘하게 가라앉아 있던 고도와 청사의 분위기를 밝혔다. 어포를 뜯던 꽝철이가 신나게 대답하는 것도 한몫 했다.

"어서 들어와라!"

안주인이 문을 열었다. 멀리서 들려오던 파도 소리가 방 안까지 들어오며 푸짐하게 차린 과메기 음식 한 상이 뒤따랐다. 남자가 먼저 놓고 간 질화로보다 세 배는 더 큰 무쇠 화로가 사랑방 가운데를 떡하니 차지했다. 안주인은 불씨가 살아 있는 숯 위에 은행나무 장작을 올려서 불길을 키웠다. 부삽으로 불씨를 다독이던 안주인은 은은하게 달군 화롯불에 과메기를 올려놓고 생선을 싸먹을 미역과 다시마를 내려놓았다. 꽝철이가 냉큼 젓가락을 들고 달려들었다.

"다 드시고 상을 마루에 내놓으시면 저희가 치우겠습니다. 맛있게 드시고 편히 쉬세요."

한 상 가득 푸짐한 먹을거리를 내려놓고 나간 여인이 마당에서 남편과 이야기를 하며 까르륵 웃는 소리가 들렸다. 춥다면서 서로의 손을 잡아주고 비비는 정다운 행위가 닫힌 창호지 위에 어른거리는 그림자를 남겼다. 고도는 쌈을 입에 밀어 넣으면서 창호지에서 눈을 떼지 못했다. 맛있는 음식으로 충만하게 채웠던 마음이 텅 비는 기분이었다. 배는 불러오는데 마음은 허전하여 얼굴에서 표정이 무너졌다. 결국 젓가락으로 고기를 몇 점 집어 먹고는 상에서 물러났다. 청사가 그런 고도를 걱정 어린 눈으로 바라보며 물었다.

"고도. 정말 괜찮은 거야?"

고도는 청사가 일일이 자신을 신경 써주는 게 신기하고 고마워서 웃고 말았다. 이거 참, 이젠 청사를 속이는 게 쉽지 않구나, 예전 같으면 농조나 던지면서 너스레를 떨었을 텐데, 그런 작위적인 몸짓을 꿰뚫어보질 않나.

"괜찮다. 너무 걱정하지 마라. 내 지금 마음이 어수선해서 갈피를 잘못 잡겠다. 하룻밤 자고 나면 나을 일이니 어서 밥 먹어라."

"진짜 괜찮은 거 맞아?"

"그래. 걱정하지 말고 먹어라."

고도는 벽을 보고 누웠다. 청사는 등밖에 보이지 않는 고도를 보며 눈살을 찌푸렸다. 과메기 때문에 이런 허름한 객정에 왔는데, 정작 음식을 먹고 싶었던 이는 입맛이 없어서 벽으로 쑥 꺼질 듯이 기운이 없어 보인다. 바다만 보고 향수에 젖을 일이었으면, 어시장 근처 해변에서 이미 울적했어야 하거늘. 객정에 오고 나서야 힘이 빠진 점이 청사의 마음에 걸렸다.

"고도."

청사가 젓가락을 내려놓고 고도의 등 뒤에 앉았다. 꽝철이에게서 숨넘어가는 소리가 들린다. 제발 둘이 그만했으면 좋겠다는 무언의 눈빛을 받았다. 애정 행각도 정도껏 하라는 경고성 눈빛이다. 청사는 그런 꽝철이 사정까지 돌봐 줄 겨를이 없었다. 고도를 다독여 주는 것만으로도 온 정신을 쏟고 있었으니.

"안 먹을 거면 나 혼자 먹는다!"

꽝철이는 무쇠 화로와 상을 들고 문밖으로 나갔다. 마당을 쓸던 주인 남자가 깜짝 놀라 사정을 묻자, "아, 몰라!"라는 신경질적인 대답이 사랑방까지 새들어왔다. 고도는 꽝철이가 닫고 나간 문을 보다가 청사에게 물었다.

"우리가 너무 무신경하게 굴고 있는 건가."

청사는 고도의 머리를 쓸어 넘겨줬다.

"신경 쓰지 마. 쟤도 정말 싫으면 뭐라 한마디 했겠지. 그냥 질투 나서 나간 거 같은데 뭐."

"음. 질투 같지는 않다만."

"인제 와서 신경 써줘 봤자 저 이무기 성격에 두드러기만 날 거 같다. 내버려 둬. 나는 네가 더 신경 쓰인다. 무슨 생각이 자꾸 떠올라서 밥도 잘 안 먹는 거야."

"별거 없는데……."

고도가 말을 흐리자 어색한 침묵이 맴돌았다. 고도가 무엇을 말하길 망설이는지 모르기에 청사는 한 번 더 물어봤다.

"정말 바다를 보고 이상한 생각이 든 거야? 아니지?"

고도는 대답 대신 눈동자만 데굴데굴 굴렸다. 자신도 머리가 복잡하여 기분이 왔다 갔다 하거늘, 뭐라 속 시원히 얘기해야 하는지도 도통 모르는 얼굴이었다. 그래도 청사에게 숨기거나 속이려고 하진 않았다.

"객정 안주인이 내 옛 부인을 닮아서 심란한 듯하다."

그 말에 청사는 눈을 휘둥그레 떴다. 당황한 청색 눈동자가 가느다랗게 좁아지면서 인간의 동공과는 다른 모양으로 변하기도 했다. 부인이 저렇게 생겼단 말인가. 바다에 가족을 잃을 때도 덤덤하게 말했으면서, 그건 일부러 그렇게 보이려는 척한 것일까. 죽은 사람을 떠올리는 고도에게 그 어떤 위로의 말도, 공감 어린 말도 할 수가 없었다. 이미 죽어 버린 사람을 질투할 수도 없는 노릇이다. 청사가 아는척을 할 수 없는 복잡한 사연이 고도와 죽은 처 사이에 존재했다. 청사의 큰형인 동해 용왕과 연관된 복잡한 사연이. 그러니 여기서 더 파고들면 청사 스스로 무덤을 파는 일이 될 것이다. 청사는 고도의 머리카락에 고개를 묻었다. 허리를 둥그렇게 말고 고도의 머리통을 끌어안으니 두 팔로 가둔 세상에 고도와 청사 그리고 어둠만이 남았다.

고도는 청사의 팔 사이로 보이는 닫힌 문을 바라봤다. 상을 깨끗이 비운 꽝철이가 주변을 둘러보다가 어딘가로 사라지는 그림자를 응시하기도 하고, 주인 부부가 고도 일행이 먹은 상을 치우면서 웃는 소리에 귀를 기울이기도 했다. 그럴수록 마음이 불편한지 청사의 다리에 얼굴을 더 깊이 묻었다. 바깥에서 아무 소리도 들리지 않자 고도는 혼잣말로 중얼거렸다.

"미안하다."

무엇이 미안한지 모르는 청사는 그 목소리에 실린 안타까움만 눈치챌 수 있을 뿐이었다. 청사가 손을 뻗었다. 그는 고도에게 해주던 무릎베개를 치우고 방 한편에 곱게 개어져 있던 이불을 끌어왔다. 고도의 머리끝까지 이불을 뒤집어씌운 청사가 그 속으로 파고들었다. 고도가 눈을 크게 떴다.

"대롱이, 너 이 녀석, 뭐하는 게냐."

당혹스러운 목소리로 청사를 불러도, 그는 이불을 목까지 끌어 올려서 품에 고도를 꼭 끌어안기만 했다. 고도의 반듯한 이마에 입술을 찍으면서 한 손은 고도의 허리를, 다른 한 손은 엉덩이를 만졌다. 간혹 엉덩이를 만지는 손길이 사타구니까지 밀려 내려와 조금 이상한 감각을 남기는 바람에 고도는 저도 모르게 긴장하고 말았다.

청사는 도포를 벗고, 안에 입은 저고리 고름도 풀었다. 고도의 두루마기를 직접 벗긴 청사는 맨살로 고도를 품었다. 춥다고 느껴졌던 것이 바로 전이었는데, 어느새 후덥지근한 열기가 고도의 심장을 들뜨게 했다. 청사는 고개를 숙여 고도의 가슴을 핥았다. 추위에 뾰족하게 선 유두를 깨물자 고도의 허리가 뻣뻣해졌다.

청사의 다리가 고도의 다리 사이를 파고들면서 네 다리가 이불 밑에서 어지럽게 엉켰다. 청사가 허벅지로 고도의 사타구니를 문지르면서 가슴을 빨자 고도는 연방 문밖의 동태를 살피다가 몇 번씩 흠칫하며 몸을 움츠렸다. 좁은 방 안에 청사가 가슴을 빠는 소리만 가득했다.

고도가 이상한 기분에 사로잡혀 몸을 뒤로 뺄 때마다 청사가 따라붙었다. 어느새 고도는 등 뒤에 벽을, 앞에는 청사를 두고 사이에 갇히고 말았다. 청사는 고도의 다리 사이를 살살 쓰다듬으면서 유두를 이로 살짝 깨물었다. 고도가 짧은 신음을 뱉었다. 청사가 힐끔 눈만 들어 쳐다보니 고도가 묘한 표정으로 저를 보고 있었다. 숨결은 거칠고 눈가도 젖어들어 흐트러진 모습과 어울렸다.

"네가 나 말고 다른 생각 못하도록 해야겠어."

짓궂게 미소 짓는 청사를 나무라지도 못 하고, 고도는 그를 끌어안고 입을 맞췄다. 고도가 먼저 청사의 입을 벌리게 하고 혀를 밀어 넣자, 청사가 기다렸다는 듯 그 입맞춤에 응했다. 둘의 입술이 서로 핥고 끌어당겼다. 고개를 틀어가며 몇 차례고 입술을 비비는 사이에 청사는 바지를 벗었다.

"엉덩이 들어 볼래."

고도가 순순히 청사의 부탁을 들어주자 둘 사이를 가리고 있던 옷가지가 전부 바닥으로 던져졌다. 청사는 고도를 똑바로 눕히고 그 위에 몸을 포갰다. 단단한 팔이 고도의 머리를 감쌌다. 청사는 고도의 머리카락을 뒤로 넘겨 주면서 속삭였다.

"고도. 동해에 도착했잖아. 네 여정의 끝이 동해라는 말을 했는데, 이제 얼마 남지 않은 거지?"

"그래. 아마 며칠 안 걸릴 거야."

"그럼 있지, 네 할 일이 다 끝나면……."

뒷말을 흐린 청사는 조금씩 얼굴을 붉혔다. 발그레한 홍조를 띠고 눈을 살짝 내리감는 것이 어떤 부끄러운 생각을 한 듯했다.

"……아니, 아니다."

청사는 파드득 고개를 숙였다. 제가 무슨 생각을 했는지 들키기 싫어서 고도에게 먼저 입을 맞췄다. 고도의 단정한 머리카락을 잔뜩 헝클어트린 팔은 고도의 어깨와 옆구리, 가슴을 쓸어 만졌고, 하체는 밑에 누워 있는 고도의 몸 위에 비벼졌다. 고도는 온몸을 부드럽게 애무해 주는 손길에 고개를 뒤로 젖히며 가빠진 숨을 뱉었다. 하체가 뜨겁게 달아오를수록 고도의 숨결 역시 뜨거워졌다. 청사가 팔을 내려 고도의 다리 한쪽을 제 허리에 감도록 하자 고도가 비로소 숨을 고르고 묻는다.

"넣으려는 건 아니겠지."

청사는 넣는 것보단 네 밑을 입으로 빨고 싶다 대답하고 싶었다. 앞과 뒤를 빨면 고도가 어떤 식으로 몸을 뒤틀면서 헐떡일지, 상상처럼 그렇게 음란한 모습으로 몸부림칠지 궁금했다. 그 발칙한 상상이 결국 청사의 입으로 적나라한 부탁을 하게 했다.

"빨고 싶어."

고도는 그 말을 이해하지 못하고 두 눈만 멀뚱히 떴다. 순진한 반응이 귀엽다. 청사는 손을 내려 고도의 항문을 만졌다. 두 번밖에 경험이 없어서 아직 그러한 행위가 미숙한 고도다. 처음에는 어디를 어떻게 빨겠다는 건지 못 알아듣고 멀거니 쳐다보더니만 청사가 손끝으로 두드리는 부분을 알자 얼굴이 화르르 붉어졌다. 고도는 팔꿈치로 몸을 지탱해 뒤로 빼보려 했다. 청사는 어색함에 어쩔 줄을 몰라 하는 고도를 보며 짙은 색을 띠는 눈을 피하지 않았다.

"여기, 빨고 싶어."

"내일 내 얼굴 볼 생각 하지 마라."

"생각처럼 그렇게 나쁘지 않을 거야. 내가 장담할게."

"그런 거 말고 조금 담백하게는 안 되겠어?"

"이것도 충분히 담백하다고 생각하는데?"

청사는 반쯤 기립한 성기로 치골을 쿡쿡 쑤셨다. 음모에 비벼지고 성기끼리 비벼지는 것이 이불 속 사정임에도 눈앞에 그 장면이 훤히 그려지는 것만 같았다. 고도는 하체에서 욱신거리며 올라오는 자극에 신음을 참았다. 청호림에서 느꼈던 열락이 생각났다. 무섭고 괴로운 느낌도 없지 않았지만 청사의 움직임에 머릿속이 새하얗게 날아가고서는 정신도 차리지 못할 만큼 좋았던 기억이다. 지조 없이 행동한 것 같아 부끄럽기도 했다. 아무리 강렬한 성욕과 쾌락이라도 의연하게 대처할 줄 알아야 하건만 어째선지 청사를 상대할 때면 예禮를 차리지 못한다.

이번에도 역시 머리로는 자제해야 한다면서도 아랫배에는 열이 몰렸다. 먼저 다리를 벌리고 청사를 품에 안을 것만 같았다. 고도는 허벅지 안쪽이 떨리는 걸 애써 외면하고는 청사의 등 뒤로 팔을 둘렀다. 엎드려서 고도를 내려다보고 있던 청사의 몸이 아래로 잡아당겨졌다.

자극을 주던 하체가 밀착하자 청사가 길게 숨을 토했다. 청사가 고도의 다리를 벌리고 그 사이를 손가락으로 찔러 넣으려 할 때였다. 고도가 청사의 두 손을 잡아 자신을 끌어안게 했다. 바싹 밀착된 하체를 고도 쪽에서 먼저 꾹 누르며 몸이 떨어지지 못하도록 했다. 청사가 흥분하여 달려들려고 하자 고도는 청사의 허리와 엉덩이를 손바닥으로 눌러 움직이지 못하게 했다.

"자자."

그 소리에 청사가 경악했다.

"뭐라고?"

"그만 자자."

"이러고 잠이 와?"

청사가 엉덩이를 들썩이자 고도가 그의 엉덩뼈를 손으로 꽉 눌렀다. 청사는 부푼 성기가 압박당하는 기분에 짧게 신음을 흘렸다. 황당해하는 자신에게 고도가 입을 맞추며 부탁했다.

"오늘은 기분이 나지 않는구나. 다음에 널 받아 줄 테니 오늘은 널 끌어안고 자고 싶다."

"……고도."

아무리 그래도 그렇지, 이렇게 하고 그냥 자는 건 고문이나 다름없다. 청사가 끙끙거리며 고도에게 부탁하고 그의 다리 사이를 문지르며 자극했지만 고도는 그럴 때마다 청사의 귀를 깨물며 그만두도록 했다. 청사가 고도에게 입을 맞추고 가슴을 빨려고 했다. 고도는 그 움직임을 봉쇄하려는 것처럼 청사에게 빈틈을 주지 않을 만큼 밀착하여 안겼다.

청사는 고도가 먼저 품에 파고드는 것이 좋아서 미칠 지경이었지만, 그 이유가 정사하기 위함이 아니라 피하기 위함이라는 걸 알자 말로 설명할 수 없는 괴로움에 몸부림치게 되었다. 일각 정도 고도에게 열락을 꽃피우게 하려고 노력하던 청사는 결국 포기했다.

매몰찬 임은 벌써 눈을 감고 잠이 들었다. 고도는 규칙적인 숨을 쌔액 쌔액 뱉으면서 청사의 가슴팍에 얼굴을 묻고 단잠에 빠졌다. 어린아이처럼 순한 얼굴로 자는 모습이 어쩜 이리도 사랑스러운지, 청사는 화가 누그러져서 고도의 말랑말랑한 볼만 가지고 놀았다. 살이 부드러워 손가락에 감기는 감촉이 좋다. 입술로 꾹 누를 때마다 생각했지만, 고도의 살결은 남 보여 주기 아까울 정도로 부드럽고 곱다. 그래서 이렇게 홀랑 벗은 채로 잠이 든 모습이 청사에게는 고문이었다.

청사는 수그러들 줄 모르는 성기를 고도의 다리 사이에 끼우고 비볐다. 그것만으론 부족해서 손가락으로 뻑뻑한 항문을 벌리고 귀두 끝으로 쿡쿡 쑤셔도 보았다. 고도가 잠깐씩 눈을 떠서는 그러한 청사에게 입을 맞췄다. 졸음이 가득한 목소리로 중얼거렸다.

"하지 마."

그렇게 졸려 보이지만 않았어도 옛적에 고도의 다리를 벌리고 파고들었을 것이다. 흥분한 사내를 앞에 두고도 쌔근쌔근 잘만 자는 고도가 야속했다. 청사는 울상이 되어 고도를 타박하려다, 이내 얼굴을 내려다보고는 마음이 홀려서 쓴소리도 내뱉지 못했다. 청사는 울 듯한 얼굴로 고도를 끌어안았다. 이러고 자신은 잠도 못 잘 텐데, 그래도 끌어안고 있으니 그렇게 행복할 수가 없다. 그 모순 속에서 청사는 더없는 자괴감에 빠졌다. 청사의 입술이 잠든 고도의 이마에 닿았다. 깊은 한숨이 푹 내뱉어졌다.

"너 진짜 조련하는 것도 수준급이다."

서글픈 목소리가 차가운 방 안을 헛돌다 사라졌다. 고도를 보며 안절부절못하던 청사는 아랫도리 대신 고도의 입술만 물면서 쪽쪽 빠는 것으로 만족해야 했다.

청사는 마당에 힘없이 앉아 있었다. 아침에 해가 뜨고서야 짚신이 된 소를 들고 돌아온 꽝철이는 그런 청사를 보고 움찔, 거리를 두었다. 청사 얼굴이 꼭 죽은 사람처럼 보인다. 눈 밑은 새까맣고, 피부도 거칠다. 언제나 단정하게 묶는 머리카락도 귀신 산발처럼 풀어헤쳐져 있었다. 도포도 제대로 입지 않고 대충 어깨에 걸쳐 팔만 찔러 넣은 것이 불한당 같은 모습이다. 퀭한 눈은 넋을 놓고 바다만 쳐다보다가 꽝철이를 노려본다. 꽝철이는 눈싸움을 하자는 건가 싶어서 소리쳤다.

"나한테 뭔가 마음에 안 드는 게 있는 모양인데! 좋다! 싸우자!"

청사가 짓씹어 뱉듯이 말했다.

"너는 단순해서 좋겠다."

"뭐야!?"

"고도도 그러면 얼마나 좋아. 으윽, 야속한 놈."

대체 무슨 소린지. 둘이 무슨 일이 있었나. 주먹을 움켜쥐었던 꽝철이가 눈을 끔뻑이는 사이였다.

끼익, 문설주가 흔들리면서 문이 열렸다. 그 안에는 청사와 대조되게 상쾌한 얼굴의 고도가 있었다. 아직 잠이 덜 깬 듯 노곤한 표정이지만, 하품도 늘어지게 하는 것이 칼같이 날이 서 있는 청사와는 정반대의 분위기였다. 그런 고도를 쳐다보는 청사의 눈이 기묘하다. 원망스러운 것 같으면서도 고도가 사랑스러워서 뭘 어쩌지 못하는 눈이다. 눈치 없는 꽝철이만 고도에게 다가갔다.

"어젯밤에 무슨 일 있었냐?"

"음?"

고도가 기지개를 켜다 말고 꽝철이를 의아하게 바라본다.

"왜 그런 걸 묻느냐."

"아니, 저놈 상태가 영 안 좋아 보여서."

꽝철이의 턱짓에 따라 청사를 본 고도가 그만 웃음을 터뜨렸다. 청사가 입술을 삐쭉 내밀고 휙 고개를 돌렸다. 고도를 외면하는 몸짓이 토라져도 단단히 토라진 것 같다.

"젊은 게 좋기도 하고 나쁘기도 하구나."

무슨 소린지 감을 못 잡는 꽝철이는 어리둥절한 얼굴로 고도와 청사를 번갈아 바라봤다. 둘 사이에 무슨 일이 있던 건 확실한데, 캐묻기는 꺼려졌다. 청호림에서 장오가 질책을 한 것이 내내 마음에 걸린 탓이다. 굳이 알 필요가 없는 것을 꼬치꼬치 캐묻는 건 인간들의 예의에 어긋나는 행동이다.

"자."

꽝철인 들고 온 짚신을 고도에게 내밀었다. 고도는 소의 본체를 대번에 알아봤다.

"어젯밤에도 소의 뒤꽁무니 쫓아다녔나."

"아, 제길. 난들 이러고 싶어서 이러는 줄 알아."

고도가 소를 받아 들어서는 허리춤에 고정했다. 꽝철인 그런 고도 옆에 앉았다.

"고도, 난 그놈과 함께 한산뫼로 돌아가고 싶다."

허리춤에 새끼줄을 연결하여 단단하게 소를 묶던 고도가 고개를 들었다. 꽝철인 신경질적으로 머리를 벅벅 긁었다. 말하기 무안해하고 있다. 소를 데리고 갈 자격이 없다고 여겨서다.

"내 영토에 있는 그의 백성이 딱하다. 그들의 왕을 돌려주고 싶어. 그러려면 그 고집불통인 도깨비를 어떻게든 끌고가야하는데, 쉽지 않네."

도깨비는 태초에 물건에 깃든 신이한 존재를 뜻한다. 때론 구천을 떠도는 이매망량이나 혼령 등과 같은 취급을 받았지만, 엄밀히 말하면 인간이나 짐승 등 실체가 존재했다가 죽어서 귀신이 된 이들과, 실체 없이 혼만으로 살아가는 도깨비는 탯줄부터가 다른 셈이다.

신神은 인간의 믿음 아래서만 살 수 있다. 인간들이 제사를 지내고 무속을 지키려 할수록 신의 존재는 강해진다. 반면에 위령제도 지내지 않고 신령 된 존재를 배척하면 신은 그 힘을 잃고 자연스레 소멸한다. 도깨비들은 점차 사라지는 과도기에 놓여 있다. 인간들이 물건에 깃든 신보단 부처라는 절대자를 믿고, 공자와 맹자가 남긴 지성을 따르게 되면서 도깨비들이 설 자리가 점차 사라졌다.

십 년 전만 해도 여름날 밖에 나와 잠을 청하는 이들이 도깨비에게 홀려 마을을 돌아다니거나 나무랑 씨름하는 일이 왕왕 있었는데, 요즘은 이러한 풍경을 보기도 어렵다. 도깨비 자체를 거부하니 홀릴 일도 없는 것이다. 이 와중에 도깨비들을 결집할 왕은 사라졌으니, 급속하게 힘을 잃은 이들은 산으로 추방당하고 요괴들에게 잡아먹히기 일쑤다.

남의 종족이 유지되고 흥하는 바엔 관심이 없는 꽝철일지라도 하루 이틀, 백 년 오백 년, 인간에 의해 지하에 갇혀 살면서 그들과 많은 교감을 나누게 되었다. 굳이 번거로운 일을 자처해서라도 소를 데려가고 싶은 이유다.

"네게 도와달라 부탁하진 않겠다. 그저 소가 제 발로 백성의 지금 모습을 봤으면 한다. 직접 보면 마음이 달라질 거야."

데려가는 것이 최우선이다. 고도는 꽝철이의 의지를 이해하고 고개를 끄덕였다. 고집불통 도깨비의 똥고집을 꺾는 방법을 알려주기로 했다. 이대론 꽝철이도, 소도 서로 고집을 꺾지 않아 평행선만 달릴 모양새니, 승부를 봐서 한쪽이 포기하도록 하는 게 나을지도 모르겠다는 생각이었다.

"소와 씨름을 한판 해라."

그 말에 꽝철이가 고개를 갸웃했다.

"씨름? 대뜸 씨름이 무어냐?"

"씨름은 도깨비들이 가장 좋아하는 힘겨루기다. 요술방망이로 사람들 눈을 현혹하거나 감투를 써서 모습을 감춘 후에 집안을 난장판으로 만드는 것이 단순한 장난질이라면, 씨름은 도깨비 중에서도 특히 서열이 높은 것들이 자신의 힘을 과시하기 위해서 많이 쓰는 방법이지."

"좋은 생각 같지 않은데. 덩치가 산만 한 소하고 씨름은 어떻게 하라고."

"잡아 메치는 생각만 하느냐? 꼭 힘으로 이기란 법은 없을 텐데."

서로 허리춤을 잡고 자세를 낮추어 어깨에 힘을 준다고 해도, 본체가 짚신 한 짝인 소는 외발 도깨비다. 두 다리 멀쩡한 모습으로 다녀도 실상은 한쪽 다리가 없다. 그런 소의 다리를 거는 건 불가능하다. 그렇다고 들어 올려 넘어뜨리자니 그 커다란 덩치는 바닥에 박혀 꿈쩍도 안 할 듯싶다. 손해 보는 대결이다. 어차피 지는 힘겨루기를 뭣 하러 하나. 회의적으로 생각하는 꽝철이에게 고도가 자신이 할 수 있는 최선의 배려를 해주었다.

"소를 씨름으로 이긴다면, 그가 한사코 싫어해도 한산뫼로 끌고 갈 수 있지 않겠나."

"잠깐만. 소는 너와 죄업으로 얽혔다며 떨어지길 거절하고 있어."

"그건 나 혼자서 풀면 된다."

"그리 간단한 일이냐?"

"간단하진 않지만, 백성을 지키는 게 임금 된 도리 아니겠나. 나와 함께 여흥을 즐긴 것도 이만하면 됐다. 도깨비 왕도 슬슬 돌아가야지. 지진아가 고향에 돌아간 것처럼."

소는 둘이 해야 할 일을 어째서 고도 혼자 해결하냐며 반발할 테지만 씨름에서 진 도깨비는 말이 없다. 만약 꽝철이가 그를 넘어뜨린다면 그는 군말 없이 왕국으로 돌아가야 할 것이다. 소를 움직이는 방법이 씨름뿐이라면, 이기든 지든 하는 수밖에 없다.

"좋다. 씨름을 하겠다. 내가 지면 두 번 다시 그 도깨비를 보채지 않겠다. 나 혼자 한산뫼로 돌아가마. 내가 이기면 끌고 가고!"

"그렇지. 이왕이면 밧줄에 칭칭 감아 끌고 가거라."

"그래, 어떻게든 이겨 보마!"

"허면 내가 도움 하나 주지. 소의 오른쪽 허벅다리를 공략해라. 예전에 내 손에 다친 후 낫지 않은 부위다."

꽝철이는 눈을 끔뻑였다. 그의 시선에 의아함과 불신이 가득 섞여들었다.

"내게 왜 그런 약점을 알려 주는 거냐. 넌 소가 옆에 있는 게 좋지 않으냐."

"있으면 좋긴 하다. 하지만 그놈의 인생은 내 것이 아니지 않으냐. 녀석도 녀석에게 어울리는 곳으로 돌아가길 원한다. 내 핑계 대며 언제까지 쫓아올 셈이야."

꽝철이의 두 눈이 함지박만 해졌다. 이건 또 생각하지도 못한 사실이다. 고도와 소가 서로 아끼고 챙기는 마음이 극진하여 둘도 없는 지우라고 여겼다. 모종의 이유로 오랫동안 떨어져 지내지 못하고 붙어 다니게 되었다지만, 그 점을 둘 다 싫어하거나 거부하는 기색이 없었다. 그만큼 친한 사이라고 생각했는데 아니었나. 아니면 소가 돌아가는 것이 지우인 고도가 보기에 더 옳은 일이라 생각한 것일까. 어느 쪽이든 간에 고도의 마음은 꽝철이가 생각하던 것과 달랐다. 얼어붙은 꽝철이에게 어깨를 토닥여 준 고도가 말했다. 흘려가듯 가벼운 말투였다.

"나는 꺾지 못한 소의 고집을 네가 꺾으면 좋겠다. 한번 해보거라."

바닷사람들은 본디 물 시간에 맞춰서 배를 띄운다. 파도가 거세거나 바람에서 태풍의 기색을 느끼면 그물을 끌어 올리던 것도 즉시 중단하고 뭍으로 돌아온다. 오랜 바다 생활로 몸에 익은 직감은 아침 일찍 수평선에서 해가 떠오를 때, 그 햇무리를 보면서도 바다 날씨를 예측할 수 있도록 한다.

오늘이 그런 날이다. 떠오르는 해의 모양과 그 주변에 퍼져 있는 빛의 색깔이 거친 바람을 예고했다. 그물코를 손질하던 객정 주인은 몇 번 배를 띄워 보려다 결국 포기하고 집으로 돌아왔다. 간밤에 함께한 여객들이 사랑방 문을 열어 두고 부인이 차려 준 음식을 먹고 있었다. 눈이 마주쳐서 꾸벅 인사를 한 남자가 부인이 머무는 방으로 향했다. 바느질하고 있던 여인이 바다에 나가 빈손으로 되돌아온 남편을 보고 눈을 동그랗게 떴다.

"오늘은 고기 잡으러 안 가시나요?"

"배를 띄울 날이 아니더군. 어제 팔다 남은 고기를 어시장에서 마저 팔고 오는 게 좋겠소."

부인이 반짇고리와 천을 바닥에 내려놓고 일어났다. 남편이 먼저 부엌으로 가서 과메기나 어포 등 말린 생선 꾸러미를 챙기는 것을 도왔다. 비릿한 냄새를 맡은 꽝철이가 슬쩍 방문 밖으로 고개를 내밀었다. 남자가 머리 위에 인 보자기 속에서 어제 온종일 입에 넣고 씹었던 건어물 비린내가 풍겼다. 침까지 흘리면서 비린내에 환장하는 꽝철이 덕분에 고도와 청사도 밥을 먹던 숟가락을 내리고 바깥을 구경했다. 장에 물건을 내다 팔러 나가는 남편과 그런 남편을 대문까지 배웅해 주는 부인의 모습이 보였다.

"잘 다녀오세요."

서방의 무사귀환을 바라며 다소곳이 인사하니, 몇 걸음 나아가던 남자가 자리에 멈추어 섰다. 무언가를 놓고 간 게 생각났나 싶어서 쳐다보는 부인에게 남자가 등을 돌려 다시 다가왔다.

"부인도 같이 가지 않겠소."

그녀는 남편의 제안에 곤란한 표정이 되었다. 부인이 그런 표정을 짓는 일이 빈번했던 것처럼 남편의 얼굴에도 익숙한 쓸쓸함이 자리 잡았다. 그녀는 몹시도 죄책감 어린 표정으로 시선을 떨어뜨리더니 고개를 숙였다.

"다녀오세요. 저는 여기 남아 있겠습니다."

부인의 동그란 가마를 보던 남자가 한숨을 내쉬었다.

"언제쯤이면 마을에 나가 볼 생각이오."

"모르겠습니다."

"사람들과 어울리고 싶지 않소?"

"당분간은 그러고 싶지 않습니다."

"……알겠소. 다녀오리다."

남자는 몸을 돌려 마을로 난 샛길을 걸었다. 남편의 모습이 메마른 겨울나무 사이에 가려져 보이지 않을 때가 되어서야 비로소 여인은 한숨을 푹 내쉬었다. 여인은 한참이나 대문 앞에 서서 남편의 그림자까지 배웅한 끝에 집 안으로 돌아왔다. 어두운 낯빛으로 온 세상의 근심과 걱정을 다 끌어안은 듯 바닥만 내려다보던 여인은 집요한 눈길들을 보고 흠칫 놀라 어깨를 떨었다.

사랑방 손님들이 고개를 빠끔히 내밀고 저를 보고 있었다. 남편과 제가 나누는 이야기를 들었고, 또 그 속에 숨겨진 사연에 퍽 궁금해하면서도 예의를 차리고자 직접적으로 묻지는 못하는 얼굴이었다. 아니, 정확하겐 고도가 사람들 앞에 나서길 무서워하는 여인의 사연이 궁금해 죽을 것 같은 얼굴이었고 꽝철이와 청사가 그의 입을 막아서 망발을 내뱉지 못하게 하는 꼴이었다. 그녀는 얼굴이 화악 붉어져서 허리를 숙였다.

"죄송합니다. 못 볼 꼴을 보여 드렸네요."

종종걸음으로 안방에 들어가려던 여인을 고도가 불러 세웠다.

"어허, 가지 마라."

"아이고, 죄송합니다."

"미안할 게 그래 많아서 어찌 사나. 그렇게 답답한 얼굴로 내빼려 하지 말고 이리 와보게. 저 지겨운 바다 외엔 댁 이야기를 들어줄 귀가 없어서 내 친히 아량을 베푸니, 내게 한번 털어놔 봐라."

궁금한 사람은 아무리 봐도 여인이 아닌 고도 같다만. 고도가 엉덩이를 들썩이며 궁금해서 매달리면서 말은 그럴싸하게 했다.

"아, 아닙니다. 무슨 할 말이 있겠습니까."

"거짓말도 못하면서 입만 떼면 거짓말이 데구루루루루 굴러 나오니. 내 이 번쩍 열리는 귀로 들어준대도."

"아이고, 그 뜻이 아니오라."

"어서, 응?"

여인은 여객의 과도한 관심에 식은땀만 쩔쩔 흘렸다. 한낱 아녀자의 몸으로 남편이 아닌 외간 남자와 말을 섞는 것이 무서웠다. 객정을 본업으로 삼고 있지 않을뿐더러, 남녀를 구분하지 않고 사람을 대하는 데에 숫기가 없는 그녀였다. 이대로 안방을 향해 줄행랑을 쳐도 됐지만, 양손으로 귀를 잡고 눈을 반짝이는 고도를 보자 마음처럼 쉽게 발길을 돌리질 못했다. 이립도 안 되어 보이는 저 젊은 청년을 무슨 말벗 삼아 이런저런 얘기를 나누겠나. 그런 해괴망측한 꼴은 죽어도 보이기 싫지만, 고도가 풍기는 묘한 분위기 때문일까. 신선 같기도 하고, 도사 같기도 하며, 서책을 펴고 공부를 할 법한 서생 같기도 한, 젊은 외향과 달리 노인 같은 말투, 정갈한 목소리로 내뱉는 장난꾸러기 화법에 이상하게 마음이 동했다. 여인이 망설이다가 입술을 달싹였다.

"저기…… 정말로 실례가 아니라면 제 말벗이 되어 주실 수 있으십니까."

"물론이지. 내가 저 무심한 바다보다야 훨씬 맞장구를 잘 쳐줄 자신이 있다. 속 시원히 털어놓아 보거라."

고도는 여인의 얼굴을 멀거니 쳐다보면서 웃었다. 그 미소에 아련한 정 같은 게 묻어 나왔다. 여인은 그 미소를 보자 확신하게 되었다. 긴가민가해서 어젯밤에 고개를 갸웃했던 감정의 실체를 잡았다. 날카로운 향수라고 한 말, 역시 고향에 대한 그리움이 아닌 여인에 대한 그리움이었다. 고도는 한 여자에 대한 감정을 객정 안주인에게 투영하고 있었다. 일행들은 그 묘한 시선을 눈치채지 못했으나, 여자인 자신은 본능으로 알았다. 저러한 아련한 감정이라면 옛 정인이라도 되는 것 같다. 그 생각을 입 밖으로 꺼내지 않도록 조심하면서 여인은 눈길을 내렸다.

"그럼 한 번만 실례하겠습니다."

"그 실례 두 번 해도 된다. 무슨 사연일꼬."

"사연이랄 것까지 있겠습니까."

"허면 이유도 없이 마을을 싸돌아다니지 않는단 말인데. 이런 외딴 곳에서 물질 나간 서방만 기다리기엔 심히 적적하지 아니한가."

"하지만 마을에 나가면 이상한 얘기만 듣게 되어 여간 신경 쓰이는 게 아닌 걸요."

"이상한 얘기?"

"그러한 소문이 있습니다."

"무슨 소문이기에 마을에 나가지도 않고 여기 처박혀 있나?"

"그것이……."

"말하기 어려운가?"

"예에. 어떻게 말해야 할지 감도 안 잡힙니다."

"그렇게 속에만 쌓아 두기보단 시원하게 한번 말해 보는 것도 좋다. 안 그러면 속병을 앓게 된다. 병이 커지기 전에 어디라도 가서 속을 풀고 오거라. 마을이 어렵다면 뒷산도 괜찮지 않을까 싶은데."

"저도 그러려고 몇 번 노력했습니다만, 발길이 쉬이 떨어지지가 않습니다."

"으음, 왜지?"

"뒷산을 올라오는 사람들 사이에서도 소문이 적잖이 퍼져 있기 때문입니다. 어딜 가도 저는 소문에서 자유로울 수가 없네요."

그렇게 남들 눈을 의식하는 성격은 아닌 듯한데 사람들 입을 오가는 이야기에 집착하는 연유를 모르겠다. 의아하게 쳐다보는 고도에게 안주인은 어물거리며 이야기했다.

"제 나쁜 소문은 언니 귀에 들어갈 것이고, 언니를 흠모하며 기리는 소문은 제 귀에 들어올 것입니다. 어느 쪽이든 사람들 입방아에 오르내리는 것을 듣고 싶지 않습니다."

"자매가 있나?"

"아…… 예. 마을 중심부에 살고 있습니다. 언니가 시집을 간 이후로는 보지 못했고요."

"언니에 대한 소문이 거리에 파다한가 보다."

"네. 어딜 가든 언니에 관한 이야기입니다. 전 그런 이야기를 듣고 싶지 않아요."

"둘이 싸웠나 보군. 형제간의 다툼은 부부싸움만큼 부질없는지라, 피를 나눈 것들이 어찌 평생 모른 척하며 살겠나. 가서 화해하라고 오지랖 부리고 싶진 않다만, 이 정도로 몸을 사리며 주변 평판을 신경 쓰는데, 시원하게 해결 봐야 여생이 마음 편하지 않을까 싶고."

"못 합니다. 언니는 할머니를 돌아가시게 했어요. 저와 언니를 아픈 몸으로 키워 주신 할머니를요!"

저도 모르게 화를 낸 여인이 자신에게 놀라 황급히 고개를 숙였다.

"죄, 죄송합니다. 저도 모르게 그만."

욱할 정도로 쌓인 걸 언제까지 담아 두려고 그러나. 좋고 싫은 마음을 누구에게 내보인 적이 없는 듯, 감정을 조절하는 능력이 참으로 미숙해 보였다. 처음 보는 이에게 사이가 좋지 않다는 언니에 관한 이야기를 스스럼없이 뱉은 것만 봐도 그러하다. 그녀는 사람을 대하는 방법을 누구에게 배운 적이 없어서 딱할 정도로 둔하고 어수룩했다.

당황하면 나타나는 버릇의 일종인 듯, 그녀는 손가락으로 치맛자락을 만지작거렸다. 고도를 똑바로 쳐다보지도 못하고 치마만 못살게 굴던 그녀는 한참만에야 조심스럽게 입을 뗐다. 표정에는 여전히 이런 이야기를 해도 되나 싶은 걱정이 묻어났다.

"언니는 미인입니다. 사람들은 언니를 보고 양귀비를 닮았다고 합니다. 아마도 이 나라에서 아름답기론 손에 꼽을 정도일 겁니다. 언니가 바닷가에 나오면 헤엄치던 물고기들이 넋을 놓고 쳐다보고 갈매기들은 날갯짓하는 것을 잊어버려 바다로 떨어집니다. 사람들은 홀려서 자리에 주저앉을 정도입니다. 언니를 아끼는 형부는 언니를 애지중지 아껴서 방 안에서 한 걸음도 못 나가게 합니다. 언니는…… 그걸 즐겨요. 세상이 언니를 찬양하는 걸 즐깁니다."

험담을 늘어놓은 자신이 미운지 여인의 두 눈에 눈물이 맺혔다.

"전 참 못된 동생입니다. 이렇게 언니 욕이나 하고 있네요. 아아, 정말 살고 싶지 않아요."

자신이 밉고 언니가 싫고, 서로에 대한 소문이 오가는 것도 극히 꺼리며 경계하고. 고도는 복잡한 여심을 헤아리기 어려웠다. 조금만 더 사람과의 관계를 단순화시키지 못하는 걸까, 어쩌면 여자들만이 갖는 그 예민한 감성이란 커다란 복이면서도 잔인한 무기 같기도 했다.

"실은 언니는……."

여인은 뒷말을 조용하게 뱉다가 입을 다물었다. 그녀는 곧 서글픈 얼굴로 고도를 보고는 억지 미소를 지었다.

"아니에요. 제가 쓸데없는 소릴 했네요. 잊어 주세요. 제가 얼른 주전부리를 차려 오겠습니다."

부엌으로 사라지는 여인의 뒷모습을 지켜봤다. 터덜터덜, 힘없는 걸음걸이가 무거워 보였다. 고도는 그녀가 속삭이듯 뱉은 말을 들었다. 웅얼거리며 목구멍 뒤로 삼켰으나, 고도는 마음먹으면 독심술도 가능한 도사라서, 남들이 듣지 못하는 소리를 듣는 재주도 지니고 있었다.

'실은 언니는…… 요괴 같거든요.'

고도는 흐음, 하고 목을 울렸다.

물고기가 헤엄을 치지 못하고, 날던 새도 떨어질 만큼의 미인이라. 그만한 미인을 오랫동안 들어 본 적이 없다. 양귀비를 닮은 미인이라는데,

그녀가 다른 마을에서 회자되지 않는 것 자체가 이상하다. 그 정도로 아름답다면 소문엔 발이 달려 이 마을 저 마을을 오가고 결국 자량에까지 도달하여 미美와 지知를 겨루는 기생들이 그녀에 대한 입방아를 찧어야 한다.

이미 수개월 전이지만, 제령祭靈 의뢰를 받아 홍등가에 갔던 고도는 조잘조잘 지저귀는 기생들 사이에서 경국지색에 대한 이야기는 듣지 못했다. 계절로 쳐도 고작 두 번밖에 지나지 않은 짧은 시간이거늘, 그때도 소문에 박식한 기생들이 벽구리 마을 미인에 대해 모르고 있었다면, 이 미인은 하늘에서 떨어졌거나 땅에서 솟았다는 뜻 아닌가.

본디 성을 하나 세우고 무너트릴 만큼 아름다운 여자가 마을에 나면 온갖 말썽과 사달이 마을에 벌어지기 마련이다. 한데 마을에 들어온 고도의 눈에 그럴 만한 일은 보이지 않으니 참으로 귀신이 곡할 노릇이었다.

얘기를 마친 안주인이 안방으로 들어간 뒤에 고도는 꽝철이에게 물었다.

"어떻게 생각하느냐."

꽝철이는 소와 씨름할 생각에 푹 빠져 있다가 파드득 놀라 깬 얼굴로 고도를 쳐다봤다.

"뭐가 말이지?"

"나와 함께 이 동네 저잣거리라도 돌아다니면서 양귀비를 닮았단 여자를 찾아보지 않겠느냐."

"굳이 그러고 싶지는 않은데. 가고 싶으면 너 혼자 갔다 와라."

마을에 가자는 제안을 듣고 꽝철이는 딱 잘라 거절했다. 고도는 꽝철이가 당연히 거절하리라 생각했다. 꽝철이의 최근 관심사는 모조리 '소'에게 가 있다. 그를 한산뫼로 데려갈 생각으로 머릿속이 가득하여 과메기나 어포 등에 시선이 홀리는 경우는 있어도 웬만한 일에는 얽히지 않으려 했다. 그래서 이번에도 마을에 가자는 이야기를 꽝철이가 거절할 때는 크게 동요하지 않았다. 다만 청사가 고개를 저었을 땐 눈을 커다랗게 뜨고 말았다.

"미안한데 나도 안 갈래."

청사의 말을 듣고 고도는 한참 후에야 정신을 차렸다. 바위에 앉은 청사는 한껏 우울한 얼굴로 먼 바다만 쳐다보았다. 청사가 갑자기 왜 저러는지, 그 이유를 아는 것은 어렵지 않았다. 어젯밤의 일 때문이라.

"대롱아, 너 설마 삐쳤느냐."

그 말에 청사가 날카롭게 눈을 흘겼다.

"삐치긴 누가 삐쳤다고 그래!"

"허면 왜 성을 내느냐. 뾰족한 가시를 세운 것이 자칫하다 나도 찔리겠구나."

"몰라!"

"화내지 마라. 네 고운 얼굴로 웃는 게 더 보기 좋다."

"이익! 그런 예쁜 말만 하지 말라고! 나 화 안 풀 거야!"

청사는 얼굴을 붉히더니 자리에서 벌떡 일어났다. 낡은 싸리문을 발로 뻥 차고 휙 나가 버리려 했다. 고도가 미간을 좁히더니 그런 청사의 손목을 붙잡았다. 멈칫하고 쳐다보는 청사를, 고도는 퍽 진지한 눈으로 한참이나 올려다보았다.

"멍청한 놈."

고도의 몸을 타고 흘러나오는 도력만큼이나 괴팍한 말투에 꽝철이는 슬그머니 자리를 떴다. 행여나 제게 불똥이 튈까 봐 일찌감치 몸을 피신한 것이라. 꽝철이가 도망가는 것도 모를 만큼 고도는 청사의 행동을 괘씸하게 생각하고 있었다.

청사는 조금도 거리낌 없이 육욕을 드러낸다. 좋게 말하면 솔직하다고 표현할 수 있지만, 나쁘게 말하면 색골처럼 밝히는 것이라. 가끔 이런 식으로 굴면 고도는 미간을 찌푸리게 됐다. 담백한 관계를 원하는 자신과 다르게 청사는 그 이상을 원한다는 걸 새삼 깨달았다. 청사는 육체적 관계를 더 중시하는 것인지도 모른다. 아니, 어쩌면 고도의 생각과 다르게 청사는 서로의 치부도 드러내면서 거칠게 싸우기도 하고, 서로가 힘들 정도로 집착하는 강렬한 사랑을 원하는 것도 같았다.

저돌적으로 다가오면 젊어서 좋다고 대충 넘기곤 했다. 한데 앞으로도 이런 식이라면 고도와 청사가 서로 다르게 생각하는 사랑에 대해 기준점을 마련할 필요가 있지 않을까.

"내가 늙어서 이런 거냐, 네가 젊어서 혈기가 왕성한 거냐. 내가 어디에 맞춰야 한단 말이냐."

그 말에 청사가 언성을 높였다.

"나는 너를 사랑하고, 너도 나를 사랑한다고 여겼다. 사랑하는 마음을 합치하는 욕심은 모든 연인이 그러하다 여겼는데, 너는 아닌 것 같아서 속상한 것뿐이다, 고도."

"그 합치하는 마음이란 게 육욕이란 뜻이냐?"

"왜 그렇게만 생각하는 거야? 나와 몸을 섞는 게 싫어? 내가 그렇게 못해?"

"그 뜻이 아니지 않느냐. 왜 그러한 내밀한 즐거움을 항상 원하는지 궁금할 뿐이다. 네 말대로 내가 지나치게 담백한 것이냐. 내가 잘못된 것이냐고 묻는 거다."

"고도! 네가 잘못되었다는 뜻이 아니잖아!"

"이런 걸로 너와 다툴 줄은 상상도 못 했다."

"나도 이런 걸로 너와 싸우고 싶지 않아. 그저 조금 속상할 뿐이고, 이

걸 네가 풀어 줘야 한다는 생각도 하지 않았어. 내버려 두면 내가 알아서 기분 정리하고 돌아올 거야. 그러니 이 손목 좀 놔주겠어?"

"하아. 그러다가 오해가 쌓이기 마련이다."

"언제는 내가 오해를 하든 속상해하든 혼자서 지지고 볶으라며 내버려 두었으면서."

"서운했구나. 앞으론 그러지 않으마."

"흥, 혼자서 잘만 돌아다녔으면서 이제 와서 왜 그래? 너, 나 내버려 두고 여기저기 일 벌이며 잘 다녔잖아. 내가 육욕에 달아올라 기분이 널 을 뛰든 말든 신경도 안 써야 하는데 지금의 네 모습이 오히려 낯설 정 도야."

"이런 매정한 소리도 할 줄 아는구나."

"환영도사 고도. 무심하긴 이 세상 으뜸이라, 너 혼자 볼일 보고 다녀 도 내가 이해해 주마."

"매정하긴 네가 더하다. 내가 어떻게 노력해야 하는지 몰라서 네게 직 접 묻는데도 이렇게 비꼬고만 있으니."

"뭐?"

"네 방식으로 맞추도록 노력하마. 내가 산속만 배회하며 요괴 잡는 것 에만 익숙해져서 요즘 세태에 눈이 어두운 편이다. 내밀한 즐거움을 숨 기는 게 당연하다고 여겨 왔는데, 요즘 세대가 그렇지 않고 겉으로 표현 하는 것이 당연하다면, 나도 응당 그 새로운 방식에 익숙해지도록 노력 하마. 그러니 내 모습에 삐치고 화를 내고 역정을 내기보단, 내가 변할 수 있도록 알려 주면 안 되겠느냐."

청사는 헉 소리를 내면서 눈을 동그랗게 떴다. 고도가 이렇게 솔직하 게 투정을 부릴 줄은 상상도 못 했다. 고도 본인도 이렇게까지 말을 해야 하나, 신경 쓰이는 기색이었지만, 청사와 오해가 쌓이지 않도록 어떻게든 진실하게 말하려고 노력하는 것이 보였다. 이 상황이 부끄럽기도 하고 당황스럽기도 해서 음산한 도력까지 스멀스멀 꽃피우는 중이었다.

고도의 변화가 놀라웠다. 예전 같으면 청사가 토라지든 말든 신경도 쓰지 않았을 사람이다. 시간이 지나면 청사가 제풀에 지쳐서 돌아오기 일쑤였고, 그럴 때마다 고도는 이전과 다름없는 태도로 청사를 대했다. 청사가 왜 화를 내는지, 서운해하는지 딱히 궁금해하지도 않고 미안해하는 감정은 한 톨도 없었다. 그런 고도가 이제는 청사의 머리를 잡아당기면서 솔직한 제 심정을 털어놓고 있으니, 청사가 어찌 계속 토라지거나 삐친 듯 굴 수 있겠나.

"웃, 고도."

청사는 아랫입술을 질끈 깨물었다. 감정적으로 확 내지른 자신이 오히려 미안할 지경이었다. 고도가 어떻게든 노력하겠다고 말을 하게 만든 상황이 모두 제 잘못인 것만 같았다. 이러려던 게 아닌데. 오해가 쌓이도록 행동한 것은 고도가 아닌 청사라는 생각마저 들었다.

청사는 고도를 와락 끌어안았다. 제게 길들여진 고도는 이렇게 서로를 생각하며 위하는 복잡한 사고방식이 마음에 들지 않는 모양이나, 그게 어디 머리로 안다고 될 일인가. 고도가 먼저 청사를 붙잡았다. 스스로 바뀌겠다고 말했다. 청사와 오해하고 싸우고 싶지 않다고 말했다. 그 일련의 언행들에 청사는 자책감과 함께 전에 없이 설레는 기쁨을 느꼈다.

고도도 나 때문에 마음고생을 하는구나. 누군가를 신경 쓰긴 하는구나. 죽은 전처 생각이 난다며 막연하게 바다만 보는 줄 알았는데, 이렇게 전처가 아닌 존재를 마주 보고 얘기할 줄 아는구나.

청사는 지난밤 고도 때문에 토라졌던 감정이 봄눈 녹듯 사라져 배시시 웃고 말았다. 그 미소를 빤히 바라보던 고도 역시 찌푸린 인상을 되돌렸다. 그의 몸을 타고 나왔던 도력들도 잠잠해졌다. 청사가 웃는 것을 보고 기분이 풀린 고도도 중증은 중증이다. 청사는 고도가 마음속에 품고 있는 연정이 더 커져서 중증이 아닌 심각한 병이라도 되길 바랐다. 그래서 청사를 보면서 사랑한다 말하지 못하면 가슴이 답답해지는 아주 몹쓸 병에라도 걸렸으면 했다. 고도가 변하는 모습을 보면 그 바람이 상상에서 그칠 것 같지 않았다.

청사는 고도의 마음이 약해지는 미소를 지었다. 고도의 까만 눈이 청사의 얼굴에서 떨어질 줄 모르니, 제 미소의 위력을 깨달은 청사는 행복하다는 듯 고도를 더 세게 안았다.

"너와 같이 가고 싶은 곳이 있다, 대롱아."

"앗, 물레방앗간이야?"

"……."

"표정 봐봐. 귀여워."

"……거긴 나중에 가도록 하고. 지금은 나랑 동네 마실 나가면 안되겠느냐."

"마실 나가서 볼일 다 본 후에는 물레방앗간을 가준단 얘기지?"

"머릿속에 불순한 것밖에 들어 있지 않으니, 이걸 내가 언제 따라갈까 싶은데. 뱁새가 황새 따라가다 가랑이 찢어진단 말이 있거늘, 내가 네 생각을 따라가려면 멀었구나."

물레방앗간이 뭐 어때서. 왜. 쌀겨와 보리껍질이 폭신하게 깔린 그 은밀한 공간에서 사랑을 속삭이는 게 왜 불순한 생각이란 거냐.

오히려 고도의 지나치게 건전한 생각을 책망하고 싶은 청사는 입술만 삐죽였다. 노력한다고 하고선 역시 갈 길이 멀긴 했다. 고도의 앞머리를 쭉쭉 잡아당기며 조그마한 항의의 표시를 할 때마다 고도의 고개가 좌로 우로 까딱였다. 화풀이 삼아 머리 쭉정이를 잡아당기던 것이 어느새 청사의 마음을 녹여서 고도에게 흠뻑 젖게 했다. 청사는 찌푸렸던 미간을

폈다.

"마을 저잣거리에 나가서 그 양귀비를 닮은 여자를 찾아보자."

그럴 줄 알았다. 청사는 눈을 가느다랗게 뜨고 말했다.

"예쁜 여자라니까 보고 싶나 보네. 누가 인간 남자 아니랄까 봐."

"네놈, 안주인의 혼잣말을 못 들었군."

"내가 그 여자 혼잣말까지 신경 써야 해? 너 이제 보니 은근히 여자들 밝히네. 여인네 혼잣말도 귀담아 듣고."

"대롱아. 질투가 가관이다."

"양귀비는 내가 예전에 직접 본 적 있어. 예쁘긴 한데 후대가 온갖 시조로 찬양하고 그림을 남기고 그녀의 눈웃음 하나에 나라가 움직였다는 글이 나올 정도는 아니야. 고도, 네가 더 예뻐."

양귀비가 언제 적 사람인데 직접 봤다는 것인지. 청사의 뻔뻔한 설명에 고도는 웃음을 터뜨렸다. 실제로 본 것이건, 그런 비유를 들어서 자신을 더 낫다고 해준 것이건, 어느 쪽이든 청사의 모습이 귀여워 따져 묻지 못했다. 고도는 어젯밤부터 토라져서 흥흥거리는 청사를 달래 줄 생각에 입을 맞췄다. 입술이 떨어지고 나서는 청사가 볼과 귓가에 쪽쪽 소리 내며 뽀뽀를 했다. 고도는 귓불을 훑는 감각에 어깨를 움츠리면서도 그런 청사의 머리를 끌어안았다.

"낌새가 심상치 않아 만나 보려는 것이니 그런 질투는 안 해도 된다."

"나 원래 질투 많은 거 알면서 새삼스럽긴."

"허면 내가 무얼 해주면 어제부터 꽁해져 있는 마음도, 마을의 절세미인을 질투하는 마음도 모두 풀어 줄 것이냐."

"어? 진짜? 내가 해달라는 거 들어줄 거야?"

"내가 해줄 수 있는 것이라면 들어주마."

"진짜지?"

청사는 냉큼 고도의 귓가에 아주 작은 소리로 은밀하게 속삭였다.

"그럼 빨게 해주라."

고도가 아는 말을 통틀어 '빨다'라는 말이 세상에서 가장 끔찍한 동사로 등극했다. 고도는 냉큼 청사의 고개를 밀어냈다. 좀처럼 귀에 익숙해지지 않은 표현 때문에 죽을상을 짓고는 나무 밑으로 폴짝 뛰어내렸다. 청사는 도망치려는 고도를 붙잡았다.

"알았어. 그럼 뒤 말고 앞. 앞은 괜찮잖아."

"너 도대체 그런 건 어디서 배워 와서 나를 이렇게 괴롭히는 게냐."

"난 더한 것도 할 수 있는데 네가 거북스러워해서 참고 있는 거라고. 난 뒤도 빨고 싶고, 고도 네가 내 위로 올라와서 스스로 허리를 흔들게도 하고 싶고, 내 것도 네 입에 물려 보고 싶…… 아, 고도."

성큼성큼 걸어가는 고도 뒤를 청사가 졸졸 쫓았다. 사랑에 빠져 어떻게든 제 님에게 깊이 파고들고 싶어 하는 청사와 그런 청사에게 마음으로 먼저 다가가고 싶어 하는 고도의 좌충우돌은 한동안 이어질 듯하다.

꽝철이는 서산 너머로 해가 기우는 모습을 보았다. 들고 있던 짚신을 바닥에 내려놓을 시간이다. 해가 저물고 붉은색 노을이 꼬리처럼 흐려질 때 바다 밑에서 달이 떠올랐다. 수평선을 가로지르며 점차 하늘 높이 올라가는 달이 어둠을 은은하게 비출 때, 바닥에 놓인 짚신이 좌우로 흔들리기 시작했다. 짚신은 요란하게 위아래로 쿵쿵 뛰고 좌우로 날아다니다 이내 몸을 부르르 떨었다. 새하얀 연기가 하늘로 솟구치더니 펑하는 소리와 함께 거인 같은 장정이 모습을 드러냈다.

장승처럼 큰 키에 떡 벌어진 어깨하며 우람한 체구와 산발의 머리를 어설프게 상투로 튼 푸른 안광의 사나이. 도깨비 소였다. 언제나 고도의 허리춤에서 잠을 청하다가 밤이 되면 고도에게 낮 동안의 안부를 묻곤 했는데, 오늘은 근처에 고도도 청사도 보이지 않는다. 눈에 들어오는 건 끝없이 펼쳐진 밭이었다. 겨울에 얼어붙은 딱딱한 흙바닥에 엉덩이를 깔고 앉은 자신의 처지가 이해되지 않았다. 주변을 살피던 소가 꽝철이를 알아보고 물었다.

"여긴 어디냐."

"보리밭이다."

"으잉. 이 황량한 곳에 우리 둘이 왜 있지?"

"내가 여기서 네게 볼일이 있거든."

꽝철이 입에서 나온 '볼일'이란 말이 그렇게 진절머리 날 수가 없다. 한산뫼에 돌아가자는 말은 이미 귀에 딱지가 앉을 만큼 들었다. 소는 지겨운 동어 반복에 질렸다.

"그렇게 날 데려가고 싶으면 대낮에 짚신으로 있을 때 떠나지 그랬느냐."

"여기서 한산뫼까지 한나절 만에 갈 거리가 아니다. 밤을 맞이하면 네놈이 도깨비불로 변해 도망갈 텐데 내가 사서 고생을 할 필요가 있느냐."

몇 날 며칠을 그렇게 간다, 안 간다고 실랑이를 했는데 이번에도 똑같은 절차를 밟을 듯하다. 소는 가능하면 꽝철이를 피해서 냉큼 도망치려 했다. 소가 도깨비불로 변해서 날아가려는 낌새를 눈치챈 꽝철이가 소의 앞을 가로막았다. 그는 자꾸만 뒤로 내빼는 소를 으름장 놓듯이 목소리에 요기를 담아서 외쳤다.

"나랑 씨름 한판 하자!"

소의 귀가 동물의 귀처럼 쫑긋했다. 줄행랑을 치려는 것도 까무룩 잊어버린 소는 꽝철이를 멍하니 쳐다봤다. 도깨비 요술을 부려서 꽝철이의 왼손을 들어 올렸다가 내려보고, 오른쪽 다리를 옆으로 벌렸다가 제자리로 돌려 봤다. 갑자기 뭐하는 거냐고 버럭 화를 내는 것이 꽝철이 본인이 맞다. 귀신에 홀린 것이 아니라면 정말 꽝철이가 씨름을 제안했단 말이더냐. 소는 어느새 꽝철이에게 급속한 호감을 느꼈다.

"지금 내겐 씨름을 하자고 말한 게냐?"

"그래."

"네놈 어디서 씨름을 배워 본 적 있어?"

"배워야만 할 수 있나?

"아니, 그건 아니지. 그럼 두 눈으로 본 적이라도 있느냐."

"이놈이 날 뭐로 보고!"

꽝철이가 소매를 둥둥 걷어 올렸다.

"네놈을 이겨 주겠다. 보고 배워라."

"츠츠츠츠, 그놈 참 물건이로다!"

"단, 내가 이기면 네놈은 군말 없이 날 따라 한산뫼로 간다."

배를 잡고 바닥을 뒹굴던 소가 웃음을 멈췄다. 조금 전의 쾌활한 웃음은 온데간데없는 표정으로 꽝철이를 노려봤다. 침묵을 지키는 도깨비는 그 표정만으로도 위엄이 보였다. 제아무리 불지네 이무기라도 그 눈빛 앞에선 오금이 저렸다. 꽝철이는 꿋꿋하게 눈빛을 받아 냈다. 여기서 먼저 물러나면 도깨비들의 왕을 데리고 한산뫼에 가지 못한다.

"내가 이기면 네놈은 두 번 다시 내게 떼를 쓰지 않을 게냐."

낮게 가라앉은 목소리를 듣고 꽝철이는 꿀꺽 마른침을 삼켰다.

"그래. 두 번 다시 네놈을 귀찮게 하지 않겠다."

소는 잠깐 고민하더니 곧 엉덩이를 털고 일어났다. 그는 저고리를 벗어 바닥에 던졌다. 달빛 아래 드러난 상체가 짧고 단단하다. 목이 거의 없고 어깨에서부터 아랫배까지는 허점 하나 없이 단단한 근육으로 뭉쳐 있었다. 몸통보다 비교적 긴 팔은 힘을 주자 푸른 심줄이 투둑 튀어나올 정도로 강인함을 자랑했다. 바지에 가려진 허벅지도 그 탄탄한 기운을 숨기기 어렵다. 종아리에도 바싹 알이 올라붙어서 씨름 기술을 걸어 봤자 넘어갈 것처럼 보이지 않았다. 전신이 거대한 근육으로 꽉 찬 도깨비를 보며 꽝철이는 괜한 짓을 한 게 아닌가, 짧은 후회를 했다. 이런 거구의 장정을, 그것도 소에게 유리한 힘겨루기 방식으로 이길 자신이 없다.

"시작하기 전에 하나만 묻자."

딱딱하게 얼어붙은 보리밭에 손가락을 세워서 흙을 파낸다. 소는 손바닥에 흙을 묻혀 비비고는 낮은 자세를 취했다. 이렇게 허리와 엉덩이를 뒤로 빼고 어깨를 낮추어야 비로소 꽝철이와 눈높이를 엇비슷하게 맞출 수 있었다.

"네놈은 내 신민들에게 어떤 빚을 졌기에 나를 데려간다고 고집을 부리는 것이냐."

소보다 한참 왜소한 꽝철이는 요력을 내뿜었다. 뜨거운 요기가 쑥대머리를 타고 하늘로 솟아올랐다. 꽝철이의 검은 눈엔 시뻘건 화염으로 물든 요력이 응집되었고, 그의 마른 몸이 조금씩 커지기 시작했다. 입고 있던 황색 무명옷이 조여질 만큼 어깨가 벌어지고 팔이 길어지며 다리가 단단해졌다. 얇은 천은 불어나는 몸집을 견디지 못하고 찢어졌다. 야비하게 보였던 날카로운 눈에는 지네의 독기가 서리고 건들거렸던 몸동작은 소만큼 크게 부풀어 오른 풍채에 어울리는 무게감이 실렸다. 커다란 서쪽 산을 통째로 다스리는 이의 역량이었다.

꽝철이는 소와 비등한 씨름을 할 수 있게 자신을 스스로 바꿨다. 넘쳐 흐르는 요력의 양이 어마어마했다. 고도에게 한때 붙잡혀 죽통에 봉인됐었다는 전적을 믿기 어려울 정도로, 감히 누가 이렇게 강한 그를 상대할 수 있을까 싶은 절대적인 힘이었다.

"나는 인간에게 배척받은 해충이다. 인간의 집에 몰래 살면 빗자루에 얻어맞고, 땅으로 기어 나오면 온종일 추위와 더위에 힘들어했다. 오래 살다 보니 요력을 단전에 쌓게 되었고 그러다 지능을 가진 이무기가 되었다. 용이 되어 승천하길 바라나, 물과 하늘의 권속인 용들과 다르게 불과 땅에 속한 나는 용이 되어도 세상을 흉하게 만드는 악한 힘만 생긴다더구나. 나는 나를 스스로 미워하며 괴로워했다. 그런 내 마음을 평온하게 해준 것이 한산뫼에 사는 도깨비들이다."

꽝철이는 소의 앞에 섰다. 소처럼 다리를 어깨너비로 벌리고 서서 엉덩이를 뒤로 뺐다. 허리에 힘을 준 채로 천천히 어깨를 숙이자 소의 어깨와 맞닿았다. 그것만으로도 힘을 겨루는 압박이 느껴진다. 꽝철이는 손에 흙을 묻히고 소의 바지 허리춤을 잡았다. 소 역시 기다렸다는 듯 꽝철이의 바지춤을 잡았다. 꽝철이는 소의 왼쪽 어깨에 턱을 찍으며 말했다.

"밤이고 낮이고 활기차고 발랄하게 나를 위로해 주는 도깨비들이었다. 음습한 땅속에 사는 나를 위해서 지상에서 도깨비불을 반짝이면서 내가 나오길 기다려 줬다. 내 유일한 말벗이었고 나를 이해해 주는 이들이었다. 그런 도깨비들이 왕이 사라지면서 결속력을 잃고 어떻게 됐는지 아나? 인간들에게 인정받지 못하고, 더 척박한 곳으로 내몰리면서 사라지고 있다. 내 오래된 벗들이 말이야."

꽝철이는 두 손에 힘을 주었다. 꿈쩍도 안 할 것 같던 소의 몸이 기우뚱한다. 소는 재빠르게 다리를 움직여 몸의 중심을 잡았다. 소가 느끼기에 꽝철이는 씨름을 많이 해본 솜씨가 아니었다. 기술보다는 힘으로 밀어붙이는 식이었으니 말이다. 하나, 타고난 요력이 커서 그런지 씨름의 제왕이라는 도깨비 우두머리를 상대로도 밀려나지 않았다. 힘을 써서 상대를 넘어트리려는 것처럼, 그 힘을 이용해 다리를 대지에 굳건히 박아

넣었다.

소는 곤란한 상대를 만났을 때만 짓는 표정을 했다. 상대가 흥미로우면서도 썩 귀찮고 걱정되는 묘한 표정 말이다. 승패를 재는 소의 머릿속이 복잡해진 것을 꽝철이가 눈치챘다. 그는 샅바처럼 쥔 소의 허리를 왼쪽으로 크게 돌렸다. 소의 몸이 번쩍 들려서 왼쪽으로 넘어갔다.

"그러니 네놈을 내 벗들에게 반드시 데려가야겠다!"

쿵. 마른 땅이 먼지바람을 일으킬 정도로 커다란 소리가 사방으로 퍼졌다. 무릎을 꿇을 뻔한 소는 간신히 다리를 벌려 몸을 똑바로 세웠다. 꽝철이의 날카로운 일격에 당황하지 않고 그의 힘을 인정했다. 꽝철이는 소에게 있어 훌륭한 씨름 상대다.

"그 의지가 보기 좋구나! 좋다, 나를 넘겨 봐라. 넘겨서 네 지우의 은혜를 갚아 봐라!"

거대한 웃음소리가 메아리처럼 보리밭을 진동했다.

고도는 청사와 함께 키 큰 은행나무에 올라갔다. 마을을 한눈에 내려다볼 수 있을 만큼 오래된 은행나무였다. 저잣거리의 동향을 살피기엔 제격인 장소였다.

어시장은 갓 잡은 고기를 사고파는 사람들로 북적거렸는데 좀 더 내륙 쪽의 시장은 한산했다. 털 귀마개와 배자 등으로 추위를 피하는 아녀자들만 간혹 눈에 띄었다. 문을 연 가게도 얼마 없고, 그나마 장사를 한다고 해도 방앗간에서 떡을 찧는 소리만 가끔 들렸다.

날이 춥다고는 해도 곧 있으면 정월 초하루다. 설날은 시장에서부터 시작된다는 말이 있는데 빗장을 걸어 잠근 가게를 보니 어찌 된 영문인지 알 수 없었다. 청사 역시 그 점이 부쩍 수상쩍은 듯 하늘에 달이 뜰 때까지 거리의 변화를 세심하게 관찰했다. 저잣거리 뒤편 골목에는 양반네들이 다니는 돌담길이 있는데, 이 역시 주인의 심부름을 받잡은 노비들만 종종 돌아다닐 뿐 특별히 눈에 띄는 사람은 없었다. 장소만 옮겼다뿐, 이리 쳐다만 봐선 하루가 지나도 원하는 정보를 얻지 못하겠다. 고도는 청사의 옆구리를 찔렀다.

"정말 이렇게 쳐다보고 있으면 양귀비의 흔적을 잡을 수 있단 말이더냐."

청사는 고도의 볼에 입을 맞추며 웃었다.

"나만 믿어."

청사는 고도와 함께 때를 기다렸다. 수상한 사람을 발견한 건 그로부터 두 시진이 흐르고 나서였다. 한 여자가 장옷을 머리에 쓰고 종종걸음으로 바삐 움직였다. 양반집 마님을 시종 드는 여인의 행색이었다. 양손에는 보따리를 가득 든 채 주변을 바삐 살피는 꼴이 퍽 심상치 않다. 청사는 조용히 나무에서 내려갔다. 고도가 그 뒤를 따르며 물었다.

"아는 여인인가?"

"오늘 처음 보는데."

"처음 보는 여인의 뒤를 밟다니."

"누굴 음험한 것으로 보네. 남편이 그 양귀비를 닮았다는 어여쁜 부인을 밖으로 내보내지 않고 집에 가둬 둔다면서. 그 정도로 집착하면 방물장수도 집에 안 들일 거 같거든. 하지만 아름다운 여인이 제 몸을 치장하려면 하루하루 새로운 옷을 입고 귀걸이와 반지를 해야 하지. 그녀의 시중을 드는 여인들은 제 주인마님을 치장하기 위한 것을 날마다 새로이 준비할 것이야. 이렇게 지켜보면 그 흔적을 잡을 수 있을 것 같았다."

고도는 청사를 새삼스레 바라봤다. 양반집 여인들의 생활상을 꿰뚫어 보고 있는 건 어째서인지 기분이 좋지 않았지만, 여심을 잘 아는 청사 덕분에 일을 일사천리로 진행할 수 있어서 다행이었다. 여인은 커다란 양반 댁 솟을대문을 지나서 돌담을 빙 돈 끝에 쪽문으로 쏙 사라졌다.

고도가 그 집 담벼락에 올라가 안을 살폈다. 가옥 내에 있는 집만 해도 열 채나 됐다. 사랑채, 안채, 별당채, 행랑채. 3대는 같이 사는지 비슷한 기능의 집이 담과 대문 중문을 사이에 두고 나뉘어 있었다. 방은 눈대중으로도 스무 칸은 되어 보인다. 지방 유지다. 잘하면 이 지방 땅을 몇백 리나 소유하고 있는 종갓집일지도 모른다.

청사는 고도에게 손짓하여 여인이 문을 열고 들어간 안채의 지붕 위에 앉았다. 늦은 밤인데도 동쪽 담장 너머에서 불빛이 어른거렸다. 하나는 상 위에 책을 펼치고 글공부를 하는 젊은 도련님의 모습이 보였고, 다른 방에서는 사람 그림자 없이 촛불만 하늘거렸다. 동쪽의 방 두 개를 제외하면 고도와 청사가 밟고 선 지붕 아래가 유일하게 사람 기척이 있는 곳이다. 숨죽여 기다린 지 얼마 후. 방에 들어갔던 여인이 나가고 머름 밑까지 환하게 비추어지던 불도 꺼졌다.

고도는 청사에게 눈짓을 보냈다. 청사는 내키지 않으나 하는 수 없이 지붕 밑으로 내려갔다. 주변을 살펴서 아무도 없다는 것을 확인한 후에 문가에 대고 속삭였다.

"잠깐 문을 열어라."

방 안에서 발칵 뒤집어지는 소리가 들렸다. 다행히 방 주인은 정숙한 성격인지 비명을 지르지는 않았다. 집 안에 웬 외간 남자가 들어오니 기절할 듯 놀라도 소리를 죽여 참은 것이 분명했다. 안쪽에서 옷자락 스치는 소리가 들리더니만, 곧 문이 열렸다.

열린 문 사이로 보인 얼굴은 아름다웠다. 묘령의 나이에 갓 접어든 여인은 얼굴이 백옥처럼 뽀얗고 도자기처럼 잡티 하나 없는 피부를 가졌다. 아미는 단정하면서도 부드럽게 휘어져 가장 신비로운 모양새의 초승달을 닮았다. 아미 밑에 자리 잡은 두 눈은 옆으로 길게 찢어졌지만, 그것이 주는 느낌은 야비하고 속 좁은 것과는 달리, 고혹적이고 기품이 있었다. 검고 커다란 눈동자를 활짝 열어 보여 주는 큰 눈과 달리 위아래를 살포시 덮은 가느다란 눈매는 세상을 지그시 쳐다볼 정도로 깊은 느낌이 들었다. 코는 버선처럼 부드럽게 뻗어 있고, 작은 입술은 연지를 바른 양 붉고 도톰하게 젖어 있나니.

그녀를 보고 물고기가 숨 막혀 죽거나 날던 새가 떨어진다는 말이 왜 나왔는지를 이해할 수 있었다. 그녀는 미인도에 그려진 그 누구보다도 아름다웠다. 얇은 속곳 차림 아래에 숨겨진 풍만한 가슴과 잘록한 허리, 통통한 엉덩이까지. 어느 사내가 이걸 보고 연정을 품지 않으리오.

상대가 청사라는 게 그녀에게는 크나큰 불행이었다. 아무리 절세미인이라도 다른 사람과 사랑에 빠진 남자에겐 그 미모가 제대로 발휘를 하지 못한다. 여인은 청사를 보자 당황한 기색이 역력했으나 행여나 잠든 가족에게 누가 될까 싶어서 조심스럽게 말했다.

"누구신지요."

조용하고 단아한 목소리가 그 외모와 어우러져 한결 정제된 분위기를 풍겼다. 남편이 있는 몸이라 해도 나이가 어리거늘, 의장도 갖추지 않고 야심한 시각에 남자를 대하는 태도가 제법 기품이 있었다. 고급 청루의 여인들 못지않다. 재색을 겸비한 여인네란 이런 것인가.

이 광경을 잠자코 지켜보던 고도가 청사 옆으로 가볍게 뛰어내렸다. 갑자기 검은 물체가 시야를 가리자 여인은 놀라서 눈을 크게 떴다. 창백한 달빛 아래 검은 그림자로 나타난 고도를 바라봤다. 그녀는 심상치 않은 고도와 청사의 등장에 머릿속이 복잡해 보였다. 그녀는 바깥 동향을 살폈다. 밤마다 순찰하는 노비들이 없다는 걸 확인하고 두 남자에게 물었다.

"공자님들께서 어인 일로 이 시간에 저를 찾아오셨습니까."

고도가 눈을 살짝 감으며 그녀에게 인사를 대신했다.

"기별도 없이 온 것을 부디 용서하시오. 떳떳하지 못한 방문이라 그대를 놀라게 했소."

"스스로 떳떳하지 못하다 말씀하시니 용서해 드리겠습니다. 평범한 분들이 아니신 듯한데, 제게 무슨 볼일이 있으십니까."

"이렇게 이야기할 거리는 아니네만."

"그렇다고 아녀자의 방에 두 분을 모실 수는 없습니다."

"중요한 볼일이라고 해도 말인가."

"낮에 정식으로 찾아오신다면 언제든 그 이야기를 들어 드리죠."

물러나지 않는 팽팽한 신경전에 청사가 속으로 감탄했다. 고도를 또렷이 바라보며 제 주장을 말하는 여인의 배포가 사내 못지않다. 저 가녀린 어깨와 가느다란 목 어디에서 그런 힘이 나오는지, 사근사근하고 조용한 목소리는 청사와 고도를 압도하려 드는 무게가 담겨 있었다. 뭇 사내였다면 여인의 조용한 다그침에 홀린 듯 고개를 끄덕였으리라. 상대는 고도였고, 고도는 여인보다 강한 여자를 만난 적이 있었다. 이러한 말다툼을 제게 유리한 쪽으로 끌고 오기란 어려운 일이 아니다.

"그대는 자신의 소문을 들어 본 적 있는가."

여인은 고운 아미를 찌푸리지도 않고, 지극히 평온한 얼굴로 고도를 올려다보았다.

"소문이라 함은 무엇을 말씀하시는지요."

"그대의 미모에 관한 이야기이니라."

"부족한 저를 아껴 주는 마을 사람들의 마음은 알고 있습니다."

"저런, 내가 들은 것과는 다르군. 나는 그대가 요괴라는 소문을 듣고 왔어."

한 번도 변하지 않던 여인의 얼굴이 그 순간 미미하게 떨렸다. 입가가 한 번 퉁겼다 떨어질 뿐인 극히 사소한 변화였으나, 고도의 눈을 피하지는 못했다.

"이래도 낮에 다시 오라 이르면 그래야겠지."

너스레를 떠는 고도를 보고 여인이 성급하게 입을 뗐다.

"잠시 기다리시지요."

여인이 조심스럽게 몸을 일으켰다. 그녀는 바깥 동태를 한 번 더 살핀 뒤 문을 옆으로 더 열었다.

"들어오시지요. 따로 대접할 여력은 없으니 방 한쪽만 내주는 것뿐입니다만."

아무렴, 고도가 정숙한 여인 방에서 대접받을 생각을 하기나 했을까.

"그럼 실례하리다."

문지방을 훌쩍 넘은 고도가 어두운 방 가운데에 섰다. 하얀 속곳 차림의 미인은 침소에 앉았다. 치마 속 무릎을 세워 한쪽 팔을 가볍게 그 위에 얹은 자세가 양반가 마나님으로서의 위엄이 풍겼다. 화장기도 없고 화려한 가채나 옷이나 장신구를 몸에 붙이지도 않았건만, 땋은 머리를 뒤로 길게 내린 여인은 수수함과 거리가 멀었다. 표정 하나, 입술의 움직임 하나, 손끝의 모양과 어깨에서 가슴을 타고 떨어지는 굴곡까지. 사소한 하나하나가 그녀를 구성하는 아름다움이자 기품 그 자체였다. 여인은 풍성한 속눈썹을 살짝 들어 그 아래 자리 잡은 까만 눈으로 청사와 고도를 담았다.

속살이 보이는 얇은 저고리만 입고, 속속곳에 고쟁이 그리고 그 위에 하얀 소복만 입은 채 여인은 두 남자에게 어떠한 부끄러움이나 당혹스러움도 보이지 않았다. 오히려 고도가 빤히 쳐다보는 시선을 의식하듯 눈을 요염하게 내리깔았다. 길게 뻗은 눈꼬리와 풍성한 속눈썹으로 여인의 눈매에는 깊은 그림자가 졌다. 살짝 올라간 입꼬리도 그 눈매와 어울려 남자를 유혹하듯 허락하지 않는 묘한 매력이 풍겼다.

고도는 그 얼굴에서 바닷가 여관집 안주인의 얼굴을 떠올려 봤다. 안주인은 얼굴에 살집이 많은 편이라 눈앞의 여인과 쉽게 비견하기 어렵지만 이목구비는 닮은 구석이 있었다. 예쁜 아미와 이마 모양이 특히 비슷했다. 하지만 그 이상의 닮은꼴은 아무리 자세히 살펴도 찾기가 어렵다. 소극적인 안주인과 대범한 여인은 성격부터가 달랐다. 몸가짐과 말투도 이리 다른데 같은 피를 나눈 자매가 맞는가 싶었다.

"저는 꽃님이라 합니다. 공자님들의 성함을 들을 수 있을까요."

"나는 고도라고 한다. 이쪽은 청사."

고도의 손짓에 따라 여인은 청사를 쳐다봤다. 청사의 차림새는 이 나라 것이 아니요, 빛이 없는 방 안에서도 푸른색 안광이 형형히 빛나는 색목인이니. 머리를 짧게 쳤으되, 검과 죽통을 들고 다니는 기이한 고도의 모습까지 연결 지어 생각해 보면 대략 두 남자의 출신을 파악할 수 있었다.

"두 분 다 이 마을 분들이 아니시군요."

고도가 흐응, 목 뒤로 웃음을 흘렸다.

"상황 판단이 제법 빠르구먼. 어디서 이런 걸 배웠을꼬."

"제가 어디서 따로 가르침을 받겠나이까. 그저 사람들 어깨너머로 보고 배우며 자랐을 뿐입니다."

"이 정도로 미와 지를 겸비했다면 중앙에서도 탐낼 듯한데. 이런 벽촌에 있는 게 아깝구나."

"호호, 과찬이십니다. 제 부족한 소양으로 중앙으로 가다간 그보다 더 큰 화를 입을지도 모를 일. 저는 제 주제를 압니다."

말하는 것도 어디서 배운 것만 같은데, 배움을 받은 적이 없다 이거지. 여전히 흐응 하고 목 뒤를 울린 고도는 눈을 가느다랗게 떴다. 그런 고도를 꽃님이라 자칭한 여인은 시선을 떼지 못하고 바라봤다. 저보단 나이가 많아 보이지만 객관적으론 아직 청년의 태를 벗지 못한 고도의 말투는 퍽 이상했다. 마치 시아버지처럼 높으신 어르신을 대할 때나 들을 법한 말투다. 그런 애어른 같은 태도가 어색하지 않다는 점이 여인의 시선을 사로잡았다. 머리를 짧게 잘라서 천민인 줄 알았는데, 말투를 보아하니 사대부 집안에서 제대로 학식을 배운 투라. 여인은 높은 분께 가르침을 받는다는 생각을 하기로 했다.

"그대는 요물을 본 적 있나."

고도의 갑작스런 질문에 여인은 잠시 대답하길 망설였다. 시간이 시간인지라, 이러저러한 사소한 이야기를 할 생각은 없다. 또한 외간 남자를 방에 불러들인 제 처지를 상기하여 가급적 정확하고 짧게 대답했다.

"본 적 없습니다."

"들어 본 적도 없고?"

"요괴란 헛것입니다. 민가에서 재미 삼아 만들어 낸 소재를 오밤중에 제 처소로 와서 묻는 이유가 무엇입니까."

"그대 주변에 요기가 넘쳐흘러서 그러지 않느냐."

"제 대답은 하나뿐입니다. 저는 요괴라는 것을 모릅니다."

"요물은 본디 사람을 홀리는 것들이다. 방법은 다양하지만 보통 아름다운 인간 여성으로 변해 남자들을 끌어와 정기를 빨아먹는 게 대다수지."

"저를 지금 구미호로 여기시는 겁니까."

차분한 목소리가 조금 떨렸다. 감정을 절제하고 있던 눈에도 불쾌한 기색이 떠올랐고, 속곳 치마를 만지작거리는 손길로 보건대 흥분한 것도 같았다. 밤중에 찾아와 요괴 취급을 당하니 그럴 만도 하다. 고도는 여인이 마음을 바꾸어 집에 보초를 서는 노비들을 불러들일까 봐 오해를 바로 풀어 주었다.

"구미호라고 말한 적은 없다. 너는 내가 봐도 인간이다. 네 정체를 의심하는 것이 아니다."

"허면 지금 저희가 나누는 이 대화는 대체 무엇인지요."

"네 정체는 분명히 인간인데 주변에는 요기가 넘쳐흘러서 하는 소리다. 어째서 너는 이 이상한 기운을 이용해서 젊음과 아름다움을 취하는 것이냐. 이 방법은 누가 가르쳐 준 게냐."

"……공자님은 뭐하는 분이시기에 그런 걸 얘기하시는지요."

"난 전국 방방곡곡으로 요괴를 잡으러 다니는 도사다."

"도사요?"

"그래. 너처럼 푹푹 삶아서 김이 모락모락 나는 떡으로 고사를 지내는 도사지."

"무슨 소리인지 모르겠습니다."

"그래, 이해하면 내 제자로 거두겠다만, 내가 만나서 이런 얘길 해본 이 중에 알아듣는 이가 없다. 덕분에 제자도 없고."

"하아. 농을 하시기엔 시간이 너무 늦지 않았습니까. 말씀하시는 요기라는 것에 집중해 주십시오. 저를 요물 취급하시는 공자님과 제가 무슨 우스갯소리를 하겠습니까."

딱 잘라 대답한 여인이 여전히 치마를 만지작거리며 말을 이었다.

"아름다워지길 바란 게 무엇이 잘못인가요. 아름다워지고 사랑받는 것을 싫어할 여자가 있겠습니까. 저 역시 제 자신을 가꾸는 일에 시간과 정성을 들이거늘, 어찌하여 그렇게 노력하는 일에 요괴의 말씀을 붙이시는지 모르겠습니다."

치마를 매만지는 손길에 시선을 준 고도는 그녀의 불안정한 표정을 보고 한 걸음 물러났다. 멀어지는 고도를 보자 손가락의 움직임이 멎는다. 불안정할 때 치마를 매만지는 습관이 객정 안주인을 떠올리게 했다. 제자매와 다를 바가 없다. 두 여인 모두 마음이 불편할 때나 거짓말을 할 때 혹은 대답하기 곤란한 이야기를 할 때 이리도 치마를 괴롭히는 모양이었다. 고도가 마지막으로 물었다.

"자네가 타고난 아름다움을 어떤 방식으로 가꾸었는지 알려 준다면, 내가 더 큰 도움을 줄 수도 있다. 비밀을 알려 주면, 내가 더 큰 비밀을 안겨 주겠다는 뜻이지."

여인의 두 눈이 커다랗게 떠졌다. 더 큰 도움을 준다는 말인즉, 이보다 더 예뻐질 수 있다는 말일까. 여기서 더? 꽃님은 미를 가꾸고 또 그것을 이용하는 데에 집착하는 자신을 잘 알고 있었다. 그녀에게 있어 삶의 유일한 목적은 절세미인이 되는 것이었다. 지금에 만족해도 되지만, 이보다 더 아름다워질 수 있다는데 고도의 질문에 대답하는 게 어려운 일이겠나. 지금보다 아름다워지면 중앙으로 진출할 수 있고, 왕의 승은을 입을 수도 있다. 이 나라를 장악하는 것에서 나아가 대국을 노릴 수도 있거늘. 사대부 집안에서 태어난 것도 아니요, 남자의 몸으로 시험에서 급제할 수 있는 자격이 있는 것도 아니요, 여인의 몸으로 출세하는 길은 얼굴뿐이었다. 도사라는 자가 얼마나 기이한 술수를 부릴 줄은 모르겠지만, 아름답게 만들어 준다는데 그 거래를 마다할 이유가 없지 않나.

"얼마 전에 시어머니께서 유능한 스님께 부적을 산 적 있으십니다. 마을 전체에 그 스님의 부적에 대한 효험이 자자하여 저도 하나 부탁했지요. 그래서 여기."

그녀는 치마 속에서 작은 주머니를 꺼냈다.

"여기에 이렇게 부적을 넣고 다닙니다."

고도는 차마 아녀자의 맨몸에 닿아 있던 것을 만질 수는 없어서 주머니를 빤히 쳐다만 봤다.

"홍낭을 풀 수 있는가. 한번 자세히 보고 싶은데."

"어렵습니다. 부적의 효능이 떨어진다고 몸에 꼭 붙이고 다니라 신신당부를 하셨거든요."

"누가 그런 말을 했지?"

"누구겠습니까. 이 부적을 써준 분이시지요."

"흐음."

고도는 고개를 끄덕이고 자리에서 일어났다. 청사 역시 펼치고 있던 도포 자락을 접어 몸을 일으키자 여인이 다급히 물었다.

"아앗, 비밀을 알려 드리면 저를 아름답게 해주시겠다 약조하지 않으셨습니까."

단순히 더 예뻐지기 위해서 저토록 애절할 수 있을까. 이미 지금으로도 충분히 아름답고, 그 아름다움을 세상이 알아주어 양귀비에 비교하고 있는데. 고도는 여심을 알 수 없었다. 취해도 또 취하고 싶어 하는 여인의 욕심을 물끄러미 쳐다본 끝에 등을 돌렸다.

"그게 어디 한 번에 해줄 수 있는 일이겠나. 갓 찧은 떡이 뜨끈한 게 맛있다만, 급히 먹으면 탈이 나기 마련이다. 식을 때를 기다리는 것도 요령이니라."

"……그렇다면 기다리겠습니다."

"내 한 입으로 두말할 사람은 아니니 너무 걱정은 말고."

"기다리겠습니다, 도사님."

재차 확신을 바라는 그녀에게 고도는 대답 대신 손을 흔들어 보였다. 한 떨기 꽃 같은 얼굴을 뒤로 한 채, 고도와 청사는 양반 가옥에서 모습을 감추었다.

"대롱아, 너는 그녀를 어떻게 봤느냐."

예쁜 여자의 외모에 대해 뒷담화를 하자는 것은 아니겠고. 청사는 고도가 뭣에 관심이 있는질 알기에 능숙하게 받아쳤다.

"여자가 스님에게 받았다는 부적이 이상한 힘을 발휘하는 듯싶다. 네 말처럼 여자 주변에 기묘한 기운이 감돌고 있어. 남자들을 홀리는 이상한 힘이다. 그 여자가 아름다운 것은 맞지만 양귀비라 불릴 정도로 아름다운지, 나는 잘 모르겠다. 날던 새가 떨어질 외모가 생각보다 그렇게 대단한 것 같진 않거든."

"허어, 그 말을 꽃님이 들었으면 아주 울었겠어."

"울음을 터뜨릴 여자는 아닌 것 같던데. 대신에 날 죽어라 노려보겠지."

"여인들에게 미움받지 마라. 그건 정말 무섭고 위험한 일이야."

"하하하, 내가 연정은 받아 봤어도 미움받아 본 적이 없어서 모르겠는데."

"잘난 척은."

"잘났잖아."

그러면서 웃어 보이는 얼굴이 양귀비의 현신이라는 꽃님보다 예뻐 보였기에 고도는 잠시 말문이 막혔다. 이거 아무래도 증세가 심해진 듯했다. 청사에게서 눈을 떼지 못하는 시간이 늘어날수록 고도의 한숨도 짙어졌다.

"네 얼굴 얘긴 다음으로 미루고. 일단 꽃님네부터 해결하자. 그 부적을 자세히 살피지 못해 확신은 못 하겠지만, 짐작은 차고도 넘친다."

고도는 객정에 도착하자마자 안방 문 앞에 섰다. 자시가 가까워져 오는 늦은 밤에 부부의 취침을 방해하는 것은 예의에 어긋나나, 지금 예를 차릴 만한 여유가 없었다. 다행히도 어른거리는 초롱불에 안주인은 홀로 바느질을 하고 있었다. 남편은 보이지 않는다. 어시장에서 집으로 돌아올 시간을 놓치고 그 부근에서 숙식을 해결하고 내일 돌아올 듯싶었다.

잘됐구나. 이러저러한 남녀관계에 벌어질 만한 오해의 소지를 사전에 막을 수 있겠도다.

"문을 열어라."

안쪽에서 늦게나마 부스럭 옷자락이 부딪히는 소리가 나더니 주인 여자가 얼굴을 내밀었다. 그녀는 고도를 올려다보고 말을 더듬었다.

"아, 이 시간에 어쩐 일이십니까."

"내 조금 전 그대의 언니 되는 사람을 만나고 왔다."

여인의 얼굴이 희게 질렸다. 그녀는 입 안을 깨물면서 몹시 괴로운 표정을 지었다. 듣기 싫은 이야기인 듯 도로 문을 닫으려 하자, 고도가 그 문을 잡아 강제로 열었다.

"그대에게 반드시 물어볼 것이 있다. 그대는 언니를 요괴라고 생각한다고 했지. 왜 그렇게 생각했던 게냐."

아니, 그 혼잣말을 들었단 말인가. 여인은 이전보다 더욱 울상이 되었다.

"죄송합니다. 제 마음이 악하여 친언니를 모함하고 말았습니다. 죄송합니다."

"아니, 네가 정확하게 알아봤다."

"……네?"

"자세한 얘기는 날이 밝으면 들려주마. 그러니 지금은 내 질문에 답하거라. 어쩌다가 언니가 요괴로 느껴지게 된 것이냐."

그녀는 어째서 자신의 이야기를 믿어 주는지 몰라 말문이 막혔다. 보통 사람이라면 그녀의 요괴 타령은 헛소리에 불과하다. 어떤 이들은 그렇게라도 아름다운 언니를 욕하고 싶으냐며 여인의 인성을 공격할지도 모른다. 자신 또한 제대로 된 생각은 아니라며 죄책감에 힘들어했다. 그러면서도 사람들의 입을 통해 그 요괴 같은 언니에 대한 흠모 어린 말을 듣는다면 도저히 이해할 수가 없어 마음속에서 악의 씨를 키울 것이다. 그래서 입 닫고 귀 닫으며 이 오진 바닷가에서 살아가고 있건만. 어째서 고작 하룻밤을 묵어가는 여객이 자신의 마음을 진실로 받아들이는 것일까.

여인은 고마움과 서러움을 동시에 느꼈다. 어디 가서 말 못 하고 벙어리처럼 다물었던 이야기를 처음으로 고도에게 말해 주었다.

"언니는 이 마을 아이들의 공포심을 먹고 더욱 아름다워지거든요."

떨리는 목소리가 호흡을 잃었다. 울먹이는 소리를 듣고 고도는 그녀가 진정할 때까지 기다려 준 끝에 입을 뗐다.

"자세히 말하라."

"그러니까…… 이 마을에는 전승되는 담력 시험이 있어요. 우리 마을엔 남자애들이 십오 세가 되면 담력 시험을 해야 해요. 조상님들 대대로 내려오는 일이거든요. 아이들이 시험에 통과하면 마을 단위로 잔치를 벌이는데, 언니가 시집오고부터 시험에 통과한 아이가 한 명도 없습니다. 아이들은 모두 시험에서 탈락했고 겁을 먹어서 집 밖으로 나오질 않아요. 그와 같은 시기부터 언니는…… 원래 미인이긴 했지만 더는 범접하기 어려운 아름다움을 갖게 되더군요. 그 연관성을 찾은 건 정말 우연이었습니다. 제가 찾으려고 찾은 게 아니라, 어쩌다 보니 알게 된 거예요."

그녀는 마을 전통 담력 시험을 설명해 주었다. 십오 세에 달하는 남자 아이들은 사월에 청보리밭으로 내몰린다. 고기를 잡아 생계를 유지하는 어촌이라 할지라도, 척박한 땅에서도 꿋꿋하게 자라는 보리농사는 게을리하지 않았다. 이 보리밭에는 약 삼 리마다 독이 하나씩 묻혀 있다. 커다란 항아리는 어린아이 두세 명은 족히 들어갈 크기다. 이 독을 이용한 담력 시험 방법은 간단했다. 독에 들어가 쭈그려 앉아서 숫자를 열까지 세고 나오면 되는 것이다. 그 모습을 멀찍이서 감시하는 어른들이 있기 때문에 독에 들어갔다고 거짓말을 하는 것은 불가능하고, 숫자를 열까지 세지 않기도 어렵다.

독은 귀신이 들렸다는 소문답게 아이가 들어가 숫자를 세면 그 주변이 이상해진다고 한다. 아이가 다 외운 열 개의 숫자 다음이 어디선가 들린다고. 종종 아이가 독을 빠져나오면 그 안에서 노란 머리에 푸른 눈을 가진 색목인 아이가 낄낄 웃는다는 말도 있다. 이게 담력 시험에 겁먹은 아이들이 헛것을 보는 게 아닌지라, 실제로 근처에 말이나 소가 지나가고 있으면 그들도 무서워서 달아난다고 알려졌다. 이처럼 기묘한 현상을 꿋꿋하게 버텨 내고 마을로 돌아오면 그 남자아이는 사내대장부로 인정을 받아 진정한 어촌 식구가 된다고 했다. 여인의 이야기를 듣던 고도가 고개를 주억거렸다.

"벽안화귀碧眼火鬼다."

"네?"

"그 항아리에 들은 아이들. 벽안화귀라 불리는 귀신이다. 사람을 해치는 놈이 아니니 내버려 두어도 괜찮다. 단순히 그게 문제라는 건가?"

여인은 귀신의 이름까지 알고 있는 고도를 망연하게 쳐다봤다. 퇴마나 제령을 할 줄 안다고 해서 박수로 생각했다. 딸랑거리는 종도 없고 부채나 화려한 무복巫服도 없는 희한한 박수무당이라 생각했는데, 인제 보니 그건 아닌 듯싶다. 여인은 정체 모를 고도를 두려운 눈으로 바라보다 황급히 고개를 숙였다.

"아, 아뇨. 그게 문제가 아니라요."

그녀는 말을 더듬다가 겨우 제대로 이야기를 꺼낼 수 있었다.

"담력 시험을 하고 온 아이들이…… 전부 겁에 질려서 집 밖으론 한 걸음도 나오질 않습니다. 그 두려움이 마치 전염병처럼 다른 집 아이들에게 옮겨지고 있어요. 심지어 몇 달 전부터는 영감이나 어르신들께서도 아이들이랑 똑같이 겁에 질렸습니다. 요즘 마을은 공포 분위기예요. 다들 겁에 질려서 덜덜 떨고, 밖에 나온다 해도 불안해서 신경이 곤두서서 사람들을 대합니다. 우리처럼 바닷가 쪽에 사는 사람들은 괜찮은데 내륙 쪽에 사는 분들은 심해요. 너무 이상합니다. 그리고 언니가 그만큼 더욱 아름다워지는 것도요."

말을 삼키는 여인을 보면서 고도는 입가를 찡그렸다. 벽안화귀는 그럴 말한 힘이 없다. 애들이나 깜짝깜짝 놀라게 할 줄 알지, 그 공포심을 키워서 담력 시험이 끝난 아이들을 집 안에 꽁꽁 틀어박히게 할 줄은 모른다. 더욱이 마을 전체로 공포가 확산되고 있다면 꽤 수준 높은 요괴나 망령들이 꿍꿍이를 벌인다는 소린데. 고도는 자리에서 일어났다.

"보리밭에 있다는 항아리부터 살펴봐야겠다."

여인이 썩 당황스러워하며 고도를 붙잡았다.

"헛걸음이세요."

"왜지?"

"얼마 전에 어떤 스님께서 그 독을 모두 깨트렸거든요."

고도의 눈빛이 변했다. 그는 신선못에서 관찰했던 풍경이 떠올랐다. 벽구리 마을에서 선행을 베풀고 시주를 받던 중 무리. 겉으로 보면 온화하고 인자한 부처의 현신 같던 자들.

"중의 이름을 들은 적 있나."

"예, 마을 어르신들이 그분을 부르길 '강문' 보살님이라고…… 어머, 공자님!"

고도는 망설임 없이 마당을 나섰다. 청사가 다급히 그 뒤를 쫓았다. 여인은 멈추어 보라며 버선발로 튀어나왔지만 고도는 여인을 쳐다보지 않았다. 그의 눈엔 살벌한 살의가 들끓었다.

"귀매를 불러들였어."

고도의 뒤를 빠르게 따라가던 청사가 물었다.

"귀매라니?"

"귀신과 비슷하지만 귀신처럼 인과율이나 윤회를 따르지 않는 존재들이다. 그들이 마을 전체를 물들이면 막을 방법이 없어."

"도술로 죽이면 되잖아."

"못 해. 귀매는 혼령이 아니라 사람들의 공포심을 먹고 자라나는 음습한 존재들이야. 아무리 나라도 귀매를 말리거나 처리할 수가 없다. 마을이 잡아먹히기 전에 어떻게든 내쫓는 수밖에."

아니, 쫓아내지 못할지도 모른다. 사람 마음을 먹고 자라나는 것은 일개 도사의 힘으로 이동시킬 수 있는 것이 아니니.

"귀매를 이용해서 사람들의 소원을 들어준 거로군. 예뻐지길 원한 처자에게 요기가 달라붙은 것도 그 때문이야. 그런 식으로 귀매를 의지하게 하고 귀매는 의지한 인간들의 생명을 앗아 가겠지."

고도는 어금니를 꽉 깨물었다.

"용서 못 한다, 강문."

제8장. 강문이 남긴 흔적 (하)에서 이어집니다.

곡두기행 2

초판 1쇄 발행 2017년 8월 31일

글 G바겐

발행인 원종우
발행처 이미지프레임

주소 (13814) 경기도 과천시 뒷골1로 6, 3층
영업부 02-3667-2653 편집부 02-3667-2654 팩스 02-3667-2655
메일 mm@imageframe.kr 웹 mmnovel.com

ISBN 979-11-6085-324-7-03810 (2권)
979-11-6085-322-3-03810 (세트)